ALAIN GERBER

Le Jade et l'Obsidienne

ROMAN

ROBERT LAFFONT

LE JADE ET L'OBSIDIENNE

Alain Gerber est né en 1943 à Belfort. Après des études de philosophie et un doctorat en psychologie (thèse sur le cinéma), il se consacre au journalisme où ses compétences, tant en matière de jazz que de gastronomie, s'affirment brillamment.

Comment expliquer la fascination qu'exerce, sur ceux d'entre nous qui viennent à le connaître, l'ancien monde aztèque de Tenochtitlán, la capitale mexicaine qui devait tomber aux mains de Cortés ?
Exotisme ? Bien sûr. Masques de jade, coiffures de plumes, femmes semblables à de précieux oiseaux des Tropiques, pyramides aiguës et terrasses couronnées de fleurs, rythme lancinant des flûtes et des *teponaztli* : autant de philtres, qui nous entraînent, comme jadis les champignons sacrés et le *peyotl,* dans un univers de rêve à jamais disparu. Mais ce n'est pas tout.
Attrait un peu trouble que ressent le civilisé occidental face à une autre civilisation, à une autre conception de la vie ? Oui, certes. Comment ne pas nous interroger face à une culture qui juxtapose la poésie la plus délicate et une éthique raffinée avec le vertige de la mort, le sang répandu à profusion dans les sanctuaires, le symbolisme macabre de l'art religieux ? De cette confrontation naît une réflexion plus profonde sur nous-mêmes, si différents de ces hommes-là qui pourtant sont nos frères et, d'une certaine façon, nous aident à nous révéler à nous-mêmes.
Mais ce n'est pas tout.
Ce qu'apporte le récit d'Alain Gerber, si pénétré d'une intime connaissance, c'est sans doute la clef, ou en tout cas une des clefs, de ce monde si gracieux et si violent : la tension permanente entre les deux pôles que symbolisent le Serpent à Plumes, héros civilisateur, inventeur des arts et de la sagesse, et le ténébreux Tezcatlipoca, divinité astrale et guerrière. A travers mille incidents conformes à ce que nous savons de la vie quotidienne des anciens Mexicains, c'est cette structure fondamentale qui sous-tend l'existence du principal personnage. Avec une sûreté étonnante, Alain Gerber a su faire revivre pour nous ces hommes et ces femmes de la lointaine Amérique indienne.

Jacques SOUSTELLE

ŒUVRES D'ALAIN GERBER

Dans Le Livre de Poche :

LE FAUBOURG DES COUPS-DE-TRIQUE.
UNE SORTE DE BLEU.

A Marcelle et à Victor Mitz,
parce qu'ils sont à l'origine de ce livre,
et pour beaucoup d'autres raisons,

PREMIÈRE PARTIE

IL N'Y A COLÈRE QUE DE QUI NOUS FAIT VIVRE

I

LE FEU NOUVEAU

C'EST maintenant. Je sens que c'est maintenant la fin du monde.

Nous avons vu venir cette année avec terreur. Ce jour, nous nous serions arc-boutés contre le temps pour qu'il n'arrive jamais, si nous en avions été capables.

Tout à l'heure s'achève le cycle des cinquante-deux années. Quelque chose m'assure que nous n'en connaîtrons point d'autre. Depuis que ce pressentiment s'est infiltré en moi, il n'a fait que croître et se renforcer. Nous voici bel et bien parvenus au terme de toute chose. Je lis sur chaque visage l'irrémédiable horreur de notre destinée.

Nos maîtres du collège n'aiguisent plus la pointe de leurs armes. Dans les rues de la cité, les gens s'écartent instinctivement des murs et marchent la tête rentrée dans les épaules, serrés les uns contre les autres. Ils jettent vers le ciel des regards implorants. Nous tâchons de déchiffrer la figure des prêtres, mais ils vont d'une démarche inquiète, le sourcil froncé.

Le sol a cessé d'être sûr; le ciel pend sur nous, décroché de ses agrafes immémoriales – pour combien de temps encore suspendu? Certains essaient de nous parler calmement de ces choses, mais tandis qu'ils discourent leurs yeux s'agrandissent et leurs cheveux se dressent au-dessus de leurs têtes. Ils finissent par se taire. Ou bien ils dépeignent la catastrophe avec les couleurs les plus violentes, dans l'espoir que la réalité sera quand même moins affreuse que ces fictions épouvantables. Derrière les portes, les amants s'étreignent les mains en laissant couler leurs larmes.

Moi-même, j'ai longtemps cultivé l'illusion d'un sursis. Je regardais autour de moi et ne pouvais pas croire que tout cela allait soudainement se dissiper comme un songe. J'étais alors de ceux qui veulent croire que nous serons sauvés et rient un peu trop haut. À présent je reste grave, méprisant ces enfantillages.

J'ai observé notre voisin. Depuis quatre jours, avec une frénésie pitoyable, il cherche aux alentours l'abri qui pourrait le préserver de l'apocalypse ! Il a fait creuser le sol de sa cour par ses gens. Dans une barque amarrée au quai de sa demeure, il a entassé des vivres, des choses précieuses et des colifichets. Qui s'en approche, il le menace avec un glaive, manquant de se blesser lui-même tant ses gesticulations sont désordonnées.

Mon père, mon propre père qui est pour tous un modèle de sérénité, s'est éveillé l'autre nuit en sursaut, la bouche distendue par le hurlement du cauchemar, appelant quelqu'un avec la voix aigre et perçante d'un enfant. Plus tard, dans l'obscurité, je l'ai encore entendu geindre et se débattre. Au matin, nombreux sont ceux qui demeurent hébétés, contemplant la magnificence des jardins avec des regards incrédules. Tous seront broyés, mastiqués et digérés entre les mâchoires intangibles du néant !

O amis, cette terre nous est seulement prêtée ! C'est ce que dit l'un de nos plus beaux poèmes. Et les fleurs aussi nous sont seulement prêtées. On ne les emporte point au rivage des morts. Là où nous allons, il n'est pas de rivage, et la grâce ne nous y est même plus accordée de mourir.

Vous connaissez notre vieille chanson :

On ne revient pas deux fois sur la terre,
O seigneurs chichimèques !
La vérité, c'est que nous partons,
Nous quittons les fleurs, les chants et la terre.

Mais cette fois, c'est la terre elle-même qui ne reviendra plus. La terre nous quitte et se quitte elle-même et ne va nulle part.

Ce monde est fragile. Nous le savions. Nous sommes maintenant confrontés au verdict de nos livres.

Il est tard. Voici que la clarté nous abandonne et s'étend sur le séjour des morts. Une fois encore, Notre Soleil va culbuter dans la gueule de Celui qui avale la lumière et le sang. Par ce gosier ignoble, il va descendre dans la maison de la mort froide, s'écorcher au vent d'obsidienne. Il atteint l'Occident et pénètre dans l'enfer du Nord. Entre le crépuscule et l'aurore règne le Soleil des morts, Mictlantecuhtli, Grand Orateur de la maison morose (son nez est un couteau sacrificiel).

Seulement voilà... Notre Soleil est un vieux soleil fatigué et haletant. Nous lui avons donné à boire, mais Il reste altéré. Il a si soif qu'Il tire sa vieille langue, le couteau du sacrifice. Aura-t-Il la force de se mouvoir plus longtemps ? C'est un dur effort que de remonter des bas-fonds où les défunts quelconques s'abîment et s'effacent. L'avons-nous assez nourri, compagnons ? Et vous, pères du peuple, prêtres et capitaines, avez-vous bien accompli votre tâche d'échansons du Soleil ? Songeant à tout ceci, nous sommes blêmes et tremblons. Les plus vaillants ont la peau moite. Si nous avons dressé pour Lui la table d'un festin trop chiche, comment aurait-Il la force de se traîner jusqu'à la porte de l'Est, de l'ouvrir et de s'élever dans le ciel ?

Moi, Chimalpopoca, le Bouclier Fumant, je calcule dans ma tête combien de repas nous Lui avons servis, combien de coupes nous Lui avons versées. La ridicule petitesse de ces chiffres brise en moi tout courage et toute espérance.

Me voici : élève-guerrier à la maison de jeunes hommes, humble sujet du vénéré Tezcatlipoca, Ciel étoilé, Vent de la nuit, Dieu du Nord sombre et noir, Protecteur des guerriers et Bienfaiteur de l'esclave, Principal Semeur de discorde, Magicien aux tours innombrables. J'ai vu les combats et j'ai caché ma crainte. A présent, chacun peut voir que je tremble, et tous tremblent autour de moi. Le sexe de tous les hommes est remonté jusque dans leur gorge.

Nous connaissons les sortilèges de l'ombre, quand le froid de la nuit appelle aux carrefours — où Cihuacoatl, la Femme-Serpent, pleure et berce son enfant mort : le couteau du sacrifice — quand le froid de la nuit convoque en ce lieu d'infortune les lugubres fantômes de Celles-qui-sont-mortes-en-couches, les Vaillantes Epouses, venant de l'Ouest et paralysant qui les regarde, à moins qu'elles ne frappent de convulsions les passants; quand Tezcatlipoca, le Miroir Fumant, paraît en ennemi à la croisée des chemins; quand d'horribles naines et des têtes de morts nous poursuivent de leurs ricanements effroyables, alors que dans la ville le marchand furtif décharge les richesses sur le quai de son entrepôt.

Toujours, nous avons redouté la nuit propice aux manigances des sorciers, aux enchantements mauvais. Or voici justement que

Notre Père, le Soleil,
S'enfonce, vêtu de riches plumes,
Dans une urne de pierres précieuses.

Mais, je l'ai dit, cette nuit-ci est encore plus terrible que toutes les autres nuits. Selon moi, ce monde n'en verra pas la fin : c'est elle qui verra la fin de notre monde.

En cet instant même, les dieux font le compte de notre tribut au Soleil. Ils pèsent et frissonnent, car si ce monde doit cesser, ils disparaîtront avec nous. Lorsque l'Etoile de l'Allumage du Feu sera au Zénith, les cinquante-deux années auront achevé leur cycle. Alors le temps mourra. Et nous, qui ne sommes pas les médecins et les possesseurs du temps, nous essaierons pourtant de le ressusciter, jetant dans cette entreprise toute la force de nos âmes.

Mais si nous n'avons pas bien abreuvé le Soleil, s'Il a manqué de l'eau précieuse, l'eau de jade, le sang des sacrifiés, nous serons assaillis par les créatures des ténèbres, ensevelis sous les décombres de notre univers, tirés dans le néant par le pesant cadavre de notre père. Sans l'eau précieuse, la machine du temps, le propulseur du monde refusera de fonctionner. Qui peut jamais dire que l'eau précieuse coula en suffisance ? Infinie est la soif du Soleil et des dieux. Insatiable est l'appétit qu'ils ont pour les cœurs humains, la précieuse nourriture de l'Aigle. Oh ! je devine trop bien ce que diront les mesures des dieux.

Et nous avons beau nous mortifier dans notre chair, laver par des prières l'impureté de nos cœurs, cela n'empêchera pas les cieux de basculer sur nous ni la terre d'ébrouer furieusement sa carapace, versant les cimes dans le lit des fleuves et lançant les eaux par-dessus les maisons. Et ce qui surgira de l'Occident, nous n'osons pas le nommer à voix haute, mais nous savons que cela s'apprête et gronde sourdement.

J'ai surpris le chef de nos maîtres, parlant avec Itzcoatl. « Il n'y aura, disait-il, plus de terre et même plus d'au-delà. Le monde fracassé sombrera dans la mer qui n'a pas de fond sous elle, puis cette mer s'engloutira à son tour dans ce qui n'est plus ni l'eau, ni la terre, ni le feu ni le ciel, mais seulement l'éternel silence d'une insondable nuit. Le monde roulera sur nous avant de s'écraser lui-même. Nul ne saura si nous avons vécu. Nous ne survivrons dans aucun enfer, dans aucune mémoire. Le vide contemplera sans émotion ni désir sa propre éternité virginale. » Comme sa voix se troublait, il porta vivement la main à son visage. « O, dieux ! souffla-t-il encore, ce monde qui finit était le dernier monde ! »

Ces jours sombres étant venus, nous fûmes envoyés auprès de nos familles. Nul ne travaillait plus aux tâches ordinaires. Les négociants étaient rentrés de leurs expéditions lointaines. Tout le peuple observait le jeûne et l'abstinence, assidu aux cérémonies nombreuses, comme il l'était à sa peur de finir. Même les farouches tueurs au crâne rasé, ces Otomis qui volent au-devant du danger, ayant juré de ne jamais rompre au combat, même ces hommes laissaient voir l'effroi sur leurs visages.

Les vers du seigneur, Tochihuitzin Coyolchiuhqui, sont gravés dans ma tête, ils coulent dans mes veines avec mon sang :

Nous quittons simplement le sommeil,
Nous sommes venus seulement pour rêver.
Ce n'est pas vrai, ce n'est pas vrai
Que nous soyons venus pour vivre sur la terre.

Et le chantre sans visage lui répond :

Jouissez, princes chichimèques,
Nous partirons de toute manière.
Popocatzin, tu pars !
Acolihuatzin, tu n'es qu'un exilé !
Personne ne vaincra,
Personne ne doit rester sur terre.

Mais de quoi jouirions-nous encore ? Tout est déjà glacé, autour de nous et en nous-mêmes. Nos yeux sont deux pierres dures. Ils roulent sur la beauté sans la reconnaître.

Au réveil, mon père semblait âgé de deux fois son âge. Ma mère contemplait le feu, les mains inactives. Toute la maison paraissait fragile et dérisoire tel un simple abri de roseaux, aux premiers temps de notre peuple. Lourde et poussiéreuse est l'ultime aurore du monde.

Mon père s'entend à composer des discours abondants et fleuris, étant scribe au palais, peintre des écritures, narrateur des faits et gestes du prince et familier du beau langage. Il m'adressa la parole d'une voix assourdie, cherchant ses mots et butant souvent sur les écueils d'un silence de pierre. Je ne sus ce qu'il voulait me confier. Ma mère ne disait rien. Mes jeunes frères et sœurs nous observaient avec angoisse.

Brusquement, mon père m'étreignit. Les plus petits se mirent à pleurer.

Dans la rue, les passants se hâtaient, jetant autour d'eux des regards apeurés, ne reconnaissant pas leurs meilleurs amis ou bien s'embrassant avec des étrangers.

La brume ne se dissipa qu'un peu avant midi, laissant voir un astre pâle, exsangue, lointain, un astre agonisant qui se voila de nouveau pendant l'après-midi. Il n'était pas besoin d'un devin pour interpréter de tels signes.

Les rites se déroulèrent dans une atmosphère de ferveur terrible et passionnée. Devant les images des dieux, certains se fendaient la peau des jambes et se criblaient le corps d'épines de maguey. Des femmes prosternées se lacéraient la poitrine avec leurs ongles. Les plus grands seigneurs portaient d'humbles manteaux et appelaient les plus pauvres : mon frère et mon cher ami. On emmena hors du temple un chef de guerre qu'une soudaine folie avait saisi. Il brandissait une arme contre l'idole, et cela fut regardé par tous comme le plus funeste des présages. Tandis qu'on l'emportait, il fit résonner le sanctuaire d'un rire sauvage, qui n'était plus celui des humains. On dit qu'un homme ayant voulu approcher sa femme pendant la nuit, il avait été changé en statue de cendre, et cette statue représentait un coyote aux yeux de pierre verte. Jusqu'au moment du crépuscule, la ville fut un long frisson de prières, de murmures et de plaintes, transpercé parfois d'un appel déchirant, d'un sanglot modulé derrière un mur. Puis il y eut un silence interdit, comme une profonde stupeur, dès que l'ombre parut.

Nous avons alors procédé aux opérations nécessaires. Mon père et moi, nous avons rompu les images des dieux domestiques; les morceaux, nous les avons lancés dans l'eau de la lagune.

Dans l'eau de la lagune, nous avons lancé les trois pierres du foyer, les moules à piments, les pilons.

Nous avons brisé la vaisselle, éparpillé les tessons dans les eaux.

Aidés par notre famille, nous avons vidé toute la maison, les nattes et les vêtements, bien balayé partout.

Nous avons jeté les ordures au loin.

Et cependant, mon père nous pressait, prononçant en bégayant des paroles brusques et inconvenantes que nous n'avions jamais entendues dans sa bouche. Il arracha si brutalement un balai des mains de ma mère que celle-ci perdit l'équilibre et tomba sur le sol. Il la laissa ainsi et brisa le balai, maladroitement car son bras tremblait. Mon père nous invectiva encore. A la fin, nous avons tué toutes les lumières.

Nous nous sommes rendus chez notre voisin. Assis sur ses talons, Macuilcipactli se tenait prostré au bord de son embarcadère, contemplant sa barque tellement chargée qu'elle se fût enfoncée sous lui et l'eût entraîné vers les vases du fond, s'il avait jamais tenté d'y prendre place. A son regard étrange et douloureux, nous vîmes qu'il avait enfin compris la vanité de son entreprise. Son glaive pendait encore au bout de son bras. Dès qu'il nous aperçut il gémit, comme égaré, se pencha en avant et creva de coups furieux le plancher de la barque. L'esquif donna l'impression de s'alourdir et, très lentement, s'abîma dans le sein mystérieux des marais.

Je n'entrais pas sans émotion dans cette demeure. A l'extrême frayeur de ce jour maudit s'ajoutait encore une autre sorte de crainte, profonde, vague mais, celle-là, délicieuse. Ici habite Atototl, l'Oiseau d'eau que je nomme sans ouvrir mes lèvres, allongé dans l'aveugle braise de mes nuits.

Ce sont ses yeux que j'invente d'abord, lorsqu'elle est loin de moi. Elle me dit alors : « Chimalpopoca ! » d'une certaine manière que je sais, ouvrant le cercle magique de ses bras; de rondes fleurs d'émeraude s'échappent de ses lèvres. Puis je reviens à moi, elle a disparu. Très loin, inaccessible, elle rit malicieusement de ma déconfiture. J'ai froid. Son image me hante — tant de douceur et tant de cruauté !

La voici réellement devant moi, il me suffirait d'étendre la main...

Elle me salue avec modestie. Je lui réponds. Je ne puis rien dire de ce qui me brûle la langue. Se peut-il que nous restions ainsi l'un près de l'autre, pleins de réserve et de solennité, alors que nous allons mourir tout à l'heure ? Il m'a semblé surprendre dans son regard un éclat plus vif qu'à l'ordinaire. Mais comment être sûr ? Et s'il a bien eu lieu, de quelle façon interpréter ce phénomène ? Je crie très fort à l'intérieur de ma tête, espérant que son cœur m'entendra : « Atototl, ne voudrais-tu pas être mienne ? » Mais je ne lis dans ses yeux que douleur et confusion. Là-bas, son père hagard abandonne son glaive aux derniers remous soulevés par le naufrage.

Nous le réconfortons de notre mieux, sans pouvoir lui cacher les reflets malsains de notre peau ni la moiteur de nos paumes. Mon père l'engage à mettre sa maison en ordre.

« A quoi bon ? murmure-t-il d'une voix déchirée. A quoi bon ? »

C'est nous qui donnons les ordres aux serviteurs. Cependant, notre voisin retourne auprès de l'eau et cherche à voir son embarcation au travers. Désespéré, je n'ose plus regarder dans la direction d'Atototl.

Il nous reste maintenant à placer sa mère dans une grande jarre de maïs, après avoir masqué son visage au moyen de feuilles de maguey. C'est ainsi qu'en cette nuit affreuse de l'agonie du siècle, l'on protège les femmes enceintes des maléfices démoniaques. Sinon, les répugnants avortons de l'ombre les changeraient en bêtes féroces, qui se précipiteraient sur nous. De même, jusqu'à ce que le Feu Nouveau crépite, s'il doit jamais crépiter tout à l'heure, les parents s'appliqueront à tenir éveillés les plus jeunes de leurs enfants, afin qu'ils ne deviennent pas autant de souris, pour avoir trop tôt fermé les paupières.

Mon père et moi, nous prenons congé de nos voisins. Nul ne saurait, aujourd'hui, prononcer un adieu, de peur d'influencer le sort. Nous ne nous attardons pas aux politesses. Nous déguerpissons, fixant la poussière. Atototl ne m'a plus regardé au visage.

Ensuite, il m'a fallu quitter mes parents et toute la maisonnée. Nous esquissons des gestes d'étreinte que nous ne parvenions pas à accomplir, dans la crainte de trahir ce que nous pensions au fond de nous – à savoir que nous ne nous reverrions ni en ce monde ni en aucun autre.

« Ne crois pas que nous ne sommes pas fiers de toi », disait mon père.

Puis il s'écria nostalgiquement : « Tu as toujours été un bon fils, Chimalpopoca !

– Nous serons tous sur la colline, répondis-je. A présent, je dois rejoindre le parti des guerriers. »

Je marmonnais, arborant un air maussade. Cette fois encore, j'étais incapable d'exprimer mon sentiment à voix haute, non parce qu'il n'était pas assez puissant, mais parce qu'il l'était trop.

Je partis en courant.

Les rues étaient pleines de gens qui allaient, comme hypnotisés. D'autres se tenaient en groupes le long des canaux, ne trouvant rien à se dire. L'armée s'était massée à l'intérieur du saint périmètre. Nous étions en grand nombre, nantis de nos parures de bataille. Il y avait les combattants chevronnés, et puis les apprentis de mon espèce, que dirigeaient les maîtres des jeunes gens. A tous ceux de mon groupe, Itzcoatl offrait l'exemple d'un maintien digne et impassible. Je le révérais. Il referma la main sur mon épaule et m'exhorta au courage par une pression amicale. Que peuvent le courage et l'amitié, cependant, contre la décomposition de l'univers? Ce ne sont plus maintenant des hommes qui vont se battre avec d'autres hommes, sous une pluie de flèches. Ce sont tous les hommes ensemble qui vont être dépecés vifs par des dentures surnaturelles.

Tezcatlipoca étale son manteau ténébreux sur la terre, Tezcatlipoca le Noir et le Guerrier, Celui qui détrôna Quetzalcoatl et mit le sacrifice en haut du temple de Tula.

L'Empereur parut avec les dignitaires et les chefs des prêtres. Derrière le mur surmonté de têtes de serpents, le peuple exhala d'une seule gorge un soupir qui traduisait à la fois son angoisse et l'espoir insensé qu'il plaçait encore en ses maîtres. Aucun flambeau n'éclairait cette scène. Seuls luisaient dans l'ombre les pectoraux d'or, les labrets, les colliers, les insignes, les plumes précieuses et le fil des armes, et puis nos regards enfiévrés. Dans nos rangs, d'inhabituelles maladresses firent s'entrechoquer des boucliers. Le soupir de la foule s'acheva sur un gémissement étranglé. Le Grand Prêtre attendait que tout fût redevenu silencieux. Alors il se porta devant nous, brandissant le bâton à feu, et se fit ouvrir le chemin du Sud par les gardes.

Derrière lui, la procession s'organise dans l'impatience, l'appréhension et les pleurs. C'est un interminable serpent de supplications qui se met en marche vers le mont Huixachtecatl à gauche de la grande pyramide aux deux maisons divines. Chacun implore ses dieux et tous les dieux dont il a pu connaître le nom, y compris les divinités des vaincus et des soumis, emprisonnées dans le Coacalco.

Tous ne pourront atteindre la colline sacrée.

Aussi beaucoup de gens, dans les quartiers, sont-ils grimpés sur le toit de leur demeure, et là, sanglotant, hurlant de terreur, ils tendent les bras vers la cime. D'autres, agenouillés, se frottent le visage sur la brique des terrasses. D'autres se mordent les lèvres et les mains jusqu'au sang. Quelques-uns se sont enroulé une pièce de vêtement autour du visage, pour s'empêcher de voir ce qui vient.

Nous traversons les quartiers de pierre, puis les faubourgs aux cases de roseaux matelassées d'argile, casquées de palmes. Nous avançons sur la chaussée du Sud, celle qui se sépare en deux branches : le côté de Coyoacan et celui d'Iztapalapan, où nous allons.

Les eaux de la lagune sont épaisses et huileuses, l'Animal fabuleux y rôde avec lenteur. L'obscure procession est comme agrippée à la traîne du Grand Prêtre, dont chacun cherche à repérer la haute silhouette dans la nuit du devant, escaladant parfois pour cela les épaules d'un parent, d'un camarade. Si le bâton vient à rouler de sa main pontificale, nous sommes irrémédiablement perdus.

Au sein de la foule, des paquets humains se constituent, devenant plus volumineux et plus compacts à mesure qu'on approche de la montagne. Sans torches, sans musique (si ce n'est le murmure désespéré de nos prières et de nos plaintes), nous formons le cafardeux reptile de l'agonie du monde. J'ai beau, de temps en temps, jeter un bref regard par-dessus mon épaule, je ne puis distinguer dans cette sombre rivière ni mon père, ni ma mère ni son visage à elle (où ses cheveux font le plus magnifique des diadèmes), l'Oiseau d'eau, colibri que j'ai voulu mettre en volière dans ma poitrine. Chacun de nous devra-t-il mourir solitaire, dans l'abjection de ceux qui s'apitoient sur eux-mêmes ?

Dans son manteau de turquoise, emblème du pouvoir suprême, l'Empereur garde la tête haute et bien droite, la nuque raidie sous le poids de sa riche coiffure. Il semble pâle au milieu de l'or et des pierres précieuses. Ses yeux fixent le haut du Huixachtecatl que nous allons gravir, laissant le peuple agglutiné sur les premiers élans de la pente et, parmi cette multitude, les fleurs de mon âme et de ma chair – ô tous les oiseaux couleur de flamme, et qui parlaient dans le vent !

Parvenus au sommet, les prêtres se rangent autour de la pierre sacrificielle, dressés contre le ciel nocturne, noirs comme lui dans leurs robes noires semées de croix qu'agite le souffle des ténèbres, leurs visages peints en noir avec l'onguent magique, leurs cheveux noirs flottant au vent sur leurs épaules ou dardant au sommet de leurs crânes en épis poisseux du sang des victimes, qui pourrit et pue sur leurs têtes comme toute mort humaine.

Ils se mettent à surveiller le voyage des étoiles. Le peuple retient son souffle et frémit. Quant à moi, le blasphème me démange la bouche. « A quoi bon ces simagrées ? ai-je envie de crier. Tout est fini ! Avec vos grands airs, vous n'avez pas bien accompli votre tâche. Nous sommes tous condamnés et vous n'échapperez pas non plus au cataclysme ultime ! »

Cependant, je me tais. Du coin de l'œil, je cherche encore Atototl dans cet océan de visages, mais je n'espère plus la trouver.

En vérité, je n'espère plus aucune chose. L'univers des espérances, hélas! n'est qu'une région du monde réel – une bande étroite et encore plus menacée que le reste. Je tâche seulement de repousser les terribles images qui assaillent mon esprit, l'avant-garde des bataillons infernaux. Abaissant les yeux, j'aperçois en contrebas, un peu sur la gauche, les contours blafards de notre capitale : Mexico, la cité qui est au milieu du lac de la lune – Tenochtitlan, la ville du figuier de Barbarie au fruit dur.

Le plus beau et le plus grand séjour du monde! Pour l'heure, privé de ses feux, c'est un fantôme qui flotte parmi les brumes aquatiques. Mais lorsqu'on la connaît avec amour, on en devine malgré tout les formes harmonieuses.

L'enceinte sacrée, hérissée de monuments et de sanctuaires.

Le palais impérial et ses jardins du dedans.

Les canaux et les rues de notre métropole lacustre, les places principales, l'aqueduc, les terrasses, les oratoires de quartier, les pyramides petites et grandes, le lieu des champs de fleurs, le bel écrin de montagnes plantées de bois de pins, les trois chaussées qui unissent notre île au rivage : Tepeyacac (menant à la demeure de Notre Mère Vénérée), Tlacopan, Iztapalapan où se pressent à présent les membres de notre nation, et puis les quatre divisions.

Du côté des neufs plaines, de la plaine des serpents de nuages menant aux sept cavernes : l'Endroit-où-éclosent-les-fleurs.

A l'opposé, du côté des épines, à la gauche du Soleil, non loin d'où nous sommes : le Lieu-des-moustiques.

Regardant Tlacopan par-dessus les eaux, dans le pays des brouillards, domaine de la vieillesse et de l'origine des hommes : la Maison-des-hérons.

Enfin, désignant le pays rouge et noir qui rejoint la mer divine et enfante le jeune maïs : le Quartier-du-Temple.

Telle est notre ville au nom double, joyau des demeures humaines, que notre dieu tribal choisit pour nous.

Colibri de la gauche, Guerrier ressuscité de la gauche du Soleil, Huitzilopochtli nous l'a donnée. Elle s'est ouverte, la main de Celui qui hante le froid pays des ailes. Est-ce donc cela que nous allons perdre ce soir, avec nos vies et notre au-delà ? Et même cette nostalgie, elle ne survivra pas. Mieux vaut fermer les yeux sur ce spectacle. Le beau qui est ne saurait consoler de l'horrible qui va être, bien au contraire.

Les prêtres attendent, dardant leurs regards sur le fond du ciel. Pauvres fous du savoir et de l'ésotérisme, qu'escomptez-vous encore ? Allez ! je n'ignore rien de vos projets insensés. Pour la sixième fois dans l'histoire de notre nation[1], vous allez tenter de faire naître le Feu Nouveau, le nouveau siècle de cinquante-deux années. Mais quoi ? Seriez-vous restés sourds à votre propre enseignement ?

Quatre soleils ont précédé le nôtre : tous ont péri.

Le premier Soleil, les fauves au pelage tacheté (de même que le Ciel Nocturne, Tezcatlipoca, est constellé d'étoiles), les fauves qui sont au cœur

1. L'an 1507 de notre calendrier.

des montagnes l'ont déchiré de leurs dents, éventré de leurs griffes.

Le deuxième Soleil, c'est le Serpent à Plumes qui l'a détruit, faisant souffler sur lui un vent magique en tourbillon. Tous ceux qui ne trouvèrent pas la mort furent transformés en singes.

Tlaloc a fait pleuvoir une pluie de feu sur le troisième Soleil.

Un déluge de cinquante-deux ans éteignit à jamais le quatrième. Cachés dans le tronc d'un énorme cyprès, un seul homme et une seule femme survécurent. Ils ne furent pas changés en animaux marins comme les autres. Cependant, ils désobéirent au Miroir Fumant. Contre son ordre, ils voulurent faire du feu dans les ténèbres, ayant eu l'idée de griller un poisson. Epouvantable fut le courroux du dieu. Ce dieu épouvantable leur trancha la tête. Il prit leur tête et la recolla sur leur cul – les voici métamorphosés en chiens.

Notre cinquième Soleil est lui aussi voué à disparaître. Nous le savons de source sûre. Seule la date ne nous a pas été communiquée avec précision. Il aurait pu mourir hier, ou n'importe lequel des soirs précédents, lui le Soleil du Centre, le Soleil papillon. Depuis sa naissance, le jour Quatre-Mouvement, ses matins sont comptés. En cette nuit du dernier jour du siècle, il est plus proche de sa mort qu'il n'a jamais été. Qu'arrivée au zénith, l'Etoile de l'Allumage du Feu refuse de poursuivre sa course, et c'en sera fini. Débuteront les grands tremblements qui doivent fracasser ce monde. La famine s'installera parmi nous. Du fond de la noirceur surgiront et fondront sur nous, en hordes innombrables, les hideux Tzitzimime, les hôtes crépusculaires au visage de squelette, tapis à l'Occident dans la maison du déclin. Ils se précipiteront depuis le seuil de l'univers et nous extermineront, jouant de leurs mâchoires féroces.

Ô mon père et ma mère, ô Atototl, tout s'achève ici, dans cette horreur suprême. Prêtres, ne pouvez-vous pas faire bouger cette étoile ? Je vous en supplie ! Je deviendrai votre esclave s'il le faut ! Soleil, notre père, nous ne T'avons pas servi à satiété le manger et le boire. Je le voudrais, pourtant. Je le voudrais si fort ! Je ne puis me résoudre à finir ainsi. C'est trop cruel. C'est trop stupide. Puisque nous connaissions Ta faim éternelle, Ta soif inextinguible ! Puisque nous savions qu'il Te fallait l'eau de pierre verte, l'émeraude humaine ! Que n'avons-nous agi en conséquence ? Mais non ! Nous nous sommes condamnés nous-mêmes par trop peu de zèle et de générosité. Une seule fois, lorsque fut inauguré le grand temple en l'an Huit-Roseau[1] nous T'avons traité avec largesse : vingt mille guerriers de Xiuhcoac, Cuetlaxtlan et Tzapotlan connurent sur la pierre la gloire d'obsidienne – c'était deux années avant ma naissance. Mais depuis, méprisables donneurs de festins, régaleurs ignominieux, nous T'avons compté en avares les coupes et les plats. Les dieux, pourtant, nous avaient montré l'exemple. Ils ont versé leur propre sang pour que nous habitions ce lieu et qu'il fût éclairé.

A Teotihuacan, au commencement des siècles de ce monde, les dieux se sont assemblés. Le Miroir Fumant était de leur nombre, ainsi que le Serpent à Plumes. Le Dieu Vent les accompa-

1. 1487.

gnait, avec le Serpent de Nuages et un grand concours de dieux et de déesses. Tlaloc, Seigneur de l'abondance des champs, était parmi eux; le dieu des roseaux l'avait suivi.

« Qui aura la charge d'éclairer le monde? » se demandèrent-ils les uns aux autres.

Celui-du-coquillage-marin se propose le premier : « J'allumerai le monde », déclare-t-il. Sans doute, mais un seul n'est pas suffisant. Il y a la lumière du jour et la lumière des nuits. « Qui sera l'autre? »

Tous les dieux détournaient la tête et regardaient la poussière entre leurs pieds. Alors le dieu des subsistances et le Seigneur du feu désignèrent Nanahuatzin, un petit dieu de rien du tout dont personne ne tenait compte. Sans doute même serait-il passé complètement inaperçu si son corps n'avait été couvert de lèpre, de bubons, de croûtes, de pustules et d'ulcères. « Sois celui qui éclaire, Petit Pustuleux! » lui dirent-ils avec solennité.

Le dieu devint triste et chercha d'abord à se défiler, faisant valoir que d'autres divinités étaient disponibles et mieux portantes. Mais c'était un ordre qu'il avait reçu.

Il y avait quatre ans que brûlait la fournaise sacrée,
là-bas, à Teotihuacan.

Auprès de ce brasier font pénitence ceux qui allaient devenir les luminaires du monde. Ils firent des offrandes. Tecciztecatl, Celui-du-coquillage-marin, présentait ce qu'il y avait de plus désirable : l'or, le corail, les pierres précieuses, les précieuses plumes de quetzal. Nanahuatzin n'avait rien. Il offrit neuf roseaux liés ensemble, des épines de maguey teintes de son propre sang, car il s'était percé les jambes et les oreilles. Il offrit les croûtes de ses bubons, n'ayant pas même de copal à offrir. Après quoi, ils demeurèrent encore quatre jours en pénitence. Cependant, les dieux édifiaient à Teotihuacan les pyramides de la Lune et du Soleil.

Au bout de quatre jours, Tecciztecatl fut revêtu d'ornements somptueux. Le Petit Pustuleux, on enduisit son corps de craie et de plumes blanches, on accrocha sur lui des parures en papier. Ils furent alors conviés à sauter dans le feu. Celui-du-coquillage-marin prit son élan le premier. A quatre reprises, il essaya mais, les quatre fois, la peur des flammes le rejeta en arrière. Nanahuatzin s'avança et, du premier coup, sauta dans le feu. Il tomba au centre du brasier, l'aigle s'empara de lui et le hissa en haut du ciel : il devint le Soleil. Tecciztecatl le suivit, ne voulant pas perdre la face, mais son saut fut moins bon : il roula dans la cendre et devint la Lune. Le jaguar guettait. Il s'élança trop tard et c'est ainsi que sa peau est couverte de taches, là où les braises l'ont brûlé.

Certains disent aussi qu'après le saut des élus, les dieux s'assirent à Teotihuacan et prirent des paris sur le côté du brasier d'où allaient ressortir le Pustuleux et son compagnon. Quetzalcoatl et Tezcatlipoca parièrent sur l'Orient et c'est à l'Orient, en effet, que parurent le Soleil et la Lune. Celui-là venait avant Celle-ci, mais tous deux brillaient également, ce qui offusqua l'assemblée des dieux. « Comment ! dirent-ils. Celui-du-coquillage-marin n'a donc pas honte de la lâcheté dont il a fait preuve tout à l'heure ? Qu'il se voile plutôt la face ! » Ils s'emparèrent d'un lapin et le lui jetèrent à la figure, de telle sorte que la face de la Lune est voilée.

Alors les dieux virent que les astres demeuraient sans mouvement.

Ce fut un moment d'intense stupéfaction et de grande terreur car les astres immobiles étaient en train de calciner le monde. On envoie un message au Soleil : « O soleil ! que devons-nous faire pour que tu t'éveilles de ta mort et daignes parcourir ta route ? » – « Je veux, dit le Soleil, votre royaume et votre sang. » Furieux, le dieu de l'Aube voulut tuer l'impudent avec son arc, mais le Soleil le surveillait du coin de l'œil : il le changea en terre de glace et posa sur lui une couche épaisse de neuf cieux superposés. Considérant cela, les autres dieux se consultèrent et décrétèrent ce qui suit : « Mourons tous et faisons que le Soleil ressuscite par notre mort ! » Ils firent comme ils avaient dit. Le Dieu du Vent fut choisi pour être leur sacrificateur à tous.

Et tous les dieux meurent, là-bas, à Teotihuacan.

Ainsi les dieux ont-ils donné leur vie pour nourrir le Soleil, comme Nanahuatzin et Tecciztecatl avaient donné la leur pour conduire la clarté dans notre univers. Seule l'eau précieuse peut faire aller le Soleil.

Mais ce n'est pas tout.

Au moment de l'immolation divine, Xolotl, le dieu double à tête de chien, Seigneur des jumeaux, des difformes et des monstres, se déroba et ne voulut point mourir. Le Serpent à Plumes, son double, le rejoint et le tue. Mais Xolotl est descendu à Mictlan, le lieu de la mort, a déjoué la surveillance du dieu des Enfers et de sa femme décharnée, puis s'est emparé des précieux os des morts anciens, desséchés dans le fond des abîmes. Et c'est Quetzalcoatl, dont Xolotl est le double, qui perce sa chair d'épines de maguey et verse son précieux sang, son précieux sperme, sur les ossements dérobés au sinistre Seigneur : il fabrique ainsi les premiers hommes du cinquième Soleil. Pour que nous existions, le Serpent à Plumes répandit la liqueur de sa vie. Nous avons une dette envers lui.

Mais ce n'est pas tout.

Tezcatlipoca, lui aussi, s'est sacrifié pour nous. En ce temps-là, le monstre de la terre n'affleurait pas à la surface des eaux. Le Miroir Fumant l'attira en se servant de son pied droit comme hameçon. Le monstre planta sa gueule affreuse dans la cheville du dieu. Alors celui-ci tâcha de ramener sa jambe, afin que le monstre sortît des profondeurs. Le monstre détacha le pied de la jambe du dieu, mais il se rompit la mâchoire dans ce combat terrible. Ainsi mutilé, il ne fut plus capable de plonger dans le fond des eaux et dut nager à la surface : la terre avait été tirée hors des eaux. Depuis lors, Tezcatlipoca sautille sur son pied unique. Vous voyez dans le ciel de la nuit la trace qu'il laisse en boitant autour de l'Etoile de la dualité, l'Etoile de la perfection[1] qu'il ne peut attein-

1. L'étoile Polaire. Pour les anciens Mexicains, la constellation de la Grande Ourse était faite des empreintes de ce pied unique.

dre, étant lui-même, malgré son effort et son sacrifice, une divinité imparfaite. Mais l'humanité, grâce à lui, a pu prendre position sur la terre. Nous qui précairement vivons sur le dos râpeux de la bête, au moins vivons-nous quelque part. Comment ne lui en serions-nous pas redevables ?

Mais ce n'est pas tout.

Voilà ce qu'enseigne un autre livre : nous, les hommes du peuple, nous avons été créés spécialement pour prendre la relève des dieux dans l'abreuvage du Soleil. Toujours et encore, il nous faut entretenir son mouvement par des festins et par des libations. Nous sommes l'échanson. Nous sommes la coupe. Nous sommes le vin. Le monde ne continuera qu'à ce prix. Comme le quatrième Soleil était mort, et comme le nôtre n'avait pas encore été dressé, il se passa deux fois treize ans. Quetzalcoatl et Tezcatlipoca unirent leurs efforts pour relever le ciel qui s'était effondré. La huitième année furent créés les hommes du peuple, ceux qui jamais ne se divertissent, mais qui travaillent toujours. Ils furent inventés parce que le soleil futur allait avoir besoin de vivres.

Et ce soir encore, un captif doit mourir par le couteau. Mourir, dit notre foi, et revivre éternellement dans le cortège du Soleil. Mais quelle éternité est-ce là si le Soleil doit mourir lui aussi – ce vieux Soleil qui faiblement ne survit que grâce au sang et aux cœurs des sacrifiés ?

Prêtres, de quoi êtes-vous encore sûrs, à présent ? Vous renversez la tête et puis quoi ? Où en est-elle, sombres figures, votre Etoile maudite ? Même le captif surveille vos gestes avec angoisse, mille fois plus effrayé à l'idée de la mort du Feu qu'à celle de son propre supplice.

Le regardant, alors que le dernier Soleil des hommes rend l'âme, je ne puis m'empêcher de ressentir orgueil et fierté. O dieux, faut-il que nous soyons fous ! Au tout dernier instant, quand plus un être ne va exister, encore songer à ce qui nous rend supérieurs aux autres !

Et pourtant oui, dans ma terreur et dans mon désespoir infinis, j'y songe. Je crois même deviner des regards de considération et d'envie attachés à ma personne, parce que j'ai participé à la capture de cet homme.

En cette nuit du Feu Nouveau, celui dont on fend la poitrine doit être un guerrier de grand mérite, afin qu'un hommage très considérable soit rendu au Soleil et aux dieux. Dans son nom figurera nécessairement le mot qui désigne la pierre de turquoise, ou le feu, ou l'année; il faut aussi que cet homme soit un fils légitime, né de la première épouse de son père, et non d'une concubine. Prenant tout cela en considération, les prêtres ont jeté leur dévolu sur Celui-qui-lance-une-flèche-de-turquoise, Xiuitlamin, originaire de Huexotzinco. Il s'agit d'un valeureux combattant, ardent à la bataille, habile à propulser les traits. Un capitaine parmi ceux de son camp. Et moi, Chimalpopoca, encore élève au collège des soldats, n'assistant pas à ma première bataille, mais lancé pour la première fois au sein de la mêlée, en renfort des guerriers d'expérience — moi, Chimalpopoca, j'ai aidé les nôtres à se saisir de lui.

Nous étions deux camarades, étourdis par le fracas des armes et le tumulte des tambours, des gongs à deux tons, des trompettes de bois, des conques, des hurlements et des sifflets qui imitent le bruit des flèches, enivrés par l'encens que les prêtres faisaient fumer au milieu des combats. Armés de solides cordes, nous guettions les ennemis renversés afin de les lier comme on fait des cerfs à la chasse. Tout à coup, voici qu'un de nos maîtres – c'était tout justement Itzcoatl, le Serpent d'obsidienne, reconnaissable à l'emblème de plumes de perroquet fixé à ses épaules – se trouve en difficulté à dix pas de nous. La jambe fendue par le glaive de son adversaire, il est jeté sur le sol et, déjà, l'ennemi s'apprête à l'immobiliser, vociférant à l'adresse de ses propres assistants. Alors, nous glissant entre les autres duels, Tochtlatoa et moi-même, nous nous approchons de lui et bondissons sur ses épaules. Mais cet homme aguerri connaît de telles feintes que son corps nous échappe. Le voici à présent sur moi, qui brandit un casse-tête. Par bonheur, le Serpent d'obsidienne se relève et balaie l'ennemi d'un formidable revers de son bouclier, puis il nous montre comment on enserre un captif dans les liens promptement déroulés. Ensuite de quoi, sans plus s'occuper de son mollet ouvert, il le charge sur ses vastes épaules et va le déposer en arrière du combat, au milieu des autres captifs.

Ainsi l'humble collégien, misérable serviteur de Tezcatlipoca-le-Jeune-Homme, est-il devenu iyac comme son dieu : j'ai fait mon premier prisonnier. Telle est ma fierté, qui m'accompagne jusque dans l'amertume et l'abomination de cette nuit.

Revenu dans notre capitale, j'avais coupé la mèche de cheveux qui, depuis ma dixième année, poussait sur ma nuque, attendant ce glorieux jour pour être tranchée. Le reste de ma chevelure, je pouvais désormais le laisser croître, connu pour iyac par tous ceux qui me croisaient.

Pour ce premier exploit, parce que j'avais à peine dix-huit ans, parce que le Serpent d'obsidienne est un instructeur honoré et parce que notre captif n'est pas n'importe quel guerrier obscur, mais un fils de noble naissance, Celui-qui-parle, notre vénéré souverain, a ordonné que nous lui fussions présentés, Tochtlatoa et moi.

Motecuhzoma le Second, dit L'Honorable Cadet, était en ses appartements, méditant sur les affaires temporelles et divines, songeant avec inspiration aux destinées de notre peuple.

Les plus grands seigneurs ne l'approchent qu'en courbant le front, les yeux modestement baissés, vêtus pour la circonstance d'un grossier manteau. Jamais ils ne le regardent au visage; et ils se tiennent accroupis devant lui, sans chaussures, les yeux voilés avec la paume de la main, de peur que sa gloire ne les éclabousse et ne les rende aveugles à jamais. Quant à nous, dont l'existence est moins qu'un grain de sable, nous nous sommes avancés en rampant, gémissant d'avoir à lui faire souffrir le désagréable voisinage de nos personnes.

Mon père m'avait déjà décrit le palais, s'excusant de ne donner qu'une faible idée de ses charmes. Cependant, je n'aurais pu croire que la réalité fût à ce point supérieure à sa relation, qui m'avait émerveillé. Les murs étaient ornés de peintures chatoyantes; des poutres magnifiques, sculptées et rehaussées de feuilles d'or, garnissaient les plafonds. Nos corps sans valeur froissaient de fins tapis, des peaux de bêtes somptueusement étalées. Mille bouquets embaumaient l'atmosphère. Le riche décor des paravents de bois semblait avoir été façonné par la main d'une déesse.

Et quand nous fûmes en présence du monarque, Notre Père et Notre Mère vénérés : « Seigneur, mon seigneur, mon grand seigneur! » saluâmes-nous en tremblant de tous nos membres. Mais Notre Bienfaiteur nous accueillit avec indulgence et courtoisie. Il félicita d'abord mon camarade et lui fit remettre un coquillage précieux et un petit miroir. Alors, il s'adressa à moi en ces termes :

« Je connais ton père, Chimalpopoca, il n'a pas son pareil pour peindre les livres d'écorce et de peau de chevreuil, et tu portes un nom fameux, un nom de roi... »

Je devinai au son de sa voix qu'il souriait légèrement en articulant ces paroles — et la sueur me vint aux tempes, tandis que pour la première fois de ma vie, je ressentais cruellement l'ironie de mon nom. Mais Celui qui porte le diadème d'or et de turquoises ne voulut point me torturer davantage. Il me fit au contraire un discours très gracieux, m'exhortant au courage et au respect des maîtres, enchaînant avec des commentaires subtils sur l'art de la guerre, fustigeant la couardise et l'oisiveté, décrivant avec consternation ceux qui s'enivrent en leur jeune âge, me promettant enfin un avenir remarquable si je corrigeais mes défauts, maîtrisais les vils élans de mon âme et montrais en toute chose prudence et sagacité, veillant avant tout à bien servir les dieux. Sa voix devint lasse et il s'arrêta tout à coup. Mon présent fut un bouclier garni d'une mosaïque de plumes, comme les Toltèques savent les faire. J'eus aussi un échantillon des fleurs les plus rares, cueillies dans un des jardins du palais. Puis nous fûmes congédiés.

A présent, en ce funeste soir, nous nous tenons dans une pose discrète, un peu en retrait d'Itzcoatl, juste derrière le cercle des prêtres. C'est notre captif à tous trois que la nation aztèque offre en dernier recours, pour maintenir l'univers d'un seul morceau et redonner de l'erre au Soleil. A travers tout ce qui me glace les os passe une ultime douceur. C'est Atototl que j'évoque, bien sûr, et ce nouveau regard qu'elle a posé sur moi quand je suis revenu iyac des combats. Quelques mois avant cela, je portais encore la mèche sur la nuque, et comme je voulais lui dire mon admiration pour sa grâce, elle m'avait lancé des paroles cuisantes, se tenant avec d'autres jeunes filles qui ajoutèrent leurs propres sarcasmes. J'eus longtemps leurs rires dans les oreilles. J'entendais partout leur cruel langage : « Quel est ce chevelu qui se mêle de parler? Est-ce un homme, cela? Regardez plutôt sa tête : ne dirait-on pas qu'il est une femme et qu'il a sa place au milieu de nous! Cuis-tu des galettes, chevelu, ourles-tu ton corsage, lorsque les hommes sont à la guerre? » Telle est l'impitoyable déclaration des filles, à qui n'a pas ramené son premier captif. Mais j'ai connu la fin de cette malheureuse époque. L'Oiseau d'eau, merveille de la lagune, a vu ma chevelure, sa mère lui a dit que l'empereur avait réclamé après moi et qu'on m'avait aperçu, sortant de ses maisons, les bras chargés de cadeaux fastueux. Atototl! Je fais le rêve qu'en cet instant même, ce tout dernier instant du monde, des dieux et de nous, le profond miroir de ses yeux est tendu vers moi. Il me faut serrer fort mes javelines pour ne pas pleurer.

Ce que tu viens d'obtenir, on te le prend aussitôt. Le dit des poètes n'est que trop véridique! Rien n'a été créé pour nous. Je t'entends, Ayocuan Cuetzpaltzin : « Le pays du plus bref instant, telle est la terre », c'est ce que tu disais. La terre ne nous est que prêtée, et les chants, les poèmes subtils, les fleurs parfumées, Mexico notre demeure, ses saules et ses joncs blancs, les plumes de quetzal, les courtisanes, fleurs de maïs grillé, les corps et les émeraudes, les pères, les mères et les beaux seigneurs resplendissants, la pluie douce et tiède, le cacao : ils ne nous sont que prêtés et nous ne sommes que prêtés les uns aux autres. Celui qui n'a pas de visage répète encore :

Sur la terre nos cœurs disent :
Ne jamais mourir, oh! princes!
Où est donc le pays où l'on ne meurt pas?

Ce n'est pas ici, amis, ce n'est pas ici! Regardez le Grand Prêtre : on devine sa peau blême, sous le noir badigeon. L'Etoile s'est immobilisée, notre sursis s'achève. Voilà, je le savais! Etait-ce la peine de jouer encore toute cette comédie? Prêtres, exécrables bouffons, saltimbanques de la Mort, charlatans solennels, vous boulerez quand même avec nous dans les crevasses du monde! Vos jupes s'envoleront et chacun pourra voir en mourant l'immonde suintement de vos derrières laqués!

J'entends dans mon dos le brame étranglé de la foule. Devant moi notre captif, le corps recouvert de craie blanche, les membres enduits de duvet, mollit sur ses jambes. Ses yeux versent en arrière. C'est la fin. Je sens déjà le sol vibrer; une respiration fétide et glacée remplit la nuit jusqu'aux quatre horizons.

Et puis, je ne sais plus ce qu'il se passe. Alors que notre anéantissement vient d'être déclenché, le Grand Prêtre fait un signe. Avec une célérité incroyable, d'autres officiants se saisissent de Celui-qui-lance-une-flèche-de-turquoise et l'étendent sur l'autel. A peine son dos a-t-il touché la pierre que le couteau sacrificiel ouvre sa poitrine. Déjà, la main du Grand Prêtre fouille dans la blessure et ramène la pierre verte, la précieuse figue de Barbarie de l'Aigle, aussitôt levée vers l'endroit où triomphe à midi l'Aigle embrasé, puis déposée dans la calebasse de l'Aigle, le récipient des cœurs. Ainsi, ces démons de prêtres s'imaginent encore pouvoir sauver le monde?! Ils ont cassé les fils du cœur pour lier les fils rompus du tissu des siècles. Aspergés de sang frais, ils travaillent fébrilement à la ligature des années. Est-il possible qu'ils réussissent? Je ne puis le croire! Et pourtant, on dirait bien que la terre cesse de bouger...

Tandis que l'eau de jade bouillonne et se répand, un officiant plonge dans la poitrine béante le roseau de l'Aigle, aspire le sang et en arrose abondamment les effigies divines. Simultanément, une plaque de turquoise a été placée à l'endroit de la précieuse figue. Sur cette plaque, on applique l'extrémité du bâton à feu. Voici que le Grand Prêtre se concentre et s'acharne. Tout le peuple, comme un champ sous le vent, se penche et tend le cou, au paroxysme de l'inquiétude et de l'espérance. Et moi pareillement, retenant mon souffle, les yeux exorbités, j'observe avidement le mouvement de ses mains et l'action de l'instrument. J'ai l'impression de sortir de mon corps pour aller observer de plus près, les muscles tordus à hurler. Non, ils n'y arriveront pas ! C'est trop tard ! La fin du monde ne va pas reculer devant d'aussi minces subterfuges ! – L'étincelle a jailli ! Ô dieux, j'ai médit de vos prêtres : l'étincelle a jailli ! De ce corps pantelant et sacré, ils ont tiré le premier éclat du Feu Nouveau. Ils l'ont accouché de la flamme qui repousse le néant pour une nouvelle période de cinquante-deux années, si les dieux respectent leur contrat et si nous servons bien à table le Soleil et la Terre. Une formidable clameur a germé dans les cœurs et fleurit sur la montagne, du sommet au début de la rampe. Ce luxuriant printemps court d'une gorge à l'autre, s'enfle et s'étale, fulgure le long de la chaussée et gagne les terrasses de Tenochtitlan. Et moi aussi je crie, je clame ! Je m'égosille et je trépigne, élevant et abaissant avec démence mon bouclier, cependant que notre captif est poussé de la pierre et que son corps désarticulé dévale la pente jusqu'au Serpent d'obsidienne qui le reçoit dans ses bras, extatique. J'ai douté, j'ai médit. Le Soleil revient, le monde nous est laissé encore ! Au soir de ma vie, je devrai me confesser pour ces fautes, les confier à Tlazolteotl, la Mangeuse d'immondices, afin qu'elle les digère et les enlève de moi.

Tochtlatoa, à mon côté, n'était plus que rires, cris perçants et gambades. Il bondissait et m'assenait des claques dans le dos. Itzcoatl, lui, veillait scrupuleusement à la célébration du rite : de son glaive, il tranchait la tête de Celui-qui-lance-une-flèche-de-turquoise. La calebasse verte, où fume son noble sang, c'est entre mes propres mains qu'elle est placée – et cette fois je sanglote de reconnaissance, éperdu, écartelé entre l'humilité et l'orgueil. Tout à l'heure, c'est moi qui tremperai le papier dans l'eau de pierre verte et humecterai les lèvres des statues.

Par les cheveux, Itzcoatl nous présente la tête séparée du corps. Je la contemple avec fascination. Voici le visage mort d'un guerrier ressuscité. Notre captif a connu le trépas fleuri, fasse la destinée qu'il me soit accordé la même chance ! Tezcatlipoca, cher Jeune Homme, entends ce que je chante pour tous les guerriers et pour moi, l'invocation pressante de ceux qui assistent aux batailles :

Toi, Miroir Fumant,
Fais que les aigles et les jaguars soient un jour couverts de plumes et de craie.
Puissent-ils goûter la douceur de la mort d'obsidienne !
Qu'ils réjouissent avec leur cœur la lame au double tranchant, le papillon d'obsidienne.
Qu'ils appellent et convoitent la mort en fleurs, le bouquet létal !

Le feu qu'on vient d'allumer sur ta poitrine, Xiuitlamin, les porteurs en liesse le conduisent aux quatre coins de la vallée. Partout l'on brûle les fagots de cinquante-deux tiges nouées ensemble dans un linge. Mais toi, bienheureux, tu t'élèves et rejoins le paradis des guerriers, l'Aigle t'a choisi pour compagnon. Dans les ténèbres qui précèdent l'aurore, tu vas te parer et t'armer comme pour la guerre, des plumes dans les cheveux, le front ceint de fleurs. Parmi les élus, dans vos costumes époustouflants, tu vas marcher à la rencontre du Soleil depuis le séjour d'Orient. Vous lui donnerez du contentement par vos chansons, vos péans, vos rires, mimant des combats pour Le réjouir. Vous Le précéderez sur sa route majestueuse, contemplant Sa face éblouissante à travers les trous qu'ont percé dans vos boucliers les flèches adverses, défilant avec lui entre des arbres merveilleux. Dans la maison du Soleil, il n'est que richesses et plaisirs. Nulle douleur, nul chagrin, nulle répulsion. Les guerriers morts en luttant, et ceux du sacrifice, se délectent incessamment. Ils jouent pour le Soleil levant, s'ébaudissent et savourent le suc des plus belles fleurs. Au bout de quatre années, ils redescendent dans les terres chaudes de ce monde, changés en colibris, en papillons, en différentes sortes d'oiseaux au plumage luxueux. Ils boivent au calice des fleurs. Mais là-haut, lorsque le Soleil est arrivé à son zénith et qu'Il s'apprête à pénétrer le côté féminin du monde, demeure des déesses-mères, ils Le prennent entre leurs mains, ils Le tiennent avec précaution et respect et Le remettent aux femmes mortes en couches, également bardées d'insignes militaires, d'armes dangereuses et de boucliers, car ce sont des guerrières ayant livré une bonne bataille par leur accouchement puisqu'elles ont capturé un enfant, peut-être un héros des futurs combats. Ces Femmes Vaillantes reçoivent le Soleil et Le chargent sur le palanquin de plumes vertes, faisant retentir les cris martiaux et accomplissant les simulacres qui Le charment, jusqu'à ce que l'Occident soit atteint.

J'imagine, ô Xiuitlamin, la réception grandiose

qui t'est réservée dans le ciel radieux. Connaîtrai-je jamais de telles délices ? J'en conjure Tezcatlipoca, Huitzilopochtli et tous les dieux : qu'ils daignent m'accorder cette faveur. Selon le jour de ma naissance – Trois-Jaguar – mon existence est heureusement marquée par un chiffre favorable et un signe où se reconnaissent les gens de guerre. Bénie soit cette avantageuse conjonction ! Mais il me reste à réaliser par mes propres vertus le programme du destin. En serai-je capable ?

En tout cas, le monde est encore resté en vie pour m'en donner l'occasion. Un nouveau contrat de cinquante-deux années a été passé entre les hommes et les dieux. Si les uns et les autres honorent leur parole, j'ai tout mon temps pour m'amender, me bonifier et parvenir à mes fins.

De la colline Huixachtecatl jusqu'au fond de la vallée, l'allégresse du peuple est à son comble. Dans un tel enthousiasme, simplement parce que nous ne sommes pas morts nous nous croyons presque devenus immortels. Tochtlatoa, le Lapin-qui-parle, me glisse à l'oreille : « Dès que les cérémonies seront terminées au temple, après que celui-ci sera découpé et mis à bouillir, viendras-tu avec moi ? Je connais la femme d'un saunier... » Il doit se mordre l'intérieur de la bouche pour ne pas éclater de rire, car l'œil aigu du Serpent d'obsidienne a surpris son manège. Déluré Lapin ! Il ne pense qu'aux femmes et aux réjouissances vulgaires...

« Allons ! grogne notre instructeur. Les dieux sont impatients de notre offrande ! »

Nous emboîtons le pas aux prêtres, dont l'un porte contre sa poitrine la tête du sacrifié. Itzcoatl et Tochtlatoa convoient le corps – celui-ci soulevant les jambes, celui-là chargé des membres supérieurs. Je viens ensuite avec le précieux bol.

Nous descendons au milieu de la tumultueuse euphorie de notre nation qui nous acclame et tend les bras vers nous. Tochtlatoa, tête folle, que me viens-tu parler de ta saunière ! Mon cœur n'a que faire de ces broutilles, de cette herbe flétrie ! Il réclame des festins, des jardins, des empires ! C'est elle que je veux, c'est l'Oiseau d'eau qui sera ma femme. Puisque nous vivons, que je vive dans la peau d'un homme comblé, d'un roi pour qui aucun désir n'est trop grand !

Sur la chaussée d'Iztapalapan, les flambeaux dansent et s'envolent. Le peuple court en riant vers les quartiers où chaque maison ravive son feu. Les anciens vêtements sont brûlés. Les neufs sont endossés. On sort de leur cachette les femmes enceintes, puis les meubles et les ustensiles de ménage qui n'ont jamais servi. Mon père me contera plus tard qu'avec ses serviteurs armés de dards, de perches et d'une grande variété d'outils, notre voisin s'est précipité sur son embarcadère. Penchée sur l'eau, ahanant, toute la troupe s'escrima longuement à repêcher l'embarcation et son dispendieux bagage. En tous lieux, de la résine de copal se consumait en l'honneur de nos divinités.

Dans la cohue et le brouhaha, notre retour fut d'une lenteur extrême. Je ne vis pas Atototl dans la foule ni aucun visage familier. Mais que m'importait, puisque nous étions destinés l'un à l'autre et que le monde demeurait solide sous nos pieds.

La nuit se mit à grisonner lorsque nous arrivâmes au temple. Puis le rose mélodieux souleva doucement cette grisaille. Un liséré de nacre vint border à l'Est la sombre épaule des montagnes. La parade des morts se met en marche dans le séjour de lumière, ornée de quatre cents millions de fleurs. O! pauvres hommes, amoureux éconduits de la terre, voici le jour, l'aurore se lève, l'instant du triomphe et de la plus grande nostalgie. Nous voyons mieux ce qui jamais ne nous appartiendra vraiment. Telle une main qui s'ouvre avec tendresse, la clarté s'abandonne depuis le haut des pyramides et vient tâter le sol. Dans les yeux de pierre du sacrifié, elle ne se reflète point, ni sur son corps enduit de craie.

C'est l'aube. Mon cœur saigne et s'exalte en même temps. En même temps, il récite deux poèmes.

L'un dit fièrement :

Je suis Huitzilopochtli, le jeune guerrier,
Nul n'est égal à moi.
Je n'ai pas revêtu en vain le manteau de plumes jaunes :
Grâce à moi le soleil s'est montré!

L'autre dit avec mélancolie :

Même le jade se brise,
Même l'or se fend,
Même la plume de quetzal se déchire.
Non, nous ne sommes pas pour toujours sur la terre,
Seul un petit instant ici...

II

FANFARONNADES ET BOUFFONNERIES DE LA JEUNESSE

CHACUN me fuit et se bouche le nez devant moi. Je répands une puanteur si violente qu'elle fait tourner la tête. A ma seule vue, les cheveux se dressent et les yeux s'écarquillent.

En ton honneur, Xipe Totec, dieu du bord des flots, j'ai enfilé la dépouille sanguinolente et chaude d'un captif écorché et je vais ainsi par les rues durant les vingt jours du mois nommé Ecorchement-des-hommes, parce qu'il t'est consacré, ô Seigneur du renouveau. Un masque de peau humaine pourrit sur mon visage. L'enveloppe de chair, peu à peu, se craquelle et s'effrite, bien qu'attachée à moi par les caillots de sang et la graisse du sacrifié. Ainsi je t'implore, ô Buveur Nocturne ! De même qu'à la fin du rite, le guerrier gicle de la peau morte, ses forces redevenues intactes, de même les pousses vertes du jeune maïs transperceront le sac desséché de la graine. Descends, Notre Seigneur l'Ecorché, dieu de la Souffrance. Puissions-nous bientôt dire que la nuit s'enivre autour de nous !

J'ai dansé, brandissant mon casse-tête. J'ai porté la tunique abominable. J'ai négligé tous les soins de mon corps, et durant ces vingt jours, les miens ont dû consentir au même sacrifice, non contents d'observer un jeûne pénible. Maintenant, que la pluie tombe au milieu des ténèbres et féconde la terre neuve, la terre qui a revêtu sa peau neuve après l'époque aride, sa peau jaune telle une feuille d'or, ô dieu des orfèvres ! jaune comme la défroque sacrificielle où je me suis glissé, opérant pour ta gloire, espérant ta protection et la rémission de mes fautes ! Considère-moi avec indulgence, Xipe Totec-le-goulu ! Et toi, populace, tiens-toi sur mon passage avec respect : j'ai affronté pour toi la pluie des flèches ! Pour toi, je me suis rué parmi l'ardeur des papillons d'obsidienne et j'ai ramené un ennemi, le tirant par sa chevelure ! Pour toi encore, peuple obtus et sans manières, j'ai poussé mon corps révulsé dans le tunnel poisseux de cette dépiauture ! A qui devras-tu donc demain cette pluie et ces plantes ? Tu peux bien me regarder avec déférence – si toutefois la déférence est le sentiment que traduisent ces mouvements de recul, ces larges écarts, ces froncements de narines et ces pâleurs soudaines !

Ah ! c'est un respect mêlé de crainte que vous me témoignez, comme à l'empereur lui-même ! Sous le masque fétide, je ne puis m'empêcher de sourire. Je songe aux propos cocasses de Tochtlatoa, ce joyeux compère pour qui tout est prétexte à facétie :

« Chimalpopoca, je te le dis, tu surclasserais en arôme toute une congrégation de tanneurs ! Comparé à ton sillage, le pet d'un démon malade est une brise vespérale ! Par Tepoztecatl, bienfaiteur de ceux qui roulent sous la table, et par tous les dieux, je ne voudrais pour rien au monde voir ma beauté rehaussée d'une telle parure ! Je t'en laisse bien volontiers le prestige, grand guerrier ! »

Dès qu'il m'aperçoit, affublé de la peau, environné d'un nuage de mouches zonzonnantes, notre voisin claque sa porte et ronchonne. Je corrigerais ce vieillard grommeleux s'il n'était le père d'Atototl ! Même lui, cependant, verra l'eau abreuver les ténèbres et connaîtra de la sorte la valeur de mon geste.

Ce soir encore, comme je rends visite à mon père, il crie par-dessus le mur, d'un ton exaspéré :

« Tu ne pouvais pas prêter cette peau à un indigent, comme ils font tous ? Au moins, il aurait quêté aux portes des riches demeures et ta famille aurait pu profiter du fruit de cette collecte ! »

Quelle mesquinerie ! Le vieux maudit ne pense qu'à entasser. On se demande par quel miracle sa maison ne s'enfonce pas dans la vase de la lagune, à force de marchandises emmagasinées entre ses murs.

Et le voici qui continue, amer et grinçant :

« Mais non, pensez-vous ! Il fallait que tu la portes toi-même et que tu t'exhibes ! Tu es un vaniteux, Chimalpopoca ! Tu te moques bien d'incommoder le monde, si cela doit t'avantager aux yeux des personnes en place ! »

Je bous. Déjà qu'Itzcoatl m'accuse d'immodestie : et maintenant, ce cupide !

Mais mon père m'apaise d'un geste.

« Voisin, dit-il simplement, s'étant placé au pied du mur, sois indulgent : ne sois pas impatienté par l'impatience de la jeunesse ! N'as-tu aucun souvenir du temps où nous étions nous-mêmes vifs et exaltés ? Quant à cette peau malodorante, dans deux jours d'ici, elle sera enterrée dans le temple et nous nous réjouirons tous qu'une aussi éminente offrande ait été faite aux dieux! »

L'animal reste à maugréer tout seul dans sa cour. J'aurais sauté le mur d'un bond pour lui caresser les côtes!

« Viens, dit mon père, m'adressant cette espèce de sourire qu'il a souvent ces temps-ci, un peu flottant, un peu lointain. Entrons dans la maison et parlons, Chimalpopoca. L'occasion nous en est si peu souvent donnée...

— Mais, vénéré père, c'est que je pue réellement d'une terrible façon! Ne sentez-vous donc rien? »

Son sourire s'accentue : je comprends qu'il attendait cette remarque.

« Voici encore une chose qu'il me faut t'enseigner : tout ce qui vient des sens tombe sous le gouvernement de l'esprit. Que l'esprit rejette le message des sens et c'est exactement comme si l'impression n'avait jamais été. Tu pues réellement, Chimalpopoca, mais mon esprit a le pouvoir de repousser cette évidence. »

Nous sommes parvenus dans la chambre des livres et des instruments d'écriture, plus sombre et, m'a-t-il toujours semblé, plus fraîche que toutes les autres pièces. Il m'observe en biais d'un air malicieux. Je ne sais quelle contenance adopter, bénissant l'occurrence qui dissimule mes traits sous un masque.

« Admettons maintenant, poursuit mon père d'une voix insinuante, que j'écrive dans un livre que tu pues. Que se passera-t-il? Eh bien, tu vas puer tant que ce livre existera, tant qu'il n'aura pas été détruit, avec la mémoire de tous ceux qui l'ont lu et de tous ceux à qui ceux-là ont fait part de leur lecture.

Je donnerais tout pour sortir de cet endroit. Depuis que je porte cette dépouille, jamais je ne me suis empesté moi-même à ce point.

Mon père lève doctement le doigt, les yeux de plus en plus pétillants :

« Note bien que dans cette affaire la réalité de la puanteur n'est nulle part en cause. Personne ne s'intéresse à la chose. Ceux à qui viendra l'idée d'aller te renifler se compteront sur les doigts de la main et, vraisemblablement, pas un seul ne mettra son projet à exécution. Peu importe en fait que tu n'aies jamais cessé de fleurer la vanille et le cacao mousseux ! Ce qui compte, ce qui existe pour les sens en même temps que pour l'esprit, c'est la réunion sur la page de la figuration du remugle avec la figuration de ta personne. C'est cela qui te fait puer sans que la présence d'aucun relent soit nécessaire. Voilà quelle est la force des livres, Chimalpopoca : y avais-tu seulement songé ? »

Depuis le début, j'avais deviné où il voulait en venir : ne peut-il pas se mettre dans la tête que je ne veux pas être un homme de livres !

« Père... ! père ! bafouillé-je misérablement. Je suis un guerrier !... Voici la peau de mon deuxième captif !

– Tu es un guerrier, Chimalpopoca. Et pourquoi fais-tu la guerre ?

– Pour... pour... pour honorer nos dieux !

– Sans doute.

– Pour connaître un sort enviable et entouré de gloire !

– Tu parles de la mort, Chimalpopoca ? »

Pourquoi suis-je hésitant ?

« De la mort... oui... du paradis des guerriers !
– Mais tu penses d'abord à la vie ? Tu songes à te distinguer à la guerre et à devenir un chef, un seigneur, avant de mourir au combat ou sur la pierre ?

Que me demande-t-il là ? Cela ne va-t-il pas de soi ?
– Bien sûr, père !
– Tu veux accéder aux ordres supérieurs ? Etre accueilli dans les rangs des chevaliers ? Remplir peut-être de hautes fonctions à la cour ?
– Ne puis-je l'espérer ? »

Il sourit à nouveau et hoche doucement la tête.
« Ta bravoure te le permet, mon fils. Tu es encore jeune et tu as déjà fait les preuves de ta vaillance. Par conséquent, tu aspires à la noblesse ?
– Ne te l'ai-je déjà pas fait entendre, vénéré père ?
– Selon toi, qu'est-ce que la noblesse, Chimalpopoca ? »
– La noblesse ? Eh bien... Des honneurs ! Des privilèges !
– Que sont les privilèges, Chimalpopoca ? »

Je sens la sueur rouler dans mon cou.
« Des biens... des insignes...
– Ton rêve est de posséder des biens, comme notre voisin ?
– Mais, père ! Ces biens auxquels je pense, il ne saurait les acquérir ! Ce sont des biens réservés à l'élite : des... des privilèges, je vous l'ai dit ! »

Il se tient le menton et ferme à demi les yeux, faisant celui qui réfléchit profondément.
« En somme, ce ne sont pas les choses qui t'intéressent ? C'est plutôt, comment dire ? – le droit de les posséder en raison de ce que tu as accompli et de ce que tu es ? »

Il me dévisage tout à coup.

« Sais-tu comment s'appelle ce droit spécial, Chimalpopoca ? Ce droit qui est accordé à certains hommes et pas à tous les autres ? »

Décontenancé, j'écarte les bras.

« Le pouvoir, Chimalpopoca. Le pouvoir ! Ce que tu désires si ardemment, c'est le pouvoir. C'est le pouvoir que cela s'appelle, mon fils ! »

Je ne trouve toujours rien à dire, mais il n'attend pas de réponse. Il se détourne de moi et va poser ses paumes sur les livres.

Il me montre son dos et la chambre devient obscure, à présent, mais j'ai l'impression, au son de sa voix, qu'il a clos les paupières.

« Voilà le véritable pouvoir. La parole silencieuse. Le silence qui dicte les ordres suprêmes. Les armes et les titres font obéir les hommes en exerçant sur eux une contrainte. Les livres font obéir les hommes sans s'adresser à eux, sans que les hommes aient conscience qu'un ordre leur a été donné. Rappelle-toi ce que je te disais tout à l'heure, Chimalpopoca : si le livre dit que tu pues, un rapport tangible et durable est instauré entre toi-même et la mauvaise odeur. Tu ne peux pas puer à volonté : la puanteur ne dépend pas de ton bon plaisir. La volonté de l'écriture, par contre, suffit pour que tu pues durant des siècles, et même après ta disparition.

— Mais, père ! m'écrié-je avec effarement, c'est de l'art du mensonge que tu es en train de m'entretenir !

— Tu n'es pas bête, Chimalpopoca, et je vois que tu es aussi un garçon vertueux. Mais tu ne pousses pas assez loin tes raisonnements. Qu'est-ce qui est mensonge ? Ou plutôt : qu'est-ce qui ne l'est pas ? Nous l'avons vu, la réalité parvient à l'esprit par les sens, mais les sens sont eux-mêmes sous la coupe de l'esprit. En définitive, le vrai et le faux sont toujours décrétés par lui librement, c'est-à-dire arbitrairement. La liberté des petits esprits est de se reposer sur les sens et de ne jamais faire valoir les droits qu'ils ont sur eux, tel un roi qui choisirait d'ordonner à son peuple ce que celui-ci précisément lui réclame. La liberté des grands esprits est de se déterminer entièrement par eux-mêmes. Au lieu de leur transmettre les messages de la réalité, les sens assujettis font connaître à celle-ci les commandements de leurs nouveaux maîtres. Ces commandements, mon cher fils, les voici dans cette bibliothèque. N'aimerais-tu point partager ce pouvoir, plutôt que des emblèmes et des compliments ? »

Tout à fait ébahi, je regarde cet homme qui est mon père comme si je le voyais pour la première fois. Je comprends bien que ses arguments sont subtils, mais je ne saisis rien à cette subtilité-là. Ma pensée s'évertue en vain à le suivre et la tête me pèse sans que progresse le moins du monde mon intelligence de cette philosophie. Les choses ne sont-elles pas toutes simples ? Je veux devenir chevalier pour échapper aux corvées, recevoir ma portion du tribut, être comblé d'honneurs et siéger un jour au conseil de Motecuhzoma : que viendraient faire les livres là-dedans ? Il est bon d'être lettré, sans doute, et de ressentir l'émotion d'un poème bien tourné – mais ce qui mène à l'aristocratie, ce n'est pas le chant, c'est la guerre ! Le glaive brise facilement la flûte; le feu ne fait qu'une bouchée des livres ! Je ne puis croire que mon père n'a pas conscience de cela. Ou alors c'est moi qui n'entends point le sens profond de son discours...

« Père! Père! dis-je d'une voix suppliante. Je vous conjure d'être plus explicite. Toutes vos raisons demeurent obscures pour moi, j'en suis troublé et malheureux. Ne voulez-vous pas que je m'élève et que je devienne quelqu'un que l'on connaît?

– S'élever, être connu : ce sont deux choses différentes, Chimalpopoca : c'est parce que tu ne le vois pas que tu es incapable de me comprendre. Laissons cela pour l'instant. Je vais te dire une autre chose que tu n'auras aucune difficulté à interpréter. Ecoute-moi : la sagesse de notre peuple ne veut-elle pas que tout homme qui démontre sa valeur au combat soit promu à des grades et des fonctions supérieurs, fût-il de la plus basse extraction?

– Parfaitement! Et c'est bien pourquoi...

– Je sais, je sais, Chimalpopoca! Laisse-moi à présent te réciter ceci, qui figure dans certaines instructions secrètes (aussi devras-tu ne le répéter à personne; déjà, tu n'aurais point dû l'entendre). Ouvre bien tes oreilles et ton esprit, car jamais je ne dirai ces paroles à nouveau :

Il faut que dans la nation,
Quelques-uns seulement connaissent les écritures.
Il n'est pas bon que cette connaissance soit trop répandue.
Car ceux qui obéissent pourraient se corrompre,
Le trône serait alors menacé,
Le pays connaîtrait de mauvaises heures.

Il est en effet bien des mensonges qui sont protégés par les livres,
Et bien des hommes y sont tenus pour des dieux. »

Je demeure étourdi, non plus seulement désorienté, mais rempli d'effroi. Et mon père commence à me faire presque aussi peur que son langage. J'éprouve une grande tentation de le fuir. Cependant, quelque chose me retient.

« L'écriture, dis-je en essayant d'affermir ma voix, est une invention de Quetzalcoatl, dieu des prêtres. Je ne veux pas devenir prêtre! je suis né pour être guerrier, et même pour me distinguer dans les choses de la guerre. Trois est le chiffre du jour de ma naissance et Trois est un chiffre favorable. Jaguar en est le signe, et par ce signe je suis promis à rejoindre les chevaliers-jaguars, soldats de Tezcatlipoca, à l'assemblée des capitaines! »

On dirait que mon père ne trouve rien à répondre. Est-il possible qu'à mon tour je l'aie confondu? En tout cas, son regard s'est détaché de moi et s'est transporté par-dessus son épaule, comme s'il voulait me cacher les traits de son visage. Alors, je m'enhardis tout à fait :

« Je vous honore et je vous chéris, père, mais je suis grâce à vos soins le serviteur de Tezcatlipoca, l'Invisible qui voit tout dans son miroir d'obsidienne. Or, ce dieu fut l'ennemi du père des écritures. Il se rendit vainqueur de Quetzalcoatl, dans le vieux pays de Tula. Il le fit enivrer par ruse. Il le fit chasser du pays où l'épi de maïs était long comme plusieurs bras; où, tant il y en avait, l'or n'était pas compté. Mon père, souviens-toi, le Serpent à Plumes dut s'enfuir avec ses serviteurs : *Ils se sont mis en marche,* dit le chant,

Ils vont connaître le pays du noir et du rouge (Tlillan Tlapalan),
L'endroit où l'on brûle.

« N'est-ce point toi qui me montras le livre (puisque je te dois de savoir lire) ? Et le chant dit encore combien le dieu est affligé :

Ses pleurs qui glissent sur son visage,
Ses pleurs qui, goutte à goutte, viennent percer les pierres...

tandis que le Sorcier inspirait les ravages et le sacrifice humain.

– Ce chant dit bien d'autres choses encore, murmure mon père d'une voix songeuse. On trouve toujours dans les livres des choses nombreuses et variées. (Revoici le nuageux sourire qui me met si mal à mon aise.) Chimalpopoca, toi qui as plein la tête de l'affrontement des dieux, t'ai-je déjà parlé de Nezahualcoyotl, l'ancien roi de Texcoco ?

– Ce nom m'est connu, père, mais... »

A ce moment, une rumeur nous parvient de la cour : sans doute s'agit-il d'un visiteur qui se présente à la porte. En effet, voici Tochtlatoa qu'on mène auprès de nous avec des torches. Cette lumière produit un étrange effet, maintenant que nos yeux se sont accoutumés à la pénombre de la chambre. Comme à son habitude, mon camarade rayonne de gaieté. Il salue respectueusement mon père et dit :

« C'est le Serpent d'obsidienne qui m'envoie te chercher, Chimalpopoca. Il souhaite t'exhiber aux plus jeunes élèves du collège, dans l'idée qu'ils seront transportés et conquis par un spectacle aussi enchanteur ! (Et de se boucher le nez ostensiblement.)

Tant de désinvolture me fait froncer le sourcil, mais j'observe que mon père sourit avec bienveillance aux pitreries de mon ami. Du reste, lui si grave et si réfléchi, il a toujours manifesté à ce garnement, par ses expressions comme par ses paroles, une sympathie qui m'est incompréhensible (même si parfois je me rends moi-même coupable d'une certaine complaisance à son égard).

« N'est-il pas un peu tard pour cela ? dis-je, soupçonnant quelque louche combinaison.

– Il n'est jamais trop tard pour donner les héros en exemple – ni trop tôt ! »

Il a déclaré cela avec un tel sérieux que je n'arrive pas à démêler s'il se paie ma tête ou s'il veut me rendre hommage.

Dans la rue, après que nous avons pris congé de mon père et des miens, je confie à Tochtlatoa mes ambitions les plus intrépides :

« Je serai l'un des meilleurs guerriers de Mexico, Tochtlatoa ! L'incarnation humaine du Miroir Fumant aux yeux de tous les hommes ! Tel Huitzilopochtli-le-décharné, je suis né tout armé, brandissant la guerre au bout de mes bras ! J'honore le bénin Quetzalcoatl, mais il n'est pas mon dieu ! Messager de l'extermination, je sers à table le Soleil et la Terre ! Ainsi me viendront la considération, la gloire et les richesses ! Des victimes, on me réservera les mains, qui sont le morceau tendre par excellence. Je siégerai au conseil impérial; et puis je veux mourir brillamment, seul dans un combat contre quatre cents ennemis[1] !

1. Quatre cents, pour les Aztèques, cela signifiait : innombrable.

Par ceci me seront épargnés l'enfer commun de Mictlan et le dur chemin du néant !

– N'aimerais-tu pas mieux t'éteindre doucement en ta maison, entouré de personnes qui t'aiment et la tête bercée de souvenirs paisibles ? »

J'éclate de rire.

« Que dis-tu là, malheureux ? Finir ainsi pour connaître cette longue méchante mort du vulgaire ? La ténébreuse errance de quatre années dans le terrible froid et le furieux vent de couteaux qui entame et arrache la chair, dénudant les os ? La rencontre avec des reptiles géants et des fauves qui dévorent les cœurs ? La traversée des huit montagnes, avec les parois des défilés qui s'entrechoquent sans cesse au passage des morts, et ces précipices qu'il faut franchir en conservant un précaire équilibre ? La traversée des huit steppes, et du lieu énigmatique où flottent les drapeaux, et des neuf fleuves ? – Et puis quoi au-delà ? L'ignoble commisération d'un chien jaune ! La face émétique de Mictlantecuhtli et de sa pouffiasse (tous deux perchoirs à chauves-souris empêtrés dans les toiles d'araignée) ! Le Neuvième Séjour enfin où le peu qu'il reste de toi, s'il en reste après toutes ces épreuves diaboliques, se dissout et s'efface à jamais ! Non, très peu pour moi, mon Lapin ! Qui ne souhaiterait plutôt d'avoir le cœur extirpé sur l'autel, afin d'aller réjouir l'Astre en une kermesse martiale ! »

Je m'exalte en parlant. Ce soir-ci est un soir magnifique, pourpre et attiédi. Les rues de Tenochtitlan sont comme le jardin de la vie. Ma défroque pourrissante est transpercée par d'adorables fragrances. Ce soir, je n'ai plus peur de la nuit. J'oublie le discours déroutant de mon père et j'aperçois le prodigieux destin qui vient à ma rencontre.

« Tochtlatoa ! m'écrié-je, incapable de me contenir. Avant longtemps c'est moi qui serai l'instructeur le plus honoré du collège et de toute notre nation ! Ah ! camarade, rien ne pouvait m'arriver de plus heureux, que d'être réclamé ce soir par Itzcoatl !

– Mais comment ? fait-il avec un air de grande innocence. Tu n'as donc pas compris que j'ai servi ce prétexte à ton père pour te faire aisément déguerpir de chez lui ? »

Je m'immobilise, soudainement glacé jusqu'aux os. Le sang me quitte le visage et le cœur. Stupide et détestable Tochtlatoa, comment as-tu osé ? Pour cette déception atroce, pour cette trahison, je pourrais te décharger mes poings sur la figure jusqu'à ce que tu tombes inanimé ! Ne respecteras-tu donc jamais rien ni personne ! D'un seul mensonge tu injuries mon père, Itzcoatl et moi-même, ton ami ! Je te hais, Lapin !

« Tu n'es que de la boue modelée à l'image humaine ! hurlé-je. Un sorcier t'a conçu par une nuit funeste, Tochtlatoa, crachant dans la poussière pour insuffler une âme à sa fantastique et abjecte créature ! Maudit soit le jour où nous nous sommes connus !

– Mais – répond-il sans se démonter, ignorant la main que j'ai levée sur lui – je croyais te libérer d'une obligation fastidieuse...

– Et pour quoi faire, s'il te plaît ? soupiré-je. Où allons-nous ainsi, alors que la nuit est tombée et que nous voici exposés à des malices autrement redoutables que tes farces puériles ?

– Tiens ! Je croyais que l'incarnation humaine

de Tezcatlipoca n'avait plus peur du noir !

– Tu me fatigues, Tochtlatoa ! Réponds-moi plutôt.

– Nous allons quelque part.

– Fameuse nouvelle ! Tu es décidément un bel esprit ! Mais tu en as dit assez : je devine. Tu veux encore m'entraîner parmi ces malheureux joueurs de patolli[1] auxquels, dédaignant les conseils de nos maîtres, tu as cru bon de te lier ?

– Tu parles ! Tu ferais sauver la chance, avec ton joli costume de charogne !

– Alors, je sais ! Tu as résolu de me faire enivrer avec toi ! N'y compte pas, Lapin-qui-parle ! Je ne déshonorerai pas ce manteau sacré.

– Si j'avais envie de boire, figure-toi, je choisirais pour compère un gaillard qui ne m'empêche pas de déguster le vin en répandant autour de soi une pareille infection !

– Sois plus respectueux, Tochtlatoa ! C'est à nos dieux, à présent, que tu manques ! Tu mériterais vraiment que je t'assomme. Jure-moi que tu ne médites pas d'aller chez cette femme de saunier malpropre, adipeuse et dévergondée, sur quoi l'on ne peut grimper sans un haut-le-cœur !

– Crois-tu qu'elle gémirait d'extase, s'il lui fallait grimper sur toi à son tour ? Ecoute, Chimalpopoca. Je ne plaisante plus. Je te fais le serment que là où nous allons il n'y aura ni jeu, ni boisson forte, ni femme de mauvaise vie. J'aime à rire, c'est un fait, mais je n'oublie pas la tunique que tu portes, ni ce qu'elle signifie, ni la considération qu'elle exige de tous. Crois-moi : je ne l'oublie pas et si je fais le loustic devant toi, c'est pour sur-

1. Une sorte de jeu de l'oie.

monter la sainte frayeur qu'elle m'inspire. Tu es mon meilleur ami, Chimalpopoca, et tu es aussi le plus digne d'admiration. Tout ce que tu désires, je te le dis, tu l'obtiendras, et bien davantage encore ! Ne crois pas être présomptueux : par tes mérites exceptionnels, tu es promis aux plus hautes destinées. Qui oserait en douter ? Aussi bien douter que de la chenille surgira le papillon chatoyant ! »

Je me radoucis aussitôt.

« C'est que vois-tu, mon cher ami, rien ne me tient plus au cœur. Je ne souhaite que de mettre mes forces au service de nos dieux, de nos princes et de notre peuple. Je voudrais être distingué par nos maîtres. Non seulement les satisfaire, mais encore les étonner. Oui, je voudrais faire impression sur le Serpent d'obsidienne, puis sur l'Honorable Cadet lui-même – qu'il m'appelle à nouveau et, cette fois, me garde auprès de lui !

– Chimalpopoca, déclare-t-il gravement, je te jure que tu vas bientôt faire grande impression sur quelqu'un.

– Que me dis-tu là, Lapin ? Alors, c'était quand même la vérité ? Itzcoatl m'a bien appelé et tu m'en as fait accroire pour t'amuser de mon dépit ? »

Il secoue la tête en souriant mystérieusement.

« Non ?... (Un grand frisson me parcourt soudain et je me pétrifie, avec l'impression que toutes mes veines et toutes mes artères viennent de se vider d'un seul coup.) Tochtlatoa, dis-moi (ma voix est si blanche que je ne la reconnais pas moi-même), ce n'est tout de même pas lui, ce n'est tout de même pas l'Empereur qui m'envoie chercher ? »

Mon camarade secoue de nouveau la tête, arborant son même sourire. Je suis au supplice. L'impatience et la perplexité me promènent des braises par tout le corps.

« C'est Atototl ! m'exclamé-je enfin, saisissant le Lapin-qui-parle aux épaules et l'entraînant dans une danse barbare. C'est cela, n'est-ce pas ? Tu m'as arrangé un rendez-vous avec elle, rusé Lapin que tu es ! Tu as envoyé de la fumée aux yeux de son effronté père, tu as raconté je ne sais quoi au vieux singe et voici l'affaire arrangée, hein ? Ah ! Tochtlatoa, tu es le plus attentionné et le plus astucieux des amis ! »

Pour toute réponse, il pose un doigt contre ses lèvres. Puis il me fait signe de le suivre.

« Ah ! maudit cher Lapin ! Je savais bien que tu me réservais un coup comme celui-ci ! Atototl ! ma beauté ! Sais-tu bien, camarade, que son père est un enragé grigou ? Au baptême de son plus jeune fils, né il y a quelques mois, il a offert si maigre pitance aux convives qu'Omeacatl, dieu des banquets et des cheveux sur la soupe, s'est mis dans une franche colère et a versé d'entiers chignons dans les plats ! Les gens tissaient de petits tapis tout en mangeant, c'était une vraie dégoûtation et un déshonneur sans mesure ! Mais tout ce qu'a vu notre rapiat, c'est l'économie réalisée sur le coût des ripailles ! On dit que lui-même entassait vigoureusement les mets sur son assiette, sans toutefois toucher à rien, afin de réserver cette pitance pour les jours à venir ! De cette façon, ceux qui avaient apporté des récipients pour recueillir les restes, comme il est d'usage chez les gens bien élevés, s'en retournèrent très déçus et furieux. Ah ! le ladre et le vilain ! Je gage qu'il rançonnera encore le chien jaune qui l'aidera à franchir les rives du Trépas, et fraudera Mictlantecuhtli sur le nombre de ses os! »

Je ris très fort et je gambade, oubliant qu'un tel débraillé ne sied pas aux personnes comme il faut. Mais quoi! Le Serpent d'obsidienne ne risque guère de nous surprendre en ce lieu. Les recommandations des vieillards, je les connais par cœur : « Ne parle pas trop haut, ni en vain, ni avec forfanterie ou avec grossièreté. Défie-toi d'être présomptueux et de te conduire à la légère. Que peut-il sortir de bon d'une plaisanterie ou d'un comportement grotesque? Il faut être digne : marcher, parler avec tranquillité et avec calme. » Retenue, pondération, mesure : cela va bien à des hommes qui n'ont plus de sang dans les veines ni de force dans les muscles! L'idéal est-il d'aller dans la vie comme un rhumatisant?! « Sois humble! » « Tiens la tête basse! » « Contiens-toi! » Tout cela est bon pour ceux qu'on vend sur les marchés, le cou encerclé d'un carcan! Mais la jeunesse éprouve de grands élans. A qui fais-je du tort, dites-moi, si je ris et virevolte par les rues désertes, aux côtés de l'industrieux Tochtlatoa, prince des subterfuges?

Dans ce quartier inconnu, où je me laisse guider par lui, on voit de beaux arbres lancer leurs branches par-dessus les murs. Voici la nuit qui se met à vibrer, à mugir et à geindre au-dessus de nos têtes. Au sommet des pyramides, les prêtres battent le tambour et font résonner les trompettes et les conques, dans un pieux brouillard d'encens. Mexico s'allonge sur les nattes du sommeil, gardée par les chevaliers du Septentrion, seigneurs des ténèbres. C'est l'heure où des vigiles pleins de science et de tourment se mettent à scruter le ciel, suivant du regard le cheminement des étoiles : ils regardent si demain va venir. Des rites secrets vont être consommés. Plus tard, dans les collèges-monastères, on lèvera les jeunes prêtres pour qu'ils se baignent dans l'eau froide, ou pour quelque autre mortification nécessaire. La flamme du foyer chauffe les jambes des dormeurs. D'autres flammes, çà et là, s'élèvent vers les dieux circonspects. La nuit crépite et rougeoie faiblement. Le bleu ombreux du ciel pivote lentement, ouvrant la porte aux maléfices de plus loin.

J'arrête mon rire, j'interromps ma danse. Sous la peau putréfiée m'atteint et me gagne la fraîcheur nocturne. Je frissonne.

« Est-ce encore loin ? demandé-je au Lapin-qui-parle.

– Nous y sommes. »

Il me désigne une porte, qui n'est pas l'entrée principale de la demeure, trop étroite et trop basse pour cela, mais plutôt une issue secondaire. Il ne semble pas souffrir du froid, lui, mon génial entremetteur. Le mystérieux sourire n'a pas quitté ses lèvres. Tu es content de toi, hein, Tochtlatoa ? Qui ne le serait à ta place ! Tu accomplis des choses que personne d'autre n'aurait seulement l'idée d'entreprendre.

Ayant vérifié que les parages étaient déserts, il frappe du poing contre le panneau de bois.

Ces coups m'ébranlent de la tête aux pieds. Mon cœur s'agite avec violence. Atototl ! elle va paraître ! Seigneurs dieux, que vais-je lui dire ? Comment justifier cette démarche nocturne ? Comment ne pas heurter sa susceptibilité, froisser sa pudeur ? Et que lui a raconté exactement le

Lapin-qui-parle ? Il est trop tard, hélas, pour le lui demander...

La maison reste silencieuse.

Bien sûr, elle n'est pas venue ! Au dernier moment, elle aura reculé devant pareille audace – à vrai dire inconcevable chez une jeune fille de son éducation. Ou bien son ladre de père l'aura empêchée de sortir, flairant un scandale peu conforme à ses intérêts.

Tochtlatoa frappe à nouveau.

Cette fois, on perçoit comme un glissement furtif de l'autre côté de la porte. Dieux du ciel et de la terre, elle est bien là ! A tout le moins, une servante ou un messager va nous donner de ses nouvelles. Distinctement, j'entends un pas s'approcher et s'arrêter derrière le panneau. Xochiquetzal, déesse de l'amour, sois bénie jusqu'à la consommation des siècles !

Tochtlatoa s'efface discrètement pour me laisser face à face avec la fleur de mes rêves, le temple de mon cœur.

La porte s'ouvre.

Je bondis en arrière, poussant un terrible cri de frayeur, les coudes levés à la hauteur du visage. Pareillement, mon vis-à-vis a sursauté et hurlé en me découvrant. Ce n'est pas Atototl. C'est un homme qui porte, comme moi, la feuille d'or, la dépouille hideuse d'un sacrifié et le masque de chair corrompue. Chacun de nous deux à cru voir un monstre de la nuit. Plantés l'un devant l'autre, comme devant un miroir, nous reprenons notre souffle et tentons de maîtriser les tremblements de notre corps.

Le Lapin-qui-parle pleure de rire contre le mur, assis sur son derrière.

III

IVRESSE DE TOCHTLATOA

En ce temps-là – c'était deux ans après le Feu Nouveau – il se fit dans le ciel des Mexica une étrange lueur au milieu de la nuit. A l'Orient elle parut, dans la rouge demeure où plane l'oiseau quetzal. De cette lueur naquit une fleur encore plus insolite : un grand épi de feu, une aurore qui semblait une flamme, pendant que la nuit continuait tout autour. L'épi était large à sa base, étroit à son sommet. Il atteignait au milieu du ciel et le touchait, ainsi qu'un doigt tendu qui se pose contre une pièce d'étoffe (mais l'épi perforait le ciel).

Ceci survenait à l'heure où les prêtres se baignent. La flamme se montrait et demeurait à cette place jusqu'au lever du jour.

Sans doute, une clarté dans la nuit était préférable à ce qu'on vit autrefois, qui était fort terrible : le Soleil noircissait et se voilait durant le jour. Alors il fallait en toute hâte quérir les bossus, les bancroches, et les étendre sur la pierre, afin que leurs esprits viennent en aide aux compagnons de l'Aigle et repoussent l'abomination qui voulait gober notre Soleil.

Cependant, tous s'accordaient à voir dans cet épi de feu un funeste présage. Le trouble était grand dans notre nation. Ceux qui, d'aventure, avaient trouvé le sommeil, s'éveillaient au son des conques pour assister pleins d'angoisse au phénomène, qui renaissait chaque nuit ponctuellement. On aurait dit que le feu coulait goutte à goutte de l'épi pour traverser le ciel. Des plus humbles aux plus glorieux, Tenochtitlan ne parlait plus que de ce prodige.

Motecuhzoma lui-même était allé chaque nuit en haut de son observatoire. Il fit venir les mages.

Les mages se montrèrent embarrassés. L'un disait une chose, l'autre une chose différente. Ils bafouillaient plus que de raison en s'adressant au souverain.

Motecuhzoma entra dans une royale colère et commanda que ces mauvais mages fussent proprement étrillés et frottés, en paiement de leur incompétence. Ainsi fut fait. Pourtant la flamme revenait chaque nuit, aux mêmes heure et place, et elle revint pendant la durée d'un an. Itzcoatl disait, regardant de travers le Lapin-qui-parle : « C'est un signe d'avertissement, destiné aux vicieux ! »

D'autres incidents advinrent, pendant le mois de Petite Veille, où Coatlicue, mère d'Huitzilopochtli, déesse de la Terre, est honorée.

Sous la conduite du Serpent d'obsidienne, nous revenions d'un endroit où ceux de notre collège avaient été affectés à des travaux de voierie (corvée plébéienne à laquelle je répugne mais qui fait partie de nos attributions), quand, parvenant à une place, nous fûmes arrêtés par un rassemblement.

Interrogé par notre maître, l'un des badauds expliqua que les gens de police allaient mener ici deux adultères, afin que fût exécutée la sentence du tribunal, qui était de les faire mourir. Nous remarquâmes alors que, parmi la foule, beaucoup tenaient des pierres.

« Regardons cela, dit notre instructeur. Voici un spectacle riche d'enseignement, et qui devrait être plus particulièrement profitable à certains d'entre vous. Voyez de quelle façon les mœurs infâmes sont châtiées à Mexico ! »

On s'écarta pour que nous puissions accéder aux premiers rangs de l'assistance, disposée en demi-cercle autour d'un espace libre fermé par le mur d'un jardin.

« Qu'attendez-vous ? Ramassez des pierres ! Ceci vous regarde autant que tout le peuple ! » ronchonna Itzcoatl.

Nous nous hâtâmes de lui obéir, mais les plus beaux cailloux avaient déjà été enlevés. Des voisins compatissants nous cédèrent quelques-uns des leurs.

A cet instant furent poussés devant nous un homme et une femme dépouillés de tous leurs vêtements. Le héraut impérial entreprit la proclamation de leur crime. Je vis Tochtlatoa frémir et, observant mieux les condamnés, tandis qu'un prêtre prononçait un sermon moralisateur, reconnus dans la femme cette saunière à qui mon camarade avait plusieurs fois rendu visite (une seule nuit, je l'avais accompagné, mais à la vue de cette bête humaine, obèse et fangeuse, toute concupiscence m'avait abandonné). Acclamé par la foule, le bourreau de Motecuhzoma s'approcha d'elle et lui noua un lien autour du cou.

Toute cette flasque viande soubresautait ignoblement : les fesses ridées, les bourrelets de graisse qui remplaçaient la taille, les mamelles avachies, le ventre strié de vergetures. Une agitation spasmodique déformait les lèvres, les faisant ressembler à un nœud de serpents. Elle se mit à couiner quand la corde se resserra et quelqu'un rit. Itzcoatl se retourna et, de toute sa hauteur, foudroya l'indécent du regard.

« A coups de bâton, on devrait leur apprendre à se bien tenir ! » maugréa-t-il.

Tochtlatoa ne pouvait détacher ses yeux de la femme. On l'aurait cru ensorcelé. Son regard figé était d'une dureté et d'une intensité effrayantes. Ses lèvres pressées l'une contre l'autre n'avaient plus de couleur. L'os de sa mâchoire saillait anormalement, tirant sur la peau de ses joues.

L'exécuteur fit allonger la femme sur le ventre. Elle roulait à présent des yeux fous et ne paraissait comprendre ni où elle était ni ce qu'on lui voulait. Sans cesse, elle faisait aller sa tête d'une épaule à l'autre. Mais quand elle fut étendue par terre, l'officiant l'immobilisa en posant son pied gauche entre ses omoplates et en tirant des deux mains sur l'extrémité de la corde attachée à son cou.

Elle eut un sursaut. Alors, celui qui donne la mort avança légèrement le pied en direction de la nuque et, cette fois-ci, imprima au lien une secousse brusque et violente. Le bruit qui se fit entendre ne peut se comparer à aucun autre; je pense qu'il ne s'effacera jamais de ma mémoire.

Je risquai un coup d'œil vers Tochtlatoa. Mon ami demeurait pétrifié, cependant que les gardes retournaient le cadavre sur le dos, poussaient l'homme afin qu'il trébuche contre sa complice et s'allonge à son tour dans la poussière. Après quoi ils s'écartèrent promptement ainsi que le bourreau.

« Visez la tête ! hurlait le Serpent d'obsidienne. C'est cela, la peine qu'ils ont méritée pour leur faute. Ils doivent avoir la tête pulvérisée par les pierres, telle est notre loi ! »

Lui-même montrait l'exemple. Nous fîmes du mieux que nous pûmes, hormis Tochtlatoa, toujours figé, le regard attaché à ce visage peu à peu meurtri, défoncé, éclaté, par les fissures duquel s'échappait la cervelle – jusqu'à ce qu'il eût entièrement disparu sous les projectiles, embourbés dans ce magma sanglant.

Une formidable exaltation s'était emparée d'Itzcoatl qui, d'une brique bien ajustée, avait mis fin aux râles de l'homme.

« Ainsi passe, garçons, la justice du vénéré Motecuhzoma, l'Honorable Cadet, seigneur des rois de toute la terre ! »

Il bombait le torse et levait le bras fièrement, les yeux remplis de braise.

« Ainsi les méchants seront découverts, confondus et jugés ! Ainsi de terribles punitions seront appliquées aux coupables, sans faiblesse ni sursis ! Celui qui se vautre dans l'ordure, qu'en ordure lui-même il termine son existence, la tête convertie en une bouillie immonde ! Voyez et retenez toujours ce que vous aurez vu ! Qui convoite la femme d'autrui, qui verse en vain sa semence, tarissant en des rapports secs et impurs la source de sa force, voilà comment il finit, et sa complice de la même façon ! Puisse la mort honteuse des cailloux être distribuée avec largesse aux adultères, qui sont comme chien et chienne, offensant le bon ordre des cités ! On dit partout que Nezahualcoyotl fut un très grand sage. Et que fit ce prince si raisonnable, à peine eut-il ceint le diadème ? Il prit une ordonnance – la première de toutes celles qui lui furent inspirées par nos dieux – pour que les adultères fussent saisis et pendus par le cou ! »

Mon sang, alors, se figea dans mes veines. Ayant dressé l'oreille au nom de Nezahualcoyotl (cet ancien roi de Texoco, que mon père eût voulu que je connusse), j'avais entendu le Lapin-qui-parle grincer entre ses dents : « Maudit soit-il, le puant gredin ! » Heureusement, occupé qu'il était de sa propre harangue, Itzcoatl était resté sourd.

« C'était une trop douce sentence ! poursuivait-il. Notre coutume est préférable, qui leur fait écraser la hure ! Nous étranglons d'abord la femme, cependant, parce qu'ayant par nature moins de propension à la sagesse, elle s'en trouve moins fautive.

– Sombre crétin à plumes ! marmotta encore mon ami, mais la chance voulut que le Serpent d'obsidienne, cette fois non plus, n'entendît rien.

– Hasard salutaire, clamait-il, que celui qui nous conduisit en ce lieu – si bienvenu que, probablement, ce n'est pas un hasard du tout, mais un arrangement voulu par le bienfaisant Huitzilopochtli, né tout armé de Madame Coatlicue ! Il désirait que votre éducation soit parachevée, qu'un prétexte me soit fourni pour que je vous fasse connaître, moi qui jamais ne parle aussi longuement, l'avis de nos anciens sur les choses de la décence et des emportements charnels. Entendez ce qu'ils conseillaient, ayant quatre cents fois raison ! « Ne recherche pas les femmes, disaient-

« ils, conduis-toi honnêtement. » « Ne souhaite « pas la poussière et l'immondice, disaient-ils. Ne « te complais pas dans ce qui tache, qui salit et « fait mal, l'influence de cela est mortelle. » Ils disaient : « Tu es pareil à l'agave : tu dois donner « ton rejeton quand tu seras mûr. Il ne faut pas « être comme un agave que l'on râpe souvent, car « il cesse de couler. » Que se passe-t-il alors, jeunes gens ? Voici ce que nos anciens répondaient : « La croissance s'arrête. L'homme devient frêle, « avec une langue toute blanche dans une bouche « engourdie et enflée. Toute la journée, la morve « lui pend des narines et touche à terre. Il est « sans couleurs, sans conscience ni force. On le « voit bientôt courbé comme un petit grand-père, « cassé, bossu, tremblotant, puis se traînant à « quatre pattes dans la rue, inutile et « malheureux... » – Mais que radotes-tu, Tochtlatoa, à la fin ? »

« Inepties ! Sornettes ! » voilà ce qu'il vient de murmurer.

« Je disais, répond-il d'une voix forte, le regard flamboyant et planté droit dans les yeux de notre maître, je disais que lorsqu'il est à quatre pattes, ce lamentable intempérant se trouve davantage à la hauteur de ce qui cause sa perte. »

C'est un éclat de rire général. Seul, le Serpent d'obsidienne frémit d'indignation :

« Tu n'es qu'un gamin insolent, Lapin-qui-parle ! D'être iyac – je ne sais par quel miracle ! – ne t'a même pas guéri de ta puérilité et tu portes mieux ton nom que ton titre ! C'est en petit enfant mal élevé qu'on devrait te traiter. Je crois bien que tes parents, lorsqu'ils t'avaient avec eux, ont été trop avares d'inhalations de piment rouge[1] ! Reprends-toi, je t'en prie devant tous. Impose-toi une pénitence et demande aux dieux de te venir en aide. Je te le dis : tel que je te vois, j'imagine pour toi un avenir pitoyable. »

Je détourne rapidement les yeux, craignant que mon ami ne fasse une réponse qui le perdrait définitivement et entraînerait peut-être même son exclusion du collège. Mais rien ne vient. Je coule un regard prudent en direction de Tochtlatoa. Il baisse le nez; la flamme qui, tout à l'heure, brillait dans ses prunelles, s'est éteinte. Sans doute est-il accablé par la prophétie, hélas trop vraisemblable, que vient de faire notre maître.

Plus personne, maintenant, n'a envie de rire. Là-bas, les gardes traînent les restes des suppliciés qui, déjà, doivent aborder aux solitudes et aux infortunes de Mictlan, ignorant qu'une partie de leur visage demeure accrochée à la poussière de cette place.

Itzcoatl reprend ses troupes en main :

« Allons ! Des exercices nous attendent au collège. Vous n'avez pas la peau encore suffisamment endurcie, jeunes hommes ! »

Sur quoi il se met en marche, grand, raide, compassé. Un bref instant, le doute s'insinue en moi. Est-ce vraiment à cet homme-là que je veux ressembler ? Mais je me rappelle aussitôt sa conduite magnifique dans les combats, ses ruses et ses feintes, son esprit chevaleresque. Et puis je revois les yeux approbateurs que notre souverain abaisse sur lui, et les extraordinaires insignes qu'il lui remet chaque année, pendant les fêtes

1. Punitions enfantines fréquentes chez les anciens Mexicains, connus pour la sévérité de leur éducation.

d'Ochpaniztli. Alors mon malaise se dissipe. Je retrouve toute mon assurance. Oui, bien sûr, c'est celui-là que je serai. Au miel de la gloire, je veux goûter à mon tour. Que j'égale Itzcoatl et j'aurai obtenu tout ce que je pouvais souhaiter, étant simple fils de scribe. Lapin, tu as tort : l'effervescence de la jeunesse ne dure pas toujours. Dès aujourd'hui, il faut se préparer à la véritable vie d'homme. »

Mais, au fait, où est-il passé, Tochtli ? Je ne l'aperçois plus.

En me retournant, je le vis sur la place que nous avions quittée. Il se tenait parmi les gardes, agenouillé près du corps de la saunière, la paume pressée devant les yeux. Aux mouvements de ses épaules, je compris qu'il pleurait.

Le soir, nous nous sommes retrouvés là où vont les jeunes gens de notre âge, selon l'usage des collèges de guerriers, pour faire brûler cette flamme de la jeunesse, de peur qu'elle ne les consume intérieurement. Car il ne faut pas gaspiller sa force à des sottises et des impertinences, mais il ne convient pas non plus de la laisser grandir et bouillonner en soi, sans issue pour la vapeur et la poussée qui se forment. C'est pourquoi les élèves du collège-monastère sont soumis à des jeûnes, à des pénitences, à des macérations infinies. C'est pourquoi il nous est permis à nous de chanter et danser, une fois la nuit venue – et ceux qui le désirent, ils peuvent faire dormir avec eux la courtisane sacrée dont chaque guerrier se trouve pourvu par la volonté des dieux et des rois, honorant légitimement, quoique avec mesure, son petit palais du dessous.

A nos musiques et à nos danses, l'Empereur a

réservé certaines salles de sa maison (distinctes de ses appartements, cependant, si bien que l'on peut assidûment fréquenter celles-ci sans connaître ceux-là le moins du monde). Mais chaque quartier possède aussi une maison de chant, où l'on se sent moins contraint par l'auguste proximité. C'est généralement là que nous nous rendons et demeurons jusqu'au milieu de la nuit, tandis que la monastique engeance, avec ses grands airs, barbote dans l'eau glacée et se pique les mollets à qui mieux mieux!

« Bénis soient les prêtraillons, vocifère Tochtlatoa, ce sont des gens organisés! Au lieu de se salir, puis de se baigner, puis de se salir, puis de se baigner, comme nous autres – ce qui est pure inconséquence, puisqu'on ne cesse de défaire ce qui vient d'être fait – ils ont mis au point une méthode autrement ingénieuse. Ils ne font que se laver pendant toute une partie de leur vie, et qu'être dégoûtants durant l'autre! Remarquez que le bon sens voudrait qu'ils inversent l'ordre des opérations, se nettoyant *après* s'être encrassés – mais il ne faut pas trop en demander à ces morpions de grimoire! Puissent leurs simagrées les conduire tout droit au Mictlan et qu'on ne revoie plus leurs figures de cauchemar! »

Tout de suite en entrant, j'ai remarqué qu'il avait bu. Ils étaient quatre autour d'un jeu de patolli, criant et s'esclaffant tels des marchands de chiens sur la place de Tlatelolco[1]. Une cruche de vin d'agave circulait entre eux et les gorgées du Lapin-qui-parle étaient plus goulues que celles des trois autres réunis. Par dérision, ils invo-

1. Le principal marché aztèque.

quaient des dieux défavorables aux joueurs, ou même d'autres qui n'existaient pas, dont ils imaginaient les noms à mesure.

« O Grand Fils-de-Pute, toi qui hantes le conduit des femmes, humblement déguisé en épi de maïs, inspire-moi, raide couillon ! » disait l'un.

Et l'autre :

« Je t'implore, Mamelon d'obsidienne ! Toi qui te glisses avec succès sous la chemise des petites filles, glisse-toi sous mes haricots[1] et porte-les dans les bonnes cases ! »

Tochtlatoa lampait, hoquetait et riait aux éclats, la nuque tendrement caressée par sa courtisane, qui était la plus belle de toutes et lui portait plus d'affection, semblait-il, que ses fonctions n'en exigeaient. Aussitôt qu'il me vit, il ouvrit grands les bras et tenta de se lever :

« Bouclier Fumant ! mon petit frère, ma petite plume, mon dindon en chocolat ! Approche, camarade : j'espère que tu n'as pas rencontré d'écorché sur ton chemin, cette fois ? »

Il perdit l'équilibre et roula sur le sol, où sa courtisane vint l'enlacer. Tout le monde hurlait de rire. Ceux qui jouaient d'un instrument furent obligés de s'arrêter et, de même, les danseurs restèrent le pied en l'air.

On me proposa une coupe de vin, mais je la refusai. Alors mon ami devint brusquement grave. Il s'appuya sur un coude, décrochant doucement de lui sa compagne et me dévisagea.

« Tu ne veux pas boire avec moi, Chimalpopoca ?

« Ecoute... » commençai-je.

1. Les haricots servaient de pion.

Il se mit assis, gardant ses yeux plongés dans les miens. On aurait dit que toute son ivresse s'était envolée d'un seul coup.

« Je n'ai pas besoin de t'écouter pour t'entendre, grand guerrier ! (Il haussa la voix pour parler à la cantonade.) Vous croyez voir notre condisciple Chimalpopoca, mes bons amis ? Pas du tout : c'est le seigneur Itzcoatl lui-même qui nous rend visite, ayant pris cette forme vaguement humaine pour se placer à notre portée. Faites disparaître le tableau de jeu, dissimulez la cruche sous un manteau, prenez vos distances avec les filles et apprêtez-vous à ouïr quelque discours pompeux et édifiant : « Jeunes gens, savez-vous bien que les jeux de hasard sont une tentation démoniaque, prémices à toute déchéance comme les jeux de l'amour sont prémices à toute décrépitude ? Et savez-vous qu'à l'opprobre des délices charnelles, il n'est pas de faute supérieure, excepté l'enivrement ? Je vous le dis, garçons, disciples et favoris de Tezcatlipoca, l'ivresse est la pire des choses, étant à la fois la plus honteuse et la moins excusable. Un homme ivre devient présomptueux et offense autrui en lui manquant de respect, alors qu'un homme à jeun ira gaillardement lancer des pierres sur une femme morte, afin de prouver sa vertu et de rendre gloire à la Terre et au Soleil ! Craignez l'alcool, mes amis, et ses dieux, les Quatre Cents Lapins – et tous ceux qui, d'ailleurs, Lapin se nomment, muets ou parlants, car il n'en est pas un seul pour racheter l'autre ! L'ivrognerie est mère de tous les vices. Elle engendre les vols, les viols, les crimes de toute forme et de toute couleur, la malédiction et le faux témoignage, le murmure et la calomnie, les chicanes, les querelles de portefaix, l'inceste, la désobéissance, la subornation des filles, l'enculage des dindons par les esclaves en fuite, la disette, les rages de dents, la calvitie précoce, les trous dans les nattes, la poussière des chemins, le froid de la nuit, la rêvasserie lascive, les chutes de grêle, les démangeaisons des fesses quand on est au temple, l'excès de piment dans les plats, l'extinction inopinée des pipes, le fait que la terre est basse et la pluie, mouillée, et aussi les nez retroussés, et encore l'épi de feu que nous irons contempler tout à l'heure, comme des niais que nous sommes, et les fleurs fanées, les javelines tordues, la fumée sans feu, le savoir des femmes, l'ignorance des savants, la rondeur fastidieuse des cercles, l'adultère – j'allais oublier l'adultère! – et plus généralement tous les maux imaginables et inimaginables! Voilà ce qui vous attend, tas de poivrots, et moi Itzcoatl-Chimalpopoca, l'homme sans tache, à l'âme dure et résistante comme la pierre, je vous aurai prévenus! Car je... »

Impatients de jouer, ses partenaires lui imposèrent silence.

« Tu ferais mieux d'adresser une supplique à Quato et Caxoch qui commandent aux maux de tête, ricana un joueur de timbales. Tu auras bientôt grand besoin de leurs services, et il faudra les flatter beaucoup, car leur tâche sera lourde! »

La courtisane du Lapin-qui-parle s'employait à le calmer par des baisers et des douceurs qu'elle lui disait à l'oreille, balayant sa joue avec ses longs cils. Ses dents rougies claquaient sensuellement tandis qu'elle mâchait un morceau de gomme parfumée. Les musiciens étaient retournés à leurs instruments et les danses avaient repris.

« Que vas-tu gager cette fois ? demanda l'un des joueurs avec une lourde ironie. Sauf ton pagne, tu as déjà tout misé !

– Dans ce cas – répondit Tochtlatoa en souriant et en cessant enfin de me regarder – dans ce cas, je joue la vertu de Chimalpopoca. C'est ce qu'il y a de plus magnifique dans cette pièce, et peut-être en serez-vous moins encombrés qu'il ne l'est lui-même ! »

Je voulus me précipiter sur lui pour lui faire ravaler cette insulte, mais ma propre courtisane, qui s'était approchée pendant qu'il tenait ses filandreux propos d'ivrogne, me retint fermement dans ses bras.

Elle m'attira sur des nattes qui se trouvaient un peu à part, anesthésiant ma colère avec le capiteux parfum de son corps.

Cependant, tout en jouissant de ses caresses, je gardais un œil sur le jeu de patolli et sur Tochtlatoa.

Je ne sais ce qu'il joua, mais tout ce qu'il joua, il le perdit. Finalement, il arracha un collier du cou de sa courtisane et le lança sur le tableau. Ses partenaires froncèrent le sourcil mais, s'étant consultés du regard, acceptèrent quand même cet enjeu.

« Chimalpopoca, murmura en cet instant ma compagne, tu es bien distrait, ce soir. Es-tu las de ton amie ? Respire-moi encore. Regarde comment je me suis apprêtée pour te réjouir les yeux et le cœur, et autre chose également. Tu peux enfouir ton visage dans mes cheveux flottants, qui donnent tant d'émotion aux hommes, seuls les dieux savent pourquoi ! J'ai teint mes dents avec de la cochenille; j'ai placé sur moi les ornements d'oreilles, les bracelets de bras et de chevilles, les pendentifs taillés dans le jade et le métal précieux; j'ai fait resplendir ma peau avec l'onguent jaune; j'ai usé des fards avec science et discernement; j'ai enfilé un corsage rehaussé de broderies, une jupe décorée de cœurs et de feuilles, et joliment ourlée; j'ai promené autour de ma personne l'encensoir odoriférant. Vois ! Qu'en dis-tu ? Ne ressens-tu rien ? Serais-je devenue malhabile dans l'art de te séduire ?

– Mais non, dis-je de mauvaise grâce, tu le sais bien. Comment cela serait-il possible ? »

Discuter plus longtemps eût été lui faire offense. Je l'enlaçai donc et m'abandonnai aux émois de la chair. Oh ! les femmes sont comme un autre monde où l'on est transporté. Contre elles, on ne sait pas si l'on s'élève ou si l'on tombe, mais on quitte l'endroit où l'on est, c'est un voyage immobile, un rêve éveillé.

Quand je me retournai, le collier avait changé de mains et Tochtlatoa, le nez entre les genoux, enserrait son front de ses deux bras. Brusquement, il se leva et courut vers la porte.

Je le rejoignis au-dehors.

Il vomissait à longs jets, le corps secoué par un violent frisson. Plusieurs fois, déjà, je l'avais vu ivre, mais ces excès se traduisaient généralement par des éclats de rire, des proclamations insensées, des facéties. Jamais encore l'octli ne l'avait rendu malade.

J'étais là, sans savoir que faire pour lui venir en aide, éprouvant quelque chose qui ressemblait à de la peur et dont j'étais incapable de m'expliquer l'origine. Toute mon animosité envers lui avait disparu. Pourtant, j'avais la sensation que le fossé qui nous séparait était encore en train de s'élargir — et j'assistais à cela, impuissant.

Alors des mots se mirent à trébucher sur ses lèvres :

« Tu viens exiger réparation de l'injure que je t'ai faite, n'est-ce pas ? (Il écarta les bras en un geste emphatique.) Eh bien, vas-y, sers-toi ! Cogne jusqu'à en perdre le souffle !

— Tochtli, dis-je, je n'ai nulle envie de te frapper. Est-ce que tu te sens mieux ?

— Tu ne veux pas me frapper ? (Titubant, il eut un rire lugubre.) Tu as tort, grand guerrier !

— Ne m'appelle plus grand guerrier, s'il te plaît, soufflai-je en détournant les yeux.

— Mille excuses ! Mille excuses ! bafouilla-t-il. Pourtant... »

De nouveaux hoquets l'empêchèrent d'aller plus loin. Je regardais obstinément ailleurs, la gorge serrée. Lorsque ses nausées se calmèrent, je mis un bras autour de ses épaules et tentai de le raisonner, comme un grand frère l'aurait fait :

« Tu vois qu'Itzcoatl ne dit pas que des balivernes : le vin n'est pas l'ami du guerrier.

— Itzcoatl ! »

Il gémit ce nom comme s'il allait éclater en sanglots. Puis un haut-le-cœur le cassa en deux une fois de plus et je laissai retomber mon bras.

« Bouclier Fumant, dit mon ami après quelques instants, accorde-moi ton pardon, si tu ne veux vraiment pas me frapper. J'ai été injuste et méchant envers toi : cela, oui, c'est l'octli. Mais, par pitié, ne confonds pas ces vomissements avec un effet de l'ivresse ! Ce n'est pas le vin que je vomis, c'est cette existence! Ou plutôt, c'est cette horreur qui nous entoure, nous étreint, nous oppresse et nous empêche d'exister! »

Un grand froid s'installa dans ma poitrine, mais j'affectai de prendre sa déclaration à la légère :

« Aucun ivrogne ne reconnaît son ivresse. Si tu écoutais tes propres paroles sans être soûl, tu jugerais toi-même qu'elles sont le fait d'un homme égaré par l'alcool et qui ne perçoit plus la juste proportion des choses. »

Il me considéra étrangement par-dessous son bras, étant encore penché en avant. Ses yeux reflétaient une pitié et une tendresse qui, pour moi, étaient encore plus incompréhensibles que tout le reste.

« Ceux qui sont ivres, déclara-t-il, ce sont ceux qui n'ont pas besoin de se soûler. Ceux qui sont ivres, ce sont ceux qui perçoivent la juste proportion des choses, comme tu dis si bien, et qui ne supplient pas aussitôt les dieux de leur accorder la folie et l'aveuglement!

– Chimalpopoca, dit-il encore d'une voix soudain très calme (comme s'il était confortablement assis dans un jardin, devisant à l'heure dorée où la journée s'achève), Chimalpopoca, dit-il, les choses t'apparaissent-elles donc toujours si harmonieuses et si limpides? »

De plus en plus mal à mon aise, j'essayai encore de faire le badin, espérant réveiller son propre badinage :

« C'est que moi, mon cher, je ne me soûle pas! »

Il ne répondit rien. Je me demandai même s'il m'avait entendu. Il se redressa précautionneusement, prit plusieurs inspirations profondes, les paupières closes, après quoi il fit quelques pas, agitant ses jambes pour les dégourdir.

« Mon estomac est vide, Chimalpopoca, dit-il tristement. Plus une goutte d'octli dans mes boyaux et plus guère de vapeurs dans ma tête. Cependant, tel que tu me vois, je vomis, je continue à vomir l'amour que je n'ai pas su donner à cette femme et qui, pour cette raison, s'est changé en poison dans mes entrailles. Et je vomis la mort abominable que nous lui avons donnée à la place. A la place de cet amour qu'elle espérait de nous ! Ne savons-nous donc éteindre nos dettes qu'en les noyant dans le sang ?

– Mais de quelle femme parles-tu ? fis-je.

– De quelle femme ? (Un rire douloureux rejeta sa tête en arrière et la fit retomber sur sa poitrine.) Il me demande de quelle femme ! »

Je sentis mes joues devenir brûlantes.

« Tu veux dire... ?

– Oui, Chimalpopoca, oui, mon gentil seigneur ! Je veux dire cette grosse pute sur laquelle le collège a fait descendre tout à l'heure une si jolie averse de parpaings ! Quels coups d'œil ! Rares furent les tirs qui manquèrent leur but. Il faut dire que la cible était immobile et toute proche... Et moi, cette grosse-là, je l'aimais ! »

Des larmes coulèrent sur ses joues, que je fis semblant de ne point voir.

« Celle-là, mon pauvre Lapin ? Tu n'y songes pas ! Elle avait la peau plus flétrie que le monstre de la terre et elle était presque aussi volumineuse que lui ! (J'imitai un rire de mon mieux.)

– Tu as raison, dit-il, je ne l'aimais pas. Evidemment non. Je suppose que nul ne l'a jamais aimée. Elle était bien laide, n'est-ce pas, bien repoussante? Qui aurait pu s'enticher d'une caricature pareille?

– Tu n'as rien à te reprocher, fis-je, évitant son regard. Ce n'est pas toi qui l'as dénoncée. Pas toi qui l'as arrêtée, jugée, condamnée, remise au bourreau. Ce n'est pas toi qui l'as étranglée et, sur son corps, j'en suis témoin, tu n'as même pas lancé un grain de sable.

– Si cela suffisait, Chimalpopoca, si cela suffisait! On ne s'en tire pas comme ça, hélas!

– Enfin, c'était une adultère! Tu connais nos lois.

– Oui, mais je la connaissais, elle, bien davantage. C'était une adultère en effet : j'y ai contribué pour une part et tu as été bien près de m'aider. Elle était généreuse et, toute lourde et difforme qu'elle fût, elle aimait l'amour, ce qui est chez nous une chose très rare et, semble-t-il, très maudite. J'ai profité de cette générosité : en échange, ai-je levé le petit doigt pour elle?

– Et qu'est-ce que tu aurais bien pu faire? Allons! tu cherches à te faire du mal, tochtli. Tu te persécutes inutilement. Pour quelle raison? »

Il s'essuya le visage. Il présenta ce visage au ciel, comme s'il voulait le baigner dans la nuit.

« Tu dois être éprouvé quand je te parle, à cause de ma mauvaise haleine, dit-il d'un ton humble.

– Je peux le supporter », protestai-je maladroitement.

Un sourire désabusé plissa ses lèvres.

« Oh! oui, Chimalpopoca, tu peux le supporter! Cela et beaucoup d'autres choses! »

Et là-dessus, d'un ton léger, comme si nous n'avions jamais discuté d'autre chose :

« Parle-moi plutôt de cette voisine que tu courtises. Tu sais, celle que tu cours rejoindre à Xochimilco, en ayant toutefois omis de lui fixer rendez-vous... »

Je mordis de bon cœur à cet hameçon.

« Eh bien... commençai-je d'une voix hésitante.

— Hum! fit mon ami. Je devine déjà que tout n'est pas fleurs et musique dans cette romance.

— Je ne sais pas ce qui se passe, Tochtli. Je n'arrive vraiment pas à la rencontrer, que ce soit par hasard ou autrement. Ou bien elle me fuit, ou bien c'est son sorcier de père qui s'interpose entre nous. Que son magot l'étouffe! Il me fait encore plus mauvaise figure que lorsque je portais la peau! Je crois qu'il gronde autour d'elle comme un ocelot à qui l'on voudrait dérober sa proie! Mais que puis-je faire sans son consentement?

— Amadoue-le par des présents.

— Justement! Je n'ai rien. Je ne suis qu'un guerrier. Que puis-je offrir d'autre que mes exploits?

— Evidemment, il est à craindre qu'un homme de cette trempe n'en ait pas l'usage. Dans ce cas, attends d'avoir fait quatre captifs, alors tu recevras ta part du tribut et seras en mesure de faire des cadeaux mieux adaptés à son caractère.

— Tu crois donc que j'y parviendrai bientôt, Lapin-qui-parle? Tu le crois réellement? Tu sais, certains guerriers ont vu leurs cheveux blanchir sans qu'ils aient pu se rendre maîtres de quatre hommes...

– Oui, mais pas toi, Chimalpopoca, pas toi ! Du reste, la moitié de la besogne est faite, et tu n'as que vingt ans. Mais surtout, lorsqu'un désir est si fort que le tien, comment pourrait-il ne pas se réaliser ? Tu crois appeler le destin, mais c'est le destin qui t'appelle. Ce que tu souhaites, c'est en réalité ce qu'on exige de toi. »

Je lui agrippe les épaules :

« Tu es sûr, Lapin ? Tu es sûr ?

– Pour tout t'avouer, je suis quatre cents fois plus sûr de cela que de tes épousailles avec cet Oiseau d'eau ! »

Je bondis en arrière comme s'il s'était brusquement changé en serpent venimeux.

« Tochtli ! Ne sois pas de mauvais augure, à présent !

– A propos de mauvais augure, dit-il en fixant un point par-dessus mon épaule, regarde qui vient là. »

Je suis la direction de son regard et aperçois à un jet de lance un élève-prêtre, un de ces fats séminaristes qui nous considèrent avec hauteur et s'indignent vertueusement des plaisirs que nous prenons pendant qu'ils s'imposent toute sorte de mauvais traitements. Ils nous méprisent mais ils nous craignent, aussi évitent-ils ordinairement de croiser leur route avec la nôtre, surtout lorsqu'il fait sombre et qu'il n'y a pas de témoin. Il faut que celui-ci soit bien effronté pour se promener ainsi, à pareille heure, dans les parages de notre maison de chant. Probablement est-ce là une épreuve que ses maîtres lui ont imposée en guise de pénitence.

J'avance à sa rencontre. L'imprudence de ce malheureux m'offre une occasion inespérée de me purger l'esprit des pénibles événements et des conversations amères de cette soirée.

« Eh! Que viens-tu faire par ici, l'enjuponné? Tes paperasses divinatoires ne t'ont-elles pas prévenu de la friction qui allait t'être appliquée par nos soins?

– Je le connais! s'exclame mon ami. C'est ce moinillon qui assiste les prêtres ordonnés, pendant les grandes cérémonies. Figure-toi, Bouclier Fumant, que voici l'une des gloires du calmecac[1]! Celui-ci représente pour son collège ce que tu représentes toi-même pour le nôtre.

– Nous allons bien voir qui est le plus glorieux! » m'écrié-je en m'élançant vers la haute silhouette de l'intrus.

Au lieu de prendre la fuite comme je m'y attendais, il assiste à cette charge, immobile et imperturbable.

Le voici à quelques pas de moi. J'étends les bras. Je vais le saisir...

Mes mains se referment sur le vide. Il a brusquement disparu de ma vue, volatilisé!

Abasourdi, je cherche tout autour de moi, mais en vain. Tochtlatoa me rejoint sans se hâter.

A cet instant, une voix moqueuse sort d'un bouquet d'arbres, un peu en avant de nous :

« Alors, Chimalpopoca, c'est ainsi que l'on montre son habileté à capturer un ennemi plus faible que soi? »

Bouillant de rage, je me précipite vers les arbres, mais, chose incroyable, personne ne se cache dans cet endroit.

1. Le collège-monastère.

A présent, la voix me parvient d'une palissade située sur ma droite :

« Es-tu sûr d'être un guerrier, Bouclier Fumant ? Moi qui n'ai pas de grandes aptitudes ni une grande expérience dans l'art militaire, il me semble que je te berne assez aisément !

– Tu uses de sortilèges, magicien maudit ! Mais je saurai bien rompre le charme et mettre la main sur toi. Alors gare ! Il sera temps d'appeler ton Quetzalcoatl à la rescousse. Mais je ne sais s'il viendra : on dit qu'une goutte de sang le met en pâmoison !

– Ne blasphème pas, beau militaire ! (Cette fois, la voix part d'un point situé derrière nous, et c'est une voix grave, celle d'un homme mûr et non plus d'un adolescent.) Les blasphèmes ne te seront d'aucun secours. Sache que j'use seulement de ma cervelle : c'est bien assez pour te tourner en ridicule, tête de hache !

– Tu mens, pleutre ! hurlé-je. Montre-toi ! Montre-toi seulement ! »

Un ricanement fêlé de vieillard me fait écho. J'éprouve tant de fureur et d'humiliation qu'une buée me vient aux yeux.

« N'y pense plus, me dit le Lapin-qui-parle avec douceur. Tu ne peux pas gagner à ce jeu-là.

– Tiens, tiens, ironise la voix (une voix de femme, ce coup-ci, et qui paraît flotter au-dessus de la maison de chant), il y en a au moins un parmi eux qui n'est pas complètement abruti ?

– Crève ! Crève ! m'égosillé-je. Tu peux rire, je t'aurai. Un jour ou l'autre, je t'aurai. J'en fais le serment et toi, le prêtre, tu pourras attester que je l'ai fait à la face de Tezcatlipoca, le Ciel Nocturne. Comme lui-même a soumis ton dieu-femmelette, je te soumettrai, lâche, et n'aurai nul besoin pour cela de recourir aux sorcelleries ! »

C'est une voix de garçonnet qui me réplique du dessous de la terre :

« Fais attention, Chimalpopoca. Tu n'es qu'un homme très périssable et Quetzalcoatl est invincible. Quand il partit de Tula, tous les oiseaux chatoyants s'égaillèrent dans le ciel et abandonnèrent la ville, signe du mécontentement des dieux primordiaux, fondateurs de tout le lignage divin. Mais le Serpent à Plumes recouvra toute sa gloire. Il devint Seigneur de la Maison de l'Aurore, Etoile du Matin, et puis Etoile du Soir. Il a inventé le compte du temps, les arts, l'écriture. Il est séduit par la blancheur, couleur de l'Ouest et des dernières années de l'homme. Quetzalcoatl est celui qui revient toujours : crains-le énormément !

– Déguise ta voix tant que tu veux, histrion ! J'ai vu et je connais ta figure. Un beau jour, je te rencontrerai et c'est toi qui ne la reconnaîtras plus !

– Prends plutôt garde, mon ami (ce sont maintenant les intonations d'un dignitaire, et je pourrais croire qu'il me parle à l'oreille), que ce ne soit pas toi-même qui, à une certaine époque de ton existence, ne puisses plus te reconnaître, et ceci pour une raison autrement profonde que la modification passagère des traits du visage ! »

Cette allusion obscure me remplit d'épouvante. Je gronde cependant :

« Conserve tes menaces, tu ne me fais pas peur ! C'est pour tes plumes qu'il te faut craindre, serpent, et non pour les miennes ! »

J'eus beau crier et défier encore, plus rien ne me répondit, pas même un bruit de pas ou un froissement de branche. Pareil aux oiseaux de Tula, le magicien s'était envolé. Si Tochtlatoa ne l'avait pas reconnu, nous aurions pu croire que nous avions affaire à une apparition, à un spectre sans empreintes et sans épaisseur, plutôt qu'à un être fait comme nous.

« Il ne perd rien pour attendre! maugréai-je, quoique ma colère eût depuis longtemps cédé la place à l'abattement.

– Tochtli, dis-je alors, j'ai parlé avec imprudence. Me suis-je fait un ennemi de son dieu? Quetzalcoatl n'a ni l'ardeur ni la ruse de Tezcatlipoca, mais c'est vrai qu'il a créé des choses prodigieuses...

– D'aucuns prétendent, murmura mon camarade, qu'ayant cheminé vers l'Orient, il atteignit la mer et prit place sur un radeau de serpents, alors tout fut englouti, corps et biens...

– On dit aussi, Tochtli (je parlais d'une voix encore plus basse que la sienne), qu'étant parvenu au rivage, il mit le feu à sa parure et se fit le bûcher de sa propre personne, contemplé par tous les oiseaux des airs, et c'est ainsi qu'il a pu devenir étoile jusqu'à la consommation des siècles. De mon père, j'ai appris ce chant; or, voici comment il se termine :

Et l'on raconte encore que, lorsqu'il mourut,
Pendant quatre jours on ne le vit pas,
Parce qu'il était descendu vivre au Royaume des Morts,
Et pendant ce temps, là-bas, il avait acquis des flèches,
Et huit jours plus tard, il revint briller comme une grande étoile.

– L'une de ces flèches a-t-elle été taillée pour moi ? Tochtli, j'ai peur ! Je sens que ce dieu est fort et qu'il peut m'accabler, s'il le désire ! Et puis dis-moi, Tochtli, ce pernicieux séminariste, ce sorcier déguisé en prêtre, qu'a-t-il voulu dire en suggérant fielleusement que je pourrais un jour ne pas me reconnaître moi-même ? Parlait-il de la méconnaissable figure des morts ordinaires, quand le vent de couteaux a raclé toute la chair sur les os ? Etait-ce cet oracle qu'il prononçait, ou bien quelque chose d'autre ? Quel est ton avis ?

– Je ne sais pas, fit-il d'un air songeur, le front plissé. Peut-être étaient-ce seulement des paroles en l'air, après tout... »

L'expression de son visage démentait ses propos. Je préférai ne pas insister, craignant qu'il ne finît par confirmer mes soupçons les plus angoissants. Je me sentais plus seul que je n'avais jamais été, plus menacé qu'au cœur des plus âpres batailles. Soudain, tout l'espace de la terre et du temps me séparait d'Atototl, de mes chers désirs, de mes ambitions. Tochtlatoa s'affairait sur une tache qui maculait son pagne, probablement pour ne pas croiser mon regard.

Autour de nous, la nuit était froide et muette. L'air avait une odeur de labours en travail. Il sentait aussi la cendre chaude et l'écorce des arbres. Les étoiles étaient rares, ternes et petites. J'étais désemparé. A qui poser toutes les questions qui me torturaient ? Qui détenait la clef de ces énigmes ?

Au bout d'un moment, nous rentrâmes en silence dans la maison de chant.

IV

LA GENTILLE FÊTE DE L'EXHIBITION DES POITRINES

PEU à peu, nous sortons de la saison stérile. Au mois de Petite Veille succède le mois de Grande Veille, Uey Tozoztli. Par nos efforts, Xochiquetzal, qui préside aux tendresses et fut enlevée pendant les mois d'hiver – Xochipilli, le prince des fleurs, son compagon, la pleurait et la cherchait sous la terre – Xochiquetzal, la dame de la végétation qui tisse avec des herbes et des fleurs le printanier manteau de la terre, est arrachée à ses ravisseurs et reparaît sur le sol des Aztèques. Xochipilli, dieu des nourritures copieuses, dieu de l'amour et des chants, la tient par la main, exhibant sa jeunesse et son teint clair, sous le double panache de plumes bleu-vert.

Le chanteur de l'aube s'est fait entendre. Tel Xipe Totec, seigneur des écorchements, la terre a changé de peau. Sous elle, le vieux maïs vient d'accomplir l'invisible voyage. Du jardin de sa vieillesse, suivant les conseils des divinités de la pluie, il s'est dirigé vers la maison du Renouveau, au seuil de laquelle il se montre à présent. Depuis le pâle Occident, séjour des fleurs, paradis blanc, jusqu'au radieux Orient, pays des choses qui se lèvent (là-bas aussi, s'élève l'oiseau quetzal), il est allé au-devant de la renaissance – comme fit, dit-on, Quetzalcoatl chassé de Tula. Le revoici jeune homme. Il est fils du maïs disparu, fils de la mort de son père, père de la renaissance de son père qui, de nouveau, mourra pour le remettre au monde. Il est Xilonen, la déesse des jeunes épis de maïs; il est Centeotl, le dieu-maïs.

Par nos offrandes et nos adorations, par des appels mélodieux et des danses charmantes, nous avons réveillé la végétation endormie dans les souterrains de la mort et nous l'avons délivrée de son enlèvement. Dans les temples, des fleurs et des victuailles sont présentées au Centeotl rouge, couleur d'Est et de surgissement, et à la Sept-Serpent, patronne des jours portant le chiffre 7, favorables entre tous : Chicomecoatl est son nom. On dit encore Chicomolotzin : Vénérée déesse des Sept-Epis. Frais, lisses, luisants comme au sortir d'un bain, l'aurore et le chant, l'amour et le jeu de paume, la saison humide, forment le joyeux et juvénile cortège de ces Personnes considérables. « *Il chante dans l'aurore, le Centeotl rouge* » il chante gracieusement. Entends-le, Chicomecoatl, prête l'oreille à nos hymnes et réveille-toi, marche vers ton pays d'opulence, de terre grasse : le luxuriant Tlalocan aux fleurs immortelles. Nous t'offrons les fagots de sept épis, portés à tes autels par des vierges processionnaires. Nous baptisons ces fagots Dieu-Maïs : c'est Centeotl que nous remettons entre tes mains. Centeotl né des Grandes Mères qui ont aussi enfanté la musique, la danse et les corolles : Celles-là qui brandissent la sonnaille de brume afin que la plante écarte le sol et paraisse. Et nous adorons Tlaloc, car le maïs appartient à Tlaloc au masque de serpents, entasseur de nuages, le Bienveillant et l'Ombrageux qui fabrique et déverse toutes les sortes de pluies, prospères ou désastreuses.

Ce qui en nous était vieux – le regret, l'amertume, la mélancolie – nous en avons fait la racine d'une jeunesse intacte. Aujourd'hui, laissons-nous rouler sur la pente d'allégresse. Le réconfort nous allège. L'horizon de nos jours est éclairci. A nous qui manœuvrons si péniblement le Soleil, en attendant que sa mort nous écrase, l'insouciance n'est pas permise, mais aujourd'hui, nous la laissons s'approcher. Nous oublions pour un temps la condamnation prononcée contre ce fugace univers.

Plus enjoué que jamais, le Lapin-qui-parle m'entraîne à travers la foule venue assister à la fête des Jeunes Plants.

« Viens ! Viens ! Elles se dirigent déjà vers le temple de Chicomecoatl. Elles vont passer devant nous ! »

Il se faufile entre les gens avec tant d'aisance et de jovialité que nul ne lui en tient rigueur, alors qu'en essayant de le suivre, j'attire sur moi protestations, grossièretés et regards incendiaires. Mais peu m'importe. De cette manière, nous nous poussons au premier rang au moment même où le début de la procession parvient à notre hauteur.

Les jeunes filles s'avancent entre les deux haies de fidèles, chacune d'elles présentant le paquet de sept épis de maïs vert destiné à la déesse. Pour la circonstance, elles ont délaissé leurs corsages car, dans le temps d'offrir des fleurs aux idoles, les fleurs de la beauté humaine doivent leur apparaître sans voile.

« Alors, laquelle est-ce ? » me souffle Tochtli, l'œil rond et luisant.

Je le fais taire d'un coup de coude. Il n'est pas admis de convoiter, fût-ce par le regard, ce qui s'adresse aux dieux. (Des surveillants sont disséminés sur le parcours du cortège. Celui qui lorgne les beaux seins, lance aux filles des allusions salaces ou, quittant toute retenue, leur fait des propositions sans équivoque, celui-là, ils le repèrent, l'entraînent à l'écart et le battent avec tant de véhémence que, parfois, ils le laissent pour mort dans la poussière.) De plus, je ne veux pas qu'il me distraie d'un spectacle dont j'attends de si profondes émotions.

Les vierges défilent devant nous, lentes et graciles. Elles sont frêles mais leur mission leur confère une invulnérabilité étrangement ressentie par chacun, si bien que la liesse du peuple se transforme en respectueux murmure, à mesure que la procession approche du temple, accompagnée par une musique joyeuse, où gazouillent les flûtes, où frétillent les clochettes de coquillage, où les sonnailles frissonnent. Rendue limpide par les premières pluies, l'atmosphère étincelle. Et les cœurs se réjouissent, confiants dans les vertus de ce rite. Aux champs, le maïs va se mettre à dorer. Il va gonfler et mûrir, promettant de lourds greniers.

Atototl la voici, mon Oiseau! Imitant ses compagnes, elle tient les yeux fixés sur la porte du temple. Mais il suffit que je la voie passer, moi, pour que je sois aussitôt submergé d'attendrissement, de désir, et aussi d'une sorte de frayeur sacrée.

Et déjà, elle nous a dépassés. Je n'aperçois plus que son dos, sur lequel ses cheveux ornés d'une guirlande de fleurs sont répandus librement. Fermant les yeux, je pénètre par l'esprit dans cette ombre profonde, dans cette forêt de lianes soyeuses aux parfums entêtants, et je m'y laisse sombrer, embaumé tout vif dans une éternité de bonheur. O cheveux des femmes, précieuse trame du rêve !

Sur l'esplanade, il y eut plus tard des chants et des danses pour les jeunes gens des deux sexes, et les corsages demeuraient écartés des poitrines. Tochtlatoa faisait l'admiration de tous, étant un danseur infatigable et d'une élasticité merveilleuse.

« Bouclier, me confia-t-il pendant une pause, resplendissant de sueur et de contentement, quand je vois ces aimables ébats que nous inspire Tlaloc, pourvoyeur d'eau féconde, je me demande si à toute autre mort je ne préférerais pas celle de son paradis, le calme, le tiède et le verdoyant Tlalocan, parangon des jardins ! Je sais que pour toi, rien ne vaut la cour remuante du Soleil et le céleste séjour. Mais ne penses-tu pas qu'il y a de puissants attraits aussi dans ce paradis-là, bien qu'il ne soit que terrestre ? Les grands arbres ! Les cactus magnifiques ! Les fruits et les fleurs ! Les herbes gorgées ! L'abondance et la profusion de tout ce qui pousse, et puis la neige immaculée des volcans, dès que tu lèves la tête ! Imagine aussi le repos et la paix, Chimalpopoca : paix du dehors, paix du dedans ! N'es-tu pas même un tout petit peu tenté ? Pour moi, que Tlaloc soit quatre cents fois quatre cents fois béni, s'il me remarque et m'appelle dans le jardin éternellement fertile, dans sa maison de plumes vertes ! Que je devienne hydropique, que la foudre me prenne pour cible, que ma peau soit rongée par des affections repoussantes, que mes poumons se fanent et s'effritent, que j'attrape la lèpre, un goître ou des bubons, que le monstre aquatique, ce joyeux fils de pute, m'attire au fond de la lagune et me déguste yeux, dents et ongles, puisque ce sont là les diverses manières qu'a le Prince-Magicien, Tlaloc l'Orageux, de marquer ses élus! Bref, que je meure selon sa convenance particulière, et puis qu'on m'enterre dans un sépulcre, assis avec mes armes et mes parures, la tête renversée en arrière pour que mon visage soit recouvert de semences de plantes, et que je devienne moi-même une des racines de la fécondité! »

Ces jours de Petite Veille et de Grande Veille étendent sur notre univers une lumière qui ne ressemble à aucune autre. Pendant deux mois, aucun captif, aucun esclave n'est sacrifié sur la pierre. La vapeur tiède et fade qui entoure d'ordinaire les idoles se dissipe, emportée par les vents frais. Les premières ondées lavent le sang qui a eu le temps de sécher sur les figures de pierre, n'étant plus renouvelé. Elles ne peuvent tout effacer, mais elles nous laissent apercevoir quelque chose des beautés que le ciseau du sculpteur a mises là et qu'il nous arrive d'oublier d'une année sur l'autre.

Ces mois-là, l'illusion vient à certains que le monde va durer toujours, que le Soleil va désormais se contenter de ces pluies pour étancher sa soif. Un grand rêve de réconciliation visite les fous et les simples. Les autres, au demeurant, ne sont pas insensibles à l'heureuse influence du lumineux Tlaloc. Ils sentent le renouveau opérer jusqu'au fond de leurs os et n'ont plus envie d'être sombres. Ils osent regarder en avant. Avec aplomb, ils franchissent par la pensée des obstacles jugés hier insurmontables.

Je suis de ce nombre. Je n'arrive pas à croire, aujourd'hui, que Quetzalcoatl va vouloir tirer vengeance d'un peu d'échauffement juvénile, ni que le père d'Atototl, en dépit de ses mouvements d'humeur, me refusera pour gendre quand je me présenterai devant lui, porteur d'insignes éclatants, après avoir ramené mon quatrième captif. Comment pourrait-il n'être pas honoré? Il fait présentement le bourru, mais peut-être est-ce seulement qu'il n'a pas compris mes intentions et me prend pour un vil séducteur. Cela n'est pas impossible. Mon père lui-même ne me connaît pas tout à fait, bien qu'il ait été, non seulement l'auteur de mes jours, mais mon initiateur aux peintures des livres – une science par laquelle je suis supérieur à mes condisciples, et même au Serpent d'obsidienne, quoique ce dernier déclare avec superbe : « Nous, nous écrivons les annales au moyen de nos bras. Les scribes ne font que reproduire avec lenteur et scrupule ce que nos bras ont créé dans la vive spontanéité du génie militaire! » Et puisqu'il est question de cela, eh bien, je n'arrive pas à croire non plus que mon père s'obstinera à me faire partager son opinion sur la puissance des livres – une opinion qu'il ne parvient d'ailleurs pas à justifier, sinon par des raisons encore plus énigmatiques.

La fringante lumière de cette journée repousse le doute et le mauvais espoir. A plusieurs reprises, j'ai dansé dans un groupe où figurait l'Oiseau d'eau. Mais l'esplanade du sanctuaire n'est pas le lieu où se parler, et encore moins où se prendre les mains. J'ai cru lire dans ses yeux, cependant, un accueil favorable.

Avec l'aide du Lapin-qui-parle, j'ai manœuvré

pour me trouver près d'elle à la fin de la cérémonie, bien décidé à courir quelques risques pour lui dire des douceurs, pendant que mon ami faisait le guet. Mais j'en étais encore à tourner mes premiers mots dans ma tête, que ses parents arrivaient avec son petit frère, âgé maintenant, à ce qu'on m'apprit, d'un an et seize mois[1]. C'est un enfant d'allure éveillée, dont le visage rond attire le regard, à cause des deux tourbillons naturels formés par les cheveux.

« Oui, m'expliqua le père avec une légitime fierté, il est marqué des stigmates de Tlaloc ! »

Notre grognon semblait aujourd'hui dans les meilleures dispositions du monde. Je les complimentai avec tant d'empressement, sa femme et lui, qu'ils poursuivirent l'éloge de leur progéniture.

« Il est né sous un très bon signe, me confia la mère. Nous n'avons même pas eu besoin d'attendre pour le baptiser[2] ! »

Jouant l'émerveillement de mon mieux, je vis là une occasion de pousser mon avantage.

« Moi-même, dis-je, les yeux baissés, je n'ai pas trop à me plaindre quant à cela.

Mine de rien, ils tâchèrent d'en apprendre un peu plus, tandis que de mon côté, je m'appliquais à les

1. L'année aztèque comportait dix-huit mois de vingt jours, plus cinq jours néfastes placés à la fin du cycle solaire et appelés « nemontemi », c'est-à-dire « ceux qui sont là pour compléter ».

2. Lorsque le hasard faisait naître un enfant un jour néfaste, la religion des Mexica permettait que l'on trichât quelque peu, afin que sa vie débutât sous de meilleurs auspices. « Il ne fallait pas, en principe, attendre plus de quatre jours après la naissance de l'enfant pour le baptiser. Le prêtre-devin consultait ses livres et fixait la date; si, par exemple, l'enfant était né sous un signe affecté du chiffre neuf (néfaste), on lui donnait son nom trois ou quatre jours plus tard, les chiffres douze et treize étant bénéfiques. » (J. Soustelle).

satisfaire sans avoir l'air d'y toucher, faisant toute sorte d'allusions adroites aux mérites dont m'avait pourvu ma naissance et aux avantages que j'étais en droit d'en attendre. A mesure, leurs visages s'éclairaient et leurs yeux brillaient avec plus d'éclat. Macuilcipactli m'encourageait à poursuivre chaque fois que la discrétion m'incitait au silence. Il me fit parler des batailles et de la façon dont je m'y comportais. Les moindres détails de mes exploits le passionnaient et je finis par donner de moi une image si avantageuse que j'en fus gêné. Une touche de modestie s'imposait :

« Vous voyez, dis-je, il me reste encore beaucoup à apprendre. Je n'ai pas la tête assez froide. Quand je suis au combat, je ne songe qu'à en découdre et, dans le feu de l'action, je prends des risques bien inutiles.

– Allons, mon garçon, tu es trop sévère avec toi-même, dit Macuilcipactli. Tant d'humilité ne sied pas à un héros. Dis-moi un peu, c'est vrai ce qu'on raconte : tu as capturé un général ?

– Oh ! ce n'était pas vraiment un général, répondis-je, tout au plus un... – remarquez que certains prétendent qu'il allait le devenir.

– Un futur général ! Entendez-vous cela ? C'est à peine croyable ! »

Et il insista pour que je fasse le récit de cet épisode, laissant déborder son enthousiasme de telle manière que, pour lui complaire, j'allai jusqu'à enjoliver certains points de ma relation.

Dès qu'ils m'eurent quitté, sa famille et lui, je fis un bond prodigieux et poussai mon cri de guerre, dédaigneux de ce qu'on pouvait penser autour de moi.

Ah ! le vent et l'ardeur, comme les nomment

nos poètes ! Le souffle de la tendresse ! L'impétuosité de la verge ! Qui prétend qu'il n'existe que peine et douleur sur la terre, que nous commençons à mourir le jour même où la vie nous est donnée ? Allons ! philosophes rassis, c'est faire bien peu de cas de ce qui vous pend entre les jambes ! Et si votre cœur est comme une pierre sèche, n'en faites pas une privation commune ! Vous ne pensez qu'à conserver, qu'à faire des provisions et des économies. Moi, je veux que pour elle, l'Oiseau d'eau, l'agave soit fréquemment et généreusement râpé ! Semblable à Tezcatlipoca, mon dieu batailleur, je m'avance précédé d'un beau pénis.

Lui, le Sorcier, s'étant mis nu sur la place du marché, peint en rouge et en bleu, avait emprunté la forme d'un marchand huaxtèque, et la princesse des Toltèques, passant par là, pensa en crever de désir et n'eut de cesse qu'il la prît, l'imprégnât de sa semence ténébreuse et ourdît ainsi la déchéance de cette tribu. Moi, mes intentions ne sont pas si belliqueuses. Cependant, que chacun me voie triompher d'Atototl, la très-belle, par l'irrésistible attrait de ma virilité ! Que chacun observe comment, aux nombreux captifs que, bientôt, j'aurai faits sur les champs de bataille, va encore venir s'ajouter une captive d'un autre genre, telle que peu d'hommes ont su en ramener avec eux ! Qui osera se mesurer à moi avec la javeline de chair et le propulseur à semence ?

Là, tenant dans ma tête ce discours présomptueux et inconvenant, je riais tout seul au crépuscule, car c'était le temps de ma jeunesse...

Tochtlatoa me rejoignit, le sourire aux lèvres, intrigué de me voir si rayonnant. Je lui racontai ce qui s'était passé.

« Alors, fit-il, même le vieux birbe te fait bonne mine ? C'est ton jour de chance, Bouclier ! Pour une fois, oublie donc tes résolutions vertueuses et viens jouer au patolli avec nous. Une seule partie. Rien qu'une ! Ça n'a rien de si terrible. De plus, tel que je te vois parti, tu vas certainement gagner ! »

Je vis semblant de réfléchir. En réalité, et à mon grand étonnement, je n'avais guère envie de lui résister. J'étais si content de tout (et de moi) qu'une entorse à mes sages habitudes me paraissait la bienvenue. Et puis, si le patolli était, contrairement au jeu de paume, une occupation populacière, personne ne le jugeait criminel pour autant et j'avais vu mon propre père s'y divertir. Sans doute, Itzcoatl et nos maîtres découvraient en lui des ferments dangereux pour nos âmes : la vaine exaltation du gagnant, la démoralisation et le repli sur soi de celui qui perd fréquemment ; mais ne leur appartient-il pas en propre d'exagérer à nos yeux les périls sournoisement contenus dans les moindres entreprises, afin que nous soyons avertis des risques encourus et apprenions à nous méfier des pièges que réserve chaque circonstance de la vie ?

« Tochtli, déclarai-je, je vais sûrement t'étonner beaucoup, mais c'est oui : je viens.

– Dans ce cas, Très Fumant Bouclier, je t'invite à dîner. Il y a dans ce quartier-ci une maison où l'on peut se faire servir un ragoût de chien qui n'est pas trop mal et des tamales[1] comme tu n'en mangeras nulle part ailleurs ! »

Ils étaient en effet admirables de finesse et

1. Préparations à base de semoule de maïs, de viande, de haricots et de piment, que l'on fait cuire à la vapeur dans des feuilles d'épi de maïs.

nous en commandâmes assez pour nous arrondir le ventre, d'autant que nous bûmes quantité d'eau claire. Il faisait très doux. Un vent aux senteurs de sève et de résine nous venait des montagnes. C'était un de ces moments privilégiés où, pour se parler, il n'est pas besoin d'ouvrir la bouche. Nous allumâmes des pipes de roseau, respirant le capiteux mélange des parfums printaniers et de la fumée aromatique. Puis le vent se mit à fraîchir et à souffler plus fort, secouant les branches. A peine avions-nous posé le pied dans la rue, qu'une pluie drue et acérée se déversa sur la ville. Tlaloc avait apprécié les offrandes et les prières adressées à ses protégés, Chicomecoàtl et Centeotl, alors il nous envoyait un gage de sa protection.

En un instant, nous fûmes trempés jusqu'aux os, mais nous nous refusâmes à allonger le pas, recevant avec déférence le présent de la divinité.

A la maison de chant, le tableau de jeu avait été déployé, mais on attendait Tochtlatoa. Il semblait qu'en ce domaine, rien ne se pût entreprendre sans lui. Il expliqua que je voulais être de la partie et l'on m'indiqua une place avec beaucoup d'empressement. Ce soir, nos courtisanes étaient absentes, l'homme devant s'abstenir d'ébats amoureux le jour où les vierges en fleurs sont exhibées aux dieux : « Les épis qui sont encore verts, ne te précipite pas sur eux pour les avaler goulûment. Songe qu'il faudra manger non pas seulement aujourd'hui, mais durant l'année entière. »

Le jeu commença. Je ne gagnai ni ne perdis, mes bonnes et mes mauvaises fortunes s'annulant réciproquement.

En revanche, le Lapin-qui-parle fut favorisé par le sort, lui qui perdait toujours. Il récupéra le collier de sa courtisane et devint propriétaire d'un labret de cristal, dont il voulut absolument me faire cadeau.

Alors entra Itzcoatl. Jamais encore nous ne l'avions vu à la maison de chant. Mais ce soir-là, il vint. Il baissa la tête pour franchir la porte, revêtu de ses habits cérémoniels, et s'immobilisa. Telle une idole de pierre, semant l'inquiétude, la gêne et la honte parmi nous, il considéra le tableau de jeu et les mises, le labret sur lequel je n'avais pas eu le temps de refermer le poing. Il battit plusieurs fois des paupières et se retira sans avoir dit un mot.

Tous les assistants se lançaient des regards par en dessous. J'aurais voulu lui courir après pour lui expliquer que je jouais au patolli pour la première fois et n'avais nullement l'intention de recommencer. Mais j'eus peur de ne pas le convaincre, et qu'il se contentât de me regarder de haut, fronçant le nez avec mépris, comme il venait de le faire à l'instant. En outre, mes condisciples auraient pu s'imaginer que je les reniais, alors que j'éprouvais pour eux, dans cette malchance et cette disgrâce qui nous réunissaient, une sympathie qui, elle aussi, était nouvelle pour moi.

Je restai donc à ma place, découragé et sans ressort. Le Serpent d'obsidienne allait s'imaginer que j'étais un fervent du jeu, l'hypocrite compère de ce Tochtlatoa qu'il me reprochait déjà de hanter. Il refuserait de m'accorder plus longtemps sa considération et j'entrevoyais l'infranchissable obstacle qui s'élèverait désormais entre moi et les privilèges tant convoités. Je me sentais immensément las. Ce que j'avais mangé tout à l'heure me pesait sur l'estomac. J'étais couvert d'une moiteur malsaine, impure. J'avais l'impression d'être sale au-dedans comme au-dehors.

« Bonsoir, dis-je du bout des lèvres. Je rentre. Je ne me sens pas très bien. »

Le Lapin-qui-parle esquissa le geste de se lever en même temps que moi mais, finalement, poussant un soupir et laissant tomber les bras, il baissa les yeux et se tint coi.

Une fois arrivé au collège, je me rendis immédiatement à la pièce consacrée à Temazcalteci, la déesse des bains de vapeur qui veille à la santé du corps et à la propreté de l'âme.

Yoalticitl, j'en appelle à toi,
Médecin Nocturne,
A travers les vapeurs du bain,
Où tu règnes,
Tu vois les vilains secrets des hommes
Et tu arranges ce qui est en désordre dans leur [corps,
Et dans leur cœur et dans leur esprit,
En tous ces lieux tu fortifies
Les choses qui sont tendres et qui sont molles.

J'ai allumé le feu de bois. J'ai chauffé les pierres poreuses. Par la trappe, je me suis introduit dans le bain, aussitôt environné des fumées chaudes et purificatrices. Je me suis vigoureusement frictionné avec une poignée d'herbes médicinales. Et Yoalticitl, qui n'est autre que la Mère des Dieux – Teteoinnan –, considérait toutes mes taches invisibles et visibles, et les faisait partir.

Cependant, je ne retrouvais pas la bonne humeur et l'optimisme qui m'avaient accompagné pendant la plus grande partie de ce jour, jusqu'à ce que je prenne place parmi les joueurs de patolli. L'espace de quelques heures, j'avais perdu de vue l'effroyable verdict qui condamne notre cinquième Soleil. Maintenant, mes yeux étaient dessillés, et la vanité de tous mes projets me ricanait aux oreilles.

« Seul un petit instant sur la terre » : ce vers à nouveau m'obsédait. J'eus beau m'étriller jusqu'au sang, il tourna et tourna dans ma tête jusqu'à me donner le vertige. L'impureté s'en allait de moi, mais ce qui la remplaçait était la limpidité d'une exigence encore plus insupportable.

Je sortis du bain plus malheureux que je n'y étais entré. Il avait cessé de pleuvoir. Je demeurai longtemps assis contre le mur, le visage enfoui au creux de mes paumes. Lorsque enfin j'écartai les mains, mes yeux virent le ciel. Et l'épi de feu était là comme chaque nuit, léchant le fond du ciel et tâchant de le percer. On aurait dit un doigt de flamme levé pour rappeler aux Aztèques que leur fin était proche. Combien de temps encore les en séparait ? Le présage restait muet là-dessus. Mais son énormité et son obstination étaient assez éloquentes : le terme n'allait plus être différé longtemps. Quant le liquide en fusion aurait transpercé le premier ciel, sans doute, ce serait le signal...

Je me levai, le regard capturé par la menace flamboyante. « Chimalpopoca, me dis-je, pourquoi es-tu venu au pays des hommes ? Lorsque les résidents du treizième ciel, là où l'air est subtil et glacé, ont créé cette terre maudite, quel désir, quel besoin voulaient-ils satisfaire ? »

V

PIÈGES ET EMBUSCADES

PASSA le mois de Toxcatl, sans que j'aie revu Atototl. Vers la fin de ce mois, nous repartîmes en campagne contre les gens de Huexotzinco.

L'armée s'avançait avec circonspection de colline en colline, précédée par les éclaireurs. Les nerfs de tous étaient mis à rude épreuve car l'ennemi ne se montrait pas. Je marchais aux côtés du Serpent d'obsidienne. Il m'en avait donné l'ordre avant que nous ne nous mettions en route. C'était la première fois qu'il m'adressait la parole depuis le malheureux épisode de la maison de chant, mais ses regards n'avaient cessé de m'accabler, renforçant davantage le sentiment que j'avais de ma culpabilité et de ma disgrâce.

Mon désarroi était si grand qu'à un certain moment, peu avant la cérémonie où l'on sacrifie le guerrier qui figure Tezcatlipoca, j'avais eu la tentation d'aller trouver mon père et de l'interroger sur le pouvoir de l'écriture et sur toutes les choses étranges auxquelles il avait fait allusion devant moi. Si l'Invisible m'abandonne, me disais-je, jamais plus je n'aurai de bonne fortune à la guerre et la gloire d'obsidienne me sera refusée. Dès lors, pourquoi ne me retournerais-je pas vers Quetzalcoatl, le suppliant de pardonner mes offenses et de faire de moi son disciple le plus ardent ?

Je me rendis dans la maison de mon père et demandai à lui parler seul à seul dans la chambre des livres. Il y consentit volontiers mais mon esprit était si agité que je fus maladroit dans mes questions.

« Père vénéré, dis-je, les uns prétendent que Quetzalcoatl est mort, tandis que les autres affirment qu'il s'est seulement éloigné de ce pays, et qu'il y reviendra un jour pour réclamer son trône. Où est la vérité ? »

Mon père plissa le front en me dévisageant :

« La vérité n'est pas dans les paroles, Chimalpopoca, car les paroles ne sont qu'un bruit et bien des bruits résonnent à nos oreilles, sans que notre sagesse y trouve le moindre enseignement. Aucun homme ne peut donner à un autre homme la réponse que tu demandes : il ne saurait l'obtenir que de lui-même. Interroge-toi, mon fils. Ne demande pas où est la vérité, fais en sorte que la vérité t'apparaisse.

– Mais comment ?

– Ne demande pas comment. Ces choses ne s'apprennent pas comme on apprend à peindre ou à tirer à l'arc. Chacun doit devenir son propre instructeur.

– Mais puisque la vérité t'est apparue et que j'ai un profond respect pour toi et une entière confiance en ta parole, ne peux-tu au moins m'en faire part, afin que je sois mis sur la voie et n'aille pas m'égarer dans ma quête ?

– Pas cette vérité-là, Chimalpopoca ! Pas elle ! Car ce n'est pas une sentence, un oui ou un non, un constat d'expérience, une loi écrite dans les livres, une formule mathématique. C'est quelque chose qu'il faut avoir rencontré soi-même, comme l'amour ou l'ivresse – car pour ce qu'autrui nous en montre, on pourrait aussi bien croire qu'il s'agit de grimaces et d'extravagances ! »

J'avais préparé dans ma tête d'autres questions sur la rivalité des dieux et sur Nezahualcoyotl, fils du sixième souverain de Texcoco, mais j'y renonçai et demandai sans plus attendre la permission de me retirer, que mon père m'accorda en inclinant la tête.

Alors que je traversais le jardin, plus déçu et plus désorienté que jamais, il m'interpella depuis le seuil de la maison, d'où il assistait à mon départ :

« Chimalpopoca, ne sois pas comme l'empereur Ahuitzotl qui, fuyant l'inondation, alla si violemment donner du front contre un chambranle de porte qu'il en mourut !

– Non, non, père ! répondis-je sottement. Je vous remercie pour tous vos bons conseils. »

J'étais écœuré par la niaiserie que je devinais répandue sur ma face. Je courus prendre un bain de vapeur, mais cela ne me fut d'aucun secours. Une nouvelle fois, je m'apitoyai sur mon sort, persuadé que tout et tous se liguaient contre moi pour que je ne puisse jamais réaliser mes ambitions.

En ces heures douloureuses, Atototl était loin de mes pensées. Et pourtant, au milieu de cette adversité, son amour et la promesse tacite que j'avais reçue de son père étaient les seules réalités d'où je pouvais tirer quelque consolation.

J'évitais autant que possible Tochtlatoa. Non que je lui en voulusse de m'avoir attiré au jeu, mais parce que sa présence, manifestement, ne m'était pas bénéfique. Au surplus, je souhaitais prouver à Itzcoatl que j'avais le désir de m'amender.

Notre instructeur, cependant, semblait ne rien remarquer de mes efforts. Il écrasait le Lapin-qui-parle de paroles méprisantes et lui réservait toujours les tâches les plus basses. Mon camarade était moins bien traité que des garçons qui n'étaient même pas iyac.

Lorsque le messager du dieu Huitzilopochtli eut parcouru les artères de la ville, agitant la crécelle, brandissant le bouclier de la guerre et criant « Tempête et Incendie », lorsque les prêtres eurent fait retentir le grand tambour en un sourd et terrible grondement, roulant à travers toute la vallée de Mexico, alors l'armée s'assembla, se mit en ordre de marche et quitta Tenochtitlan.

La guerre est née il y a bien longtemps. Parce qu'ils avaient désobéi au Soleil, Celui-ci envoya contre les Quatre Cents Serpents de Nuages des hommes pour les détruire : ce fut le commencement de la guerre, qui ne finira qu'avec ce monde.

Mais nous avons déjà remporté trop de batailles, vaincu trop d'ennemis. Qui capturer, si plus personne ne s'oppose à nous ? Alors ceux qui étaient en paix se sont réunis, c'était il y a beaucoup d'années, avant même ma naissance[1], et ils dirent : « Le dieu gémit. Son estomac gémit. Sa langue pend entre ses lèvres. Entretenons la guerre, si nous voulons sauver le monde. Rencon-

1. La date est imprécise. Beaucoup d'historiens s'accordent à penser que ces tractations eurent lieu après la grande famine de 1450, attribuée à l'insuffisance des sacrifices.

trons-nous dans des combats et faisons des captifs pour garnir la table du Soleil. »

Il y avait là les chefs de Tenochtitlan, de Texcoco, de Tlacopan, et puis ceux des seigneuries de Tlaxcallan, Huexotzinco et Chalollan. Les trois premiers se mirent ensemble. Les trois autres se mirent ensemble. Ils firent deux alliances. Ainsi naquit la guerre fleurie.

Ceux qui parlaient la même langue se rangèrent en deux camps et décidèrent de s'affronter à certaines dates, dont le calendrier fut établi. Il ne s'agissait pas de tuer les hommes, on s'efforcerait de les prendre.

D'abord ces règles furent scrupuleusement respectées. Un nombre de guerriers s'avançait contre un nombre égal d'adversaires, dans un périmètre délimité. Celui qui était désarmé, ou réduit à l'impuissance, était pris. Celui qui sortait du périmètre devenait un captif également.

Mais les nôtres étaient le plus souvent vainqueurs et les alliés de Tlaxcallan s'irritèrent, car beaucoup d'hommes leur étaient enlevés. Alors, parfois, ils se rebellaient et nous devions, comme c'était le cas maintenant, aller contre eux pour les soumettre — ceci n'était plus la guerre des fleurs.

Ayant saisi nos armes, ayant revêtu nos armures de coton matelassé, nous partîmes donc. Itzcoatl marchait avec les plus braves et les chefs, immédiatement après ceux qui lisent les pistes. J'étais à sa gauche, portant son sac de vivres, fasciné par cette glorieuse compagnie au sein de laquelle je faisais figure d'intrus (mais personne ne s'intéressait à moi; je me tenais en retrait, dans une pose modeste, quand Itzcoatl conférait avec ses pairs). Les autres élèves du collège suivaient tous le gros des troupes, à un jour des prêtres qui, eux-mêmes, allaient à un jour de nous. L'Honorable Cadet ne participait pas à cette campagne, ayant délégué le commandement suprême à son parent le Tlacatecatl[1].

Un matin, peu après l'aurore, nous progressions avec prudence au pied du Popocatepetl, quand nous vîmes venir à nous, entouré de trois éclaireurs, un homme vêtu à la façon des gens d'Huexotzinco. Je pensai d'abord qu'il s'agissait d'un prisonnier. Mais, à mesure qu'il s'approchait, je vis qu'il avait le sourire aux lèvres et conversait paisiblement avec ceux qui l'accompagnaient. Il se dirigea vers Celui-qui-conduit-les-armées et s'accroupit devant lui, après quoi, sur un signe que lui fit ce personnage, il se mit à parler. Etant dans une position qui me permettait de saisir la plus grande partie de son discours, je compris que l'homme était en réalité un de ces commerçants qui s'infiltrent chez les étrangers, ayant appris leur langue à la perfection lorsque ce n'est pas le nahuatl, adoptant leur apparence et faisant mine d'épouser leurs coutumes, pour tendre l'oreille, ouvrir l'œil, poser discrètement toute sorte de questions. Après quoi ils renseignent nos chefs sur les intentions de ces tribus et, si la guerre vient à éclater, sur l'état de leurs forces et sur les plans de bataille qu'ils échafaudent contre nous. A peine plus âgé que moi, celui-ci avait bonne mine et la carrure d'un guerrier. Son visage inspirait confiance. Il s'exprimait avec une parfaite aisance et bien qu'il montrât au Tlacatecatl toutes les marques du plus profond respect,

1. Généralissime.

il ne semblait pas impressionné outre mesure de se trouver en sa présence. J'appris par des murmures qu'il se nommait Cecoatl, chiffre et signe du jour le plus favorable aux négociants et meneurs de caravanes (et qui devait être celui de sa propre naissance).

Le chef des chefs le remercia brièvement et lui commanda de retourner à Huexotzinco. Cecoatl se mit en route aussitôt après s'être désaltéré. Rapidement, il disparut à nos yeux, me laissant tout songeur. Je savais ce qu'était le courage militaire; mais le genre d'audace qu'il fallait à cet homme pour accomplir sa tâche, je ne savais pas ce que c'était.

Quoi qu'il en fût, nous évitâmes grâce à lui une embuscade que les ennemis avaient tendue, si soigneusement préparée que même nos avant-coureurs n'avaient rien soupçonné. Pour nous, c'était l'occasion de prendre au piège ceux-là mêmes qui pensaient nous feinter et de faire déjà quelques captifs. Cette perspective me fit retrouver d'un seul coup l'allant et la foi en l'avenir : très bientôt, me disais-je, tu pourras aller présenter une troisième prise au père d'Atototl!

Le soleil atteignait au zénith quand nous parvînmes en vue des sentinelles que ceux de Huexotzinco, fort avisés, avaient placées sur leurs arrières. Mais ces guetteurs, malgré tout, s'attendaient si peu à ce que nous les prenions à revers, que ce fut pour nos éclaireurs un jeu d'enfant que de s'approcher d'eux et de les maîtriser sans bruit. Après quoi, gardant le silence jusqu'au moment de l'assaut, nous tombâmes sur le dos des guerriers qui nous attendaient, hurlant et sifflant comme autant de démons surgis du néant.

Par Cecoatl, nous savions déjà qu'ils seraient inférieurs en nombre, et comme la surprise jouait en notre faveur, rien n'aurait dû être plus facile que de les faire prisonniers. Mais ces hommes-là étaient des combattants d'élite qui se ressaisirent promptement et se défendirent avec une vaillance extraordinaire.

Tous mes efforts furent vains. Tel un tigre enragé, je me battis. Mais ceux qui me furent opposés ne se laissèrent ni tuer ni prendre. Le premier, alors que je le sentais mollir, céda sa place à un camarade plus frais. Après bien des difficultés, je parvins à froisser de mon casse-tête l'oreille de ce nouvel adversaire. A ce moment-là, une bousculade amena entre nous tout un paquet de combattants qui le déroba soudainement à ma vue. Je courus à un troisième guerrier, mais celui-ci lâcha ses armes sans crier gare et, tournant les talons, se mit à galoper comme un lièvre. Avec mon équipement, je n'aurais eu aucune chance de le rattraper. Venue de je ne sais où, une flèche dans la nuque l'arrêta net; personne, cependant, ne devait revendiquer ce beau coup.

A ce moment-là, la bataille était terminée. Nous n'avions qu'une demi-douzaine de captifs, dont l'un bien mal en point. Les autres s'étaient battus de manière si acharnée qu'ils avaient reçu des blessures mortelles. Ainsi, nous n'avions remporté qu'une pauvre victoire et, pour ce maigre résultat, quelques-uns de nos meilleurs capitaines avaient été expédiés auprès de Notre Seigneur Soleil.

Nous versions sur eux des larmes amères, attendant que le Tlacatecatl nous rejoigne avec les autres généraux. Et comme nous nous étions enfoncés très avant dans ce pays hostile, il fut décidé que nous camperions à l'endroit même de l'embuscade, après avoir dressé les bûchers pour les morts. En ce lieu se regrouperait toute l'armée puisque le jour du grand affrontement était proche. Si le peuple de Huexotzinco voulait nous arrêter avant que nous ne forcions les portes de sa capitale, brûlions son grand temple et mettions en cage son idole tribale, il devrait le faire dans cette vaste plaine ocre et désertique qui s'étendait à nos pieds.

Tandis que s'élevaient les flammes, par-dessus les ardents catafalques, je remâchais avec mélancolie mon infortune. J'étais venu plein d'espérance dans le pays des mâles élans, parmi la poussière, les pluies de sang et le craquement des boucliers, mais le dieu n'avait pas étendu sa main sur moi. Une fois encore, il m'exceptait de ses faveurs. J'étais le répudié de Tezcatlipoca.

Je ne vis pas Itzcoatl se glisser près de moi. Soudain, sa voix grave et rude pénétra mon oreille :

« Viens avec moi : mangeons ensemble. »

C'était un honneur considérable. Il rompit lui-même les nourritures, afin de me faire comprendre qu'il me traitait ce soir d'égal à égal. Puis il me parla calmement, trouvant les mots précis dont j'avais besoin pour être consolé.

« Je sais ce que tu ressens, dit-il, mais il te faut freiner ton impatience. Ce que tu n'as pas obtenu aujourd'hui, tu l'obtiendras un jour prochain – peut-être demain car les dieux ne veulent pas que la vertu soit laissée sans récompense. »

Il me fit miroiter une destinée splendide, comparable, en plus éclatant, à celle dont j'avais rêvé.

J'étais si débordant de gratitude que les larmes me venaient aux yeux et que j'avais du mal à ingurgiter les aliments. Un mouvement irrépressible me fit tomber aux genoux de cet homme dont j'avais cru, ingrat que j'étais, qu'il se désintéressait de moi, alors qu'il m'avait fait prendre place dans l'avant-garde de l'armée – privilège rarissime – pour que les plus grands chefs fussent témoins de ma vaillance.

Il fallait absolument que je dissipe le malentendu qui existait entre nous.

Je me jetai face contre terre.

« Itzcoatl, vénéré maître, il est une chose que je dois te dire. Permets-moi de parler, mais grave bien en ton esprit que pour rien au monde je ne voudrais me rendre coupable d'impertinence envers toi !

– Je t'écoute, fit-il d'une voix singulièrement rafraîchie.

– Vénéré maître, tu dois savoir... »

Les mots restaient accrochés à mes dents, refusant de sortir. J'avais si peur de perdre l'avantage que je venais de conquérir ! Mais j'étais allé trop loin, je ne pouvais plus reculer. J'allais me rendre insupportable, si je prolongeais ce silence.

« Eh bien ? s'impatientait Itzcoatl.

– Tu dois savoir... »

Cette nouvelle hésitation amena sur son visage un tel air de contrariété que je m'écriai tout d'une traite, haletant :

« Je ne suis pas un joueur, honorable Serpent d'obsidienne ! Je te le jure, je n'ai joué qu'une seule fois. Pour me punir, le hasard a voulu que tu me surprennes alors, mais par ce que j'ai de plus sacré, je te le jure encore, jamais auparavant je ne m'étais assis près d'un tableau de patolli. »

Il éclata franchement de rire, ce que je ne lui avais jamais vu faire.

« Tu imaginais donc que je ne le savais pas !... Tu es un garçon surprenant, Chimalpopoca. Par certains côtés, tu es déjà un guerrier d'expérience. Mais par d'autres, tu es resté un petit enfant. Comment peux-tu croire que je ne connais pas d'une manière précise et approfondie chacun des élèves que l'on me confie ? Je sais tout ce qui te concerne, mon garçon. Je sais même certaines choses que tu ignores toi-même.

– J'ai pensé que tu me croyais joueur et que tu me rejetais à cause de cela », dis-je piteusement.

Il eut un sourire condescendant :

« C'est toute ma pédagogie. Je modèle vos esprits et vos âmes non tant par ce que je pense que par ce que vous pensez que je pense. De la sorte, les corrections viennent de vous et s'avèrent plus efficaces et durables. »

Je coulai un regard par en dessous.

« Tu te demandes pourquoi je te dévoile ma méthode, jeune Bouclier ? C'est parce qu'à partir d'aujourd'hui, je ne me considère plus comme ton maître, mais bien plutôt comme un frère aîné. Tout ce que tu pouvais apprendre de moi, tu l'as appris et retenu : ta conduite l'a prouvé tout à l'heure. Il n'est pas jusqu'à ta tristesse qui ne révèle en toi la naissance de l'homme. Tu es encore bien naïf, je viens de te le dire. Mais pénètre-toi de mes paroles : elles suffiront à rompre tes ultimes attaches avec l'enfance. Regarde-toi avec mes yeux et délivre-toi ainsi de tout ce qui te paraît, en toi-même, déplacé ou inopportun. C'est de cette manière que tu as progressé; c'est de cette manière que tu te domineras et te dépasseras. Je te l'affirme : tu y parviendras sans peine. Tu n'es pas, grâce aux dieux, un Tochtlatoa! Celui-là, il finira par mendier dans les rues, ou par voler les passants. Cesse de le fréquenter, Chimalpopoca. Ce n'est pas que je craigne sa mauvaise influence : tu es assez fort pour la repousser. Mais vos routes sont appelées à diverger, c'est l'évidence, et je suis sûr qu'en ton for intérieur, tu le sais très bien. Alors, pourquoi ne pas rompre tout de suite? Plus tard, quand tu seras complètement débarrassé des aveugles impulsions de la jeunesse, tu regretterais d'avoir tergiversé. »

Je promis de ne plus rechercher la compagnie de mon facétieux camarade. Je le faisais à contrecœur mais, comme Itzcoatl l'avait suggéré, j'étais depuis longtemps convaincu que notre séparation était inéluctable. Cependant, je fis en moi-même le serment de ne pas froisser Tochtlatoa et de me détacher de lui aussi doucement que possible.

« De toute façon, reprit le Serpent d'obsidienne, vous allez bientôt quitter le collège l'un et l'autre. Ce garçon n'est pas le genre de recrue dont on peut s'enorgueillir. Quant à toi, je suppose que tu as dans l'idée de te marier prochainement? »

Il savait donc cela aussi!

« C'est-à-dire...... si nos maîtres et toi-même m'accordez votre permission », dis-je respectueusement.

Il prit un air faussement bourru, continuant à sourire avec une partie du visage :

« Chimalpopoca, ne t'ai-je pas dit que je n'étais

plus ton maître ? Allons, assieds-toi, nous n'avons pas fini de dîner ! »

Tandis qu'il dévorait, je lui parlai d'Atototl et de la conversation que j'avais eue avec son père pendant les fêtes de Uey Tozoztli.

« Elle sera ma femme, déclarai-je pour conclure, mais je dois auparavant ramener deux autres captifs, afin d'être l'un de ceux qui partagent le tribut. Son père ne me l'accordera pas autrement.

– C'est tout ce qui assombrit ton front ? s'exclama-t-il. Alors tu peux laisser tomber ce masque ! D'ici deux ans, tout au plus, tu accèderas au conseil des guerriers, ta place sera marquée dans la maison de l'Aigle et l'Empereur connaîtra ton nom sans qu'il soit besoin de le lui souffler à l'oreille. Bouclier Fumant, est-ce par délice de vanité que tu me fais répéter ces choses ? Je t'ai promis tout à l'heure un destin exceptionnel. Crois-tu que j'ai parlé à la légère, ou dans le but de te gonfler la tête d'illusion ? »

Entendant cela, j'aurais voulu bondir sur mes jambes, danser avec frénésie en faisant retentir des cris de victoire et des chants d'allégresse. Je me contentai de baisser les yeux pour cacher l'exaltation qui s'était emparée de moi. Je ne pouvais mieux remercier Itzcoatl qu'en adoptant l'attitude digne et réservée qui sied à un futur noble de l'Aigle.

Nous achevâmes notre repas. Lorsque nous fûmes rassasiés, il me fit asseoir tout à côté de lui et, tandis que s'assombrissaient les braises des bûchers, nous regardions le ciel de sang s'accroupir sur la plaine, puis se mettre à cailler comme l'eau précieuse dans la calebasse verte. Et derrière la pourpre sombre et fendillée de ce ciel brasillait encore, à l'Occident, la trace d'or pur laissée par le soleil. Alors Tezcatlipoca s'allongea au-dessus de la terre, ample et menaçant, et le froid toucha nos corps.

Fraternellement, Itzcoatl mit son bras autour de mes épaules et me pressa contre lui, si bien que nous nous réchauffions l'un l'autre.

« Te sens-tu mieux ainsi ? » dit-il à voix basse.

Je fis signe que oui.

« Itzcoatl, demandai-je au bout d'un instant, que sais-tu du roi Nezahualcoyotl ? »

Avant de me répondre, il leva la tête vers les étoiles et inspecta le ciel au-dessus de nos têtes. Puis la pression de son bras se relâcha quelque peu.

« C'était un souverain très brave et très sage, dit-il enfin. Je suis né trois ans après sa mort[1], mais on parlait encore beaucoup de lui dans toutes les cités de la Triple Alliance durant mon enfance et mes années de collège. Aujourd'hui encore, sa mémoire est honorée par tous ceux qui savent quel grand roi il fut.

– En quoi fut-il si grand, Itzcoatl ?

– Il fit les lois les meilleures qu'on ait jamais faites, cher garçon. Si Texcoco est devenue la ville que tu sais, métropole de la justice et des juges, où sont examinés en appel tous les procès de l'empire, c'est à lui qu'elle le doit car il ne laissait pas d'affaire sans qu'une réparation ait été accordée aux uns et un châtiment appliqué aux autres, équitable aussi bien en ceci qu'en cela. Ce législateur incomparable était aussi un chef de guerre

1. Nezahualcoyotl mourut en 1472.

comme on en voit peu. Avant de s'asseoir sur le trône, il avait dû errer dans les solitudes de son pays, sans cesse obligé de ruser et de combattre pour échapper aux sbires que le cruel et indigne Tezozomoc avait lancés à sa poursuite, avec ordre de le tuer. Durant des années, ils le traquèrent à travers les montagnes et suivirent sa trace dans les déserts. Beaucoup périrent sous ses flèches ou bien sous la morsure des fauves ou encore torturés par la soif et le soleil des canicules. Lui-même, au contraire, devenait de plus en plus vigoureux et de plus en plus habile à mesure que se déroulait cette poursuite. Plusieurs fois, ils pensèrent l'avoir cerné, mais jamais ils ne parvinrent à s'emparer de lui. Et finalement, Nezahualcoyotl ceignit le diadème impérial, faisant courber la nuque à tous ses ennemis. »

Cette réponse ne m'éclairait guère. Au lieu de me faire comprendre l'intérêt de mon père pour le roi de Texcoco, elle me le rendait plus énigmatique. Ce Nezahualcoyotl n'offrait-il pas l'exemple le plus éclatant d'un homme ayant obtenu le pouvoir grâce à des vertus guerrières ? Et son histoire ne démontrait-elle pas clairement qu'un vaillant soldat pouvait fort bien devenir l'un des plus respectés parmi ceux qui non seulement manipulent, mais encore inspirent les livres ?

J'essayais de réfléchir à tout cela, mais mon esprit, comme mon corps, était engourdi par le froid, la nourriture, la fatigue de la marche et du combat et aussi par cette sorte de béatitude où m'avait plongé la prophétie du Serpent d'obsidienne, contre qui je m'alanguissais peu à peu, sentant mes paupières s'alourdir. J'entendis encore ma voix qui disait : « Et Quetzalcoatl, reviendra-t-il ? » mais je sombrai aussitôt après dans d'épaisses et voluptueuses ténèbres que la réponse d'Itzcoatl, si toutefois il me répondit, ne parvint pas à traverser.

Au matin, je m'éveillai sur une couche très bien faite, recouvert de plusieurs épaisseurs de manteaux. Le Serpent d'obsidienne était accroupi près de moi et m'observait en souriant.

Il y eut plusieurs batailles avec les soldats de Huexotzinco, mais aucune d'elles ne fut vraiment décisive et notre Tlacatecatl, après en avoir délibéré avec les capitaines, ordonna que l'armée s'en retournât provisoirement à Mexico. Enflammé par les promesses d'Itzcoatl et par l'excellente opinion qu'il avait de moi, je me battis avec encore plus d'énergie qu'à l'ordinaire. Cependant, je ne réussis pas à lier un seul ennemi.

Une fois, je crus bien y arriver. J'avais demandé à Tochtlatoa de me suivre avec une corde toute prête et de se précipiter dès que j'aurais pu renverser un de mes adversaires. Il m'assura qu'il le ferait. Au moment où je pénétrai dans la mêlée, il marchait sur mes talons, ayant préparé le nœud coulant. Mais, alors que j'avais trouvé l'occasion de faire lourdement choir sur le dos un gros assommeur à face simiesque et me retournais pour crier à mon ami de se jeter sur lui, il avait disparu. J'en étais si abasourdi que je laissai le mastodonte se ressaisir et peu s'en fallut qu'il ne me fît goûter de sa massue, la plus volumineuse que j'aie jamais vue. D'une javeline bien placée, Itzcoatl, qui combattait non loin de moi, le cloua au sol par le milieu de la poitrine.

Dès que furent dissipés l'ardeur et le rouge poudroiement de poussière et de sang, je partis à la recherche du Lapin-qui-parle, craignant qu'il n'ait été gravement blessé ou entraîné par nos ennemis. Je parcourus en vain le champ de bataille. Revenant au campement, abattu et près de répandre des larmes sur le sort de mon ami, je l'aperçus tranquillement assis au pied d'un arbre.

Aussitôt qu'il me vit, il porta les mains à l'une de ses jambes et commença à se frotter le mollet en grimaçant.

« Tochtli ! m'écriai-je. Qu'as-tu fabriqué ? J'avais besoin de toi ! J'ai cru que tu étais mort !

— Une terrible douleur m'a traversé le mollet et m'a fait perdre l'équilibre, dit-il sans me regarder. Je ne sais pas encore comment j'ai réussi à me traîner jusqu'ici ! A plusieurs reprises, j'ai dû faire le mort pour qu'on n'ait pas l'idée de m'attraper. C'est que j'étais une proie facile : ma jambe me causait de telles souffrances qu'un enfant de trois ans aurait pu, sans arme, m'enlever mon glaive et mon bouclier ! »

Je ne savais que penser de cette histoire.

« Et pourquoi ne m'as-tu pas prévenu ? Je t'aurais aidé. J'aurais protégé ta retraite !

— Tu t'es élancé comme un jaguar en fureur, Bouclier ! Dans ce vacarme des combats, étant déjà si éloigné de moi, comment aurais-tu entendu le faible gémissement d'un homme jeté à terre par un mal aussi violent qu'imprévisible ? »

Ses grimaces redoublèrent, tandis qu'il continuait à masser sa jambe avec précaution.

« A cause de toi, dis-je sur un ton plein de rancune, je n'ai pu faire mon troisième captif ! »

Il s'obstinait à ne pas me regarder, ne faisant que renforcer mes soupçons. J'attendais anxieusement, les yeux fixés sur ses lèvres.

Alors la voix d'Itzcoatl retentit derrière moi :

« Ne t'avais-je pas prévenu ? On ne peut faire confiance à un Lapin ! Aujourd'hui, Chimalpopoca, le Jeune Homme ne t'a pas honoré du signe que tu espérais. Mais le seigneur Tochtlatoa, lui, a été touché par la grâce de Xolotl : il a reproduit fidèlement le comportement de ce dieu, qui est de craindre pour ses abattis et de courir se mettre en un lieu moins exposé ! »

Mon camarade baissait le nez. Il ne dit pas un mot pour se défendre.

Le Serpent d'obsidienne me prit le bras en ricanant :

« A tout lapin, destinée de lapin ! Laissons-le, Chimalpopoca, il ne peut plus échapper à son misérable sort ! »

Je partis avec lui sans me retourner une seule fois. Avec le temps, j'aurais sans doute pu pardonner à Tochtli de ne pas m'avoir assisté au moment où j'en avais tellement eu besoin, reculant ainsi le jour de mon triomphe. Mais je ne pouvais supporter l'idée de sa lâcheté. C'était comme s'il avait été brusquement touché par un mal répugnant et contagieux. Mieux valait désormais me tenir à distance, comme on se tient à distance d'un animal venimeux.

A Mexico, je vécus des jours chagrins, malgré le bel optimisme et les chaleureuses étreintes d'Itzcoatl, auquel je m'appliquai du reste à cacher mes sentiments. Je souffrais de ne pouvoir annoncer au père d'Atototl la nouvelle qu'il devait attendre avec impatience. Mon dépit était si fort que j'évitai même de voir mon Oiseau, ce qui ne fit bien sûr qu'aggraver ma tristesse.

Vint la Grande Fête des Dignitaires. Si j'avais ramené un troisième prisonnier, j'aurais peut-être eu l'autorisation de participer aux danses solennelles qui ont lieu les sept premiers jours de ce mois. Seuls y paraissent les seigneurs et les guerriers remarqués pour leurs exploits, auxquels l'Empereur lui-même ne dédaigne pas se mêler certains soirs. Je dus me contenter du rôle de surveillant, armé d'une torche et veillant à ce que les contacts entre les hommes et les femmes se limitent aux mouvements de la danse. (Qui cherchait à déshonorer sa partenaire, de la parole ou du geste, était frappé au moyen des torches incandescentes; qui entretenait avec une femme, dans le cours de la nuit, des relations charnelles, recevait le même châtiment, et si c'était un élève du collège, il en était chassé; alors il ne lui restait qu'à épouser rapidement sa complice, même s'ils n'avaient pas eu l'intention d'unir leurs vies, afin d'apaiser le courroux de la société.) Pour comble de malheur, je fus posté dans l'endroit le plus éloigné de celui où Motecuhzoma avait coutume de danser, si bien que je ne pus ni le contempler autant que j'aurais voulu ni surtout me faire apercevoir de lui.

Je ne fus guère plus heureux pendant toutes ces journées, alors qu'il présidait aux grandes distributions de vivres qui marquent ce mois de Uey Tecuilhuitl, car il est le père et la mère de notre nation. J'avais beau me débrouiller de toutes les manières, je n'arrivais jamais à l'approcher à moins d'un tir de flèches. Il m'aurait fallu l'adresse du Lapin-qui-parle pour me faufiler entre les groupes massés devant l'enceinte sacrée.

Lui, mon ancien ami, je ne l'avais plus revu

depuis le jour morose de la bataille. Je me demandais souvent ce qu'il était devenu, mais prenais bien soin de n'interroger personne à ce sujet, de peur qu'on m'accuse de complaisance à l'égard d'un être si faible. Peut-être avait-il été secrètement expulsé par nos maîtres? Peut-être s'était-il enfui pour rejoindre une troupe de mauvais garçons? (Si Tezcatlipoca est le dieu des guerriers, après tout il est aussi celui des brigands...)

Transformant mon visage en un masque impassible, je regardais, chaque nuit, les cheveux des femmes flotter dans la lueur fauve des braseros et des flambeaux.

Pendant ce temps-là, on préparait celle qui allait incarner la déesse Xilonen. Le dixième jour, tous pouvaient la voir. Des peintures jaunes et rouges ornaient sa figure, sous la coiffe de plumes précieuses; elle portait des sandales rouges, un costume brodé ainsi qu'un bouclier. A son cou, on avait accroché le collier de turquoises, supportant un disque d'or. L'une de ses mains se refermait sur le chicauaztli, le hochet magique. Et c'était bien la divinité elle-même qui s'avançait, rutilante, hiératique, impénétrable. « Elle va dans le sable, disent nos livres, elle entre dans les quatre directions. » Elle se rendait en cortège au bord de la lagune, allant successivement du côté de chacun des quatre horizons. Et toute la nuit, le peuple avec elle demeurait éveillé. Les femmes chantaient des hymnes à la déesse du Maïs. Personne ne dormit jusqu'au matin, où commencèrent les danses.

Les jeunes gens et les guerriers, du plus obscur

au Tlacatecatl, tenaient les drapeaux d'oiseaux[1]. Nous dansions et les femmes dansaient aussi, entourant Xilonen. Nous ne restions pas sur place. Dans le jour exsangue de l'aube, puis dans les premières roseurs, nous approchions obliquement du temple du Maïs. Les cornes et les conques, les gongs à deux tons, accompagnaient notre lente progression. Et celle qui était la déesse titubait de fatigue, hallucinée par la musique et les chants, toutes les gesticulations et les allées et venues. Ses servantes et ses prêtresses ne cessaient de tourbillonner autour d'elle.

Enfin, elle pénétrait dans le sanctuaire, et là, le sacrificateur l'attendait sur le côté de la porte. Rapidement, il la saisissait et la montait sur son dos, telle une fiancée qu'on mène à son époux. Plus rapidement encore, il lançait le bras en arrière et, de son couteau à manche d'or, il lui séparait la tête du tronc. Ainsi sera cueilli l'épi sanglant, ainsi seront renouvelées les forces de la terre. On déplaçait le corps décapité, afin que l'eau précieuse jaillissse et arrose les quatre directions. Ensuite seulement, on fendait la poitrine pour recueillir la précieuse pierre et la placer dans un vase vert.

A présent, nous étions autorisés à déguster les premières galettes de jeune maïs. Des festins s'organisaient dans les maisons et dans les rues où tout le monde dansait, y compris les jeunes filles qui n'avaient encore posé les yeux sur aucun homme. Gagnant la demeure de mon père, je crus apercevoir Atototl devant chez elle, aux côtés de sa mère, mais je détournai la tête et m'enfonçai

1. Des cannes de maïs.

en toute hâte à l'intérieur de la maison. Je ne souhaitais pas la rencontrer, tant que je ne pouvais pas venir à elle en vainqueur. Du reste, si le Serpent d'obsidienne avait vu juste, je n'aurais probablement pas longtemps à me morfondre, car les chefs de guerre parlaient déjà de repartir contre Huexotzinco.

En ce jour de liesse, je trouvai mon père bien las. Je m'en inquiétai mais, intérieurement, je me félicitais de son manque de ressort. J'étais décidé à lui faire comprendre que ma vie, désormais, serait tout entière consacrée à Tezcatlipoca et qu'il n'y aurait plus à revenir là-dessus, ma voie étant clairement tracée.

Il m'écouta patiemment, avec toutefois ce vague sourire qui me mettait toujours mal à l'aise, en me donnant l'impression d'être exclu d'un secret capital.

« Eh bien, fit-il lorsque j'eus terminé, il me semble que tu m'as déjà dit tout cela. Je ne vois là rien de nouveau. Est-ce moi que tu cherches à persuader, Chimalpopoca, ou bien est-ce toi-même ?

– Je sais qui fut Nezahualcoyotl, dis-je pour détourner la conversation, sentant que si je m'aventurais à sa suite, le sol allait bientôt me manquer.

– Vraiment ? »

Je récitai tout ce qu'Itzcoatl m'avait appris.

« Aha... marmonna mon père d'un air perplexe. C'est cela que tu connais de Nezahualcoyotl ?

– ... Oui ! Mais peut-être le Serpent d'obsidienne ne m'a-t-il pas tout dit ? »

Il sourit à nouveau :

« C'est possible, en effet. C'est bien possible. »

Il ne semblait pas disposé à s'expliquer davantage et j'hésitais à le questionner, craignant une fois de plus que ses réponses n'ébranlent ma foi en mon dieu.

« Pourquoi ne vas-tu pas danser et t'amuser avec les autres militaires ? me demanda-t-il (et je ne pus m'empêcher de soupçonner sous cette question une ironie que le ton, cependant, ne trahissait pas).

— C'est la fête du jeune maïs, répondis-je, très tendu. C'est la fête de tous. »

Il soupira et se mit à rire.

« Aucune fête ne saurait être destinée à tous, Chimalpopoca, mon cher fils ! Car la fête, comme toutes les manifestations collectives, est un instrument du pouvoir. C'est une liberté voyante que l'on accorde au peuple pour le mieux gouverner dans l'ombre. Je n'ignore pas que je parle à un homme qui veut rester sourd, mais t'es-tu jamais demandé pourquoi aucune de nos fêtes majeures n'était consacrée à Quetzalcoatl ? »

Là-dessus, c'est tout juste s'il ne me poussa pas dehors.

« A-t-il voulu me faire entendre que le Serpent à Plumes est bel et bien mort, en réponse à ma question de l'autre jour ? délibérais-je en moi-même. Ah ! pourquoi donc faut-il qu'il s'exprime toujours par devinettes ! »

Relevant les yeux à cet instant, le hasard voulut que je les pose sur le prêtraillon qui s'était joué du Lapin-qui-parle et de moi, le jour où mon camarade avait trop bu d'octli à la maison de chant. Le misérable n'était qu'à quelques pas de moi, se dirigeant dans la direction opposée à la mienne. Aussitôt, ma vieille colère se ralluma et m'embrasa le front. Je serrai les poings, disposé à le rembourser sur-le-champ de ses insolences, quoi qu'il pût m'en coûter de rosser publiquement un porteur de robe. Mais, comme je m'apprêtais à le faire, son regard vint sur moi et me traversa sans même marquer un temps d'arrêt. Apparemment, il ne me reconnaissait pas; et la chose me parut si inconcevable que je me demandai si, aveuglé par mon désir de vengeance, je ne l'avais pas confondu avec un autre qui lui ressemblait. Pourtant, ce front, ce visage, cette silhouette qui penche légèrement !...

Dans mon incertitude, je restai planté là, le regardant passer tout près de moi et s'éloigner sans tourner la tête ni hâter le pas. Décidément, ça ne devait pas être lui. Et puis, de toute façon, qu'il s'en aille et coure à ses mômeries ! Pourquoi perdrais-je mon temps avec le disciple d'un dieu mou et mignard, dont personne n'est sûr qu'il existe, alors que chaque nuit Tezcatlipoca apparaît à des passants attardés, ouvrant à deux battants sa poitrine caverneuse où aucun cœur ne pousse ! Et si tu existes bien, Quetzalcoatl, incestueux vaincu qui s'enivra et s'allongea contre sa sœur, alors je t'ai démasqué ! Tu es le dieu du trouble et du doute, étant toi-même une figure floue, un être incertain. A travers mon père, je mesure ton influence : tu inclines les tiens aux attitudes mystérieuses, aux discours à double entente, aux pensées enchevêtrées et retorses ! On te bâtit des temples de forme ronde, ne serait-ce pas pour montrer qu'entre les quatre directions de l'univers, tu ne sais pas choisir ? Ton jumeau est Ehecatl, le vent qui souffle en tous sens et s'éparpille, celui qu'on figure par un singe aux joues gonflées ! Tezcatlipoca nous joue des tours, quand l'obscurité vient; mais toi tu ne joues qu'à tourner en rond !

Le neuvième mois est Tlaxochimaco, Offrande de Fleurs; il nous trouva sur le plateau d'Amaquemecan. L'armée s'était reformée et avait repris la route de l'Est, pleine de confiance parce que ce mois est celui de Huitzilopochtli, Colibri de la Gauche, Eclaireur de la nation aztèque.

A Tenochtitlan, là où sont les flèches colorées, l'Epouvantable décide de ce qui adviendra cette année. On mange en son honneur les gâteaux et les succulents plats de dindon, car il s'est incarné déjà sous la forme du Dindon-paré-de-joyaux. Le dindon à la caroncule bleue, c'est aussi l'emblème du Jeune Guerrier, Tezcatlipoca, mon Seigneur. S'il fait la roue, c'est Tezcatlipoca manifestant son orgueil et sa gloire; s'il glousse, c'est Tezcatlipoca qui s'exprime. Les prêtres vont s'asseoir dans le temple, formant un cercle autour d'un plat de farine finement moulue. Alors Tezcatlipoca, l'Invisible, apposera sa marque : l'empreinte d'une griffe de dindon — en elle sont écrites les choses futures.

Descends, Dindon Précieux ! Imprime ton signe redoutable ! Qu'il aveugle tous tes ennemis et les nôtres ! Le peuple se répand dans la campagne et cueille les fleurs sauvages, tressant avec elles des guirlandes et des couronnes qui embaument. A Tenochtitlan, là où sont les boucliers peints, on danse sur les places et au pied du temple de Huitzilopochtli, le Prodigieux, fils de Celle-à-la-jupe-de-serpents, décoré des plus belles fleurs. Quand ce n'est pas la guerre, à midi, nous nous rangeons selon nos mérites, nous, l'élite des Mexica, nous chantons et formons avec nos courtisanes le serpent qui danse, un homme entre deux femmes, une femme entre deux hommes.

Il nous a fallu renoncer à tout cela. Où nous allons, c'est là où pousse un autre genre de fleurs, où les flèches poussent de la poitrine des princes telles des fleurs d'obsidienne, les tiges vertes de l'Aigle et leurs corolles multicolores...

Nous n'irons pas aux champs, nous ne déjeunerons pas d'un plat de dindon au cacao. C'est un pénible renoncement, mais il nous faut reprendre la longue marche des Aztèques, pour capturer des hommes, ramasser les fleurs de l'Auteur de la Vie et les offrir au Soleil. Amis, nous devons donner à boire à cette brillante escorte. Dans la plaine de l'Aigle dansent des rois, voici le printemps de l'Aigle et voici les bourgeons du Jaguar.

Le chanteur vient devant, il tire de soi la basse et l'aigu :

Il n'y a colère que de qui nous fait vivre.
Avec des émeraudes elles sont décorées,
Et l'or est brisé;
Ce sont là tes fleurs, Auteur de la Vie!

De nouveau, je marche avec Itzcoatl parmi les forts et les puissants. Cette fois l'Honorable Cadet, Celui-qui-se-fâche-en-seigneur, emmène les armées; et du fait de ce voisinage, mon cœur bat sans repos et mes entrailles demeurent nouées tout le jour.

Par le plus grand des hasards, j'ai appris avant de partir que le Lapin-qui-parle restait à Mexico. Il fallait lui prodiguer des soins entrepris depuis notre retour de la précédente campagne, mais qui n'avaient pas encore eu l'effet escompté. Son mollet droit, me dit-on, était comme griffé et tordu par un mal inconnu qui résistait aux médecines.

Sur le moment, j'en voulus au Serpent d'obsidienne de ne pas m'avoir communiqué une information qui disculpait ce malheureux Tochtli, que nous avions tous deux calomnié. Je me promis d'aller trouver le malade à notre retour et de lui présenter des excuses. Je lui ferais un cadeau. Je lui rapporterais un trophée. Il comprendrait ce que cela voudrait dire, car aucun homme, s'il est lâche, n'est digne de recevoir des armes arrachées à un ennemi courageux.

A deux reprises, je revis Cecoatl, le marchand déguisé, notre espion, qui fut reçu par l'Empereur en personne. Sa figure portait les stigmates de la fatigue et des risques encourus. Lors de sa seconde visite, il fit aux généraux des descriptions si utiles que Motecuhzoma s'écria, la main levée en un geste plein de noblesse :

« De même qu'en ma présence – je n'étais alors que Tlacochcalcatl[1] – le roi Monstre Aquatique, mon illustre père, nomma ceux de ta caste « mes oncles », parce qu'ils avaient vaincu et dépouillé les ennemis qui, en nombre impressionnant, les assiégeaient dans un village, de même je déclare aujourd'hui, Cecoatl, capitaine des conquérants sans armes, que je t'accorde ma royale affection. N'en abuse point, mon cher ami, mais qu'elle soit un bouclier entre toi et ceux qu'indispose la réussite de ton entreprise. »

1. Littéralement, le « préposé à la maison des javelines ». Un des quatre plus hauts dignitaires aztèques après l'empereur et le vice-empereur.

L'affrontement avec ceux de Huexotzinco n'eut pas lieu avant une treizaine[1]. Cette fois encore, nous campâmes au pied du Grand Volcan, admirant la région blanche où Tlaloc règne avec susceptibilité, entouré de ses jarres et de ses tonnerres.

Une grande bataille se déroula dans les premiers jours du mois nommé Le Fruit Tombe, alors que chez nous, là-bas dans la direction de la maison blanche et des femmes, on honorait Xiuhtecuhtli, dieu du Feu, dit encore le Vieux Dieu. Devant les temples, on poussait des prisonniers dans les flammes, les retirant encore vifs du brasier pour ouvrir leurs chairs crépitantes et arracher la précieuse figue de Barbarie de l'Aigle.

Cette nouvelle bataille fut à notre avantage, mais pas encore assez pour que nous puissions nous porter dans Huexotzinco et incendier la demeure du dieu des ennemis. Le conseil des chefs, assemblé autour du Grand Orateur, décréta que puisque nous avions fait un nombre important de captifs, nous pouvions rentrer à Mexico.

J'en fus spécialement ravi, car l'un des captifs était mien, et je brûlais du désir d'aller m'exhiber dans notre quartier où, tout ensemble, je persuaderais mon père de ma vocation guerrière et prouverais à celui d'Atototl qu'il pouvait m'accorder sa confiance.

Cette fois-ci, je ne me cacherais plus de mon Oiseau. Au contraire, je ferais tout mon possible – j'intriguerais, au besoin, avec l'aide de l'artificieux Lapin-qui-parle qui devait être guéri à présent – pour la rencontrer et lui dire clairement

1. La semaine aztèque de treize jours.

mon amour et le projet que j'avais formé pour nous deux.

En principe, c'est aux parents d'arranger les mariages, selon leurs idée et convenance, et les futurs époux obéissent à leur choix. Mais j'étais sûr que mon père ne m'imposerait rien que je n'aie accepté avec allégresse, car cela eût contredit sa philosophie et toute sa façon d'être. Il faudrait seulement que je m'ouvre à lui de mon désir et qu'il se mette en quête d'une entremetteuse. Pour ce qui était de notre voisin, j'avais déjà reçu de lui un encouragement tacite. Du reste, je pouvais dire, sans me vanter, qu'il ne trouverait pas aisément dans notre quartier un parti plus avantageux que moi pour sa fille.

A nouveau, Tezcatlipoca me tenait sous sa protection, et les divinités de l'amour, la délicieuse Xochiquetzal et Tlazolteotl (celle qui consacre plus particulièrement le commerce charnel) voyaient avec bienveillance mes projets. J'avais su plaire à nos dieux. Le regard d'Itzcoatl flamboyait d'orgueil lorsqu'il s'arrêtait sur moi. A la fin des combats, alors que je prenais une pose modeste pour essuyer mes armes, j'avais même entendu des dignitaires qui se chuchotaient mon nom. Peu de temps après, un messager impérial m'informait que ma présence était vivement souhaitée à la grande parade d'Ochpaniztli. Devinant la signification de cet ordre, je manquai hurler de joie.

Le retour à Tenochtitlan fut comme une interminable torture imposée à mon impatience. Jamais encore je ne m'étais rendu compte à quel point étaient lente la marche des colonnes et brèves les étapes. Toute cette lambinerie m'exaspérait, d'autant plus cruellement que la décence m'interdisait de montrer mon humeur.

Ochpaniztli, Balayage, onzième mois : sublime fête de la moisson et des emblèmes !

Les déesses terrestres, avec leur plumeau d'herbes, balaient le chemin des dieux, et nous marchons enfin sur la chaussée d'Iztapalapan, acclamé par notre peuple.

Nulle pause, nul repos ne marquera le retour des guerriers. Nous revenons juste à temps pour les cérémonies et les réjouissances.

Pendant huit jours, d'abord, nous allons danser. En l'honneur de la Sept-Serpent, chaque foyer accueillera les épis de maïs mûris à point (comme un serpent, le maïs a surgi du sol). Les jeunes filles rejetteront leurs corsages et déferont leurs cheveux. Il y aura une grande et joyeuse procession, avec des musiques et des chants repris par tous en chœur. Nous porterons nos plus beaux pagnes et nous arborerons des peintures faciales. La fertilité est venue à Teteoinnan, déesse de la Terre, mère des dieux, et l'Aztèque mangera selon sa faim durant le reste de l'année : le ciel n'est pas trop mécontent de nous.

Nous autres, les jeunes gens, nous nous sommes munis de petites gourdes remplies de farine et lorsque nous rencontrons une fille, poussant des cris joyeux, nous l'environnons d'un doux nuage blanc.

Je n'ai pas encore revu Atototl. Mais à présent que je suis tout près d'elle, c'est un plaisir très suave que de retarder l'instant de notre rencontre. J'avais souffert à cause de mon impatience; maintenant je me délectais de ses ultimes morsures.

Lorsque huit jours furent passés commencèrent les simulacres de combat entre, d'une part, les courtisanes sacrées et, de l'autre, les accoucheuses (aussi bien les vieilles que les jeunes), secondées par les donneuses de médecines; ils durèrent quatre jours. Une femme représentait Toci, Notre Aïeule, qui n'est autre que Teteoinnan. C'est elle qui lance la première attaque. Les femmes de son camp courent après celles du camp adverse, leur lançant des fleurs jaunes, des balles de feuilles de jonc et des raquettes de népal; toutes portent à la ceinture des calebasses pleines de poudre de tabac. Puis l'escadron qui vient d'être attaqué fait volte-face et les rôles sont échangés jusqu'à ce que prenne fin l'escarmouche. Et tout recommence : les charges et les retraites, le flux et le reflux, la dépense et le gain, la faim et la réplétion, la moisson et la sécheresse.

Alors les tambours et les conques annonçaient le milieu de la quatrième nuit. Celle qui était Toci se rendait sur la place du marché où l'attendait une autre femme incarnant Chicomecoatl, laquelle lui faisait les honneurs de ce lieu bien connu que Toci arpentait une dernière fois, prenant gravement congé de lui et imitant les gestes d'une semeuse de maïs. Après quoi elle s'en allait au temple du Dieu-Maïs, plongé dans le silence et les ténèbres. A peine en avait-elle franchi le seuil qu'elle était chargée sur le dos d'un prêtre et décapitée par-derrière. Son corps était vivement écorché. Un prêtre grand et fort pénétrait dans cette peau, ainsi que l'homme pénètre la femme.

Tels sont les rites joyeux et effroyables d'Ochpaniztli. Mais ce mois amène aussi le plus grand défilé militaire de l'année. Motecuhzoma est assis sur sa natte en plumage d'aigle, adossé au panneau de bois précieux recouvert du pelage d'un jaguar, et les hommes se présentent devant lui, disposés en colonnes bien régulières. Il voit venir ses armées et son cœur s'exalte. Les insignes sont à portée de sa main, les présents royaux, les armes d'apparat, les panaches de plumes, les beaux labrets, les ornements de nez, les pendentifs. Tous les guerriers s'avancent dans un ordre immuable. Ils se tiennent debout devant lui et le saluent avec respect. Aux grands officiers, aux chevaliers-aigles et aux chevaliers-jaguars, aux héros des batailles, à tous ceux qui se sont bien comportés en présence de l'ennemi, il remet un emblème ou un cadeau (il y a aussi des manteaux et des pagnes). Ceux qui ont été récompensés s'éloignent pour revêtir les décorations ou les ornements qu'ils ont reçus, chantant avec allégresse :

Comme l'aigle il s'agite, comme le jaguar il se
[démène,
Le prince Motecuhzoma, quand il décore ses hom-
[mes.
Allez donc chercher l'expérience sur le champ de
[guerre !
Aux Aigles divers, aux Jaguars divers,
Aux princes divers, Motecuhzoma, le roi, porte le
[réconfort
Quand il décore les hommes.

Et les femmes se lamentaient, alors qu'ils paraissaient à nouveau devant le trône avec les insignes et les parures. Les mères, les épouses, les amoureuses, elles se lamentaient, versant des larmes et criant :

« Et si demain, à nouveau, le cri était lancé : « Tempête et Incendie »? Auraient-ils la bonne fortune de revenir encore des combats, ceux que nous chérissons ? Trouveraient-ils une fois de plus le chemin du retour ? Ou bien seraient-ils partis à jamais ? »

Leur bruyant chagrin contraste beaucoup avec l'impassibilité des troupes, la solennité des dignitaires et l'enthousiasme des nouveaux décorés. Mais il constitue lui aussi un élément indispensable de la cérémonie, fixé comme les autres par la tradition et les règles.

N'étant que collégien, je passai parmi les derniers devant notre souverain qui, d'un sourire, montra qu'il me reconnaissait. Il me fit don d'un casque merveilleux, une tête de jaguar évidée et articulée, de telle sorte que lorsque je m'en encapuchonnais, mon visage jaillissait de la gueule béante de l'animal, dont les yeux avaient été remplacés par des billes de jade. Le sens de ce présent était très clair (et tout à fait flatteur pour moi) : l'Empereur lui-même me désignait comme un futur chevalier-jaguar.

« Bientôt, fit-il d'une voix amusée, j'aurai entièrement pourvu à ton équipement de parade! (Qu'il se rappelât un cadeau fait deux ans plus tôt à un jeune homme insignifiant, décupla ma fierté.)

La cérémonie s'acheva peu après et, nous qui avions été distingués par Motecuhzoma, nous fûmes entourés, félicités et fêtés. Il y avait une telle cohue sur l'esplanade et les gens se montraient si empressés qu'il ne nous était pas possible d'échapper à leurs transports. J'étais partagé entre le désir de jouir de la situation et celui d'aller recueillir des éloges moins anonymes. Je n'avais pas encore pris le temps de saluer mes parents; j'avais remis la visite que je voulais faire à Tochtlatoa dès notre arrivée à Mexico. De plus, le moment était venu de me présenter devant celle qui serait ma femme. Avait-elle assisté à la remise des emblèmes? En ce moment même, peut-être essayait-elle de m'approcher et s'en trouvait-elle empêchée par cette foule si dense et si exaltée.

Je me mis à jeter des regards anxieux autour de moi, espérant l'apercevoir, mais ce fut en vain. Il aurait fallu que je grimpe sur quelque chose, ou que je possède la stature du Serpent d'obsidienne, pour surplomber cette marée humaine. Finalement, je n'y tins plus et rompis sans trop de ménagement le cercle de mes admirateurs. Ma parure de guerre, et surtout mon nouveau casque à mâchoires, en imposaient; on me laissa passer. J'adoptai la démarche raide et mesurée d'Itzcoatl, gonflant ma poitrine et me redressant de toute ma taille, le regard fixé droit devant moi et l'expression farouche. Le succès de cette recette m'émerveilla. Au lieu de s'indigner de mon arrogance, les gens témoignaient à mon égard d'un respect accru et me lançaient des coups d'œil appréciateurs.

Soudain, dans un homme qui s'écartait précipitamment devant moi, les épaules courbées en une humble révérence, je reconnus avec surprise mon futur beau-père. Je m'arrêtai pour le saluer, lisant successivement sur son visage l'inquiétude, la stupéfaction puis une contrariété qui me troubla beaucoup. Je lui rendis toute sorte d'hommages sans parvenir à lui faire quitter cet air maussade.

Il ruminait je ne sais quoi pendant qu'on hurlait autour de nous :

« C'est Chimalpopoca, le héros des collèges ! L'ami de l'Empereur !

– Tu as été décoré... » fit-il du bout des lèvres.

Je cachai du mieux que je pus mon désappointement.

« Ne l'avais-je pas promis ? dis-je avec un entrain factice. Avant la fin de l'année, si Tezcatlipoca le permet, je serai tequiua[1] !

– C'est très bien », marmonna-t-il sans me regarder.

J'avais l'impression qu'il prononçait ces mots à contrecœur, uniquement parce qu'il y avait des témoins.

« Pardonne-moi, dit-il très vite, il faut que je rentre chez moi... »

Là-dessus, avec un vague signe de la main, il me tourna le dos et s'élança dans la direction d'où il arrivait quand il m'avait rencontré.

D'abord interloqué, je courus derrière lui et le rattrapai.

« J'allais justement voir mon père, lui déclarai-je. Permets-moi de t'accompagner. »

Il me lança un coup d'œil irrité, sans toutefois émettre le moindre commentaire. Je ne comprenais décidément rien à son attitude, mais je n'osais pas lui demander d'explication. Pendant quelque temps, nous marchâmes côte à côte sans qu'une parole fût proférée. Mon esprit, cependant, travaillait fébrilement, cherchant à élucider ce nouveau mystère.

1. Celui qui reçoit une part du tribut, parce qu'il a capturé ou tué au moins quatre ennemis.

Nous sortîmes de la foule et arrivâmes dans les rues désertes. Reconnaissant certaines maisons de notre quartier, je vis que nous serions bientôt rendus et qu'il me restait peu de temps pour obtenir des éclaircissements de ce vieux lunatique. De quoi avais-je peur? N'avais-je pas triomphé de l'épreuve autrement redoutable des combats? N'étais-je pas « le héros des collèges », l'« ami de l'Empereur »? Et cet homme-là, qui me boudait aujourd'hui sans motif, n'avait-il pas l'autre jour exalté mon courage et montré en quelle estime il me tenait? Je n'avais rien fait pour le décevoir, tout au contraire, et la faveur que j'attendais de lui ne l'autorisait tout de même pas à me traiter d'une manière si discourtoise!

Je le retins par son manteau pour l'obliger à s'arrêter.

« Comment se porte Atototl? » demandai-je en plantant mes yeux dans les siens.

Je le vis sursauter. Son visage s'empourpra.

« Atototl? s'écria-t-il. En quoi est-ce que cela te regarde, traîneur de glaive? »

D'émotion, je lâchai son manteau. Mais une vague de colère me submergea et cette fois, je l'empoignai par le bras. Avec mon regard étincelant, mon visage embrasé qu'encadrait la gueule ouverte du fauve, je devais avoir un aspect effrayant. J'observai non sans plaisir la lumière vaciller au fond de ses prunelles et sa peau devenir terreuse. Mais il se reprit presque aussitôt et, s'arrachant d'une secousse à ma prise, me lança haineusement :

« Oserais-tu jeter les yeux sur ma fille, misérable crétin? Crois-tu par hasard qu'un tel bijou peut être réservé à un blanc-bec tel que toi, sans richesse ni puissance, tout juste bon à écumer les champs de bataille, en attendant que l'ennemi, pour s'emparer de lui, se contente d'une proie aussi dérisoire ? Regarde-toi, mon pauvre Chimalpopoca, avec tes airs de matamore et ta situation lamentable ! Tu es grotesque et, en plus, tu n'es rien ! Un zéro ridicule, voilà ce que tu es ! »

Son rire atroce, je fus à deux doigts de le lui rentrer dans la gorge et de lui donner un tranchant d'obsidienne pour compagnie. Jamais personne ne m'avait outragé de la sorte, même dans les batailles entre collégiens où les plus grandes offenses sont prononcées. Les plus dures remontrances de mes maîtres n'avaient jamais déposé en moi cette souffrance, ce fiel et cette rage. Je me faisais l'impression d'un homme à qui les plus sordides prostituées de la ville eussent craché à la figure devant ses enfants. Et pour faire bonne mesure, je me sentais non seulement insulté, humilié et calomnié, mais encore floué, grugé, dupé de la manière la plus impudente. C'est, je crois, ce qui me retint d'égorger cet abominable vieillard et de le livrer séance tenante aux rigueurs de Mictlan : je voulais d'abord lui faire boire à pleines coupes le déshonneur de sa trahison – et l'on verrait après cela s'il oserait encore me parler avec mépris !

« Abjecte ganache, dis-je en grinçant des dents, ma figure collée à la sienne, coyote puant, comment as-tu le front de rester debout devant moi, après m'avoir fait des promesses que tu n'avais nulle intention de tenir ? Tu devrais ramper dans la poussière, comme la répugnante vermine que tu es !

– Quelles promesses ? Quelles promesses ?

disait-il, les yeux agrandis par la peur, mais en continuant de ricaner. Quelles promesses? Non, mais il est fou, en plus! »

L'indignation et l'exaspération me firent pousser un rugissement douloureux, tandis que je le précipitais à terre.

« Macuilcipactli, immondice humain, braillai-je à pleine voix, ose prétendre qu'à la fête de Grande Veille, tu ne m'as pas encouragé à mériter ta fille par des actions d'éclat accomplies dans la poussière et l'ardeur, ose le prétendre et, je te le jure, tu ne l'auras prétendu qu'une seule fois dans ta regrettable existence! Car je n'ai pas rêvé : c'était bien toi, vieux malfaisant, dont les yeux brillaient au récit de mes faits d'armes? C'était bien toi qui m'en demandais et m'en redemandais encore? C'était bien toi, parjure, et aucun autre, qui vantais tout ensemble mon audace et mon humilité? Hâte-toi de répondre, parce que je suis à bout de patience et mon glaive me démange! » (Je portai la main à la poignée de l'arme.)

Calmement, il se redressa sur un coude, prit le temps de s'asseoir commodément au milieu de la rue et me fit face, le visage éclairé par un sourire mauvais. J'étais si déconcerté par son comportement que je ne savais de quelle façon réagir. Ce moment d'incertitude suffit à faire tomber la plus grande partie de ma fureur, aussitôt remplacée par de la lassitude et du dégoût. Je n'avais même plus envie de tuer Macuilcipactli. Je souhaitais seulement qu'il disparût de ma vue et que je n'aie plus jamais l'occasion de croiser sa route. Pourtant, intrigué malgré moi, j'attendais ce qu'il allait dire. Une curiosité malsaine me poussait à apprendre par quel mensonge éhonté il tenterait de se disculper, ou dans quel nouveau piège il chercherait à me faire tomber. Ce qui me désorientait le plus était la confiance étalée sur sa figure, et qui contrastait singulièrement avec l'expression de terreur qui l'avait précédée.

« Ainsi commença-t-il d'une voix doucereuse (alors que ses yeux lançaient des éclairs), la fatuité t'aveugle à ce point que tu n'as même pas soupçonné un seul instant – ni pendant ni après – que je pouvais me payer ta tête ? Non, non, pensez-vous ! Il a tout avalé ! Il vous a gobé ça tout cru avec les arêtes et les écailles ! Ma famille et moi, petit Chimalpopoca, nous avons voulu savoir jusqu'où allaient ta suffisance et ta vantardise : ce jour-là, elles nous ont paru n'avoir point de bornes. Mais maintenant, seigneur héros, je me rends compte que nos estimations étaient encore très inférieures à la réalité. Car je croyais t'avoir donné une leçon un peu rude, mais salutaire, mon garçon. Je me trompais. Tu as la tête si épaisse et l'entendement si brouillé par tes ambitions ridicules et tes éternelles rodomontades que tu n'as même pas profité de l'expérience ! Je te plains, tu n'es guère bon qu'à brutaliser un vieil homme sans armes ! (Il leva la main dans ma direction et moi, hébété par ce que je venais d'entendre, je lui tendis la mienne pour l'aider à se relever.) Je pourrais te faire payer très cher tes insultes, tes menaces et les gestes criminels auxquels t'a entraîné ta pauvre tête sans cervelle, plus apte à être contenue dans un casque qu'à contenir la moindre parcelle de sagesse ! (Il se mit à brosser son manteau avec sa paume.) Mais tu peux te rassurer : je n'irai pas trouver les juges. Exposer ta faute, c'est trouver ton excuse ! Un otomi se conduit en otomi, comme un esclave se conduit en esclave et un singe, en singe. A chacun son destin. Je ne puis te reprocher le tien, Chimalpopoca, mais tu me permettras de ne pas l'envier. Et si je ne l'envie pas pour moi-même, je l'envie encore moins pour ma fille, ma créature, mon collier de jade, ma petite plume précieuse ! La penses-tu donc assez frivole pour vouloir d'un époux qui ne rêve que plaies et horions, et qui gobe toutes les impertinences qu'on agite pour se gausser de lui ? Ah ! Je t'entends encore : « Oh ! ce « n'était pas vraiment un général ! » Par tous les dieux, mon ami, la mère d'Atototl a bien cru qu'elle ne pourrait pas en supporter davantage et qu'elle allait t'éclater de rire au nez ! Quant à notre fille, je t'épargne ce qu'elle a dit de toi, bien que tu l'aies quatre cents fois mérité. Ce serait faire preuve à ton égard d'une inutile cruauté ! »

Je ne me souviens pas de quelle façon il prit congé de moi. Sans doute me lança-t-il quelque adieu ironique. Je ne l'écoutais plus. Je ne le voyais plus. Une seule image occupait mon esprit : je faisais le fanfaron devant Atototl et les siens, croyant plaire, et chaque mot que j'avançais me perdait davantage à leurs yeux. J'avais été trahi, en effet, mais j'étais le seul artisan de cette trahison. Le vieillard avait précipité ma chute en me poussant sur une voie parsemée de chausse-trapes, parce qu'il me détestait depuis toujours; je voyais bien, cependant, qu'il n'avait fait qu'exploiter une faiblesse qui était en moi et dont il n'était nullement responsable.

Faisant la louange de mes vertus guerrières, j'avais cru me remettre entre les mains de Tezcatlipoca. Mais le Jeune Homme, par un de ces tours qui lui sont familiers, avait trompé mon attente et joué à mes dépens une des farces sinistres qu'il réserve aux humains pour se distraire.

Depuis, j'avais crié son nom sur les champs de bataille, j'avais augmenté sa gloire et il avait fait éclore la mienne. Mais lors de cette malheureuse journée de la fête du Maïs, il ne m'avait pas encore pris sous sa protection. D'ailleurs, il ne m'avait pas permis de gagner au jeu et je me souvenais de la mélancolie qui m'avait visité ce soir-là, après le bain de vapeur.

Peu à peu, un autre soupçon s'infiltrait en moi : et si le grand malheur qui me frappait n'était pas une diabolique facétie de Tezcatlipoca, mais tout au contraire une vengeance de son éternel rival, Quetzalcoatl, Seigneur de la Maison de l'Aurore. Un peu trop vite, je m'étais imaginé qu'il n'attacherait pas d'importance à mes blasphèmes et considérerait que les agaceries du séminariste avaient seules provoqué ma rogne. Le charmant rituel d'Uey Tozoztli m'avait incliné à cet optimiste. Mais les dieux n'ont pas coutume d'être si oublieux des injures. Ils ne pardonnent pas celles des autres dieux, et encore moins celles des hommes. En quel honneur un dieu absoudrait-il l'insolent défi d'un homme voué au culte de son mortel ennemi ? Ainsi tout s'expliquait. Mon bonheur et mon succès ne m'appartenaient pas : ils n'étaient qu'un des enjeux du terrible affrontement qui oppose depuis la nuit des temps ceux qui portent en avant d'eux les plus gros pénis de l'Univers : l'Invisible (qui, de son membre, subjugua la fleur des Toltèques et les anéantit) et le Précieux Jumeau, l'incestueux Serpent à Plumes, Tlahuizcalpantecuhtli (dans un grand sac il contient avec peine sa verge et ses couilles énormes).

Réalisant cela, je prenais conscience de ma petitesse et de mon insignifiance, que j'avais failli oublier. Les hommes ne sont que le jouet des dieux. Les dieux se vouent une haine effroyable. Et l'anéantissement, de toute façon, viendra couronner les efforts de ceux-ci et de ceux-là.

L'un après l'autre, tous les bandeaux de la naïveté et de l'inexpérience tombaient de mes yeux. De ma propre personne, ainsi que mon père l'avait prédit, j'obtenais la réponse à la question qui m'avait si longtemps tracassé : Quetzalcoatl n'était pas mort; celui que Tezcatlipoca avait condamné à l'exil était parti pour Tlillan Tlapalan, le pays noir et rouge, le pays qui se tient de l'autre côté de l'horizon oriental, au-delà de la mer divine. Là il attendait, fourbissant des armes spirituelles et magiques; préparant avec soin la machination qui abattra son rival, installant chez les disciples du dieu nordique, mon sombre Seigneur, la confusion et le trouble. Il conspirait dans les moindres détails non point seulement son retour, mais sa victoire définitive et son règne. Ils ont mal vu, ou bien ce sont des faux témoins, ceux qui le virent sauter dans le feu, en l'an Un-Roseau, et dirent qu'il devint l'Etoile de l'aube et que ceci fut le commencement de son règne. Car il ne veut pas commander au ciel, où beaucoup commandent à égalité de pouvoir, mais sur la terre, où un seul à la fois peut coiffer le diadème du monarque absolu.

Et voici peut-être bien pourquoi aucune fête ne lui est consacrée. C'est que l'on craint sa tyrannie. Tezcatlipoca est un dieu cruel, mais il ne songe pas à détrôner l'Empereur. Tandis que le Serpent à Plumes veut s'emparer de ce royaume pour nous réduire en esclavage et châtier ceux qui ont servi son ennemi : les princes, les dignitaires, les guerriers, tous les hommes les plus remarquables de notre nation! Je découvre en lui un dieu fourbe : il nous séduit par des créations ravissantes, pendant que sournoisement, hors de portée de nos regards, il affûte les flèches qu'il est allé chercher dans les enfers et choisit ses futures victimes, la fleur des Mexica! Et je suis de ce nombre, moi qui sottement avais un jour pensé me vouer à lui! Déjà ce dieu jaloux a mis sur moi le signe de sa colère et de sa répugnance.

Dans mon âme désolée, cette nouvelle certitude se mélangeait à la douleur causée par la perte de l'Oiseau d'eau, association toute naturelle puisque cette perte était l'indice qui fondait ma certitude. Et je ne savais ce qui m'agitait le plus violemment : le chagrin ou l'effroi, l'effroi ou le ressentiment? J'aurais voulu pleurer Atototl librement, ne songeant qu'à ma disgrâce, mais la part qu'y avait prise le Serpent à Plumes me revenait sans cesse à l'esprit et empoisonnait jusqu'à mon affliction.

Je me retrouvai tout à coup devant la maison de mon père. Je n'avais même pas eu conscience de marcher. Le bleu du ciel, au-delà des impalpables nuages d'Ochpaniztli, commençait à prendre une teinte mauve près des bords du monde et violette au-dessus de la ville.

Un serviteur me conduisit jusqu'à la bibliothèque où mon père consultait un livre, étendu sur une natte. Il n'avait pas bonne mine et ses traits étaient tirés.

« Eh bien, Chimalpopoca, que se passe-t-il? dit-il lorsque j'entrai dans la pièce. Il ne fait pas encore assez sombre pour que tu aies rencontré Tezcatlipoca en traversant quelque carrefour. A voir ta tête, on dirait bien pourtant que c'est ce qui vient de t'arriver!

– J'aurais quatre cents fois préféré cela, père! m'écriai-je. J'ai rencontré notre voisin et ce fut bien pire que de se trouver nez à nez avec tous les monstres des ténèbres! Mais je raconterai cela un peu plus tard. Mon père, je suis venu vous dire que vous aviez raison. »

Je m'attendais à un sourire : il fronça le sourcil d'un air inquiet.

« Vous aviez raison, repris-je. J'ai trouvé par moi-même la vérité au sujet de Quetzalcoatl. J'ai découvert qu'il était bien vivant. Qu'il accumulait ses forces, retiré dans le pays noir et rouge, et qu'il s'apprêtait à reconquérir ce royaume d'où il fut chassé dans les anciens temps. Et j'ai compris que nos prêtres colportaient de faux bruits à son sujet, car il n'a pas escaladé le bûcher, sur le rivage du vaste océan de lumière; il ne s'est pas brûlé pour devenir l'Etoile du matin, ayant d'autres projets; il est parti au loin et n'a pas fait naufrage, il est parvenu au pays rouge et noir où il prépare les flèches qu'il est allé quérir dans le séjour des morts!

– Holà! Doucement, Chimalpopoca, doucement! Il me semble que dans ton exaltation tu confonds bien des choses! Refroidis ta pensée et raisonne d'une façon sereine. »

J'en était incapable.

« Peut-être imagines-tu que la vérité ne m'est

pas apparue avec suffisamment d'évidence, vénéré père?

– Non, non, Chimalpopoca, je suis persuadé du contraire. Quetzalcoatl vit, en effet; il ne s'est pas consumé sur le bûcher de la plage.

– Alors?

– Quetzalcoatl est mort, il est descendu aux enfers, mais il est ressuscité, mon enfant! La Grande Etoile qui paraît à l'aurore[1], voilà le signe et le résultat de cette résurrection. (A son tour il s'animait et mettait de la passion dans son discours.) Il est l'Etoile du matin, mais il est aussi l'Etoile du soir. Ainsi, il transperce l'univers et va d'Orient en Occident, du pays de la naissance au pays de la vieillesse. Puis il revient comme revient le Soleil, suivant le même trajet mais à son propre pas, cependant qu'à l'inverse le maïs et les plantes naissent au pays des brumes, l'Ouest obscurci, cheminent sous la terre et surgissent dans le séjour de lumière. Quetzalcoatl traverse les espaces pour mourir et renaître et mourir et renaître. C'est le dieu qui bouge, Chimalpopoca! Entre la jeunesse et le déclin, sans trêve il fait la navette. Il brode la beauté sur le tissu du monde! »

La fixité et l'ardeur de son regard étaient inquiétantes. En cet instant, il ressemblait davantage à un prêtre halluciné qu'au philosophe plein d'ironie que j'avais toujours connu. Me voyait-il encore? Je n'en aurais pas mis ma main au feu. J'avais plutôt l'impression qu'il contemplait à travers ma personne le spectre même du Précieux

1. Pour nous : la planète Vénus.

Jumeau, silencieusement dressé derrière moi. Des fleurs de glace s'ouvrirent dans ma poitrine.

« Il est mort et il est ressuscité, continuait mon père, car il est la Mort et la Résurrection. La Mort et la Résurrection ! Il est remonté avec les flèches : il est alors devenu Tlahuizcalpantecuhtli, Seigneur de la Maison Rouge de l'Aurore ! »

Je tremblais comme une feuille. Je songeais à sauter dans le jardin par la fenêtre et à m'enfuir de cette maison de toute la vitesse de mes jambes. Tezcatlipoca vit mon trouble et, venant à mon secours, m'inspira une conduite toute différente. Avec témérité j'interrompis celui qui m'avait mis au monde.

« Les flèches ! criai-je. Que fait-il avec les flèches ? »

Il fallait que je le sache, quand bien même Quetzalcoatl se fût-il tenu dans cette pièce sous une forme effroyable, prêt à se jeter sur moi.

Comme si j'avais prononcé quelque formule magique, cette question éteignit le feu qui était dans les yeux de mon père, et je le vis reprendre son visage habituel.

« Que faisons-nous lorsque la Grande Etoile monte à l'horizon, Chimalpopoca ? me demanda-t-il très calmement.

– Eh bien... nous fermons avec soin les ouvertures de nos demeures. Et si nous apercevons quelque fente dans un mur, nous nous hâtons de la colmater.

– Oui. Sais-tu pourquoi nous agissons ainsi ?

– C'est un rite, père; il faut le suivre à la lettre. »

Il soupira.

« Je vois que l'enseignement du collège de

quartier est encore plus sommaire que j'aurais cru », fit-il en baissant les yeux.

Puis il les releva et me fit signe de m'asseoir en face de lui.

« Les rites ont un sens et une fonction, Chimalpopoca. Celui-ci n'échappe pas à la règle. Quetzalcoatl ressuscité s'est changé en dieu-archer. Ses flèches lancent des maladies aux hommes. Elles percent aussi certains êtres, à certaines dates. Les jours Un-Chevreuil, Tlahuizcalpantecuhtli vise les seigneurs; les jours Un-Crocodile, ce sont les vieilles gens qui lui servent de cible; ainsi de suite. Lorsqu'il s'éveille et se redresse, l'arc à la main, nous bouchons toutes les ouvertures, afin de nous mettre à l'abri de ses traits. »

Je triomphais enfin!

« J'ai donc raison de penser que ce dieu peut être de mauvais augure pour certains hommes? fis-je tout excité. Qu'il éprouve de la haine à l'égard de ces hommes et qu'il est capable de vouloir et de faire du mal?

– Le Seigneur de la Maison Rouge est capable de *tout,* dit posément mon père en insistant sur ce dernier mot. De *tout,* Chimalpopoca », dit-il encore, chargeant sa voix de sous-entendus qui hélas! cette fois encore, m'échappaient.

Mais j'avais appris déjà suffisamment de choses. J'avais obtenu de mon père l'assurance que le Serpent à Plumes n'était pas mort. Nous avions affaire à une divinité orageuse et rancunière, décidée à opprimer et à faire périr tous ceux qui l'indisposent. On disait qu'il répugnait aux sacrifices humains, offrant aux dieux, du temps qu'il régnait à Tula, des papillons, des oiseaux, des reptiles et le sang de ses propres égratignures. Mais cela ne l'empêchait pas de tuer des hommes ou de leur imposer des tourments plus douloureux que certaines morts, et assurément plus longs ! C'était une lutte sans merci qu'il livrait au Jeune Homme et à nous autres, les neveux de ce Seigneur. Mon père avait choisi son camp, je le voyais bien. Et je comprenais, à présent, où il voulait en venir avec toutes ses allusions : il essayait de m'attirer du même côté que lui. Mais ses efforts restaient vains car, outre que j'avais été voué à Tezcatlipoca, Quetzalcoatl ne m'avait pas permis de le servir : il m'avait tout de suite considéré en ennemi. Nous étions donc promis, mon père et moi, à voir une barrière s'élever entre nous. Je suppose que, plus pénétrant que moi, il s'était aperçu de la chose et avait tenté de conjurer l'inévitable, en convoquant les ténèbres chaque fois que j'implorais de lui la lumière, dans l'espoir que je perdrais la trace de ma propre vérité. Puis il avait fini par admettre son échec (et c'était probablement cela qui, ces derniers temps, avait creusé de nouvelles rides sur sa face). Je ressentis soudainement en moi une bouillonnante tendresse pour cet homme qui, me voyant menacé par le dieu même auquel il accordait le plus de puissance, avait caché ses craintes sous des sourires exaspérants, et tenté l'impossible par amour de son fils, faisant comme si les décrets du destin n'étaient pas sans appel, lui dont le vaste esprit avait été nourri par nos livres ! Alors je lui souris et me retins pour ne pas le serrer dans mes bras.

Il me rendit mon sourire et, pour la première fois depuis longtemps, c'était un véritable sourire et non pas ce rictus pâle et flottant dont j'avais été si souvent gratifié depuis quelques mois. Nous demeurions assis l'un en face de l'autre, à faire parler nos regards. J'étais rempli de compassion pour mon père et pour moi-même. La perte d'Atototl, un bref instant éloignée de mes préoccupations, occupait à nouveau le centre de mes pensées. Au bout d'un instant, sentant venir à mes yeux une démangeaison peu digne d'un guerrier, je pris la parole et racontai les projets de mariage que j'avais formés, ainsi que la brutale façon dont le père d'Atototl les avait anéantis. (Je me gardai bien, toutefois, d'évoquer le piège qu'il m'avait tendu et l'empressement avec lequel j'y étais tombé.)

« Mon cher fils, me dit le vieil homme, j'ai observé l'intérêt que tu portes à cette petite voisine, qui possède en effet tout ce qu'il faut pour embraser le cœur d'un homme. Voyant cela, j'espérais pourtant que je m'abusais, ou bien qu'une autre jeune fille parviendrait à te faire oublier l'inclination que tu avais pour celle-ci... »

Je le regardais bouche bée. Jamais je n'aurais pensé qu'il pût m'avoir deviné!

« Non que je n'approuve pas ce choix, mon enfant : il en vaut beaucoup d'autres et me paraît même supérieur à la plupart de ceux que tu aurais pu faire. Mais quoique n'étant pas précisément le confident de notre voisin qui, tu le sais, n'aime guère parler de ses affaires, j'ai appris de sa bouche certaines choses qui t'interdisent d'envisager une telle union. Je sais que le rôle d'un père est d'apporter le réconfort, plutôt que la désespérance, mais depuis que tu es en âge de comprendre, je t'ai toujours enseigné à ne pas poursuivre de chimères et à accepter ce qu'il n'est pas en ton pouvoir d'écarter. Ce qui nous vient de notre propre destin, peut-être est-il possible que nous le contrôlions dans une certaine mesure si nous nous y appliquons (j'ai du moins quelque raison de le penser). Mais ce qui relève de la destinée d'autrui, nous ne pouvons en aucun cas l'influencer, à moins d'être l'instrument choisi par le ciel pour que cette destinée s'accomplisse. Bref, s'il t'en reste la moindre trace, tu dois quitter toute illusion. Depuis longtemps, notre voisin n'a qu'un désir, celui de marier sa fille à un riche négociant et, pardonne-moi de te dire cela aussi crûment, Chimalpopoca, mais je crois bien qu'il a trouvé récemment ce gendre cousu d'or et de pierreries.

– Récemment ?

– Il y a quelques mois. Pendant les fêtes de Grande Veille. »

Je me sentis blêmir.

« Un négociant ! fis-je d'une voix éteinte.

– Un négociant, oui, Chimalpopoca. »

Mais tout en moi, même mon corps, se révoltait contre cette idée.

« Enfin, père, père ! bafouillai-je avec indignation, ça ne tient pas debout ! Un négociant, mais... ce n'est qu'un gros mercanti ! D'autant plus gros, d'autant plus mercanti ! Moi, je vais être un chevalier, un seigneur ! Le Serpent d'obsidienne, qui ne parle pas à la légère, m'a promis que je serais bientôt tequiua, que je siégerais au conseil de guerre, près de l'Honorable Cadet, et que celui-ci saurait mon nom ! Ce coquin de Macuilcipactli est-il si bouché qu'il ne l'a pas compris ? Il m'a vu avec ce casque, pourtant : me prenant pour un autre, c'est tout juste s'il ne s'est pas roulé dans la poussière pour me témoigner sa déférence !

– Ah ! c'est vrai, le casque ! » murmura mon père.

Mais j'étais lancé et ne voulus pas relever sa remarque,

« Allons donc ! ricanai-je. C'est parfaitement grotesque ! Quelle commune mesure y a-t-il entre un obscur caravanier et un capitaine de guerre !

– Il n'y en a pas, Chimalpopoca, c'est justement. »

J'écarquillai la bouche et les yeux, stoppé dans mon élan.

« Hein ?... Je ne vous comprends pas !

– Ce qui séduit tant notre voisin, ce sont les caractères par lesquels un entrepreneur de commerce se distingue d'un aristocrate du glaive. »

Et comme je demeurais stupide :

– Veux-tu des exemples ? Alors je vais t'en fournir. Du chevalier ou du négociant, quel est celui dont la fortune profite le plus au peuple ?

– Le chevalier, bien sûr, puisqu'il est tenu de se montrer prodigue ! Alors que le négoce garde toutes ses richesses pour soi, bien emballées et bien serrées dans la pénombre des entrepôts !

– C'est cela que notre voisin admire.

– Que les petits vers lui jaillissent des yeux ! »

Il leva la main en un geste apaisant :

« Attends un peu, mon garçon. Vidons d'abord cet abcès. Nous passerons ensuite aux injures et aux malédictions. Je te pose une deuxième question : du négociant ou du chevalier, quel est celui que l'on dispense de service militaire ?

– Le négociant, car il n'est pas digne des actions suprêmes !

– Cela plaît beaucoup à notre voisin – cette dispense, je veux dire. Mais je continue. De ces deux hommes que nous mettons en compétition, lequel vit avec le moins de faste et jouit du moindre prestige ?

– Le négociant, cela va sans dire !

– Notre voisin s'en réjouit grandement.

– Alors il a perdu la raison. Je m'en doutais !

– Oh ! non, mon garçon, bien au contraire ! Je dirais plutôt qu'en lui une certaine forme de raison s'est développée au détriment de toutes les autres. La vie fastueuse conduit à de grandes dépenses. Le prestige implique, comme tu l'as dit toi-même, la prodigalité. Pour notre voisin, ce sont là – dépense et prodigalité – des choses absolument négatives. Seule l'accumulation des richesses, selon lui, donne de la valeur aux hommes et à leur existence.

– Mais l'honneur, père ! Les plus grands entasseurs de marchandises doivent le respect au plus insignifiant des officiers ou des dignitaires. Ils doivent paraître en public dans une mise humble, couverts de manteaux rapiécés. Ils parlent aux nobles en courbant la nuque. Si un guerrier fameux les humilie, ils sont contraints d'avaler cette humiliation, et de dire encore merci, car de se rebiffer, ou même d'afficher un sourire insolent, pourrait leur coûter fort cher !

– Et c'est pourquoi ils redoutent la renommée et toutes les distinctions honorifiques : ce sont autant d'occasions d'attirer sur eux le courroux et la rancœur des chevaliers qui ne les en estiment pas dignes. Pour la même raison, rarement tu verras l'un d'eux danser sur l'esplanade; ils préfèrent regarder danser les autres, évitant ainsi de se faire remarquer. Pour toi, Bouclier Fumant, c'est un but élevé que de devenir, entre tous, un homme resplendissant, quitte à vivre de manière austère. Pour eux, l'idéal est de se fondre dans l'ombre et dans une apparente médiocrité. As-tu déjà rencontré, après le crépuscule, un négociant menant à ses hangars quelque ballot soigneusement clos de coton, de caoutchouc, d'or, de cacao, de jade ou de plumes de quetzal ? Tu l'arrêtes pour lui demander ce qu'il transporte. Il décoche des sourires mielleux, te regardant par en dessous. « Ce n'est là que poisson séché, mon bon « monsieur », dit-il. Ou du sable. Ou des vieilles sandales. Et si jamais tu le perces à jour, alors il change de tactique. Il prétend qu'il agit sur commission d'un autre, que lui-même n'est rien et possède à peine de quoi vivre ! On va jusqu'à dire que lorsqu'il doit faire séjourner ses marchandises dans un entrepôt public, il donne en s'inscrivant le nom d'une tierce personne. Il sait que s'il tirait le moindre orgueil de son état et de sa réussite, ce serait le commencement de sa perte. D'autres ont commis cette imprudence, devenant des personnages superbes, à la voix sonore. L'Empereur lui-même a ordonné leur procès, n'hésitant pas à soutenir contre eux des accusations forgées de toute pièce. Ce pochteca[1] ont été condamnés sans appel et remis au bourreau. Confisqués par Motecuhzoma, leurs biens ont servi à récompenser les vétérans des armées. Aussi la caste négociante apprend-elle en secret à se cuirasser contre le dédain et les affronts des puissants. L'un de ses membres, voyant sa fortune grossir, décide-t-il d'offrir un banquet à ceux de sa corporation ? Aussitôt ses supérieurs viennent le trouver, l'of-

1. La forme plurielle de Pochtecatl : négociant.

fense à la bouche et, sans ménagement, lui enjoignent d'avoir à exhiber promptement ses marchandises. Ils les inspectent, les tournent et les retournent du bout d'un bâton, avec dégoût et commisération, pour l'accuser finalement de les avoir volées à des collègues. Alors, au lieu de se saisir d'une arme et de leur demander raison de ceci, comme tu le ferais toi-même, ils se jettent aux genoux des chefs, se noircissent encore davantage, pleurent comme des enfants battus en implorant l'indulgence. Après quoi la fête peut commencer, et c'est bien la seule circonstance où tu verras un pochtecatl faire preuve de munificence – sans quoi d'ailleurs la corporation comploterait sa chute. Et elle a toute la possibilité de le faire puisqu'ils ont non seulement leur rituel et leur dieu – Yiacatecuhtli, le Seigneur-Nez, Celui-qui-va-en-avant – mais leur hiérarchie autonome et même leurs tribunaux!

– Une richesse qui n'a que la richesse pour origine et pour but, il n'est qu'une âme basse et mesquine pour désirer cela! Les grands sont riches, mais c'est à proportion des honneurs qu'ils ont mérités et à proportion des libéralités par lesquelles leur gloire se trouvera fortifiée! Ceux-là sont les passeurs de la richesse, et non ses dépositaires.

– C'est vrai, Chimalpopoca, les biens des pochteca ne leur viennent pas d'honneurs qu'ils auraient conquis. Mais là où tu te trompes, c'est quand tu imagines que des honneurs ne leur viendront pas de ces biens!

– Père! Comment une telle aberration serait-elle possible chez les Mexica?

– Je regarde autour de moi, mon garçon et,

pour ainsi dire, il n'est pas une journée qui s'écoule sans que je voie grandir l'influence des marchands. A l'abri de leurs manteaux troués, camouflés derrière un épais rideau de courbettes et d'humilité feinte, ils n'ont cessé de prendre de l'importance, non seulement dans les affaires de choses, mais dans les affaires d'hommes – et je parle du gouvernement, Chimalpopoca; oui, du gouvernement! Lorsque j'avais ton âge, ceux de Tlatelolco, rassemblés dans le quartier de Pochtlan d'où ils tirent leur nom, se montraient déjà florissants, mais ceux de Tenochtitlan n'étaient pas grand-chose, quoique ils détinssent déjà le monopole du commerce avec les terres lointaines. Il en fut ainsi, jusqu'à cette fameuse affaire de l'isthme de Tehuantepec, où notre précédent roi les appela « mes oncles » et leur conféra le droit de porter certains ornements qui, auparavant, avaient été réservés à l'aristocratie guerrière. Tu sais ce que leur député répondit à Ahuitzolt : « Encore que nous soyons appelés négociants et « ayons en effet l'apparence de gens vivant du « négoce, nous sommes en réalité des capitaines « et des soldats qui, de façon déguisée, partons à « la conquête de nouveaux territoires. » Je te concède qu'ils n'ont pas été anoblis pour autant, contrairement aux véritables capitaines. Mais ils ont obtenu des bénéfices qui n'étaient pas seulement ceux que leur procurait la richesse matérielle. Un an après que Xocoyotzin fut monté sur le trône, soit en l'année Douze-Couteau sacrificiel[1], la corporation s'organisa, se plaçant dans la main du Seigneur-Nez et du Vieux Dieu. Comme

1. 1504, l'année où Motecuhzoma II fut élu empereur.

le populaire, les pochteca ont continué à payer l'impôt, mais ils ont été dispensés de toutes les autres obligations : corvées et participation aux batailles. Leurs enfants ont été autorisés à fréquenter le collège religieux qui, en principe, est réservé aux rejetons des seigneurs. Se transmettant de père en fils leur profession et se mariant le plus souvent entre eux, ils ont bientôt formé une caste tout à fait à part du reste de la société, tandis que l'aristocratie du glaive et la prêtrise restaient ouvertes aux enfants du peuple, dans la mesure de leurs mérites. Voici quelle fut, discrète mais fulgurante, leur ascension.

– Oui, mais l'honneur, père ? L'honneur ?

– L'honneur est le fils du mérite, Chimalpopoca – et certains accouchements sont difficiles. En revanche, il est le double du pouvoir et le suit comme son ombre.

– Justement ! Les négociants n'ont aucun pouvoir. Tu m'as dit toi-même que les grands pouvaient à discrétion les humilier, leur ôter leurs biens et même leurs vies !

– Sans doute, mon enfant, mais cette situation est en train d'évoluer doucement. A leur manière hypocrite, les pochteca, œuvrant dans l'ombre et en silence, réduisent peu à peu le fossé qui les sépare de la chevalerie. Insensiblement, ils se rendent indispensables, et ceci de deux façons. Premièrement, en se faisant les éclaireurs, les espions et les auxiliaires des armées, marchant le glaive à la main et n'hésitant pas à s'en servir contre les étrangers, à qui ils s'adressent au nom de Motecuhzoma lui-même. Secondement, en donnant aux nobles, par l'étalage des denrées précieuses et des merveilleux produits que ramènent leurs caravanes, le goût amollissant du luxe et des possessions futiles. D'un côté, ils se poussent en direction des dignitaires; de l'autre, ils tirent ceux-ci vers eux. Voilà comment s'accomplit le rapprochement. Déguisée en comportement belliqueux, leur agressivité commerciale devient une chose non plus sordide mais respectable – sinon sacrée comme est la guerre (et c'est pourquoi les livres affirment que le négociant mort au cours d'une expédition va rejoindre la suite du Soleil, tel un guerrier tué dans l'ardeur ou léché par la langue d'obsidienne). Et, dans le même temps, chez ceux qui détiennent le pouvoir officiel, le pochtecatl fait naître de nouveaux besoins, ayant déposé dans leur âme de vains désirs et le coupable mépris de la frugalité de nos pères. Ces agissements attirent d'autant moins le soupçon qu'ils se mêlent à d'autres dont l'intérêt et la nécessité ne sont pas contestables. Les mêmes marchands, en effet, fournissent les éléments des parures de guerre, ainsi que le caoutchouc et l'encens indispensables aux prêtres. Le coton, le cacao et le tabac sont présentés simultanément : dans un même lot, pourrait-on dire, et passent ainsi en contrebande du domaine de l'exceptionnel et du superflu à celui de la convoitise quotidienne. Et posséder l'objet de la convoitise d'un homme, cher garçon, c'est détenir un levier pour mouvoir cet homme à ta guise. Ainsi la richesse est-elle un pouvoir. Et quant aux honneurs, tu verras d'ici quelques années qu'ils vont suivre tout naturellement. Déjà les dignitaires, tout en faisant la fine bouche et en affichant beaucoup de contrariété, consentent à s'asseoir aux banquets du négoce. Te rappellerai-je aussi, Chimalpopoca, que Nezahualpilli, successeur de Nezahualcoyotl sur le trône de Texcoco, n'a pas craint sinon d'épouser en justes noces, du moins de prendre pour favorite aux yeux de tous, la fille d'un de ces entrepôtiers ?

– Et je comprends que le père ait accepté avec empressement ! Mais le négociant qu'on me préfère là-bas, de l'autre côté de ce mur, quel bénéfice ou quel honneur tirera-t-il d'une union avec la famille d'Atototl, beaucoup moins fortunée et certainement aussi peu glorieuse que la sienne ? Comment notre bandit de voisin est-il parvenu à l'appâter ? »

Il me considéra, la tête légèrement penchée de côté :

« C'est toi qui le demandes ?

Une nouvelle fois, le sang reflua de mon visage :

« Tu veux dire... Atototl ?

– N'est-ce pas un appât excellent ? Je ne sais ce que valent son esprit et son âme, Chimalpopoca, mais pour ce qui est du corps et du visage, ce sont incontestablement là des biens dignes d'une rareté suffisante pour que ce marchand accepte d'en payer le prix, qui est de ne pas se marier à l'intérieur de sa caste, contre la coutume.

– C'est abject !

– Assurément, mais quel est l'être humain, homme ou femme, qui, au moins une fois dans sa vie n'a pas été traité comme une marchandise ? Comment nous considère la foule des dieux qu'on adore à Tenochtitlan ? Aux yeux de la plupart d'entre eux, ce qu'il y a de meilleur en nous – les vertus et les pensées – vaut-il le moindre regard ? Ils ne s'intéressent qu'aux offrandes. L'impalpable et l'éphémère du génie humain ne les émeuvent guère. Ils veulent des cœurs et du sang, parce que c'est là le combustible tangible et pondérable dont l'univers a besoin. N'exige pas de notre voisin qu'il soit moins égoïste qu'une idole! Quant à l'attitude du pochtecatl, elle ne me paraît pas fort différente de la tienne propre. Je ne sache pas en effet que tu aies de la beauté intérieure de cette jeune fille d'autres indices que ses charmes matériels. Tu n'es plus un enfant, Chimalpopoca, pour qu'il soit besoin de t'expliquer la fragilité de tels signes. Au moins celui qui acquiert ces charmes pour eux-mêmes ne risque-t-il pas d'être déçu – en tout cas tant qu'ils dureront... »

Ses arguments m'ébranlaient plus qu'il ne pouvait croire : de l'esprit et de l'âme d'Atototl, je ne savais évidemment rien d'autre que ce que j'en avais supposé dans mes rêveries. A peine lui avais-je adressé la parole trois ou quatre fois depuis que nous étions l'un et l'autre en âge de parler. Cependant, je ne voulais pas avouer mon trouble.

« Mais elle, père, que dit-elle? Comment accueille-t-elle ce maquignonnage?

– Je ne pense pas que son avis ait été sollicité. Nos usages ni nos lois n'en font une obligation aux parents. Quoi qu'il en soit, je n'ai rien entendu ou appris qui me permette de te renseigner. D'ailleurs, sait-on jamais ce que les femmes ont dans la tête? Et puisque nous conversons en toute franchise, je ne peux pas te cacher que j'ai aperçu le négociant en question et qu'il avait bonne figure – du maintien, un air intelligent. Ce n'est pas un de ces personnages cauteleux qu'on voit sur les marchés. Ne t'en étonne pas. Le désir de s'élever au niveau des chevaliers donne à beaucoup d'entre eux, dès qu'ils ne sont plus obligés de jouer les modestes, l'allure même de ces chevaliers. Celui-ci, quand je l'ai vu, ressemblait pour tout de bon à un capitaine sans son armure. J'ai su qu'il avait fait de brillantes études dans un collège-monastère. A vingt-deux ans, il occupe déjà un rang enviable dans la hiérarchie de sa corporation. Aussi, il m'en coûte de le préciser, mais tu ne manquerais pas de le faire toi-même dans ta tête. Atototl peut très bien n'être pas insensible à tant d'attraits, sans parler de la perspective de se trouver pour toujours à l'abri du besoin. »

Je reniflai avec dégoût :

« Epouse d'un homme que les grands exploitent et qu'ils peuvent piétiner selon leur fantaisie ! »

Alors revint sur le visage de mon père le désagréable sourire que j'avais cru envolé à jamais.

« Cela, Chimalpopoca, c'est le préjudice apparent, qui dissimule le bénéfice réel ! Pour un négociant bruyamment abaissé, combien s'élèvent en silence ? Aucun mouvement ne s'effectue sans perte. Aucun progrès ne s'accomplit sans sacrifice — et j'entends le mot dans la plénitude de ses sens. Tu dis qu'ils sont exploités par les nobles : chacun peut voir cela. Mais tu oublies de dire qu'à l'abri de tous les regards, c'est exactement l'inverse qui se produit. Ce sont eux qui exploitent l'aristocratie. Plus exactement ils exploitent, avec une habileté réellement démoniaque, la faiblesse de cette classe, qui est précisément d'imaginer qu'elle exploite, elle, le négoce et le tient à sa merci. La condescendance et le mépris des nobles à l'égard des pochteca sont les moyens par lesquels ils s'aveuglent eux-mêmes : chaque manifestation de ces sentiments constitue un marchepied pour l'ambition de ceux qu'ils prétendent écraser. Délibérément, les marchands fournissent les nobles en objets de luxe. Sans le savoir et à leur corps défendant, les nobles fournissent les marchands en influence dans le gouvernement de la nation. En cette affaire, selon toi, qui est la dupe? Ecoute-moi. On peut contraindre un homme à faire ce qu'on désire : cela, c'est la force. Mais on peut aussi obtenir ce qu'on veut en utilisant les propres désirs de cet homme : cela, Chimalpopoca, c'est le pouvoir. Les négociants de Mexico sont en train de s'approprier une part croissante du pouvoir en se servant non seulement des désirs de ceux qu'ils dépossèdent, mais encore du manque de considération et de l'hostilité que ceux-ci professent à leur endroit! N'est-ce pas très extraordinaire?

– Ma parole, père, ne dirait-on pas que tu admires ces détrousseurs!

– Je ne sais si je les admire ou non, mon enfant. Mais je sais qu'il y a d'étranges détours dans le cheminement du pouvoir.

– Pardonnez la brutalité de mes paroles, mais chaque fois que vous m'entretenez du pouvoir, vous me faites voir des hypocrisies et des mensonges!

– Peut-être l'essence du pouvoir est-elle dans la dissimulation, plutôt que dans l'ostentation... »

Je détournai les yeux. A nouveau, j'avais l'impression que d'infranchissables distances nous séparaient. Celui qui me parlait était un étranger, un être rescapé de l'agonie d'un précédent Soleil. Sans doute, il utilisait les mêmes mots que moi. Mais il les arrangeait dans un ordre si bizarre qu'on ne pouvait plus être sûr de leur signification.

« Quoi qu'il en soit, maugréai-je, incapable de dissimuler mon amertume, ne me dis pas qu'Atototl se détourne de moi parce qu'elle a le goût de cette espèce d'influence souterraine que tu me décris ! Sans doute, ne s'est-elle même jamais avisée qu'existaient de telles malices !

– Disons alors qu'elle peut préférer un mari dont l'autorité, n'étant pas chose publique, n'implique pas qu'il coure se faire cribler de flèches ou s'étendre sur la pierre des sacrifices...

– Qu'est-ce qu'une autorité qui n'a pas de dimension publique, père, je te le demande ? ironisai-je.

– Tu m'obliges à radoter, Chimalpopoca. Une fois de plus je te répondrai : le pouvoir. Le vrai pouvoir, et non pas les signes et insignes du commandement. »

Mais je n'écoutais plus. Dans ce qu'il avait dit auparavant, quelque chose m'avait frappé.

« Penses-tu vraiment qu'Atototl pourrait me repousser parce que je suis promis au destin des meilleurs ? Ce n'est pas l'attitude de nos femmes !

– Ce n'est pas l'attitude que nous leur ordonnons d'avoir, en effet. Mais gouvernons-nous aussi les sentiments qu'elles éprouvent ? »

Je me souvins alors des lamentations entendues sur l'esplanade, tandis que l'Empereur nous remettait nos récompenses. Et je dus convenir en moi-même que l'amour d'une femme ne pouvait pas se satisfaire de la céleste gloire d'un amant disparu.

Ces idées me hantèrent durant tous les jours qui suivirent. Plus j'y songeais, plus j'étais porté à croire que c'était là l'explication profonde de mon malheur. Car pour le reste, je ne voulais pas croire que la mesquinerie de Macuilcipactli pût à elle seule faire échec à des prétentions aussi respectables et aussi justifiées que les miennes.

J'interrogeai tous ceux que je connaissais pour savoir qui était mon rival, mais en vain. Qu'il fût un ancien élève des prêtres, comme m'en avait informé mon père, expliquait l'ignorance de ceux qui fréquentaient le collège de quartier. Ce fait confirmait aussi la funeste intervention de Quetzalcoatl, dieu des séminaires opposé à mes entreprises. Je redoublai de dévotion pour Tezcatlipoca, recherchant l'appui de ce puissant Seigneur qui, une fois déjà, avait renversé le Serpent à Plumes.

Craignant de lui déplaire, je me tins éloigné de Tochtlitlatoa, en dépit de mon serment. On me disait que les onguents n'avaient pu soulager son mal; toutefois, des prières et des incantations magiques le lui rendaient plus supportable, si bien qu'il pouvait à nouveau se déplacer par ses propres moyens, traînant la patte mais fort alerte par ailleurs.

Au collège, j'avais de fréquentes conversations avec Itzcoatl, lequel dirigeait à présent l'ensemble de l'institution, par la volonté de Motecuhzoma lui-même.

Jamais il ne faisait la moindre allusion à mon mariage, au point que j'en vins presque à douter de lui avoir parlé d'Atototl, ce beau soir où, après la bataille, il m'avait offert son amitié au pied de la Montagne Fumante[1], quand se consumaient près de nous les glorieux brasiers.

Je me sentais si proche de lui, cependant, que je ne pouvais lui taire bien longtemps ce que j'avais sur le cœur. J'espérais aussi vaguement, il me faut l'avouer, que pour m'être agréable, il pourrait peut-être provoquer (ou faire provoquer par un seigneur encore plus haut placé que lui) la déchéance de mon rival. Un jour, dînant en sa compagnie ainsi que l'habitude nous en était restée à notre retour de campagne, je lui déballai donc toute l'histoire.

La rapacité vulgaire de Macuilcipactli le scandalisa, ainsi que la préférence que celui-ci accordait à un négociant sur un guerrier. Mais il ne s'émut guère de mes amours contrariées.

« Qu'aurais-tu obtenu de cette fille, sinon des entraves dont un soldat n'a nul besoin ? conclut-il. La fleur des combattants est semblable à la fleur des prêtres : elle ne se marie point, par crainte de disperser ses buts et de gaspiller son énergie. Me suis-je marié moi-même ? Tu sais bien que non. Ce collège est mon foyer; vous, collégiens, êtes ma progéniture, avant de devenir mes frères et mes amis. D'aucuns sont appelés à faire des enfants, ce qui est à la portée de n'importe quelle mauviette. D'autres ont pour tâche de faire de ces enfants des hommes. Je sais que la plupart des instructeurs ne restent pas célibataires, mais je te pose la question : peut-on vraiment se vouer ensemble à deux tâches dont chacune requiert, ou devrait requérir, le meilleur de soi-même ? Oh ! je

1. Le Popocatepetl.

sais : il y a ce qu'on appelle l'amour. Mais, pour ceux qui ne se contentent point d'une amitié pleine de chaleur et d'affection, qui rassemble les forces au lieu de les éparpiller, nos coutumes n'ont-elles pas prévu les courtisanes ? (Il me mit le bras autour du cou et m'adressa un sourire entendu.) La tienne n'est pas une des moins bien attifées, à ce qu'il paraît ? »

Je ne savais que répondre. Je préférai détourner la conversation.

« On me dit que ces pochteca occupent une place à part dans notre société, insinuai-je.

– Une place à part ?

– Ma foi, fis-je avec une fausse candeur, ils ont leurs quartiers, leurs chefs, leurs juges, leur dieu...

– Leur dieu ?

– Yiacatecuhtli. »

– Yiacatecuhtli ? Mais tu es décidément bien ignorant, mon pauvre Bouclier ! Personne ne t'a jamais appris que le Seigneur-Nez n'était qu'un des multiples avatars de Quetzalcoatl ?

La surprise faillit me faire lâcher ma tortilla :

« Quetzalcoatl !

– Lui-même ! dit le Serpent d'obsidienne, riant de mon ahurissement.

– Tu vois que nous n'avons rien de commun avec ces meneurs de caravanes – et c'est un grand sujet de satisfaction ! ajouta-t-il. Mais vraiment, ta naïveté m'étonne. N'as-tu jamais remarqué que ces colporteurs entreprenaient systématiquement leurs expéditions importantes lors d'une treizaine commençant par le jour Un-Serpent ? C'est que cette treizaine est spécialement consacrée à la Grande Etoile, mon cher, et par conséquent au Seigneur de la Maison de l'Aurore, c'est-à-dire au Serpent à Plumes ! Rappelle-toi ce que je t'ai dit lorsque tu m'as interrogé sur lui. »

Je n'osai lui révéler que, ce soir-là, je m'étais endormi sans entendre sa réponse. Mais, j'avais saisi pourquoi ce pochtecatl à la mine avantageuse se trouvait en travers de mon chemin. Protégé de ce dieu, il était l'un des instruments par lesquels Quetzalcoatl assouvissait sur moi sa vengeance.

Eh bien, je relèverais le défi ! Avec l'aide de mon divin allié, le Dieu-Sorcier, je déjouerais les serpentines manigances et reconquerrais l'Oiseau d'eau à la barbe et au nez de tous mes ennemis ! Je ferais ton désespoir, Macuilcipactli. Tes sarcasmes et tes supercheries, tu allais les regretter amèrement. Et toi, pochtecatl aux funestes visées, ton imposture se retournerait contre toi !

Exerçons-nous, Itzcoatl, mon maître très savant ! Enseigne-moi les feintes et les parades. Endurcis-moi les bras. Endurcis-moi le cœur ! Que le Miroir Fumant daigne se refléter en mon humble personne. Montre-moi la danse du bouclier, qui mystifie les traits et les lames. Montre-moi la danse du corps, qui pénètre sans danger la garde de l'ennemi.

Dans les combats se forge la guerre,
Viens te joindre à moi !

Je connais tous les hymnes !

Tu es venu voir ce que ton cœur voulait,
Sa mort au fil de l'obsidienne !

A présent, me voici en embuscade, au coin d'une rue étroite et ténébreuse, dans le quartier de Cuepopan, Là-où-éclosent-les-fleurs.

Ils approchent. J'entends les cris féroces des sages-femmes, le tintamarre des glaives frappés contre les boucliers. Une lueur dorée danse en avant de leur troupe, portée par les torches sous le crépuscule écarlate. Ils vont vers le temple des Femmes Célestes, en nombreuse compagnie, hurlant pour se donner du courage et pour faire hésiter l'ambitieuse jeunesse.

Mais j'ai pris avec moi les deux plus rusés et les trois plus téméraires du collège. Ils sont accroupis dans l'obscurité, serrant leurs armes. L'excitation fait brasiller leurs prunelles.

On a placé en avant-garde les plus expérimentées et les plus solides des sages-femmes. Elles vont, scrutant la nuit, tournant la tête de tous côtés. Leurs boucliers élèvent un mur sans faille. Les autres forment un cercle hérissé de pointes et de clameurs aiguës, autour des vieillardes aux faces hallucinées et des porteuses de lumière. Au centre marche le mari, convoyant le cadavre sur son dos, telle une jeune épousée.

D'un geste de la main, j'ai ordonné aux miens de reculer et de se tapir, gagnant moi-même l'abri d'un épais buisson. L'élite des accoucheuses est passée devant la rue sans nous voir. Alors, j'ai lancé le bras en avant. Mais nous avons attendu d'être sur l'adversaire pour pousser nos cris de guerre, afin que la stupeur le saisisse à l'instant même où il aurait eu besoin de toute sa présence d'esprit.

Notre premier assaut rompt le cercle et nous

conduit parmi les vieilles qui glapissent et détalent en tous sens. L'avant-garde fait volte-face, mais je fais retentir un sifflement strident et les trois compagnons dissimulés dans un jardin, à la hauteur de ces femmes, jaillissent hors de leur cachette et les obligent à combattre cette deuxième vague d'assaillants.

Dans les yeux effarés du mari, je lis déjà notre victoire. Deux sages-femmes s'interposent entre lui et moi mais, d'un seul moulinet, je fais sauter son glaive à l'une et fends le bouclier de l'autre, après quoi, d'une charge impétueuse, je les renverse toutes deux et, bondissant par-dessus leurs corps, touche enfin au but. Je saisis la morte par ses cheveux dénoués (c'est une femme très jeune et plutôt belle), je brandis haut mes armes et clame d'une voix de tonnerre, pour couvrir le tumulte des combats :

« Que finisse la bataille, car elle n'a plus d'objet ! »

Les murs renvoient l'écho de mes paroles et, bientôt, les lames de silex cessent de s'entrechoquer. Tous les regards convergent vers moi, alors que l'homme, qui a dû m'abandonner le cadavre, tente de refouler ses larmes.

J'annonce :

« Moi, Chimalpopoca, conducteur de ces jeunes guerriers, tous élèves du Serpent d'obsidienne, consacrés à Tezcatlipoca, dieu du Ciel Nocturne et des combats, j'ai attaqué le convoi qui menait au sanctuaire le corps béni, oint, lavé, enveloppé de neuf, de cette femme morte en couches. Le Soleil l'attend, dans sa demeure du Couchant, et vous alliez enfouir sa forme humaine dans la cour du temple, veillant à ce qu'elle ne vous soit pas dérobée. Mais ce larcin n'aura plus lieu car, déjà, il est accompli. Moi, Bouclier Fumant, secondé par mes frères d'armes, j'ai tendu cette embuscade d'une manière avisée et, en peu de temps, je me suis rendu maître de cette dépouille. Acceptez votre défaite humblement, femmes qui présidez aux naissances, et soyez, avec le pauvre mari et les vieilles édentées, les témoins de ce qui va être fait ici, selon nos coutumes et le jugement du combat que mon parti a remporté. »

La doyenne des accoucheuses vient jusqu'à moi, dépose à mes pieds son bouclier et son glaive :

« Tout est bien, Chimalpopoca. Nous reconnaissons que nous avons été vaincues dans le respect de toutes les règles. Et, bien que notre cœur soit lourd, nous te disons : fais ici ce que tu es venu faire. »

Sur mon genou ployé, on dépose la morte. J'agrippe le poignet de sa main gauche, applique cette main contre une pierre qu'on m'apporte et, d'un coup de couteau, détache le doigt du milieu, ce doigt qui confère le courage et la force.

Levant les yeux, je vois que le ciel du jour a fini de basculer en arrière. La noirceur touche aux quatre bords du monde.

« Regardez ! dis-je. Le temps du crépuscule est passé. Ceci me donne le droit de prélever d'autres reliques et je les réclame, puisque telle est notre loi.

– Nous observons le ciel à travers nos larmes, répond la doyenne, et nous voyons la nuit. Aussi ton exigence est-elle légitime. Procède donc à l'opération, Bouclier Fumant. »

Avec mon couteau, je taille les cheveux au ras

du crâne. J'en fais six longues mèches, pendant que la morte est replacée sur le dos de son époux. La première, je la garde pour moi; les cinq autres, je les répartis entre mes condisciples, qui les reçoivent avec gravité. Puis nous saluons le cortège funèbre et courons jusqu'à la maison commune, laissant enfin éclater notre joie.

Le lendemain, je m'éveillai avant l'aube, ayant gardé les cheveux et le doigt suspendus à mon cou dans un petit sac de peau durant tout mon sommeil.

Je me rendis au bain de vapeur, avant de revêtir un pagne immaculé et le plus riche de mes manteaux, qui était en poil de lapin teint en rouge et décoré de pesantes broderies. Je brûlai mes vieilles chaussures et enfilai une paire de sandales neuves, puisque j'allais entamer une nouvelle étape de ma vie.

Le jour pointait quand j'en eus terminé avec ces préparatifs. Dans le ciel, la colonne de feu, sinistre présage d'on ne savait quoi, commençait à pâlir. Je me détournai de ce spectacle. Ce matin, rien ne devait ébranler ma confiance en l'avenir (machinalement, toutefois, je portai la main au petit sac et palpai son contenu à travers l'enveloppe).

Avant de me mettre en route, j'aiguisai et fourbis soigneusement toutes mes armes, que je disposai de chaque côté de ma natte, à la tête de laquelle furent mis en évidence les cadeaux de l'Empereur : le bouclier recouvert d'un chef-d'œuvre de plumasserie et le casque à mâchoires.

Je me prosternai devant ces pièces d'équipement et recommandai mon âme à Tezcatlipoca.

Les rues n'étaient pas encore très animées.

C'était l'heure indécise où, dans une vaporeuse clarté, les tribunaux ouvrent leurs audiences. Dépassant les dernières maisons de pierre, j'aperçus des êtres hirsutes qui bâillaient devant leurs cabanes, n'ayant pas la moindre notion des belles manières. Je les foudroyai du regard, prenant plaisir à les voir se retirer promptement au fond de ces tanières, les yeux fuyants. D'ordinaire, j'évite les quartiers périphériques, où se rencontre la lie du peuple, mais, ce jour-là, je voulais mesurer ma puissance au seul effet que je produisais en déambulant dans les bas-fonds, sans armes et sans parure de guerre, distingué non par des insignes mais par un certain air de morgue et de menace répandu sur mon visage.

Pleinement satisfait par le résultat de cette expérience, je revins vers les beaux quartiers. J'allais d'un pas de dignitaire, sans nonchalance ni précipitation. Un peu plus tard, je dépassais la porte de mes parents et franchissais le seuil du misérable Macuilcipactli.

Je n'avais pas frappé pour avertir de ma présence; je n'avais sollicité de personne l'autorisation d'entrer. J'investissais carrément la place, au mépris de toute civilité. Mais s'il m'avait fallu attendre l'invitation du propriétaire, j'aurais bien pu patienter jusqu'au jour de ma mort, ou du moins de la sienne!

Le vieux sacripant était justement dans son jardin avec quelques-uns de ses gens. Il fit un bond en me voyant et son visage prit une teinte cendreuse. Puis il fonça sur moi dans un concert d'invectives et de glapissements. Mais je ne lui prêtai aucune attention. Je me contentai de le repousser avec mon avant-bras, sans lui accorder un regard, lorsqu'il fut à ma portée.

Je m'étais solidement planté au milieu de sa cour, les jambes légèrement écartées, les mains aux hanches :

« Atototl ! appelai-je d'une voix haute et ferme. Je suis le Bouclier Fumant, fils de tes voisins et favori de Motecuhzoma. De ma propre autorité, je viens te rendre visite car j'ai quelque chose d'essentiel à t'apprendre. Daigne paraître, ô très belle, car tu seras étonnée et réjouie par cette grande nouvelle ! »

Toute la domesticité piaillait autour de moi avec le maître de maison, levant les bras au ciel et appelant sur ma tête les quatre cents malédictions. Je continuais à faire comme s'ils n'existaient pas. J'écartais seulement ceux qui se mettaient devant moi, dans la mesure où ils me gênaient la vue et empêchaient que je sois aperçu en entier depuis les fenêtres de la maison.

A ces fenêtres, personne n'avait encore paru.

« Atototl, demandai-je, m'entends-tu ?

— Elle ne t'entend pas ! hurlait le vieux. Elle ne veut même pas t'écouter. Fiche le camp d'ici, rustre, bon à rien ! Tu es dans ma maison et nul ne veut de toi ! Foutez-moi ça dehors, vous autres ! »

Ils étaient trois ou quatre, mais ils hésitaient à exécuter son ordre. Mon attitude, l'éclat de mes prunelles, ne leur laissaient aucun doute quant à ma détermination. Ils voyaient bien que je n'étais pas décidé à leur faciliter la tâche.

Plus téméraire que les autres, l'un d'eux tenta pourtant de me saisir, mais je l'étendis raide d'un coup de poing entre les deux yeux. Macuilcipactli écumait de rage. Quant à moi, cette péripétie m'avait énervé et j'éprouvais quelque difficulté à conserver la digne contenance que je m'étais imposée.

Lorsque je pris la parole à nouveau, ma voix avait, bien malgré moi, un accent de trouble et d'impatience qui me mit en colère contre moi-même, et plus encore contre les canailles qui m'aboyaient aux talons.

« Atototl? Tu n'as rien à craindre de moi! Il faut seulement que je te montre quelque chose... »

Pas de réponse. Pas un mouvement à l'intérieur de la maison. Je sentais fondre ma belle assurance. Et j'avais beau surveiller mes expressions, je ne pouvais faire que la meute ne finît par deviner mon embarras. Aussitôt, ils me sautèrent dessus tous ensemble, encouragés par leur patron trépignant :

« Dehors! Dehors, salopard! s'égosillait-il. Qu'on ne le revoie plus jamais! Jetez-le dans le canal et qu'il s'y engloutisse! Ce crétin déshonore ma maison. Quelle honte! Quelle honte! »

Cette fois, c'en était fait de mon noble maintien. Je titubais sous cette charge de larbins surexcités, tantôt tiré par eux à un bout de la cour, tantôt retrouvant des forces et les entraînant à l'autre extrémité. Ils s'agrippaient à moi des pieds et des mains, tout en essayant de me bourrer de coups. Et pendant ce temps-là, cassé en deux, haletant, je me déchirais la voix à crier :

« Atototl! Je sais ce qui te faisait peur, mais tu n'as plus rien à craindre!... J'ai pris le doigt d'une femme vaillante et je suis devenu invincible!... L'ennemi ne pourra pas s'emparer de ma personne. Rassure-toi!... Je détiens l'objet sacré qui, placé dans mon bouclier, aveuglera mes adversaires !... Viens, je dis la vérité... J'ai ce doigt : je peux te le faire voir... Pas un pochtecatl au monde ne pourrait en dire autant ! »

Tout à coup, je fus libéré de mon encombrante carapace humaine. Je crus d'abord que la mention de mon invulnérabilité avait découragé les domestiques. Mais en me redressant, je constatai qu'ils se désintéressaient de moi et regardaient tous par-dessus mon épaule.

Je me retournai vivement. Atototl se tenait là-bas, sur le seuil du bâtiment, hautaine, éblouissante, considérant la scène d'un œil assombri par le courroux. Il avait suffi qu'elle apparaisse pour que ces acharnés se mettent à gober les mouches.

« Ne t'inquiète pas, dit son père. Nous allons lui faire repasser sans sa permission cette porte qu'il a franchie sans la nôtre. »

Il fit un signe aux serviteurs, mais l'Oiseau d'eau arrêta net leur élan. On eût dit que le Soleil avait dépêché un de ses rayons spécialement pour se poser sur elle.

« Non », dit-elle simplement, levant la main avec l'autorité d'une souveraine, dans un geste qui me parut charmant.

En cet instant, la voyant à la fois si fâchée et si fière, si imposante et si gracieuse, je l'admirai plus que je ne l'avais jamais fait. Il me sembla que si je n'avais pas été déjà amoureux d'elle, je le serais devenu alors, en l'espace d'un éclair et pour toute la vie. Immobile, interdit, je la contemplais. Je rassasiais mes yeux de cette radieuse image.

Sa bouche s'ouvrit à nouveau et elle se remit à parler. J'étais si fasciné par le son de sa voix que le sens des mots me parvenait comme dissous dans cette musique et s'en trouvait fort amoindri, pour ne pas dire aboli.

« C'est à moi, disait-elle tandis que je souriais avec extase, c'est à moi de chasser cet importun, puisque c'est à moi qu'il prétend rendre visite. En m'adressant la parole, malappris et malavisé Chimalpopoca, tu t'es exposé à entendre ma réplique. Entends-la donc, et pars avec elle te faire rosser ailleurs ! »

Certains mots devaient être quand même trop raboteux et pointus. Ils crevèrent la brume de béatitude où flottait ma conscience. Je perçus dans la musique d'Atototl quelque chose de discordant qui me fit sursauter tel un homme éveillé en plein milieu d'un rêve. Mon sourire me glissa brusquement du visage. Et comme je recevais de plein fouet la suite de son discours, aussi chargé de sens à présent que si je l'avais moi-même conçue, je sentis mes cheveux se dresser sur ma tête.

« Non seulement tu es un fat doublé d'un naïf, monsieur le Bouclier qui fume, non seulement tu affiches des prétentions démesurées et t'arroges inconsidérément des droits, que nul autre n'est disposé à te reconnaître, mais il faut encore que tu te mettes en travers du désir des gens et tentes de les en détourner au profit de je ne sais quelle lubie qui t'est propre ! Nous ne sommes pas tes esclaves, Chimalpopoca, et pas davantage des soldats à tes ordres ! Nous sommes libres autant que toi de nos pensées, de nos sentiments et de nos décisions. Par conséquent, tu n'as rien à faire ici. Disparais ! J'aimerais te dire que tu te ridiculises mais, hélas, cela t'est devenu tout à fait impossible : il y a longtemps que tu as atteint le comble du ridicule ! »

Hagard, la tête vide, j'éprouvais la sensation que l'univers se dérobait sous moi et cherchait à me précipiter dans le néant.

« Mais Atototl, balbutiais-je, tendant les bras vers elle comme un mendiant, le doigt ?... C'est pour le doigt ! Je l'ai, là ! Je ne risque plus de mourir à la guerre ! »

Elle haussa ses magnifiques épaules, mettant dans ce mouvement tout le mépris dont les femmes sont capables envers ceux qui les aiment sans espoir.

Je ne voulais pourtant pas admettre ma défaite. Fébrilement, j'arrachai le sac de mon cou et fouillai à l'intérieur.

« Mais si, je t'assure, je l'ai ! Tiens, le voilà ! Regarde ! Le doigt d'une favorite du Soleil ! »

Et j'avançais vers elle, brandissant cet objet macabre. Alors, elle plaqua ses mains sur ses oreilles et se mit à crier. Elle effectua un saut de tigresse pour m'éviter et courut vers le fond du jardin. Je me rendais à peine compte que je la poursuivais, exhibant toujours le précieux doigt au-dessus de ma tête et pris en chasse à mon tour par Macuilcipactli et ses gens.

Atototl parvint au mur qui est mitoyen avec la propriété de mon père. J'étais tout près d'elle et disais encore d'une voix implorante : « Regarde, c'est le doigt ! » lorsqu'en poussant un hurlement d'une sauvagerie à glacer le sang, elle détendit le bras, m'arracha mon fétiche et le lança de l'autre côté du mur.

Je crois que mon propre cri d'horreur et de détresse n'eut, en fait d'inhumanité, rien à envier au sien. Mon âme demeurait pétrifiée en ce jardin, comme un tas de décombres aux pieds de ma princesse. Mais mon corps avait déjà sauté parmi les serviteurs, renversé deux d'entre eux, gagné la porte, couru dans la rue. Il s'était précipité chez mes parents et il rampait à présent au milieu des plantes, à la recherche du doigt, geignant tels les pauvres morts sur le chemin du Mictlan.

Je sais que je finis par dénicher le doigt. Il me désignait narquoisement, coincé dans la fourche formée par deux branches d'un arbuste. Je fondis en larmes en refermant la main sur lui. Après, je ne me souviens de rien. Je dus parler avec mon père, mais je n'en suis pas certain. Je me revois seulement enfermé dans le bain de vapeur du collège, tard dans l'après-midi, nu, tellement nu ! Le doigt toujours serré au creux de mon poing.

Il faisait nuit noire quand je sortis de là, agité de frissons dont la fraîcheur du vent n'était aucunement responsable. Le lendemain commençaient les fêtes de Teotleco, le Retour des dieux.

Une grande procession de divinités s'approchait de la terre, venant des cieux, avec Tezcatlipoca pour guide. Elles voyageaient à pied, aussi l'Aztèque étalait-il des branchages et des fleurs sur le sol, pour que les Seigneurs n'aient pas à souiller leurs invisibles talons sur la poussière du monde.

Pendant dix-neuf jours, on attend l'arrivée des pèlerins vénérables. Sur leur trajet, une natte est déroulée, puis saupoudrée de farine de maïs, si bien que lorsque le premier dieu se présente (qui est le Jeune Guerrier), l'homme de la farine, surveillant la natte sans trêve ni repos, voit se dessiner son empreinte et prévient la nation.

Alors les dieux sont parmi nous. Il faut encore attendre Hueueteotl qui, en raison de son âge avancé, éprouve quelque peine à suivre et traîne la patte en queue de peloton. Mais dès qu'il sera rendu à son tour, cacochyme et fêlé, une grande cérémonie débutera au palais impérial. En l'honneur de ce vieux divin débris, Maître du feu et des secousses, on précipitera dans les flammes tout un gros de captifs barbouillés de résine.

Mais que m'importaient ces phénomènes et ces réjouissances ! Tezcatlipoca serait de retour bientôt ? La belle affaire ! Que n'avait-il été plutôt là ce matin, quand j'avais vraiment besoin de lui ! Mais non ! Monseigneur voyageait dans les nuages et laissait son ennemi juré, Quetzalcoatl, l'outrager et le bafouer à travers ma personne...

Ce qu'il y avait en moi de plus désintéressé et de plus ardent, la lumière de mon âme, il a permis que cela fût raillé, souillé, obscurci, foulé aux pieds par des laquais et un barbon plein de matoiserie. Pire ! il m'a laissé accabler par celle à qui je venais offrir cette lumière, en toute vénération et en toute piété.

En un bref instant, j'ai été cureté, vidé de toute ma substance – le meilleur de moi-même. Il ne me reste que ce doigt, le souvenir de mes exploits passés et les promesses d'Itzcoatl. Celui-ci avait peut-être bien raison : qui se voue sincèrement à Tezcatlipoca ne peut plus se vouer à personne d'autre. Il n'était pas exclu que j'aie été victime, non de l'indifférence de mon dieu, mais de sa jalousie. Lui-même alors, plutôt que le Serpent à Plumes, aurait inspiré à mon Oiseau désormais envolé tant de haine et d'aigreur, afin que je m'écarte d'elle à jamais. Je méditai là-dessus tout le reste de la nuit, ne songeant même pas à chercher le sommeil.

Au matin, on m'avertit que j'étais convoqué par Itzcoatl.

J'eus le pressentiment d'une nouvelle catastrophe. L'accueil glacé qu'il me réserva m'apprit que je ne m'étais pas trompé.

Revêtu de ses habits directoriaux, il m'attendait, sculptural, les sourcils relevés, les bras croisés sur la poitrine. D'instinct, je compris qu'il me fallait renoncer aux manières intimes et adoptai une pose très humble, le dos courbé, les paupières abaissées. Dès qu'il parla, il devint évident que j'avais encore minimisé la gravité de la situation. Itzcoatl contenait à grand peine son indignation et je n'avais pas besoin de le regarder pour savoir que ses narines et son menton frémissaient de fureur.

« Chimalpopoca, dit-il d'une voix mal maîtrisée, tantôt trop sourde et tantôt trop aiguë, la maison royale te fait savoir qu'elle a été informée de ta conduite intolérable chez le dénommé Macuilcipactli, où tu fus cause hier d'un scandale inouï. Elle te signifie la très vive contrariété de l'Empereur et des dignitaires et t'interdit jusqu'à nouvel ordre de faire parade des emblèmes remis par Sa Majesté. Apprends en outre que si tu n'es pas traduit devant un conseil de discipline et remis, à titre d'esclave, entre les mains de ceux que tu as si gravement insultés, c'est uniquement en considération des vertus dont tu fis preuve naguère, avant d'annuler par ton comportement infâme l'heureuse impression qu'elles avaient produite. Mais au moindre écart, désormais, tu seras sanctionné non seulement pour la nouvelle faute, mais pour cet abominable forfait que nul ne consent à te pardonner, encore qu'il te faudra dès demain présenter de sincères excuses à Macuilcipactli et à sa famille, nu-pieds et enveloppé de tes plus mauvais habits. C'est moi qui suis chargé de veiller à l'application de cette sentence, bien trop douce à mon gré. Sache en effet que tu ne dois attendre de ma part ni commisération ni faiblesse. Après que tu t'es ainsi déshonoré et vilement offert en spectacle, je n'éprouve plus que de la répugnance à ton égard. En fait, je me considérerai comme soulagé lorsque ces murs n'auront plus à souffrir ta présence. Voici donc la dernière recommandation que tu entendras de ma bouche, toi qui n'as suivi aucun des conseils que je te donnais en ami : fais-toi le plus petit possible, Chimalpopoca ! Rien qu'à te sentir dans les parages, j'essuie déjà un affront suffisant pour que l'envie me vienne de te livrer aux juges. Ingrat ! Pauvre imbécile ! Exile-toi de ma vue – et promptement ! »

Et tandis que je me retirais à reculons, transpercé de honte et de désespoir, il lança du coin de la bouche, comme s'il voulait cracher par terre :

« Un futur conseiller de l'Aigle !... Pour une fille ! »

Marasme et solitude devinrent mes jours. Le monde continuait alentour, mais j'avais l'impression qu'il s'était éteint en moi. Amèrement, je mesurais la véracité de ce que mon père avait dit de la secrète influence des marchands. Ils avaient l'oreille des grands, puisqu'ils avaient pu me perdre dans l'opinion de la cour. L'un d'eux s'était plaint de moi, et j'étais aussitôt tombé en disgrâce, après avoir été celui qu'on remarque et qu'on favorise. Par la brutalité de ma chute, j'éprouvais la force du dieu de mes ennemis.

Mon dieu à moi, qu'avait-il fait pour me défendre ? Il m'avait délaissé sans vergogne, oubliant que je l'avais honoré et servi. Jaloux sans doute de l'attention que j'accordais à Atototl, il avait permis que le Serpent à Plumes m'imposât une sinistre épreuve. Ainsi, tous les dieux se liguaient contre moi. En tout cas, pas un seul ne me prêtait main-forte.

Je préfère ne pas dépeindre l'humiliante visite que je dus faire à Macuilcipactli : avec quelles railleries je fus reçu, et de quelle affreuse manière on me congédia.

Je retournai au collège en rasant les murs, ayant fait un long détour pour éviter le porche de mon père. Etait-il au courant de ma mésaventure ? Je le présume. Quoi qu'il en fût, je n'aurais eu le courage ni de la lui faire connaître ni de paraître en sa présence au cas où il l'eût apprise déjà. De nombreux mois s'écoulèrent avant que je le revoie; s'il eut de mes nouvelles, ce n'est pas moi qui les lui envoyai. De son côté, il se garda de me faire savoir qu'il était tombé malade.

Confiné entre les murs du collège, je passais mon temps à me cacher d'Itzcoatl. Mes camarades, eux, me fuyaient comme si j'étais porteur d'un mal contagieux. Je n'étais requis ni pour les exercices ni pour les corvées. Naturellement, je ne participais pas aux repas communautaires. Je me glissais dans la cuisine lorsque j'étais sûr de la trouver vide et chapardais quelques galettes refroidies que je mordillais avidement mais sans aucun plaisir.

Je n'osais plus me rendre au bain de vapeur, de

crainte que le Serpent d'obsidienne n'ait eu la même idée et que nous nous y rencontrions. De toutes les privations qu'il me fallait endurer, celle-ci m'était la plus pénible. J'avais tant de honte et d'amertume à faire sortir de moi ! Comprimées à l'intérieur de mon corps, toutes ces humeurs mauvaises fermentaient. J'avais la sensation d'être un vase où se concoctait un pulque démoniaque, une drogue corrosive et corrompue, la liqueur même du déclin.

Sans doute étais-je puni par les dieux pour avoir cru en un avenir sur la terre, ayant auparavant juré de finir jeune et glorieux contre un autel, la poitrine écartée. J'avais chanté : « *Je veux mourir, je suis anxieux de mourir sous le couteau d'obsidienne* » puis, sourd à mon propre chant, je m'étais rendu invulnérable. Et j'avais rêvé de m'étendre au long de l'Oiseau d'eau jusqu'à la consommation des siècles. Sans le savoir, j'avais répété la vieille faute de Quetzalcoatl, mon ennemi juré, m'abandonnant à des pensées lascives après m'être grisé, non d'une potion ensorcelée distillée par des fourbes, mais des vapeurs de la vanité. Mon destin était de partir pour le pays de l'effacement, les dents crispées sur une perle de jade[1], le poing refermé sur la queue d'un chien jaune.

Je pensai alors à me confesser. Si l'ordure est en toi, fais appel à la Dévoreuse d'immondices. Elle t'attend, elle, Tlazolteotl, la semeuse de luxure, dans la fumée d'encens et le murmure paisible du tlapouhqui[2]. Je pouvais me présenter

1. Elle servait en somme de cœur de rechange.
2. Le prêtre confesseur.

dans sa demeure, contrit et tremblant ainsi qu'une feuille dans la brise du matin, afin d'énumérer mes crimes d'une voix claire. La déesse aurait mangé ces impuretés et m'aurait rendu propre et neuf ainsi qu'au premier jour de ma vie. Alors j'aurais été trouver Itzcoatl, j'aurais dit : « Maître vénéré, me voici devant toi, ne sois plus sévère ni furieux, car je suis allé me confesser de mes fautes et je reviens pur de toute tache. Je le jure au nom du Soleil. Je le jure à la face de la Terre. Et comme preuve de ce que j'avance, je pose le doigt sur le sol et je lèche la poussière qui s'y est déposée. » Nos coutumes et nos lois m'offraient, ainsi qu'à tout citoyen, la possibilité d'être ainsi purgé, absous et blanchi. Mais, pour taraudant que fût mon désir de rentrer dans les bonnes grâces des puissants, j'hésitais à y recourir.

Dans toute son existence terrestre, un homme ne peut se confesser qu'une seule fois. Aussi, rares sont ceux qui n'attendent pas le tout dernier moment pour s'y résoudre.

Lorsqu'on était jeune, parier qu'on saurait éviter désormais toutes les tentations de mal faire relevait de la pure inconscience. C'était aussi fort téméraire car en perdant le droit à la confession, on se prive à jamais du principal bénéfice de celle-ci, qui est d'éteindre l'action judiciaire attachée aux forfaits dont on s'est repenti. Qui dit qu'un jour, je ne regretterais pas de m'être fermé cette issue ?

L'épi de feu n'avait jamais brillé d'un si terrible éclat.

Cependant le Vieux Dieu, enfin, était arrivé sur la terre. Au palais débutait le tlepantlazaliztli :

ceux qu'on allait brûler vifs étaient enduits de résine; les flammes s'élevaient, claires et acérées, au sommet du temple. Beaucoup devaient être précipités dans le feu. Comme les dieux à Teotihuacan, ils plongent au sein du brasier; comme Quetzalcoatl au bord de l'eau céleste, ils marient leur corps à la braise. Tandis qu'ils deviennent cendre et fumée, deux figures exécutent une danse auprès des flammes : l'homme chauve-souris, l'homme écureuil. Sur les épaules de ce dernier est arrimée une cage où tressaute un lapin desséché.

Je les ai vus, frappé de stupeur, du sein de la foule anonyme. L'odeur des chairs calcinées m'emplissait les narines – c'était comme si je la respirais pour la première fois. J'étais hypnotisé. Dans l'homme écureuil, brusquement, il me sembla reconnaître Tochtlatoa. Je m'éloignai en chancelant.

Où trouverais-je un refuge? Existait-il encore un seul refuge pour moi? Une invisible main me guida jusqu'à la maison de chant. Je n'en fus pas surpris. Là était le berceau de l'illusion; là, l'illusion m'avait traversé pour la première fois. De plus, par un soir comme celui-ci, c'était un endroit que j'étais assuré de trouver vacant, car on ne se rend pas dans les lieux de loisir lorsque s'accomplissent les mystères sacrés. Et moi, c'est avec un autre mystère que j'avais rendez-vous.

Vacant, le bâtiment ne l'était pourtant pas. Dans la pièce la plus reculée, un brasero était allumé et faisait danser de grandes ombres rousses contre les murs.

J'étais terrorisé, mais quelque chose me disait que c'était moi qu'on attendait dans cette salle.

Et s'il fallait mourir, après tout, qu'est-ce qui me retenait encore à cette vie ?

Ils étaient trois devant un tableau de patolli. Deux d'entre eux m'étaient inconnus. Du moins leurs visages ne m'avaient-ils pas suffisamment frappé pour que j'en garde la mémoire. Le troisième était Tochtlatoa.

Je m'immobilisai sur le seuil, tremblant de tous mes membres. Tochtlatoa leva la tête à mon entrée et me fit un clin d'œil. Les autres, ayant constaté qui j'étais, s'abstinrent de me saluer et ne firent plus attention à moi.

« Veux-tu jouer, Bouclier ? » dit mon ami, comme si nous nous étions quittés une heure plus tôt.

Je secouai la tête.

« Non ? Tu as bien raison ! Toujours sage, à ce que je vois ! Et moi, toujours fou ! Nous nous complétons admirablement, je l'ai toujours dit !

– Et ta jambe ? risquai-je dans un murmure.

– Elle peut me tirer de n'importe quel mauvais pas, répondit-il avec un autre clin d'œil.

– On se fout de ta jambe ! grogna le partenaire qui me tournait le dos. Fais voir ce que tu joues, et si tu n'as plus rien à miser, retire-toi du jeu : tu nous as assez lanternés comme ça ! »

En entendant ces paroles, j'eus l'impression d'être reporté des mois en arrière, le soir de l'exécution de cette grosse femme dont Tochtli avait été l'amant. Et d'ailleurs, à mieux l'observer, il me semblait que mon ami n'était guère moins ivre que ce jour-là. Je me raidis tandis qu'il persiflait :

« Quelle impatience ! Quelle impatience ! Est-ce

qu'on s'amuse, messeigneurs, ou est-ce qu'on vend des dindons sur la place du marché ?

– N'essaie pas de nous endormir, Tochtlatoa !

– Laisse-le donc, fit le troisième joueur avec mépris, tu vois bien qu'il est complètement ratissé ! Faisons plutôt le compte de tout ce qu'il nous doit déjà. »

Le Lapin-qui-parle les observa un moment d'un air madré.

« Foutus marchands de volaille ! » dit-il entre ses dents, mais avec un large sourire.

Puis son regard revint jusqu'à moi :

« As-tu quelque chose sur toi, Chimalpopoca ? Je te le rendrai demain, promis ! »

Je n'avais rien. Les deux autres se mirent à ricaner. Alors Tochtli s'écria, ouvrant les bras d'un geste si imprévu que je sursautai :

« Dans ce cas, quitte ou double ! »

Ses compagnons eurent un haut-le-corps.

« Il se fiche de nous ! ronchonna celui qui me tournait le dos.

– Et que pensez-vous de ça, mes jolis colibris ? »

Tout en parlant, Tochtli saisit un paquet enrobé d'un morceau d'étoffe, qu'il avait tenu caché derrière son dos sous les plis de son vêtement. Il se mit en devoir d'écarter l'étoffe avec son autre main.

« Lapin ! hurlai-je. Pas ça ! »

Les yeux exorbités, je fixais avec horreur ce qui venait d'apparaître : le coquillage précieux dont l'Empereur lui avait fait cadeau, peu de temps avant la célébration du Feu Nouveau.

« Vous voyez ? dit-il aux autres d'un ton gouailleur. La réaction du Bouclier est on ne peut plus démonstrative. Chimalpopoca était là quand j'ai reçu cet exquis ramasse-poussière des mains de notre vénéré Cadet lui-même. Raconte-leur ça, mon vieux, sers-moi de témoin ! »

Je bafouillais, livide :

« Tu... tu ne vas pas faire ça, Tochtli ! Le coquillage de l'Empereur ! Ce n'est pas possible !

— Fais voir », bougonna le garçon qui me tournait le dos.

Tochtlatoa lui lança le coquillage en riant, mais il me sembla que ce rire sonnait creux.

« Tu es complètement fou ! m'écriai-je. On saura ce que tu as fait ! »

Il haussa les épaules :

« Qui pourrait être au courant ?

— Tu seras ignominieusement chassé de notre communauté ! »

Pour la troisième fois, il me cligna de l'œil :

« Et alors ? Crois-tu que j'aie envie de m'y dessécher... comme un lapin dans une cage ? »

A cette évocation, je sentis mes cheveux se dresser sur ma tête. Repoussant les images importunes qui se pressaient dans mon esprit, j'essayai encore de le faire changer d'avis :

« Tochtli, écoute-moi : tout se sait, il n'y a pas de secret entre les hommes — de cela, oui, je peux porter témoignage ! Tout se sait et jamais l'Empereur ne te pardonnera !

— C'est lui qui m'a remis cette merveille : moi, je ne lui ai rien demandé ! »

Il riait de plus en plus fort et son rire avait une tonalité de plus en plus lugubre. En désespoir de cause, je me tournai vers ses compagnons.

« Ne touchez pas à cette chose-là, je vous en conjure ! C'est réellement un présent de Motecuhzoma. Si l'affaire vient à être découverte, vous serez châtiés tout autant que lui, car vous n'avez pas plus le droit d'accepter ce coquillage que Tochtlatoa n'a celui de s'en dessaisir! »

Ainsi que mon ami l'avait espéré, chaque mot que je prononçais ne faisait qu'exciter la convoitise de ces cœurs vulgaires.

« Et d'abord, marmonna l'un des garçons, qui dit qu'il va perdre, ce coup-ci? C'est peut-être bien nous qui allons sortir d'ici lessivés!

– Il n'y a pas de peut-être! s'exclama le Lapin-qui-parle. C'est comme si la chose était déjà faite! Dites adieu à vos gains, doux ocelots! »

Quelques instants plus tard, le cadeau impérial ne lui appartenait plus.

« Eh bien, bon débarras! fit-il d'une voix morne. S'il fallait s'encombrer de pareils jouets toute son existence! »

Front contre front, bouche bée, les deux autres louchaient sur le coquillage qu'ils tournaient et retournaient entre leurs mains. Moi, je ne pouvais pas quitter Tochtli des yeux.

« Sacrilège! soufflais-je en m'écartant de lui à reculons. Sacrilège! Te voilà maudit et perdu à jamais, Tochtlatoa, puissé-je ne t'avoir jamais connu! »

Il esquissa un geste vague sans me regarder. Tout signe de bonne humeur, même artificiel, s'était effacé de son visage. Il paraissait soudain à bout de force.

J'eus un bref instant la tentation de l'étreindre mais, pour finir, je crachai sur le sol à ses pieds et quittai la maison de chant à grandes enjambées.

Un peu plus loin, une idée qui me traversa l'esprit brisait mon élan. Si le Serpent d'obsidienne venait à apprendre ce qui s'était passé, il ferait éprouver au Lapin-qui-parle les effets d'une terrible colère – mais ne profiterait-il pas aussi de l'occasion pour se déchaîner contre moi, qui avais assisté à la scène et m'étais rendu à la maison de chant pendant la cérémonie du Feu ? Il me l'avait dit clairement : il n'attendait qu'un prétexte pour achever de m'anéantir.

J'eus bientôt la conviction d'être tombé dans un piège. On s'était servi de la faiblesse de mon ami pour me placer dans une situation compromettante. On, ce n'était pas Itzcoatl. Ce n'était pas le riche protecteur de Macuilcipactli. Ce n'était aucun être né de la femme et de l'homme. Le Serpent à Plumes, opiniâtrement, poursuivait sa vengeance, jusqu'à ce que je fusse pulvérisé. Voilà celui qui avait disposé une chausse-trape sous mes pas.

Repassant dans ma tête tous les événements de ces derniers mois, je voyais à présent de quelle manière ils s'agençaient, tous orientés vers un seul et même but qui était la faillite de mes ambitions.

Le comportement de Tochtlatoa, que je jugeais naguère insensé, n'avait maintenant que trop de sens à mes yeux. Tout ce qui m'avait paru absurde, je le comprenais à présent. Comment avais-je pu être aveugle à ce point ?

Le Lapin-qui-parle avait été mon tentateur, depuis le premier jour où nous nous étions rencontrés. Il avait essayé de m'entraîner au blasphème, à l'ivrognerie, à la luxure, au jeu, à la paresse, à la pusillanimité, à toute sorte de manquements. Seuls, l'exemple donné par Itzcoatl, puis l'amitié dont celui-ci m'avait honoré, avaient empêché que je succombe. De même que la nation aztèque envoie des agents provocateurs aux tribus qu'elle veut agenouiller, Quetzalcoatl m'avait envoyé Tochtlatoa. Il me l'avait envoyé sous la forme d'un être matériel et sous la forme d'une hallucination, pour mieux égarer mon esprit et mes sens. Je n'avais cessé de trouver Tochtli sur le droit chemin que je tentais de suivre, et il me désignait des voies obliques, des sentes tortueuses dont il me vantait les charmes avec subtilité.

Une seule fois, il s'était efforcé d'apaiser ma fougue, au lieu de l'exciter – et c'était justement le soir où j'avais voulu châtier cet impudent prêtraillon, comme par hasard un suppôt du Serpent à Plumes ! Et ce soir-là, d'ailleurs, n'était-ce pas le même Tochtlatoa qui m'avait entraîné hors de la maison de chant, prétextant un malaise, pour me livrer aux manigances de ses complices ?

Plus j'y réfléchissais, plus je découvrais la cohérence sous la bouffonnerie, le message limpide à travers les paroles sans queue ni tête. Dans tout cela, je lisais clairement les insinuations, les incitations, les menaces, les défis. Je voyais de quelle manière j'avais été conduit à œuvrer pour mon propre malheur.

Tochtli ! Mon meilleur et mon dernier ami ! Quelle sinistre farce ! Pas un être sur terre ne s'était davantage appliqué à ma perte. Il m'avait trahi par chacun de ses actes et par chacun de ses mots. Et cependant, je ne pouvais même pas lui en vouloir. Il n'avait été que l'instrument de Quetzalcoatl, la flèche dirigée contre moi – et la flèche n'a le pouvoir ni de commander ni de corriger sa propre trajectoire. Pas plus que Tochtlatoa n'était responsable des hallucinations où figurait son image. J'étais même tout prêt à croire qu'il avait été abusé par le dieu au point d'accomplir son méchant travail sans avoir conscience de ce qu'il faisait. Ce qui venait d'avoir lieu près du tableau de patolli montrait à l'envi que le Barbu à peau blanche[1] ne lui savait aucun gré de son concours. Tout autant que moi, le Lapin-qui-parle était condamné à déchoir.

La faute qu'il avait commise le retranchait à jamais de la société des glorieux et des honorables. Moi qui n'avais pas su l'empêcher, j'en étais devenu le complice. Dans ma situation, cela revenait à attirer sur moi les foudres d'Itzcoatl et de la cour. A moins... A moins que je ne me désolidarise publiquement de cette profanation. Et pour cela, il n'y avait qu'un moyen. Je devais aller dénoncer Tochtlatoa.

Tout d'abord, je fus submergé de honte à l'idée de commettre une telle perfidie. Toutefois, je ne parvins pas à chasser cette idée de mon esprit. Tandis qu'une partie de moi-même s'insurgeait, l'autre délibérait froidement. Et bientôt, je me persuadai qu'il était de mon devoir d'aller informer Itzcoatl. Jamais, me disais-je, l'amitié n'a exigé qu'on se fasse le complice d'un crime. Jamais elle n'a exigé qu'on se sacrifie pour protéger l'auteur d'une action scandaleuse. Notamment quand celui-ci s'est évertué par tous les moyens à vous faire glisser dans l'opprobre.

Sans doute, c'était Quetzalcoatl qui avait agi à travers Tochtlatoa. Mais aussi, à travers Tochtla-

1. Quetzalcoatl était le seul dieu du panthéon aztèque à présenter ces caractéristiques, une barbe fournie et un teint de lait.

toa, c'était Quetzalcoatl que je voulais atteindre. Il comprendrait ainsi que je l'avais percé à jour. Quant au Lapin-qui-parle, de toute façon, il ne pouvait plus échapper à son destin. Tôt ou tard, il recevrait le salaire de ses méfaits.

Le lendemain, à la première heure, je demandai à être reçu par Itzcoatl et, me jetant à ses pieds, je lui dévoilai toute l'affaire.

Si grande fut son indignation que je crus d'abord qu'elle ne m'épargnerait point. Mais après qu'il eut donné l'ordre de saisir le Lapin-qui-parle et ses deux partenaires, il revint vers moi et me fit relever.

« Ainsi, dit-il doucement, il reste un peu de sens moral en toi ? J'en suis content, Chimalpopoca. En dépit de ce nouveau coup, qui frappe notre collège et me frappe, moi, votre maître, comme un affront personnel, j'enregistre avec réconfort que tu commences à t'amender. Nos dieux ne se sont pas détournés de toi, c'est donc qu'ils te gardent leur confiance. J'en parlerai au conseil. Peut-être voudra-t-on considérer en haut lieu que tu n'as agi l'autre jour que sous l'inspiration d'une folie passagère – à moins encore que tu n'aies été mal conseillé par cet immonde Tochtlatoa... (Je me contentai de baisser les yeux, le laissant imaginer tout ce qu'il voulait.) Reprends ta place parmi tes camarades, Chimalpopoca. »

Il sourit :

« Et cesse de carotter des tortillas froides à la cuisine, tu fais tort aux chiens du collège ! »

Mais il se rembrunit aussitôt :

« Pars, à présent, et veille à reconquérir mon

estime. Un bon mouvement n'annule pas le souvenir de toute une inconduite. »

Je sortis de la pièce alors qu'arrivaient les gardes, traînant sans ménagement par leur chevelure Tochtlatoa et les deux autres joueurs. Les prisonniers étaient réunis par une corde passée autour de leur cou. Je voulus plonger mes yeux dans ceux de mon ancien ami, afin de lui faire entendre qu'en le trahissant, je n'avais fait qu'obéir à ma conscience. Mais, au dernier moment, je ne pus m'y résoudre et dus détourner la tête.

Je me rendis tout droit au bain de vapeur, dont j'avais été si longtemps privé. Contre toute attente, je n'en retirai aucune satisfaction. Les mauvaises humeurs ne voulaient pas sortir de moi. Je conservais la déplaisante sensation d'une souillure intime. Cette déception me gâcha le plaisir d'avoir été tiré de mon exil.

Les trois sacrilèges furent copieusement fustigés dans la cour du collège. Puis on les renvoya, mais de manière assez discrète. Je suppose que Itzcoatl ne tenait pas à ce qu'on fît de son enseignement des gorges chaudes à travers toute la ville. Ma récente mésaventure, qui n'avait pu être étouffée, suffisait à son embarras.

Le Lapin-qui-parle disparut purement et simplement de la circulation. Celui qui avait gagné le coquillage fut retrouvé quelques semaines plus tard à l'aube, étendu au milieu d'un carrefour : son cadavre était labouré de coups de griffes si hideux et si profonds qu'ils ne pouvaient avoir été administrés par aucun animal connu. Arrachés de leurs orbites, ses yeux ne furent pas retrouvés dans la poussière.

J'accueillis toutes ces nouvelles avec indifférence. Elles perçaient l'écran de brume noire élevé autour de mes sentiments, mais n'avaient plus de pointe ni de force lorsqu'elles parvenaient jusqu'à eux. Mon attention était tout entière concentrée sur les éventuelles modifications de mon humeur – qui d'ailleurs n'advenaient pas. En dépit des nombreux bains pris chaque jour et des rapides progrès que je faisais dans la reconquête de mes privilèges, je demeurais à l'intérieur de moi mélancolique et affligé.

Je redoutais vraiment la nuit. Et la flamme. La vive clarté, je ne l'aimais pas. J'avais la sensation d'être montré du doigt.

Toujours le ciel s'avançait telle une menace, ou reculait comme un refus. Ce fut pour moi une saison sans lumière que ces trois mois de Tepeilhuitl, Quecholli et Panquetzaliztli (dont on dit pourtant qu'il est favorable aux guerriers). J'avais perdu la faculté d'être heureux, et même celle d'être gai. Mon cœur s'aigrissait peu à peu. A la grande satisfaction d'Itzcoatl, je devenais violent dans les combats simulés. Il m'arriva plusieurs fois de blesser mes condisciples, sans leur vouloir de mal et pourtant d'une façon qui n'était pas entièrement involontaire.

Sauf quand je me battais, des pensées me hantaient en permanence, reliées aux êtres que je désirais ardemment oublier. C'était Atototl, pour qui j'avais failli perdre la considération des dignitaires. C'était Tochtlatoa, qui s'était échiné à faire échouer mes projets les plus honorables. C'était mon propre père. Avec sa philosophie fumeuse, il avait obscurci ma raison et lui avait communiqué un tel vertige qu'elle s'était trouvée démunie lorsqu'il lui aurait fallu déjouer les roueries du Serpent à Plumes. C'était moi, enfin, c'était moi! Naguère, on avait pu m'accuser de suffisance et d'immodestie. Aujourd'hui, je n'étais même plus en paix avec moi-même.

Je chassais ces réflexions importunes, mais elles revenaient à la charge. Elles me rattrapaient jusque dans le bain de vapeur, où je me rendais pour extirper leurs funestes racines. Ainsi l'Archer de l'aube, au carquois toujours regarni, bandait-il son arc, visant de mon côté, faisant déjà tomber sur moi l'ombre de sa flèche.

Désespérément, je conjurai Tezcatlipoca de ne pas me laisser seul. Je lui promis qu'il n'aurait plus lieu d'être jaloux. Je m'offris à lui corps et âme. Cuirasse mon âme, Vent de la Nuit, inspire-moi des parades efficaces! Je guettais un signe. Je ne vis rien.

Plus le Serpent d'obsidienne m'accablait de louanges, moins je supportais ma propre compagnie. Brutal et taciturne, quand vint Atemoztli, le mois de l'Eau-qui-tombe, j'étais un fauve entre tous les jeunes gens. Itzcoatl exultait.

Atemoztli est l'époque de l'année où, traditionnellement, les collégiens consacrés à Tezcatlipoca et ceux qui se vouent au culte de Quetzalcoatl s'élancent les uns contre les autres, échangeant coups, injures et dommages afin de se purger des rancœurs accumulées durant le reste de l'année.

La guerre des maisons ne fait pas de morts, mais elle n'en est pas moins impitoyable. Les pensionnaires du calmecac tentent de faire irruption dans les collèges de quartier, pour les mettre à sac et pour nous écorcher la peau des jambes, des bras, de la poitrine et des oreilles avec des épines, tandis que, de notre côté, nous nous efforçons d'investir leurs propres bâtiments, brisant ou raflant tout ce qui nous tombe sous la main, et frottant vigoureusement avec des feuilles d'agave le corps des prêtraillons qui se laissent surprendre.

Avec l'entière approbation du Serpent d'obsidienne, je pris la direction des opérations. Dans notre collège, j'organisai une souricière, laissant à Deux-Maison le soin de la faire fonctionner au mieux, avec l'aide de quelques garçons triés sur le volet. Après quoi je me ruai en direction du calmecac à la tête d'un bataillon considérable, que j'avais galvanisé par une harangue digne des champs de bataille. Foin de stratégie subtile, nous allions tout bonnement envahir leur repaire au bénéfice du plus grand nombre et de la plus grande sauvagerie.

Ce plan des plus sommaires fut pleinement couronné de succès. Une partie des séminaristes avait quitté la place, sans doute pour aller nous assiéger (mais connaissant la valeur de Deux-Maison et l'ingéniosité du système de défense que j'avais mis en place, je leur souhaitais bien du plaisir). Ceux qui gardaient le collège-monastère furent balayés par notre première charge. Ils veillaient à la porte, mais nous fîmes irruption par les jardins ! Lorsqu'ils nous entendirent et firent volte-face, il était déjà trop tard : nous étions sur eux.

Il n'y eut pas de bataille : nous étions trois contre un.

« Frottez ! hurlais-je aux miens. Frottez et refrottez ! Froissez-moi les plumes de tous ces petits serpents ! Tezcatlipoca vous regarde et se tient les côtes ! »

Mes camarades s'emparaient des nattes, des tapis, des vases, du mobilier, des instruments de musique, des manuscrits. Moi, je déchirais, je défonçais, j'écrasais, je rompais, je piétinais, je pulvérisais. Depuis longtemps, je n'avais pas ressenti une telle jubilation. Je riais aux éclats tout en m'acharnant sur les débris d'un siège magnifiquement ouvragé.

« Quand vous les aurez bien étrillés, commandai-je, recommencez ! Ça leur fait beaucoup de bien et le Jeune Homme sera d'autant plus fier de vous ! Pauvre Quetzalcoatl, il a l'habitude d'avoir des serviteurs tout noirs – voilà que nous allons lui en donner de tout rouges ! »

J'allongeai joyeusement un coup de pied à l'une de nos victimes, qui hurlait sous la brûlure de l'agave :

« Alors, cul de suie, ça démange, hein ? »

Quelques-uns de ces malheureux, cependant, échappèrent à leurs tortionnaires et prirent la fuite. J'organisai immédiatement la chasse. Et quelle ne fut pas ma stupéfaction de reconnaître, parmi les évadés, la grande perche qui m'avait fait tourner en bourrique devant la maison de chant, une certaine nuit ! Par Tezcatlipoca, je n'en demandais pas tant ! J'accélérai l'allure, dépassant d'autres fuyards sans leur accorder la moindre attention (mes compagnons sauraient bien leur mettre la main au collet). Mon gibier à moi n'était pas aussi facile : ses longues jambes lui procuraient un sérieux avantage.

« Alors ? lui criai-je. Tu me reconnais, cette fois ? Tu ne m'attends pas pour me présenter quelque nouveau tour de magie ? Pourquoi ne te fais-tu pas disparaître, aujourd'hui ? Ce serait pourtant le moment, crois-moi ! Rappelle-toi ce que j'ai promis à mon dieu, l'autre soir ! Je te conseille vivement d'appeler le tien à la rescousse puisqu'il est invincible, d'après toi ! »

Il m'entraîna par je ne sais combien de salles et de couloirs. Sur ses traces, je gravis des escaliers quatre à quatre, sautai par d'étroites fenêtres dans des cours minuscules, tâtai de mes paumes l'épaisse obscurité de pièces closes, évitant comme je pouvais les objets qu'il ne manquait pas de laisser tomber derrière lui.

J'étais hors d'haleine, mais Tezcatlipoca me tenait fermement la main et j'aurais pu courir ainsi pendant quatre cents ans. Pour saisir ce garçon-là, j'aurais galopé sur le chemin des neuf enfers ! J'étais sûr que je le rattraperais. Il n'avait que sa peur, et cette peur ne pouvait lui donner des ailes, puisqu'il ne risquait pas sa vie. Tandis que j'avais ma haine – toute la haine entassée depuis des mois contre lui et son dieu hypocrite, mais aussi contre tous ceux qui m'avaient bafoué, offensé, humilié, dédaigné, puis rendu à moitié fou de rage et de mélancolie, toute la haine qu'à cause d'eux je me vouais désormais à moi-même, pour avoir été le jouet de leurs intrigues.

Alors que nous traversions pour la troisième fois une longue salle nue, où des brûleurs d'encens étaient disposés à intervalles réguliers, il montra des signes de fatigue et jeta un regard inquiet dans ma direction. L'instant d'après, je l'avais renversé et lui cognais la tête contre le sol.

Ce geste n'est pas de ceux qui ont cours dans les affrontements entre collégiens, mais il n'y avait aucun témoin et il fallait que j'offre un exutoire à l'énorme rancœur qui, pendant la poursuite, s'était mise à bouillonner en moi. Je sentais qu'autrement elle m'aurait étouffé. Chaque fois que le crâne du moinillon sonnait sur le plancher, un peu de cette passion douloureuse s'échappait au-dehors et libérait mon âme.

J'invoquais mon dieu :

« Par moi, tu reçois la victoire, Vent Nocturne, Grand Invisible. Accepte mon offrande. Par toi je tire vengeance des injures de celui-ci, sois-en remercié ! »

Le héros du calmecac subissait en silence la punition, les paupières closes. Eût-il été mort, il n'eût pas présenté un autre visage. Cette vision me rappela brusquement à la réalité : si je continuais, je pouvais le tuer. Et c'est alors lui qui, ayant fait de moi un meurtrier, aurait eu le dernier mot. Ecœurant est le tortueux manège de ces prêtres, lorsqu'ils veulent vous briser. Je comprenais maintenant pourquoi celui-ci se laissait faire.

Je le lâchai aussitôt. Ma tête était vide. La force s'était retirée de mon cœur, aussi bien que de mes bras. J'exhalai un soupir, alors qu'il ouvrait les yeux et me contemplait paisiblement.

Une vague de dégoût déferlait sur moi. J'aurais voulu être loin. Pourtant, je ne pouvais me retirer sur un aussi piteux abandon. J'avais juré de lui démolir le portrait. O Tezcatlipoca, dieu de la discorde et du ressentiment, viens à mon aide ! Je tentai sans conviction de rallumer ma colère. En ricanant, je saisis le bord de sa robe et le rabattis contre sa poitrine.

J'avais trouvé le moyen de le mortifier. Je ne toucherais pas à sa figure, puisque je n'en avais plus le goût, mais j'exhiberais son pénis et m'en gausserais comme d'une courge sèche !

C'est moi qui fus plongé dans une gêne mêlée d'épouvante par ce que je vis sous son vêtement.

Percé d'épines de maguey, le prépuce de ce misérable était réduit à l'état de lambeaux noirâtres et sanguinolents. Je me hâtai de recouvrir cette atrocité.

Il souriait, arborant une expression goguenarde. J'en demeurai tout interdit. Je l'avais vaincu, je lui avais à demi défoncé la tête et, le traitant comme la dernière des putains, avais exposé aux quatre vents son sexe martyrisé par d'effroyables macérations : qu'y avait-il de plaisant dans tout cela ? Néanmoins, ses yeux fixés sur moi brillaient d'un éclat malicieux. Décontenancé, je serrai les poings. J'étais tout près de grincer des dents.

« Je connais ton secret, disciple de Tezcatlipoca », dit-il d'une voix tranquille.

Je fus comme rejeté en arrière.

« Hein ? Que dis-tu ?

– Je connais ton secret », répéta-t-il sans hausser le ton.

J'étais accroupi auprès de lui : je me dressai d'un bond. J'ignorais pourquoi, mais j'étais mortellement effrayé. Mortellement effrayé par ces paroles et par cette bouche souriante qui les articulait.

La gorge serrée, les yeux agrandis, je commençai à reculer. Il m'observait avec la même expression de raillerie douce et sûre d'elle. Je dus porter la main à ma poitrine pour comprimer les battements de mon cœur.

« Je connais ton secret », dit-il encore.

Un gémissement pitoyable s'échappa de mes lèvres. Avant qu'il ne prononce la phrase pour la quatrième fois, j'avais pris mes jambes à mon cou.

VI

LA MORT AU CŒUR DOUBLE

JE l'avoue, pendant plusieurs mois j'ai eu peur de mon ombre.

Non pas celle que la lumière du jour projette contre la terre. Mais celle qu'une interminable nuit étend sur les âmes indécises. Chaque jour, j'ai craint d'avoir à m'endormir avec elle. Chaque nuit, j'ai vainement cherché le sommeil, parce que je redoutais qu'elle fût encore présente à mon réveil. Tochtlatoa était mon ombre. Atototl était mon ombre. Et le novice du calmecac. Et Quetzalcoatl, et mon père!

Puis cette ombre s'est dissipée. Elle s'en est allée de mon cœur. Elle s'est dissoute dans les ténèbres du dehors. Un soir, voilà ce qui s'est passé.

L'épi de feu s'est retiré de la nuit mexicaine. Un an exactement après être apparue pour la première fois dans le ciel, la flamme s'éteignit, et nul ne l'a jamais revue. On prétend même qu'elle a disparu des rêves, remplacée par une trace pâle dans les cauchemars où elle figurait habituellement.

En cette nouvelle année[1], pendant le mois

1. Nous sommes en l'an 1510 de l'ère chrétienne.

nommé Arrêt de l'eau (ou bien l'Arbre s'élève), on a d'ailleurs constaté une grande carence en signes de toute sorte. Les devins n'ont pas manqué de voir là une autre espèce de présage. Nuit et jour, ils se sont escrimés sur leurs grimoires pour en découvrir le sens. S'ils l'ont finalement trouvé, ils ont omis de nous en faire part.

Pour tous, au moins, le retrait de la flamme fut le symbole d'un nouveau sursis. Les dieux avaient renouvelé leur alliance avec les hommes, puisqu'ils ôtaient la menace de devant nos figures. Pour moi, c'était comme un message que j'avais longtemps espéré en vain, mais qui finalement m'était apporté, et je recevais la paix. En se retirant, l'épi de feu avait entraîné cette part d'ombre sous laquelle mon âme avait suffoqué. Une ombre de cette ombre demeurait, mais je devais bientôt être débarrassé d'elle également.

En effet, une fois encore, la crécelle de la guerre avait été agitée par les rues.

Je ramenai de cette campagne trois prisonniers. Autrefois j'avais été remarqué. A présent, je devenais fameux. Enfin mon nom s'ajoutait à la liste des bénéficiaires du tribut. Mes succès guerriers me plaçaient à la tête de tous les collégiens de la Triple Alliance. Qui aurait encore pensé à mes vieilles fredaines ?

Je ne sentis pas s'écarter et s'évanouir les dernières touches d'obscurité. Non. J'eus soudain conscience qu'elles n'étaient plus là. Apparemment, rien n'était arrivé. J'avais simplement cessé d'être sombre.

Toutefois, je suis resté grave. Mais cette gravité

n'est pas un couvercle abaissé par-dessus mes humeurs. C'est comme une désirable pesanteur : une densité et une patience de chaque idée, de chaque sentiment. Non qu'elle m'alourdisse, tout au contraire. Mais elle me rend plus stable et plus solide. Très peu de mots me suffisent. Je ne fais guère de mouvements inutiles et plus aucun geste inconsidéré.

Je suis tout entier en moi. De la surface de ma peau au centre de mon cœur, je suis rempli de moi, il n'y a pas un seul espace vide, pas de place pour le moindre secret, et je ne déborde plus jamais de moi-même. Celui du dehors et celui du dedans sont redevenus un seul et même homme. Un maître unique me gouverne, c'est Tezcatlipoca, et je suis le représentant de Tezcatlipoca en ma propre personne.

Il est en moi comme je suis en lui. Le génie aztèque est en moi comme je suis en lui. A chaque détail de ce monde correspond en moi la nuance d'un sentiment ou d'une pensée. Je suis en harmonie avec les heures, les lois, les rites, les paysages, les saisons, les calculs, le plain-chant de la Légende. Je suis en harmonie avec les questions, les réponses, les mystères et les silences.

Les doutes sont loin. Je médite sur le vaste inconnu, mais n'éprouve plus d'incertitude. Ces figures qui, tels des spectres, rôdaient dans mon ombre, ont regagné la lumière du jour; mon souvenir les évoque sans angoisse.

Je ne hais pas Tochtlatoa, je ne l'ai jamais haï. J'ai cessé de me haïr à cause de lui. Tel qu'il fut, il était nécessaire, il avait sa place dans l'ordre des causes et des effets. Il était un morceau du monde, comme le grand Teocalli[1], et l'esprit grandiose de Nezahualcoyotl. Rien n'est inutile. Nul n'est en trop. Aucune vie, aucune mort ne sont données en vain.

Je vois parfois ma courtisane, mais je l'étreins sans hâte et sans excès. Atototl n'est plus qu'une gracieuse image, étrangère à mes désirs. Cependant, je chéris la mémoire de l'amour que j'eus pour elle, car ce fut une chose indispensable et voulue.

Par hasard, j'ai appris quel était ce marchand à qui on allait la marier. Il s'agit de Cecoatl, l'espion bien bâti, celui-là même qui œuvrait pour nous dans l'enceinte d'Huexotzinco et que Motecuhzoma, sous mes yeux, avait assuré de sa bienveillance. Le jour des noces approche et l'honorable Macuilcipactli doit étouffer de joie. On dit en effet que malgré son jeune âge, Cecoatl est un des premiers entre les marchands, tant par l'audace que par l'aisance.

Atototl, son père, le mien, le Lapin-qui-parle : je ne crains plus d'être visité par leurs images : elles appartiennent aux images de ce monde. Même Quetzalcoatl ne me fait plus peur, étant une pièce maîtresse de l'assemblage auquel je participe moi-même.

Je ne m'émeus plus devant ses statues de porphyre, je défile paisiblement sous son regard de pierre. L'Est rouge où plane l'oiseau quetzal, dans le vent Tlalocayotl, l'Ouest blanc, séjour du colibri, patrie féminine balayée par Cihuatecayotl, que seraient-ils s'il n'aidait à les soutenir ? Et si

1. La principale pyramide de l'enceinte sacrée, qui supportait les temples jumeaux de Tlaloc et Huitzilopochtli.

ces directions n'étaient pas soutenues, comment se maintiendrait notre monde ?

Tezcatlipoca est mon protecteur, il voyage sur les ailes de l'aigle, ayant à gouverner le Nord obscur, sec et froid, content de la guerre et du trépas. Mais je n'oublie aucunement que les autres dieux remplissent chacun leur tâche, même et y compris ceux qui s'opposent à l'Invisible, car des oppositions, des tensions contraires, naît l'équilibre du monde. Sans elles, le monde verserait d'un même côté et basculerait dans le néant.

Telle est ma philosophie, dont je ne fais part à personne, ce qui est sûr n'ayant plus besoin d'être dit.

Le Serpent d'obsidienne et moi, nous demeurons silencieux lorsque nous prenons nos repas. Chacun de nous connaît les réponses que l'autre pourrait lui faire. Et s'il ne les connaît pas, c'est que celui-ci est pareillement dans l'ignorance, alors à quoi bon l'interroger ?

Je me vois quand je vois Itzcoatl; il se contemple en me regardant. Je sais que sa place me sera offerte, quand lui-même aura été appelé à de plus hautes fonctions.

D'ordinaire, on se libère de l'état de collégien par le mariage. Le père du jeune homme convie à un festin les telpochtlatoque[1], et lorsque les plats sont vides, lorsque le cacao est bu, il offre des pipes à la ronde puis fait apporter en grande cérémonie une hache de pierre polie. Il se lève alors et s'adresse à ses invités en ces termes :

« Seigneurs maîtres, respectés sculpteurs du corps, de l'esprit et de l'âme, entendez-moi et ne

1. Les « maîtres des jeunes hommes ».

soyez point tristes. Votre petit frère, notre fils que voici, veut quitter votre compagnie. Ce n'est pas qu'il s'y déplaise et qu'il n'ait pas encore beaucoup de choses à apprendre de vous, mais il désire prendre femme, obéissant en cela au vœu de ses parents qui vous en prient instamment, seigneurs : acceptez cette hache, afin que soient rompus les liens qui le retiennent à vous, selon la coutume des Aztèques. Recevez-la, et qu'il soit libéré. »

Au nom de tous les maîtres et de tous les élèves du telpochcalli, l'un des grands frères prend la hache. Il saisit la hache qu'on lui remet et la montre, en signe de rupture, prononçant des phrases qui sonnent bien. Puis les telpochtlatoque se retirent d'une manière pompeuse.

Mais je n'avais pas l'intention de me marier, du moins pas maintenant, et je savais que mon père ne m'imposerait pas une épouse. Ce fut l'Empereur lui-même qui, par un commandement spécial, me fit sortir du collège. Il intervint et dit : « Chimalpopoca, guerrier d'élite et bénéficiaire du tribut, n'est plus élève de ce telpochcalli. Qu'il en soit fait selon ma volonté. »

Ochpaniztli était en son commencement. Quand vint le jour de la décoration des hommes, j'étais à nouveau prosterné devant l'icpalli[1] impérial. Enveloppé dans le manteau de turquoise, l'Honorable Cadet me releva en souriant et me nomma à voix haute son petit cousin. Je fus sur son ordre intégré à la chevalerie des Jaguars.

Celui-qui-se-fâche-en-seigneur dit encore, la face immobile sous le pesant diadème :

1. Siège à dossier.

« Un siège t'attend parmi les conseillers de l'Aigle, Chimalpopoca. Ton opinion ne sera pas indifférente à ceux qui préparent les combats. Prends place parmi les chefs et les sages, car celui qui parle avec connaissance, il parle la langue des dieux. »

Je ne pensais pas alors qu'il pût y avoir de plus beau jour pour un homme. Mon cœur débordait d'allégresse, mais mon visage restait imperturbable, tandis que je bénissais les faveurs de ce prince généreux.

Le lendemain, je décidai d'aller rendre visite à mes parents, revêtu de mon nouveau costume de guerre, la peau du jaguar irrépressible. Je ne les avais pas vus depuis un an.

Je trouvai mon père alité. Tous mes frères et sœurs étaient en âge de fréquenter le telpochcalli : ma mère était seule auprès de lui, avec le plus ancien des serviteurs. Elle joignit les mains en m'apercevant :

« Oh ! mon cher fils, quelle allure ! Laisse-moi te regarder. Je n'arrive pas à y croire ! Non, je n'arrive pas à y croire ! Ainsi, c'était donc vrai ! Ce que je n'osais espérer s'est quand même réalisé ! Bénis soient les prêtres ! »

Je ne voyais pas du tout ce que les prêtres venaient faire là-dedans...

L'auteur de mes jours avait encore beaucoup maigri. Ses mains étaient décharnées. La peau de son visage, d'une couleur terne et malsaine, semblait une fine pellicule tendue sur ses os; les yeux étaient enfoncés dans les orbites et leur regard me parut être à la fois anormalement fixe et anormalement trouble. J'appris que dix-sept mois plus tôt, alors qu'on fêtait les montagnes, il avait senti ses forces, déjà bien entamées, l'abandonner presque entièrement. Le simple fait d'aller d'une pièce à l'autre le plongeait dans un état voisin de l'épuisement. La lecture elle-même lui était devenue pénible. Il ne souffrait d'aucune partie du corps, mais il était aussi débile qu'un nourrisson ou un vieillard parvenu au seuil de la mort. De temps en temps, il se sentait un peu plus dispos et parvenait à se lever de sa natte, voire à faire de petites promenades dans le jardin. Mais ces rassurants indices étaient toujours trompeurs. Le lendemain, ou quelques jours plus tard, il s'éveillait plus fatigué que jamais, le corps rompu comme s'il avait passé la nuit à lutter contre une armée de géants, et il devait garder le lit jusqu'à ce qu'une nouvelle rémission du mal apparût, aussi soudainement et aussi incompréhensiblement qu'elle disparaîtrait au cours des jours suivants.

Bien des guérisseuses s'étaient succédées à son chevet : celles qui ôtent les pierres du corps, celles qui retirent les vers des dents, celles qui extraient les vers des yeux. Elles n'avaient rien trouvé à faire sortir de lui. Il fallut donc songer à d'autres causes : les lointaines manœuvres d'un jeteur de sorts, ou quelque rancune divine – mais on voyait mal comment mon père aurait pu encourir celle-ci ou justifier celles-là par son comportement toujours si respectable.

Pour contraindre la maladie à trahir son origine, on avait fait venir un mesureur de bras[1], mais l'opération n'avait rien donné. Le médecin qui fit absorber à mon père les champignons

1. Il essayait d'établir un diagnostic en mesurant le bras gauche du patient avec la paume de sa main droite, enduite de tabac.

enfanteurs d'images, espérant qu'en ces représentations surgirait la figure d'un ensorceleur, en fut pareillement pour sa peine. Tout ce que mon père aperçut fut une vague silhouette et il prétendit sans rire qu'elle ne ressemblait à personne de sa connaissance, mais plutôt au médecin lui-même qu'à n'importe qui d'autre !

Des sorciers de banlieue, ameutés par ma mère, se grattèrent le crâne doctement et déclarèrent que, pour commencer, mon père devait avoir mal en un endroit précis, faute de quoi on ne pourrait le guérir. Car, dirent-ils, comment combattre ce qui n'est pas réellement une maladie, mais seulement une absence de bonne santé ?

En attendant, cette « absence de bonne santé » continuait à faire sentir ses effets, privant le patient de gaieté, d'appétit et même de goût pour les choses de l'esprit.

A certaines allusions obscures, à certains silences aussi, je soupçonnai que mon père s'était fait une idée plus précise de ce qui le frappait, mais qu'il ne voulait se confier à personne. Je respectai ce désir.

« C'est assez causé de moi, dit-il d'ailleurs pour couper court aux questions. J'aimerais entendre le récit de tes aventures, Chimalpopoca : il y a bien longtemps que je n'en ai eu l'occasion. »

Je baissai la tête.

« C'est vrai, père, je vous ai négligé et je vous prie de m'en excuser. Mais j'ai traversé une période de grandes turbulences intimes. Il fallait que je me tire de là par mes propres moyens, selon votre précieux enseignement.

– C'est moi qui t'ai enseigné cela ? fit-il d'une

voix hésitante, le front soucieux. Je t'ai dit également d'autres choses, me semble-t-il... »

Je sortis de ma réserve.

« N'ayez aucun souci, père dis-je avec effusion. J'ai fait la part des choses. Il fut un temps où vous m'encouragiez à devenir un familier des livres, un véritable écumeur de bibliothèque. Mais en dépit de tout le respect que je n'ai jamais cessé de vous porter, je n'étais pas d'accord avec vous. Je sentais qu'un autre destin avait été déposé en moi. Je me sentais fait pour la guerre et la chevalerie. J'étais né dans la main de Tezcatlipoca. Entraîné par ce destin, j'ai suivi une autre route que celle que vous m'indiquiez, père. Mais voyez, j'ai atteint le but que vous m'aviez fixé. A ma manière, selon mes propres possibilités, j'ai conquis le pouvoir. J'en porte devant vous les insignes et, je vous le dis avec orgueil, mais sans forfanterie, l'Empereur m'a appelé son petit cousin ! »

Il ouvrit la bouche et la referma aussitôt. Ses yeux me dévisageaient étrangement, un peu comme si j'étais non le Bouclier Fumant, son propre fils, mais un inconnu qui tînt des propos extraordinaires, et vaguement inquiétants. Puis il se ressaisit et me sourit, sans pouvoir toutefois me dissimuler l'effort qu'il fit pour cela, ni le soupir retenu un peu trop tard.

« Qui ne serait fier de toi, mon fils ? »

Je le remerciai chaleureusement, mais j'étais sur mes gardes. Je voyais trop bien qu'il n'avait pas prononcé ces mots sans réticence, ou du moins sans arrière-pensée.

« A présent, reprit-il, j'en suis désolé, mais je dois te demander de me laisser. Notre conversation, pour agréable qu'elle fût, m'a épuisé. Il faut en accuser cette stupide maladie! Pardonne-moi et reviens quand tu voudras. »

Dehors le hasard fit que je tombai sur Macuilcipactli, qui rentrait chez lui.

Ayant dépouillé le moi ancien de ma turbulente jeunesse, je n'avais plus aucune animosité à son égard, seulement un mépris insondable. Comment l'aurait-il deviné, cependant, lui qui préjugeait des sentiments d'autrui d'après son propre caractère? Aussitôt qu'il m'aperçut, son visage se décomposa. Il se ratatina sur place comme s'il cherchait à se dissimuler dans son ombre. Plus j'approchais de lui, plus il se racornissait. Quand je ne fus plus qu'à quelques pas, il m'adressa toute sorte de révérences et de génuflexions, le regard en biais et la mâchoire chevrotante.

« Seigneur! Chimalpopoca le majestueux, bredouillait-il, sois béni, sois clément! Es-tu très fâché contre ton serviteur? Vois, il s'incline avec repentance! Dieux du ciel, quel mauvais voisin j'ai été, quel hôte détestable! Grand seigneur, daigne me pardonner si je t'ai insulté naguère, car j'avais perdu la raison, égaré par les mauvais conseils de ceux qui veulent me perdre! Ah! Si j'avais su, si j'avais su...

– N'est-ce pas plutôt moi qui t'ai offensé, Macuilcipactli? »

Il verdit littéralement.

« Oh! non, non! Je t'en supplie!

– J'ai forcé ta porte, j'ai battu tes gens, j'ai... »

Pour que cet épisode ne fût pas évoqué, il aurait donné l'un de ses bras. Peut-être même aurait-il renoncé à quelques-uns de ses biens! Ne pouvant m'empêcher de poursuivre, il se mordait la main et gémissait, attendant la mort dans l'âme que je rappelle ces souvenirs qui, selon lui, ne pouvaient manquer de réveiller ma fureur. Et nul passant n'était en vue, qui pût lui porter secours.

J'eus un instant la tentation de savourer cette revanche mais, bien vite, je me rappelai qui j'étais et recouvrai ma sérénité. Terroriser ce misérable n'était que trop facile, et indigne d'un favori du prince. On ne tire pas vengeance d'une telle loque! A m'amuser de sa bassesse, je ne pouvais que m'abaisser moi-même

« Ne nous attardons pas au passé, déclarai-je solennellement. Sur cette terre, ce qui est défunt est semblable à ce qui n'a jamais été. Les souvenirs sont un certain genre de rêves. Je ne suis plus celui que j'étais autrefois. Si vraiment tu as fait du tort à cet homme-là, en quoi suis-je concerné? »

Son soulagement fut tel qu'il dut faire effort pour ne pas éclater en sanglots et se vautrer à mes pieds.

« Au revoir, dis-je. Respecte les dieux et respecte-toi, Macuilcipactli. Tu transmettras aux tiens le salut de Chimalpopoca. »

Je le laissai courbé en deux au milieu de la chaussée, balbutiant des hommages, des excuses, des remerciements et des bénédictions.

De là, je me rendis à l'endroit où l'on gardait le plus illustre de mes captifs, Temilotzin, qui devait radieusement mourir lors des fêtes de l'Elévation des bannières de plumes de quetzal.

Certains prisonniers, on les tient enfermés dans de fortes cages en bois, veillant à les nourrir de façon à engraisser leurs chairs. Mais d'autres, qui ont la renommée de Temilotzin, sont traités différemment, car, en deçà de la guerre et par-delà les hasards des batailles, ils sont la famille lointaine des meilleurs d'entre nous.

Temilotzin est né à Tlaxcala, comme Tlahuicole, celui dont on parle avec admiration dans tous les collèges et dans tous les conseils de l'empire qui touche aux deux océans. Tlahuicole était si vaillant que lorsqu'ils le prirent, les Mexica ne voulurent d'abord pas croire qu'il s'agissait de lui. Durant des années, ils s'étaient enfuis au seul bruit de son nom (et de très braves s'enfuyaient). Si un athlète mettait la main à sa massue, il parvenait à peine à la soulever. Pour la brandir, trois athlètes devaient joindre leurs forces – encore vacillaient-ils sous la charge. Quand Tlahuicole paraissait sur un champ de bataille, un cercle de cadavres s'élargissait rapidement autour de lui, comme s'élargit une tache d'huile. Ce que nomment exploit les héros ordinaires, c'était pour lui la manière naturelle et banale de combattre. Beaucoup d'Aztèques auraient préféré affronter les démons griffus de la nuit, plutôt que d'apercevoir sa colossale silhouette au milieu d'une bataille. Cependant, Tlahuicole courut trop fort, glissa et s'embourba dans un marais. Il fut sanglé dans des liens à sa mesure et mené avec considération devant Motecuhzoma qui le reçut à l'égal d'un souverain, car cet homme était le roi de la guerre. « Retourne en ton pays, dit le Grand Orateur, si tel est ton désir. » Jamais encore un captif n'avait ouï semblables paroles. « Je suis né pour me battre ou mourir; comme Huitzilopochtli, je suis né tout armé et, depuis le jour de ma naissance, la pierre m'attend. » Telle fut la réponse.

« Je t'offre, dit le Tlatoani, de combattre ou de mourir pour moi. Sois général dans mon armée et aide-nous à soumettre ceux de Michoacan. » Le Tlaxcaltèque prit ce commandement et, si l'incendie ne put être porté dans le grand temple des ennemis, le Tlaxcaltèque accomplit des prouesses qui laissaient loin derrière elles les actions qui l'avaient rendu fameux lorsqu'il guerroyait contre nous. « Sois comblé d'honneurs parmi nous, général, dit Motecuhzoma. Ou bien va retrouver les tiens : tu es le plus libre des hommes. » Mais Tlahuicole dit : « Je suis déshonoré, j'ai trahi mon peuple. » Le front de l'Empereur s'assombrit : « Que demandes-tu ? » « La pierre, répondit Tlahuicole, la pierre et le couteau. » « Qu'il en soit ainsi ! » dit Motecuhzoma. On ceignit d'une corde très solide la taille du Tlaxcaltèque, puis on lia l'extrémité de cette corde à la grande meule de pierre, sur laquelle monta cet homme incomparable. Les dieux, par ordre d'importance, avaient pris place autour de la pierre et s'étaient installés pour assister au spectacle. La coupe d'octli avait été présentée à Tlahuicole, après qu'une libation eut été offerte au Soleil. On remit au captif les projectiles de bois et la massue dont les tranchants d'obsidienne sont remplacés par des plumes d'oiseaux. Quatre des plus valeureux guerriers mexica l'entourèrent, s'apprêtant, selon le rite, à le lacérer avec des armes qui, elles, étaient coupantes et bien aiguisées. En peu de temps, avec les jouets dérisoires dont il était pourvu, Tlahuicole les mit tous quatre hors de combat. Avant d'être abattu et tiré en toute hâte sur la pierre (afin que palpite encore un peu son cœur sous le couteau), il tua plus de huit hommes et causa d'horribles blessures à une vingtaine d'autres, sauvagement acclamé par l'assistance et fort estimé par les invisibles princes de la terre et du ciel, qui avaient tout observé.

Tel fut Tlahuicole dans sa vie et dans sa mort, et si Temilotzin ne possède pas autant de force et de stature, il a fait preuve d'un courage égal – peut-être même plus grand, dans la mesure justement où il est moins robuste, ayant à peu près la même taille que moi.

Je l'ai pris; c'est lui qui aurait pu me prendre. Nous nous ressemblons en fait par beaucoup de points et son sacrifice, dans quelques mois d'ici, sera comme le sacrifice d'une partie de moi-même. Par sa mort, je vis, puisque je l'ai vaincu; mais j'offre à nos dieux la vie de ma vie, la représentation vivante de mon renoncement à la vie et de mon vœu d'éternité.

Temilotzin me salue :

« Voici mon père vénéré. »

Et je lui réponds :

« Te voici, mon fils bien-aimé. Sois le bienvenu. Sois le bienvenu dans l'antichambre du Soleil. Tu sais ce que disent les guerriers : aujourd'hui tu es la fleur de mon bouclier, demain ce sera mon tour de fleurir le bouclier d'un autre.

– Ainsi va le monde, dit Temilotzin. Il n'irait pas sans cette floraison. *Qu'elles ne fanent pas dans les palais, ces fleurs qui papillonnent.* »

Je lui souris car je connais bien ce chant.

« Comment te portes-tu, mon cher fils ?

– Père, o cher protecteur, tu le devines, mon cœur est impatient de la gloire d'obsidienne...

– Je sais, mon enfant, je te comprends. Il faut endurer cette attente : aucune floraison ne s'accomplit instantanément, sinon sur le champ de bataille.

— Je vais quitter un monde qui a bien des douceurs, dit-il, mais je le quitte sans regret, puisqu'il m'est échangé contre le triomphe fleuri et la demeure de lumière. Depuis ma première bataille, vénéré père, j'attends ce moment-là. Jamais mon cœur n'aura pour toi assez de gratitude : tu as été, parmi la poussière et l'ardeur, le messager du Soleil, venant m'apprendre que Celui-qui-tire-la-langue-et-éclaire, enfin m'avait élu. »

Il s'incline et, le faisant asseoir près de moi, je le remercie de ses bonnes paroles. Nous devisons avec légèreté, sous un ciel merveilleusement pur car la dernière pluie n'a fait que ruisseler sur les choses, rabattant la poussière et avivant toutes les couleurs. On dirait que l'arc-en-ciel qui, à l'aube, a lancé son arche par-dessus les montagnes, s'est éparpillé dans l'atmosphère, suspendu en fines paillettes dans les rayons du soleil.

Nous, chevaliers, aiglons, gens de bataille, savons bien que ces beautés ne sont qu'illusions et reflets affadis, comparées à l'ultime et parfaite beauté dont notre mort garde les portiques fleuris. A l'heure de la chouette, à l'heure du perroquet, nous regardons le monde. Ce que nous ne voyons point, c'est le plus beau. Ce matin, pourtant, je me sens attendri par le paisible rutilement de la terre.

Nous devisons avec légèreté, Temilotzin et moi. Dans l'aube fumeuse, à l'heure immobile du midi, quand vient la dorure verte du crépuscule, nous avons devisé, nous avons entonné les chants d'aigle et de fleurs — « *Votre beau chant : un oiseau-*

grelot doré; il est très beau celui que vous dressez. » – nous avons récité les poésies qu'il compose, lui, le prince à la parole fleurie, Nezahualcoyotl, roi de Texcoco. Temilotzin m'apprit celle-ci, elle revint souvent sur nos lèvres :

Mes fleurs ne faneront pas,
Mes chants ne cesseront pas.
Moi, le poète, je les élève,
Ils se répandent, ils s'éparpillent.
Les fleurs peuvent jaunir,
Elles sont emmenées dans la maison de l'or.
Fleurs de corbeau, fleurs de tulipe,
Tu les répands, tu les fais tomber
Au milieu des fleurs.
Oh ! oui, je suis heureux,
Moi, le prince Nezahualcoyotl...

Temilotzin connaissait beaucoup de choses, touchant aux pensées et aux actes de l'ancien souverain. Ainsi, Nezahualcoyotl s'était fait construire un palais comportant plus de trois cents salles. Il y avait partout des jardins, des bassins, des fontaines. Dans un endroit spécial, le roi avait voulu mettre un couple de toutes les bêtes qui vivaient sur la terre, dans les airs et au milieu de l'eau, puis quand il avait vu qu'il n'y parviendrait pas, il avait commandé que les animaux absents fussent représentés par des statues d'or et de pierreries, si bien qu'il n'en manquait réellement aucune et Nezahualcoyotl, le cœur content, faisait aussi chercher des plantes rares, des essences exotiques : les marchands lui en rapportaient de leurs aventures. Un conseil avait été créé par lui, s'occupant uniquement de la musique et des sciences; des concours de poésie furent organisés en grand nombre. Le roi écoutait gentiment les poètes, étant le meilleur de tous.

Nous devisions, Temilotzin et moi, attentifs aux modifications de la lumière, à la qualité de l'air, également changeante, et aux odeurs, dont quelques-unes ont le pouvoir d'enfanter une mélancolie douce. La terre était belle. Cependant :

« La terre n'est pas notre séjour, dit un soir Temilotzin. C'est une barque sur laquelle nous avons pris place pour aller du néant à un autre endroit, qui peut être le jardin de Tlaloc, les palais de l'Aigle ou le dernier cercle de Mictlan. Qui retourne au néant, on comprend qu'il préfère s'attarder le plus longtemps possible sur cet esquif. Mais nous, qui nous rendons ailleurs, que nous importe le confort de la barque et les attraits du voyage ? Plus vite nous serons rendus, plus vite nous jouirons des plaisirs suprêmes qui nous sont promis. »

Je hochai la tête avec reconnaissance. En peu de mots, il venait de me livrer la formule de sérénité, enfouie par les dieux en chacun de nous, et que chacun doit retrouver, creusant toujours plus profondément et s'enfonçant toujours plus bas sous la croûte des apparences. Le monde est une barque, la vie est un voyage, c'est seulement le but qui compte. Et le but n'est pas la barque. Voyager ne saurait être un but, sinon pour des êtres frivoles. Nous devons nous en aller pour revenir en nous-mêmes, aux sources mêmes de notre création.

Nous ne sommes pas l'étincelle, mais la lueur : c'est le feu qu'il faut chercher. Les fleurs du cœur s'ouvraient à Mexico. Un peu plus tard, nous entrâmes dans le mois de Panquetzaliztli. Les dix premiers jours furent occupés, du coucher du soleil au milieu de la nuit, par des chants et des danses. Puis commença la période durant laquelle, chaque nuit, les maîtres vont retrouver leurs captifs afin qu'ils se préparent ensemble à la cérémonie du vingtième jour.

A la lumière des torches, au son des conques et du tambour, les captifs étaient plongés dans l'eau lustrale et soigneusement lavés, selon toutes les prescriptions du rite. Pareillement, à Huitzilopochco[1], dans la grotte sacrée, l'on baignait à la source du colibri les esclaves que les pochteca les plus riches et les plus puissants avaient achetés au marché d'Azcapotzalco. Car l'élévation des bannières de plumes est la fête du Colibri-de-la-gauche[2] mais c'est également celle du Seigneur-Nez, aussi les négociants ont-ils, en cette occasion, le droit d'offrir des hommes en sacrifice. Et comme ils ne font pas de prisonniers – bien qu'ils puissent tuer et être occis au cours de leurs expéditions – ils se procurent des victimes en usant des moyens traditionnels du commerce. Ces victimes sont, le plus souvent, des étrangers enlevés et ramenés à Tenochtitlan par d'autres pochteca, ou bien de vrais prisonniers de guerre vendus sur les marchés au lieu d'être sacrifiés tout de suite (parce qu'ils sont plébéiens et sans gloire), ou encore des esclaves mexicains – volontaires ou condamnés par les tribunaux – dont trois maîtres successifs ont préféré se débar-

1. Une cité aujourd'hui englobée dans la métropole mexicaine (c'est le quartier de Churubusco).
2. Huitzilopochtli, rappelons-le.

rasser, trouvant dans leur possession moins d'avantages que d'inconvénients. On les expose là-bas, sur la place d'Azcapotzalco, ou sur celle de Tlatelolco, chaussés de jolies sandales, parés de riches vêtements (dont leur propriétaire s'empresse de les dépouiller sitôt qu'il a conclu l'affaire!) A leur cou pendent des guirlandes de fleurs, leurs oreilles sont ornées de bijoux. Ils ont un labret enfilé dans la lèvre. On a taillé leurs cheveux comme ceux des tequioaque[1].

L'eau de la source du colibri est répandue sur leurs corps, alors ils ne sont plus esclaves mais deviennent « ceux-qui-ont-été-baignés », et les marchands qui les ont achetés restent marchands, mais on les nomme « ceux-qui-ont-baignés ». Quant à nous, une fois terminées les ablutions des hommes que nous avons saisis de nos propres mains au sein de la mêlée, nous nous plaçons à côté de ceux-ci et nous dansons avec eux, jusqu'à en perdre le souffle, la danse du serpent.

Que tous se prennent la main, qu'ils forment une farandole, qu'ils referment le cercle! Courons, sautons! Entre chaque maître, deux captifs; entre chaque captif, deux maîtres. Bondissons plus haut que la flamme des torches! Dansons, Temilotzin, mon fils et mon frère, le père de mon courage, mon double! Dansons et tant pis, et tant mieux si la barque chavire!

Le vingtième jour du mois, veille du sacrifice (les fêtes de Panquetzaliztli se prolongent pendant les premiers jours de Descente de l'eau), a lieu la grande vigile dans tous les temples de quartier. On commence à danser dès le milieu du

1. Forme plurielle de « tequiua » (celui qui reçoit une part du tribut).

jour et l'on ne s'arrête pas avant le milieu de la nuit. Les maîtres des esclaves mènent ceux-ci au temple de Pochtlan; pareillement, ils chantent et ils dansent tous ensemble.

Temilotzin est venu ce matin prendre congé de moi qui l'ai fait captif et suis devenu le géniteur de sa gloire, le messager du couteau d'obsidienne. Telle est la coutume et, pour lui obéir tout à fait, il poussait des soupirs et chantait d'une voix rauque et mal assurée, comme si elle allait se briser d'un instant à l'autre. Je fis apporter le vase de peinture bleue où il plongea les mains, afin d'en apposer l'empreinte sur le chambranle des portes.

Je le rejoignis au temple lorsque le soleil était à la verticale de Tenochtitlan. A nouveau, nous dansâmes avec fougue et dévotion. En aucune manière, Temilotzin n'accusait la fatigue de trois jours de jeûne successifs et je reconnaissais bien là l'homme extraordinaire avec qui j'avais partagé tant d'instants irremplaçables.

Il fait nuit à présent et, tout autour de lui, la plupart des captifs montrent des signes d'épuisement, titubant et fixant le vide d'un air hagard, alors que mon enfant s'ébat comme si la danse venait seulement de débuter. Du cœur des tambours, de l'âme des flûtes, s'élève la musique sainte. Les instruments répercutent l'écho des divines ardeurs.

Bientôt l'on fera passer, parmi eux qui vont mourir, le vin sanctifié, les encensoirs aux fumées grisantes. Pour continuer à danser, beaucoup devront s'agripper à leurs voisins. Mais l'horreur de la pierre se dissout dans cet alcool et s'égare au milieu des brouillards aromatiques, obnubilée.

Auparavant, nous allons disloquer le serpent, placer chaque captif devant le feu et prélever, sur le sommet de son crâne, une mèche de ses cheveux.

Toi, Temilotzin, tu n'es plus un captif désormais. Tu es celui qui porte sur toi l'ombre projetée par le tranchant sacrificateur. Je prends cette mèche, ô mon fils, car elle symbolise ta bravoure et la mienne. Je l'enterrerai bientôt dans le sol de ma maison.

Temilotzin regarde intensément le feu. Le faucon d'obsidienne[1] sépare la mèche de sa chevelure. Le pur dessin de sa mâchoire est immobile, tel un profil de pierre.

Je t'observe, toi qui vas porter ma mort au soleil, tandis que je reste encore un peu à grouiller et gémir sur cette terre avant de paraître là-haut, annonçant à mon tour la mort d'un plus vaillant. Tu es radieux, Temilotzin ! Tu répands alentour cette sublime aura de l'exaltation, quand celle-ci a durci et froidi comme le jade, autour du cœur, n'ayant plus rien à voir avec l'agitation du vulgaire.

Ceux qui vont respirer le vert parfum des jardins d'obsidienne, on les revêt d'ornements en papier d'écorce : un bandeau contre leur front, une étole autour du bras, un sac pour enrober leur sexe. Certains ont le corps barbouillé de craie blanche. D'autres sont couverts de petites plumes et de fin duvet. Ainsi s'avance, jusqu'au parvis des dieux, la mort blanche, celle qu'on nomme, à voix contenue, « la craie, la plume » –

1. On donnait ce nom au couteau spécial utilisé en cette circonstance.

et c'est l'éclosion précieuse, le délicieux jardinage de l'Aigle.

Voilée de gris, l'aube aux yeux de cendre froide vient toucher les portes de la nuit. Paynal, le dieu menu, celui qui fait les commissions d'Huitzilopochtli, s'insinue parmi nous, tel un bourdonnement qui agite les feuilles et fait vibrer la terre. La noirceur s'écarte à regret. On fait à nouveau circuler le vin d'oubli.

Puis les prêtres donnent le signal au moyen d'un rauque mugissement de conques. La procession s'organise derrière eux, les gens de l'Aigle formant des couples avec ceux qui les présentent au Soleil, s'étant rendus maîtres de leur chair, de leur cœur et de leur sang. Nous marchons jusqu'à Tlatelolco, puis de là à Popotlan, à Chapultepec. De place en place, on procède au sacrifice des victimes les moins prestigieuses.

Parvenus au seuil de Coyoacan nous retournons à la Cité-qui-est-au-milieu-du-lac-de-la-lune en empruntant la chaussée méridionale alors que nous l'avions quittée par celle de Tlacopan). Notre but est la porte des Aigles et, au-delà du Mur des Serpents, le périmètre sacré. C'est au temple de Huitzilopochtli que Paynal, son légat, nous conduit.

Près du râtelier à crânes, on prépare ceux qui vont mimer les combats : guerriers et esclaves, représentant à cette fête les dieux Huitznahua. Dans un tourbillon de plumes multicolores et de reflets métalliques, ils s'élancent les uns contre les autres, entrechoquant des boucliers de parade. Ils luttent avec des massues et des traits à pointe de silex. Ce n'est pas une véritable bataille, et pourtant plusieurs y laisseront la vie.

Les livres désignent avec mystère cette phase de la cérémonie, lui donnant le nom d'Enveloppement-dans-le-papier. Ceux que leurs adversaires ont jetés à terre ou désarmés sont immédiatement remis aux prêtres, qui leur arrachent le cœur non sur l'autel, mais contre un tambour.

Le regard de Temilotzin paraît traverser ce spectacle.

« Mon bien-aimé fils, lui dis-je, ne t'impatiente plus. C'est bientôt que tu vas connaître l'instant de ton triomphe. »

Mais il ne semble pas non plus m'entendre. Temilotzin est comme absent de son corps. Où donc est son esprit ? Son âme a-t-elle déjà commencé de s'élever vers Tonatiuh, le Maître du Ciel jaune ?

Cependant, beaucoup de victimes laissent tomber leur menton sur leur poitrine et contemplent la terre avec hébétude, offrant l'impression qu'elles ne savent plus où elles sont, ni ce qu'elles sont venues faire là. Temilotzin, lui, se tient dressé de toute sa taille, le menton dégagé, les yeux fixés droit devant lui. Pas un des futurs sacrifiés ne fait si bonne figure.

Non loin de moi attend Cecoatl, auprès d'un esclave aux épaules affaissées et agitées d'un frisson spasmodique. J'ai su qu'il s'était marié dans les derniers jours de Quecholli, au terme de la grande battue rituelle organisée sur le mont Zacatepetl et à laquelle ceux de sa caste ne peuvent pas prendre part. C'est réellement un bel homme, au maintien impressionnant. Je souhaite que son union, comme la marche de ses affaires, soit favorisée par les dieux.

C'est en haut de la grande pyramide, devant la

porte du temple de la divinité tribale, Huitzilopochtli, éclaireur et ancêtre de la nation, que le papillon d'obsidienne butine les cœurs. Les cœurs aimants, les cœurs vertueux, ils sont enlevés à la carapace humaine, retirés de la prison des os, et délégués au Soleil. Notre père l'Assoiffé, dans son costume de lumière, reçoit sa progéniture.

Nous sommes rangés le long du mur des crânes, selon l'ordre compliqué des préséances. D'ordinaire, les esclaves sont sacrifiés avant les prisonniers de guerre. Mais pour l'Elévation des bannières de plumes, où est honoré Yiacatecuhtli patron des marchands, il en va tout autrement. Le magnifique Temilotzin s'étendra sur la pierre avant la tremblotante victime achetée par Cecoatl.

Dès que l'émeraude humaine a été ôtée et qu'on a recueilli l'eau précieuse dans la calebasse de l'Aigle, le corps est poussé dans l'escalier de la pyramide, qu'il dévale en roulant sur lui-même, la tête basculant par-dessus les épaules. Celui qui a été son maître s'avance jusqu'au pied de l'édifice pour recevoir ce qui lui revient de droit, cependant qu'au sommet, de nouveau, le silex déchire et qu'en bas les prêtres approchent du chevalet à crânes, se saisissent d'une troisième victime et, la tenant solidement par sa chevelure, la font monter jusqu'à l'autel.

Je remarque soudain qu'un de ces officiants est le grand gaillard avec qui j'ai eu maille à partir l'an dernier. Mais ce n'est plus un novice, un de ces tlamacaztoton dont on se rit dans les collèges de quartier. De même que je m'élevais dans la hiérarchie militaire, ou que Cecoatl devenait un chef parmi les marchands, il gravissait les échelons de la cléricature. Tout d'abord, je ne l'avais pas reconnu, à cause du ténébreux onguent appliqué sur son visage. Mais, la file d'attente ne cessant d'avancer, j'ai fini par le voir de si près qu'il m'aurait fallu être bien distrait pour ne pas l'identifier.

Pas plus que ce jour où je l'avais croisé dans la rue, il ne fait mine de me connaître. Mais cette fois, j'approuve sa réserve. Aucune colère ne m'anime plus contre lui. Les propos menaçants qu'il me tint en son calmecac, c'est fini, je ne m'en inquiète plus. Se voyant acculé, il avait trouvé ce moyen pour me paralyser : c'était habile de sa part et je peux, aujourd'hui, rendre hommage à son intelligence en toute impartialité. Le temps des querelles d'étudiants est révolu. Nous avons laissé cette époque derrière nous, telle une sépulture hermétique.

Assisté par deux autres tlamacazque[1], il s'empare à présent du captif placé juste devant Temilotzin, mon bel enfant de jade, impeccablement lisse et dur. Je t'envoie ce messager de ma mort, ô Tonatiuh! Que son sang versé là-haut trace les signes de notre pacte. Tout est bien. La vie n'est qu'un voyage et je sais où je vais.

Je dis :

« Temilotzin, mon fils, c'est ici que nous nous disons adieu. Je te chéris : qu'il me soit donné de te revoir bientôt! »

Il tourne les yeux vers moi. On dirait des yeux de poussière, secs et sans éclat.

A Cuautitlan, murmure-t-il d'une voix étrangère, on administre aux captifs trois morts suc-

1. Jeunes prêtres ordonnés.

cessives. D'abord, attachés au sommet de poteaux immenses, ils sont criblés de flèches. Puis, ceux qui respirent encore, on les délie, de manière à ce qu'ils aillent s'écraser les os sur le sol. Enfin, on les couche sur l'autel et on leur ôte le cœur. Trois morts ! Quelle démence ! Quelle dérision !

Je le regarde avec effarement, mais il se met à rire, là au premier rang de la file, près des crânes empilés dont on dirait que les visages, grimaçant par l'effet de la décomposition, partagent son hilarité.

Il riait encore lorsqu'ils sont venus le chercher. Alors qu'il s'élevait sur le monumental escalier, je ne pouvais plus l'entendre, à cause des battements de tambours et des aigres plaintes des trompettes de bois. Mais, placé comme je l'étais, un peu sur la droite et en avant de la pyramide, j'apercevais une partie de son profil et je voyais que sa nuque, par saccades, était rejetée en arrière, qu'il montrait au Soleil ses dents étincelantes.

De mémoire d'homme, personne n'était encore allé au sacrifice en riant. Ce n'était peut-être pas le comportement le plus digne, mais c'était assurément celui qui témoignait du plus grand courage et de la plus grande foi. Temilotzin m'avait fait, à moi son maître et son père, l'incomparable présent de cet exploit, qui resterait dans les annales de la nation.

Le Serpent d'obsidienne était derrière moi dans la file, précédant les marchands. (Il occupait ce rang particulièrement honorable parce qu'il s'était saisi du plus noble de nos prisonniers : un prince qui était le chef de mille hommes.) Je l'entendis souffler avec admiration : « Voici la façon de partir! Celui-ci pourra contempler le Soleil sans protéger ses yeux, et il ne craindra point d'être aveuglé... »

Puis à voix haute, me touchant le coude :

« Les dieux te comblent, Chimalpopoca. Accepte humblement cette nouvelle faveur. »

J'inclinai gravement la tête, avant de me rendre au pied des marches. Mon cœur débordait de gratitude et d'enchantement.

Il est retombé de la pierre, ton corps, Temilotzin, il a redescendu ces marches en tournoyant. Je te reçois, moi ton maître et ton serviteur, ton père et ton enfant. Je prends possession de la dépouille sacrée. Je tends les mains pour accueillir, fumant et poisseux, le vase de l'Aigle et je vais abreuver les idoles.

Les prêtres détachent la tête – elle ne m'appartient pas, c'est la part de la communauté. Et de loin, je contemple cette figure, alors qu'on s'apprête à l'enfiler sur une des perches de la plateforme aux crânes.

Quelque chose me fait sourciller, mais je ne suis pas certain de ce que j'ai vu. Je m'approche timidement, les yeux plissés, la calebasse vide pendant au bout de mon bras.

Les officiants s'appliquent à perforer les tempes pour faire passer la traverse de bois et ce que je voudrais vérifier m'est caché par leurs bras. Je n'ose pas avancer jusqu'à eux. J'ai moi-même des gestes rituels à accomplir. Il me faut suivre jusqu'au sanctuaire de quartier les vieillards et les diacres chenus chargés du corps décapité de Temilotzin.

C'est l'esclave de Cecoatl, maintenant, qu'on saisit par les cheveux, tandis que le cadavre du captif d'Itzcoatl rebondit contre les degrés de la grande pyramide aux deux temples. Les tlamacazque achèvent d'empaler la tête de Temilotzin et fixent la perche dans le râtelier, mais je suis à nouveau trop loin pour être sûr de quoi que ce soit.

Perplexe, l'esprit ailleurs, j'assiste au dépeçage. Je suis le seul à ne point participer à l'euphorie générale et pourtant c'est moi qui, tout à l'heure, dois offrir et présider le banquet dans ma maison.

On tronçonne adroitement les membres et la partie centrale, prenant bien soin de prélever la cuisse qui revient à l'Empereur. Après quoi, le plus âgé des prêtres m'annonce :

« Tout est prêt, Chimalpopoca. Tu peux prendre ce qui est à toi. »

Exultants, mes invités m'entourent et me fêtent, criant leur admiration pour ma vaillance et pour la fin sublime de mon captif. Si chaleureuse est leur démonstration d'amitié, si sincère est leur enthousiasme, que je finis par sourire et par détourner les yeux du visage exposé là-bas, dans l'endroit-où-sont-alignés-les-cheveux.[1]

« Méfie-toi du doute, me dis-je. C'est un poison que Quetzalcoatl aime verser dans les consciences. »

Lorsque j'arrive chez moi, ayant été acclamé durant tout le trajet par ceux qui m'accompagnent, je suis presque rasséréné.

Mes parents attendent dans la cour avec mes

1. D'après Christian Duverger, la traduction la plus précise de « tzompantli » (le râtelier sur lequel un auteur castillan dénombra plus tard 136000 têtes).

frères et sœurs. Je constate avec plaisir que, s'il n'est guère vaillant, mon père a quand même tenu à se déplacer.

« Installe-toi près de moi, lui proposé-je. Nous bavarderons. J'ai toujours tiré le plus grand profit de nos entretiens. »

Il me lance un regard en biais pendant que la compagnie prend place. Les morceaux de chair ont été déposés dans des marmites adéquates et cuisent avec du sel et des fleurs de calebasse. On a rangé les écuelles sur de longues étagères, près du foyer.

« Quel bout prendras-tu, Chimalpopoca ? demande la plus jeune de mes sœurs.

Je ne peux m'empêcher de rire à cet enfantillage.

« Allons, Fleur de Jade ! Tu voudrais donc que je mange ma propre chair ? »

Elle fait des yeux ronds et mon père lui explique :

« Temilotzin est le captif de ton frère. C'est par conséquent son fils : la chair de sa chair. Comprends-tu ? »

Elle secoue la tête avec conviction, mais ses yeux trahissent son désarroi.

« Mes enfants ont toujours eu une façon très particulière de me comprendre ! » raille gentiment mon père.

Un serviteur s'agenouille alors devant moi, apportant un présent de la part d'Itzcoatl : l'une des mains de son propre captif.

« Il n'a pas voulu que tu nous regardes manger », remarque mon père.

Et Deux-Maison, impressionné par la valeur du cadeau :

« Quel honneur, Bouclier Fumant : le morceau le plus fin !

– Jour après jour, déclaré-je solennellement, augmente ma dette envers le Serpent d'obsidienne. Sa générosité est sans limites. Je ne puis laisser de tels bienfaits sans réponse. Parents et amis, pardonnez-moi de vous imposer une grande privation, mais le devoir et la courtoisie me dictent ma conduite : qu'on envoie à Itzcoatl les deux paumes de Temilotzin ! »

Tous les convives approuvent bruyamment ma décision.

« Ne crains pas de nous faire affront, s'écrie l'un de mes collègues instructeurs. La partie la plus grossière de Temilotzin vaut quatre cents fois la main de tous les guerriers sacrifiés aujourd'hui. Que nos cœurs goûtent la mort d'obsidienne avec la même délectation que le sien l'a dégustée tout à l'heure : c'est tout ce que je souhaite ! »

Plus tard, comme nous mangeons, je songe aux premiers repas de communion pris au telpochcalli, lorsque tous les jeunes hommes partageaient une fraction de l'effigie en pâte d'amarante du dieu Huitzilopochtli.

Je me surprends moi-même en interrogeant tout à coup mon père :

« Vénéré géniteur, j'aimerais savoir quelque chose. Le corps privé d'âme – le corps à qui vient d'être soustrait la pierre verte, par exemple – se comporte-t-il toujours de la même manière ? »

Du coin de l'œil, il me jette un regard aigu.

« Peut-on seulement dire qu'il se *comporte*, Chimalpopoca ?

– Je veux dire... y a-t-il différentes sortes de

réaction ? En dehors de l'eau précieuse, peut-il perdre... des liquides ?

– Des liquides ? Sans doute. On prétend que les pendus éjaculent. Les morts, d'une manière générale, aiment à soulager une dernière fois leur vessie et leurs intestins.

– Mais... pleurer ?

– Pleurer ? Je n'en sais rien. Pourquoi pas ? Excréments, sperme ou larmes, une seule question se pose : viennent-ils de ce que le corps n'est plus gouverné et fonctionne de façon anarchique, ou au contraire de ce qu'il exécute fidèlement l'ultime commandement de l'âme ?

– C'est justement ce que j'aimerais savoir, père. »

L'auteur de mes jours soupire, puis regarde au fond de son écuelle vide :

« N'essaie pas de devenir le maître de la mort, Chimalpopoca, car celui qui la ferait captive n'aurait plus rien à désirer ici, ni en aucun autre royaume. L'absence de secret est comme l'absence de désir, et l'absence de désir est la mort de la mort. Quand meurt la mort, qui peut survivre ? »

Je n'ai rien pu obtenir d'autre. Mon père fut d'ailleurs contraint de quitter le banquet et d'aller s'étendre à l'intérieur de la maison : son mal, à nouveau, le terrassait. Je laissai deux serviteurs avec lui et retournai parmi les convives.

Nous avons vidé les bols de cacao. Nous avons fumé des pipes et servi du vin d'agave aux vieilles personnes. Deux-Maison, en qui j'ai toute confiance, s'est discrètement retiré avec les reliefs du repas, afin de dénombrer les os.

Dans les plus respectables demeures, hélas ! il

s'est déjà produit que des esclaves indélicats détournent un fragment de la dépouille. Ils attendent la tombée de la nuit et, dissimulant sous un manteau le fruit de leur larcin, vont le marchander dans les bas-fonds à des bouchers impies qui exposent ces glorieux restes à leurs étals, parmi les quartiers de porcs sauvages et de chiens sans poils, incitant le vulgaire à violer la loi qui lui interdit de consommer cette chair sanctifiée par la guerre et par le sacrifice.

Tous se sont retirés, à présent. Mon père allait un peu mieux : il repartit sur ses jambes, dédaignant la litière que je lui proposais. Ce fut un grand festin. L'astre est sur le point de basculer dans la gueule du monstre. Au Couchant, une bande orangée supporte un dégradé de mauves exquis.

Je suis sur le seuil de ma maison – cette propriété aux jardins éclatants qui m'a été attribuée quand on a partagé le tribut. A mes oreilles parviennent les bruits étouffés que font les serviteurs en remettant de l'ordre. D'un arbre à l'autre, les oiseaux s'appellent. Le reflet des feux, ici et là, commence à embraser les murs de Tenochtitlan. L'ombre du ciel rabat les échos contre la poussière roussie.

J'ai le sentiment que ce n'est pas simplement un jour qui s'achève. Tout un pan de ma vie glisse dans l'obscurité pour ne plus reparaître. O mon père, comment l'homme pourrait-il devenir maître de la mort, puisque la mort possède son avenir et dérobe son passé ? Celui que j'étais il y a un an, je ne le connais plus. Celui que j'étais ce matin, avant qu'ici même Temilotzin ne trempe ses mains dans la peinture, je ne le serai jamais plus.

Et celui qui donna ce banquet tout à l'heure, je le quitte maintenant, sur le seuil de cette demeure qui fut la sienne et dont j'hérite incontinent.

Un seul homme est-il parvenu jusqu'au bout de sa première existence, celle qu'il reçut en arrivant au monde ? Combien de *moi* ont trépassé en nous, tout au long de notre vie ? Combien trépasseront encore ? A nos vieux amis qui nous étreignent, ne nous ayant pas vus depuis longtemps, pourquoi ne disons-nous pas : « C'est à un mort que tu t'adresses, Tozcuecuezi ! Totoquihuatzin, méfiance ! c'est un étranger qui t'entend et qui va te répondre » ? Mais eux-mêmes ne sont plus ce qu'ils ont été – et ce sont des spectres qui parlent à des spectres, des mutants à des mutants.

Un jour, oui, nous avons été créés. Mais la mort nous défait et nous recrée sans cesse. Ainsi sommes-nous toujours un secret pour nous-mêmes. Ainsi sommes-nous toujours pour nous-mêmes un objet de désir. Que meure la mort et nous volerons en poussière, car elle seule tient ensemble tous les morceaux et tous les moments de notre être. Le dépeçage des sacrifiés rend visible l'impalpable réalité des existences multiples et inachevées que nous traversons entre notre naissance et notre dernière heure.

Je ne sais si j'ai bien entendu tes paroles, père, mais grâce à elles, j'ai compris cela, qui est un des mystères de l'existence. Dès l'instant de notre conception dans le ventre des femmes, nous sommes en notre corps et en un autre corps, en ce lieu-ci et en un autre lieu, dans ce temps et dans un autre temps. Seule la mort rassemble. Il n'est de perfection qu'en elle. C'est en vain que les vivants cultivent la passion de l'unité.

Je marche dans les rues. Sans que je leur en aie donné l'ordre, mes jambes se sont mises en mouvement. Elles me conduisent vers le Teocalli. Les torches brûlent déjà, près du mur des crânes.

Des gardes me reconnaissent et me saluent avec respect.

« La mort de Temilotzin, me dit l'un d'eux, te fait honneur, seigneur conseiller. Nous nous souviendrons toujours de ce que nous avons vu. »

Mais je baisse la tête et garde un maintien modeste.

Une fois encore, nous voici face à face, Temilotzin. Est-ce la chaleur des flambeaux ? Tes larmes sont effacées. Ou bien alors tu n'as pas pleuré. J'ai cru voir quelque chose qui n'a jamais existé. A moins que ce ne soient les dieux qui, une fois encore, aient voulu m'éprouver. Ton rictus, mon cher fils, n'est pas plus hideux que tous ceux qui foisonnent autour de toi. Tu es ce soir, Temilotzin, un supplicié très banal, avec une sale gueule comme on en voit beaucoup. Peut-être ton rire est-il monté avec ton âme dans les étages du ciel ? Tonatiuh le réclame. Nous, nous ne le méritons guère... Et d'ailleurs, que m'importe ? Si tu n'es pas mort comme j'espérais, si tu n'es pas mort comme on l'a cru, du moins en se servant de ton corps, le dieu a-t-il montré à tous comment il fallait mourir pour lui plaire.

Ce qu'est la mort, nous le savons par les chants et les psaumes. Ce qu'est la vie. nous n'avons pas besoin de le savoir, car cela va sans nous, telle une rivière immense, et nous sommes emportés.

Ce qui nous intrigue et nous angoisse, c'est le passage de l'une à l'autre; la manière ne dépend que de nous, il nous faut l'inventer sans commettre d'erreur. La céleste nation s'assemble pour nous regarder faire, les invisibles Seigneurs de la terre ont le regard tourné vers nous. Comment s'y prendre? Comment respecter l'harmonie universelle? Temilotzin, tu as donné l'exemple. Au dernier instant, il se peut que la faiblesse humaine ait triomphé de l'inspiration divine. Mais cette inspiration, nous l'avons reconnue dans ton rire.

Mourir n'est pas rien. Mourir est le couronnement de la vie et la gésine de l'au-delà. La vie est un douloureux mystère. La mort des guerriers, un orgasme sans fin. En l'une et l'autre, les dieux sont compromis. Le passage est l'unique tâche que l'homme accomplit en solitaire. Du rire aux larmes, en un bref et fugitif instant, se mesure toute sa liberté. Et nul, de toute façon, ne peut demeurer en arrière.

DEUXIÈME PARTIE

LA QUÊTE

I

UN MAÎTRE ET SON ESCLAVE

« YOYONTZIN, dis-je, il n'y a pour toi aucun recours. Tu sais ce que déclarent nos rois une fois qu'ils sont élus : « L'octli est la racine de tout « mal, le chemin de toute perdition. L'ivrognerie « et l'octli sont la cause de toutes les discordes et « de toutes les dissensions, des révoltes et des « troubles dans les cités et les royaumes. C'est « comme un tourbillon qui détruit et démolit « tout. C'est comme une tempête néfaste qui « apporte avec elle toutes choses mauvaises. » Yoyontzin, tu as bu l'octli sans mesure, tu t'es enivré d'une façon dégoûtante, en public, aux yeux de la plèbe, alors que tu es noble, et sans prendre garde au fait qu'un étranger pouvait se trouver là et, en ta personne, mépriser notre élite, cultiver des doutes sur notre force d'âme, imaginer enfin par quel moyen sa tribu pourrait venir à bout de la nôtre, si une guerre éclatait. Tout cela est inadmissible. Je sais qu'une fois, déjà, tu t'étais remis entre les mains funestes des Quatre Cents Lapins. Pour épargner ta famille, l'une des plus honorables de Tenochtitlan, un autre juge t'a pardonné. C'était il y a deux mois. En ce peu de temps, tu as dilapidé tout le capital d'indulgence qui restait à ton crédit, si bien qu'il n'en est plus trace. Tu n'éviteras pas ton juste châtiment. En son immense sagesse, Nezahualcoyotl a interdit l'alcool aux dignitaires. Pour avoir manqué à cette loi, Tlachinoltzin, Tlacatecatl de Cuauhtitlan, fut condamné sévèrement. N'espère aucune faiblesse de ma part. J'ordonne que demain tu sois mené au milieu de la place du marché avec les autres poivrots et que là, devant le peuple, cet arrêt ayant été lu à voix haute, l'homme de Celui-qui-se-fâche-en-seigneur te brise la nuque. Telle est ma sentence, qu'il en soit ainsi!

Les gardes doivent soulever le misérable par les épaules, car ses jambes refusent de le porter. Quelle déchéance! Je lis dans les yeux de l'assistance la répulsion qu'inspire l'ignoble conduite de Yoyontzin. J'y lis également l'horreur que j'ai fait naître par mon verdict – un abattement et une sorte de crainte, comme si chacun se sentait menacé. Mais quoi? N'ai-je pas été équitable? Je n'ignore pas qu'on me considère comme le magistrat le plus impitoyable de Mexico. Tant mieux. J'en suis content! Moi-même, ai-je été épargné par le décret des dieux?

Pendant plus de quatre ans, j'ai fait entendre ma voix dans la maison de l'Aigle et tous disaient que mes paroles étaient bonnes. Lorsque Itzcoatl fut appelé aux fonctions de Gardien de la maison sombre, gouverneur de la province de Cuauhnahuac[1], j'ai commandé notre collège. Je me suis distingué de multiples façons contre les gens de Huexotzinco. L'Empereur a honoré en moi l'artisan principal de la prise de Tlaxiaco[2]. J'ai tué plus

1. Aujourd'hui Cuernavaca.
2. En 1511.

de trente hommes; j'ai capturé seize guerriers. Le dix-septième est mort de ses blessures avant que l'armée n'eût regagné Tenochtitlan, mais c'était un général. Ochpaniztli, chaque année, me voyait couvert de nouveaux insignes et de distinctions toujours plus impressionnantes. J'étais célèbre parmi nos ennemis. D'aucuns m'avaient baptisé Bras Nocturne, et d'autres Vent du Nord. J'aimais la guerre. Aux fêtes d'Uey Tecuilhuitl, plusieurs fois, l'Honorable Cadet vint danser tout à côté de moi. J'emmenais cinq mille hommes au combat. Ce furent des années heureuses.

Un an après que les nôtres se furent rendus maîtres de Tlaxiaco, je pris femme. Ayant observé qu'en dépit de ses grandes vertus, on murmurait au sujet du Serpent d'obsidienne, parce qu'il était resté célibataire et se plaisait dans la compagnie des garçons, même après avoir quitté la telpochcalli – je priai mon père d'arranger un mariage avec la sœur de celui qui siégeait à côté de moi au conseil. Les entremetteuses arrivèrent rapidement à un accord et j'épousai cette jeune fille moyennement belle et fort effacée, que je ne vis guère et qui mourut cinq mois plus tard de je ne sais quelle maladie de femme, alors que je me trouvais en campagne. On détourna les yeux lorsque je demandai si elle était enceinte. Je crois qu'en fait, elle était incapable d'avoir des enfants, ce qui expliquait l'empressement de ses parents à se débarrasser d'elle. Je l'oubliai presque aussitôt et mon bonheur se poursuivit sans nuages jusqu'à la mort de Nezahualpilli, roi de Texcoco, et à l'avènement du seigneur Cacama[1].

1. En 1515.

Tout notre monde qui avait été sûr, ordonné, cohérent, se remit alors à divaguer. En haut de la pyramide, alors que le ciel était clair, qu'il n'y avait ni foudre ni éclairs, la demeure d'Huitzilopochtli s'embrasa toute seule. Soudain, des langues de feu l'entouraient de toute part. Un jet de flamme traversait déjà la charpente et semblait toucher au ciel. Il fut prouvé qu'aucune main criminelle n'était à l'origine de ce malheur. En un instant, tout fut consumé, réduit en cendres. Des voix avaient crié : « Gens de la ville, Mexica, accourez avec vos jarres, nous allons éteindre le brasier! » Mais ce fut comme si l'eau eût été de l'huile. Plus ils en lançaient, plus le feu s'emportait, tourbillonnant et grondant. Le temple brûla complètement. Un peu plus tard, il bruinait médiocrement, on n'entendit pas le tonnerre, on ne vit pas de lumière dans le ciel, pourtant la foudre tomba sur un sanctuaire de paille consacré au Maître des secousses et du feu, Xiuhtecuhtli, le Précieux Seigneur, à l'endroit nommé le Lieu-des-cheveux-épars. Il fut, de fond en comble, calciné. Ensuite, cela encore est consigné dans les livres : « Alors que le soleil brillait, le feu tomba. En trois parties : il allait droit vers le lieu d'où sort le soleil. Comme s'il fût de braise, il tombait en une pluie d'étincelles. Sa queue s'étendit longuement, elle alla loin. Quand tous virent ceci, le trouble fut grand : comme si tous avaient des grelots dans les mains. Ces étoiles qui fument arboraient des queues si vastes que l'on ne pouvait estimer leur largeur et leur longueur; et dans le temps que l'on vit ces présages, on entendit un grand tumulte, de même qu'un grand bruit et des hurlements et des clameurs[1]. »

Cette même année, une nouvelle guerre fut menée contre Tlaxcala, qui demeurait insoumise. Les Huexotzinca[2] sortirent de l'alliance adverse; ils abandonnèrent leur ville et vinrent se réfugier dans Mexico. Tempête et incendie! Nous repartîmes dans la direction du rouge pays de Tlaloc, le pays du Roseau.

Itzcoatl était alors l'un des membres influents du Conseil suprême de la cité. Il allait à la droite du Tlacatecatl, je marchais à sa gauche.

Le ciel plombé s'était posé sur nos épaules et nous étions courbés sous lui. Ce qu'on voyait du soleil : une tache d'un autre gris, pâle et nacré, dont on ne pouvait définir les contours.

Tous ces paysages m'étaient familiers. Pourtant, ils étaient éclairés par une lumière mate, et pour ainsi dire creuse, qui les remodelait d'une façon étrange, découpant les formes avec une précision sèche et brouillant les couleurs, qui semblaient seulement différentes sortes de bleu.

Un lourd et maléfique silence régnait par là-dessus, tandis qu'un vent mince, rapide et glacé, frisait la terre, emportant la poussière comme une toile qu'on tire et faisant rouler des boules d'épines.

Nous rencontrâmes l'ennemi dans cette atmosphère de menace et de mensonge. L'immobilité terreuse de l'air et des choses contrastait avec le vertigineux glissement du sol, et tout un furtif

1. Ce texte est emprunté en partie aux informateurs du frère Bernardino de Sahagun, en partie au témoignage de Muñoz Camargo, traduit par André Joucla-Ruau.
2. Les citoyens de Huexotzinco.

grouillement de petits animaux qu'on ne remarquait qu'en fixant le regard sur un endroit précis.

Je ne veux pas me souvenir des péripéties qui précédèrent la mêlée, de ce tonnerre qu'on entendit et qui paraissait rouler non à sa place ordinaire, mais très haut, sur les terrasses lointaines où restent Ometecuhtli et Omecihuatl, les maîtres du commencement. L'instant du corps à corps était venu. J'avais sauté à bas de ma litière et m'appliquais à forcer un vif et volumineux Tlaxcaltèque qui, déjà, avait fait une hécatombe de nos soldats. Voyant que je ne pourrais le capturer, je me décidai à l'abattre. Par une feinte, j'abaissa sa garde; en même temps, je levai sur lui mon casse-tête. Une hache vola. Elle fit tomber le casse-tête, m'emportant la moitié de la main droite, les trois derniers doigts et un large morceau de la paume.

Deux-Maison n'était pas loin. Il trancha le cou de mon adversaire et protégea ma retraite. Je fus sauvé, bien que perdant mon sang en abondance. Mais jamais plus je ne pourrai participer à une bataille.

Ce destin que nos dieux et nos chefs avaient fait miroiter devant moi et que j'avais approché au point de le pouvoir toucher – croyais-je ! – si seulement j'avançais un peu la main, il s'était dérobé pour toujours. Il ne me serait pas donné de mourir parmi la poussière et l'ardeur; mon dos n'épouserait pas la pierre du sacrifice.

Ai-je raison de dire que je n'ai pas été ménagé ? Et cependant, contrairement à Yoyontzin et à beaucoup d'autres, je n'avais pas bravé les lois, je n'avais pas commis de sacrilège.

Itzcoatl se lamenta longuement sur mon sort.

Il m'offrit d'habiter sa maison et de devenir son héritier légitime, puisqu'il était resté sans femme. Il pourvoirait à tous mes besoins et me traiterait comme un invité de marque jusqu'à la fin de ses jours. Je le remerciai de son geste, mais il me répugnait d'être un homme à qui l'on fait la charité. Au demeurant, un événement intervint bientôt, qui rendit sa proposition caduque.

En considération de ce que j'avais été, l'Honorable Cadet me désigna pour présider l'une de ses cours de justice – ce qui était un privilège considérable, car ce choix ne se porte en principe que sur des dignitaires de grand âge et de grande expérience, ou sur de simples hommes du peuple renommés pour leur sagesse. N'ayant alors que vingt-six ans, siégeant dans la maison de l'Aigle, je n'appartenais à aucune de ces catégories. Mais Motecuhzoma m'aimait, et il souhaitait me témoigner son estime, en même temps que sa compassion.

J'appréciai l'une et l'autre. Je me couchai devant lui pour baiser le sol qu'il avait foulé. Mais je ne fus pas consolé. Rien, jamais, ne me consolera. Car je n'avais pas perdu la vie, pourtant ma vie m'avait été ôtée. Car il me restait à mourir, pourtant ma mort m'avait été ravie. Et cette fois mon destin m'était annoncé de façon explicite. Ceux qui meurent de maladie, d'accident, ou du nombre des années, ceux-là vont au Mictlan et s'y effacent, qu'ils soient princes, chevaliers ou gens de basse extraction. Ce que je redoutais le plus, ce que j'avais haï de toute mon âme, c'était cela qui m'attendait. A moins que Tlaloc ne m'appelle – mais pourquoi m'aurait-il appelé? Je ne lui avais pas été consacré. Je ne portais pas ses stigmates.

Je n'avais pas été assidu aux pieds de ses idoles. Si Tezcatlipoca me tournait le dos, que j'avais adoré avec passion, pour quelle raison. Celui-qui-fait-germer aurait-il étendu sa main sur moi ? Je n'étais pas sa graine. Né un jour Trois-Jaguar, j'avais été semé par le Jeune Homme. Mais celui-ci, de son moignon monstrueux, m'avait déterré avant que je fleurisse. Je lui avais tressé des couronnes et il me repoussait dans le néant. En moi, les dieux rejetaient la dévotion des hommes. Le sens de ce geste était limpide, et concordait avec celui des autres présages : l'alliance était rompue. Le sursis du cinquième Soleil touchait à sa fin.

Insensé que j'étais, j'avais rêvé qu'un accord pouvait être conclu entre toutes les parties de l'univers, les dieux étant une région, et les hommes une région, la terre une région, et les paroles une autre, et les pensées encore une autre, et que tout tenait ensemble ! Quelle sottise ! Nous ne tenons rien, nous ne sommes tenus par rien. Nous sommes jetés là, destinés à être broyés, comme seront broyés les montagnes, les jardins, les enfers, les autels. Et les livres seront broyés, et toute la mémoire du monde. Les dieux aussi seront entraînés dans la débâcle. Ne me parlez pas de la terre ! Ce n'est pas l'antichambre des paradis, c'est le préambule et le germe de l'apocalypse. Tout est peine et tourment, fatigue, extrême besoin. Voilà comment sont les choses en vérité. La vie sur terre est une conquête épuisante et vaine, une dure bataille destinée à être perdue. Terreur est mère de tous les sentiments, néant engendre toutes les idées. Il n'y a ni joie ni contentement. Le sommeil est l'origine de l'homme, la vie est un rêve qui n'advient qu'une fois, un sommeil sans rêve est l'avenir du monde. La terre est un lieu de larmes et d'affliction; en vérité il n'est pas d'autres lieux.

Pour ceux qui rêvent encore, des tremblements annonceront la fin du rêve. Un rêve de massacre et de destruction dispersera le rêve de la vie. Et nous n'aurons plus rien été, pulvérisés et volatilisés dans l'infini du sommeil universel, qui est le temps immobile, sans début et sans fin, tel un serpent qui se mord la queue.

Je suis venu te voir partir, lamentable Yoyontzin. A quoi pouvais-tu bien rêver? Nul en tout cas ne pouvait rêver de toi. Comprends-le bien : si les meilleurs doivent mourir et disparaître, comment pourrais-tu, toi, demeurer?

Il est habile, l'homme du prince, Yoyontzin! A l'expression de ton visage, j'ai vu que tu attendais encore le coup, alors que tu étais déjà mort. Et te voilà cassé, dégustant la fine poudre de la place. Bien des marchands ont quitté leurs étals pour te regarder choir et j'ai souhaité être là, moi ton juge, car je berce mon amertume avec de tels spectacles.

Tu t'évanouis, Yoyontzin, tu nous précèdes dans le vaste silence, dans l'insondable ténèbre. Et j'ai grande pitié de nous. J'espère voir encore tomber quelques hommes, qui dérangent mon rêve – par exemple l'exécrable Macuilcipactli, dont je me remémore l'offense, maintenant qu'il n'est plus d'ordre ni d'espoir en ce monde.

Je m'en retournais au tribunal, ricanant intérieurement aux futiles jérémiades des familiers de Yoyontzin, lorsque mes yeux croisèrent les siens.

Il se tenait auprès d'un autre sur une petite estrade, le cou serré par un lourd collier de bois, un pagne en lambeaux noué sur ses parties honteuses. Fermant la main sur une poignée de verges, un mercanti obèse présidait à la vente, faisant l'article d'une voix de graillon et roulant des yeux torves, les lèvres distendues sur des gencives édentées.

Accompagné des gardes et des huissiers, je marchai droit sur ce répugnant personnage :

« Bonhomme, dis-je d'une voix menaçante, arrête un peu ton boniment ! Celui-là, le plus mince des deux, qui est-il ?

– Mon grand seigneur, honorable juge ! bredouilla-t-il.

– Trêve de simagrées ! Je t'ai interrogé. »

Je sentais une brûlure sur ma peau, là où étaient posés les yeux de celui dont il était question.

Le commerçant, lui, n'osait pas lever sur moi son regard mangé par le suif.

« C'est un esclave dont deux maîtres, déjà, ont préféré se défaire. Il est habile et ne manque pas d'intelligence, seigneur juge...

– Mais ?

– Mais... il lui arrive de boire et, surtout, il est joueur, vénéré juge ! Il a engagé au patolli des objets que son dernier maître lui avait confiés pour les remettre à son oncle – et il les a perdus ! A part cela, il est très obéissant et souvent de bon conseil dans les affaires. »

Mon entourage salua par un éclat de rire la logique très personnelle du marchand d'esclaves.

« Comment l'appelles-tu ?

— Comme si tu ne le savais pas, Chimalpopoca ! » gouailla l'esclave.

Le gros homme escalada péniblement l'estrade, fulminant et agitant ses verges à la grande joie de ceux qui étaient avec moi.

« Assez ! dis-je. Si tu l'abîmes, il faudra rabattre tes prix ! »

Il dégringola des tréteaux avec une hâte encore plus cocasse, les yeux hagards et la bouche agitée de tremblements. Dans toute l'assistance, j'étais le seul à ne pas m'esclaffer.

« Résumons-nous, grommelai-je en foudroyant l'obèse du regard. Tu proposes là un esclave déjà deux fois rejeté – ce qui signifie qu'au cas où il ne conviendrait pas non plus à son troisième maître, il serait sacrifié aux prochaines fêtes de Panquetzaliztli. C'est bien cela ? (Tel un histrion devant son public, l'autre se confondait en courbettes si grotesques qu'elles semblaient lui avoir été enseignées par une congrégation de singes. Ce n'était autour de moi qu'éclats de rire et lazzis, au point qu'il me fallut frapper du pied par terre pour obtenir un peu de calme.) Je te l'achète. Mais je ne veux pas en savoir le prix : tu t'arrangeras avec mon intendant. Quant à moi, les marchandages où les tiens se complaisent ne sont pas à mon goût. »

Je me retournai vers mes compagnons, dont l'hilarité redoublait.

« Pas plus que la flagornerie où se vautrent certains autres ! » ajoutai-je.

Je m'éloignai dans le silence consterné qui s'ensuivit sans plus m'occuper des uns ni des autres, cachant ma satisfaction sous un masque féroce.

Mon plaisir fut de courte durée. Je n'étais pas

arrivé au tribunal que la maussaderie reprit le dessus.

Pourquoi avais-je racheté Tochtlatoa ? J'étais incapable de répondre. Ou plutôt : je préférais ne pas avoir à regarder en face les réponses qui se présentaient.

Les audiences de cette journée me parurent plus fastidieuses que jamais. J'étais impatient de rentrer chez moi et de m'entretenir avec mon nouvel esclave, tout en redoutant ce moment comme s'il avait été celui de mon propre jugement. Dans ces conditions, les chicanes des plaideurs, l'absurdité et le morne bégaiement des délits m'enlevaient tout courage. Comment pouvait-on prendre intérêt à des péripéties aussi dérisoires ? Le monde s'écroulait et de pauvres idiots volaient des dindons, déplaçaient des bornes, se levaient au milieu de la nuit pour conchier le seuil d'un voisin jalousé – et trouvaient encore le moyen de se faire surprendre les fesses à l'air, le visage congestionné par ce misérable effort ! J'aurais volontiers ordonné que tous fussent étranglés, plaignants et malfaiteurs, séance tenante ! Comparé à leurs petites histoires, le crime de Yoyontzin avait presque quelque chose de noble.

Je rendis une justice sèche et malveillante, espérant leur ôter le goût des vaines agaceries comme celui des vaines turpitudes. Ils en conçurent beaucoup de stupeur et d'effroi mais, je le crains, n'en tirèrent aucun enseignement, sinon celui qu'on ne pouvait présager du verdict de Chimalpopoca, juge plus imprévisible que n'étaient les dieux eux-mêmes. « Eh bien, me dis-je, c'est toujours ça. Ils y réfléchiront à deux fois avant de venir m'importuner ! » La pensée de Tochtlatoa, cependant, ne quittait pas mon esprit. Il y avait tant d'affaires à juger que je déjeunai sur place, de haricots à la sauce au piment et de quelques galettes de maïs. J'étais à la fois irrité et soulagé par ce répit qui m'était accordé avant de me retrouver face à face avec mon ancien ami. L'après-midi, je ne songeai plus qu'à cela, écoutant d'une oreille plus que distraite les niaises récriminations et les piteuses plaidoiries prononcées devant moi.

Je condamnai tout ce qui était condamnable, m'appuyant sur l'avis de mes assesseurs, mais n'épargnai point les victimes dans mes énoncés. Elles m'étaient aussi odieuses que les coupables. Plus peut-être. J'abhorrais leurs airs indignés, cette espèce de hâblerie qui se mêlait à leurs plaintes. (De même, je ne pouvais souffrir les marques de sollicitude et, deux jours plus tôt, à cause de cela, j'avais rabroué Itzcoatl si vertement qu'il avait pâli, m'avait adressé un petit salut guindé de la tête et, sans même achever sa phrase, avait tourné les talons. Bon débarras ! Je n'avais pas besoin de quelqu'un dont la seule présence me rappelait sans cesse mon infortune.)

Enfin, il n'y eut plus qu'un ou deux cas à examiner. D'un geste excédé, je les renvoyai au lendemain, ordonnant que ces attardés fussent vivement poussés hors du tribunal. Mes subordonnés me saluèrent avec un respect tout ensemble obséquieux et distant. Je souris sarcastiquement, voyant bien qu'ils n'osaient pas me regarder dans les yeux. Désapprouvez-moi tant que vous voudrez, fonctionnaires veules et bien-pensants ! Votre opinion m'est indifférente, comme votre existence est indifférente à l'avenir du monde – et la mienne encore bien davantage !

La nuit était descendue sur Tenochtitlan. La première personne que je vis dans ma cour fut le Lapin-qui-parle. On l'avait débarrassé de son carcan et de ses entraves; ses reins étaient ceints d'un habit plus décent. Il m'accueillit avec un sourire lumineux, qui remontait de chaque côté de sa figure.

« Le moment est venu, me dis-je, enregistrant machinalement la crispation de mes entrailles. Une vérité va paraître maintenant : voyons ce qu'elle sera. »

Tout se mélangeait dans ma tête. La bonne humeur de Tochtlatoa. Son impertinence. Son audace. Sa lâcheté. Ses vices. La façon dont je l'avais trahi. J'attendais confusément que ces images contradictoires se composent et me livrent un dessin que je pourrais interpréter, recueillant non point tant sur lui que sur moi-même des informations parfaitement inédites. J'étais curieux de cette figure qui allait surgir. Et puis j'espérais autre chose, que j'ignorais encore.

« Sois le bienvenu, maître », dit Tochtlatoa.

Je ne pouvais détacher les yeux de son sourire. Devant lui, les anciennes images s'étaient effacées, mais rien ne venait à leur place. Ma tête était vide de tout ce qui n'était pas ce sourire, si vide que je ne trouvais même rien à répondre. Pourtant, j'attendais toujours.

J'attendais un reproche. Une remarque ironique sur ma blessure. Je sais aujourd'hui que c'est cela que j'attendais, que j'aurais donné beaucoup pour que cela vînt – mais alors je ne le savais pas, j'attendais seulement.

Les cheveux du Lapin-qui-parle avaient curieusement blanchi. Mais à part cela, il avait un visage et une allure aussi juvéniles que six ans plus tôt – que dis-je! aussi juvéniles qu'en ce jour lointain où nous nous étions rendus ensemble au palais, ayant capturé le sacrifié du Feu Nouveau... Quelques mois avaient suffi pour que je prenne l'âge de ma charge mais Tochtli, fustigé en public, chassé du collège, vendu comme esclave sur la place du marché, était encore un enfant.

« Seigneur Chimalpopoca, dit-il, vous n'avez pas du tout changé! »

Je poussai un vague grognement. Non parce que j'avais envie de grogner, mais parce qu'il me fallait cacher que je ne savais quoi dire. Pourquoi ne riait-il pas de ma main estropiée, de ma vie détruite? Pourquoi ne proférait-il pas à mon sujet les cuisantes vérités que j'avais moi-même au bout de la langue?

Non, il me souriait d'une manière franche, respectueux mais nullement servile, innocent ainsi qu'un nouveau-né. Je ne pouvais croire à une telle sérénité. Moi qui étais promis à l'enfer, à cause de cette promesse mon enfer avait commencé sur la terre, en dépit de l'estime du roi et de la considération de tous. Aurais-je même occupé l'icpalli de Motecuhzoma, l'ombre du Mictlan aurait fait peser une nuit de glace sur mon âme. Comment était-il possible que Tochtlatoa eût le cœur léger, alors qu'il appartenait au rebut de la nation? Ce n'était pas possible – et cependant il souriait, insouciant et paisible, au centre de ma cour. Et je ne savais toujours pas de quelle manière m'adresser à lui. Comme un maître à son serviteur? Je n'en avais pas le courage. Comme un homme à un vieux camarade de collège ? Ma trahison m'en retirait le pouvoir. Comme un haut fonctionnaire couvert d'honneurs et de privilèges à un plébéien déchu du droit de disposer de lui-même à sa guise ? J'aurais eu honte; j'aurais courbé l'échine s'il m'avait éclaté de rire au nez. Alors ?

« Puis-je faire quelque chose pour vous ? » dit-il d'une voix pleine de sollicitude.

Je ne pus en supporter davantage. Détournant les yeux, je me précipitai à l'intérieur de la maison, faisant celui à qui revient soudainement la mémoire d'une affaire à régler d'urgence.

« Pourquoi me suis-je embarrassé de lui ? pensais-je. N'ai-je pas déjà suffisamment de soucis ? J'ai obéi à une impulsion stupide. Dès demain, je le ferai revendre. Je préviendrai l'intendant à mon réveil et il s'occupera de cela. Je ne veux même pas le revoir. Il me rend malade, avec ce sourire d'abruti et ses maudites attentions. Se prend-il pour une courtisane ? »

Tout en grappillant dans les plats qui m'étaient présentés, je songeai que, même pour un juge, il n'était pas si facile de se séparer d'un esclave. En principe, avant de vendre celui-ci, le maître doit avoir eu à lui reprocher trois fautes graves, pour lesquelles il l'a réprimandé devant témoin. Le Lapin-qui-parle me donnerait-il l'occasion de le tancer trois fois d'ici à demain matin ? Il n'y fallait pas compter. Le gaillard se méfiait, à présent. De licencieux et d'incongru, il s'était transformé en véritable chien couchant, ce sourire farineux accroché en permanence aux oreilles ! Bon, eh bien, je ne le vendrais pas. Je me débrouillerais autrement. Je l'enverrais travailler dans mes champs les plus éloignés, ceux qui s'étendent de l'autre côté de la lagune, près d'Azcapotzalco, sur le chemin de Tula. Et j'interdirais à quiconque de me parler de lui, quoi qu'il puisse lui arriver et quelle que soit sa conduite. Qu'il s'échappe à la première occasion et disparaisse pour toujours, je n'en demandais pas plus !

Sur cette aimable perspective, je m'allongeai contre ma natte et m'endormis presque aussitôt.

Au réveil, toutefois, il me fallut admettre que j'avais rêvé de Tochtlatoa toute la nuit. Je fis venir l'intendant. Mais au lieu de lui communiquer ma décision, je m'entendis lui demander d'aller quérir le nouvel esclave. Je voulus me reprendre : il avait déjà tourné les talons.

Fulminant, je m'enveloppai dans mon manteau et attendis, le visage sombre et fermé. L'intendant ne tarda pas à reparaître avec Tochtlatoa.

Lorsque nous fûmes seuls, je sentis que je hurlerais si jamais mon ancien ami me donnait du maître ou s'adressait à moi avec les mêmes empressements qu'hier. Il dut le deviner car il se tint parfaitement coi, l'air affable, mais sans jouer de sa détestable grimace.

Pendant un bon moment, je me promenai de long en large devant lui, les mains au dos, essayant de cacher ma gêne et cherchant dans ma tête une phrase qui fût insignifiante sans être trop niaise.

« Eh bien, dis-je enfin, comment te portes-tu, Lapin-qui-parle ? »

(J'enrageais d'avoir proféré une telle platitude.)

« Comment vous voyez, seigneur. »

Je me mis à trépigner.

« Parle-moi normalement ! hurlai-je.

– Pardonne-moi : c'est l'habitude, et puis...

– Je ne veux pas le savoir ! Ainsi... tu es esclave ? »

(Je me serais tordu le cou avec plaisir.)

« C'est un fait », dit-il, retenant de justesse un éclat de rire.

Je me détournai rageusement.

« Assieds-toi, fis-je d'une voix étouffée, et conte-moi ton histoire. »

Il s'exécuta de bonne grâce, exposant ses tristes aventures d'une façon alerte et plaisante, car il transfigurait par l'humour les épisodes susceptibles de contrarier ou de chagriner l'auditeur.

L'histoire, j'aurais pu l'imaginer moi-même dans ses grandes lignes, si je m'y étais appliqué.

Expulsé du telpochcalli, Tochtlatoa s'était volontairement retranché de Mexico. Il s'était rendu au royaume de Nezahualpilli, travaillant à Texcoco comme marchand de crêpes à tout vent. Tout ce qu'il gagnait, qui n'était pas grand-chose, il le jouait au patolli, excepté une certaine quantité de haches[1] qu'il réservait à l'achat de vin d'agave, au moyen duquel il s'enivrait légèrement chaque soir, jamais au point de perdre sa lucidité ni même d'être repéré dans les rues et remis aux gens de police. Il perdait régulièrement mais, pas plus que ses précédents déboires, ceci ne lui servit de leçon. Il persévéra dans son vice, dormant à droite et à gauche, contre des murs, dans des basses-cours, sous des buissons, ou protégé du

1. Les Aztèques ne connaissaient pas la monnaie. Parmi les instruments de troc qu'ils utilisaient, on trouvait de petites haches de cuivre à double tranchant.

vent glacé de la nuit par les planches de son étal, posé obliquement sur le sol.

Sa seule nourriture était les crêpes rassises dédaignées par la clientèle et, de temps à autre, un peu de fromage de lagune[1]. Un soir, il perdit jusqu'à ses instruments de travail, l'étal y compris. Un homme les emporta, qui n'en avait que faire mais les remit à ses enfants, en guise de jouets. Pour Tochtli, il ne restait qu'une solution. Il alla trouver cet homme le lendemain matin et lui proposa ce marché : « Je te vends mon statut d'homme libre. » C'est-à-dire que le vendeur reçoit en échange jusqu'à vingt pièces de tissu. Ou bien il parvient à les rembourser dans un délai donné. Ou bien, lorsque la somme de tissu est épuisée, il devient l'esclave de son créancier. C'est ce qui advint au Lapin-qui-parle le soir même. Il paria d'un coup les vingt pièces contre celui qui les lui avait avancées et termina aussitôt sa vie d'homme libre. L'homme était un égorgeur de bêtes sans finesse et sans honneur. Il chargea Tochtli de travaux immondes et, ignorant peut-être que la jalouse protection du Jeune Homme s'étend aux esclaves, il le traita brutalement, lui jetant ses ordres comme des pierres, l'obligeant à dormir dans la sanglante vapeur et les remugles de son abattoir, n'hésitant pas même à porter sur lui la main ou le bâton, à la moindre faute ou même simplement pour passer sa mauvaise humeur. En revanche, il lui versait l'octli avec générosité; après quoi, par trois fois, il réunit des voisins encore plus frustes et sordides que lui-

1. Une sorte d'écume blanchâtre qui se concentre près des rives du lac de Texcoco.

même et se plaignit à eux de l'ivrognerie de son esclave, qu'il consuisit à Tlatelolco, bridé comme une volaille.

Le second maître de Tochtlatoa fut un petit fonctionnaire verdâtre et acrimonieux, qui sans cesse chantait pouilles aux gens d'une voix gémissante. Tochtli ne recevait plus ni coups ni alcool. Il disposait d'un coin décent pour se reposer et partageait les repas de la famille, dont pas un seul membre n'était capable de regarder en face qui que ce soit, fût-ce le dindon qu'on allait plumer. Le maître de maison ne savait jamais ce qu'il voulait et passait son temps à contredire ses propres ordres, pour accuser ensuite ses gens de le faire tourner en bourrique. Les filles de la maison étaient d'une hideur quasi démoniaque. Elles croupissaient aigrement dans une virginité qui menaçait de n'être jamais mise en danger. L'une d'elles, néanmoins, s'amouracha de Tochtli, lequel, surmontant sa répugnance, lui fit un chaleureux sourire et, profitant de l'impression produite, demanda un cruchon d'octli. Il l'obtint, mais sa complice fut dénoncée par la sœur aînée, jalouse de son succès. Avant même d'avoir vidé le quart du récipient, le Lapin-qui-parle fut surpris par son maître la cruche à la bouche et se vit une fois de plus accusé publiquement d'être un buveur sans honte ni retenue. Cependant, comme le fonctionnaire éprouvait déjà du remords de s'être montré si dur et craignait de ne plus jamais oser adresser la parole à son esclave, il lui laissa finir le reste du vin...

Deux ans plus tard, alors que toutes les filles étaient folles de Tochtli – grâce à quoi celui-ci était heureusement gardé des avances de chacune, car elles s'épiaient sans cesse les unes les autres – le petit bonhomme vert rapporta d'on ne sait où un tableau de patolli qu'il étala près du foyer avec des mines d'ocelot s'apprêtant à faire un bon déjeuner. Il geignit de colère quand il s'aperçut que la contemplation intense de l'objet (chèrement acquis chez le plus malhonnête des brigands du marché) ne faisait pas surgir dans son esprit les principes du jeu. Tochtlatoa expliqua de quelle manière il fallait s'y prendre, faisant avec patience de multiples démonstrations, au grand émerveillement de la famille assemblée. Ensuite, le père joua avec ses filles, mais ils avaient si mal compris et retenu les règles exposées par leur esclave que ce qu'ils fabriquaient n'avait ni queue ni tête. Tochtli dut jouer tour à tour à la place de chacun d'eux, faisant pour la première fois de sa vie la bizarre expérience de mener seul une partie à quatre personnes. Les haricots du maître de maison l'emportèrent et celui-ci en conçut aussitôt un orgueil démesuré, écrasant ses partenaires de lourds sarcasmes, comme si le hasard du jeu était une victoire de son grand mérite sur leur peu de vertu. Il repoussa Tochtli, pleurnichant qu'il n'était bon qu'à encombrer, et voulut se débrouiller seul, prenant des paris extravagants (encore qu'il ne se fût agi que de plumes de dindon défraîchies). Une fois battu, il se leva en grande hâte, livide et sur le point de sangloter, et courut réveiller le voisinage, afin que chacun pût dûment constater que son esclave, non content de se piquer le nez dès qu'on avait le dos tourné, trouvait encore le moyen de tricher au jeu et d'enseigner cette pratique exécrable à d'innocentes jeunes filles. Le

Lapin-qui-parle fut donc semoncé pour la deuxième fois, tandis que son maître démolissait à grands coups de pied le tableau de patolli et distribuait nombre de calottes aux amoureuses transies, confisquant en outre toutes les plumes de dindon.

Tant de mesquinerie, à la fois faisait rire Tochtli aux larmes, lorsqu'il se retrouvait seul, et l'incitait à châtier à sa façon les ridicules du personnage. Sans avoir l'air d'y toucher, il s'employa à tourmenter le pauvre fonctionnaire, lequel se trouvait constamment placé dans les situations les plus burlesques et devenait peu à peu la risée de son quartier. Finalement, comme il ne s'amendait pas et s'obstinait à faire payer à la maisonnée – parents, serviteurs, et même convives ! – les frais de sa bêtise, Tochtlatoa résolut de lui appliquer un autre genre de punition. C'est dans ce but qu'il misa de la vaisselle usagée, destinée par son maître à un oncle dans le besoin, et s'arrangea pour perdre bien que, par miracle, le jeu lui fût cette fois-là nettement favorable. La suite, je la connaissais – hormis ce détail : en essayant d'aller récupérer ses vieux bouts d'assiettes auprès du portefaix qui les avait gagnés, le maître du Lapin-qui-parle fut gratifié d'une telle réception qu'il dut garder la chambre pendant toute une treizaine, les oreilles à moitié arrachées et le nez enfoncé à l'intérieur du visage.

Lorsqu'il eut terminé son récit, je me sentais aussi jeune que Tochtlatoa. Je riais. Même mes yeux riaient : cela ne m'était pas arrivé depuis des mois. J'étais bien. J'oubliais qu'il était l'heure de partir pour l'audience du matin. J'oubliais l'absurde situation dans laquelle nous nous trouvions : Tochtli mon esclave et moi, son maître. J'oubliais tout ce qui s'était élevé entre nous autrefois, les mauvais tours qu'il m'avait joués et la manière peu élégante dont je m'étais défendu. Mon malaise avait disparu. Je pouvais le regarder au visage sans ciller.

Peu à peu, cependant, me revint la conscience du présent et je soupirai, sentant mon corps se raidir. J'allai près d'une fenêtre qui ouvrait sur le jardin. La nuit commençait seulement de s'effilocher. Je regardais cette imperceptible et merveilleuse respiration des fleurs.

« Tochtli, dis-je, il y a quelque chose qui m'étonne... Réponds-moi si tu le juges bon, mais tu n'y es pas obligé. J'aimerais savoir pourquoi, étant tombé en esclavage, ayant connu de telles vicissitudes, tu conserves une telle gaieté ? Excuse-moi, mais on dirait que ton bonheur est parfait, que tu vis une existence à laquelle nulle autre ne saurait être préférée. Je ne comprends pas. »

C'est à peine s'il hésita avant de me répondre :

« Ignores-tu les avantages dont jouissent les esclaves, en particulier ceux qui, comme moi, ont librement choisi leur servitude ? D'abord, je ne suis en dette avec personne en ce monde. Je n'ai engagé que ma propre liberté. Aucune honte ne rejaillit sur les miens. Mes enfants, si j'en ai un jour, naîtront libres. Quant à moi, j'ai, me semble-t-il, autant de droits que n'importe qui, sinon davantage. Je suis logé, vêtu et nourri comme mon maître lui-même. Je peux chercher à m'évader, tandis que celui-ci ne peut me vendre à sa guise et, selon notre loi, doit m'assurer des conditions d'existence décentes et honorables. Comme un homme libre, je puis épouser une femme libre, avoir des biens personnels et même acquérir des esclaves. Mieux, je peux très bien, un jour ou l'autre, devenir l'homme de confiance de mon maître et commander à des citoyens qui, eux, disposent pleinement de leur corps et de leur travail. Enfin, j'ai la possibilité de me racheter moi-même ou de me trouver un remplaçant, d'être affranchi par mon maître ou par l'Empereur. A tout le moins, je le serai le jour où mon maître mourra, même si je n'ai pas levé le petit doigt pour bénéficier de cette mesure. »

Je savais tout cela, bien sûr. Mais une chose est de savoir, une autre est de comprendre. Et ce que Tochtlatoa était en train de me faire comprendre ne m'était jamais passé par l'esprit. Chez mon père, puis au telpochcalli, j'avais toujours entendu parler de l'esclavage comme d'un malheur et d'une déchéance. J'entrevoyais brusquement la possibilité d'une conception toute différente.

« Mais, dis-je, le front plissé, tu n'en es pas moins entre les mains d'un autre, tel un petit enfant, ou même un simple objet !

– Qu'importe ! fit-il avec un rire léger. Si je suis un enfant, je suis, comme l'on dit, le fils bien-aimé de Tezcatlipoca ! L'Invisible me protège. Tous les hommes libres ne peuvent pas en dire autant ! »

Il me fallut en rester là, afin d'être au tribunal avant que le soleil fût complètement levé. J'eus du mal à suivre les causes qui m'étaient exposées car le Lapin-qui-parle m'avait ébranlé par son discours. Que Tezcatlipoca l'eût protégé plus que d'autres – et plus que moi, en particulier – cela n'était que trop vrai. Et il me fallait bien comparer la morosité de mes pensées et de mon caractère à l'éclatante joie de vivre qui était la sienne. Au bout du compte, qui avait la meilleure part ?

Ces idées me poursuivirent jusqu'au soir et si j'oubliai d'être attentif aux procès, je dois dire que contrairement à ce qui s'était passé la veille, j'oubliai aussi d'être dur et tâchai de concilier les points de vue des parties.

Revenu chez moi, je m'empressai de reprendre avec Tochtli la conversation interrompue.

« Tu dis que Tezcatlipoca te protège, attaquai-je, mais, pour que tu deviennes esclave, n'a-t-il pas commencé par se détourner de toi ?

– C'est le jour de ma naissance qui a fait de moi un esclave, comme il a fait de moi un joueur et un ivrogne – encore que je n'aie pas senti depuis bien longtemps la douce brûlure de l'octli sur ma langue ! »

Je commandai qu'on apportât un peu de vin.

« Bref, reprit-il, je ne crois pas que le Jeune Homme soit pour quelque chose là-dedans. Si quelqu'un m'a aidé à réaliser mon destin, tu as ce quelqu'un devant toi ! »

Je lui servis une coupe d'octli et, tout bien considéré, décidai d'en boire une avec lui.

« En tout cas, dis-je, tu es maintenant sous le manteau du dieu. Le jour Un-Mort, consacré à ce dieu, tous peuvent être atteints par le malheur, sauf les esclaves. Qu'on les frappe ce jour-là, ou qu'on leur dise des paroles blessantes, et l'on attire sur soi la maladie, la misère. Le maître irrespectueux deviendra lui-même esclave, à ce qu'on dit...

– ... et l'esclave battu, enchaîna Tochtli, deviendra riche et prospère ! »

Il éclata d'un grand rire et se resservit une coupe de vin. Je n'avais fait que tremper les lèvres dans la mienne.

« Tu sais, Tochtli, dis-je au bout d'un moment, ne t'offense pas de ce que je vais te dire, mais on ne protège ainsi par des sortilèges que ceux qui ne peuvent pas du tout se protéger eux-mêmes... (J'eus l'impression qu'il me clignait de l'œil par-dessus sa coupe.) Ce qui signifie, mon cher garçon, que tu es soumis à la volonté d'autrui, qu'il s'agisse de ton maître, ou de ton dieu – c'est ce que je te disais ce matin. Contrairement aux hommes libres, tu ne t'appartiens plus, et il n'y a pas de quoi être gai !

– A moins dit-il, l'œil brillant, que je ne m'appartienne davantage !

– Tochtli ! On ne peut pas discuter sérieusement avec toi.

– Encore un peu d'octli ? » dit-il en se resservant pour la troisième fois.

Je le quittai, mais sa dernière boutade, que j'avais cru écarter d'un haussement d'épaules, me résonnait dans la tête. Elle me turlupina ainsi une grande partie de la nuit, car un doute m'était venu, qui ne voulait plus s'en aller : et si Tochtli avait parlé sérieusement ? Il n'en avait pas eu l'air et la chose semblait impossible (comment soutenir un paradoxe aussi insolent ?). Pourtant, l'incertitude subsistait en moi, et l'inquiétude avec elle. Je ne retrouverais la tranquillité que lorsque j'en aurais le cœur net.

Malgré tout, je ne voulais pas brusquer les choses, craignant de ne pas obtenir de Tochtli des réponses aussi franches et aussi approfondies que je le souhaitais. Pour le mettre en confiance, je lui fis souvent porter de l'octli et, à diverses reprises, acceptai de boire en sa compagnie – sans remarquer qu'insensiblement, je prenais goût à ce breuvage duquel jusqu'ici tout me tenait éloigné.

En quoi le Lapin-qui-parle pouvait-il s'estimer plus libre qu'un homme qui n'était pas esclave – voilà ce que j'essayai obliquement de savoir, posant des questions détournées et procédant par paliers successifs, sans jamais perdre patience.

Dès que je me retrouvais seul, j'analysais minutieusement tout ce que j'avais tiré de ces échanges. L'habitude de traquer les nuances, d'interpréter la moindre inflexion de voix, d'appréhender un mot à travers toutes les significations qu'il pouvait prendre, ouvrit mes oreilles non seulement aux discours de Tochtli, mais à tout ce qui se disait devant moi, y compris aux propos des plaignants et des accusés qui se pressaient aux audiences du tribunal.

En quelques mois, ma fonction m'apparut sous un jour entièrement nouveau. Pour traiter du moindre cas, d'innombrables scrupules assaillaient ma conscience. Simultanément, je me prenais d'une véritable passion pour mon travail de juge. J'éprouvais du remords, quand je songeais aux verdicts prononcés à tort et à travers, avec plus de méchanceté que de rigueur, durant les premiers temps de mon magistère. Je consultais longuement mes assesseurs et réclamais plus de compléments d'enquête qu'aucun autre juge de Tenochtitlan.

Cependant, je demeurais obnubilé par ce problème : d'où tenait-il, l'esclave Tochtlatoa, le sentiment de sa liberté ? D'où lui venait cette jovialité irrépressible ?

« Enfin ! tu as bien renoncé au droit d'être libre ? » éclatai-je un jour que j'étais à bout d'allusions et de subtilités.

Il me dévisagea avec sympathie, je devrais dire avec affection.

« Chimalpopoca, répondit-il, ce n'est pas aux droits attachés à la liberté que j'ai renoncé, mais aux devoirs. »

Et comme mes yeux s'arrondissaient :

« La loi m'impose des obligations envers mon maître, c'est un fait. Mais elle me dispense du même coup de toutes les obligations que j'avais à l'égard de la collectivité. Je ne suis plus soumis à l'impôt, aux corvées, au service militaire. Ni l'Etat ni les diverses instances de la nation, de Mexico, du quartier que j'habite, ne songent à exiger de moi la moindre chose. J'ai échangé l'obéissance à tous contre l'obéissance à un seul.

– Cela veut dire que tu as fui tes responsabilités !

– Cela peut vouloir dire aussi que je suis devenu seul responsable de moi-même. Naguère tous me possédaient, sans que j'aie mon mot à dire. A présent, c'est moi qui me loue. Je suis esclave mais je suis moi. Je ne suis pas l'un des milliers de membres d'un corps qui n'est pas moi.

– Donc tu es seul !

– Je ne suis pas seul : je t'ai, toi, mon maître. Ta liberté te contraint à lutter pour assurer ma subsistance; mon esclavage me délivre de tout, sauf de la nécessité d'accomplir un peu de travail pour toi. Dans ce marché, qui est la dupe ? »

C'étaient là des paroles de révolte contre notre

morale et les fondements mêmes de notre société. J'aurais dû punir le Lapin-qui-parle. Mais ses propos séditieux trouvaient un écho au plus profond de moi.

J'avais cru en l'ordre du monde. J'avais placé en lui mes espérances les plus élevées, ma foi la plus sincère. Passionnément, avec abnégation parfois, j'avais aidé à sa construction. Et lorsqu'il avait eu, grâce à moi, suffisamment de force, l'ordre du monde avait roulé sur moi et m'avait écrasé.

Je t'avais aimé, pauvre monde; et toi, ordre absurde; toi aussi, éternité au seuil noyé de sang. Mais vous n'avez pas répondu à mon amour. Hier, je souffrais. Mon cœur marinait dans l'aigreur et l'amertume. La haine inspirait mes pensées, mes paroles et mes actes. A présent, je considérais les choses avec plus de froideur. J'étais comme un homme nouveau-né qui boit au sein de la justice. Et la justice me purgeait de ma rancœur; là où j'avais vu des offenses, elle me désignait des erreurs, des maladresses, des insuffisances.

Un autre jour (le Serpent d'obsidienne avait voulu me rendre visite mais, me voyant en compagnie de son ancien souffre-douleur, s'était retiré sans un mot, ulcéré), Lapin me dit :

« Sais-tu, Bouclier, pourquoi, nous, les esclaves volontaires, on nous donne le nom du dieu Xolotl ? C'est parce qu'il n'a pas accepté de se sacrifier pour faire marcher le Soleil. Il a préféré s'enfuir, se transformer en double épi de maïs, en double maguey, en larve aquatique. Cependant, il n'a pas oublié les hommes. Il a ramené du Mictlan les précieux os des morts anciens, pour qu'une humanité se refasse. Du courage des dieux innombrables est née la trajectoire de l'astre, qui nous tire vers la conflagration finale. De la lâcheté de Xolotl viennent le retour des hommes, la défaite du néant. La multitude bien intentionnée installe l'holocauste et le chaos. Le solitaire, l'insoumis, arrache les germes de vie au ventre glacé de la mort. »

Et j'écoutais cela, sceptique en apparence, ébloui au-dedans de moi.

Mais par ces illuminations de l'âme, j'avais déjà eu trop de déboires, alors je demeurais dans l'expectative, attendant des arguments supplémentaires, des preuves irréfutables. Je m'imposais la patience. Je veillais à formuler clairement toutes les objections qui me venaient à l'esprit, au lieu d'ignorer celles qui étaient trop discordantes, comme ç'avait été naguère ma coutume.

Ainsi, réfléchissant à cette liberté dont Tochtlatoa prétendait jouir :

« Ne dit-on pas, demandai-je, que la liberté d'un homme se mesure à son pouvoir ? Or, l'esclave est voué à l'obéissance. Si même il dispose de quelque pouvoir c'est, ou bien que son maître le lui a délégué, ou bien qu'il lui a donné l'autorisation de l'exercer. Qu'as-tu à répondre ?

– Ton pouvoir de juge, Chimalpopoca, ne t'a-t-il pas été délégué, n'as-tu pas reçu d'en haut l'autorisation de l'exercer ? Est-il manifestation de ta volonté, ou expression de ton obéissance à des principes, à des lois, à des livres, à des autorités et donc à d'autres hommes ? Réfléchis encore à ceci : l'Empereur est-il, lorsqu'il remplit ses fonctions, le plus libre ou le plus contraint des hommes ? S'il décide de tout selon ses désirs personnels, c'est un tyran qui bientôt, tel le roi Pagne, l'ambitieux Maxtla, se voit entouré d'ennemis et meurt assassiné. S'il gouverne, au contraire, selon le génie et le vœu de la nation, protégeant les intérêts des Mexica, faisant fructifier le patrimoine, ce n'est plus un maître, mais un serviteur. On l'appelle le chef des hommes, mais il n'est qu'intendant. De deux choses l'une : ou le pouvoir est un abus, ou il est l'obéissance suprême d'un seul homme à toute une nation. Et dans ce cas, plus grand le pouvoir, plus grande la servitude. L'illustre Motecuhzoma est le seul Aztèque qui reçoive des ordres de tous les autres y compris de ceux qui sont morts et de ceux qui ne sont pas encore nés.

– Néanmoins, il commande!

– Il commande selon ce qu'ordonnent les nécessités du gouvernement, qui toutes se ramènent à la nécessité de bien servir le peuple, sans quoi, d'une manière ou d'une autre, un peu plus tôt ou un peu plus tard, il serait déchu de son autorité. De plus, étant celui sur qui sont fixés tous les yeux, il n'a plus la disposition de soi-même, car chacun de ses gestes est spectacle, car chacun de ses mots est harangue. Responsable de tous, il est privé de sa personne.

– Ton raisonnement semble juste, Tochtli. Cependant, il contredit à ce que chacun peut observer. (Plusieurs jours étaient passés, durant lesquels j'avais tourné et retourné sa thèse, n'en voyant pas la faille, mais n'en acceptant pas non plus les conclusions – et nous étions assis dans le jardin, profitant des dernières lueurs du crépuscule.) Tu dis que l'Empereur reçoit les ordres de tous (donc de chacun) et qu'il ne peut disposer de sa personne, étant à toute heure et en tout lieu le représentant de la nation, dépositaire de son passé, maître de son présent, architecte de son avenir. J'entends cela. Je l'admets. Reste que nul ne peut lui dire d'aller ici ou là, ou lui interdire de le faire, tandis qu'il possède ce pouvoir sur tous les Mexica. Pareillement, le juge tient la laisse de l'accusé, le maître la laisse de l'esclave – et non pas le contraire ! »

Tochtlatoa ne répondit pas tout de suite. Il se tenait à contre-jour et je distinguais mal l'expression de son visage. Etait-il embarrassé par mes arguments ? Souriait-il avec indulgence, comme cela lui arrivait quelquefois lorsqu'il s'apprêtait à balayer d'une phrase une objection que j'avais mis longtemps à échafauder ?

« Il y aurait, dit-il enfin (et la voix sortait de sa figure, mais sa figure était une ombre immobile), beaucoup à discuter à propos de cette laisse qui tient les uns et que tiennent les autres. Ton point de vue pèche par trop de simplicité et aussi par trop de confusion. D'abord, ce n'est pas vraiment le juge qui tient la laisse de l'accusé, mais premièrement le crime de celui-ci et, deuxièmement, la loi, qui tient tout autant la laisse du juge. Ensuite, le rapport du maître et de l'esclave, que tu places sur le même plan, est en réalité tout à fait différent. L'accusé est étroitement surveillé, alors que l'esclave, lui, peut rompre sa laisse, ce que sont impuissants à faire et le juge et Motecuhzoma. Il n'est pas très difficile de s'évader, quand on est esclave.

– C'est un bien grand risque à courir !

– Un risque ? »

C'était à mon tour de sourire finement.

« Admettons qu'un esclave se sauve et qu'il soit repris, ce qui est souvent le cas. Admettons qu'à ton exemple, cet esclave ait déjà été vendu par deux maîtres. Par son évasion, il risque fort d'indisposer le troisième. Réprimandes et admonestations publiques vont alors pleuvoir. Bientôt, l'esclave se retrouvera au marché, exhibé aux pochteca qui cherchent à se procurer des victimes pour honorer le Seigneur-Nez aux fêtes de l'Elévation des bannières de plumes... »

Cependant, à ma grande surprise, le Lapin-qui-parle ne paraissait pas le moins du monde démonté.

« Eh bien ? » faisait-il.

Je surmontai mon désappointement.

« Comment « eh bien ? » – Eh bien, il n'aura joui de la liberté de rompre sa laisse que pour être basculé sous le couteau sacrificiel !

– Oui. Eh bien ? »

J'eus beaucoup de peine à retenir un geste d'humeur. Je retrouvais sans plaisir le Tochtlatoa d'autrefois, celui qui me déconcertait par ses comportements excentriques.

« Enfin ! coassai-je. C'est assez clair, il me semble !

– L'esclave va mourir sur la pierre : c'est bien ce que tu veux dire ?

– Pardi ! »

Il se pencha vers moi et posa la main sur mon poignet. Je voyais ses traits, ils reflétaient une immense bonté, une compréhension affectueuse qui me désarma et, stupidement, me fit venir les larmes aux yeux.

« Bouclier, dit-il d'une voix très douce, l'esclave dont tu parles, qui a décidé de s'enfuir, sachant ce qui l'attendait, n'a-t-il pas librement choisi sa mort – non pas n'importe quelle mort, mais celle qui est magnifique entre toutes et ouvre les portes du paradis des guerriers, sans que l'élu ait eu besoin d'aller faire la guerre ? »

Je le considérais avec stupeur, sentant naître en moi une angoisse abominable.

« S'il s'agit de liberté, reprit-il, ton évadé est le seul Mexica à être libre de choisir sa mort. La fin du plus brave des guerriers dépend de la douteuse issue des batailles. Je dirais même que plus il est brave, plus il risque de n'être ni tué ni pris. Et quant à se laisser faire par l'ennemi, c'est indigne d'un soldat. Celui qui se laisserait capturer ne serait pas considéré comme une prise assez honorable. Au lieu d'être sacrifié, sans doute mourrait-il dans une abjecte servitude, esclave méprisé qu'on voue aux tâches les plus ignobles. Le xolotl en fuite, dont son troisième maître va se défaire une fois qu'il l'aura rattrapé, non seulement a librement disposé de sa vie sur terre, mais il a forcé la société à lui faire don de l'inégalable, parfaite et définitive liberté du paradis et de l'éternité. Je te le dis avec tristesse et compassion, Chimalpopoca mais c'est ce que toi-même tu ne peux plus obtenir, quels que puissent être désormais tes mérites[1]... »

Il était inutile d'apporter cette précision : je ne le savais que trop, et de là venait mon angoisse. C'était comme si tout le malheur qui m'avait frappé ces derniers mois, après avoir pris un peu

1. En fait, d'après Jean Marcilly, il n'est pas impossible que les plus hauts dignitaires et le souvenir lui-même aient été promis au Mictlan, en cas de mort naturelle.

de distance, retombait sur mes épaules. Il ne fallait pas que Tochtlatoa eût raison. Je ne pouvais le supporter. Personne n'aurait pu supporter une telle injustice : le fuyard appelé aux côtés du Soleil, l'intrépide condamné par ses blessures à se dissoudre dans l'atmosphère méphitique et lugubre de Chicnahuatmictlan, le neuvième monde souterrain !

« Ce sont là de belles paroles, dis-je d'une voix sans timbre. (J'essayais de sourire, mais, je le devinais, mon sourire était livide.) Comme toujours avec toi, Tochtli, l'idée est séduisante, mais, de la théorie à la pratique, il y a un pas – et dans l'exemple que nous avons pris, tout particulièrement, ce pas est quasiment infranchissable. Tu le sais, j'ai vu bien des combats. Les capitaines qui étaient autour de moi ne souhaitaient rien tant que la mort d'obsidienne ou la mort des batailles. Cependant je n'ai jamais remarqué qu'un seul d'entre eux ne tentât point de se soustraire aux coups de l'ennemi. Ils avançaient avec une témérité formidable, mais pas un seul – tu m'entends, Tochtli, pas un ! – ne s'offrait aux coups qu'il pouvait éviter. Et c'était là l'élite, la fleur de la chevalerie aztèque. Une fois, il y a déjà longtemps, je fis prisonnier un héros de Tlaxcala, nommé Temilotzin. Il rit aux éclats en franchissant les degrés du grand Teocalli, au sommet duquel le papillon d'obsidienne attendait pour butiner son cœur. Il riait, Tochtlatoa, et je n'ai jamais rencontré un homme qui eût tant de foi et de noblesse d'âme. Mais quand son corps retomba de la pyramide, je vis des larmes sur son visage. (En disant cela, je ne doutais plus de les avoir vues.) Alors, sois sincère, Lapin. Je te connais. Je t'ai vu à la guerre et, sans vouloir t'offenser, tu ne fréquentais pas assidûment le sein de la mêlée ! Si ta chair s'insurgeait alors devant le trépas, comment pourrait-elle rester ferme en songeant à la pierre, au silex perforant la poitrine, à la griffe pontificale qui se referme sur l'émeraude palpitante et brise furieusement les fils qui la retiennent à toi ? »

Il sourit. Il eut seulement un sourire un peu mélancolique.

« Tu veux parier ? » fit-il.

Le lendemain, il n'était plus là.

II

LE DÉBUT DE NOTRE AMOUR

A PRÉSENT qu'il s'était enfui, je n'avais plus qu'une façon de contredire Tochtlatoa, c'était de ne pas m'emporter contre lui. J'interdis à mes gens de lui donner la chasse, et même de le dénoncer s'il arrivait à l'un d'eux de le rencontrer par hasard.

Du reste, je n'étais pas fâché. J'étais triste. Triste parce que mes yeux avaient été ramenés sur la misère de mon destin. Triste aussi parce que les conversations avec le Lapin-qui-parle me manquaient.

Au temps où le scepticisme, le cynisme et le ressentiment empuantissaient mon âme, elles l'avaient purgée de ce triple venin plus sûrement que n'aurait pu le faire le plus brûlant des bains de vapeur. D'ailleurs, ces dernières semaines, je n'avais guère ressenti le besoin du temazcal.

Avant de me dévoiler l'épouvantable injustice des destinées, les propos de Tochtli m'avaient rendu le sens et le goût de la justice. Ils avaient transformé le juge acariâtre – aveugle et sourd à tout ce qui n'échauffait pas sa bile – que j'étais en train de devenir, en un magistrat amoureux de ses fonctions, scrupuleux, avide de comprendre et hanté par l'impossibilité de rendre des verdicts parfaitement équitables. Mon père, de son côté, voyait enfin de desserrer l'étreinte de la maladie. Tout concourait à me rendre la vie plus aimable – mais Tochtli était parti.

Le soir de l'évasion, j'errai dans mon jardin, le cœur funèbre et désœuvré. Ici, nous avions parlé de l'anarchie qui préside à l'« ordre du monde ». Plus loin, mon compagnon disparu avait évoqué la figure détestée de Maxtla, lequel, par les mains d'un esclave, fit étrangler dans une cage où il le tenait affamé le roi dont je porte le nom. Et là, là nous avions partagé l'octli, échangeant des sourires en vidant nos coupes.

L'octli du moins me restait, et comme je ne pouvais trouver le sommeil, je passai la nuit assis devant le feu, avec une jarre où je puisais de temps à autre, méditant sur l'étrange façon dont nos routes, à Tochtli et à moi, par deux fois s'étaient croisées, puis désunies. La première fois, il m'avait poussé à déchoir. La seconde, au contraire, il m'avait sauvé de l'insidieuse dégradation dont j'étais moi-même l'artisan, lorsque je bafouais la justice dans mon tribunal.

Pourquoi deux attitudes aussi contradictoires? me disais-je. Et comment peuvent-elles avoir une seule et même conséquence : notre séparation?

Peu avant l'aube, la jarre étant plus qu'aux trois quarts entamée, j'entrevis une réponse à toutes ces questions. Et si Tochtli, contrairement à ce que j'avais toujours cru, n'était pas responsable des égarements de mon adolescence? Et si ce n'était pas lui qui m'avait poussé à déroger, mais la force de la prédestination, le divin décret inclus dans mon tonalli[1] ?

J'avais soupçonné mon ami d'exercer une mauvaise influence à une époque où je me pensais voué à un avenir céleste. Aujourd'hui, je découvrais que c'était le Mictlan qui m'était réservé. Or, s'il l'était maintenant, il l'avait toujours été. Dès avant ma naissance, cette lugubre vocation avait été inscrite dans mon thème par Ceux du treizième ciel, Tonacatecuhtli (c'est Ometecuhtli) et Tonacacihuatl (c'est Omecihuatl), les divinités qui jamais ne vinrent, car elles étaient déjà.

Il fixe ton arrivée dans le monde, le Couple primordial. D'avance Il dessine ton trajet sur la terre. Il décide de ta mort et de ce qui suivra. Tochtlatoa n'était qu'un homme. Aucun homme, même soutenu par un dieu, n'avait le pouvoir de modifier si peu que ce fût les projets de Ceux qui ont créé les dieux, les quatre cents dieux enfantés par le couteau sacrificiel tombé du haut des cieux sur les plaines septentrionales. Le bon plaisir du couple fondateur, tel est l'imprescriptible destin de chaque homme.

Sans doute, j'étais né sous un bon signe et sous un bon chiffre, mais il y a bien d'autres éléments dans un thème, et les autres, ceux que je ne connaissais pas, pouvaient très bien neutraliser l'influence favorable exprimée par le chiffre 3 et le signe Jaguar. Comment savoir ?

Les prêtres savent. J'irais trouver les prêtres.

A la tombée de la nuit, je rendis visite à celui d'entre eux qui m'était le plus familier : Matapilli

1. La combinaison chiffre + signe désignant le jour de la naissance. Le radical « tonal » signifie à la fois âme et signe de nativité.

qui, tant de fois déjà, s'était trouvé sur mon chemin.

Ces dernières années, nous nous étions souvent rencontrés à la cour. Sa voix y était écoutée autant que celle d'Itzcoatl ou la mienne. A deux reprises, au cours des semaines précédentes, il était venu m'apporter le salut de l'Empereur et ses compliments sur ma façon de traiter les affaires qui m'étaient soumises. C'était un des collaborateurs préférés du Quetzalcoatl totec tlamacazqui[1] – l'un des deux ou trois qui, murmurait-on, avaient le plus de chances de lui succéder. Pour le moment, Matapilli occupait les fonctions de Teopixatepachoani[2]. Je me présentai à la porte de son monastère le douzième jour d'Izcalli, le mois de Croissance, à l'occasion duquel les enfants sont présentés au feu, ayant eu les oreilles percées, afin que le feu fasse leur connaissance.

Il m'accueillit avec amabilité et me fit d'abord admirer les essences les plus rares du jardin et la volière où étaient rassemblés des oiseaux au plumage merveilleux, dons d'ambassadeurs, de marchands et d'autres coureurs de monde. Puis il me conduisit à la pièce qui lui était réservée. La nuit grésillait dans les arbres, juste au-dessus de nos têtes.

Sans détour, sans fioritures non plus, je lui exposai pourquoi j'avais sollicité cette entrevue. Mais il m'arrêta tout de suite : il avait deviné ce qui m'amenait dès l'instant où il avait été averti de ma présence.

1. L'un des deux « papes » de la religion aztèque : le grand prêtre d'Huitzilopochtli. L'autre était le grand prêtre de Tlaloc.
2. Supérieur d'une communauté religieuse.

« J'ai étudié ton thème, seigneur, comme celui de tous les hommes importants. Je dois te dire qu'il est très embrouillé. En fait, je n'en sais guère de plus embrouillé, sinon celui de notre vénéré souverain, Motecuhzoma Xocoyotzin. Je suis en mesure de te révéler certaines choses, mais j'hésite à le faire...

– Je suis prêt à les entendre, fis-je d'une voix blanche.

– Sans doute. Ce n'est pas le souci de te ménager qui m'arrête, car je sais que tu es un homme courageux. (Il ne put s'empêcher de jeter un coup d'œil à ma main mutilée.) Mais ce que je te dirais, en tout état de cause, ne serait qu'une partie de la vérité. Peut-être serais-tu tenté de tirer, quant à celle-ci, des conclusions erronées. Il est difficile à l'homme de contenir son imagination. Or, la vérité est indivisible et, par conséquent, l'ignorance de la vérité l'est aussi. Une seule goutte d'ignorance équivaut à une mer d'ignorance.

– Je m'incline devant ta sagesse, Matapilli. Mais, pour être tout à fait franc, je ne cherche à savoir qu'une seule chose : quel séjour rejoindrai-je après avoir quitté la vie ? »

Il plissa le front et se mordit les lèvres :

« Tu demandes la lumière sur ce que la plupart des hommes supplient qu'on leur dissimule jusqu'au dernier instant. Songe à ce qu'est l'existence de celui qui doit descendre chez Mictlantecuhtli : dès qu'il en est informé, c'est comme s'il amorçait déjà cette descente. Vivant parmi nous, il entame le sinistre voyage et en allonge d'autant le supplice. »

Une pierre glacée s'enfonça lentement à travers mes entrailles.

« Veux-tu me faire comprendre... ? »

Il leva la main pour m'apaiser :

« Non. Je dis ce que je dis, Chimalpopoca. Rien de plus, et rien de moins. Ton au-delà fait partie des choses qui ne sont pas limpides. Si je devais me prononcer d'après ce que je lis dans les manuscrits sacrés, je dirais que tu n'iras ni en un lieu ni en un autre, ce qui est évidemment absurde. En aventurant mon interprétation, j'arriverais peut-être à plus de précision, mais sans aucune certitude. Faisant la même étude que moi, un autre prêtre, aussi savant et aussi impartial, pourrait parvenir à une conclusion toute différente. Bien sûr, je ne dirais pas cela à un homme du peuple, car ce serait ébranler sa foi, ainsi que sa confiance dans ses dirigeants. Mais à toi, qui es un favori de l'Empereur, je peux bien confesser ma perplexité. Tu t'es suffisamment élevé pour supporter l'idée de l'inconnu et de l'indéfini. »

Mais je ne l'écoutais plus.

« Tu veux dire que d'après tes livres, balbutiai-je, aucune demeure n'est prête à accueillir mon âme ? Ni la maison du Soleil, ni les verts gazons de Tlaloc, ni l'envers ombreux des longues steppes du Nord ?

— Je n'ai pas dit cela, seigneur. J'ai seulement affirmé qu'en les écritures, aucune relation n'apparaissait clairement entre ta mort et l'un quelconque de ces trois séjours. »

Revenu chez moi, je vidai une cruche en quelques instants.

Cette nuit-là, le monde fut saisi d'une folie soudaine, dans les parages du temple de quartier qui s'élève non loin de ma demeure. Un tourbillon de vent enlaça tout un bouquet d'arbres et le tordit de telle manière qu'on eût dit le travail d'une gigantesque main. Le même tourbillon déracina de jeunes plants et, arrachant l'herbe sur son passage, se dirigea vers le sanctuaire où il s'engouffra, faisant sauter les attaches du portail. A l'intérieur de l'édifice, il s'enroula autour d'une idole de Tezcatlipoca, Celui-qui-souffle-dans-l'épaisseur-des-ténèbres; il la fit d'abord tournoyer sur son socle puis la jeta contre un prêtre qui implorait la clémence du dieu. L'idole demeura intacte, mais le ministre mourut écrasé. Or, il s'agissait d'un des neveux de notre Serpent-femme[1].

Nous apprîmes d'autres nouvelles à notre éveil. Dormant à la belle étoile près de Colhuacan, trois bergers affirmaient que le sol avait tremblé tandis qu'on sonnait à Mexico la cinquième heure de la nuit. A Tepexpan, au même instant, tous les chiens s'étaient mis à hurler à la mort. A Eecatepec, sur l'autre rive du lac, on avait vu les dindons endormis s'élever au-dessus du sol et demeurer suspendus dans les airs. Au bout d'un certain temps, une langue de brume était descendue sur les mâles les plus féconds et les avait tirés vers le haut du ciel, où ils avaient disparu. Plusieurs personnes avaient été témoins de ce phénomène. Le matin du jour suivant, on devait retrouver ces animaux morts au fond des parcs, énucléés, vidés de leur sang, ternes et durs comme la pierre.

Il y eut aussi des foyers soufflés par une haleine intangible, dans le matin roux, des nourrissons vomissant de l'eau verte en telle quantité

1. Cihuacoatl : ce nom de déesse était aussi le titre que portait le deuxième personnage de l'empire.

qu'on aurait pu croire qu'ils étaient allés, en rêve, se noyer dans la lagune. Il y eut des accouchements maudits, dont les fruits exhibaient plus d'yeux, de jambes, de bras et de doigts qu'il n'était attendu. Il y eut au milieu de l'air des musiques furtives, des silences effroyables; il y eut des murmures sous la terre. Des ombres s'allongeaient, qui n'étaient faites par rien. Il y eut toute sorte d'apparitions et de disparitions, dans le bercement de l'aurore.

Sur ces entrefaites, Tochtlatoa revint.

Il ne revint pas seul. Il ne revint pas de son plein gré. Macuilcipactli le menait au bout d'une corde, rayonnant, entouré par des gens de sa maison, qu'il avait armés de gourdins et de sarbacanes.

Je demeurais immobile, suspendu entre deux réactions contraires. J'étais ravi de retrouver le Lapin-qui-parle et voulais montrer ma joie. Mais, également, je pâlissais de le voir traité comme un gibier – et par cet abject Macuilcipactli, encore, qui n'était pas digne de lacer ses chaussures!

Je foudroyai du regard le voisin de mon père, tandis qu'il pataugeait dans un discours ampoulé, redondant et filandreux, où s'entrecoupait de grossières flatteries le récit désarticulé de sa course à Tochtlatoa dans les basses collines de Coatlinchan.

Mon ami me regardait en souriant, l'air dégagé, comme s'il n'était concerné ni par ce que racontait l'avare, ni même par les liens qui encerclaient son corps.

Interrompant Macuilcipactli sans aucun égard, je commandai d'une voix cinglante qu'on le délivrât séance tenante.

« Tu es libre, Tochtli ! Je veux dire : tout à fait libre. Pars maintenant, si tu le désires. »

Son sourire s'élargit, ses yeux pétillèrent, mais il ne répondit rien. Macuilcipactli et ses sbires me considéraient avec effarement. Je me retenais pour ne pas sauter sur eux, empoigner un de leurs bâtons et leur en faire goûter la verdeur. Ma vieille haine contre ce visqueux personnage, que je croyais éteinte, flambait à nouveau dans mes veines, non seulement intacte, mais plus ardente que jamais. Je grinçai des dents en apercevant les marques sanglantes tracées sur le dos de Tochtli.

« Quant à toi, m'écriai-je, pointant sur Macuilcipactli l'index de ma main blessée, tu es en état d'arrestation, ainsi que l'escadron de gredins qui t'accompagne ! »

Tochtli éclata de rire, et peu s'en fallut que je l'imitasse, tant l'expression hébétée de ces canailles était plaisante à voir.

Le vieux grigou avait les larmes aux yeux et ses lèvres remuaient toutes seules, sans qu'aucun son se fît entendre. Les serviteurs, accablés, laissaient pendre leur tête contre leur poitrine.

« Il est malheureux qu'arrivé à ton âge. Macuilcipactli, tu ignores encore les moins secrètes de nos lois ! ironisai-je. A moins que tu n'aies le crâne particulièrement épais ? Ne sais-tu pas, déluré vieillard, que ces lois punissent le délateur de l'esclave en fuite ? Qu'elles prévoient des peines sévères pour les individus qui barrent la route à ce dernier, à moins qu'il ne s'agisse du maître lui-même ou de ses fils ? Tezcatlipoca protège les tlatlacotin[1]. L'Empereur protège les

1. Les esclaves.

tlatlacotin : que le fugueur parvienne à passer les portes du palais et il se trouve, de ce simple fait, affranchi. Ignores-tu ces lois ou les braves-tu en pleine connaissance de cause, dans le désir d'offenser les dieux, les princes et les juges ?

– Non... non... mais... mais... bêlait-il.

– Non non mais mais ? Insinuerais-tu que je divague ? Que tu ne t'es pas rendu coupable du crime dont je t'accuse ? Je n'ai plus, au bout de ce bras, que la moitié d'une main, mais j'ai encore deux yeux pour voir, par Tezcatlipoca l'omniscient ! Et je vois ici Tochtlatoa, qui avait pris la fuite et que moi, son maître, je n'avais pas fait rechercher. Je vois des cordes et des massacrants et tout un parti de forbans à ta solde ! Vas-tu nier, malotru ? Ecoute-moi bien, Macuilcipactli : voilà ce qui t'attend. On va t'enfermer avec ta bande dans une cage étroite et résistante. Demain matin, on vous sortira de là avec tous les égards dus à vos personnes dépravées, et l'on vous conduira en joyeuse procession jusqu'au tribunal où je vous jugerai, faisant preuve à votre endroit d'une mansuétude dont on frémira jusqu'au fond des cabanes de Tlachco et d'Ixmiquilpan[1] ! »

Lorsqu'on les eut emmenés, je demeurai dans la cour avec Tochtli.

« Tu ne pars pas ? Tu es vraiment libre, tu sais !

– Je préfère rester, si tu veux bien.

– Je t'ai publiquement affranchi, Lapin-qui-parle...

– Garde-moi comme serviteur affranchi, si cela te convient.

– Bon ! fis-je. Si c'est ce que tu souhaites... »

1. Deux localités très éloignées de Mexico.

Il acquiesça d'un signe. Puis le silence s'installa entre nous. Le front soucieux, mon ami considérait alternativement le sol et le ciel.

« Chimalpopoca, finit-il par dire, tu dois me rassurer : c'est une leçon que tu veux donner à ces pauvres gens, n'est-ce pas ? Tu ne vas pas réellement les faire passer en jugement ?

– Ces fripouilles ? Bien sûr que si ! Demain à cette heure-ci, ils seront tous réduits en esclavage, ainsi qu'il convient en pareil cas. Que penserais-tu, si je t'attribuais ce cher Macuilcipactli ? Lui qui considère les biens au-dessus de toute chose, quelle chance inespérée : il va devenir le bien d'un autre ! »

Je me mis à pouffer, mais dus m'interrompre brusquement, car le visage de mon ami demeurait fermé. J'étais dérouté par cette attitude. Autrefois, c'était moi qui faisais la tête pendant que lui se tenait les côtes...

« Chimalpopoca, dit-il, pour la première fois depuis que nous nous connaissons, c'est moi qui vais te demander d'être sérieux. »

Je m'insurgeai :

« Tu crois donc que je plaisante ? Je te rappelle que je suis juge, Tochtlatoa. Je ne plaisante jamais avec la justice. Ce n'est pas moi qui condamnerai ce vieil impertinent, ce sont des lois qui nous dépassent tous ! »

Il plongea en moi un regard sévère et inquisiteur :

« En es-tu sûr ? »

Je haussai les épaules avec irritation.

« Veux-tu que je fasse apporter les livres et qu'un scribe soit commis à la lecture des passages qui concernent l'attitude à l'égard des esclaves en fuite? Ne te moque pas de moi, Tochtli! Tu connais ces textes aussi bien que moi : les enfants de huit ans les connaissent! Apparemment, Macuilcipactli est le seul Aztèque qui n'en a jamais entendu parler!

– A ton tour, Bouclier, ne sois pas hypocrite! Tu sais très bien qu'il n'en est rien. S'il a passé outre, c'est qu'il pensait bénéficier, en me ramenant à toi, d'un tout autre genre de réception. Quelqu'un lui avait dit – pardonne ce détail immodeste – que tu tenais à moi. Il croyait te faire plaisir, voilà tout!

– Macuilcipactli lâche toutes ses affaires et bat trois jours et deux nuits la campagne avec ses gens, tout cela pour m'être agréable! ricanai-je. Décidément, il se passe à Mexico des choses stupéfiantes, ces derniers temps!

– Macuilcipactli est Macuilcipactli, répliqua mon ami. Ce n'est pas à son âge qu'il va changer, et je ne me donnerai pas le ridicule de le présenter sous un jour aimable. Le fond de l'affaire, je vais te le dire, car j'ai surpris, bien malgré moi, une conversation qu'il avait avec son intendant, le gros qui n'a plus de cheveux sur la tête. Il souhaitait se mettre dans tes bonnes grâces parce qu'il doit bientôt plaider devant toi un différend qui l'oppose à je ne sais quel autre propriétaire, à propos d'un bout de terrain.

– J'aime mieux cela! raillai-je. Je croyais déjà que le pauvre homme avait perdu l'esprit! »

Tochtli détourna les yeux en soupirant :

« Chimalpopoca, fit-il à voix basse, je t'ai prié d'être sérieux! »

Je fronçai les sourcils :

« Eh bien? Suis-je tenu de prêter la main aux

sombres combines de ce margoulin ? Tes révélations ne font que l'enfoncer davantage ! »

Une fois de plus, mon ami soupira :

« Je te l'ai dit : Macuilcipactli est Macuilcipactli. Pourquoi lui faire payer maintenant un défaut de caractère dont les dieux l'ont affublé dès le jour de sa naissance ? Oublie le calcul – que d'ailleurs tu ignorais – et songe seulement au service qu'il croyait te rendre – et qu'il t'a effectivement rendu.

– La loi est la loi ! dis-je d'un ton renfrogné.

– Est-ce à toi que je dois apprendre que la loi est une chose et la justice une autre chose ? La loi est un objet immobile. C'est la justice qui lui donne une âme et qui la rend vivante. Et la justice varie selon les cas et les circonstances, comme tout ce qui passe par la raison et par le cœur de l'homme.

– Ce qui signifie ?

– Ce qui signifie que tu ne peux faire comme si l'objet se mouvait de lui-même, quand c'est toi qui le fais bouger. Et je répète la question à laquelle tu n'as toujours pas répondu : es-tu sûr que le jugement que tu vas rendre contre Macuilcipactli transcendera sa personne et la tienne, ou, pour parler plus clairement, qu'il transcendera les sentiments que cet homme t'inspire, à toi Chimalpopoca, l'individu, et non pas le représentant de la justice ? »

Je réagis avec violence :

« C'est une insulte que tu viens de me cracher au visage, Tochtlatoa ! »

Il courba la nuque, l'air profondément malheureux.

« Penses-tu réellement cela ? murmura-t-il. J'essaie seulement de te mettre en garde. »

Je regrettai aussitôt mon accusation, mais je n'étais pas prêt à lui céder pour autant.

« C'était Macuilcipactli qu'il fallait mettre en garde ! bougonnai-je. Ou bien c'était toi-même, au moment où tu as pris la décision de fuir ! Au fait, Tochtli, souviens-toi de nos entretiens : ne prétendais-tu pas que tu te trouvais dispensé de toutes tes obligations à l'égard des hommes, ton maître excepté ? « Je ne suis plus responsable que de « moi-même », disais-tu. Tu vois que tu avais tort. Quelques jours plus tard, tu allais être responsable du Cipactli et de ses porte-bâton. Même à travers l'évasion, l'esclavage n'est pas la libération que tu disais ! »

Mes espérances furent déçues : il ne fit pas rebondir cette controverse.

« Si je suis responsable d'eux, dit-il, alors laisse-moi intervenir en leur faveur.

– Ecoute, Lapin, mettons les choses au point : c'est toi qui te sauves, mais c'est moi qui juge. En outre, étant déjà le témoin principal, tu ne saurais prendre la place de l'avocat. Le tribunal entendra demain ce que tu as à dire mais, je te préviens, n'outrepasse pas tes droits : je me verrais dans l'obligation de te faire expulser. Enfin, médite ceci, Tochtlatoa. Quand un homme est victime d'un crime, ce n'est pas seulement lui qui est lésé, c'est la loi. En ce qui le concerne, il peut bien absoudre le criminel si ça lui chante, cela n'empêchera pas la loi d'exiger réparation pour elle-même. »

Là-dessus, je lui tournai le dos et m'enfonçai à l'intérieur de la maison. J'en ressortis presque aussitôt pour lui offrir de partager quelques coupes d'octli, mais il n'était plus dans la cour. J'envoyai un serviteur à sa recherche dans la rue : l'homme revint bredouille lui aussi.

Cette nuit encore, il me fallut boire seul. Je séchai quatre calebasses coup sur coup. Le sommeil m'empoigna la nuque, et ce fut comme si j'étais précipité dans un puits sans fond.

Je fus réveillé avant l'heure habituelle de mon lever par des chants d'oiseaux qui me parurent aigres et discordants. L'envie me vint de lancer des pierres à ces volatiles. Mon haleine était brûlante et fétide. J'avais l'impression que ma gorge et ma tête étaient envahies par un sable corrompu. Partant de ma nuque, des décharges acides secouaient mon dos : je me faisais l'effet d'avoir brutalement vieilli d'un siècle.

Pensant à ce qu'allait être cette matinée, avec l'audience de Macuilcipactli et de ses comparses, je ne pus retenir un gémissement. Maudite soit toute cette racaille ! N'auraient-ils pas pu se terrer chez eux, plutôt que de venir narguer la loi dans mon propre domicile ? Et Tochtli qui osait leur trouver des excuses !

Je lacérai des imprécations entre mes dents serrées. D'ailleurs, me dis-je, c'est bien simple, je ne me mêlerai pas de cette affaire. Qu'ils se débrouillent tous ensemble ! Je laisserai mes subalternes procéder aux interrogatoires et décider du verdict, ayant écouté les arguments de Tochtli trois jours entiers s'il le faut ! Moi, je ne ferai que proclamer la sentence.

Cependant, j'étais encore maussade et excédé en sortant de la maison.

La Lapin-qui-parle m'attendait dans le jardin,

près d'une petite porte donnant sur une rue latérale. En deux mots, je le mis au courant de ma résolution.

« Ainsi, dis-je en manière de conclusion, tu ne pourras pas m'accuser de faire jouer des sentiments personnels ! »

Je m'attendais à le voir sourire : son visage conserva une gravité extrême.

« Alors, me demanda-t-il d'une voix blanche, tu vas quand même les faire passer en jugement ? »

Je bondis levant les bras au ciel et criant :

« Mais pour qui me prends-tu, Tochtlatoa ? Pour une bannière qui flotte ou pend sur sa hampe au gré du vent ? Je croyais avoir mis les choses au point hier soir. Tu es donc devenu sourd ? Ou complètement stupide ? Qu'imagines-tu, à la fin ? La justice doit-elle se conformer à tes lubies ? Comptes-tu faire relaxer toute la pègre de Mexico ? Tu sais que j'ai de l'affection pour toi, mais n'en profite pas ! Ne me pousse pas à bout. A cause de toutes vos histoires, je n'ai guère de patience ce matin. J'ai dit que je laisserais des juges parfaitement indépendants s'occuper du cas Macuilcipactli : c'est une concession suffisante à ton injurieuse méfiance, me semble-t-il ! Si le vieux et ses gens sont dans leur bon droit, ils n'ont absolument rien à craindre. Au demeurant, je ne t'empêche pas d'en appeler, toi la victime, à la clémence du tribunal : cela aura certainement un heureux effet. Je te l'ai déjà dit hier, Tochtli, prends tes responsabilités ! N'essaie pas de t'abriter derrière moi !... Je me demande d'ailleurs ce qui peut te pousser à plaider en faveur de tels coquins : as-tu seulement regardé ton dos ? »

Le Lapin-qui-parle ne cillait pas, ne faisait pas

mine d'ouvrir la bouche. Sans me lâcher des yeux, alors que j'entamais ma dernière phrase – « Je me demande d'ailleurs... » – il écarta son bras gauche de sa hanche. C'est-à-dire que ce membre se mit en mouvement, comme s'il était animé d'une vie autonome. On aurait vraiment juré que Tochtli ignorait ce qu'était en train de faire son bras. Et l'on pouvait croire aussi que ce bras était doué du sens de la vue parce que la main, sans tâtonner, alla se poser sur la pièce de bois qui servait de loquet et entreprit de la retirer de son logement.

Ces opérations avaient été accomplies en un clin d'œil avant même que ma tirade fût achevée. Mais mon esprit, envoûté, les avait détaillées de telle sorte que, dans le temps particulier de la conscience, toute la durée d'un psaume aurait pu s'écouler.

Au moment où j'arrivais au bout de ma phrase – « ... as-tu seulement regardé ton dos ? » – la porte s'ouvrit.

Une femme se tenait sur le seuil.

Une fois déjà, Tochtli, manœuvrant un panneau de bois, avait découvert à mes yeux une vision ébahissante. Mais la première était horrible. Celle-ci me remplissait d'émerveillement.

Une femme au teint pâle et doré, se reflétant sur mes prunelles non comme dans le regard d'un homme mais comme en un miroir d'obsidienne, peinte d'une manière non point brusque et barbare (à la façon navrante des femelles otomi), mais imperceptible, très subtile – on souligne d'une ombre de couleur les suavités naturelles – un être de paradis flottant dans un fin corsage, dans un moribond froissement d'étoffe qui n'en finit pas de mourir. Et le long balancement de la jupe sous une brise! Le nuageux parfum qui vogue et chavire. L'écume de chair rêvant aux échancrures... Et ces yeux, ce regard, entre les bijoux de plumes! L'essaim nacré des dents, sous l'impeccable ourlet des lèvres... Le doux fardeau de la chemise, supportant des colliers... Atototl! Depuis ce jour où j'avais dû m'humilier devant son père, je ne l'avais jamais revue. Et c'était non plus une jeune fille désirable et fragile, mais une femme qui a l'âge immobile, l'âge immortel de la féminité, intimidant le vieux soupir des hommes, repoussant et ravivant sans cesse leur scabreuse convoitise, ayant la mort avec soi pour soulever sa jupe et souffler la poussière dans nos yeux et rire de nos effrois. Et ce n'était plus quelqu'un qui attend, c'était quelqu'un qui accorde et refuse, et va quand bon lui semble.

Nous étions trois statues : l'idole encadrée dans la porte, le mécréant foudroyé, le vicaire implacable. Les oiseaux s'étaient tus.

Je n'étais plus en ma demeure. Je n'étais plus nulle part, mais dans le rayon de ses yeux. Il ne faisait ni nuit ni jour; il faisait la lumière de ses yeux.

Tochtli ne parlait pas. La parole ne m'appartenait plus. C'est elle qui rompit le silence, quand j'étais sur le point de me dissoudre en son regard à jamais.

« Ainsi, Chimalpopoca, tu ne trouves rien à dire? Jadis, tu causais sans y être convié. Aujourd'hui, tu restes silencieux, lorsqu'il faudrait que tu t'expliques. Quand te décideras-tu à faire les choses au moment opportun? Mais je comprends ton désarroi : tu ne t'attendais guère à me voir! Tu pensais mettre à exécution ton projet infâme sans être dérangé. Eh bien, tu te trompais – une fois de plus! Le Lapin-qui-parle a couru me prévenir. Et maintenant, ose me dire en face, vénéré juge, que tu veux punir mon père pour une autre raison que de satisfaire ta rancune. Tu le détestes parce qu'il m'a soustraite à tes insolents appétits – geste dont il n'est de jour que je ne me félicite! Tu ne supportes pas d'avoir été remis à ta place et contraint par la cour impériale de présenter des excuses dégradantes. Et voilà que tu profites de tes fonctions de juge pour tirer vengeance de ce juste camouflet! J'étais venue ici dans l'intention de te supplier mais, considérant ton impudence et ta mesquinerie, je ne saurais me résoudre à une attitude aussi humble, car rien n'est plus honteux que de s'avilir au pied des fourbes et des médiocres. Réalise donc ce que tu as comploté, Bouclier Fumant! Pas une prière ne franchira mes lèvres, je préférerais m'ouvrir le sein et m'arracher le cœur moi-même! Vas-y! Venge-toi! Mais je te préviens : que mon père ait seulement à franchir en accusé le seuil de ton tribunal, et c'est à l'Empereur que j'irai demander justice. Justice, Chimalpopoca, justice! – cela que méconnaît, méprise et foule aux pieds un certain lâche malfaiteur, abrité derrière un titre de juge! »

Du front jusqu'aux chevilles, elle était frémissante. Ses yeux auraient voulu me réduire en cendres... Ce fut le début de notre amour.

III

LE TEMPLE DE TLOQUE NAHUAQUE

L'Oiseau d'eau écartait de ses ailes l'amertume des jours. Elle transformait les nuits en vallée de lumière et sa chair en diamant. Chaque soir, j'attendais le discret accostage de mon embarcadère, le frôlement de la jupe contre les fleurs assoupies, et je recommençais de la connaître, car elle était l'exquise énigme, et pourtant l'unique réponse dans un écheveau de questions.

Tochtlatoa surveillait les parages, éloignait les passants. Il était gardien et messager de cet amour.

L'amour, cet amour venait à moi dans un scintillement qu'on étouffe, porté par le glissement d'une lueur. Nous avions été cendre, nous allions devenir braise. Par l'eau fendue, j'étais hanté. J'imaginais l'étrave déchirant la sourde soie de la lagune, une flèche silencieuse pointée vers ma demeure. J'imaginais, puis j'apercevais cette flèche. Alors, Atototl était là, voilée, drapée dans un sombre manteau, et je sais que nous roulions, au sein d'un long et lent remous, emportés telles des étoiles d'un bout à l'autre de la nuit.

Je sais encore qu'après ceci, je regardais la terre d'une manière différente. Nous choisîmes un volcan; nous dîmes : « C'est le nôtre. » Nous allions le voir, épuisés, depuis les terrasses supérieures. Nous lui avions donné un nom secret et, parfois, c'est moi qu'elle appelait ainsi.

Je me souviens très bien de tout.

L'Oiseau d'eau n'était pas celle que j'avais cru aimer dans mon adolescence. Elle était fille des feux clairs et des midis ardents. Certains éprouvent de la passion pour une chose ou une autre, ou pour quelque personne, et puis sont ternes. La passion, chez elle, était une façon d'être.

Tout à côté, il y avait la joie. Je me souviens d'avoir formidablement ri. Deux amours nous unissaient : celui des corps et puis l'amour des rires. En dépit du grand danger que nous courions à cause de l'illégitimité de ces rencontres, nous pouvions rire ensemble durant des nuits entières. Nous allions chercher le Lapin parlant, pour qu'il rie avec nous.

Au début, nous avons ri de tout, et d'abord de nous-mêmes. Nous avons ri de notre amour. De la menace qu'il faisait peser sur nous. Nous avons ri de mes anciennes maladresses, des injures et des dédains d'Atototl. Nous avons ri de Macuilcipactli et de la façon dont il m'avait berné. (J'appris ainsi que le jour de la fête des Prémices, deux ans après le Feu Nouveau, lorsque j'avais fait le fanfaron devant lui et toute sa famille rassemblée, sa bonne humeur provenait de ce qu'il venait d'être abordé par une entremetteuse dépêchée par les parents de Cecoatl. Je ris de cela plus que de tout le reste.)

L'épisode du doigt fut une source d'hilarité inépuisable. Un jour Atototl, à qui je ne pouvais offrir de bijoux comme je l'eusse désiré, de peur que son époux ne les découvrît, me pria de le lui donner. Ce fut d'ailleurs tout ce qu'elle me demanda jamais.

« Je suis jalouse de ce doigt de femme, dit-elle avec malice. J'ai vu un jour qu'il pouvait te rendre fou... Je me demande si moi, je serais capable de te mettre dans un tel état en utilisant un seul de mes doigts...

– Tu n'as même pas besoin de ça ! dis-je.

– Crois-tu ? » fit-elle dans un murmure.

L'instant d'après, nous roulions à nouveau, abandonnant le sac sur le sol avec nos vêtements, insouciants de profaner ce divin objet, car l'idée même du sacrilège était sortie de nos cœurs. Et nous roulions...

Des parfums nous venaient alors, que nous n'avions jamais sentis. Il n'était pas un lambeau de vent qui n'emportât le capiteux souvenir d'un arbre, d'une plante échauffée, d'un mets en train de cuire. Nous découvrions que les odeurs n'étaient pas quelque chose d'impalpable et de volatile, mais plutôt comme de pesantes et vastes formes, qu'on ne voit point pour la seule raison que les yeux ne sont pas faits pour elles. Comme les sons, les odeurs ne s'ajoutent pas à l'univers. Elles sont un univers à elles seules, qui a son propre jour et sa propre nuit, ses propres fonds, ses propres éminences, sa durée à lui. « Un univers, me disait-elle, où se battre n'a pas de sens, où il n'est pas du tout besoin de mourir, car on vient seulement pour fermer les yeux. »

Chaque nuance du bonheur a fait renaître celui qui l'a vécue. Mais je ne conterai pas le détail de nos nuits.

Mon cœur s'est grisé, je ne suis pas un affligé,

je ne suis pas de ceux qui pleurent sans cesse les grandes émeraudes et les plumes déployées.

Tltaltecatzin, le Chichimèque, l'ancien seigneur de Cuauhchinanco, il se lamentait ainsi, ayant tourné vers Tula le regard, vers les pierres noircies de Tula :

Seul, ainsi, je partirai
Mon cœur recouvert de fleurs.
Nulle part on n'est connu
Sur la terre!
Qu'il en soit ainsi,
Et en paix.

Je dis, moi, Chimalpopoca : qu'il n'en soit pas ainsi! La paix n'est pas en ce sépulcre des désirs et des rêves. Ne soyons pas seuls! Ne partons pas! Restons avec une femme et des amis précieux! Il ne faut pas tolérer la solitude. Il ne faut pas tolérer de partir, même le cœur enrobé d'une corolle superbe.

Tu es connu de l'univers, si tu es connu dans le cœur de quelqu'un. Un seul cœur te reconnaît, c'est le plus sûr endroit pour rester et goûter non seulement les pétales, mais le suc des fleurs de la vie. Cessons d'aspirer à gésir : il y a encore du chemin à faire debout sur la terre, pour ceux qui vivent. Etendons-nous au long des hanches nues, car c'est encore marcher, car c'est encore tisser la vie. Comment pourraient-ils faire l'amour, ceux qui paradent là-haut, ayant épaulé le palanquin du Soleil?

« Le temps est court, disait-elle, et nous n'y pouvons rien. Mais si tu sais t'y prendre, tu peux connaître l'éternité qui est dans le plus bref instant, l'éternité verticale, qui n'a pas besoin d'étendue car elle possède une infinie profondeur. Or il y a dans une vie, dans un jour, dans une heure, autant de ces instants qu'un cœur peut en désirer – et qui veut être éternel, il n'a d'abord qu'à vivre, à vivre sa vie éperdument ! »

Nous laissons derrière nous des ruines et des souffrances, nous nous laissons aussi. Il faut qu'un autre nous retienne. Il nous faut retenir quelqu'un. Ne mourons plus. Ne laissons pas quelqu'un mourir.

« On décrit plusieurs sortes de paradis, disait-elle. Mais la vie, elle est unique. Chacun n'en a qu'une et doit y faire attention. »

Tochtlatoa hocha rêveusement la tête, les paupières à demi closes. Dans ces moments-là, on entendait l'eau clapoter près de la rive et les oiseaux s'ébrouer fugacement dans le feuillage. J'avais l'impression qu'ils étaient frère et sœur, mon ami et celle que j'aimais. Leurs yeux brillaient de la même manière, ils se fermaient en même temps, lorsque certains mots étaient dits. Comment ils regardaient le monde, c'était une chose enfantine et miraculeuse. Et moi, à leur contact, je continuais à devenir un autre homme. Non seulement j'avais changé de caractère, d'attitudes, d'inclinations, mais je m'étais affranchi d'un grand nombre de préjugés et n'acceptais plus aucun dogme sans examen. A mon insu, mes réflexions sur la justice, le pouvoir, la liberté individuelle, la destinée, le sens de la vie et l'au-delà, me conduisaient de plus en plus loin des conceptions communes.

Atotol me rapportait certains récits que lui faisait son époux, lorsqu'il rentrait de ses expéditions lointaines. On rencontrait là-bas dans les extrémités du monde, des peuplades hideuses, en fort mauvaise santé, mais qui parlaient gentiment, avaient des idoles débonnaires et répugnaient aux sacrifices. Entièrement nus devant leurs filles et leurs femmes, les hommes restaient à fumer dans le milieu du jour, étendus sous des toits de palmes, attachés à de simples bâtons. Pour dire bonheur, ils avaient un mot qui signifiait « le jour », et c'était le même mot pour désigner la nuit, et aussi le visage et aussi un certain oiseau bleu qu'ils regardaient voler en riant, se frottant mutuellement les oreilles avec de petits plumeaux d'herbes piquantes.

Aux antipodes de ceux-ci, d'autres cachaient une fillette dans une sorte de terrier, avec plusieurs précautions de sorcellerie, lui nouant un boyau d'animal autour de la cheville et déposant sous ses cheveux une petite capsule de poudre mêlée à du piment et de la fiente séchée. Puis ils la faisaient chercher par de plus jeunes, demeurés au village dans une vaste maison sans porte ni fenêtre, où l'on n'avait pas le droit de cracher par terre (sous peine, croyait-on, de devenir stérile, sinon impuissant). On construisait la maison autour d'eux, pendant la nuit, et à l'aube, pour les en faire sortir, on l'abattait à coups de massue. Alors, un petit tambour peint était remis à chacun d'eux et ils devaient tâcher de découvrir le trou où la jeune fille attendait. Le vainqueur pouvait épouser maintenant celle-ci, ou n'importe quelle autre femme de la tribu, sauf l'épouse ou la fille du frère de sa mère. Si la cachette demeurait introuvable, on changeait de chef et personne ne pouvait toucher à la fillette jusqu'au jour de sa mort, car elle serait changée en démon et aurait dévoré tous les mâles du village, avant de s'engloutir elle-même. Ceux-là, qui ne disposaient même pas d'un vocable pour dénommer la guerre, montraient un contentement naïf à incendier leurs petits tambours, une fois que la gamine avait été extirpée de la fosse, après quoi ils se hâtaient d'en confectionner d'autres, se privant de dormir pendant trois jours et trois nuits.

D'autres encore ne faisaient qu'aller et venir dans des plaines immenses. Ils disaient : « Nous suivons Tomok-Totomok », et si le voyageur, intrigué, demandait : « Mais qui est-il donc? » ils ouvraient de grands yeux, puis se montraient du doigt l'étranger les uns aux autres, jacassant comme toute une volière et prenant un tel plaisir qu'ils finissaient souvent par se pisser sur les jambes.

Cecoatl, dans ses déplacements, avait vu bien des nations extraordinaires. Les gens qui enterrent leurs morts et les déterrent un an plus tard pour accabler leurs esprits de choquantes épithètes, les ayant rendus responsables de la mauvaise récolte et des autres calamités. Ceux qui, en pleine nuit, font réveiller les chefs afin que ces personnages soient témoins de leurs exploits amoureux (lesquels, d'ailleurs, donnent à songer). Ceux qui mangent des serpents vivants et se régalent d'araignées farcies. Ceux qui adorent des branches et proclament leur détermination en coupant un de leurs doigts de pied au moyen de leurs dents. Ceux qui fracassent leurs premiers nés. Ceux qui s'asseyent dans les fourmis, gardant le sourire aux lèvres. Ceux qui tâchent d'étrangler un serpent frénétique, une main liée derrière le dos. Ceux qui tournent leur tête vers la montagne lorsqu'ils disent un mensonge. Ils étaient aussi dissemblables les uns des autres qu'il est possible à des êtres ayant apparence humaine. Mais tous avaient un point commun : contrairement aux hommes véritables, les Aztèques, ils ne se croyaient pas tenus de verser sans trêve d'énormes quantités de sang dans le gosier des dieux, préférant encore, semblait-il, que le ciel s'éteigne et que le monde chavire.

J'ai dit que certains ignoraient jusqu'à l'existence des batailles. Je dois ajouter que pour la plupart, ceux qui ne l'ignoraient pas ne saisissaient leurs armes que s'ils y étaient contraints, soit qu'on les eût menacés, soit qu'il leur eût fallu venger quelque affront ou réparer quelque préjudice. Aucune de ces tribus ne pratiquait la Guerre Fleurie. Aucune ne faisait de captifs spécialement dans le but de les mettre à mort, sauf quand il s'agissait de traîtres, d'espions et de combattants déloyaux. A de rares exceptions près, tous ces sauvages, lorsqu'on les entretenait du cinquième Soleil, refusaient d'y prêter foi et soutenaient que, depuis l'origine, le monde avait toujours existé, qu'il existerait toujours parce que cela n'eût servi à rien qu'ils disparût.

« Mais les hommes ? leur disait-on. Ils disparaissent bien !

– Qui sait ? faisaient-ils. Qui sait s'il n'est pas un secret de la vie éternelle ? »

(Aussitôt, ils tiraient de sa hutte une fraîche jeune fille qui, selon eux, avait huit cent sept ans. Les négociants Mexica l'examinaient sur toutes les coutures, lui soulevaient les seins avec circonspection et ne savaient que penser...)

Comparés à nous, les plus sanguinaires de ces

êtres des confins n'étaient que de petits lapins. Un vieillard qui, dans toute son existence, avait tué deux hommes, passait à leurs yeux pour une sorte d'exterminateur et ils partaient poser de timides offrandes devant sa cabane. Quelques tribus faisaient des sacrifices humains mais, à chaque cérémonie, une seule personne était mise à mort; les autres peuplades se contentaient de victimes animales, ou bien ne songeaient pas à sacrifier quoi que ce fût, ayant avec leurs divinités ce genre de rapport qu'on entretient avec ses voisins, voire avec ses domestiques.

Dans ces pays de plus loin que loin, où s'aventurait Cecoatl parce qu'il avait plus d'audace et de curiosité que les autres, les populations n'espéraient pas de gloire et n'attendaient pas de cataclysme. Elles préféraient la chasse à la guerre, la cueillette à la chasse, et l'oisiveté à n'importe quoi d'autre. Des gaillards rappelant Tlahuicole par la force et la stature restaient vautrés tout le jour dans des lits suspendus, hébétés par les vapeurs de pipes extasiantes, à confectionner mollement des colliers ou à décorer des plats. On dansait chaque soir sur les places, sans aucune autre raison que l'amour de la danse – laquelle, dans ces terres extérieures, est d'une lascivité si impudente qu'à Tenochtitlan, elle ferait sauter les yeux de la tête des gens et entraînerait le massacre des danseurs par les surveillants. Au lieu de tenir aux enfants des discours édifiants, tissés de mises en garde solennelles et de nobles préceptes, les vieillards leur gonflaient la tête de contes fabuleux et d'histoires à dormir debout, où l'on voyait s'accomplir une sorte d'enchantement tout à fait ridicule, tels que des pierres qui parlent et des forêts qui marchent pour aller se marier avec des montagnes ou des grottes. Cependant, les enfants écoutaient cela et souriaient avec beaucoup de douceur. Parfois, tout un village s'enivrait et roulait pêle-mêle sur le sol. Le roi lui-même titubait, faisait des grimaces et hurlait des impertinences.

Mon esprit s'exaltait au récit des voyages de Cecoatl.

« Cela peut-il être ? disais-je à Atototl. Est-ce que ton mari n'invente pas ces détails incroyables ? »

Tant s'en fallait, cependant, que ce fût là ma principale préoccupation. D'autres questions m'accaparaient davantage – et notamment celle-ci : quel est ce désir étrange qui pousse les hommes à vouloir dominer autrui ? Moi-même j'en avais ressenti la morsure, l'ignoble excitation. Mais je ne pouvais plus du tout le comprendre.

La dernière fois que j'avais été tenté d'abuser du pouvoir de ma charge pour tyranniser des gens, c'était quand j'avais voulu me venger de Macuilcipactli. Grâce à l'Oiseau d'eau et à Tochtlatoa, j'en avais conçu une telle honte que, non content de faire relâcher ces hommes avec de sincères excuses et des présents pour les dédommager, je m'étais promis de ne plus jamais faire intervenir mon arbitraire dans les affaires de justice. Ce renoncement avait beaucoup contribué à délivrer mon âme de tout ce qui pesait sur elle et menaçait de l'étouffer. Je me sentais un homme neuf et plus léger. Et pour mieux marquer ma résolution, j'avais affranchi non seulement le Lapin-qui-parle, mais tous mes esclaves.

Ainsi le pouvoir discrétionnaire me semblait-il

la plus haïssable des choses lorsqu'il ne se soutenait que de lui-même, imposant silence à tous les scrupules et refusant de se justifier autrement que par son bon plaisir. Cette opinion, cependant, n'était pas répandue parmi les magistrats de la cité. Je devrais même dire qu'elle m'était strictement personnelle. Il existait des textes, partout cités chez les dignitaires, où l'on affirmait que la connaissance elle-même avait pour but de mettre en état de dépendance ceux à qui elle était refusée, que la possession de la vérité servait essentiellement à maintenir une hiérarchie entre les hommes. Voilà ce que ces écrits, garantis par les autorités morales de la nation, présentaient comme le couronnement de la sagesse!

Il me revint en mémoire de très anciennes conversations que j'avais eues avec mon père, au cours desquelles, me semblait-il, cette idée révoltante avait déjà été suggérée. Mais peut-être avais-je mal interprété ses paroles, car j'étais alors un jeune homme bouillant, à l'esprit impatient et confus.

Dès le lendemain matin, j'allai le trouver, espérant qu'il me rassurerait. Aussi mystérieusement qu'elle était venue, sa maladie l'avait quitté. Cependant, les atteintes de l'âge avaient entamé sa vigueur d'antan, si bien qu'il devait ménager ses forces. Il avait néanmoins recommencé de travailler au palais, où il lui arrivait souvent, disait-il, d'entendre parler de moi.

Il n'avait pas caché sa satisfaction lorsque j'avais dû abandonner l'état de guerrier pour la magistrature. Je le comprenais beaucoup mieux, à présent, et, du fait que je n'avais plus ces pénibles et perpétuelles explications à lui demander, je pouvais me laisser aller avec lui à des échanges plus détendus qu'autrefois, ce qui du reste ne m'empêchait pas de prendre souvent conseil du philosophe qu'il était resté et de faire appel à ses vastes connaissances. Aussi ne fut-il pas surpris lorsque je l'interrogeai sur ces textes.

« Je les connais, bien entendu ! me répondit-il. Je suis même fâché de constater que je ne les ai pas enseignés autrefois, car cela eût évité nombre de malentendus entre nous. C'est par eux que j'aurais dû te répondre, lorsque tu désirais savoir ce qui fait la puissance des livres. En particulier par ceci :

Le savant pose son regard sur les choses,
[règle leur chemin,
Il dispose et ordonne.
Il applique sa lumière sur le monde.
L'encre noire et rouge lui appartient, les livres
Sont à lui, les livres sont à lui.
Lui-même est écriture et connaissance.
Il est le chemin, le guide des autres.

— Je ne pense pas, reprit-il, qu'on puisse être plus clair en moins de mots. Les livres ne consignent pas la vérité, ils la construisent. Ils ne disent pas aux hommes ce qu'est la vérité, ils disent à la vérité ce qu'elle doit être pour les hommes. On allègue que le savant doit suivre la vérité, mais c'est pour dissimuler qu'il la précède. Telle est la force de l'écriture et du savoir. D'ailleurs, étant juge — et l'un des meilleurs, mon fils, à ce qu'on murmure; peut-être le meilleur de tous ! — tu es à même de saisir la différence qu'il y a entre le pouvoir du magistrat que tu es et celui de l'officier que tu fus. Sur le champ de bataille, au terme d'une lutte acharnée, un homme peut se rendre maître d'un homme. La loi tient entre ses mains tous les hommes ensemble et n'a pas besoin de lutter pour cela : il lui suffit d'être inscrite dans les livres. Quant à la justice, c'est elle qui maîtrise la loi !

– C'est vrai, dis-je accablé. Mais je dois t'avouer que cela m'effraie plutôt, vénéré père. »

Il éclata de rire.

« Ce n'est pas à toi d'avoir peur, c'est aux autres ! En un seul jour, tu peux condamner à mort plus d'individus que tu n'en aurais jamais occis en toute une vie de guerrier, et cela sans te soulever de ton siège ni verser une seule goutte de sueur !

– C'est bien cela qui me terrorise, père !

– Allons donc ! Ne crains pas ta force, Chimalpopoca ! Tu ne craignais pas la force de ton bras, ne crains pas celle de ta volonté.

– Tu dis des choses terribles ! Mais il ne s'agit pas de ma volonté, il s'agit de celle des livres...

– *Qui* possède les livres ? Rappelle-toi, mon fils : « *L'encre noir et rouge lui appartient, les livres sont à lui...* »

Et comme je détournais les yeux :

« Tu es du petit nombre qui possèdes les livres. J'ai cru un temps que tu n'en serais point. Je me suis miné à cause de cela. J'ai dépéri, j'ai perdu l'espoir ! Mais il a finalement entendu ma prière, et il m'a exaucé, lui, le dieu du vent bienfaisant qui balaie les chemins devant les dieux de la pluie. Quetzalcoatl, le Magnifique ! Tu possèdes à présent les livres, Chimalpopoca. Tu es les livres ! « *Lui-même est écriture et connaissance.* » Empêche seulement que cette connaissance devienne trop répandue, « *car ceux qui obéissent pourraient se corrompre* ». Ordonne, indique, affirme : n'explique pas ! Agis de la sorte et tu n'auras plus jamais rien à craindre de personne ! »

Sur le chemin du retour, mon cœur était malheureux. J'avais souffert jadis de ne pas comprendre mon père. Aujourd'hui je souffrais de le comprendre trop bien !

Naïvement, je m'étais imaginé qu'il était possible de rendre la justice sans être compromis dans la mécanique du pouvoir. Je voyais maintenant qu'on ne pouvait pas échapper à ceci tant qu'on s'appliquait à cela. Or, je m'y appliquais avec une ferveur de plus en plus farouche.

Mon père m'avait montré que toute la philosophie aztèque visait à l'appropriation du pouvoir par quelques-uns. Le pouvoir n'était pas seulement un moyen au service de cette élite, il était bel et bien la fin de toute ascension sociale, l'achèvement de toute promotion personnelle, l'épanouissement suprême. L'ensemble des vertus et des activités humaines était concerné par cette quête frénétique. Plus hautes étaient les vertus, plus élevé était le genre d'activité : plus la quête se faisait acharnée, plus la possession du pouvoir était jalouse. Plus son exercice exhibait de cynisme.

La justice ne pouvait pas se soustraire au mouvement général. Avec une ironie amère, je découvrais que tout ce qui m'avait affligé dans le poème, s'appliquant à la science et aux savants, était susceptible d'être appliqué à la justice et aux juges. Même si je ne le voulais pas, même si j'en repoussais l'idée avec violence, j'étais l'un de ceux qui « disposent et ordonnent » au nom de la connaissance. Sans doute, j'étais révolté par les hommes qui confisquent le savoir à leur profit. Mais aux yeux de ceux qui comparaissent à mon tribunal, aux yeux de tous ceux qui n'avaient pas mon rang et mes privilèges, qu'étais-je d'autre qu'un de ces hommes-là ? Quand bien même aurais-je prétendu m'en distinguer par le refus de l'arbitraire et la pureté de mes intentions, leur regard m'aurait rejeté dans cette caste.

Ma fonction me conférait le pouvoir, aussi n'étais-je pas libre de renoncer au pouvoir, du moment que j'exerçais la fonction. C'était tout mon dilemme : le pouvoir était indissociable de la justice, or le pouvoir corrompait la justice. Il était impur, en effet, s'il reposait ainsi qu'il était écrit, et que mon père l'affirmait, sur l'acquisition d'une connaissance que l'on interdit aux autres, tout en la leur désignant comme l'idéal auquel ils doivent tendre. Je vénérais la justice; le pouvoir me répugnait. Mais on ne peut pas rendre la justice sans posséder le pouvoir. Et quand on le possède, on ne peut plus être juste, on ne peut plus que vouloir l'être.

Je tombais de haut. L'idée d'une pure justice m'avait consolé des imperfections du monde, des hommes, de la vie et de la mort. Elle m'avait consolé de mes propres imperfections dont j'avais, à travers mon bonheur, une conscience de plus en plus vive. Puisque j'étais incomplet par mon corps mutilé, incomplet par mon esprit aux étroites limites, incomplet par le paradis que les dieux m'avaient refusé, incomplet par l'hypocrisie de mon comportement (irréprochable au-dehors, scandaleux dans l'intimité), puisque j'étais incomplet jusque par mon amour dont les fleurs étaient prises au jardin d'un autre homme, il fallait au moins que j'atteigne à la plénitude par quelque chose — et j'avais espéré que ce serait par la justice. Elle m'était apparue, par-delà l'approximation des jugements, comme ce qui était au monde de plus entier, de plus compact, de plus absolu. Mais dans ce bloc inaltérable, mon père m'avait fait apercevoir la faille, la fêlure. L'homme ne pouvait esquiver l'inhumaine machine du pouvoir — soit pour broyer avec elle, soit pour être broyé par elle.

Seul sur ma natte, ce soir-là, je me tordais les mains, la gorge sèche et les tempes douloureuses. Je me levai pour prendre un peu d'octli.

La nuit semblait une paupière bleue tirée sur l'œil infini du mystère. Le ciel et le sol soupiraient, je les entendais soupirer. Tout cet univers n'était qu'une colossale présence, expectante et hostile.

Je ne dis rien de mes tourments à l'Oiseau d'eau, mais nos retrouvailles, deux nuits plus tard, furent parmi les instants les plus lumineux de notre amour.

Dans son sourire se dissolvait l'ombre de Cecoatl. Le reste était voyage. Le reste était envol. Nous nous sentions, parfois, grandir aux mesures de la terre. Les montagnes s'arrondissaient sous nos épaules, les fleuves ruisselaient contre nos reins, et nos nuques reposaient au centre de Tenochtitlan, nos fronts crevaient le ciel des nuées.

« Recommençons, disait-elle. Recommençons, veux-tu ? »

Souvent, il eût fallu repousser l'aube et Tochtli devait, par quelque signe, nous prévenir de l'heure qu'il était. Les nuits de pleine lune, bien sûr, Atototl ne venait pas, non plus que les nuits de fête, ni celles où son époux, rentrant d'une expédition, restait à Mexico.

« Mais n'aie aucune crainte, disait-elle, le regard embrasé, il ne me touchera pas. Je sais comment décourager ses attaques.

– Ah ! ma belle, ma délicieuse guerrière ! »

Elle se raidit entre mes bras :

« Ne me donne pas ce nom, Chimalpopoca, s'il te plaît. Je hais la guerre et les guerriers ! Je hais le sang qui coule ! Je hais toute cette affreuse fureur et ces meurtres infinis ! Je t'ai haï autrefois de t'être humilié devant mon père, mais je t'ai haï bien davantage d'être devenu un grand capitaine ! Ceux qui fabriquent et qui vénèrent la mort, ceux qui font descendre la nuit sur les cœurs, alors que le jour est encore là, ceux-là je les abomine, mon amour, je les voue à une épouvante éternelle, car ce sont les assassins de la joie, les percepteurs d'infortune ! »

Je la regardais avec effroi. Qu'elle s'abandonne un jour à débiter pareils blasphèmes en public et elle connaîtrait un sort abominable. On l'arrêterait. Ce qu'on lui ferait ensuite, je n'en sais rien – jamais encore le cas ne s'était présenté – mais on devinait aisément qu'un terrible châtiment serait requis contre elle. Des paroles aussi contraires à la conscience et à la foi de notre peuple sont aussi graves que des menaces proférées à l'adresse de l'Empereur. Rien ni personne ne pourrait la sauver. Ni Macuilcipactli avec ses richesses, ni Cecoatl avec son influence souterraine (tous deux seraient plutôt saisis et condamnés avec elle, ainsi que tous les autres membres de sa famille), ni moi non plus avec toute mon autorité d'ancien conseiller de l'Aigle et de magistrat proche du trône. Je la perdrais. Je perdrais une fois de plus les racines de mon existence.

A mon expression, elle comprit mes craintes.

« Rassure-toi, dit-elle, formant un sourire fragile en se pelotonnant contre moi. Je sais tenir ma langue. N'en ai-je pas pris l'habitude, durant tous ces mois où j'ai mené double vie ? »

Je l'embrassai et nous glissâmes ensemble dans le vertigineux oubli des amants.

Au contact de nos sexes naissaient des illuminations, de stupéfiantes fulgurations d'images, et tous nos sens étaient comme les organes d'un grand parler venu d'un Soleil immémorial, réchappé de toutes les catastrophes et roulant hors de la portée des dieux. Ensuite je la caressais doucement, et nous laissions aller nos têtes, comme si la natte fût l'eau d'un lac portant nos corps émiettés. Nos nuques brûlantes se mettaient à fondre, un poids venait sur nos paupières.

« Viens, soufflait-elle. Reviens en moi, petit volcan... »

Alors nous traversions les champs d'étoiles, à la vitesse des âmes et des tempêtes, et le monde restait en bas, minuscule, si timide, ne songeant qu'au sommeil.

J'ai passé, moi, des semaines entières sans dormir plus de quelques heures et j'étais plus dispos que je ne l'ai jamais été, car je possédais un royaume au centre de la nuit. J'aimais cette sorte de fatigue. C'était comme une fumée hypnotique entourant mon esprit et mes sens mais les laissant intacts. C'était comme une armure de coton me protégeant non des flèches et des glaives, mais de la déception causée par l'imperfection des entreprises et des espérances humaines.

L'impureté de la justice alors m'était moins douloureuse et, pareillement, l'impureté de mes amours adultères. Quelquefois, cependant, je ne pouvais m'empêcher d'évoquer Cecoatl devant Atototl. Je ne parvenais pas à avoir honte de moi, mais il m'arrivait d'avoir pitié de lui.

« C'est un meilleur mari que beaucoup, disait-elle. Jamais il n'abuserait de son autorité et, jusqu'à maintenant, il ne m'a pas imposé la présence d'épouses secondaires[1]. Mais je ne lui retire rien en t'aimant, car lui, je ne l'ai jamais aimé. Et de son côté, il n'a jamais rien fait d'autre que de me désirer. A ses yeux, je suis une marchandise comestible de la variété femmes, ayant par sa fraîcheur et sa belle apparence plus de valeur que d'autres. Alors il s'est assuré de ma possession, et c'est cela notre mariage. En le trompant, je ne fais rien de pire que si je distribuais en cachette quelques-uns des sacs d'amandes de cacao empilés dans son entrepôt. Je le gruge, mais je ne le mutile point. Il n'y a pas de place pour une femme, dans le cœur de Cecoatl. Tout est occupé par son goût d'aller au loin, de connaître des nations étranges, de rapporter des bois précieux, des poudres inconnues, des fibres exotiques et des pierres aux facultés merveilleuses. Plus avant il se risque, plus grand est son bonheur. C'est de

1. Les Aztèques n'avaient qu'une seule femme légitime. Mais la polygamie était officieusement admise et couramment pratiquée.

cela qu'il est amoureux, de cela et de la considération dont il jouit parmi les négociants. Et puis des progrès qu'il ne cesse de faire dans celle des nobles et des puissants.

– Le pouvoir, dis-je. Encore le pouvoir !

– Cecoatl est un homme d'aujourd'hui. Nous, mon volcan, nous sommes les êtres de demain.

– S'il y a un lendemain !

– Il y en aura un, mon amour, il y en aura un ! Ne crois pas les valets de la mort, les domestiques de la nuit. Ce qu'ils nous promettent, ce n'est pas ce qui doit être nécessairement, c'est ce qu'ils font advenir par leurs propres horreurs ! »

Je voulais la croire. Je voulais vivre. Je voulais triompher du néant. Alors j'écoutais les yeux clos et mes bras vibraient en se refermant autour d'elle.

« Atototl ! implorais-je. Donne-moi l'éternité !

– Je te la donne, disait-elle dans un murmure. Je te la donne chaque fois que je veux ! »

Et nous roulions encore. Nous roulions éternellement dans l'infini d'un pur instant d'amour.

Et je gémissais :

« Je désire cette éternité-là, celle-là seulement ! Je n'en veux aucune autre !

– Prends-la ! soufflait-elle. Prends-la ! »

Je la prenais. Je m'engloutissais en elle. J'aurais voulu sombrer en elle à jamais. Le fleuve du temps s'étalait à travers moi et je me raidissais, pour qu'il se pétrifie. Mais il finissait toujours par bouillonner et moi par remonter à la surface, et je le voyais se précipiter vers l'ultime tragédie.

Puisque nous pouvions connaître le bonheur, pourquoi n'étions-nous pas capables de le retenir ? Pourquoi rêvions-nous de partir pour accompagner le Soleil, quand nous pouvions ici-même enlacer un être à notre mesure, qui représentait la perfection de nos désirs ?

Et je me prenais à pleurer la défaite de Quetzalcoatl. N'avait-il pas été le dieu du bonheur paisible ? N'avait-il pas promis la calme vie et la calme lumière, avant d'être chassé du royaume des Toltèques ? Né d'une mère restée vierge, n'avait-il pas créé la beauté et gardé le sang à l'intérieur des corps ? Il sacrifiait des oiseaux, des papillons et des serpents. Il se piquait lui-même la langue, les mollets et le lobe des oreilles. Mais « *il ne voulut jamais de sacrifices humains* », Celui que l'on nommait Ce-Acatl[1]. Et c'était l'âge d'or dans la vieille patrie de Tula... Avec lui commencèrent

Tous les arts, tout ce qui est technique
Ses maisons étaient dressées :
L'une était d'émeraudes,
L'autre était en or,
L'autre en coquillage rouge
Et une autre en nacre.
Il y avait une maison aux panneaux de
[turquoises
Et une autre en plumes de quetzal.
Là-bas, tout était richesse :
Fin et riche ce que l'on mangeait...

A présent, regardons autour de nous. Le sol où nous sommes posés est un seuil effroyable, d'où nos yeux sans cesse peuvent entrevoir le pire, tandis que le meilleur est gardé par une douleur et une affliction immenses, qu'on doit apprendre à

1. « Un-Roseau » : chiffre et signe désignant l'année de sa naissance.

domestiquer. Lieu de terreur, d'épuisement et d'alarme, telle est la terre. Nous attendons seulement qu'elle soit fracassée sous nos pas et renversée sur nous. Nous attendons cela, titubant entre une nuée de flèches, une pierre inondée de sang et les noires atrocités de l'enfer. Hier encore, le lac s'est soulevé, bien qu'il n'y eût pas un souffle de vent, et l'eau est entrée dans les maisons, déferlant avec tant de fureur que bien des constructions se sont effondrées. L'obscurité nous frôle, la famine nous suit dans nos foyers, l'épouvante ricane à nos oreilles si nous tentons d'être gais. C'est avec usure et parcimonie que l'on nous prête l'amour. A n'importe quel moment il peut nous être retiré, comme s'il s'agissait non d'une perfection désirable, mais d'un scandaleux passe-droit, d'un privilège indu qui fait tort aux dieux. Tout saigne entre nos mains, tout devient blessure et plaie palpitante. Notre cœur est percé par tout ce qui le comble. La beauté nous lacère quand nous pouvons la saisir. Pourquoi sommes-nous perpétuellement en guerre contre tous, et d'abord contre nous-mêmes ? Pourquoi attendons-nous les ténèbres, et non pas une immortelle aurore ?

« A quoi bon les désirs, Atototl, s'ils ne peuvent être satisfaits ? Il vaudrait mieux que nous soyons des pierres !

– Désirons quand même ! disait-elle. N'acceptons pas l'inévitable ! N'acceptons pas d'être vaincus par les forces de l'agonie ! Haïssons-les, mon amour. Haïssons-les de toute notre âme ! »

Les mois passaient, notre amour se fortifiait de cette haine et, dans nos étreintes, c'était comme si nous voulions fracturer le temple du désespoir, en faire la proie des flammes. Le temps n'était déjà plus où seules nous gouvernaient la joie et la passion. Parfois, la peur que nous fussions découverts me prenait aux entrailles et me coupait le souffle. Il fallait toute l'ardeur d'Atototl pour me faire oublier ce péril. Mais dès que j'étais seul, l'angoisse revenait s'abattre sur moi et me plongeait dans un marasme dont j'avais les plus grandes peines à sortir. A d'autres moments, au contraire, il me semblait que notre amour était si beau que rien ne pouvait le menacer : toute ombre devait reculer en présence d'une telle lumière. De son côté, Tochtli m'exhortait à saisir ce que le présent m'offrait, sans m'inquiéter de ce que pourrait m'apporter l'avenir.

Le Serpent d'obsidienne se présenta plusieurs fois à mon domicile mais, quoique cela fût peu vraisemblable, je lui fis régulièrement répondre que je m'étais absenté. Qu'avais-je encore de commun avec lui ? Il me renvoyait l'image de ce que j'avais été naguère, et cette image m'était devenue insupportable. Une certaine semaine, il répéta trois jours de suite sa tentative. Mais il dut finir par comprendre : après cela, mes serviteurs ne le revirent plus.

Cependant, la guerre se poursuivait contre Tlaxcala. Tout autour de nous, les meilleurs cherchaient à purifier leurs âmes dans un bain de sang et tendaient leurs bras armés vers les statues dégoulinantes. Une fade et tiède vapeur, où des gouttelettes rouges étaient en suspension, embrumait les après-midi de Tenochtitlan. A cause de la sanie répandue, la terre pourrissait au pied des idoles du carnage. Tout cela qui m'avait exalté, à présent m'emplissait de colère et de chagrin. Je m'enfuyais chez moi. Je me cachais au milieu de ma maison, seul avec Tochtlatoa, ayant éloigné tous mes serviteurs, et si l'Oiseau d'eau n'était pas là, nous buvions du jus d'agave jusqu'à ce que ces visions s'effacent de mon esprit. Par l'octli, je cherchais à m'halluciner. Le Lapin, lui, voulait seulement déclarer son indépendance car, pour ce qui avait lieu au-dehors, il s'en tenait à son idée qu'il est vain de protester contre ce qui ne dépend pas de nous.

Au cours des audiences, pourtant, et même si c'était folie, et même si j'étais le seul Mexica à tenter de faire contrepoids à l'horreur et à l'absurdité collectives, je poursuivais la quête d'une justice absolue, transcendante aux lois dont l'insuffisance et l'inspiration trop visiblement humaine me frappaient chaque jour davantage. Mon audace à contourner, à dépasser ou simplement à ignorer ces textes devenait de plus en plus grande, sans que j'y prisse garde, et je m'étonnais en toute innocence de l'effarement des assesseurs et des huissiers. Je me moquais de leurs murmures et de leurs longues mines, trop accaparé par l'importance de la tâche que je m'étais fixée. Dans l'enceinte de ce tribunal, j'étais en train de reconstruire le monde à moi tout seul. A mon insu, j'élevais les fondations d'une dissidence, aveugle et sourd à l'indignation de mes subordonnés. Je serais tombé des nues si l'on m'avait appris ce qui se tramait contre moi.

Un matin, je fus appelé par Motecuhzoma Xocoyotzin, que je trouvai tassé au fond de l'icpalli royal, le front soucieux, le regard sombre. Un instant, je m'imaginai qu'il avait été informé de mes amours secrètes. Ceux qui étaient avec lui me considéraient d'une manière inhabituelle, avec une sorte de curiosité mêlée d'inquiétude. D'un geste agacé, il les chassa hors de la pièce.

« Chimalpopoca, me dit-il (sa voix était brutale), penses-tu que les lois de nos pères ne sont pas assez bonnes pour nous ? Penses-tu qu'un seul homme, qui n'a pas atteint sa trentième année et ne possède pour ainsi dire aucune expérience en la matière, sachant lire mais n'ayant pas même fréquenté le calmecac, penses-tu qu'un tel novice soit en mesure d'apprécier les éventuelles lacunes et les improbables erreurs des assemblées de vieux sages réunies dans le passé pour recueillir et mettre en forme la volonté des dieux ? »

Et comme je gardais le silence, prosterné à ses pieds, abasourdi, dans l'attente de la condamnation qu'après un tel préambule il ne pouvait manquer de prononcer contre moi, assortie d'un cruel châtiment, il me fit relever et, tout à coup, m'adressa un sourire plein de bienveillance.

« Je t'exhorte à plus de patience et de modestie, Bouclier Fumant! dit-il. Cependant, je ne puis te cacher ma satisfaction de voir le plus récemment investi des magistrats de l'empire prendre ses fonctions à cœur au point de vouloir corriger et perfectionner les principes qui constituent le critère même d'une vie droite et de relations équitables entre les hommes. Fatigué par toutes les réclamations dont j'étais saisi, j'ai fait étudier soigneusement chacune de tes initiatives, petit cousin. J'ai examiné moi-même celles qui semblaient à mon entourage les plus déroutantes. Je dois dire que je n'y ai rien trouvé de condamnable, au contraire. Quant à ceux que j'ai chargés de juger ta justice, ils y ont reconnu, non sans beaucoup d'étonnement et même une certaine admiration, l'ancien esprit aztèque qui présida jadis à l'élaboration des textes, et cela en dépit du fait que par la lettre, tes jugement s'écartent parfois sensiblement de ceux-ci. Un pareil cas ne s'était jamais présenté et j'ai longtemps hésité avant de prendre une décision à ton sujet. Voici ce que j'ordonne. Pour commencer, je te retire ta magistrature. Ce n'est ni une sanction ni même un désaveu. Mais il ne convient pas que l'esprit de notre peuple soit troublé par la coexistence de plusieurs idées de la justice et en vienne ainsi à imaginer que celle-ci est une chose relative, sujette à variation. Cela nuirait à l'ordre public et encouragerait l'insoumission. Pour le peuple, tout doit être certain, immuable et d'un seul tenant. Il doit douter de sa compréhension, mais jamais de la Connaissance. Ses chefs doivent être à ses yeux comme un seul esprit en plusieurs corps, et cet esprit indivisible doit être celui non des hommes, mais des paroles sacrées. A nous le doute, Chimalpopoca, et au peuple la conviction inébranlable. Sans elle, comment pourrions-nous gouverner? »

Il se leva et fit quelques pas jusqu'à une fenêtre donnant sur un jardin de cactus.

« Ce n'est pas tout, reprit-il. Tu deviens à présent un de mes conseillers secrets. Tiens-toi toujours prêt à répondre à mon appel. J'ai besoin d'hommes tels que toi pour régler les affaires de ce royaume et contrebalancer l'influence des militaires qui sont nombreux à cette cour et font beaucoup de bruit. Tu fus l'un d'eux, Bouclier Fumant, tu sauras percer à jour leurs intentions et trouver, si l'occasion se présente, les arguments pour leur fermer la bouche — car je préfère de beaucoup leurs actes à leurs paroles. Le reste du temps, songe comme tu l'as déjà fait à réformer les lois, à les rendre meilleures et par conséquent plus fortes. Réfléchis à tous ce qui pourrait affermir l'autorité de l'Empereur sur ses sujets. Multiplie le pouvoir occulte de Motecuhzoma : sois mon glaive invisible! »

J'ai exprimé du mieux que j'ai pu la gratitude d'un loyal sujet. J'espère qu'il n'a rien deviné de mon désarroi. Par chance, il devait recevoir l'un des grands-prêtres (que je croisai dans l'antichambre, accompagné de Matapilli) et m'a congédié aussitôt, ce qui fait que je n'ai pas eu à simuler trop longtemps. Je ne sais pas si j'en aurais eu le courage : j'étais trop atterré par ce que je venais d'entendre.

Naguère je découvrais la contradiction entre la justice et le pouvoir, ainsi que leurs inextricables relations. A présent, on me demandait de me mettre au service de cette contradiction, de l'exploiter, d'en perfectionner le mécanisme afin d'en faire pour les hommes un piège encore plus sûr qu'il n'était déjà.

Moi-même j'étais pris au piège : Motecuhzoma me donnait l'occasion d'appliquer toute mon énergie à poursuivre mon idéal de justice, mais il en attendait un renforcement de son pouvoir. Comme si au maximum de justice devait inévitablement correspondre le maximum d'injustice.

Dans les jours qui suivirent, mes premières réflexions se portèrent sur l'idée de justice, que j'avais adorée sans même l'avoir définie. Je ressentais maintenant le besoin d'une conception parfaitement claire. La justice est le critère des actes, mais quel est le critère de la justice?

Je fus effaré de ne pouvoir répondre aisément à cette question. Mes pensées étaient si embrouillées que je préférai me tourner d'un autre côté. Pourquoi faut-il être juste ? me demandai-je. Pour se conformer à la volonté divine, bien entendu. J'aurais voulu m'en tenir là et examiner par quelles voies cette volonté se faisait connaître aux hommes. Mais mon esprit, dédaignant cette tâche, franchit une nouvelle étape : pourquoi se conformer aux commandements des dieux ?

C'était précisément ce qu'il ne fallait pas demander. Car la réponse, la seule réponse possible, avait quelque chose de terrible : par obéissance. Les divinités exigent la soumission; elles n'offrent rien en échange. L'au-delà de chacun dépend de sa naissance. La prédestination voue celui-ci au Mictlan, celui-là au cortège solaire, ce troisième aux luxuriants espaces de Tlaloc. Quoi qu'un homme puisse faire dans sa vie, quels que soient ses efforts et ses mérites, il ne saurait échapper au décret consigné par avance dans son thème. Pour qui est promis au néant, il n'y a pas de salut à espérer, quand bien même il se serait élevé par ses vertus au-dessus de tous les hommes.

Dès lors, comment assimiler la justice à la volonté des dieux, si cette dernière consacre une injustice fondamentale, un pur arbitraire ? La justice telle que je l'envisageais n'était-elle donc qu'un songe, ou qu'une ruse de la tyrannie ?

De grands hommes, pourtant, qui n'étaient ni des sots ni des déments, avaient cru en elle, l'avaient célébrée et l'avaient de bonne foi désignée au peuple comme l'un des suprêmes biens. Par elle, Nezahualcoyotl avait voulu éclairer son royaume et Texcoco, en effet, était devenue une cité éblouissante, où le Bien et le Beau se confondaient. Ce roi, me dis-je, à la culture époustouflante, à l'incomparable sagesse, avait dû démêler pour son propre compte les nœuds qui présentement tenaient mon intelligence entravée.

Je résolus d'aller à Texcoco, d'y demander audience aux plus grands magistrats du royaume, afin de connaître les réponses apportées par le roi-poète, qui avait fait de sa ville la métropole du droit.

Les circonstances de la vie avaient voulu que je ne fusse entré qu'une seule fois dans la cité de nos alliés – encore n'étais-je qu'un enfant à cette époque. Je prenais conscience que je ne savais presque rien d'elle, de son histoire et de ses souverains. Je connaissais comme tout le monde quelques anecdotes plus ou moins légendaires, essentiellement des faits d'armes accomplis par d'héroïques guerriers. J'avais recueilli çà et là des informations disparates et très lacunaires sur Nezahualcoyotl. Pour le reste, Texcoco aurait pu aussi bien être un de ces villages barbares où Cecoatl faisait irruption avec ses caravanes, proposant le commerce et s'émerveillant des coutumes abracadabrantes. Je déplorais cette ignorance, constatant que les leçons dont m'avait fait bénéficier mon père ne pouvaient remplacer l'enseignement dispensé par le calmecac, et j'en venais à regretter de n'avoir pas fréquenté ce collège, plutôt que le telpochcalli, où l'on m'avait inculqué une science qui, désormais, ne m'était plus d'aucun usage. Je regardais comme du temps perdu toutes ces années passées à manier le glaive et le bouclier, à faire voler des flèches, à planter des javelines au centre des cibles, à ramper dans la cendre et à grimper au faîte des arbres. C'était ma faute, aussi : mon père, alors, m'avait maintes fois engagé à ne pas rompre avec les écritures, mais j'avais refusé de l'entendre, roulant des muscles et affirmant avec sottise que je n'étais pas un homme de livres. Je payais aujourd'hui pour avoir montré tant de présomption.

Dès que le sang nocturne se mit à refluer dans les veines du ciel, je pris la route sur une barque conduite par un muet qui avait été l'un de mes premiers esclaves quand j'avais organisé ma maison. Comme presque tous ceux que j'avais affranchis, il était resté à mon service, et j'aimais la compagnie paisible de cet homme très grand, au visage immuable et d'une triste beauté, dont on eût dit qu'il gardait le silence non par infirmité mais parce qu'aucune parole ne lui semblait digne d'être articulée.

J'avais choisi la voie de l'eau parce qu'elle est la plus rapide, mais aussi pour cette sensation que l'on éprouve, à l'aube, de glisser sur le sommeil et sur l'oubli du monde. Assis à l'arrière de l'esquif, protégé du froid par deux manteaux superposés, dont l'un garni de fourrure, je voyais toutes choses être soudées ensemble par une même couleur grise, ici plus terne, ici plus brillante, et par une brume opaque qui paraissait à la fois s'élever du lac et descendre du ciel. Cette brume était comme une figuration matérielle du silence dont j'étais entouré, qu'effrangeait à peine le clapotis de l'eau contre les flancs de la barque. Le nocher enfonçait sa perche sans aucun bruit comme si elle n'eût été que l'image ou l'idée d'un bâton. A trois pas de moi, long et décharné, à demi dissous dans le brouillard, il se penchait et se redressait avec une lenteur irréelle. Nous avancions et cependant rien ne changeait alentour. Si, quelquefois, le cri d'un oiseau aquatique n'avait pas transpercé l'impalpable bourre des fumées de Tlaloc et du silence, il ne m'aurait même plus été possible de percevoir l'écoulement du temps. A certains moments, il m'arrivait de croire que nous voguions depuis des heures, que nous avions trouvé sans le savoir l'une des portes de l'éternité et que ce voyage n'aurait jamais de fin. Je suivais la silhouette fantomatique du muet, mais lui, qui suivait-il ? D'après quoi pouvait-il se guider ? Tout était pareil. Il n'y avait plus de rives, plus d'îlots, plus de jardins flottants. Et lui n'entendait même pas les oiseaux... La lagune s'était élargie aux proportions de l'espace aux inaccessibles limites, et cependant elle n'était pour nous qu'une petite portion d'eau grise fermée de tout côté par des murs de coton gris. Je me disais alors que nous étions partis trop tôt et que Tezcatlipoca nous avait fait tomber dans un des pièges qu'il tend aux noctambules. L'appel des volatiles se transformait en plainte ou en ricanement. Nous nous étions faufilés sous la nuit, sous les rameaux de la noirceur et resterions prisonniers de leurs racines blafardes, immortellement enchevêtrées.

A mesure que nous allions, le nocher perdait l'apparence d'une créature humaine. On eût plutôt dit une mince et haute sculpture de bois, douée par quelque maléfice d'une sorte de vie monotone. J'imaginais le visage impassible aux yeux nus et déserts, les lèvres scellées par le ciseau de l'artiste, les narines ligneuses, les cheveux représentés par des sillons trop droits. Je me recroquevillai un peu plus et priai pour qu'il ne se retourne pas.

Nous nous dirigions vers la demeure du Soleil levant, mais aucune lumière, aucune chaleur ne venaient à notre rencontre. Le vent Tlalocayotl n'agitait pas les flots. Je ne sentais pas sur moi son haleine tiède et favorable. Tlillan Tlapalan demeurait séparé de nous. Immensément loin vivaient les gens du caoutchouc et de l'eau salée, adorateurs de Tlazolteotl. Ce matin-ci était-il justement celui où le Soleil doit manquer, où Tonatiuh exsangue n'a plus la force de contenir les ténèbres ? Atototl ne voulait pas croire à la fin du monde. De toute son âme, elle repoussait l'issue abominable et voulait que, moi aussi, j'eusse foi en l'impossible. Mais il suffisait d'une menace, comme le silence, la pâleur et le resserrement de cette aurore, pour que je retrouve inentamées toutes mes craintes et qu'une paume affreuse se referme sur mon cœur.

J'oubliai pourquoi j'étais monté dans cette embarcation. En cet instant, peu m'importait que la justice fût souillée, boiteuse, compromise, injustifiable. Ceux qui aspiraient au pouvoir, je ne les détestais plus, je les plaignais de leurs ambitions dérisoires. L'horreur, seulement l'horreur comptait. Par le souvenir, j'étais transporté neuf ans plus tôt, sur le mont Huixachtecatl, en cette nuit du Feu Nouveau où la nation tout entière était suspendue aux gestes du pontife et cherchait à lire par ses yeux le verdict des étoiles. Neuf années, autant qu'il y a d'enfers, et j'avais déjà traversé plusieurs existences ! Mais on n'apprivoise pas ce genre de peur et je demeurais, face à elle, ainsi qu'un tout petit enfant. Le muet, toujours, abaissait sa perche, poussait sur ses bras et se redressait d'un mouvement si patient, si coulé, que ce n'était plus un mouvement mais une imperceptible torsion de l'immobilité. Et nous restions sur place tandis qu'à nouveau, d'un geste non moins ample et interminable, il élevait l'instrument, à peine plus épais qu'un fil.

Le monde, peut-être, était déjà fini et j'allais dans les ruines du royaume de la mort, piloté par une ombre. Bientôt je deviendrais spectre à mon tour, semblable à ce brouillard, et je me dissiperais en lui, sans tumulte et sans souffrance. Après tout, me disais-je, cela aurait pu être plus terrible. Je n'étais pas concassé, comme auraient dû l'être tous les hommes du cinquième univers, je me fondais seulement dans cette aveugle atmosphère.

Sans m'en rendre compte, j'ai dû perdre conscience, somnoler alors qu'il aurait fallu retenir les derniers lambeaux de ma vie. Brusquement mes paupières se relevèrent et voici que la brume était crevée de larges échancrures. Elle s'était détachée de l'eau et laissait voir la surface du lac à plusieurs jets de lance devant la barque et sur chacun de ses bords. Les vaguelettes miroitaient, lançaient des reflets irisés. J'aperçus un bouquet d'arbres sur une petite langue de terre. Une déchirure plus vaste, dans la masse cotonneuse, me découvrit tout un plan de ciel rose et le brouillard, aussitôt après, fut divisé en écharpes légères qui s'envolaient devant nous ou s'évanouissaient mystérieusement. Les contours du nocher se découpaient avec une netteté admirable. Son pagne avait retrouvé sa couleur. Je pouvais suivre sur son dos le travail de ses muscles.

Un rayon de soleil saupoudrait d'or chaud le sommet de ses épaules. Le lac se mit à étinceler comme si toute la pierrerie de l'empire, d'un coup, y avait été versée. Alors, là-bas, dans l'angle formé par le bras et la perche – puis au-dessus du bras, contre le profil ciselé du muet, lorsque la perche était plongée dans les profondeurs de l'eau – apparut soudain, tel un mirage surgi de ces profondeurs, pailletée d'opale et d'émeraude, veinée de lueurs rougeoyantes, l'aveuglante blancheur de Texcoco vers qui Tonatiuh étendait le doigt, séparant et traversant les couches des ciels. Les dernières vapeurs, en lambeaux échevelés et diaphanes, furent tirées en arrière; on eût dit que Tlaloc, se prenant d'amitié pour moi, avait ordonné que rien ne me fût masqué de cette vision prodigieuse. Je distinguais à présent la pointe des pyramides, l'étagement des terrasses, le fronton des sanctuaires, les tours, la cime balançante des plus hauts arbres. La roseur du ciel s'en allait, soulevée par une masse de bleu très pâle et pourtant très ardent. Toute trace d'écarlate et de pourpre fut effacée des murs qui, à l'Orient, se mirent à refléter la lumière comme des miroirs, tandis que, du même côté, le jade de la végétation peu à peu imitait le métal en fusion. A chaque poussée de sa perche, mon nautonier nous faisait franchir une distance qui me semblait maintenant considérable. Bientôt, à partir de points et de taches que j'apercevais se formeraient les premières silhouettes humaines. Nous toucherions au rivage et je me dirigerais à pied vers la cité des bois, le regard fixé sur les sommets immaculés qui couronnent et consacrent les édifices, respirant à longs traits l'odorante fraîcheur du matin et ce parfum d'amande qui annonce l'élévation du Soleil.

Lui ayant fixé rendez-vous pour la fin de la journée, je laissai mon compagnon libre de son temps. Sur le lac, la brume s'était complètement dissipée et toute une flottille de pêcheurs s'élançait vers les zones giboyeuses. Marchant d'un bon pas, j'atteignis rapidement le cœur de la ville. Je savais où m'adresser et à qui. Le doyen des juges avait été informé de ma venue et m'attendait dans une des salles de la maison royale. Je pus voir en le rejoignant une partie de ces jardins tant vantés, avec les statues d'or et les animaux fabuleux (je me jurai de revenir un jour les admirer plus à loisir). Mon hôte était un très vieil homme. A Tenochtitlan, on m'avait informé qu'il était né l'année où avait été établi sur le trône le premier Motecuhzoma[1], qu'il avait été appelé en auditeur au conseil de la Justice un an avant la mort de Nezahualcoyotl[2] et était devenu, par la volonté de Nezahualpilli, l'un des principaux magistrats du royaume dix ans avant la grande inondation[3]. Peu d'hommes étaient aussi respectés que lui à la cour de Cacama, où son avis était quotidiennement sollicité sur bien des affaires, qui toutes n'étaient pas de justice. On prétendait qu'il parlait treize langues et avait été capable autrefois de peindre simultanément deux textes, l'un de la main droite, l'autre de la main gauche. Je le saluai avec déférence, l'appelant père et prince de tous les juges. Je lui remis en baissant

1. 1440.
2. Soit en 1471.
3. L'inondation de Mexico eut lieu en 1500.

les yeux les cadeaux que j'avais apportés pour lui (m'ayant chaudement remercié, il en fit aussitôt don à ses secrétaires car, me dit-il, « il est un âge où tout désir est blasphème »). De taille moyenne, il avait, sous un très haut front, le regard songeur et délavé de la vieillesse, mais la flamme de l'intelligence y brillait avec une superbe vigueur. Son maintien était admirable. Il tenait ses mains croisées devant sa poitrine et ses gestes, empreints d'une noblesse singulière, étaient rares, courts et paisibles. Il avait un nom que j'ai su, mais tout le monde, même le roi, l'appelait Notre Oncle vénéré.

« Ainsi, me dit-il, tu es juge et tu recherches le secret de la Justice ? Ou bien penses-tu que la Justice va dévoiler le secret du juge ? »

Il me souriait d'un air à la fois moqueur et bienveillant. Je rougis, ne sachant que répondre.

« Je pense, articulai-je finalement, que je trouverai ici des textes qui m'éclaireront... et des hommes de grande sagesse qui m'aideront à triompher de ma perplexité...

– Quel homme aidera celui qui ne peut s'aider lui-même ? fit-il seulement en haussant un sourcil.

– Devais-je ne rien tenter, Notre Oncle vénéré ? Devais-je rester dans ma maison ? »

Il me considéra longuement, les yeux plissés, comme s'il cherchait à lire au fond de moi.

« Je vous le demande, dis-je. En toute humilité. »

Au lieu de me répondre, il murmura :

« Tu veux consulter les livres, à ce qu'il paraît... »

Le ton de sa voix était hésitant, ou plutôt vaguement contrarié (c'est du moins ce que je ressentis).

« Les livres de Nezahualcoyotl, précisai-je, essayant de montrer, pour ma part, une détermination irréductible.

– Je l'ai connu, dit-il rêveusement. C'était un très grand roi. Un homme terrible, aussi, terrible... Pardonne-moi : je crois que ta requête l'aurait fait sourire.

– Sourire ? Pourquoi ?

– Il arrivait à Nezahualcoyotl de sourire, lorsqu'il nous entendait parler. Surtout lorsque nous posions des questions. Il souriait, alors nous nous taisions, nous baissions la tête, et dans l'affreux silence qui s'ensuivait, il disait : « Voici votre « réponse. Vous avez demandé et l'on vous a « répondu. A présent méditez et enrichissez-« vous... »

– Mais que voulait-il dire ?

– Il souriait, Chimalpopoca. Il se contentait de sourire. »

Je marmonnai piteusement :

« Je crois bien, Notre Oncle vénéré, que l'Honorable Cadet s'est mépris sur mon compte... Je ne suis pas à la hauteur des circonstances... Je suis trop jeune et trop peu cultivé... Je n'ai même pas étudié au calmecac ! Depuis toujours, les subtilités me déroutent et me torturent. Les allusions m'échappent dès qu'elles deviennent un peu fines. Par moi-même, je ne saurais découvrir quoi que ce soit. J'espère seulement que des hommes meilleurs et plus savants ont déjà trouvé ce que je cherche, et qu'il ne me reste qu'à recueillir la connaissance dont ils se sont rendus maîtres. Du moins, je l'espérais en venant ici. Mais à t'écouter, je vois bien que je ne suis pas de taille. Même si la vérité existe, mon esprit n'est pas assez vaste pour la contenir !

— Ne crois pas cela ! fit-il avec un brusque élan de sympathie. La misère de l'esprit, c'est plutôt de ne pas savoir s'arrêter à temps et se contenter de peu. S'il admettait le vide et le silence, il contemplerait toute la vérité qui est à contempler. »

Je me sentais oppressé. J'avais la sensation déprimante que jamais je ne sortirais des ténèbres, que chaque effort que je faisais pour m'en dégager n'aboutissait qu'à m'y enfoncer davantage.

« Puis-je quand même voir les livres ? » demandai-je dans un soupir.

Un soupir encore plus profond répondit au mien.

« Viens avec moi », dit le père des juges.

Puis, comme nous suivions une galerie monumentale, décorée de panneaux sculptés et de fresques sublimes :

« Tu attends donc beaucoup des écritures, Chimalpopoca ?

— Depuis que je suis en âge de comprendre, mon père, qui est bien meilleur philosophe que moi, me parle de leur puissance.

— Oh ! leur puissance, bien sûr ! Je songeais à leur contenu... »

Je n'osai répliquer que pour moi, les deux choses avaient toujours été liées, pressentant que cette remarque serait considérée comme une sottise, bien qu'elle eût reflété ma conviction profonde. En fait, je n'avais jamais mis cette relation en doute. D'où les livres pouvaient-ils bien tirer leur pouvoir, si ce n'était de la science qu'ils renfermaient ? Ce n'était tout de même pas de la qualité du support et de la joliesse des figures ! J'étais accablé par la minceur de mon intelligence et par l'étendue de mes prétentions. Comment avais-je pu m'imaginer qu'il me suffirait d'un voyage et d'une rapide étude pour saisir d'un coup ce qui selon toute apparence avait échappé à des esprits autrement plus pénétrants ? Mon incapacité à comprendre Notre Oncle vénéré démontrait assez que loin d'être en mesure de dépasser ces hommes, il me faudrait accomplir de formidables efforts pour me porter simplement à leur hauteur. En vérité, je doutais d'y jamais parvenir.

J'en étais là de mes sombres réflexions, regrettant déjà d'être venu et me maudissant d'offrir à mon hôte le consternant spectacle de mes insuffisances, moi le représentant de Tenochtitlan, l'homme sur qui Motecuhzoma comptait pour réformer ses lois – j'en étais là de cette torture quand le vieillard, d'une simple indication donnée sans intention de me troubler, acheva de me faire perdre pied.

« Je t'accompagne aux archives du conseil du Gouvernement et de la Justice », dit-il.

Je restai figé sur place, livide, le cœur arrêté. Gouvernement *et* Justice ? Un même conseil pour les deux choses ? Et moi, pauvre fou, qui avais rêvé que je trouverais ici le moyen de séparer la justice du pouvoir ! Comment cela aurait-il été possible puisque l'un et l'autre avaient formé, dans l'idée de Nezahualcoyotl, un couple naturel, une seule tête à deux visages !

Mon guide fronça le sourcil en me voyant si bouleversé :

« Que se passe-t-il, mon cher ami ? Souffrirais-tu de quelque indisposition, par hasard ? On dirait que tu viens de rencontrer nuitamment le Jeune Homme à la croisée des routes !

– Non, non, balbutiai-je. Ce n'est rien. Je vous suis... »

Il sourit :

« J'espère que ce n'est pas l'idée de plonger le nez dans nos livres qui te met dans un tel état ! »

J'essayai de rire pour lui donner le change, mais le résultat fut misérable. Il eut la charité de faire comme s'il ne s'en était pas aperçu.

Il me recommanda aux scribes qui avaient la charge de la bibliothèque, leur enjoignant de me faire voir autant de livres et de me fournir autant de précisions que j'en exprimerais le désir, puis, m'ayant souhaité une lecture féconde, il me laissa en leur compagnie, non sans m'avoir invité à déjeuner avec lui.

J'étais soulagé de son départ car je n'aurais pas aimé qu'il fût témoin de mon embarras (un embarras auquel, avant même de commencer, j'étais sûr que je n'échapperais pas et qui, au fil des heures, non content d'apparaître, allait se transformer en une véritable débâcle).

Le vertigineux entassement des manuscrits, dans cette salle qui, elle-même, était extraordinairement spacieuse, attisait mon envie de fuir et décourageait d'entrée toute entreprise. Je laissai un instant mes yeux se promener sur les interminables étagères, mais bientôt la tête me tourna pour tout de bon.

Définitivement résigné à l'échec et cherchant seulement à faire bonne figure devant ces étrangers, je réclamai les textes des lois promulguées par Nezahualcoyotl. Et je me préparais à voir venir sans ciller la montagne de documents sous laquelle mes derniers espoirs allaient être écrasés.

On me remit une demi-douzaine de recueils, qui étaient parmi les moins volumineux de ces archives, pour autant que j'en pouvais juger. Je me gardai d'exprimer la moindre surprise.

Commençant à parcourir le premier volume, j'eus bientôt l'impression que ma tête s'emplissait d'une fumée légère. Je levai les yeux du livre et m'ébrouai. Tout ce que je lisais m'était d'une familiarité totale. Les principes exposés étaient si généraux qu'un enfant de cinq ans, me semblait-il, eût été capable de les énoncer simplement d'après l'éducation sommaire reçue de ses parents. Quant aux applications, elles coulaient de source, et il eût fallu être idiot pour n'y pas avoir songé par soi-même. Au lieu de proposer les raffinements que j'avais imaginés par rapport aux textes de Tenochtitlan, ceux-ci n'en étaient que la version fruste et rudimentaire, énonçant des évidences sous une forme qu'on eût dite rêche et inélégante à plaisir.

« Cela ne se peut pas, me dis-je. C'est ta lecture qui est incorrecte, Chimalpopoca. Ignorant les circonstances dans lesquelles ces pages ont été écrites, il te manque tout le contexte implicite grâce auquel la sécheresse des signes s'enrichit de significations multiples et complexes[1]. Du reste, nous allons bien voir ! »

Je m'adressai à l'un des scribes :

« Gardien des écritures, dis-je, permets que j'en appelle à ton expérience. Je ne suis pas de cette ville, comme tu sais, et je voudrais être sûr que mon interprétation de ces manuscrits n'est pas fautive : que lis-tu ici ? »

Il jeta un coup d'œil au texte et releva aussitôt la tête pour me considérer avec ahurissement.

« Eh bien ? fis-je quelque peu impatienté par cette étrange réaction.

– « Celui qui vole quelque chose lèse celui à « qui cette chose est volée, lut-il à voix haute, car « il la lui prend sans contrepartie. »

Et il me dévisagea de nouveau, les yeux ronds. Je ne trouvai rien de mieux à faire qu'à toussoter dans le creux de ma main.

« Et là ? dis-je, essayant de conserver tout mon calme.

– Là ? « Tel qui ment, il dissimule la vérité, « quand bien même il jurerait du contraire. »

– Mais enfin ! éclatai-je. Tu es bien de Texcoco, toi, non ? Ce que tu me lis, c'est uniquement ce qui est écrit : je suis capable de le déchiffrer aussi bien que toi ! Ce que je te demande, c'est ce que cela signifie *vraiment* !

– N'est-ce pas clair, seigneur ? » bredouilla-t-il avec un air de stupéfaction tout à fait désarmant,

1. L'écriture des Aztèques, écrit Jacques Soustelle, « ne permettait pas de noter exactement le langage parlé. Par un mélange de phonogrammes, de symboles et de figurations, elle se prêtait à résumer des événements et fournissait un point d'appui à la mémoire. Les récits historiques, les hymnes, les poèmes devaient être appris par cœur, les livres servant d'aide-mémoire ». (*La vie quotidienne des Aztèques à la veille de la conquête espagnole,* chez Hachette.)

tout en s'écartant sournoisement de moi et en me surveillant du coin de l'œil comme si j'avais été un démon qui s'apprêtait à lui bondir au visage.

Ravalant une injure, je lui tournai le dos et m'éloignai. Il n'y avait rien à tirer d'une pareille souche ! Comment cet abruti avait appris à lire, c'était encore un mystère ! Cela dit, à quoi bon s'énerver. A Mexico aussi, hélas ! nous avions des fonctionnaires incompétents.

Je feuilletai les autres livres au hasard et, là non plus, ne vis rien que de très banal. Je repoussai la pile de volumes. Serait-il dit que je quitterais les archives de Texcoco sans comprendre pourquoi cette ville était la mère des lois, recevant en appel tous les procès importants de la Triple Alliance ?

Réfléchissant intensément, le front appuyé sur ma paume, j'en revenais toujours à ma première idée. Pour apprécier la finesse et la pénétration de ces textes, il ne fallait surtout pas prendre au pied de la lettre la formulation allusive, les litotes, les raccourcis et les abréviations téméraires. Le scribe auquel j'avais eu affaire s'était montré incapable d'aller au-delà des repères figurant sur le manuscrit, pour la bonne raison qu'il était trop jeune. A peine né à la mort de Nezahualcoyotl, comment aurait-il pu avoir en tête toutes les circonstances qui avaient entouré l'élaboration des lois sous la conduite éclairée de l'ancien souverain ? Si je voulais en savoir plus, il me fallait ou bien interroger Notre Oncle, qui avait vécu cette période (mais j'aurais dû, pour cela, avouer mes difficultés, et ma qualité de conseiller impérial m'interdisait de montrer plus de maladresse que je n'en avais déjà laissé voir, sous peine de déconsidérer toute la cour et l'administration de Tenochtitlan), ou bien rechercher dans les annales du royaume les passages se rapportant aux législatures.

Je demandai à un deuxième scribe (le premier, chaque fois que mon regard s'arrêtait sur lui, s'empressait de piquer du nez dans ses encres) d'aller me chercher les livres de chroniques où étaient consignés les événements du règne de Nezahualcoyotl. Celui-ci ayant duré un peu plus de quarante ans, je me lançais dans une tâche qui, très certainement, me prendrait plusieurs jours, sinon toute une treizaine. Il faudrait que j'envoie le muet prévenir (au moyen des signes qu'il savait admirablement utiliser pour se faire comprendre) mon intendant et Tochtlatoa qui se chargerait lui-même d'avertir Atototl que mon séjour se prolongerait au-delà de ce qui avait été prévu.

« Apporte-moi d'abord ce qui concerne les cinq premières années, dis-je au scribe en soupirant. Pour la suite, nous verrons en temps utile. »

Son regard était encore plus éberlué que celui de son collègue tout à l'heure; je vis distinctement sa mâchoire s'affaisser.

« Les cinq premières années... ? répéta-t-il d'un ton plaintif, presque suppliant.

— Eh bien, oui ! Qu'est-ce qu'il y a ? Les manuscrits auraient-ils brûlé ?

— Non-non, seigneur, non-non ! » s'empressa-t-il de répondre, filant comme une flèche vers le fond de l'immense pièce.

Décidément, il semblait que je ne pouvais pas ouvrir la bouche sans provoquer une espèce de panique chez ces énergumènes !

L'homme revint presque aussitôt, m'observant par en dessous tandis qu'il me tendait un livre absolument étique.

« Tu trouveras ici les annales des cinq premières années, respecté maître, fit-il d'une voix geignarde. Mais les années suivantes y sont également. Pardonne-moi, seigneur ! C'est qu'il n'y a qu'un seul livre pour tout le règne... »

Je bondis sur mes pieds :

« Un seul livre ! Est-ce que tu te fiches de moi ?

– Les dieux m'en gardent, prince ! Les dieux m'en gardent ! (Ce disant, il poussait le volume entre mes mains, tant il était pressé de se mettre hors de ma portée. Ces scribes de Texcoco avaient tous le crâne fêlé ! Ou peut-être qu'on avait coutume de récompenser leurs services par des gifles, dans ce pays...)

– C'est bon ! » grognai-je en lui arrachant le manuscrit.

Les autres scribes s'étaient ratatinés sur leurs sièges. Je crois que si j'avais tapé du pied, ils se seraient tous enfuis à quatre pattes en piaillant.

J'emportai le livre dans un coin de la bibliothèque où la vue de ces courges m'était épargnée.

Le premier parchemin portait le chiffre et le signe de l'année où Nezahualcoyotl, triomphant des partisans de Tezozomoc, avait reconquis la cité d'Ixtlixochitl[1]. En dessous, un court texte disait :

Cette année-là, Notre Prince s'est assis.

Je passai rapidement au second parchemin, afin de savoir par quels présages et par quelles cérémonies avait été marquée cette intronisation.

1. 1431.

Mais je ne trouvai que le thème de l'année suivante, au-dessus de la remarque :

Il n'est rien arrivé.

Les sept feuillets qui succédaient à celui-là, correspondant à la chronique de sept autres années, portaient tous la même mention.

Le dixième feuillet était un peu plus explicite. *Cette année-là, Itzcoatl est mort, là-bas à Tenochtitlan. Ce souverain avait gouverné pendant quatorze années. Alors Motecuhzoma s'est assis, dans leur cité.* Mais le onzième disait à nouveau : *Il ne s'est rien passé.* En feuilletant les trente et un autres, je vis qu'on avait signalé, sans plus de commentaires, quelques campagnes, une sécheresse qui avait duré près de cinq ans, la précédente célébration du Feu Nouveau, la mort de Motecuhzoma Ilhuicamina, fondateur de la Triple Alliance, et l'avènement de Axayacatl. Puis mourait Nezahualcoyotl – et c'étaient là toutes les annales de son règne...

Hagard, épouvanté, je réclamai d'une voix méconnaissable, indifférent à l'émotion produite chez les scribes, les annales des dix dernières années, de ces années dont j'avais été moi-même l'un des acteurs et des témoins, et qui m'étaient apparues si riches en hauts faits, en manifestations effroyables, en discours inouïs et en fêtes grandioses. J'espérais encore être rassuré, réconcilié avec ma propre mémoire et le souvenir mélancolique de tout ce que nous avions enduré. Mais non ! La plupart du temps, il n'était rien arrivé ! Il ne s'était rien passé !

J'avais vu des hommes mourir, sur la pierre et dans les batailles, je ne sais combien, plus de vingt fois vingt fois vingt. J'avais vu l'épi de feu menacer le ciel, le temple du dieu s'embraser sans raison, l'ennemi nous promettre un sort abominable. J'avais vu les dieux se détourner de moi et de tous, l'Empereur trembler, les idoles basculer sur leurs prêtres. J'avais vu les cieux se fendre, les pluies se tarir pendant toute une année, le désert s'avancer jusqu'au pourtour de la lagune. J'avais entendu Tezcatlipoca ricaner, Tlaloc gronder de fureur et Quetzalcoatl gémir tel un orphelin perdu dans la montagne. – Mais il ne s'était rien passé !

Les flammes et les massacres, l'épidémie et la pestilence, la fastidieuse horreur des sacrifices, solitude et malédiction, infamies et famines – tout cela n'était rien. Pas même l'occasion d'un récit ! Pas même le prétexte d'une réminiscence ! Nul n'avait péri, nul n'avait vécu, nul n'avait aimé. Dans tout ce long laps de temps, seuls Nezahualpilli et Cacama avaient passé sur la terre, celui-ci pour partir, celui-là pour s'asseoir. Ils n'avaient rien fait d'autre, rien bâti, rien détruit, rien parlé, rien offert aux dieux – et pourtant nul n'avait accompli davantage. Notre histoire, selon les livres, était un silence, un sommeil et un ennui : un simple bâillement du néant éternel.

Je refermai le livre d'une main tremblante, la nuque lourde, les tempes empoissées par une sueur visqueuse et froide. J'étais effondré, brutalement vidé de tout ce qui avait fait de moi l'homme que j'étais et me donnait le goût de me tenir droit, debout sur la terre. Je me sentais poussière, misérable particule emportée dans le tourbillon d'un cyclone. Je m'étais cru riche d'existence et j'étais indigent, démuni, nécessiteux. Je n'avais rien été dans une vie qui n'avait été rien et où, probablement, rien n'arriverait plus, que la succession des Orateurs sur l'icpalli royal. Depuis longtemps, j'avais compris la petitesse de l'homme aztèque entre les mains de dieux eux-mêmes menacés par l'implacable destin du cinquième Soleil. Mais nous n'étions pas petits, nous étions minuscules ! littéralement invisibles au regard de l'Histoire et des siècles. Nos terribles souffrances, nos efforts surhumains, étaient aussi insignifiants qu'un peu de vapeur sur l'eau de la lagune.

Combien de temps restai-je là, suffoqué, débile, si chancelant qu'un souffle eût suffi à me renverser ? Quelques instants peut-être, aussi bien qu'un siècle. Je m'étais enfoncé dans un angle de la pièce, le visage tourné contre le mur, afin que les fonctionnaires des archives ne pussent être témoins de ma détresse. Je n'étais pas une âme dans un corps, mais une enveloppe arachnéenne, affreusement précaire, renfermant un morceau du néant souillé de vaine terreur et de vain désespoir.

Les conques sonnèrent le milieu du jour. Je les entendis mais leur appel n'eut aucun sens pour moi. « Seigneur... seigneur ? » Un murmure inquiet me frappa entre les épaules et me fit sursauter. Je me retournai, ignorant comment pouvaient jouer mes muscles et mes articulations car j'avais été transformé en un mannequin de coton et ne percevais plus de partage entre ma personne et l'atmosphère lourde, sombre et poussiéreuse de la pièce.

Un scribe incliné devant moi posait sur ma figure un regard implorant. Ce qu'il lut sur mes traits de prostration et d'incompréhension le fit littéralement verdir.

« Seigneur, réussit-il quand même à bafouiller, Notre Oncle vénéré vous attend dans ses appartements privés... »

Et il se courba davantage encore, de sorte que ses yeux échappassent aux miens. D'évidence, cet homme n'aurait pas été autrement surpris si, pour toute réponse, j'avais exhibé une lame et entrepris de lui décoller la tête.

« J'arrive », articulai-je non sans peine.

Son soulagement se traduisit par une sorte de croupade qui le transporta à une distance respectueuse de mes poings.

« Par ici, seigneur ! frétilla-t-il. Par ici ! »

Je lui emboîtai le pas, toujours incapable de sentir les limites de mon corps ni le sol contre quoi je prenais appui. Je progressais incompréhensiblement, en une titubation flasque et prodigieusement lente, traversant un décor qui ondulait comme une image à la surface des eaux. J'essayais de concentrer mon esprit sur cette idée simple – *je vais déjeuner avec le doyen des juges de Texcoco* – mais c'était comme si ma pensée ne trouvait là-dessus aucune prise où s'accrocher. Ma tête demeurait désespérément vide et mon cœur, au contraire, s'emplissait d'effroi et me remontait dans la bouche. Je n'aurais pu dire si mes yeux étaient ouverts ou fermés. Tout à coup, Notre Oncle vénéré fut devant moi : un visage monstrueusement grand qui souriait d'un seul côté, l'un des yeux lançant des éclairs tandis que l'autre était aussi terne que celui d'un poisson mort. Je tressaillis et, du coup, retrouvai l'image de mon corps, la conscience de ma forme, de mon épaisseur et de mon poids au milieu de toutes les choses du monde. Simultanément, le visage de mon hôte s'éloigna et reprit des proportions ordinaires.

« Assieds-toi, Chimalpopoca, me dit-il. Tu as fait, semble-t-il, une grosse impression sur nos scribes... »

Le ton était ironique, mais pas suffisamment pour que je m'en formalise, d'autant qu'il était empreint aussi d'une franche cordialité. C'était le ton d'un père s'adressant à son fils, un ton qui me remettait en mémoire certaines entrevues que j'avais eues jadis avec l'auteur de mes jours.

« Je te remercie », fis-je, constatant non sans exaltation que j'étais en train de reprendre pied.

Je sortais du cauchemar. Ce n'était pas que la réalité me parût consolante, mais j'étais à nouveau capable de la regarder en face, quelle qu'elle fût.

La table de Notre Oncle était dressée comme celle d'un prince. Il y avait une grande nappe sur la table et l'on apporta des serviettes blanches, en même temps que de profondes calebasses d'eau tiède pour que nous lavions et adoucissions nos mains. Dès que nos doigts eurent été essuyés, un plat de galettes fut servi, accompagné de haricots épicés, de piments farcis, de moisissure et d'un peu de viande cuite et découpée en fines lamelles. Des fruits de toutes les espèces avaient été déposés au centre de la table avant le début du repas. Pour étancher notre soif, quatre jarres avaient été préparées, la première d'eau fraîche, la deuxième de cacao mélangé à du maïs vert, la troisième de cacao additionné de piment, la dernière de cacao enrichi de miel et d'essence de vanille.

J'étais content de manger. Non que je ressentisse la faim, au contraire! mais parce que cela m'évitait de prendre la parole.

Mon vis-à-vis touchait à peine aux nourritures, picorant distraitement une baie par-ci, un fragment de tortilla par-là, sans cesser de me regarder et de me sourire d'une manière paternelle. Il respectait mon silence, mais je savais que le moment viendrait où je ne pourrais plus m'abriter derrière le mutisme appréciateur du convive qui fait honneur aux plats et où, à moins de passer pour un goinfre dépourvu de toute éducation, je devrais finir de mastiquer. Alors, il me faudrait bien parler; l'attitude de mon hôte ne me laissait aucun espoir d'en être dispensé.

Que lui dirais-je? Je ne pouvais pas lui avouer l'immense déception que j'avais éprouvée en présence des textes de lois et moins encore le choc effroyable causé par la consultation des annales... Pour autant, étais-je capable de feindre, de me comporter comme si j'avais trouvé ce que j'étais venu chercher. Pour cela, sans doute était-il déjà trop tard. Ses fonctionnaires lui avaient rapporté mes réactions. Lui-même avait pu constater à quel point j'étais bouleversé en arrivant dans ses appartements. De plus, s'il m'interrogeait sur ce que j'étais censé avoir découvert, que lui répondrais-je? Il n'y avait pas d'échappatoire. Je ne pouvais ni confesser mon échec, puisque j'étais en cette cité l'ombre de Motecuhzoma, guide et potentat de la Triple Alliance, ni revendiquer le moindre succès. Ma seule chance de ne pas perdre la face était de rester vague et mystérieux. Mais battre à ce jeu l'homme que j'avais en face de moi était comme de vouloir apprendre l'aridité au désert et la houle aux océans ! Je n'étais pas de force. D'un mot, d'un plissement de ses paupières, il pulvériserait mes leurres, mettrait à nu mon imposture; je sombrerais dans la honte et dans le ridicule; par ma faute on se gausserait de Tenochtitlan dans les conseils de Texcoco.

Alors j'attendais, crispé, éploré, comme un condamné attend son supplice, reculant misérablement l'échéance en mâchant et remâchant des bouchées de plus en plus mesquines, au point qu'elles disparaissaient entre mon index et mon pouce. Et je branlais stupidement du chef, n'en finissant plus d'apprécier la finesse de ces mets, pendant que, me semblait-il, le sourire de Notre Oncle s'élargissait et que son regard se faisait de plus en plus narquois.

« Veux-tu que je fasse venir quelques galettes chaudes ? » demanda-t-il.

C'était la fin de mon sursis, l'instant fatidique; je ne pouvais plus tergiverser.

« Je te remercie, dis-je, mais, pour un homme qui doit faire usage de toutes ses facultés intellectuelles, j'ai déjà trop mangé. Il faut dire que cette cuisine était absolument délicieuse.

– Je suis honoré par un tel compliment, fit-il en s'inclinant légèrement. Désires-tu une pipe à présent ? »

Je déclinai son offre d'un geste de la main.

« Eh bien, dit-il en se laissant aller contre le dossier de son siège, t'es-tu pénétré de l'esprit des lois de Nezahualcoyotl ? »

A ma grande surprise, j'eus une inspiration soudaine :

« J'ai appris ce matin une très grande leçon, ô maître des juges, c'est que la vérité n'est pas confuse et lointaine, mais simple et toute proche. L'étrange étant d'ailleurs qu'elle ne s'en trouve pas plus facile à atteindre pour cela, sans doute parce que nos esprits ont été faussés par trop de ratiocinations et ont pris l'habitude d'emprunter des voies détournées, de préférence au plus court chemin. Les lois de votre grand roi sont si transparentes, que le regard moderne, troublé par toutes les vaines complexités qui lui sont ordinairement proposées, passe à travers elles sans rien remarquer. Ce que ces lois nous enseignent d'abord, c'est qu'il faut retrouver l'innocence, si l'on veut connaître la vérité. »

J'étais assez satisfait de moi. Ce discours était venu sans peine à mes lèvres et je pensais qu'il contenait assez de philosophie pour donner le change à mon interlocuteur. Toute ma confiance s'envola, cependant, quand, par une expression fugace, celui-ci me fit soupçonner qu'il se retenait de rire.

Je détournai les yeux, plus déprimé que jamais.

« Simples, oui... fit-il songeusement... on peut dire que ces lois sont simples... »

Je me jetai sur cet hameçon.

« Et comme tu avais raison de dire, m'écriai-je, que la principale imperfection de l'esprit est de ne pas savoir s'arrêter à temps ! Ce qui égare notre intelligence, c'est qu'elle est le siège de la part la plus impudente de notre orgueil...

— ... et ce qui égare notre orgueil, c'est qu'il est le siège de la part la plus timide de notre intelligence.

— Je le pense aussi ! » déclarai-je avec enthousiasme, bien que sa phrase n'eût été pour moi qu'une succession de syllabes flottant sur une vague musique.

Il se mit à rire franchement, d'une façon légère, charmante et, me parut-il, dépourvue de toute ironie. Je lui fis écho de bon cœur. J'étais encore en train de m'esclaffer quand sa question, décochée à l'improviste, cloua mon rire au fond de ma gorge :

« Pourquoi t'es-tu fait communiquer les annales de Texcoco, seigneur Chimalpopoca ? »

J'eus les plus grandes difficultés à ingurgiter ma salive. L'homme était plus redoutable encore que je ne l'avais imaginé et j'avais commis l'erreur impardonnable de croire qu'il se contenterait de quelques généralités bien troussées et d'un soupçon de flatterie. Mais il n'avait plus dix-huit ans et était aguerri aux techniques du prétoire ! Cette fois, j'étais au pied du mur et nulle inspiration miraculeuse ne descendait du ciel pour me tirer de là. Mon esprit fonctionnait à une vitesse folle. Mais plus je réfléchissais, plus il m'apparaissait impossible de répondre d'une manière convaincante, sans trahir ce que je ne voulais admettre à aucun prix. Et je recommandais fervemment à Mictlantecuhtli les crétins de scribes qui m'avaient espionné pour le compte de ce vieux serpent !

« Cela... m'intéressait, marmonnai-je en désespoir de cause, la rage au cœur. Je dois t'avouer, Notre Oncle vénéré, que mes connaissances au sujet de ta ville admirable laissent beaucoup à désirer. Avant de recevoir cette blessure, j'ai passé plus de temps sur les champs de bataille, hélas ! que dans les salles d'études. En fait, je ne sais lire que parce que mon père, qui est scribe à la cour, m'a lui-même instruit dans cette science. Bref, ce que je connaissais de l'histoire de Texcoco était d'une ténuité lamentable !

– Es-tu mieux renseigné à présent ? »

Je sentis mes joues s'empourprer en songeant à l'extravagant laconisme des textes. Une bouffée de colère m'envahit. J'étais sûr, à présent, que mon hôte n'avait pas cessé de se payer ma tête.

« Nullement ! » répliquai-je d'une voix plus sèche que je n'aurais voulu (mais j'étais incapable de dissimuler mon dépit).

Et j'ajoutai même, avec un petit ricanement qui sonna de manière désagréable à mes propres oreilles :

« Il semblerait que vos chroniqueurs en sachent encore moins que moi ! »

A nouveau, il me sourit paternellement :

« N'as-tu pas déclaré toi-même que la vérité était simple ? »

J'aurais dû composer un sourire et chercher une réponse conciliante et creuse qui nous aurait permis à tous deux d'en rester là. Mais j'étais trop courroucé pour user de diplomatie. Après tout, n'étais-je pas l'envoyé de Motecuhzoma dans une cité qui lui avait juré allégeance ?

« Simple, oui, dis-je d'un ton cinglant, mais pas lacunaire ! On m'a toujours appris qu'une vérité incomplète équivalait à un défaut de vérité, soit à un mensonge : cela serait-il contesté à Texcoco ? »

Il ne releva pas l'allusion blessante contenue dans mes propos.

« Il est en effet des vérités innombrables, dit-il, qu'aucune bibliothèque ne pourrait contenir, fût-elle vaste ainsi que toute la terre des Mexica. On nomme ces vérités des faits, ici à Texcoco. La vérité n'est pas la somme de ces faits — selon moi, mon ami, en tout cas — elle est leur sens. Et leur sens est simple, transparent, ainsi que tu l'avais bien vu...

— Pardonne-moi, fis-je, honteux d'avoir perdu mon sang-froid. De mon passé militaire, j'ai gardé malgré moi une certaine rudesse.

— Cela n'est rien! dit-il avec bonhomie. Celui qui cherche et s'interroge sur l'essentiel ne peut pas avoir la sérénité de celui qui connaît...

« Que connais-tu? avais-je envie de lui crier. Je t'en supplie, qu'y a-t-il à connaître? Dis-le moi. Ne me laisse pas dans les ténèbres! Quatre cents fois mieux une sinistre certitude que cette angoisse insondable! »

Mais étant ce que j'étais, et lui ce qu'il était, je ne pouvais pas tirer de moi les paroles qui m'étouffaient.

A sa physionomie compréhensive, presque apitoyée, on aurait pu croire cependant qu'il les avait entendues.

« Puisque tu sais peu de choses de Texcoco, dit-il d'une voix très douce, laisse-moi, avant ton départ, te conduire dans un certain endroit et te faire voir, oui : voir, presque toucher du doigt, la grande, l'ultime vérité découverte par le roi Nezahualcoyotl, et qu'aucun texte, pas même les poèmes subtils de ce défunt prince, ne te livrera d'une manière aussi directe ni aussi... (il hésita quelque temps)... aveuglante!

— Aveuglante... » répéta-t-il comme pour lui-même, d'une voix à peine audible et qui, énigmatiquement, me parut se faire l'écho d'une très profonde, très secrète et très inconsolable désespérance.

Je le suivis, plus inquiet encore qu'intrigué, alors que j'aurais dû crier de bonheur, n'ayant jamais osé espérer une telle issue à mon aventure. Au moment même où je me persuadais que tout était perdu, j'allais enfin obtenir une réponse. Pourtant, à cause de Notre Oncle, à qui je devais cette faveur, je ne ressentais aucune joie. Quelque chose me disait que cette réponse ne serait pas de mon goût. « Au moins, me disais-je pour me consoler, ce sera une réponse. N'est-ce pas ce que tu es venu chercher? »

Nous traversâmes une autre partie du jardin, celle où vivaient dans ces cages très belles les animaux les plus féroces. J'aperçus, dans des niches de verdure et de fleurs, les représentations magnifiques de fauves dont j'eus du mal à croire qu'ils pouvaient exister, même dans les lieux les plus déshérités de la terre, car ils évoquaient plutôt des créatures nées de l'ivresse ou de la démence.

« A force de méditation, me disait Notre Oncle, le fils d'Ixtlilxochitl en vint à douter des prêtres. Il avait le soupçon que le détail des rites et des croyances n'avait pas été inspiré par les divinités du ciel, mais que les ministres, en grande partie, l'avaient élaboré eux-mêmes, dans leur souci d'étendre leur autorité sur les hommes et de restreindre le pouvoir séculier. »

J'étais si ému à l'idée de la révélation qui allait m'être faite que mon attention flottait quelque peu, mais ces mots me firent dresser l'oreille.

« Et de même, continuait le doyen, Nezahualcoyotl en vint à penser que la multiplication des sacrifices n'avait pas pour but principal d'abreuver le Soleil, lequel se satisfaisait de gorgées raisonnables, mais de répandre une terreur qui servait les intérêts de ceux qui s'en étaient faits, en tous sens du terme, les administrateurs. Lorsque, dans ta ville étourdissante de Mexico-Tenochtitlan, au milieu des hérons et de l'eau, on sacrifia d'un coup, pour commémorer je ne sais plus quel événement, deux mille prisonniers de guerre, le roi fit savoir qu'à son estime, une telle prodigalité n'était pas agréable aux dieux qui se fussent parfaitement contentés de vingt hommes. J'étais bien jeune à cette époque, mais je me souviens de sa colère. Si cette protestation ne figure pas dans les annales, c'est que lui-même l'a interdit, ne voulant pas offenser dans le souvenir des peuples le premier Motecuhzoma, son allié. En privé, toutefois, il affirmait que les prêtres étaient des faiseurs de mirages qui dissimulaient leurs machinations sous un épais rideau de sang frais. Enfermé dans sa bibliothèque personnelle, il étudia avec un soin extrême la généalogie des dieux telle qu'elle était exposée par les maîtres du culte. J'ignore quel fut le cheminement de sa réflexion, mais lorsqu'il sortit de là, il publia que dans tout son royaume une divinité devait être adorée pardessus toutes les autres, comme étant antérieure et supérieure au Couple Originel lui-même. Il la baptisa d'un double nom : Tloque Nahuaque, Celui-du-Voisinage-Immédiat, et Ipalnemohuani, Celui-par-qui-nous-vivons. Lorsqu'on lui demanda l'histoire de ce dieu, il se contenta de sourire, de ce sourire que je t'ai dit, et tous baissèrent la tête. Les prêtres baissèrent la tête, car Nezahualcoyotl s'était exprimé en monarque et nulle objection ne pouvait être faite à son expresse volonté. Ensuite, le roi fit venir les bâtisseurs et leur montra le dessin qu'il avait tracé lui-même, étant aussi le premier architecte du royaume. D'après ce plan fut élevée une maison pour l'être suprême, maître de la proximité, source de toute paix et de toute certitude. Cette maison, la voici. »

Il étendit le bras. Passionné par son récit, je n'avais pas quitté son visage du regard depuis qu'il avait abordé les sujets du pouvoir, du sacrifice, des prêtres et des divinités. Levant les yeux dans la direction indiquée, je découvris une haute tour qui se dressait à quarante pas de nous et que je n'avais pas encore aperçue, en dépit de ses dimensions imposantes.

« Elle comporte neuf étages, précisa le vieil homme, soutenant comme autant de ciels superposés la demeure du créateur de toutes choses. C'est là-haut que je veux te mener, si tu le permets... »

Et pendant que nous gravissions l'escalier :

« Sois prêt. Tu vas contempler la vérité du grand roi. »

Je ne disais rien : mon cœur battait trop fort. Enfin, nous débouchâmes sur la dernière plateforme, dans l'éclat méridien du premier ciel, frôlés par des ailes visibles et invisibles. Le sanctuaire s'élevait devant nous, nimbé d'un étrange silence bourdonnant, tandis que Texcoco s'allongeait sous nos pieds jusqu'au lac qui n'était plus qu'une grande flamme d'argent. Les bruits de la ville venaient lécher la semelle de nos sandales et s'arrêtaient là, incapables de se hisser jusqu'aux murs divins, peints en noir, constellés d'étoiles, fumant dans la lourde lumière qui faisait tout vibrer. En bas quelques branches étaient bercées; ici : pas une brise, pas un souffle. J'avais la sensation que le ciel était une immense figure, posée contre le monde, qui nous dévisageait.

« Je t'en prie, seigneur Chimalpopoca, pénètre chez Tloque Nahuaque... »

La porte était basse et je dus courber les épaules pour la franchir. A l'intérieur, dans la fraîcheur d'une légère pénombre, chatoyaient contre les parois de fastueux ornements d'or ciselé, de pierreries rouges, bleues, vertes, jaunes et blanches et de plumasserie délicate. Jamais, ni dans nos temples ni chez l'Honorable Cadet, je n'avais été le spectateur d'une telle richesse et d'un tel scintillement. De minces rayons lumineux et colorés s'entrecroisaient au-dessus de nos têtes, déroulant paisiblement les rubans d'une précieuse poudre. Qui aurait pu douter que ceci fût le logement d'un dieu ?

« Voici le temple de Celui-par-qui-nous-vivons », prononça Notre Oncle d'une voix solennelle, que l'émotion rendait un peu rauque.

Et pourtant – je me sentis frémir, mes entrailles se nouèrent et tous les poils de mon corps se raidirent – il n'y avait en ce lieu nulle idole. L'ombreuse et miroitante salle était vide, vide, VIDE !

« Voici ta maison, Ipalnemohuani Tloque Nahuaque ! murmura le père des juges (et les lèvres de cet homme impavide étaient agitées de tremblements). O toi dieu sans visage, invisible autant que la nuit, impalpable ainsi que le vent ! »

IV

QUESTIONS ET RÉPONSES

Au retour, la brume n'était plus sur la lagune, mais dans ma pauvre tête. J'avais reçu une réponse, et cette réponse à elle seule contenait plus de menace et de mystère que toutes les questions qui m'avaient assailli depuis que je m'étais mis en quête de ce qui est au-delà des apparences et des écrans tendus par la duplicité des hommes et leur sauvage appétit de puissance. En me quittant, sur la grève où il avait tenu à m'accompagner, mon hôte me remit une plaque d'écorce sur laquelle figuraient les repères d'un poème qu'il m'enseigna aussitôt.

« Ce fut, m'expliqua-t-il, le dernier qu'il composa, le roi Nezahualcoyotl, quelques jours avant sa mort. « Si je pars, dit-il, que cela soit mon « véritable testament. Si je reste encore un peu « parmi vous, que cela soit votre sauf-conduit, ici « même et en tous les espaces de la création et de « la non-création. » Ecoute bien, Chimalpopoca, seigneur inégalable, je vais réciter lentement : grave chaque mot dans ta tête et souviens-toi. Souviens-toi quand je serai mort. Souviens-toi quand tu mourras toi-même.

Il n'y a que nos fleurs
Pour nous réjouir,
Il n'y a que nos chants
Pour tuer votre angoisse.
Mes princes, grâce à cela
Vos peines s'estompent.
Elles sont l'invention de qui donne la vie;
Il les a fait descendre,
Lui, qui s'invente lui-même.
Fleurs de plaisir,
Grâce à qui vos peines s'estompent. »

Dès qu'elle les entendit, Atototl voulut apprendre ces vers à son tour.

Elle m'attendait chez moi lorsque je rentrai à Texcoco, ayant pris le risque de venir avant la nuit tombée. A tort, du reste, car non loin de mon embarcadère, une barque avait croisé la sienne et c'était celle de son père, qu'elle avait fait semblant de ne pas voir mais qui, lui, n'avait pu manquer de la reconnaître et d'en tirer les conclusions qui s'imposaient.

Je m'en inquiétai mais elle rit de mes alarmes. Elle ressemblait beaucoup, en cet instant, à la jeune fille que j'avais convoitée dans les jours anciens, fraîche et délicieuse, ayant le teint des pétales les plus rares.

« Volcan, me gronda-t-elle, quitte ce sombre visage! Méprise ce qui tourmente. Tout ce qui n'est pas réjouissance, oublie-le. Sois l'inventeur de ta propre vie, comme le suggère cette extraordinaire poésie! Dis-la moi encore, s'il te plaît : je veux l'entendre de ta bouche. Je veux qu'à chacun de ses mots soit lié dans mon souvenir le son et l'inflexion de ta voix... »

Je m'exécutai, mais elle mit ses bras autour de moi et m'arrêta d'un baiser.

« Non, murmura-t-elle à mon oreille, tu ne le dis pas bien. Tu penses à autre chose. Ferme les yeux et recommence. Pénètre-toi de chaque image ! Comprends-tu que j'avais raison ? Qu'il me donne raison, le poème de ton vieux Nezahualcoyotl ? Nous pouvons être réconciliés avec la vie et nous pouvons narguer la mort : n'est-ce pas ce que tu réclamais ? »

Je lui racontai alors comment j'avais vu le vide et l'absence, dans le sanctuaire orné aux couleurs de la nuit :

« Ne t'occupe pas du rien qui est en haut d'une tour, dans un autre pays, mon petit volcan ! Occupe-toi du tout qui est ici. Mais ne t'informe pas toujours de ce qui est possible : exige d'abord ce qui ne l'est pas et arrache-le aux doigts hideux de la mort ! Vis ! Vis !

– Je le voudrais ! m'écriai-je d'une voix douloureuse. Je le voudrais tellement !

– Alors, dis : je veux. Dis seulement : je veux. »

Pourquoi ne pouvais-je pas le dire ? Je fis l'amour avec une sorte de désespoir. Frénétiquement, je recherchai l'extase, la perte de conscience : cette faille par laquelle j'aurais pu choir dans l'éternel. Je connus plusieurs éblouissements, mais ne parvins pas à m'y abîmer. Cramponné aux hanches d'Atototl, la mâchoire serrée, les muscles contractés au point de faire vibrer mon corps tel un arc qui vient de lâcher sa flèche, je travaillais de toutes mes forces et de toute mon âme à l'évanouissement dont on ne se réveille pas, comme si le temps pouvait prendre la forme d'un orgasme infini. Dès que je me sentais basculer, la réalité mortelle me prenait à la nuque et me ramenait en arrière, sur le sol condamné du dernier univers. Je devais mordre mes lèvres pour ne pas hurler.

Avec Tochtlatoa, je bus comme un furieux, lorsque Atototl fut partie. C'était lui qui sirotait son vin tandis que j'avalais coupe sur coupe, haletant, frissonnant, balbutiant l'insupportable souffrance qui, en moi, remplaçait toute idée et tout sentiment. J'aurais voulu lacérer mon visage avec mes ongles.

« Vide, Tochtli ! Cette saloperie de temple était VIDE !!!

– Vide d'idole, me fit-il remarquer d'une voix rassurante. Seulement vide d'idole, Bouclier. Tloque Nahuaque est le dieu sans visage.

– « Invisible autant que la nuit, impalpable « ainsi que le vent ! » récitai-je en me tordant les mains. Mais j'ai besoin de le connaître, moi, Tochtli ! BESOIN, comprends-tu ? Le dieu qui est au-dessus de tous les dieux ! Le dieu de la vérité ! »

Les larmes et le vin m'embrouillaient la vue. Je me balançais d'avant en arrière, m'enserrant de mes propres bras comme si j'étais une mère berçant son enfant mort.

« Veux-tu que je t'aide ? me demanda Tochtli, la main déjà tendue vers moi.

– Quel homme aidera celui qui ne peut s'aider lui-même ? » dis-je en me levant, ignorant cette main.

Une ombre passa devant les yeux de mon ami.

« Ne sois pas amer, Chimalpopoca. S'il te plaît, ne sois pas amer. (Sa voix vacillait sous le fardeau d'une tendresse immense, trop grande pour un seul homme). Ce n'est pas digne de toi. Ce n'est pas digne de celui qui a traversé l'eau pour interroger les traces et les échos de Nezahualcoyotl. Songe à ces empreintes, mon maître, songes-y... »

Je marmonnai :

« Je ne suis pas ton maître, Tochtli !

– Sois-le ! fit-il avec une soudaine ferveur. C'est le moment que tu le redeviennes, Chimalpopoca, et que tu me montres le chemin, le chemin sur la terre. Que je sois libéré de ma liberté, si mon maître cesse de vouloir contempler l'invisible ! Regarde ce qui est, accepte-le et, cela fait, agis comme si cela n'avait plus aucune importance. N'est-ce pas ce qu'il disait, le roi de Texcoco ? Marie ton destin au destin de la terre. Ne songe pas à la mort des fleurs, elle est inévitable. Réjouis-toi avec celles « qui sont dans tes mains ». N'attends pas dans l'angoisse ce qui adviendra de toute manière. Salue ce qui advient aujourd'hui et adviens toi-même par tout ce qui est advenu. Laisse à l'oiseau bavard de connaître la demeure du dieu et toi, contemple les fleurs de ce jardin-ci, cueille les fleurs et respire-les ! Accepte et jouis du présent, car chaque jour est un jour. Que l'ombre de la nuit n'éteigne pas les midis étincelants ! L'instant est fugitif alors, toi, ne t'enfuis pas de l'instant : saisis-le à pleins bras ! Si demain efface aujourd'hui, qu'aujourd'hui, du moins, lui rende la pareille !

– Tochtli ! Tochtli ! dis-je d'une voix lasse. Je ne veux pas l'oubli, je veux la vérité !

– Les fleurs qui vont éclore, le jour qui va naître, n'est-ce pas la vérité aussi ?

– Elle ne me suffit pas, Lapin. C'est ainsi, je

n'y peux rien. Je veux savoir. Il est trop tard pour reculer, à présent. »

Sa réplique fut un gémissement :

« Mais non !

– Il est trop tard, Tochtli. Je me suis mis en route. »

Il tendit les bras vers moi en un geste d'imploration désespérée. Son visage était celui d'un supplicié.

« Et Atototl ? Et ton amour ? »

Ce fut comme si un glaive m'avait frappé au plexus. Je portai mes mains à ma poitrine, le souffle coupé, les jambes flageolantes. Une plainte s'échappa de ma gorge, déchirée, affreuse, une atroce plainte d'impuissance et d'indicible douleur. J'allai m'aplatir contre le mur, près de la fenêtre où le matin venait.

« Je ne peux pas ! hurlai-je. Je ne peux pas ! Arrache-moi plutôt le sexe, Tochtli ! Arrache-le si tu as encore pitié de moi ! »

Le reste, je ne l'ai pas dit. Je l'ai gardé pour moi. Je l'ai crié et pleuré dans ma tête, à travers toute cette souffrance intolérable et blanche, qui n'était pas d'une blessure du corps, mais d'un déchirement de tout mon être. « Par elle, criai-je au fond de moi, j'ai rêvé du bonheur sur la terre, du bonheur en ce monde et non point dans un autre. Pour garder cet amour, j'ai laissé grandir en moi cette convoitise insensée, ce désir qui ne peut être assouvi, et maintenant, je ne puis plus les extirper de moi. Mais ce n'est pas cela ! Ce n'est pas seulement cela ! Oh ! si ça pouvait n'être que cela ! Emporté par cette ivresse, cet orgueil surhumain, j'ai voulu faire rendre gorge au mystère, j'ai posé la terrible question de la destinée et du salut. Ignorant les réponses des sages et des prêtres, j'ai demandé quel était le vrai sens de la vie. A cause d'Atototl et de son amour, j'ai interpellé l'absolu. A présent, il me faut la réponse. Il me la faut ! Même si ces interrogations, comme en cet instant, doivent précipiter mon âme dans un fleuve de feu et lui imposer des tortures pires que toute agonie. Même si je dois leur sacrifier notre amour. Même si je dois la perdre, elle, mon Oiseau. Car je ne pourrais plus les mériter ni l'un ni l'autre dans le cas où je renoncerais à ma quête et me contenterais du plaisir qu'ils me procurent. Je suis allé trop loin. Je leur dois de poursuivre, quand bien même il n'y a aucune chance que j'atteigne mon but. N'est-ce pas eux qui me l'ont désigné ? Qu'on ne me demande pas maintenant de retourner aux fleurs et aux aurores charmantes ! »

Le Lapin-qui-parle s'était accroupi, cachant sa figure entre ses bras, et je me plaquais contre ce mur, essayant d'y adhérer par chaque grain de ma peau. Puis le début du jour est entré, nous a découverts dans ces positions et nous a dénoués. Tochtli s'est relevé. Je me suis décollé du mur et, sans un mot, je suis sorti dans le jardin. J'ai laissé la fraîcheur me secouer la nuque et les épaules. Je suis allé contempler longuement la porte par où Atototl m'était revenue. Ensuite j'ai pris un bain de vapeur : je voulais me purifier avant d'aborder les nouvelles épreuves de ce voyage que j'avais entrepris dans le territoire du Grand Secret, et dont nul, désormais, ne pourrait plus me détourner.

C'est là, je pense, que je renonçai pour toujours à l'octli, car je ne voulais plus être consolé. « Le temps des arrangements est fini, me dis-je. Le temps des compromis est terminé. A partir de ce matin, je ne m'accorde plus aucune de ces facilités – et je ne les accorde plus à ce monde. »

Je revêtis mes habits les plus simples : un pagne dépourvu de franges, un manteau sans ornements, et partis les pieds nus.

J'étais décidé, même si cela devait me rendre suspect aux yeux des gens que j'interrogerais, à poser des questions directes, avec la naïveté et la droiture d'un enfant qui cherche à savoir, sans se préoccuper des convenances et des interdits. J'irais d'abord voir Matapilli, afin de recueillir de sa bouche les éléments d'information qui me manquaient, du fait que je n'avais pas fréquenté le calmecac.

Dans la rue, je croisai un petit cortège. C'était, alangui sur une litière, une coupe vide pendant au bout de ses doigts, le captif qui, pendant un an, représente Tezcatlipoca parmi nous, choyé en permanence par quatre courtisanes, entouré d'affection et de soins, avant d'être étendu sur la pierre lors des fêtes de Toxcatl. Choisi pour la perfection de ses formes et de ses traits, il vit dans un luxe impérial, enivré par les douceurs, les tendresses, les copulations sans nombre et l'octli miellé, les fumées étourdissantes. Je m'arrêtai pour le regarder passer. Il répondait à l'image du Jeune Homme idéal, telle qu'elle a été spécifiée : mince comme un roseau mais point maigre, ni trop corpulent, doux comme une tomate, lisse comme un galet, ni trop petit ni trop grand, le nez droit et planté bien au milieu du visage... Les courtisanes chantaient et faisaient de la musique. L'une d'elles lui parlait à l'oreille tout en lui caressant l'épaule et la joue. Il souriait d'une façon lointaine et figée. Je fus frappé par son regard. C'était le regard d'une idole : vide et pourtant implacable. Resterait-il le même lorsqu'il verrait la terre basculer et le ciel nocturne se dresser devant lui, au sommet de la pyramide dont chaque degré, désormais, porte une flûte brisée[1] ? Lorsqu'il verrait contre ce ciel les robes encore plus noires des prêtres, leurs chevelures immondes, et le couteau ? Serait-il, en cet instant ultime, encore le regard du dieu, ou bien cet affreux regard que j'imaginais, en qui étaient imprimés tous les regards des amants de la mort blanche, celui de Xiuitlamin, celui de Temilotzin, les regards de tous ceux qui avaient élevé avec leurs cœurs la ruisselante pyramide dont la pointe repose à Tenochtitlan tandis que la base s'engoutit au fond des entrailles du Soleil, sans cesse attaquée par l'érosion de sa faim ? J'aurais voulu effacer ce sourire d'hébétude. J'aurais voulu rendre à ces yeux l'éclat d'une peur humaine ou d'un vrai désir humain. Mais la litière me dépassa, au milieu des rires légers et des lestes invites des femmes, et je demeurai à ma place, impuissant, comme aspergé du sang de cet homme...

Je songeais à la naissance de notre nation, aux jours difficiles et sauvages du commencement. « Je hais, m'avait dit Atototl, toute cette fureur et ces meurtres infinis. » Mais c'était en eux, par eux, que notre tribu avait été enfantée. Nous ne pouvions pas faire que notre passé n'ait pas été,

1. Celui qui personnifiait Tezcatlipoca montait seul au sacrifice (et non pas entraîné par les prêtres); il cassait une flûte sur chaque marche de l'édifice.

et que nous ne fussions pas les héritiers de nos pères, nos pères qui partout avaient laissé pour empreinte une sanglante rivière. Je me souvenais du récit de leurs exploits, conté par Izcoatl ou quelque autre de nos maîtres, d'une voix farouche et exaltée. Ils allaient, ces Chichimèques hirsutes et dépenaillés, couverts de peaux de bêtes, dérobant des femmes, coupant les oreilles par milliers et les offrant à leur suzerain et partout, durant une errance de presque trois fois cinquante-deux années, ils trimbalent d'un horizon à l'autre le paquet sacré contenant les cendres de Huitzilopochtli-Mexitli, l'Ancien Guide, le Nouveau Dieu. Leurs esprits sont vierges de connaissances, leurs lèvres souillées de paroles grossières, de fourberies et de menaces.

Quand ils venaient,
Quand ils suivaient leur chemin,
Ils n'étaient plus reçus nulle part.
Partout ils étaient rejetés.
Ainsi, nulle part, ils ne purent s'établir,
Simplement, ils étaient chassés,
De tous côtés ils étaient persécutés.

Achitometl, roi de Colhuacan, en avait fait ses vassaux. Il donna sa fille en mariage à leur chef et les Mexica le remercièrent, disant : « Nous ferons d'elle une déesse. » Quand il revint, un prêtre avait revêtu la peau de la jeune fille; un autre, tenant entre ses poings une des jambes écorchées, traçait avec elle des signes de sang sur les murs. Voici de quoi nous sommes nés – et l'on nommait nos pères non pas des hommes, mais des bêtes féroces. On disait partout : « Exterminons-les. N'en laissons pas un seul vivant! » La sorcière Malinalxochitl, la propre sœur de Huitzilopochtli-Mexitli, dépêcha son fils Petit-Chapeau-Pointu, afin qu'il liguât contre eux, lorsqu'ils se furent fixés à Chapultepec, toutes les nations de ces parages, et sans doute y fût-il parvenu, si les prêtres n'avaient arraché son cœur pour le lancer au loin. Tel est notre héritage. Plus tard, Axayacatl fit servir à Moquihuix un ragoût délicieux, jouant derrière lui du tambour pour compléter sa jouissance, mais c'était son propre ambassadeur que Moquihuix mangeait. Et c'était Chien-des-eaux qui, quatre par quatre, pendant des heures et des heures, faisait sacrifier vingt mille hommes pour l'inauguration du grand temple, ou bien quatre-vingt mille, ou bien plus de cent mille, disent certains. Et c'est Nezahualpilli qui a fait arracher le cœur de la belle Chalchuihnenetzin pour le jeter aux chiens, il n'y a pas si longtemps. Et ce fut Maxtla, bien avant, qui fit mettre en cage le petit-fils de Tezozomoc et le priva du manger et du boire. Voilà ce ventre d'où nous sommes issus. Un manteau de caillots fumants couvrait l'Aztèque à sa naissance. Chacun de nous le porte aujourd'hui sur ses épaules. L'air que nous respirons en venant au monde est une horrible buée rouge[1].

Comment, dès lors, pourrions-nous rêver du bonheur ici-bas? « Exige! » disait mon Oiseau. A quoi bon exiger ce qui n'existe ni ne saurait exister? Pourtant, j'avais en mon cœur cette exigence

1. Elie Faure : « Du fond de cette horrible buée rouge qui montait de partout, prenait à la gorge, faisait rouler dans les veines un poison nauséeux, voilait le souvenir... »

quand même. Et je m'obstinais à demander l'impossible, justement parce qu'il était impossible et que je ne voulais plus être sage, étant trop fou d'amour pour ne pas aller jusqu'à sacrifier cet amour à cette folie. Etant trop fou pour ne pas réclamer la vérité de cette même voix qui réclamait l'impossible... Je ne pouvais aller nulle part et je poursuivais mon chemin cependant. J'étais fermement décidé à mener jusqu'au bout cette enquête qui, je le savais, *je le savais*, ne pouvait pas finir. Déjà, je m'éloignais du royaume étroit des apparences; j'allais me perdre et m'évanouir à jamais dans la steppe infinie des contradictions, les yeux fixés sur l'horizon de la vérité que nul ne peut atteindre, car c'est l'espace qui n'a pas de temps et l'on ne peut y vivre (mais moi je partais y chercher le principe de la vie!).

Je partais de loin, ayant pris du retard. Mais je n'hésiterais pas à demander de l'aide. Je verrais bien ce qu'on me répondrait. Oh! je ne m'attendais pas à ce que d'autres participent à l'enquête avec moi. De Matapilli, par exemple, je n'espérais pas de réponses à mes questions, mais seulement d'autres questions, de nouvelles et plus troublantes énigmes (par là, au moins, je mesurerais mieux l'étendue de la difficulté que j'avais à résoudre et le nombre des obstacles qu'il me faudrait franchir). Aussi fus-je suffoqué quand le prêtre, au lieu de biaiser, de sourire finement ou de me citer des textes abscons, me répondit avec autant de clarté et de franchise que si je lui avais demandé le temps qu'il faisait.

« Tloque Nahuaque? dit-il. Mais c'est Tezcatlipoca, bien entendu! (Le ton eût été le même s'il avait dit : « Notre roi? Mais c'est Motecuhzoma

Xocoyotzin, voyons ! » – et mon air stupéfait semblait le divertir beaucoup.)

– Mais, bêlai-je, Notre Oncle vénéré m'a dit qu'il s'agissait d'une divinité sans visage, d'un dieu ni vu ni connu...

– N'appelle-t-on pas Tezcatlipoca l'Invisible ?

– Mais alors... Nezahualcoyotl n'avait rien découvert !

– Il avait découvert que Tezcatlipoca n'était pas seulement un dieu parmi d'autres, mais le dieu des dieux. Sans visage, parce que son visage n'était pas celui que nous croyions connaître, quand nous dressions des idoles au Jeune Guerrier. Le vrai Tezcatlipoca est l'Auteur de la vie, Celui par qui nous existons, le Maître de ce qui est proche et de ce qui est loin. »

Nous étions dans le jardin. Le regard fixe, la tête bourdonnante, j'allai m'asseoir sur une murette.

« Souviens-toi de nos aïeux, reprit Matapilli. D'abord ils étaient à peine plus que des bêtes. Puis ils ont rencontré les Toltèques, dont Tezcatlipoca était le dieu tribal. Ils l'ont adopté et l'ont vénéré, surtout à partir du moment où Acamapichtli, le premier Tlatoani de Mexico, fut choisi dans ce noble lignage de Tula. Et depuis, les Aztèques sont devenus les premiers parmi les hommes : plus forts que tous les autres, plus savants, plus habiles dans les choses de l'art, mieux éduqués. Il est clair que c'est à Tezcatlipoca que nous devons cette vie qui est la nôtre. La nouvelle religion est à l'origine de notre grandeur : des sous-hommes que nous étions, elle a fait de nous les surhommes à qui tous doivent se soumettre aujourd'hui.

— A Tula, glissai-je timidement, n'adorait-on pas aussi Quetzalcoatl ?

— C'est juste, mais tu sais qu'il en a été chassé. Et puis c'était un ancien dieu, qui venait d'ailleurs[1]. Alors que Tezcatlipoca est le dieu éternellement jeune et plein de vigueur. Il a pris possession de Tula par la ruse et la force, étant le moule de tous les guerriers, l'inventeur de la guerre, et il a instauré là-bas l'ordre nouveau, par lequel nous avons assuré notre hégémonie et, grâce au sacrifice qu'il nous a enseigné, avons entretenu la course du Soleil. Ainsi l'Honorable Cadet occupe-t-il le trône en cet instant et fait-il rayonner notre gloire sur l'ensemble de l'univers, d'un océan à l'autre et du sombre Nord au Midi flamboyant : de sa propre main Tezcatlipoca l'a établi, puisqu'il inspire les grands électeurs ! »

J'acquiesçai distraitement. Ce n'étaient ni l'Empereur, ni la gloire aztèque qui, pour l'heure, me préoccupaient. C'était le chaos une fois de plus installé sous mon crâne. Sans conviction, je tentai de discuter encore :

« Toi, Matapilli, n'es-tu pas, en tant que prêtre, consacré à Quetzalcoatl ? Et cependant tu professes que Tezcatlipoca, son ennemi, est la divinité suprême – et tu parais encore t'en féliciter !

— Renonce, Chimalpopoca, à l'imagerie du petit peuple ! Laisse les dieux se chamailler dans l'innocente vision des campagnards, des ramasseurs de champignons et des bâtisseurs de chaises ! La foi, pour ceux-là, doit prendre cette forme

1. On sait aujourd'hui que le culte du Serpent à Plumes avait été célébré à Teotihuacan, entre les IIIe et VIIe siècles de notre ère. Sa représentation apparaît aussi, dès cette époque, sur les bas-reliefs maya.

simpliste et colorée. Mais tu n'es plus l'un d'eux, il s'en faut de beaucoup. Au fond de toi, du reste, tu ne l'as jamais été, ayant été frappé à ta naissance du sceau des êtres d'exception, pour le meilleur comme pour le pire. Il n'est que temps que je t'initie à la véritable religion, celle des dignitaires et des prêtres. Tezcatlipoca n'est pas l'ennemi du Serpent à Plumes, mais il est son souverain. Il lui commande et si Quetzalcoatl n'obéit pas, il s'emporte et le châtie. De même le clergé est soumis à l'autorité impériale : diras-tu pour autant que Celui-qui-se-fâche-en-seigneur est l'ennemi de ses prêtres ? Notre société est l'exact reflet de la société divine, et c'est pourquoi, je le répète, nous sommes les maîtres de la terre. Cette société divine, regarde-la : je la dessine pour toi à présent. Pour le populaire, dont l'attention a besoin d'être sans cesse dispersée, afin qu'il ne s'abandonne pas aux ruminations stériles, ferments d'indépendance et donc de déloyauté, les dieux sont nés en foule de Tonacatecuhtli et de Tonacacihuatl, maître et maîtresse de la subsistance. Mais en réalité, le Couple Primordial a seulement engendré quatre fils avant de se retirer dans des ciels qui, probablement, ne communiquent même plus avec l'univers des hommes. Et ces quatre fils, entends-moi bien, sont les quatre Tezcatlipoca qui dominent chacun des quatre horizons. A l'Est, dans la maison de la lumière et de la résurrection, le Tezcatlipoca rouge, qui prend forme en Tlaloc et en Notre Seigneur l'Ecorché. Au Sud, à la gauche du Soleil, le Tezcatlipoca bleu, que tu connais notamment sous le nom de Huitzilopochtli. A l'Ouest, du côté des femmes, le Tezcatlipoca blanc : c'est Quetzalcoatl.

Au Nord, enfin, le Tezcatlipoca noir. Celui-ci n'a besoin d'aucun autre nom. Il est l'Unique, portant sur sa poitrine l'anneau de cuir traversé d'un ruban jaune, symbole de l'éternité. Il règne sur tous ses frères, étant le dieu de la nuit – et la nuit s'étendait sur les espaces, avant qu'un soleil ne fût créé. Tezcatlipoca l'Obscur et le Venteux tenait alors tous ses frères dans son ombre et il les gouverne encore aujourd'hui, quoique avec plus de difficulté, car la nuit a dû céder beaucoup de ses heures au jour. Et Quetzalcoatl vient tout de suite après lui, ainsi que je te l'ai laissé entendre. Beaucoup d'entre nous estiment – quoique cette question n'ait pas été entièrement réglée – que seul le Tezcatlipoca blanc est assez puissant pour discuter avec l'Unique; les autres se contentent de filer doux et, d'après certains, ils ne seraient pas à proprement parler des êtres divins, mais seulement des jumeaux ou des doubles, soit du Serpent, soit de l'Invisible. Une théorie complémentaire veut que celui-ci détienne la primauté du fait qu'il est entièrement divin tandis que Quetzalcoatl, ayant régné sur les Toltèques, est partiellement humain. Quant à moi, je ne saurais me prononcer là-dessus : j'ai besoin de prolonger ma méditation. »

Ainsi, la première question de mon enquête avait une réponse toute simple, que n'importe quel prêtre de Tenochtitlan aurait pu me fournir. Pourquoi Notre Oncle vénéré s'était-il ingénié à brouiller les pistes, à me faire imaginer des complications et des secrets qui n'existaient pas ? A cause de lui, j'avais cru marcher vers des révélations étourdissantes, alors qu'après être passé par toute sorte d'angoisses et de tourments, j'étais ramené, à peu de choses près, aux banales certitudes de ma jeunesse. N'avais-je fait tant de chemin que pour retrouver le dieu jaloux de mes années de collège, ce temps où ni l'absolu ni l'impossible ne me rongeaient le cœur ?

« Mais, fis-je avec une naïveté qui devait me remplir de honte par la suite, je connais Tezcatlipoca depuis toujours ! Où est le mystère ? »

Affectant l'indulgence, Matapilli ne put réprimer un sourire condescendant.

« Le mystère ? Et pourquoi faudrait-il que la religion soit mystérieuse pour ceux qui ont mission de guider le peuple ?

– Le monde est plein de mystère ! m'écriai-je d'une voix gémissante. Nous sommes traversés de craintes inexplicables. Notre esprit est saisi d'effroi devant tous les phénomènes incompréhensibles dont il est le témoin ! »

Il m'observa avec une commisération goguenarde qui me mit hors de moi.

« Je ne suis pas fou, Matapilli ! Tu sais très bien de quoi je veux parler ! Rappelle-toi, quand nous étions jeunes tous les deux, cette nuit près de la maison de chant. Tu t'es mis à disparaître, puis à te transformer à ta guise en vieillard, en femme, en enfant ! »

Il m'éclata de rire au nez.

« Chimalpopoca ! protesta-t-il. Tu ne vas pas me dire que tu t'es laissé prendre à ces enfantillages ?

– Enfantillages... ?

– Tu ne vas pas me dire qu'aujourd'hui encore, tu es dupe de cette plaisanterie grossière ?

– Plaisanterie... ?

– Eh bien – pardonne-moi (avec sa manche il

essuya les larmes que l'hilarité avait fait sourdre à ses paupières) – je vais éclaircir au moins ce mystère-là, si cela manque à ta sérénité. Il nous a fallu tout un mois, au calmecac, pour préparer cette opération contre ceux du telpochcalli. Nous venions la nuit, entre macérations et prières, une fois que le dernier d'entre vous avait quitté la maison de chant avec la dernière courtisane. Nous avions soudoyé un voisin du cuicacalli[1] pour qu'il nous serve d'espion. En prenant bien soin de n'être vus de personne, ce qui n'était guère difficile en ces heures de la deuxième moitié de la nuit, nous préparions le terrain, creusant des galeries souterraines dont nous masquions les ouvertures parmi les buissons, grâce à des branches. Nous avions aussi aménagé des caches dans certains arbres. Le jour dit, nous sommes venus à cinq ou six et nous nous sommes glissés en catimini aux endroits prévus. Ton ami l'ivrogne a failli tout gâcher! Il est sorti alors que deux d'entre nous n'étaient encore qu'à moitié enfilés dans leurs trous. J'ai bien cru qu'il nous avait repérés. Il n'aurait pu manquer de le faire, du reste, si l'octli ne l'avait pas égaré, car mes deux camarades se trouvaient à moins de cinquante pas et ses yeux, lorsqu'il parut, étaient dirigés de leur côté (je ne suis d'ailleurs pas certain qu'en définitive, il ne les ait pas aperçus – en tout cas, il n'a rien dit...). Bref, nous avons achevé de nous dissimuler et avons attendu que l'un de vous se présente : quelqu'un qui ne fût pas soûl, je veux dire. Ce fut toi. Tu connais la suite. En imitant différentes voix (nous nous étions entraînés pour cela), nous

1. La maison de chant.

avons parfaitement réussi à te mystifier. Ce que j'ignorais, c'est que notre stratagème ne serait pas percé à jour sitôt dissipé l'effet du choc... Je dois t'avouer que nous n'en espérions pas tant! Ton ahurissement et ta rage impuissante suffisaient à notre bonheur.

– Sans doute, murmurai-je, suis-je plus crédule que beaucoup de gens...

– Ne le regrette pas : la crédulité est le rempart de la discipline. Il convenait à un élève du telpochcalli d'être discipliné. Maintenant, ce n'est plus la même chose. Tu es un maître. Tu es par la vertu, la sagesse et l'esprit, l'un des dirigeants de cette cité, l'un de ceux qui influencent avec bonheur le jugement de Motecuhzoma. Il y a bien des façons de gouverner les hommes et de les tenir pour leur bien dans une parfaite obéissance. Les sortilèges font partie de cet arsenal. Viens avec moi, je veux te montrer quelque chose. »

Déjà, quelques jours plus tôt, un vieillard m'avait fait une proposition semblable, au palais de Texcoco – et j'avais été bouleversé jusqu'au plus profond de l'âme par ce qu'il m'avait été donné de voir. Qu'est-ce qui m'était réservé, cette fois? Dans la confusion où j'étais plongé, comment supporterais-je cette nouvelle divulgation? Un court instant, je fus tenté de prétexter un malaise et de décliner l'invitation du Teopixatepachoani. Mais cela m'était interdit. Je m'étais fait la promesse de poursuivre ma quête, où qu'elle dût me conduire et quel qu'en fût le prix. Je le suivis donc sans mot dire, en ayant l'impression que mes viscères se décrochaient et tombaient à l'intérieur de mes jambes.

Soulevant une tenture de plumes représentant le

Jeune Homme en train de lutter avec le monstre de la terre, Matapilli découvrit tout à coup une porte secrète dont il débloqua le mécanisme au moyen d'un outil bizarre qu'il gardait sous sa robe, accroché à une ceinture spéciale. Nous pénétrâmes dans une sorte de couloir éclairé seulement par une fente longue et étroite creusée dans le mur qui faisait face à la porte. Contre chacune des parois latérales étaient rangés des instruments de diverses tailles et de diverses formes, mais qui avaient pour point commun de m'être tous complètement inconnus. Gardant le silence, mon guide m'engagea d'un geste à les examiner de plus près. Certains ressemblaient à des armes d'un genre inédit. D'autres faisaient penser à des outils de jardinage. La plupart n'évoquaient rien du tout. C'étaient seulement d'invraisemblables assemblages de silex et de bois, informes et sans grâce, qu'on eût dit conçus par des artisans devenus débiles ou par des enfants en bas âge. Il y avait aussi des sacs contenant des poudres de toutes les couleurs et des jarres pleines de liquides dont on percevait, en se penchant un peu, les émanations méphitiques ou atrocement douceâtres.

Perplexe, je me tournai vers Matipilli qui, debout près de la porte, affichait un petit sourire blasé.

« Voici en quelque sorte, dit-il, l'atelier aux sortilèges. »

Je restai interdit.

« Tu ne comprends pas ? »

Jetant un bref regard autour de lui, il se saisit d'un des instruments.

D'une solide poignée de bois partaient, en formant un angle très ouvert, deux branches assez longues qui se terminaient l'une et l'autre par un certain nombre de lames de bois recourbées à l'extrémité desquelles avaient été adaptés des tranchants d'obsidienne taillés en pointe, longs comme une main d'homme et, à leur base, larges comme trois doigts.

« Les griffes des monstres nocturnes qui hantent les carrefours », annonça Matapilli en élevant l'objet au-dessus de sa tête.

Je contemplai l'engin avec une horreur sans nom, qui venait de plus loin que la peur. Il me semblait voir des traces de sang sur les éclats d'obsidienne. Mon imagination bouleversée y ajoutait même les lambeaux de chair qui, probablement, ne s'y trouvaient point. Une boule de lumière éclata devant mes yeux et l'image me revint de ce condisciple qui avait gagné au Lapin-qui-parle le cadeau de l'Empereur, que j'avais fait chasser du collège et qu'on avait retrouvé un matin au milieu d'un de ces carrefours, le corps affreusement déchiqueté. Alors tous mes os se glacèrent et la peau de mon visage fut comme tirée vers ma nuque, fendant ma bouche en un rictus que je ne pouvais voir mais dont la hideur s'imprimait en moi et me faisait dresser les cheveux sur la tête.

Cependant, comme s'il n'avait rien remarqué, Matapilli reposait tranquillement cette chose abominable et poursuivait sa démonstration. Il m'expliqua de quelle manière on s'y prenait pour faire apparaître l'empreinte du dieu. Il me montra comment fabriquer des spectres et charger le vent de paroles. Il fit surgir devant moi, le plus simplement du monde, des feux follets, de terribles ombres, et il fit souffler dans mon cou des haleines démoniaques. Je ne sais combien de temps nous restâmes dans son « atelier », mais j'y assistai au démontage systématique et désespérément peu spectaculaire de toutes les erreurs qui peuplent la nuit de Tenochtitlan.

Tout ce qui serrait le cœur des Mexica allongés sur leurs nattes et alimentait leurs cauchemars, tout ce qui assaillait le noctambule solitaire et qui parfois le laissait mort, ou bien hagard et pour toujours privé de sa raison, tout ce qui planait à travers les ombres, s'apprêtant à fondre sur nous, toute cette part ogresque et acharnée du fabuleux, toute cette cruauté furtive, ces frôlements épouvantables, ces supplices immérités comme surgis du néant – tout cela n'était qu'une énorme et macabre supercherie, dissimulée à nos yeux par un mur de cadavres et un interminable alignement de victimes. Les démons et les monstres n'étaient qu'illusion; l'intolérable angoisse qu'ils nous avaient inspirée allait se noyer dans le pâle sourire des prêtres. Comme nous étions dépouillés de nos actes par les annales de Texcoco, nous étions dépouillés de notre horreur sacrée par la signification de ce sourire. Que nous restait-il ? « L'obéissance pour le plus grand nombre et, pour l'élite, le pouvoir. »

Mais je n'eus pas l'occasion de lui poser la question. A peine étions-nous sortis de la pièce aux maléfices qu'un novice s'avançait vers nous et me faisait savoir qu'un homme me réclamait avec insistance à la porte du monastère.

C'était Tochtlatoa. Un serviteur de mon père était venu chez moi prévenir que celui-ci était au plus mal et désirait me parler avant de mourir. Il y avait déjà une heure de cela. Malheureusement, je n'avais dit à personne où j'allais et mon ami avait été me demander en plusieurs endroits, avant de songer à celui-ci.

Lorsque j'arrivai à la demeure de mes parents, je constatai que Matapilli et le Lapin-qui-parle étaient sur mes talons.

Mon père vivait encore, quoique son corps immobile, raidi, décharné, ainsi que sa peau cireuse, fussent ceux d'un trépassé. Fiévreux, inquiets et cependant éclairés par une sorte de jubilation, seuls ses yeux étaient vivants. Je compris en captant ce regard qu'il n'avait retenu – au prix de quelle bataille ! – ce dernier fragment d'existence, que pour me dire les mots préparés à mon intention depuis qu'il avait senti venir la fin.

Je m'agenouillai et mis mon visage tout contre le sien, afin de recueillir cette extrême parole sans qu'il eût d'autre effort à faire que de la laisser couler de ses lèvres. Malgré cela, la voix était d'une telle faiblesse qu'elle me parvenait comme l'écho lointain d'un discours prononcé, déjà, dans un autre monde. J'eus besoin de toute ma concentration pour saisir ce message, qui m'aurait peut-être échappé s'il n'avait été pour moi d'une importance aussi capitale.

« Ecoute, Chimalpopoca, disait mon père, écoute, ne dis rien... Voici ce que je n'ai jamais voulu te révéler. D'abord parce qu'enfant, tu n'aurais pu supporter ce fardeau. Ensuite parce que voyant comment tu évoluais, je n'ai plus osé le faire... Tu n'es pas né un jour Trois-Jaguar, mon fils : c'est le prêtre qui a choisi cette date, l'oncle de celui que tu as amené avec toi aujourd'hui... Ta mère l'en a supplié, et moi je n'ai rien dit : il a fait ce qu'il a pu pour modifier ton destin... Mais en réalité, tu es venu au monde l'avant-veille, un jour Un-herbe morte, ce qui, avec tous les autres éléments de ton thème, te destinait à être un ennemi de Tezcatlipoca... J'ai cru que l'opération avait réussi... Je t'ai vu devenir le vassal de ce dieu et, moi qui n'avais pas voulu de cela, j'ai été puni dans mon âme pour n'avoir pas fait de toi ce qu'il convenait de faire, et j'ai dépéri... Puis, quand je n'espérais plus, brusquement j'ai été pardonné... Mes vœux ont été exaucés, Chimalpopoca... Ne crois pas que je suis dans l'ignorance... Je sais, mon fils, je sais tout... Le Sorcier n'a pas à Mexico de pire ennemi que toi. et je suis content... Enfin, je suis content... Tu m'as donné le bonheur, Chimalpopoca ! »

Sur ce mot la voix s'éteignit, et mon père était mort. Ce qui s'est passé ensuite s'enchevêtre et s'obscurcit dans ma mémoire. Mais je me revois devant Matapilli, près de la dépouille de mon père. Il n'avait rien pu entendre et pourtant il savait. Je compris tout de suite qu'il savait. « C'était cela le secret ? murmurai-je. Mon secret que je ne connaissais pas moi-même ? – C'était cela, répondit-il. Mon oncle m'en avait parlé un jour. » Puis Tochtli me serrait sur son cœur. Puis il y avait un soleil noir, arrêté dans le ciel.

Douleurs et funérailles. On ramena les genoux de mon père sous son menton. On lia son corps dans des étoffes précieuses. Un masque de pierre bleue fut fixé contre son visage.

La parure de plumes et de papier frissonnait autour de lui quand les vieillards le déposèrent sur le bûcher. J'ai enterré moi-même l'urne qui contient ses cendres et ses os, et puis son cœur de jade, dans le sol de sa demeure, dans le sol de la pièce où étaient tous les livres, et je n'ai su qui prier, alors c'est lui que j'ai prié, comme s'il était un dieu, et c'est mon âme que j'ai recommandée, comme si j'étais le mort.

Et j'étais mort en effet. En mon père j'étais mort. J'entreprenais sur la terre le voyage des morts. Le masque bleu était posé sur mon propre visage, dans le silence épouvanté de cette maison où pleuraient des fantômes, car ma mère, l'intendant de mon père et tous ses serviteurs, libres ou esclaves, avaient souhaité s'en aller avec lui et leurs corps étranglés s'étaient consumés dans les mêmes flammes que le sien.

Plus tard, je croyais parler, mais c'étaient les mots de mon père qui résonnaient dans ma tête, tous ces mots qu'il m'avait dits, dont je n'avais pas compris la plupart et que j'imaginais avoir oubliés. Mais ils étaient là, lourds, intacts, et ils me revenaient sans effort, aussi distincts que s'il avait été en train de les articuler devant moi. C'était en eux maintenant que je cherchais une réponse. Absurde attente : une réponse à quelle question? Je ne le savais pas. En un seul jour, n'avais-je pas vu se dissiper plus de mystères qu'il n'était supportable à un homme, s'il voulait garder sa raison. Dans mon enquête, je n'avais que trop abouti! « Tu m'as donné le bonheur », disait mon père en mourant. Mais moi, en l'espace de quelques heures, j'avais tout perdu. Car je savais, à présent. Nul chemin ne mène à l'impossible; l'absolu n'est qu'une maladie de l'âme; Tezcatlipoca dénommait le début et la fin; il avait souhaité que je lui résiste pour s'amuser de mes efforts dérisoires. Que voulais-je de plus? Par la bouche de Matapilli, par la voix exténuée de mon père, par les sortilèges démystifiés et par les cendres irrécusables, l'Invisible ne m'avait-il pas fourni toutes les réponses ? N'avait-il pas arraché de moi le germe des questions ? Il n'y avait plus rien à apprendre. J'avais entendu ma condamnation, en même temps que celle de toutes les espérances. C'était en vain qu'Atototl m'avait lancé sur cette piste. Et pourtant, une force invincible, une démente opiniâtreté me faisaient tendre encore les bras vers je ne savais quoi de suave, d'immortel et de réconcilié.

Etant resté longtemps, longtemps dans cette pièce, enveloppé par les livres et les échos d'anciennes paroles, sans sommeil et sans nourriture, immobile, pétrifié, j'avais perdu la notion du temps. Mes yeux fixés sur le sol ne distinguaient plus l'ombre de la lumière. J'avais éloigné même Tochtlatoa. Dans l'espace magique de mon étrange prière, j'avais éloigné celui que j'étais auparavant, afin de devenir mon père, afin d'être la connaissance et le bonheur de mon père : ce qu'il avait appelé bonheur et qui était quoi ? qui était quoi de plus qu'un peu de silence et de poussière ? Je retenais ma respiration, je serrais les mâchoires, je bandais chacun de mes muscles : il me fallait devenir l'esprit de cet homme qui s'était étiolé en me voyant recevoir les faveurs de la divinité suprême, puis qui avait retrouvé le goût de vivre une fois que ces faveurs m'avaient été reprises. Je ne parvins qu'à devenir cendre et absence, gouffre noir...

Alors une voix s'éleva au-dehors – et c'était le milieu d'une nuit. Une voix de femme qui criait dans le ciel, brisée par des soupirs et des torrents de larmes. « Mes enfants ! O mes enfants, il nous faut aller si loin ! Notre perte est complète et certaine ! » Elle se lamentait d'une façon déchirante : « O mes fils, nous sommes perdus ! Où vous mènerai-je ? Où trouverai-je un lieu pour vous cacher ? »

Je quittai la maison et m'avançai dans le jardin. La nuit était violette, le vent ne soufflait pas. De ses plaintes et de ses sanglots, la voix emplissait les airs. « Où vais-je vous conduire ? La route est si longue ! »

– Qui parle ? demandai-je doucement. De qui es-tu la messagère ? Est-ce à mon père, est-ce aux défunts de cette maison que tu t'adresses ?

– O mes fils ! O mes chers enfants ! poursuivait-elle.

– Qui que tu sois, que veux-tu dire et sur qui pleures-tu ? » murmurai-je encore.

Mais elle ne semblait pas m'entendre et quand elle avait fini de gémir, elle disait : « Où vous mènerai-je à présent ? Où irons-nous ? » Puis reprenaient les pleurs et les soupirs.

La poussière fut soulevée tout à coup, tourbillonnant jusqu'aux premières branches des grands arbres, mais elle retomba tout aussi brusquement et lorsqu'elle eut regagné la terre, la nuit s'était un peu assombrie et le ciel avait été rendu au silence.

Etait-ce là une réponse ? me demandais-je. Et si c'en était une, quelle était la question ? S'agissait-il d'une question que j'avais moi-même posée sans m'en rendre compte pendant que je priais mon père, que je mourais en lui et que je le faisais revivre en moi ? Mais je me tourmentais en pure perte. Quand je sortis dans la rue – ayant pris la décision de retourner chez moi, puisque j'étais revenu bredouille de mon voyage entre les ombres – beaucoup de gens étaient sur le seuil de leurs maisons et discutaient à voix basse en se désignant le ciel, le regard affolé. (Il y avait même Macuilcipactli, qui s'empressa de disparaître dès qu'il m'aperçut.) Le prodige qui venait d'avoir lieu ne m'était donc pas personnellement destiné : il s'était manifesté à l'intention de tous ceux de Tenochtitlan, peut-être même de tous les Mexica dispersés sur les terres.

Cela, du reste, ne faisait que le rendre plus angoissant. Et cependant, à travers cette anxiété qui s'ajoutait à toutes les autres, l'espoir renaissait en moi. Je ne pouvais m'empêcher de ressentir un immense soulagement. Non que la menace contenue dans ce signe se fût écartée de moi en frappant la nation tout entière. Mais parce que je réalisais soudain qu'un phénomène d'une telle ampleur était étranger à la souterraine industrie des prêtres. D'où que cette voix fût sortie, ce n'était certainement pas des « ateliers » des monastères. Je faillis éclater de rire parmi tous ceux qui s'alarmaient et se serraient instinctivement les uns contre les autres. Matapilli, lugubre farceur, tu m'avais égaré ! Tout le surnaturel n'était pas que trompe-l'œil et manipulations ! L'épi de feu, l'avais-tu modelé de tes mains, était-ce une création de tes poudres et de tes huiles nauséabondes ? Et l'étoile qui fume, l'avais-tu lancée en haut du ciel au moyen d'une sarbacane ? Et le jour où la lagune se mit à bouillonner, à s'élever plus haut que les maisons, était-ce toi et tes séminaristes qui soreliez sur les flots, dissimulés dans les roseaux ? Allons, tu m'as embrouillé l'esprit? Pour m'étonner et me désorienter (ce à quoi tu n'es que trop bien parvenu!), tu ne m'as pas dit toute la vérité. Si tu as pu me dissimuler une chose, tu as pu me dissimuler une autre chose encore – et pourquoi pas vingt choses? et pourquoi pas quatre cents! J'ai tes réponses, Matapilli, mais ai-je toutes les réponses que l'on peut avoir? Je le sentais : malgré la condamnation qui me frappe, mon enquête n'est pas close. Peut-être vais-je faire des découvertes encore plus terribles, peut-être vais-je déchaîner le courroux de Celui qui me considère comme son ennemi, mais au moins je suis à nouveau sur le chemin de la vérité. Tu voulais me faire croire que j'avais atteint le but? Cette voix dans la nuit me fait comprendre que toute la route reste à faire. Et je la ferai, Matapilli, sois-en sûr! Je la ferai, dussé-je pour cela vivre des morts innombrables et toutes plus hideuses les unes que les autres!

Une formidable exaltation s'était emparée de moi. J'étais le réprouvé de Tezcatlipoca? Eh bien, ce n'était pas une si grande découverte, après tout! Tout homme qui dissimule – comme j'avais dissimulé mes libations d'octli, comme je dissimulais encore mes amours adultères – insulte ce dieu qui déteste et perce à jour toute hypocrisie, « car, disent les Anciens, notre seigneur dieu voit ce qui est dans les cœurs et connaît toutes les choses secrètes ». Qu'il m'abatte, qu'il m'anéantisse séance tenante, si tel est son désir! Mais il ne peut empêcher que je continue mes recherches. Du jour où je les avais entreprises, j'étais prêt à tous les sacrifices. A présent que je me savais condamné *de toute façon,* rien, sinon la destruction de mon corps et de mon âme, n'aurait pu me retenir.

Tout ce qui comptait pour moi, c'était de pressentir la vérité toute proche, alors que je l'avais crue inaccessible. Je ne parvenais pas encore à l'entrevoir, mais je devinais sa présence, là, tout près, telle la respiration d'un être caché dans une pièce obscure. Et je devinais que ce n'étaient pas les révélations de Matapilli, mais celles de mon père, qui m'avaient rapproché d'elle. Pourquoi ? De quelle façon ? C'est ce qui m'échappait encore, parce que les dernières paroles du vieil homme restaient impénétrables pour moi. Mais je sentais qu'un jour ou l'autre, bientôt, j'en aurais la clef, et cette conviction me faisait battre le cœur à tout rompre.

Je trouvai ma maison en émoi, comme toutes les demeures de Mexico, à cause de cette voix qui avait gémi. Je réclamai de l'eau et un grand plat de poisson, bien qu'il fît encore nuit, et me mis, en attendant que ce repas fût servi, à marcher de long en large dans le jardin, méditant sur la déclaration de mon père. J'invitai Tochtli à manger avec moi mais il dit que, si je lui en donnais la permission, il se contenterait de me tenir compagnie.

Tout en dévorant, je lui parlai longuement de mon enfance, lorsque j'habitais encore avec mes parents. J'évoquai ces soirs de canicule où nous allions chercher la fraîcheur sur les rives et où mon père m'enseignait le nom des herbes, des fleurs et des arbres, tandis que ma mère me souriait et serrait ma main dans la sienne. Je fis défiler tous ces beaux jours d'alors. A l'époque, ils ne m'étaient pas apparus aussi beaux – c'étaient seulement des jours et je les traversais avec un calme bonheur, qui pouvait passer à mes propres yeux pour de l'indifférence – mais aujourd'hui ils me semblaient magnifiques. Je m'apercevais non sans émerveillement que des détails infimes, et parfaitement banals, étaient restés gravés dans ma mémoire, bien que je n'y eusse plus jamais songé depuis et que des faits autrement graves eussent jalonné ma vie. Et je racontais au Lapin-qui-parle tous ces petits riens, le cœur plein de gratitude et de respect pour ce qu'avaient été les premières années de ma vie. Un vague sentiment de nostalgie se mêlait à ce ressouvenir, mais ce qui primait était l'allégresse – une allégresse curieusement teintée d'approbation, comme s'il eût été nécessaire de porter un jugement moral sur ces insignifiants épisodes du passé. J'étais fier – oui fier, et aussi vibrant de compassion pour tous ceux qui étaient morts ou qui allaient mourir – parce que j'étais tombé dans l'eau en voulant poursuivre un lapin, parce qu'un papillon, une fois, s'était posé sur l'épaule de ma mère, parce qu'il pleuvait sur nous alors que le soleil éclairait le milieu du lac, parce que l'ombre d'une branche avait dessiné un profil sur la terre. Tochtli m'écoutait et hochait lentement la tête.

« Tout ce qui vient est bon, murmura-t-il enfin.

– Non, Tochtli, fis-je en souriant, ce n'est pas tout ce qui vient, c'est tout ce qui reste. Il est bon de vivre, parce qu'on a vécu. Si la mort nous laissait notre passé, simplement cela, nous n'aurions plus peur de mourir. »

Dans le courant de l'après-midi, Itzcoatl me rendit une visite inattendue. Cette fois, j'acceptai de le recevoir. Il y avait plus d'un an que je ne l'avais pas rencontré. De le voir planté au centre de ma cour me fit brusquement songer que j'avais oublié son existence durant tout ce temps. Avait-il réellement changé ? Je ne saurais le dire. Ses traits étaient les mêmes. Je reconnaissais sa mine sévère et compassée. Et pourtant, j'avais le sentiment de recevoir un parfait étranger. Cet homme dont j'avais été le fils adoptif, puis le frère jumeau, qui m'avait plusieurs fois sauvé la vie comme j'avais plusieurs fois sauvé la sienne, cet homme ne représentait pour moi plus rien de familier. Je m'aperçus lorsqu'il se mit à parler que nous n'avions même plus un langage commun. Le sien me choquait par une sécheresse et un manque de nuances qui traduisaient une ignorance délibérée, et probablement un mépris, de tout ce qui était beau et subtil. On aurait dit qu'il avait honte de s'exprimer avec des mots et aurait de beaucoup préféré grogner et faire des signes avec son glaive. Du coup, je me sentais gêné de lui répondre dans mon propre langage qui ne devait pas être moins déroutant pour lui.

Il venait me présenter ses condoléances, n'ayant pu assister aux funérailles de mes parents. Le jour de la cérémonie et jusqu'au matin, il inspectait des garnisons provinciales sur commission de l'Empereur. En trois mots, il m'apprit qu'il était lui aussi devenu conseiller privé de Motecuhzoma, mais pour les choses de la guerre. De la part de notre vénéré souverain, qui l'avait reçu tout à l'heure, il m'apportait d'ailleurs un message de sympathie et de réconfort.

Après cela, le Serpent d'obsidienne ne savait apparemment plus quoi me dire. Il commença à jeter de brefs regards autour de lui, comme font ceux qui cherchent un prétexte pour prendre congé. Toutefois il ne se décidait pas à partir et j'eus bientôt l'intuition qu'en réalité, il avait envie de me demander quelque chose mais n'osait pas le faire.

Curieux de ce que cela pouvait être, je lui proposai, pour lui faciliter la tâche, de boire un peu de cacao avec moi. Il accepta à sa manière, c'est-à-dire avec une sorte de brusquerie renfrognée.

Je fis – non sans difficulté – les frais de la conversation jusqu'à ce que la boisson fût servie. Il n'avait manifestement pas l'intention d'ouvrir la bouche avant d'avoir bu. La nuque crispée, il vida son bol en trois gorgées solennelles. Puis il s'éclaircit la voix et je m'apprêtai à l'entendre, m'amusant secrètement de ses tergiversations.

Tout d'abord, il ne fit que remuer les mâchoires en jetant des regards rancuneux à mes arbres. Désireux de cacher son embarras, il ne réussissait qu'à se donner un air féroce, sans rapport avec la situation. Enfin, il avala sa salive et desserra les lèvres.

« Très bon. Je te remercie », grommela-t-il.

Et après un nouveau silence :

« Il semble que l'Honorable Cadet ait beaucoup de considération pour toi ? »

Ayant posé cette question d'une voix hésitante, il me lança un coup d'œil apeuré, comme à quelqu'un dont on craint qu'il ne vous ait pris en faute. Je gardai prudemment le silence, attendant la suite.

« C'est parfait, reprit-il après un profond soupir et visiblement à contrecœur. J'en suis très content... A la cour, cependant, tout le monde ne... Enfin, je veux dire que ce que tu fais n'est pas toujours bien compris... Moi-même... (Il s'interrompit brutalement et me dévisagea avec une expression de désarroi si peu conforme à son caractère que j'en fus ébranlé et commençai de le regarder d'un autre œil.) Ecoute : j'ai pleine confiance en toi, Chimalpopoca. Je te connais. Je te connais depuis longtemps. (On eût dit qu'il cherchait à s'en persuader lui-même.)... Qu'est-ce qu'ils savent de toi, ces grands dignitaires, après tout ? (Il s'énervait.) Est-ce qu'ils étaient là quand nous combattions ensemble, quand nous... Ecoute, Bouclier, je veux seulement être sûr. Dis-moi que tu sais ce que tu fais. Tu ne risques pas de te tromper, hein, de prendre par erreur le mauvais chemin ? »

Il avait tellement besoin d'"être rassuré que l'intonation se faisait implorante (et c'était probablement la première fois de sa vie qu'une telle chose lui arrivait). Pour le contenter, il aurait suffi d'un mot de ma part, d'une promesse. Il n'aurait pas cherché plus loin. Il aurait accepté ma parole et serait parti rasséréné – sûr et glorieux comme l'Itzcoatl que j'avais toujours connu. Mais parce qu'il m'apparaissait soudain si timide et vulnérable, je ne pus proférer le mensonge qui l'aurait soulagé. Par honnêteté, pour ne pas trahir l'ancienne franchise que nous avions eue naguère l'un envers l'autre, parmi la poussière et l'ardeur, je n'hésitai pas à lui porter un coup terrible (et je sentais bien, en le portant, à quel point il pouvait l'être).

« Je ne sais pas, dis-je du bout des lèvres, le regard arrêté sur des fleurs que je ne voyais pas. Vraiment je ne sais pas, Itzcoatl. »

A cet instant, pourtant, je l'aimais à nouveau. Il était redevenu mon frère des batailles, l'homme qui avec moi avait vu tant de charniers au pied de la montagne. J'aurais voulu le prendre contre ma poitrine et lui dire, lui expliquer... Mais je restai figé, les bras ballants, la tête vide, laissant un froid mortel me gagner les entrailles.

Quoi qu'il ait pu se passer par la suite, je n'oublierai jamais son regard. On y lisait encore plus de chagrin que de reproche. Pour effacer ce regard-là, je me sentais capable à présent de débiter les mensonges les plus insolents, de donner toutes les assurances qu'on voulait, et même de tourner la chose en plaisanterie, s'il le fallait. Mais il était trop tard. Le Serpent d'obsidienne baissait la tête, il ressemblait à un enfant puni. Tout à l'heure, il ne savait comment me parler. Maintenant, il n'osait même plus me regarder en face.

« Eh bien, souffla-t-il (témoignant, pour prendre la parole en un tel moment, d'un courage encore plus considérable que celui qu'il avait montré dans des combats), je voulais seulement savoir. Excuse-moi de... »

Je crois qu'il aurait éclaté en sanglots si j'avais alors posé ma main sur son bras, ainsi qu'un homme fait à son ami dans la peine. Je crois également que je n'aurais pas dû m'abstenir de ce geste : il est des pudeurs qui sont des violences.

« Il faut que je m'en aille », dit-il encore, la voix rauque.

Il ne me semblait plus ni guindé ni maladroit. Simplement fragile. Fragile et vaincu. Je compris tout à coup que lui ne m'avait jamais oublié, n'avait jamais cessé de fonder sur moi – comme dix ans plus tôt – de vertigineuses espérances. Et c'était cela que je venais de réduire en poussière, par orgueil et par insensibilité.

Il secouait stupidement la tête, essayant sans succès de contrefaire un sourire, et j'étais submergé de honte. D'atroces remords me tenaillaient le cœur. A mon tour, je détournai les yeux.

« Eh bien, au revoir... », fit-il.

Il se dirigea lourdement vers la porte par laquelle il était entré. Je le regardais, hypnotisé, cherchant un moyen de réparer ce que j'avais fait, mais nulle idée ne se présentait. J'étais obnubilé par la trahison que je venais de commettre. J'aurais tout donné pour être encore l'adolescent que la vue de cet homme remplissait de crainte et d'envie.

Arrivé à la porte, il se retourna. Et c'est lui qui mit sa main sur mon poignet :

« Reprends-toi, Bouclier, dit-il. Reviens vers nous ! Ce Tochtlatoa que tu as recueilli, c'est un homme mauvais, sur qui pèse la malédiction. Sépare-toi de lui : il n'est pas de bon conseil. Sépare-toi de tous ceux qui doutent et qui font douter. Fais attention à toi : tu n'as pas que des amis au palais. L'Empereur est parfois imprévisible : il peut changer d'opinion à ton sujet. Ne sois pas si... désinvolte. Tu sais, on murmure aussi... Non, ce n'est pas la peine, je ne suis pas un colporteur de ragots ! (Je sentis la crispation de son poing.) Chimalpopoca, n'étions-nous pas comme un homme et son double, pendant tellement d'années ? Je t'en prie, réveille-toi ! Je comprends ce qu'a pu représenter cette blessure, mais ne cède pas au scepticisme. Pas toi ! Souviens-toi de nos veillées d'armes ! Souviens-toi,

Bouclier, ne laisse pas l'incrédulité s'emparer de toi ! Sois fidèle ! Tu étais le garçon le plus fidèle de Tenochtitlan... »

J'aurais voulu lui dire que je le remerciais, que je savais qu'il me voulait plus de bien qu'à lui-même et que je n'avais pas mérité une telle faveur. Au lieu de cela, je m'entendis répondre, avec une légèreté de ton qui pouvait passer pour de la hauteur, voire de l'ironie :

« Ne t'inquiète pas pour moi, Itzcoatl. Je ne suis plus un enfant. »

Il me lâcha aussitôt. Il hocha la tête et tourna les talons, persuadé de mon dédain, meurtri par mon ingratitude. Je passai le reste du jour à me maudire. Même si je l'avais désiré de toute mon âme, je n'aurais pu partager les conceptions grossières et les vues simplistes du Serpent d'obsidienne (il croyait encore à la mauvaise influence de Tochtlatoa, qui faisait pourtant tout son possible pour me freiner !). Etait-ce une raison, cependant, pour le traiter comme je l'avais fait, alors qu'il pensait agir dans mon intérêt ? Moi qui souhaitais découvrir le principe de la justice, je n'avais même pas été équitable avec l'homme à qui je devais de m'être élevé dans la société, d'avoir été remarqué par Motecuhzoma et, par conséquent, d'occuper aujourd'hui la fonction privilégiée grâce à quoi je pouvais accéder à cette méditation. « Tu demandes l'absolu, me dis-je, alors que tu perpétues toi-même l'imperfection et l'impureté. »

Ces pénibles réflexions me poursuivirent pendant plusieurs jours et plusieurs nuits, m'empêchant de me concentrer sur les dernières paroles de mon père. Comment pourrais-je obtenir la vérité au sujet de la vie, du monde et de la destinée, si je ne connaissais pas la vérité à mon propre sujet ?

Je restai prisonnier de ce problème jusqu'à ce qu'Atototl vînt me délivrer. Entre deux expéditions, son mari s'était attardé plus d'un mois à Mexico. J'appris fortuitement par Matapilli, rencontré pendant les fêtes de Tlacaxipeualiztli que les négociants avaient fait de lui leur porte-parole et qu'à ce titre, il avait obtenu plusieurs audiences de Motecuhzoma. Je fus désespéré par cette nouvelle, qui signifiait que Cecoatl allait être beaucoup plus souvent parmi nous et, par conséquent, qu'il me serait impossible de voir aussi fréquemment mon Oiseau. Or, j'avais envie d'elle, terriblement. Elle était ma force d'âme. Elle détenait dans son cœur tout le courage qui m'était nécessaire pour mener à bien ce que j'avais commencé. Son amour était le reflet d'une éternité dont la mort ne gardait pas les accès, une éternité où l'on abordait sans être pétri de souffrance et arrosé de son propre sang. Il me fallait aussi la douceur et la voluptueuse ouverture de sa chair, et la lente ondulation par quoi je m'y absorbais, devenant à travers mon plaisir un moment d'une extase universelle et sans fin. Au creux de mes paumes était imprimée la pointe de ses seins, j'en éprouvais dans ma solitude la ferme élasticité ou le soudain durcissement. D'elles-mêmes, mes mains s'incurvaient sur cette poitrine absente, et mon sexe alors se dégainait avec une violence qui me poignardait les reins. Je me dressais sur ma natte, la bouche distendue par un cri fantôme.

Naguère nous avions ri. Notre désir était une explosion de joie. Le rire apparaissait chez les

Mexica comme une des choses les plus rares. Il n'appartenait ni à la Légende ni à l'avenir. Le rire était clandestin parmi nous. Les dieux ne riaient pas. Tout au plus Tezcatlipoca ricanait et Tlaloc, parfois, esquissait un sourire clément. Les rois ne riaient guère, comme si sur leur gravité tenait en équilibre le diadème de turquoises. Les prêtres ne riaient qu'au fond de leurs ateliers exécrables. Les militaires n'avaient même pas appris à rire : ils faisaient des grimaces dont les gens s'effrayaient. Si un juge avait ri, on aurait marmotté des exorcismes sur son passage. Je n'avais entendu rire, vraiment rire, que deux personnes seulement : le Lapin-qui-parle et mon Oiseau. Il y avait aussi ces peuples du bout du monde, que la vue d'un brin d'herbe ou d'un nuage pouvait plonger, dit-on, dans l'hilarité la plus éclaboussante, et je rêvais de les connaître. Ceux qui ne rient pas sont les alliés du destin; une naissance est contenue dans chaque éclat de rire. Si j'étais poète, maintenant, je composerais le chant du rire – car le rire, comme le chant, est le créateur de lui-même. Le rire n'est pas ce que je cherche sous le nom d'impossible, et sous d'autres noms qui n'ont pas encore été inventés. Mais il est le chant de cette quête. Temilotzin riait, je dois m'en souvenir. Avant de pleurer, il riait sur les degrés de la grande pyramide aux deux temples. La quête est tragique, mais il faut que le rire soit son chant, si l'on veut effleurer l'impossible. Reviens, Atototl! Loin de toi je perds le secret de ce rire, à présent que Tochtli renonce à sa gaieté, trop soucieux de ce qui pourrait m'advenir...

Atototl est revenue. Tu m'as entendu, mon âme! Un soir, peu après que minuit eut été annoncé par les trompes et les conques des sanctuaires, j'entendis sa barque. J'entendis le glissement d'une barque sur l'huile noire de la lagune et je savais que c'était elle, bien qu'elle ne m'eût pas fait informer de sa venue. Enfin la voici contre moi, frêle, ardente et parfumée des senteurs mêmes de la nuit.

Je voudrais tout de suite m'enfouir en elle, là sur cet embarcadère. La prudence, ce soir, me paraît une injure au fulgurant éblouissement de notre amour. Je plie sa taille dans le creux de mon coude, je cueille entre deux doigts la fleur mauve en bouton qui pousse à l'extrémité de son sein, je cherche ses lèvres. En riant, elle se débat et m'échappe. La nuit est épaisse. Elle s'y enfonce, fuyant à travers mon jardin, et je me lance à sa poursuite, ravi du jeu qu'elle me propose. Dans ses voiles, c'est une ombre qui s'envole devant moi – mon Oiseau ! Tout à coup, elle s'arrête. Un cri de douleur et de surprise me perce la poitrine. Je cours jusqu'à elle. Sa chevelure s'est prise dans une branche basse que l'obscurité lui cachait. Je l'aide à se dégager, non sans couvrir de baisers son visage maintenu par le piège.

Elle avance un peu la tête et, prudemment, la fait aller de droite et de gauche.

« Je sens encore quelque chose, par là... »

Elle désigne l'endroit, situé en arrière du crâne, avec le dos de sa main. Je viens pourtant d'écarter cette stupide branche et ses cheveux n'ont pas accompagné le mouvement : je les ai donc libérés.

« Ça doit n'être qu'une impression... »

Néanmoins, j'approche ma main de la sienne. Elle sursaute et étouffe un petit gémissement.

Elle a raison : il y a là quelque chose, quelque chose qui bouge dans sa chevelure. Intrigué, j'avance encore la main : la chose se met à s'agiter frénétiquement au contact de mes doigts et Atototl, cette fois, ne peut retenir une exclamation d'effroi.

Avec précaution, le cœur battant, je glisse ma main dans la forêt exquise et ramène un colibri qui, au creux de ma paume, ou bien bat follement des ailes, ou bien reste aussi immobile qu'une pierre, une pierre qui serait légère comme une boule de coton...

« Un oiseau précieux, dis-je. Il a dû tomber de l'arbre pendant que je m'affairais contre cette branche... »

Elle le contemple un instant, grave et timide, puis :

« Donne-le-moi », dit-elle, tendant ses mains en coupe.

J'y pose délicatement le colibri. Il a cessé de se débattre. Il s'est couché sur une aile et palpite imperceptiblement. On pourrait croire qu'il dort.

« Pourquoi ne s'envole-t-il pas ? » demande-t-elle au bout d'un moment.

Elle élève l'oiseau jusqu'à son visage et souffle très doucement sur lui.

« Petit colibri, oiseau flamboyant, créature du Soleil, envole-toi ! murmure-t-elle. Va-t'en, petit ! Dresse-toi et monte au ciel ! »

L'oiseau s'agite une dernière fois puis semble se raidir.

« Petit oiseau du Soleil... » souffle Atototl. On dirait qu'elle appelle un enfant.

Mais le colibri ne bouge plus du tout. On ne

voit même plus se soulever le duvet de sa poitrine.

Atototl abaisse les mains.

« Il ne m'entend pas », dit-elle d'une voix étrangement lointaine.

J'avale ma salive. Je n'ose pas parler. Je n'ose pas faire un geste. L'atmosphère, d'un seul coup, est devenue pesante et désolée.

Atototl se détourne brusquement.

« Il est mort, n'est-ce pas ? »

Je ne réponds rien. Par derrière, je l'entoure le plus doucement que je peux de mes bras, et peu à peu, je les referme jusqu'à la serrer fort sur mon cœur.

Plus tard, nous nous sommes aimés d'une façon inhabituellement lente et, dirais-je, profonde. Pour parvenir au plaisir, nous n'avons presque pas eu besoin de mouvoir nos hanches. Il nous a suffi d'être mêlés et que je laisse monter le long de mes jambes la brûlante sève de l'amour, et nous avons été secoués ensemble par ce cataclysme intime qui traduit en même temps la plus pure des joies et la plus troublante des douleurs. Et je me dis alors (je m'en souviens) : « Si nous renaissons de cette mort, si nous nous reconstituons après ce séisme, pourquoi l'univers ne renaîtrait-il pas de la conflagration qui doit le réduire en miettes ? Ce que l'homme peut faire dans l'amour, le monde n'a-t-il pas assez d'amour pour le réussir ? »

J'ai questionné :

« Aimes-tu ce monde, Atototl ?

— Quel monde ? m'a-t-elle dit. Quelque chose existerait-il en dehors de toi et de moi ? »

Alors nous avons roulé, roulé encore, d'un côté

et de l'autre, afin de démentir l'irréversibilité de la mort.

Il serait bientôt temps de se quitter.

« J'aurais vraiment voulu qu'il s'envole, dit-elle. Sans doute ne l'ai-je pas désiré assez fort. On ne pense pas que les colibris peuvent mourir... »

Ce fut comme si un éclair me traversait la tête, déchirait les ténèbres qui s'y trouvaient massées.

« Répète ! » coassai-je.

Elle me considérait avec des yeux effarés.

« Ce que tu viens de dire, répète-le, s'il te plaît !

— On ne pense pas que les colibris peuvent mourir ?

— Oui, c'est cela... C'est exactement cela... »

Je m'étais vivement redressé quand j'avais eu cette illumination. A présent, j'abandonnais en soupirant ma nuque contre sa cuisse. Je fermais les yeux. Je souriais. Je dégustais un contentement de l'esprit tout à fait rare; peut-être même n'en avais-je jamais éprouvé d'aussi grand. Je ne m'étais pas trompé, après la mort de mon père, quand j'avais senti que la vérité était toute proche. Je ne la possédais pas encore, mais je venais de toucher, de saisir un pan de sa jupe.

« Que t'arrive-t-il ? me demandait mon Oiseau. Petit volcan ! On dirait que tu viens d'avoir une vision fabuleuse... »

Je l'enlaçai passionnément avant de m'expliquer.

« On ne pense pas que les colibris peuvent mourir, c'est vrai. Et sais-tu pourquoi ? Parce qu'ils ne sont pas *censés* le faire !

— Pas censés ?

— Ce ne sont pas des oiseaux comme les autres. Ce sont les gens de l'Aigle, réincarnés sous cette forme éclatante, après avoir suivi pendant quatre ans la parade du soleil. Ce sont les morts des guerres et les victimes des sacrifices. Ainsi leurs âmes, enfin, accèdent-elles à l'éternité. C'est ce qu'on nous enseigne. Mais nous avons vu mourir un colibri, mon amour ! Une de ces éternités s'est achevée entre nos mains ! Songes-tu à tout ce que cela signifie ? On nous abuse. On nous raconte des fables. On cherche à nous masquer la vérité ! Je soupçonnais cela depuis plusieurs jours, mais voici la confirmation que j'attendais, sans oser pourtant l'espérer ! Ceux qui suivent Tezcatlipoca sont entraînés par de fausses promesses. A quoi bon le sacrifice des gens de l'Aigle, s'il ne les délivre pas définitivement du néant ? Ou bien le dieu est méchant et trompe ceux qui, confiants dans le marché conclu, vont s'étendre sur la pierre. Ou bien il n'est pas assez puissant pour accorder ce qu'il a promis. Dans les deux cas il est imparfait et le sacrifice qu'il a institué jadis, dans le beau pays de Tula, est une duperie monstrueuse !

– Est-ce cela que tu voulais savoir ? gronda cette femme extraordinaire, le regard fulminant. Il n'était guère besoin de former des raisonnements si subtils ! Bien sûr que ces pratiques sont monstrueuses, je te l'ai dit depuis longtemps ! Te souviens-tu de mon frère ?

– Ce ravissant petit garçon qui porte...

– ... les stigmates de Tlaloc, oui ! m'interrompit-elle en grinçant des dents. Ou plutôt qui les portait, car lorsqu'il eut quatre ans, à cause de ces maudits tourbillons dans sa chevelure, les prêtres ont jeté leur dévolu sur lui. Nous implorions l'eau du ciel pour baigner les cultures et conjurer la famine. Ils l'ont montré de leurs index infâmes. Ils l'ont lié avec un rouleau de corde (j'ai regardé leurs yeux : ils luisaient d'excitation. Je les ai vus !). Et ils l'ont mené en barque jusqu'à cet endroit du lac que tu connais, où l'onde verdit, se précipite et s'entortille autour d'une invisible colonne, projetant de l'écume à l'entour, deux fois plus haut qu'un homme, ce lieu dit Pantitlan où l'on va verser, pendant le mois d'Etzalqualiztli la jarre de nuages débordant de cœurs arrachés. Ils l'ont pris, cet enfant merveilleux, et l'ont lancé dans ce remous, dans cette bouche immonde par laquelle il fut happé, si avidement que son cri fut tranché net, à peine avait-il retenti. »

Elle frissonnait en achevant ce récit, mais elle ne pleurait pas.

« Non, me dit-elle, devinant ma pensée. Je n'ai plus de larmes. J'en ai trop fait couler, pendant des mois. Mais ma haine est intacte. J'aimais trop ce garçon, vois-tu. Tu n'imagines pas sa douceur ! Il était mon frère. Mais à cause de la différence d'âge entre nous, il était un peu mon enfant aussi. Ma mère n'ayant jamais été bien vaillante, c'est moi qui l'avais élevé, qui avais entrepris sa première éducation. A l'époque où se produisit... cela, j'étais déjà mariée à Cecoatl; le petit Macuilcipactli (il s'appelait Macuilcipactli, comme notre père, étant né par hasard le même jour que lui) venait chaque jour dans ma nouvelle demeure et cela me distrayait des absences répétées de mon époux. Tu sais, Chimalli, j'aurais peut-être pu aimer Cecoatl, à la longue, car il est beau et capable d'attentions, sinon de véritable tendresse, mais ce faible élan que je ressentais pour lui fut brisé pour toujours par la façon dont il prétendit me consoler, dont il s'imagina pouvoir consoler une douleur aussi terrible que la mienne. Il voulut ensevelir mon chagrin ardent sous une avalanche de considérations glacées, d'appels au devoir et au courage, allant jusqu'à me donner en exemple ces femmes à qui sont enlevés père, frères, enfants, mari, sœurs quelquefois, et qui, après avoir un peu gémi, remercient les dieux d'une voix forte pour leur avoir accordé de si fréquentes faveurs ! Je ne pourrai jamais le lui pardonner. Je sais que les femmes des Mexica ont coutume de se résigner à cette calamité du sacrifice, puisque c'est le prix dont il faut payer, paraît-il, la survie de l'univers. Mais pas moi ! Pas moi ! Que les pluies ne descendent plus jamais ! Qu'une soif intolérable calcine la langue du Soleil ! Et que tout soit fracassé ! Mais qu'au moins, si l'horreur est inévitable, nous ne nous fassions pas les complices de l'horreur !

— Elle n'est peut-être pas inévitable, dis-je. A cause de toi, j'ai essayé de croire qu'elle ne l'était pas. Aujourd'hui, je commence à le penser vraiment. »

Elle se pressa contre moi, enfermant mes jambes entre les siennes.

« Oui, s'écria-t-elle, haletante, c'est moi qui t'ai enseigné ceci : s'il y a une éternité, elle n'est en aucun oiseau; elle est en nous et elle est ici. Ici, petit volcan ! L'éternité qui est dans le plus bref instant. Défions-les, amour, défions-les, tous les messagers de la mort ! »

Mais je ne l'écoutais plus.

« Pas seulement dans le plus bref instant », fis-je, les yeux mi-clos.

Et je me mis à lui raconter mon entrevue avec Matapilli.

« Mais je l'ai percé à jour, concluai-je. S'il met Tezcatlipoca au-dessus de tous les dieux, c'est pour justifier les sacrifices. Et je sais pourquoi, puisqu'il m'a lui-même suggéré l'explication. Les sacrifices, quant à eux, justifient les prêtres, la position supérieure des prêtres dans notre société. Le pouvoir qu'ils ont sur les autres hommes, les très hauts dignitaires exceptés – et encore ! – est fondé sur le sacrifice, et notamment sur l'angoisse sacrée qu'il inspire. Grâce au Jeune Homme, Matapilli et ses semblables ont réellement droit de vie et de mort sur la masse des Aztèques. Le sacrifice est l'affaire des prêtres, mais il est le sort des autres. »

J'étais hébété par ma propre découverte. Atototl m'enlaça encore plus étroitement.

« Je te crois, souffla-t-elle. Je te crois, mon volcan ! »

Et nous allions recommencer à nous aimer, farouchement, à cause de ce rideau immémorial, pesant de tout le poids des hommes immolés, que nous venions de soulever ensemble. Mais la nuit grisonnait, dans la maison de plumes vertes[1]. Déjà, nous avions été imprudents. En retournant au domicile de Cecoatl, mon Oiseau risquait de faire sur la lagune des rencontres extrêmement dangereuses. Je n'avais pas oublié la façon dont étaient morts sous mes yeux la grosse femme de saunier et celui de ses amants qui s'était laissé surprendre avec elle. Les images de leur supplice me hantaient souvent, depuis qu'une dame mariée venait

1. L'Est.

secrètement me rejoindre, glissant sous l'aile de la nuit. Que quelqu'un nous dénonce – n'importe qui, produisant des preuves faciles à réunir pour un personnage qui, ayant conçu des soupçons, s'emploierait à nous épier –, et nous connaîtrions sans tarder la même humiliation puis la même agonie sous le regard méprisant et avide des badauds. Rien que d'y penser, mes testicules refluaient à l'intérieur de mon ventre, cependant qu'un ignoble frisson me secouait la nuque.

J'emportai en catastrophe Atototl à sa barque, scrutant les parages avec anxiété, la gorge nauséeuse. N'ayant pas détecté le moindre témoin de la scène, fût-ce un chien, je me hâtai de disparaître derrière les buissons de mon jardin, ne m'accordant même pas ce dernier regard sur mon amour, où je puisais d'ordinaire le courage d'attendre sa prochaine visite.

Je sortis peu après de chez moi et retournai m'asseoir dans la bibliothèque de mon père. Plus qu'aucun autre, ce lieu était propice à la méditation. C'était entre ces murs, près de cette fenêtre, devant ces livres, que j'avais eu avec celui dont les restes, désormais, imprégnaient cette terre battue, les entretiens qui, alors, me mettaient mal à l'aise mais où je voyais aujourd'hui l'origine de ma quête. La présence de ce décor m'aiderait à retrouver toute la sagesse qu'à mots couverts mon père m'avait livrée et dont j'étais sûr qu'elle contenait, soigneusement occultée, telle une marchandise de contrebande, la grande vérité que je voulais contempler.

Assis au centre de la pièce, les jambes croisées sous mon corps, je fermais les paupières pour mieux me laisser pénétrer par l'esprit de ce lieu.

J'avais posé le bout de mes doigts sur mes tempes, fermant graduellement mes sens au monde extérieur.

Ayant fait le vide en moi, j'accueillis en cet espace vierge une première idée, la plus simple, celle qui ne souffrait pas la contestation : Matapilli m'avait dit non pas ce qui était à connaître, mais ce qu'il convenait de croire, cette croyance servant les intérêts des prêtres et du pouvoir dont les prêtres sont à la fois les garants et les bénéficiaires.

Cependant – ce fut la deuxième idée – Matapilli, par distraction peut-être, mais plus sûrement par malice, avait laissé échapper des informations propres à le démasquer. C'est lui-même, d'abord, qui avait suggéré la liaison entre la suzeraineté divine de Tezcatlipoca et les pouvoirs terrestres, me laissant deviner que celle-là fondait ceux-ci pour autant que ceux-ci établissaient celle-là. Ensuite, il avait clairement dit que Quetzalcoatl tait un dieu plus ancien que le Jeune Homme. Dès lors, comment pouvaient-ils être issu d'une même parturition ? De plus, si Tezcatlipoca était le plus puissant, comment se faisait-il que le Serpent à Plumes avait régné avant lui ?

Le prêtre m'avait dit une autre chose encore : *Laisse les dieux se chamailler dans l'innocente vision du petit peuple.* L'écho de ces paroles se mêlait à celui d'une phrase prononcée par mon père dix ans plus tôt, ce jour où j'étais venu le voir revêtu de la peau d'un sacrifié : *Toi qui as plein la tête de l'affrontement des dieux, t'ai-je déjà parlé de Nezahualcoyotl ?* Je devais découvrir par la suite que Nezahualcoyotl mettait un dieu au-dessus de tous les autres. Sur ce point, les conceptions de Matapilli et de mon père étaient rigoureusement semblables. Et tous deux les justifiaient par les prétendues nécessités du pouvoir. *Tenir pour leur bien les hommes dans une parfaite obéissance,* s'écriait le premier. Et le second m'avait récité ce passage des instructions secrètes où l'on recommande de cacher la vérité au plus grand nombre, afin qu'il n'aille pas « se corrompre » et menacer le trône. Mais, pour mon père, la divinité suprême ne pouvait certainement pas être Tezcatlipoca. Tous les propos qu'il m'avait tenus le donnaient à entendre. Et puis, serait-il mort heureux de me voir l'ennemi de ce dieu, s'il lui avait accordé une telle importance ? Bien évidemment non.

La solution s'imposait, évidente, irrécusable : ce n'était pas le Jeune Homme, c'était Quetzalcoatl le premier des dieux. Tezcatlipoca le fourbe, le Sorcier, ne régnait qu'à la faveur d'une imposture, une imposture protégée par le silence complice des hommes de pouvoir, qui d'un mensonge avaient fait la vérité officielle, afin d'assurer leur autorité. Cependant, la vraie vérité, ils ne l'ignoraient pas. Le soir où il m'avait si copieusement berné, près de la maison de chant, Matapilli que j'injuriais m'avait lancé : *Quetzalcoatl est invincible... crains-le énormément !* Mais prêtres et dignitaires colportaient impudemment un mensonge favorable à leurs entreprises. Par la terreur, ils le protégeaient des questions indiscrètes. C'est pourquoi mon père, la mort dans l'âme, avait été contraint de faire changer ma date de naissance, alors qu'en secret il devait certainement concevoir de ce signe du destin un orgueil et une joie extraordinaire. Je comprenais maintenant ce que signifiait son fameux sourire de brume. C'était le masque de sa déception et de son angoisse. Les progrès qu'il me voyait accomplir dans mon rapprochement avec Tezcatlipoca le mettaient au supplice et il tentait par tous les moyens de me détacher de ce dieu mais, en même temps, parce que je ne devinais pas le premier mot de tout cela, il ne pouvait me dévoiler le fond des choses et procédait par énigmes et allusions, tactique dont l'insuccès le remplissait de morosité, au point de le priver de toute énergie à l'époque où, semblait-il, il n'était plus possible que je me détache du Jeune Homme. Et le pire, c'était que lorsque, pris de doute ou découragé par tel ou tel revers, je louchais du côté de Quetzalcoatl, il était obligé de me modérer, de peur que cette déviation n'attirât sur moi les foudres du pouvoir en place ! Ainsi, le jour où, pour la première fois, j'avais fait preuve d'une curiosité sincère à l'égard du Serpent à Plumes, il m'avait lancé cette phrase dont, enfin, je saisissais toute la portée : *Chimalpopoca, ne sois pas comme l'empereur Ahuitzotl qui, fuyant l'inondation, alla si violemment donner du front contre un chambranle de porte qu'il en mourut !*

Des années durant, mon pauvre père avait été pris entre son désir de me voir reconnaître le véritable maître de l'univers, à qui j'avais été consacré par ma naissance, et la crainte que cette révélation ne me soit funeste (car il voulait aussi – et c'est là que je ne pourrai jamais être d'accord avec lui, quel que soit le respect que son souvenir m'inspire –, il souhaitait ardemment que je participe au gouvernement des hommes, espérant seulement que ce serait par la force du savoir, et non par la force des armes). Lorsqu'il gisait des mois durant sur sa natte, faible comme un nourrisson, il n'arrivait pas à déterminer si c'était Tezcatlipoca qui le punissait de s'interposer entre lui et moi, ou si c'était Quetzalcoatl qui le frappait parce qu'il n'était pas parvenu à faire de moi son disciple. Néanmoins, il s'obstinait à prier le Serpent à Plumes de m'ouvrir les yeux. Finalement, il avait été entendu : *Quand je n'espérais plus, brusquement, j'ai été pardonné... Mes vœux ont été exaucés... Enfin, je suis content... Tu m'as donné le bonheur, Chimalpopoca !* Déjà, l'année précédente, alors que je l'interrogeais sur le savant « qui dispose et ordonne », il avait laissé éclater sa joie : *Il a finalement entendu ma prière, et il m'a exaucé, lui, le dieu du vent bienfaisant qui balaie les chemins devant les dieux de la pluie, Quetzalcoatl, le Magnifique !* Pouvait-on être plus explicite ? Et cependant, à l'époque, c'était en vain que je cherchais la clef de ces discours ! Comment ai-je pu être à ce point sourd à des paroles que j'enregistrais (si bien, qu'elles sont restées imprimées dans ma mémoire) et que même, le plus souvent, je tournais et retournais dans ma tête pendant des mois ?

Aujourd'hui, tout était limpide. D'autres propos de mon père me revenaient, que leur mystère avait subitement désertés. Par exemple, il m'avait une fois exhorté à réfléchir au fait qu'au Serpent à Plumes, aucune fête n'était consacrée. J'avais cru, triste sot que j'étais, que c'était parce que ce dieu était mort, ou qu'il n'était qu'une puissance subalterne ! Bien entendu, mon père voulait me suggérer qu'en tant que dieu des dieux, il était lui-même le créateur des fêtes, comme de toute chose. Il était les fêtes : que l'une d'entre elles lui fût consacrée eût été une restriction, donc une imperfection inconciliable avec son état. Et quand, à moi qui constatais avec une naïveté désespérante que Quetzalcoatl « est capable de vouloir et de faire du mal », l'auteur de mes jours affirmait tranquillement : *Le Seigneur de la Maison Rouge est capable de tout,* il espérait me faire comprendre que tout mal comme tout bien procède de ce dieu puisqu'il est Celui par qui nous existons.

Mon père s'échinait, s'usait à ce jeu terrible, et moi , le nez en l'air, les yeux ronds, je ne rattrapais aucune des balles qu'il envoyait dans ma direction. J'imaginais les affres par lesquelles il était passé, travestissant son découragement et sa peine au moyen de ce petit sourire flottant. Toutefois, mon incompréhension elle-même avait un sens plus profond qu'il ne pouvait le supposer. Elle était due, sans doute, à ma bêtise pour une large part. Mais elle était aussi la marque du Serpent à Plumes sur mon esprit. Jamais je n'avais approché de plus près la vérité que le jour – c'était après avoir croisé dans la rue Matapilli qui faisait mine de ne pas me reconnaître – où je l'avais accusé d'être le dieu du trouble et du doute. Seulement, j'avais tort de lui en faire grief car c'était par là, justement, qu'il pouvait sauver le monde de la sanglante emprise de son rival.

Mon père s'imaginait que Quetzalcoatl, lui aussi, promettait aux siens le pouvoir, ce pouvoir représenté par l'écriture et les livres réservés à l'élite – *la parole silencieuse, le pouvoir qui dicte les ordres suprêmes,* ainsi qu'il l'appelait lui-même. Dans son esprit, l'inventeur de l'écriture était le seigneur de l'univers, non parce qu'il était la vérité, mais parce qu'il se tenait au-dessus de la vérité et du mensonge. En cela, il ne raisonnait pas différemment de Matapilli et ce dernier aurait très bien pu me dire comme lui, à propos des fêtes; qu'elles étaient un instrument du pouvoir, un moyen de manœuvrer la multitude (*Une liberté voyante que l'on accorde au peuple pour le mieux gouverner dans l'ombre,* avait déclaré mon père). Mais en réalité, le Serpent à Plumes, s'il souhaitait être écouté par les hommes, détestait le pouvoir – pour lui-même comme pour n'importe qui d'autre. C'était même pour cela que le Jeune Homme avait comploté sa perte et pour cela aussi que nos gouvernants cherchaient par tous les moyens à le tenir à distance. (En dehors des prêtres et de l'entourage immédiat du souverain, qui aujourd'hui était initié à son culte[1] ?)

S'étant sacrifié pour que la lumière fût, au commencement du cinquième Soleil (car il était Nanahuatzin, comme il était, à l'assemblée des dieux, l'un des assistants, celui qui doit sacrifier tous les autres. et aussi Xolotl le lâche – comme il est en ce monde Ehecatl le dieu du vent favorable et Tlahuizcalpantecuhtli protecteur des caravanes et, aux enfers, le repoussant Mictlantecuhtli), Quetzalcoatl, le premier, comprit que le pouvoir s'interpose entre l'homme et la justice parfaite, entre l'homme et le bonheur terrestre et, pour finir, entre la vie humaine et l'absolu. Au

1. Cottie Burland et Werner Forman : « lors de l'arrivée des Espagnols, la jeune génération, même dans les familles les plus considérables, n'avait pas été initiée au culte du dieu. Il semble également qu'il était devenu un culte propre aux nobles et qu'il n'en était pas fait mention dans le menu peuple... » (*Les Aztèques,* aux Editions Atlas.)

surplus il s'interpose entre l'homme et la conscience que ce dernier pourrait avoir de cette vérité fondamentale, car la lucidité (comme il est indiqué dans les instructions secrètes) est sa mortelle ennemie. Quetzalcoatl ne jette le trouble dans les âmes (dans certaines âmes, en tout cas) que pour mettre la conscience en éveil, que pour la tirer du rêve séculaire où la plonge l'enseignement hallucinogène de ceux qui détiennent l'autorité et ne peuvent se résoudre à y renoncer, quoi qu'il en coûte à la famille des hommes.

Chassé de Tula, il n'est plus assez puissant pour défaire de lui-même cette autorité et ces mirages que Tezcatlipoca protège de son autorité, aveuglant la nation au moyen de son miroir d'obsidienne. Momentanément vaincu, le dieu de tous les dieux a besoin que nous prenions en main nos propres affaires, que nous reconquerrions la destinée merveilleuse qu'il avait conçue pour nous et dont les maléfices du Sorcier sont parvenus à nous déposséder. Mais, de toutes les manières, son règne adviendra de nouveau, lorsqu'il aura reconstitué toutes ses forces, en sa retraite de Tlillan Tlapalan, d'où il resurgira. Son retour est écrit. Son retour est notre seul véritable espoir d'éternité. Or n'est-il pas, disait Matapilli jadis à proximité de la maison de chant, « celui qui revient toujours »? Et il ajoutait : « Crains-le énormément! » mais c'est à lui, et non plus à moi, que cette menace s'adresse désormais. Moi, je n'ai rien à redouter du dieu de la renaissance venant réclamer son trône, tout au contraire!

Il reviendra. Un jour Il reviendra s'asseoir parmi nous, vieux comme l'Ouest, portant une barbe fournie, blanc ainsi que la naissance du jour et le déclin des hommes, blanc comme les vieilles déesses de la terre et le Serpent de Nuages, ancêtre de ceux qui errent au milieu de la steppe, porteur de la croix qui symbolise la totalité et le rassemblement des quatre directions du monde. C'est provisoirement qu'Il s'est mis en retrait du monde, lançant ses flèches de loin, notre dieu. Mais Il réapparaîtra, visible de tous comme Il l'était parmi la grandiose opulence de Tula couronnée du cercle chatoyant des oiseaux, apportant une fois encore la beauté et la paix, contraignant les pouvoirs à se démettre et à s'humilier devant lui.

Matapilli mentait, quand il prétendait que le temple de Texcoco renferme l'Invisible. La véritable interprétation était celle-ci : le sanctuaire est vide en raison de l'absence temporaire de Quetzalcoatl. Car si Tezcatlipoca se matérialisait dans des idoles à Tenochtitlan, pourquoi ne l'aurait-il pas fait aussi dans la cité de nos alliés ?

Alors, je détachai lentement de la tête le bout de mes doigts, j'osai ouvrir les yeux. Entrant par la fenêtre, un rayon de soleil illuminait violemment l'endroit où j'étais assis, dessinant au centre de la pièce un carré d'or poussiéreux dans lequel mon corps s'inscrivait, ne débordant d'aucun côté ses limites. Je sus à cet instant que j'étais arrivé au but inaccessible. Quetzalcoatl était la réponse à toutes les questions : amour, bonheur, paix, justice, vérité, éternité, absolu; Quetzalcoatl qui déjà était né sur la terre, chez les Toltèques maîtres des arts, en l'an Un-Roseau[1],

1. En 947.

pour devenir, masqué de plumes vertes, Topiltzin Ce-Acatl[1].

Cet événement, je présume, était ce qui faisait dire à Matapilli que le dieu, peut-être, était en partie un homme. Mais moi, en cette humanité je voyais une perfection encore : le signe que cette divinité était nôtre et qu'elle nous aimait. Parce qu'Il participe à la nature et à la condition des hommes, Il comprend leur détresse, veut leur bien et s'ingénie à les sauver de la perdition où ils sont allés se jeter eux-mêmes en se détournant de Lui.

J'avais cru entreprendre un voyage qui n'aurait pas de fin, et voici que j'étais au bout de ma route. Je pouvais prendre un peu de repos. Et de fait, toute la fatigue de cette quête d'un seul coup me tombait sur les épaules, courbait ma nuque, appesantissait mes paupières, tandis que mon cœur était léger et flottait dans l'espace. Je m'endormis.

Quand je m'éveillai, la bibliothèque était plongée dans une pénombre argentée.

Ce n'était plus le soleil, mais la lune qui brillait, déposant de froids reflets sur les livres. Je me trouvais allongé sur la terre battue, les genoux recroquevillés contre la poitrine. J'avais quitté le royaume des songes et maintenant que j'avais les yeux ouverts, parmi tous ces objets familiers, je comprenais les paroles du vieillard. – Ce fut du moins ce que je m'imaginai, l'espace d'un éclair. Mais bien vite, cette hallucination s'évanouit. Car ce n'était pas un homme, c'était une femme qui parlait, une femme dont la voix ne m'était pas

1. Notre Seigneur Un-Roseau.

étrangère, et cette voix disait, entrecoupée de larmes et de lamentations : « Nous sommes égarés. Notre fin est proche, elle est inexorable. O mes enfants, où vous mènerai-je ? Où puis-je vous cacher, désormais ? »

« Tu es revenue ! murmurai-je. Tu ne nous as pas abandonnés : tu es revenue nous mettre en garde... Mais aujourd'hui, je sais qui t'envoie et je devine trop bien la signification de tes plaintes ! »

Tu es, femme immense dans le ciel, la douleur du Serpent à Plumes qui regarde les hommes dont Il est le vrai prince et le meilleur ami. Il voit que les hommes ont cessé de prêter attention à ses conseils. Quand Il leur dit des choses douces, ils se bouchent les oreilles. Dans leurs oreilles, peu à peu, les pouvoirs ont enfoncé un bouchon hermétique; ils ont abaissé une taie écarlate sur leurs prunelles. Et c'est ainsi que nous courons à la catastrophe, ayant organisé nous-mêmes la destruction de notre monde.

De son provisoire avantage, le Sorcier a su profiter. Il nous a si bien entortillés, aveuglés, rendus fous, que nous l'avons aidé de toutes nos forces à faire advenir l'apocalypse où l'homme et ses dieux sombreront à jamais. Une dernière fois, Quetzalcoatl, Tu tentes de nous prévenir. Mais qui t'écoute, en dehors de moi ? Qui reçoit ton message ? Qui comprend ton angoisse ? Tout seul, comment pourrais-je intervenir ? Qui entendra cette voix misérable, quand nul n'entend la formidable clameur du ciel ?

Moi qui ai entendu, il faut pourtant que je me dresse, que de cette main estropiée je repousse le hurlant bataillon des ténèbres et contienne le spasme furieux des terrains ! Par miracle, l'impossible voyage s'est accompli. Mais c'est maintenant l'impossible tâche qui commence et c'est à moi, entre tous, qu'elle est échue. Seigneur dieu, majesté de l'Amour, c'est sur mes débiles épaules que Tu as déposé le sort de l'univers, et que vais-je accomplir, moi qui ai eu tant de mal à porter mon propre destin ?

« Où vous conduirai-je ? » : cette voix désespérée est ma voix, tel est ton désir. Mon âme est cette femme en sanglots, telle est ta volonté. Que puis-je faire ? Que puis-je faire ? Que puis-je faire ? Que puis-je faire ? Que puis-je faire ? Je crie, Seigneur, je m'arrache la gorge ! QUE PUIS-JE FAIRE ?

V

TULA

DEPUIS la terrasse supérieure de ma maison, j'observe la cérémonie qui se déroule au bord de la lagune, en présence de nos maîtres. Je n'ai pas été appelé à figurer parmi eux, ce qui me donne à penser qu'on se défie de moi. En Itzcoatl, j'avais naguère un allié à la cour; à présent, il doit se taire et détourner les yeux quand un des familiers de l'Empereur émet quelque réserve (ou pire !) sur mon compte. Il ne serait pas étonnant non plus que Matapilli – dont Motecuhzoma Xocoyotzin, insinue-t-on, aime à connaître le point de vue – ait laissé entendre que je n'avais pas l'étoffe d'un dirigeant et n'étais nullement à la hauteur des espérances que le souverain avait placées en moi.

Pour l'heure, le Teopixatepachoani se tient dans l'eau avec les autres prêtres, accomplissant les rites du bain magique qui marque les fêtes d'Etzalqualiztli. Barbotant jusqu'aux genoux, ils imitent avec application les attitudes, les gestes et les appels rauques ou stridents des oiseaux aquatiques, ondulant du col et soulevant gracieusement ainsi que des ailes leurs bras parés d'un plumage éclatant. Une musique de flûtes, de clochettes et de gongs en bois dirige et souligne leurs évolutions.

S'ils peuvent danser aussi joliment, me dis-je, c'est qu'ils partagent la beauté que Quetzcalcoatl a introduite dans l'univers. N'utilisent-ils pas, aussi, les instruments de musique que Notre Seigneur a inventés? Par conséquent, en dépit de tous leurs errements, ils ne sont pas entièrement abandonnés de ce dieu qu'ils ont trahi. Leur âme porte encore la précieuse empreinte et je dois pouvoir les tirer de leur aberration si je procède avec suffisamment de ferveur et d'adresse. Tout n'est pas encore ruiné. Un faible espoir me reste, du moment qu'ils n'ont pas réussi à chasser mon dieu de leur cœur. Au plus profond d'eux-mêmes, je dispose d'un allié. Je ne suis pas aussi seul que j'avais cru tout d'abord.

« Tu n'es pas seul! me déclarait cette nuit Atottl. Tu n'es pas seul, mon volcan! Ils sont beaucoup, aujourd'hui – et chaque jour de plus en plus nombreux, crois-moi –, ceux qui aspirent à une vie aimable et douce. Rusticité, rugosité, frugalité : ces idéaux du vieux temps sont en train de choir en désuétude. Je tiens cela de mon époux qui fournit aux grands, en abondance, ce qui hier encore eût été jugé par eux superflu, voire indécent et corrupteur. Ce n'est pas nous seulement qui sommes tombés amoureux de notre existence. Regarde autour de toi : le luxe et l'élégance ont multiplié leurs adeptes. Dans des demeures autrefois sévères, on couvre les murs de fresques délicieuses, on organise des festins aux mets innombrables et recherchés, on récite – et parfois même on compose – des poèmes qui parlent non des flèches qui volent et des fleurs de bouclier, mais des fleurs des jardins et des oiseaux multicolores.

– Cependant, lui avais-je répondu sur un ton de dépit, le sang coule plus généreusement que jamais. Nous évoluons au sein d'une vapeur d'abattoir. Rien n'est jugé trop cruel par l'Aztèque, si ce n'est le sacrifice effroyable pratiqué par les Matlatzinca de Toluca[1] !

– Dans l'esprit des nôtres, dans l'esprit de tous ceux qui ne réclament pas l'impossible, c'est la seule chose à faire pour préserver du néant ce monde qui devient de plus en plus exquis ! Beaucoup doivent mourir sur la pierre afin que ceux qui restent puissent bénéficier d'un sursis supplémentaire et profiter encore un peu de toutes les beautés. Ainsi, plus nous prônerons la douceur de vivre et les mœurs aimables, plus nous nous révolterons, plus les rites sanglants seront sollicités. Tel est le terrible piège que nous avons laissé se refermer sur nous. Toi et moi, nous nous révoltons, mais la plupart des Mexica se résignent à ce qu'ils jugent inévitable.

– Quelle atrocité ! m'écriai-je. Tochtli est résigné, mais moi je ne le suis pas !

– Il ne faut pas l'être, petit volcan ! Je ne veux pas que tu le sois ! Jamais ! »

Et nous avons réinventé l'amour avec chaque particule de notre corps.

Je sais bien ce qu'ils pensent, les sectateurs de Tezcatlipoca. Je sais de quelle façon ils voient les derniers jours du cinquième Soleil :

1. Christian Duverger : « ... ils enfermaient un homme dans un rets et lui brisaient les os en tordant progressivement les deux extrémités du filet » (in *La Fleur létale*, aux Éditions du Seuil).

Les dieux se changeront en démons !
Les rois en vassaux !
Les esclaves en rien !
Vos dieux s'écrouleront. Sans espoir, vous les adorerez.

Alors ils ôtent les cœurs des poitrines, ils font jaillir le sang hors des vaisseaux. « Notre Soleil, disent-ils, a faim ! » « Notre Soleil, disent-ils, a soif ! » Ils le croient ou ils ne le croient pas. En tout cas, ils se trompent.

Ce qui relie l'Ouest et l'Orient, c'est le Soleil. Et c'est Quetzalcoatl, voyageant comme voyage la végétation sous la terre. Ainsi donc – c'est ce que je prétends – le Soleil s'identifie à Quetzalcoatl. Si le Serpent à Plumes est la divinité suprême, il doit être le Soleil. Il *est* le Soleil, puisque Nanahuatzin était son image, comme Xolotl était son image; le Précieux Jumeau qui déroba les os des morts anciens, que Lui, Quetzalcoatl, arrosa de son sang, afin que nous, les hommes de cet univers, nous venions à la vie.

Ce qu'ils ne disent pas, les Zélateurs du Jeune Homme, c'est que ce don du sang devait être le dernier. C'était la ligature, pour arrêter la divine hémorragie de Teotihuacan. Ensuite, allant sur terre occuper l'icpalli de Tula « *il ne voulut jamais de sacrifices humains* ». Lui-même se perçait les jarrets, la langue ou les oreilles. Il faisait occire des papillons, des reptiles, des oiseaux. Mais des hommes, il n'en voulut point sur la pierre, car Il les avait fait venir et Il les aimait. Quand les hommes l'adoraient, Lui-même, étant parmi eux, avait la religion de l'homme, affirmant : « Rien ne doit être accompli, qui sacrifie celui que j'ai créé. » Pour régner, l'enfant Ce-Acatl, qui avait été élevé par la déesse des légumes, dut guerroyer contre ses concles, les Quatre Cents Serpents de Nuage, lesquels avaient tué son père, cachant son cadavre dans le sable, mais le vautour les avait dénoncés (Ce-Acatl, à ce moment, atteignait un âge moyen). Il fit monter Apenecatl au sommet du temple et là, Il lui brisa la tête avec un miroir sphérique. Alors Il saisit Cuilton et Zolton :

Il se met à tirer du piment,
Il leur frotte un peu le corps,
Et ensuite il leur en fait des incisions.
Quand il les a torturés,
C'est quand il leur ouvre la poitrine.

Ainsi furent sacrifiés la torture et le sacrifice, afin qu'ils ne renaissent jamais et que le monde vive heureux. Il vécut heureux, ce monde, jusqu'à l'arrivée des sorciers et de l'étranger, celui qui vendait les piments verts sur la place du marché, Tezcatlipoca. En l'an Un-Roseau. Il était venu, Topiltzin Ce-Acatl Quetzalcoatl. En l'an Un-Roseau, Il dut partir, allant pleurer sur le bord du grand océan lumineux. En l'an Un-Roseau, Il reviendra, telle est la prophétie.

Le sang de l'homme fait horreur à Notre Prince. A cause du sang, disent les prêtres, le Soleil revient, ayant triomphé de la nuit, et demeure. Voilà l'erreur affreuse ! C'est à cause du sang, au contraire, qu'Il s'en va chaque soir, comme Il est parti de Tula, expulsé par celui qui amène la discorde, le carnage, l'incendie, la pestilence. Affligé au spectacle de ces corps fendus, ulcéré par le viol frénétique de sa loi principale, Notre Seigneur Ce-Acatl s'épuise de chagrin et de dégoût, Il passe la moitié de son temps sous la terre, revenant timidement voir, à l'aurore, si la folie du sang n'a pas quitté les hommes, espérant, espérant toujours, car Il les aime d'un amour parfait, tandis qu'eux annoncent : « Pour n'être pas abandonnés du Soleil, offrons-Lui des cœurs et des cœurs et du sang, des flots de sang dont Il se régale ! »

La nuit est l'amertume de Quetzalcoatl ayant vu tout le jour le sang jaillir plus haut, plus dru, et les cœurs s'amonceler en fumantes pyramides de l'horreur. Il hait ces tas immondes, ces sources sacrilèges ! Il est Celui qui, le premier, dressa la Croix, l'Arbre de Vie dont l'emblème parsème, ô cruelle dérision, la robe des sacrificateurs ! Il est blanc de visage parce qu'Il ne porte sur lui ni l'ombre de la nuit ni les éclaboussures du sang humain.

Vous dites qu'Il est le dieu altéré, la divinité au féroce appétit : loin de là, le Serpent à Plumes est notre dieu nourricier. Oublieriez-vous qu'une fois tombé du ciel, son premier soin sur la terre fut de se déguiser en fourmi et de rapporter du cœur de la fourmilière le grain de maïs originel, l'ancêtre de toutes les nourritures ?

Les sacrifices ne refoulent pas les ténèbres : ils les rameutent quotidiennement. Il faut y renoncer, si nous voulons empêcher la nuit, si nous voulons rendre à Quetzalcoatl la force de reconquérir son royaume, d'étouffer le meurtre et la terreur sous un océan de bontés.

« Ce n'est pas possible ! gémit Tochtlatoa. Si le

Soleil s'arrête au-dessus de nous, Il va brûler l'univers, nous périrons dans la fournaise ! C'est justement pour que cela n'arrive pas que les dieux se sont sacrifiés, là-bas, à Teotihuacan. Ne t'en souviens-tu pas ? *Mourons tous afin que le Soleil se mette en mouvement...* »

Je lui décoche en plein visage un éclat de rire victorieux :

« Mais qui t'a dit que le Soleil resterait immobile ? Il est Quetzalcoatl, le voyageur qui joint l'Ouest brumeux au pays du jeune maïs. Constamment Il se déplace d'un horizon à l'autre, ainsi chaque partie de la terre a le temps de refroidir. Si nous réussissons à dissoudre la nuit, Il aura pour accomplir ce trajet non plus ce qui est aujourd'hui la partie lumineuse de la journée, mais la journée tout entière, c'est-à-dire la durée d'un jour plus une nuit. J'ajoute, Lapin, que ceci présente un avantage supplémentaire : marchant moins vite d'un bord à l'autre, Il éprouve moins de fatigue et par conséquent s'use beaucoup plus lentement.

– Justement ! Il n'aura plus la nuit pour se reposer !

– Parce qu'Il se repose pendant la nuit, selon toi ! Se repose-t-on, Tochtli, lorsqu'on souffre et qu'on pleure et qu'on se cache pour ne plus voir s'accumuler les horribles séquelles de sa défaite ? Chaque nuit, pour le dieu, est un séjour de regret, d'angoisse et de tourment ! Il en sort amoindri, et non pas renforcé ! Seuls le soutiennent son espoir acharné et son amour infini pour les hommes. »

Infini, vraiment, continué-je en moi-même, puisqu'Il pleure sur nous et ne cherche pas à tirer vengeance de notre inconduite. Ceci me fait comprendre que tous devront être sauvés, et non pas quelques élus. Sicaires et vicaires du Jeune Homme devront échapper au cataclysme, encore qu'ils en aient été les artisans. Je ne repousse pas le néant pour l'Oiseau d'eau, pour Tochtli et pour moi seulement, je le repousse pour Matapilli, tous les Matapilli, pour Itzcoatl, tous les Itzcoatl (n'est-ce pas ce que je pressentais en ayant si grande pitié, lors de notre dernière rencontre ?).

Mais comment sauver d'elle-même toute une nation ? Je ne puis entreprendre de convaincre chaque Mexica individuellement !

En vérité, il me suffit d'en persuader *un seul,* car si celui-là m'écoute et passe dans mon camp, tous les autres le suivront. C'est toi, Motecuhzoma, c'est toi, savant et coléreux Xocoyotzin, qu'il me faut retourner !

Le projet est d'une ambition délirante, je le sais bien. Tout le promet à l'échec. Néanmoins, je m'y accroche aujourd'hui alors qu'hier encore, j'y aurais probablement renoncé. Sans doute l'Empereur est-il la personnification de l'autorité, le dépositaire du pouvoir qui s'étend sur tous les pouvoirs de notre société. Sans doute, il est en apparence le principal obstacle au retour du Serpent à Plumes. Mais aussi – qui ne s'en souvient ? – il est le représentant d'une dynastie dont Quetzalcoatl fut l'origine. Car il descend de celui qui porta mon nom, lequel était petit-fils d'Acamapichtli, lui-même enfant adoptif du dernier seigneur issu de Topiltzin Ce-Acatl, le roi-prêtre de Tula, l'Auteur de la Vie. Et d'ailleurs, quand trépasse le Tlatoani, ici à Mexico, n'est-ce pas revêtue des ornements de Quetzalcoatl que sa dépouille est confiée aux flammes ? Son pouvoir, notre roi le tient de Tezcatlipoca, inspirateur des guerres et des sacrifices humains. Mais la légitimité de ce pouvoir, c'est du Serpent à Plumes qu'elle lui vient. Et l'on dit que l'Honorable Cadet est un homme pieux – le plus religieux de tous les Aztèques, selon certains. Est-il possible, dans ces conditions, qu'il n'ait pas conservé en son âme une place pour le dieu d'amour auquel il doit d'être le guide des hommes ?

Au surplus (j'avais treize ans quand la chose arriva, mais j'entendais mon père en discuter avec passion), il avait montré la plus vive répugnance à occuper le trône, étant grand prêtre au moment où s'éteignit Ahuitzotl. Cela marque une certaine distance par rapport au pouvoir, même si, depuis lors, il s'est révélé un souverain exigeant et impérieux. Il aime être obéi, cela est certain. On peut même affirmer qu'il ne supporte pas le moins du monde que ses ordres soient discutés. Toutefois, lorsqu'il est seul, il consulte les astres depuis son observatoire privé, il médite sur les origines du monde et s'interroge longuement sur sa destinée. On le dit grand philosophe, quoique d'une façon moins ostentatoire que Nezahualcoyotl. De sorte que le fond de sa pensée, nul ne le connaît.

Et si ses convictions intimes m'étaient plus favorables que je ne suis naturellement porté à l'imaginer en considérant l'idéologie officielle ? Et si, dans le secret de son cœur, cette idéologie lui était déplaisante ? Ne murmure-t-on pas que notre roi est sujet à des accès de tristesse, d'abattement ? Il se rend alors avec une escorte aux ruines de Tula – de Tula : ce détail n'est pas rien ! – et dans ce lieu désert, aux étranges échos, assis au sommet de l'ancien temple, ayant écarté toute sa suite, il contemple les pierres, les montagnes et le ciel, interminablement . Et si Motecuhzoma, tout comme moi, avait entendu l'appel du dieu et, de son côté, cherchait le moyen d'y répondre ? Hypothèse, hypothèse... Cependant, parmi toutes ces incertitudes, une chose est absolument certaine : ce roi est accessible au doute et n'entretient pas – comme Itzcoatl ou même Matapilli semblent le faire – d'illusion sur ce qui attend le monde au cas où il persévérerait dans la voie actuelle.

Ah ! je te sonderai, Xocoyotzin. Je chercherai ce qui se cache derrière ta face grave, tes brusques fureurs et tes incompréhensibles chagrins. Et si Quetzalcoatl est en toi, je te ferai connaître que tu as un allié, qu'un de tes sujets au moins t'a compris. Ensemble alors, nous conjurerons le désastre ! seul, je ne peux rien. Peut-être en va-t-il de même avec toi ? Peut-être es-tu incapable de briser sans aide l'idéologie qui, paraissant émaner de toi, t'interdit de la combattre, sous peine de passer pour fou et d'être aussiôt renversé par ton entourage ? « L'illustre Motecuhzoma est le seul Aztèque qui reçoive des ordres de tous les autres, avait dit Tochtlatoa. Il commande selon ce qu'ordonnent les nécessités du gouvernement, qui toutes se ramènent à la nécessité de bien servir le peuple, sans quoi, d'une manière ou d'une autre, un peu plus tôt ou un peu plus tard, il serait déchu de son autorité. » Si tu as besoin d'un soutien, Tlatoani, je serai ce soutien. C'est Quetzalcoatl qui m'envoie. Par moi, tu seras délivré. J'ignore de quelle manière, mais je sais que si ta détresse reflète celle du dieu vaincu par les maléfices, j'ai été choisi pour être l'émissaire des temps nouveaux, l'annonciateur de l'espérance.

On aurait pu croire que le Grand Orateur m'avait entendu. Le lendemain du bain magique des prêtres, il me fit convoquer au palais pour me demander, ainsi qu'il l'avait déjà fait plusieurs fois au cours des derniers mois, où j'en étais de mes recherches pour réformer la justice. Il m'expliqua aussi qu'il avait souhaité que je ne figure pas au milieu des dignitaires assistant aux fêtes d'Etzalqualiztli, non parce qu'il me tenait désormais en disgrâce, mais pour la raison que je devais être le plus secret de tous ses conseillers.

« A cette cour, déclara-t-il, trop de gens déjà savent que je te consulte en privé et, comme toujours en pareil cas, en conçoivent de l'aigreur et m'embarrassent de leurs fielleux avertissements. J'ai certaines intentions, en ce qui te concerne, et je ne veux pas qu'on se place en travers. Désormais, je te recevrai après le coucher du soleil. »

Il n'ajouta pas un mot pour préciser quelles étaient ces intentions. Quant à moi, j'énonçai à propos de la réforme judiciaire quelques principes assez vagues, essayant surtout de préparer le terrain aux idées que je voulais lui suggérer pour la rédemption du monde et le retour triomphal de Notre Prince.

J'avançais sur la pointe des pieds, épiant ses moindres réactions (pour autant que pouvait y parvenir un homme prosterné devant lui). Au nom de Quetzalcoatl, j'eus l'impression qu'il se mettait à sourire; en tout cas, il ne fit preuve d'aucune impatience.

Il me quitta sans un mot, mais trois jours après (c'était hier au soir), il me fit revenir et me posa une foule de questions précises sur le discours que je lui avais tenu. L'interrogatoire se prolongea pendant plus d'une heure et comme il m'avait ordonné de garder droits ma tête et mon buste, je le vis tour à tour plisser le front, lever avec étonnement les sourcils ou donner des marques d'amusement pendant que je parlais. J'étais sur les charbons ardents et terrorisé à l'idée qu'il pût soupçonner la cause de mon trouble. Il me fallait à la fois mesurer mes paroles et glisser le plus d'allusions que je pouvais au Serpent à Plumes, à son amour des hommes, à sa promesse de reparaître au Levant, car je n'étais pas certain que les occasions de l'entretenir seul à seul seraient indéfiniment multipliées. Des rites sanglants, je n'osai encore rien dire, de peur de le heurter et qu'il ne me chasse de sa vue.

Je dois retourner au palais demain soir. Hier, j'ai trouvé en rentrant Atototl dans ma chambre. Nous n'avons plus beaucoup de temps pour nous voir. Son mari accomplit une mission spéciale pour l'Empereur, dont elle ne sait rien; il devrait être de retour pour les fêtes de Tlaxochimaco, ce qui nous laisse trois mois tout au plus.

Je lui rapporte minutieusement mes entrevues avec le souverain; d'abord parce qu'elle se passionne pour l'issue de mon entreprise (contrairement à Tochtli qui ne cesse de dénoncer la vanité de celle-ci et de m'exhorter à la résignation, tout en s'enivrant avec une ardeur nouvelle); ensuite parce que je me fie à elle pour apprécier mes éventuels progrès avec plus d'exactitude que je ne le ferais moi-même. Après quoi nous nous agrippons l'un à l'autre et nous nous aimons, plus ardemment chaque nuit.

C'est celle qui, la première, a remarqué que l'estrade de bois qui supporte ma natte est orientée de telle manière qu'à gauche elle regarde l'Orient, à droite l'Occident. Ainsi, quand nous roulons d'un bord à l'autre, gémissant de plaisir et renouvelant notre désir par cela même qui l'assouvit, nous reproduisons le voyage du Soleil. Et c'est l'Amour du dieu pour le monde qui, en nos amours humaines, se trouve figuré.

Puis elle s'en va, toujours elle s'en va et je m'assieds dans la peine. Même si son règne arrive, à Quetzalcoatl, s'Il revient prendre possession de son royaume et nous donne en présent bien des perfections qui nous manquent aujourd'hui, la chose essentielle de ma vie, quant à elle, demeurera imparfaite. A moins que Cecoatl ne vienne à mourir, jamais l'Oiseau d'eau ne partagera davantage avec moi que ces étreintes nocturnes, ces ardeurs clandestines, alors que nous voudrions nous montrer à tous et faire sortir de l'ombre la splendeur de notre passion.

D'un accord tacite, nous évitons d'évoquer cela quand nous sommes ensemble. En ce qui me concerne, toutefois, il m'est de plus en plus pénible, non pas tellement de sentir en permanence la menace suspendue au-dessus de nos têtes, mais de devoir vivre sur le mode furtif la plus lumineuse part de mon existence, sans parler de toutes les journées gaspillées où, pour une raison ou pour une autre, nous ne pouvons pas nous voir. Je ne puis m'empêcher de songer, au surplus, à l'intolérable torture qui serait la nôtre si son époux cessait de conduire les caravanes et demeurait en permanence dans la capitale pour y affermir sa position auprès de l'Empereur et des grands.

N'est-il pas terrible que cet amour par lequel je suis devenu l'instrument du dieu, le dieu lui-même ne le puisse bénir ?

Inspiré par Quetzalcoatl, soutenu par Motecuhzoma, peut-être arriverai-je à restituer aux hommes, malgré Tezcatlipoca, l'ancien bonheur et l'ancienne paix toltèques. Atototl et moi, cependant, nous ne connaîtrons jamais ni celui-là ni celle-ci. J'ai beau me dire que par leur intensité, les trop rares instants que nous passons ensemble valent quatre cents fois la vie commune de la plupart des couples légitimes (où l'on se frôle sans frémir), et que nous nous aimerions sans doute moins éperdument si nos rencontres n'étaient pas soumises à un régime sévère, la douleur de ces perpétuels arrachements me transperce. Je ne puis admettre que des moments aussi beaux nous soient mesurés par des contingences extérieures et se trouvent en définitive, quoiqu'il l'ignore, à la discrétion de Cecoatl. Tel est pourtant notre sort, et si nous avons utilement bravé l'impossible, c'est en vain que nous aurons rêvé d'absolu.

C'est maintenant la Petite Fête des Seigneurs, Tecuilhuitontli, septième mois. Pendant dix jours, celle qui incarne la déesse du Sel, Uixtocihuatl, et qui sera massacrée, celle-là doit chanter et danser sans trêve, dans les fumées d'encens, soutenue par des arômes magiques, des boissons fortifiantes, potions qui tiennent les yeux ouverts et aveuglent la conscience; puis vient la vigile et toute la nuit encore, en attendant l'heure du sacrifice, soutenue par des femmes elle danse le mitote, le front ceint d'une couronne d'herbes odoriférantes.

Plus de dix fois, j'ai vu l'Empereur, instillant avec précaution dans son cœur le contrepoison d'amour et de paix. Je passe mes journées à préparer mes doses, en quantités infinitésimales, mais suffisantes pour faire leur effet sans lui donner l'alerte. Il ne réagit guère, mais ceci déjà est un grand encouragement. Si ma médecine n'opérait point, il se serait déjà dressé avec colère et ma témérité aurait été châtiée, d'autant que sur le sujet pour lequel il me consulte, l'amélioration de la justice, je ne lui ai encore rien proposé de concret, des mois après que cette tâche m'a été confiée par lui. Je n'ai même pas tracé la plus sommaire esquisse d'une nouvelle loi.

Lorsque je suis seul, ou bien je réfléchis à la manière de l'amener le plus insidieusement possible là où je veux, ou bien je compose des poèmes. C'est Atototl qui m'en a donné l'idée. Allongés côte à côte, nous venions de redire le chant que m'avait enseigné Notre Oncle vénéré, sur la rive du lac, et j'en admirais à voix haute les subtilités, pensant communier avec elle qui l'avait toujours trouvé si beau, quand elle me dit :

« Tu sais, petit volcan, la véritable poésie n'est pas une chose que l'on récite et dont on apprécie les qualités littéraires. Cela, c'est de la contemplation. La véritable poésie, c'est l'acte du poète; c'est cette façon qu'il a de dénuder le langage, de le transfigurer et, ce faisant, de transformer sa vie et sa mort. Le poème lui-même n'est qu'un indice. L'essentiel est la métamorphose dont le poète est le siège. Cette métamorphose, les vers peuvent te la faire voir, mais ils ne peuvent pas te la faire partager. Le poète seul est concerné. Aussi admiratifs soient-ils, aussi profonde et durable soit leur émotion, les autres ne sont que des spectateurs. Notre admiration est éphémère, tandis que le poète, lui, a réalisé une conquête inaliénable. »

Et je me rappelai ce qu'avec Temilotzin, autrefois, nous déclamions sans en mesurer toute la portée, les vers du roi de Texoco : *Mes fleurs ne faneront pas,/mes chants ne cesseront pas...* Quand le poète dit qu'il participe de Moyocayatzin, Celui-qui-s'invente-lui-même, les autres l'écoutent et l'envient, mais lui seul est pénétré, pétri de la substance divine, ayant exprimé cette substance par un chant qui, dès lors, ne peut plus s'effacer.

La poésie est-elle la porte dérobée de l'éternel? L'aventure, quoi qu'il en soit, vaut d'être tentée. Dès que l'Oiseau d'eau fut partie, cette nuit-là, je créai pour elle mon premier chant, bref et lamentablement imparfait, mais c'était comme les vagissements qui saluent la venue au monde d'un homme nouveau. Depuis, j'ai composé plusieurs poèmes qui, je crois, n'étaient pas tous médiocres. Le poète, dit-on, est celui-qui-dialogue-avec-son-cœur, celui-qui-en-appelle-à-son-cœur-avec-insistance; il est « le cœur qui possède le dieu » et encore celui-qui-par-le-moyen-de-son-cœur-introduit-la-divinité-dans-les-choses; le mauvais versificateur est un cœur enseveli. Puisque notre sagesse ancestrale affirme tout ceci, pourquoi n'y accordons-nous pas plus de foi? Si vraiment la suave parole, le verbe en fleur, nous sauvent du non-sens, de la fuite du temps et de l'oublieuse nuit – *Nul ne mettra fin, ici/Aux fleurs et aux chants,/Ils durent dans la demeure de l'Auteur de la Vie,* nous dit Ayocuan Cuetzpaltzin –, s'ils possèdent effectivement ce pouvoir, pourquoi acceptons-nous que le plus petit nombre seulement les cultive? Si les poèmes survivent, ayant été créés par les hommes, n'est-ce pas que ceux-ci, ainsi qu'Atototl le suggère, sont créateurs d'immortalité? Et comment pourraient-ils l'être s'ils n'étaient pas d'essence divine? Le sont-ils réellement – alors ils ne sauraient constituer la proie et la pâture des dieux, qui mourront s'ils se dévorent eux-mêmes.

Homme singulier, vraiment, que notre Tlatoani. Il est – son nom le fait savoir – Celui-qui-se-fâche-en-seigneur. Mais ce n'est pas son irascibilité que je crains le plus, encore qu'elle soit très redoutable. Ce sont les imprévisibles sursauts de sa mélancolie. Tout à coup, je vois son visage se figer, ainsi qu'un masque de jade, un pli amer déformant la bouche. Ses épaules tombent, sa poitrine se creuse. J'ai observé qu'en ces moments-là, le plus judicieux serait de disparaître. Malheureusement, l'étiquette interdit qu'on prenne ainsi congé d'un roi et les derniers instants de l'entrevue sont périlleux pour le visiteur, témoin contre son gré d'une humeur que Motecuhzoma, on le devine, préférerait tenir secrète. Du reste, il oublié votre présence. Il tressaille quand son regard éteint, après avoir longtemps été fixe, reprend vie et vous découvre allongé au pied de l'icpalli. Ses yeux s'embrasent, ses lèvres frémissent sous l'effet de la contrariété. En de telles circonstances, il lui est arrivé de frapper à l'épaule, d'un coup de talon, le chef de la maison des javelines, pour lui signifier de se retirer.

C'est un homme qui paraît dans la force de l'âge, bien qu'il ait vécu déjà tout un siècle[1]. Il est

1. Motecuhzoma II est né en 1466. Les Espagnols, à leur entrée dans la ville lui donnèrent « environ quarante ans ». (Rappelons que le siècle aztèque était de cinquante-deux années.)

de haute taille, fort élancé et de proportions harmonieuses, quoique un peu maigre, disent certains. Ses cheveux et sa barbe clairsemée sont encore très noirs. Empreint d'une dignité incomparable, son visage exprime de la bienveillance en même temps que de la fierté, et sa gravité naturelle n'empêche ni le sourire ni même de soudains éclats d'hilarité, si sincères et si francs qu'ils engendrent l'allégresse chez tous ceux qui se tiennent autour de lui. Plus d'une fois, il a interrompu mes discours en s'esclaffant sans retenue, à cause d'un bon mot, d'une image hardie ou d'une sottise qui m'avait échappé. Devenu par la force des choses un politique avisé, je profite toujours de sa bonne humeur pour pousser mon avantage.

Au vrai, j'ai accompli en un peu moins de deux mois de sensibles progrès. Obliquement, et avec beaucoup de circonspection, j'ai même pu aborder la question du sacrifice. Bien entendu, je n'ai rien dévoilé de mes convictions. Mais le sujet a été tacitement agréé et il me sera désormais loisible d'y revenir sans paraître céder à un caprice.

Je me laisse bercer par une douce rêverie : et si ses accès de tristesse survenaient chaque fois qu'il songe à tout le sang répandu, à toutes les vies saccagées ? Cela signifierait qu'au fond de lui-même il sait, ou du moins pressent, la vanité de cette hécatombe.

Hier soir, je me suis permis de lui dire un des hymnes que j'ai agencés en l'honneur de Topiltzin Ce-Acatl Quetzalcoatl, tremblant intérieurement qu'il n'en estimât la tournure malgracieuse et, du coup, n'en méconnût la signification, ou bien encore que celle-ci, par manque de finesse, ne le fît aller d'un rire tonitrant. Mais il m'écouta jusqu'au bout, avec un sourire amical, chanter la paix, la beauté sur la terre et le bonheur de vivre.

« Chimalpopoca, dit-il lorsque j'eus terminé, je ne veux pas te faire de compliment, car la seule récompense du poète, comme d'ailleurs son unique et sévère punition, réside dans sa poésie même. Pour cette raison aussi, je t'épargnerai pareillement mes critiques. En revanche, puisque ton propos est... (Ici, il me lança un coup d'œil plein de raillerie) lourd de sens, n'est-ce pas ? permets-moi d'éprouver ta philosophie. »

« Nous y voilà ! » pensai-je, tandis qu'une invisible main m'étreignait la gorge et nouait mes boyaux. « L'explication décisive est arrivée. Quand je sortirai d'ici, ou bien je me serai fait le plus puissant des alliés, ou bien j'aurai trouvé chez les hommes mon ennemi le plus implacable. »

Je me concentrai pour affronter l'épreuve, mais il ne me posa – était-ce par dérision ? – que des questions anodines ou académiques. L'une d'elles, cependant, allait me donner l'occasion de découvrir, enfin, le fond de ma pensée.

Il s'agissait d'expliquer pourquoi, si Quetzalcoatl était comme l'affirmait mon poète « Celui qui nous aime » et qui « ne souffre pas que les hommes souffrent », on lui prêtait aussi l'aspect redoutable du dieu de la famine et de la sécheresse, du propagateur du dieu de la famine et de la sécheresse, du propagateur des maladies, du maître de la mort ?

Voici quelle fut ma réponse :

« Si Quetzalcoatl est la divinité suprême ainsi que mon poème, très haut seigneur, en épouse l'hypothèse avec la témérité qu'on tolère aux produits de l'art, il est le maître du mal dans la mesure même où il est celui du bien. En effet, tous les biens ne sont pas possibles ensemble. La pluie qui fait pousser les récoltes peut être la conséquence d'un orage qui a provoqué une tempête sur le lac, noyant plus de vingt pêcheurs et presque autant de nautoniers, rendant inhabitables les maisons les plus proches des rives. Le bien a son prix – sans quoi, saurions-nous ce qu'il vaut ? En outre, le mal – disons, par exemple, la maladie envoyée par la flèche du dieu – est l'occasion d'un certain bien lorsqu'il est infligé par Quetzalcoatl : combien d'entre nous, vénéré Prince, ne prennent le temps de méditer sur eux-mêmes et sur le sens de leur vie que lorsqu'ils sont cloués sur leur natte par la fièvre ? Ce que j'ai voulu dire, et je suis inexcusable de m'être si mal exprimé, c'est que le Serpent à Plumes est opposé à la souffrance vaine – mais non pas bien sûr aux maux et aux douleurs qui éduquent, enrichissent l'âme et fortifient le cœur. »

Le souverain plissa malicieusement les paupières :

« Et la mort, Chimalpopoca ?

– Quetzalcoatl donne la mort, c'est vrai. Mais cette mort-là est indissolublement liée à la résurrection, puisqu'il est dieu de l'une et de l'autre. De sorte que la vieillesse représente à la fois le terme et les prémices du jeune âge et que la naissance constitue le fruit de la mort. De sorte, majesté, qu'il n'y ait nulle fin qui n'annonce pas un renouveau. Tout cela (ajoutai-je, conscient de mon outrecuidance, mais je ne pouvais plus me contenir), tout cela sans désespoir et sans cataclysme... »

Il était inutile que je me reprenne : c'était

lâché. Mais le Tlatoani avala ces paroles sacrilèges sans même un battement de cils. Bien plutôt, son sourire s'épanouit. En de telles occasions (rarissimes, je dois le dire), son visage s'arrondissait bizarrement et lui prêtait la physionomie d'un bon compère dans un banquet copieusement arrosé. Ainsi j'avais ouvert mon cœur, et Motecuhzoma était content !

Ce soir, dès qu'Atototl m'a rejoint, je l'enlève dans mes bras et l'emporte en tournoyant jusque dans la chambre (sa jupe, derrière elle, est comme une fleur qui s'ouvre). J'ai savouré ma victoire toute la journée, mais j'en ressens encore l'ivresse. Je mordille les oreilles de l'Oiseau d'eau tout en lui retraçant ma conversation avec l'Empereur.

« Te rends-tu compte, amour ? Il m'a fait comprendre qu'il était de notre bord ! Nous avons gagné ! Il n'a pas regimbé, il n'a même pas tiqué lorsque j'ai mis en cause la nécessité du sacrifice et le dogme de la conflagration ! Une renaissance sans désespoir et sans cataclysme, voilà ce que je lui ai dit. Pouvait-on être plus précis ? Et sais-tu ce qu'il a fait ? (C'est au moins la troisième fois que je le lui répète.) Il m'a félicité ! Il a dansé de joie sur son siège ! Qu'est-ce que tu dis de cela, hein ? Jamais je ne l'ai vu dans d'aussi bonnes dispositions. La prochaine fois, je pourrai lui parler sans détour, vider tout mon sac, et alors peut-être, peut-être... »

Couinant de bonheur, au comble de l'excitation, je l'écrase contre moi et plonge mes mains dans ses cheveux. Elle s'abandonne à mes folies, mais je vois bien que son sourire est pâle, aujourd'hui, et même un peu distant. Je l'avais remarqué dans le jardin, mais j'avais alors voulu me persuader qu'il fondrait à la chaleur de ma propre allégresse. Hélas ! il est encore là, si frêle, si frileux qu'il me fait venir un halo de brume autour du cœur. Mes bras retombent; j'ai peur tout à coup. J'ouvre la bouche pour questionner l'Oiseau d'eau, mais déjà c'est elle qui parle, d'une voix qu'on dirait transparente, et les yeux perdus dans le vide.

« Un messager est venu tout à l'heure, dit-elle. Cecoatl sera là demain. »

Des mots de réconfort me montent aux lèvres, mais je renonce à les prononcer, car ils pourraient lui faire croire que j'accepte la nouvelle avec résignation – et le dieu m'est témoin qu'elle m'accable, cette nuit plus encore que toutes les autres nuits, où, depuis le début de notre liaison, le retour du négociant m'a été annoncé. D'habitude c'était Atototl elle-même qui me rendait courage et nous nous aimions ces nuits-là avec encore plus de ferveur. Elle m'exhortait en riant à traiter par le dédain ce qu'à force d'ironie et de verve, elle était parvenue à me faire regarder comme de simples péripéties. Elle voulait fermer les yeux sur le marasme de nos séparations, comme elle avait toujours voulu ignorer les dangers de nos rendez-vous. « Méprise ce qui tourmente ! » : combien de fois ne m'avait-elle pas assené ce refrain ? Et voici que ce soir, alors même que pour toute la nation une immense espérance est en train de prendre corps, c'est elle qui baisse la tête et se laisse gagner par le désenchantement...

Le regard toujours absent, elle va s'asseoir au coin de notre natte.

« Je suis à bout, Chimalli ! Je n'ai même plus l'énergie nécessaire pour te donner le change. Longtemps, j'ai mimé la force. Tu m'as crue plus robuste que toi et c'était tout le contraire. Et je t'aime tant, je t'aime tellement plus, à présent, que je regrette d'avoir joué si longtemps ce jeu avec toi. Cette comédie dont nous entourons notre amour, elle ne peut plus durer. Un jour ou l'autre, elle nous séparerait. Car ce n'est pas la vie, ce que nous connaissons ensemble. Je ne sais pas ce que c'est, mais ce n'est pas la vie. Tu ne peux pas éternellement demeurer mon volcan et moi, ton oiseau. Nous avons épuisé, exténué l'enfance de l'amour, Chimalli. Il nous faut grandir coûte que coûte. »

Je me laisse tomber à côté d'elle. Elle m'a ouvert les yeux, et pourtant je n'ai rien découvert. Confusément, dans une zone ombreuse et assoupie de ma conscience, je savais tout cela, depuis le début. Je n'ai pas besoin de me demander si elle a raison. C'est une certitude. Comme notre amour est une certitude.

« Comment allons-nous faire ? » dis-je.

Elle pose doucement ses lèvres contre mon épaule.

« Je veux vivre, Chimalli. Je veux vivre avec toi. J'en ai assez de jouer, comprends-tu ? Et si le monde doit réellement changer, si le Serpent à Plumes doit réellement revenir, comment pourrions-nous accepter de faire des grimaces sous son regard ?

– Je sais... soupiré-je. Je sais bien... »

Une ombre glacée pèse sur mon cœur. Faudra-t-il que notre amour soit immolé quand tout, autour de nous, sera délivré de la mort ? » « Voilà, me dis-je avec amertume, une autre illustration de ce que tu exposais hier à l'Empereur d'une manière si sémillante, malheureux imbécile ! Tous les biens ne sont pas possibles ensemble, et le triomphe de cet amour n'est pas possible en même temps que le salut du monde. »

« Qu'allons-nous devenir ? murmure Atototl. J'ai entendu dire que Cecoatl ne repartirait plus avant longtemps.. (Sa voix se brise.) Certains affirment... qu'il ne repartira plus jamais ! Il deviendrait le représentant permanent du négoce à la cour, le premier depuis les origines de notre peuple... »

Cela aussi, je l'avais deviné. Depuis plusieurs mois, c'était une autre certitude que je possédais sans le savoir. Je ne pus réprimer un frisson. Et que faire ? Que faire ? Nous avions réclamé l'impossible, eh bien, il nous avait été accordé – mais pas sous la forme que nous imaginions... C'est notre amour, l'impossible. Pourquoi avons-nous si longtemps feint de ne pas le comprendre ? Encore une comédie ? Tombe sur nous l'univers, maintenant ! – j'accepterai l'horreur avec gratitude. Oh ! oui, que descendent les ténèbres, là tout de suite, et qu'elles nous enlèvent à cette misère inconsolable !

« Je sais à quoi tu penses, souffle-t-elle. Mais tu ne dois pas ! Songe au chemin parcouru : il n'est plus temps de revenir en arrière, tu n'en as plus le droit. En cet instant même Quetzalcoatl éprouve ta détermination : ne déçois pas celui qui, entre tous, t'a élu ! Promets-moi que quoi qu'il arrive – quoi qu'il arrive, mon amour – tu resteras fidèle à Notre Prince Ce-Acatl ! »

Je cache mon visage au creux de mes paumes,

mais elle m'entoure de ses bras. Elle m'enserre étroitement. Elle me fait sentir sa force, elle qui disait n'en plus posséder. A nouveau, elle est cette terre ferme où je peux prendre appui et cette fois, je sais qu'elle ne fait pas semblant. Irrésistiblement, cette énergie se communique à ma volonté, la raffermit, la relève, tandis qu'elle m'apostrophe avec passion.

« Promets-le-moi, Chimalli ! Je veux entendre cette promesse de ta bouche. T'ai-je jamais fait promettre quoi que ce soit ? Cela, je veux que tu le jures. Sur ma vie. Sur notre amour. Jure ! Ne souhaite pas la fin du monde, l'absence et le vide éternels ! Pas toi ! Si tu faisais cela, ce serait pire pour moi que de rester captive de Cecoatl jusqu'à mon dernier souffle, sans plus revenir dans tes bras ! Notre amour a quand même donné naissance à un enfant et cet enfant, c'est l'espoir d'un paisible bonheur et d'une destinée radieuse pour tous les habitants de la terre. Ne détruis pas cela, Chimalli, ce serait la pire de toutes les monstruosités jamais accomplies par un être humain ! Je te haïrais si tu hésitais à me faire cette promesse. Ne vois-tu pas que le sort du monde est le fruit de notre amour, Chimalli ? Même pour moi, même pour nous, tu n'as pas le droit de renoncer. Promets ! »

Alors j'ai promis. J'ai juré sur sa vie et sur notre amour. Et malgré l'affliction qui noyait mon cœur, j'ai senti une étrange paix s'y installer lentement, tel un crépuscule mauve et doré au terme d'une journée torride.

L'Oiseau d'eau et moi, nous sommes restés blottis l'un contre l'autre dans le fond de la nuit, enfin immobiles et silencieux, la troisième année de notre amour, et nous savions alors que ses craintes avaient été vaines, parce qu'ainsi nous nous comprenions mieux que nous ne nous étions jamais compris; et nous écoutions pleurer cet amour, qui était quand même devenu adulte, après tout ce temps. La natte demeurait lisse. La nuit était comme la résonance d'un gigantesque gong. C'était le froid, sans doute, qui nous faisait trembler. Le froid et la pitié. Et cette chose encore, qui se met derrière le cœur et ressemble à un battement d'ailes. Le jardin frissonnait avec nous. Des pas marchaient en songe entre les plantes. Atototl était immensément belle et intacte. L'eau du lac clapotait. Nous ne devions plus jamais nous revoir.

Dans les jours qui suivirent, j'eus souvent froid, même sous le soleil de midi. Je n'avais plus le goût à l'étude et désertais les livres de mon père, non sans me sentir grandement coupable de cet abandon. L'Oiseau d'eau occupait toutes mes pensées; j'inventai des plans fous pour l'ôter à Cecoatl, et nous irions dans le désert, par exemple près de cette âpre mer que j'avais vue en rêve, vivre en parias les derniers jours du monde. Mais elle ne m'aurait pas laissé faire : je lui avais donné ma promesse; elle-même avait formulé le vœu qu'elle m'obligerait à la tenir.

Tochtlatoa m'évitait, depuis que je lui avais confié mon intention de ramener à Quetzalcoatl notre Tlatoani. Je le vis peu à peu reparaître. Il rôdait autour de moi d'un air dolent et lugubre, le regard embrumé par une griserie quasi permanente. Stupidement posté derrière des troncs qui ne le dissimulaient nullement, il me jetait des coups d'œil par en dessous, maugréant on ne savait quoi.

Un matin que je m'étais assis au milieu de mes plus belles fleurs, il finit par s'avancer vers moi, se déplaçant de biais en évitant soigneusement de croiser mon regard. Ses paupières bordées de rouge et distendues larmoyaient comme celles d'un vieillard. Lui qui, malgré sa chevelure prématurément blanchie, avait toujours semblé plus jeune que moi, offrait maintenant l'apparence d'un homme de dix ou quinze ans plus âgé. En quelques mois, la décrépitude s'était abattue sur lui et j'en découvrais brutalement les ravages.

Le cœur serré, je fis toutefois celui qui ne remarquait rien. D'une manière grognonne, presque brutale, mon ami me proposa de m'enivrer avec lui. Je repoussai cette offre en secouant la tête, sans un mot. A la vérité, je me hâtais de refuser parce que la tentation de consentir était forte. Mais quelque chose me disait que ce serait trahir mon serment que de rechercher la consolation de l'octli alors que la tâche de préserver l'univers du désastre m'était impartie.

Le Lapin-qui-parle baissait piteusement le nez, reniflant et bougonnant.

« Tochtli, dis-je, ne m'as-tu pas répété jusqu'à l'abrutissement qu'il faut jouir de l'instant qui passe ? Je te vois renfrogné, mécontent, plein d'aigreur et de dégoût. Qu'as-tu fait de tes propres principes ? (Et comme j'étais ému – furieux aussi – d'assister à l'autodestruction de mon ami, je ne pus m'empêcher d'ajouter :) Les aurais-tu perdus au fond d'une jarre d'octli ? »

Il leva sur moi des yeux lourds de reproche, avant de cracher avec mépris du coin de la bouche :

« J'accomplis ma destinée. Je deviens qui je suis[1] !

– Eh bien, dis-je, essayant de garder la tête froide, moi, je ne te reconnais plus. Es-tu celui qui me recommandait chaque jour l'acceptation ?

– Oui ! hurla-t-il, avec une telle violence que je sursautai. Oui, je le suis ! Oui, je t'ai fait cette recommandation, je t'ai supplié chaque jour ! Mais tu ne m'as pas écouté ! Plus je te suppliais, moins tu acceptais ce qui est inévitable, jusqu'à te mettre en tête d'empêcher la fin du monde ! Je t'avais livré le secret de la liberté et je t'ai vu te ligoter toi-même chaque jour plus étroitement, plus férocement ! Je t'ai vu fabriquer, avec un zèle abominable, ton propre malheur et courir à ta perte comme s'il s'agissait d'emporter un trophée ! Et cela, *cela moi je ne l'accepte pas !* Je ne peux pas ! Voilà ce que tu en as fait, de mes principes, et de ma sérénité, et de mon plaisir de vivre ! J'avais la plus réconfortante des philosophies, mais tu m'en as dépossédé ! Jouir de l'instant qui passe ? Comment le pourrais-je quand, sous mes yeux, l'homme qui m'est le plus cher se précipite tête baissée entre les mâchoires qui vont le broyer, non sans lui avoir imposé d'abord une horrible torture ? Alors, je bois. *Je bois !* Ce ne sont pas mes principes que je veux noyer dans l'octli – mes principes sont déjà morts : tu les as assassinés –, c'est mon affection pour toi, c'est ma peur pour toi, c'est mon désespoir pour toi, car ils m'empêchent de vivre ! Naguère, la boisson était pour moi le symbole de l'indépendance : aujourd'hui elle est le philtre amer de la solitude.

1. S'enivrer se disait *tochtilia*, « devenir lapin ».

Pourquoi, en cherchant la sagesse avec plus de ferveur que n'importe quel autre homme, t'es-tu détourné d'elle au point qu'il n'est pas un seul Mexica qui ne soit à présent quatre cents fois plus sage que toi ? Comment as-tu fait ton compte ?

— Ecoute, dis-je le plus calmement possible, j'ai peut-être bien perdu la raison, mais où prends-tu que je fais mon malheur et que je cours à ma perte ? Tu connais mon ambition, Tochtli (et je conviens qu'elle paraît démesurée), mais tu ne connais pas mes succès, faute d'en être témoin. Apprends ceci, mon ami : c'est qu'aux yeux de Motecuhzoma, je suis moins insensé qu'aux tiens. L'Empereur m'écoute, Tochtli. Il m'écoute et me fait sentir son approbation ! Où est l'horrible torture ? Où sont ces mâchoires qui doivent me broyer ? Allons, Lapin, c'est toi — c'est toi qui n'es pas raisonnable et qui prêtes foi à des chimères ! Vois : j'étais prêt à payer un prix élevé, un prix exorbitant s'il le fallait, pour parvenir à mes fins; or, je touche au but et je n'ai pas souffert. Au contraire, ma situation s'est améliorée, je jouis d'une considération de plus en plus grande — et malgré ce que je t'avais dit un jour, je n'ai pas eu besoin de m'arracher le sexe ! »

Tochtli promenait sur moi un regard harassé. J'avais l'impression qu'il avait encore vieilli depuis le début de notre conversation.

« Tu te l'arracheras, fit-il d'une voix lente et sans couleur. Crois-moi, tu devras faire le sacrifice de chacune des parcelles de ton corps. »

Une main cadavérique s'abattit sur ma nuque. Je sentis tous les poils de mon corps se dresser, ainsi que mes cheveux. Mes parties sexuelles se rétractèrent. Je levai une main implorante vers celui qui venait de proférer cet oracle. Mais le Lapin-qui-parle avait déjà tourné les talons et il s'éloignait entre les massifs de fleurs, d'un pas lourd, las et mal assuré, vacillant un peu sous l'invisible fardeau de son secret et de sa malédiction.

Vers la fin de l'après-midi (le soleil inclinait au couchant), je fus mandé au palais de toute urgence par un garde haletant, qui roulait des yeux effarés.

Motecuhzoma se tenait en la salle des Ténèbres, la demeure du Noir où sont traitées toutes affaires magiques et surnaturelles. Au bord du lac, des mariniers avaient capturé dans leurs filets un oiseau d'une singularité si extraordinaire que, surmontant l'appréhension qu'ont les gens du petit peuple, ils l'avaient mené à Celui-qui-se-fâche-en-seigneur afin qu'il contemplât la bête.

Celle-ci n'était d'aucune espèce que l'on connût sur ces rivages, non plus que dans les terres de l'intérieur. Toutefois, elle n'était pas sans évoquer une grue, notamment par la couleur cendrée de son plumage (qui tirait sur le brun en certains endroits). Sa grandeur, à elle seule, était propre à stupéfier et l'aspect de sa figure appartenait au nombre des choses franchement hideuses. Sur sa sinistre tête était fiché un morceau de fuseau en spirale, une sorte de diadème, et cela ressemblait à un miroir percé en son milieu. Oui, c'était une lame luisante où le jour, en se reflétant, produisait une lumière incompréhensiblement triste. Ceux qui s'approchaient voyaient à la surface de cette lame une image du ciel nocturne, avec tous les astres de la nuit. L'illusion était si parfaite que l'Empereur, lorsqu'il eut jeté un coup d'œil à cette représentation, se retourna pour vérifier que le soleil n'était pas encore parti.

J'entrai dans la salle en même temps que Matapilli. Il y avait déjà là, outre quelques-uns des plus hauts dignitaires de l'empire, Itzcoatl et Cecoatl (que je revoyais pour la première fois depuis des années) ainsi qu'un groupe d'hommes au regard oblique qui n'allait plus cesser de grossir et dont j'appris qu'il rassemblait les plus fameux devins de Mexico et des environs. Ils chuchotaient entre eux alors que tout le reste de l'assistance, les yeux fixés sur l'Honorable Cadet, attendait un ordre de celui-ci pour ouvrir la bouche.

Motecuhzoma, les mains croisées derrière le dos, le front soucieux, arpentait de long en large la demeure du Noir, contre les parois de laquelle nous nous étions rangés sur une ligne, encerclant l'oiseau et le prince d'un cordon de perplexité. Chacun tremblait d'être apostrophé et d'avoir un avis à rendre, car nous avions tous la conviction d'être les témoins d'un présage particulièrement funeste.

Finalement, l'Empereur revint s'arrêter devant le volatile qui, lui, n'avait pour ainsi dire pas bougé.

« Je vois le ciel et les étoiles, dit-il. Je vois le Mastelejo, à présent. Tout ceci est mauvais, seigneurs ! Très mauvais... »

Il regarda encore dans le miroir (on aurait vraiment dit que l'oiseau le lui tendait par un certain mouvement de son cou). Le souverain devint soudain très pâle et demeura tout interdit. J'étais parmi ceux qui se trouvaient le plus près de lui et je l'entendis murmurer :

« Quelle horreur ! O mes pères, quelle atrocité ! »

Il lui fallut longtemps pour détourner les yeux de l'affreuse bête. Nous le surveillions par en dessous, contemplant avec insistance la pointe de nos sandales. Notre cercle s'élargit lorsqu'il redressa la nuque et se retourna vers nous car nous fîmes instinctivement un pas en arrière. Le Serpent-Femme lui-même poussa un soupir de soulagement au moment où le Tlatoani, dédaignant ses confidents ordinaires, s'adressa au clan des mages.

« Maîtres des signes, leur dit-il d'une voix brusque et presque acrimonieuse (comme s'il les suspectait d'être à l'origine du prodige), vous qui êtes familiers de l'ésotérisme, savez-vous ce que je viens de voir ? (A nouveau il blêmit, sa voix monta de plusieurs tons.) Venant de l'Orient, des espèces de personnes, debout, ou bien posées sur l'échine de grands cerfs furieux et sanguinaires, des gens longs formant cortège, non point un petit nombre, mais une immensité – une immensité ! – avec force détachements et escadrons en bon ordre, armés de pied en cap, ayant des airs féroces. Ils sont dans le lointain, ils viennent en se hâtant, soulevant la poussière jusqu'au ciel, si belliqueux qu'ils se livrent entre eux à de perpétuelles escarmouches. Ils se bousculent, ils sont extrêmement méchants. Effroyable, effroyable vision ! Avancez-vous et voyez. D'abord il y eut le Mastelejo, la nuit – ensuite cette horde exécrable ! Regardez vous-mêmes cette chose inouïe. De vos propres yeux, contemplez-la, et dites-moi votre sentiment... »

Les sorciers ne montrèrent pas un grand empressement à s'approcher de l'oiseau. Si tout autre que l'Empereur leur en avait intimé l'ordre, il est probable qu'ils seraient restés contre le mur, craignant manifestement moins un tigre en liberté que cette répugnante créature (et qui ne les eût approuvés !). De mauvaise grâce, leur troupe finit quand même par s'ébranler, se déplaçant de travers en traînant les pieds. Mais à l'instant précis où, poussé par ceux qui se cachaient derrière lui, le devin le plus avancé parvenait à une distance convenable du miroir, l'animal fantastique disparut. Je n'ai pas dit qu'il quitta la salle, ni qu'il s'envola par une fenêtre, ni rien de semblable. Non, il disparut bel et bien. Il s'évanouit. Tout à coup, il n'était simplement plus là. Je vis distinctement les épaules de Motecuhzoma secouées par un frisson. Si profonde fut son angoisse, à ce moment-là, qu'il chassa les mages d'un geste du bras, sans songer à les punir pour le peu de zèle dont ils avaient fait preuve. Ils s'éparpillèrent comme un vol d'oiseaux, heureux de s'en être tirés à si bon compte. Maintenant, c'était à nous d'affronter les exigences du roi et l'irritation que la peur avait fait naître en lui.

Chacun priait en secret pour n'être pas consulté par ce seigneur en une si pénible circonstance — et moi sans doute plus que tout autre, qui ne craignais pas de ne savoir quoi dire, mais de ne pas pouvoir dire ce que je savais devant ceux qui étaient là. Hélas, le ciel ne voulut pas m'entendre. De l'index, Xocoyotzin désigna successivement Matapilli, le Serpent d'obsidienne, moi et Cecoatl :

« Toi, toi, toi et toi : suivez-moi dans mes appartements ! »

Atterrés, nous obéîmes. Le souverain nous mena jusqu'à la pièce où il avait coutume de me recevoir, et dont l'aspect familier me réconforta un peu. Absurdement, du reste, car il ne pouvait empêcher, ni même tempérer, ce qui devait suivre, et suivit en effet, à peine le dernier d'entre nous eût-il franchi le seuil.

« Vous êtes ceux que j'ai choisis pour être en différentes matières, mes conseillers secrets, commença l'Empereur. Nous allons voir si j'ai eu raison de vous accorder ma confiance. Tous ces prétendus mages ne sont qu'une bande de charlatants, plus ignares que des enfants, plus peureux que des vieilles femmes et aussi sournois qu'un troupeau de coyotes. Ils n'ont été capables de rien d'autre que d'effacer par leurs simagrées et leur nullité impudente le signe qui m'avait été envoyé! Je les exècre et s'ils se croient désormais à l'abri de mon courroux, ils se trompent lourdement! Mais vous qui avez une réputation fondée non sur l'obscurantisme et la fumisterie, mais sur l'intelligence, la sagesse, la pénétration et la lucidité, chacun dans son domaine, il faut que vous me donniez votre avis : vous avez été informés de ce que j'ai vu sur la tête de cet oiseau, que dois-je en conclure? Si un message m'a été donné, quel est-il? »

Ce fut lamentable. Nous nous mîmes tous à bredouiller et à bafouiller en même temps, chacun espérant visiblement qu'un des trois autres finirait par proposer une réponse à peu près cohérente. Pour ma part, je cherchais désespérément une phrase qui pût tout à la fois suggérer au prince et masquer à ses conseillers que je possédais l'explication du phénomène. Ayant considéré un moment, les poings aux hanches, notre embarras et nos piètres subterfuges, l'Honorable Cadet entra dans une terrible colère, frappant du pied, vociférant à pleine gorge des sarcasmes et des injures, s'emportant jusqu'à menacer de nous égorger séance tenante de ses propres mains, tandis que nous ramions à ses pieds en gémissant.

Ses cris devaient s'entendre jusqu'au-delà du mur des serpents. Il sauta sur le dos de Matapilli et décocha un coup de pied dans la figure d'Itzcoatl, dont le front se mit à saigner. A Cecoatl, il hurla qu'on n'était jamais récompensé de tirer un mercanti de l'ignominie qui lui est naturelle. Je fus gratifié de paroles encore plus humiliantes : « imbécile prétentieux », « bouffon philosophique », « intrigant de bas étage », « hypocrite poivrot » (quelqu'un m'avait donc dénoncé), « gobe-mouches », « infirme dégoûtant » (cela, c'était pour ma main) et finalement « rimailleur de merde ». Après quoi, s'étant promis de nous faire expier notre trahison d'une manière dont nous garderions longtemps le souvenir, il appela des gardes et leur commanda de nous jeter hors du périmètre sacré. Le crépuscule (écarlate et noir telles les peintures des livres) allait sur son déclin. Chacun de nous ayant affreusement honte d'avoir subi une telle mortification en présence des autres, nous nous séparâmes non seulement sans nous être salués, mais sans même avoir échangé un regard. Nous portâmes dans nos demeures respectives notre douleur et notre déconfiture.

Mais mes compagnons, en somme, n'avaient fait que perdre la face et attirer sur eux le ressentiment impérial. Moi, j'avais assisté en outre à la brutale désintégration de tout ce que j'avais patiemment échafaudé durant des mois — et c'était le destin de l'univers tout entier qui se trouvait gravement compromis. Car il était limpide, l'avertissement reçu par le deuxième Motecuhzoma : si nous ne nous détournions pas du Jeune Homme, si nous ne revenions pas dans le sein de Quetzalcoatl, les forces de la destruction s'élanceraient sur nous – très bientôt. Comment l'Empereur avait-il pu ne pas le comprendre? Nous verrions la nuit au milieu du jour, disait le miroir. Le Soleil nous tiendrait pour ses pires ennemis et viendrait abolir notre peuple, notre civilisation, notre monde. Le soleil, bien entendu! Xocoyotzin n'avait-il pas vu les arrivants se livrer entre eux à des joutes? Or telle était l'occupation principale des compagnons de l'Aigle, par quoi, dit-on, ils réjouissent le cœur de leur Maître – non, comme l'on croit, parce que ces simulacres de combat évoquent la guerre, mais parce qu'étant une simple imitation, ils ne risquent pas de faire couler le sang. Ces soldats, pourtant, arboraient une expression menaçante et cruelle : c'est qu'ils venaient pour nous massacrer : le Soleil s'éteindrait en roulant sur nous. Tandis que si nous nous détachions de Tezcatlipoca, si nous nous repentions de nos erreurs et de tout le mal que nous nous étions causé à nous-mêmes, du même point de l'horizon, je veux dire du Levant, le Serpent à Plumes reviendrait en sauveur, en rédempteur du cinquième univers, et celui-ci accéderait à l'éternité car nous l'aurions placé entre les mains du dieu de la Renaissance. Mais comment prévenir le Tlatoani, s'il me considérait désormais comme félon?

Je vécus les jours les plus horribles de mon existence. Atototl était retenue loin de moi par

Cecoatl. Tochtlatoa avait prophétisé que je connaîtrais la plus atroce des fins. Mon père n'était plus là pour me conseiller. Le Serpent d'obsidienne – par ma seule faute – était devenu l'un de mes ennemis. Enfin l'Empereur, dont j'avais voulu faire mon allié, ne pensait plus qu'à m'exterminer.

Quand, la treizaine suivante, un messager du palais se présenta devant ma porte pour me conduire auprès du souverain, je ne doutai pas du motif de cette réquisition. L'Honorable Cadet allait me faire connaître les dispositions qu'il avait prises à mon égard – et je savais que la sentence serait propre à faire réfléchir tous ceux qui, après ma mort, songeraient à influencer l'opinion du prince. Cette hypothèse fut confirmée par la présence, dans l'antichambre où j'étais amené, des trois autres conseillers secrets. Tous présentaient une face exsangue, ravagée par l'inquiétude, et je ne devais guère valoir mieux. Néanmoins, je possédais sur eux le triste avantage de savoir qu'en me condamnant, l'Empereur condamnait le monde, et j'imprimais à ma bouche un pli narquois en les toisant, car le désespoir ranimait l'inexpugnable mesquinerie de ma nature. O vile nature ! En un tel moment, ruminer de telles pensées ! Elles roulaient dans ma tête, cependant, et j'y trouvais, au milieu de ma détresse extrême (sur le seuil des supplices, peut-être !), une sorte de consolation perverse qui m'était odieuse et néanmoins me soutenait. Cecoatl, toi dont les yeux sont exorbités, dont le teint ressemble à la cendre, tu as cessé de me ravir Atototl : n'aurais-tu pas mieux fait de rester à jamais parmi les sauvages ? Toi, Itzcoatl, qui distribuais solennellement tant de bons conseils, n'eût-il pas été plus avisé de te conseiller toi-même, afin de ne pas te mettre dans la situation où tu es aujourd'hui ? Matapilli, au lieu de trembler telle une feuille sous le vent, ne pourrais-tu pas fabriquer en vitesse quelque charme pour nous tirer de ce mauvais pas ? Ah ! jolis seigneurs, vous croyiez gouverner le monde, l'un par les biens matériels, l'autre par les armes, le troisième par l'illusion et la crédulité ! Regardez où vous en êtes à présent. Au jeu du pouvoir il n'est pas de gagnant, excepté le pouvoir lui-même. Et puis le monde n'est pas gouvernable, hommes insensés ! Le monde est à l'agonie. Votre mort – et la mienne – inaugurent l'anéantissement de l'humanité. Et cette fois, Quetzalcoatl n'enverra pas son jumeau braver l'enfer pour construire d'autres hommes, car il nous a vus à l'œuvre, il sait que cette race n'est pas digne d'exister. Stupide Motecuhzoma ! Pauvre fou trépignant ! Sanglante épave ! Je t'apportais le moyen de sauver ton peuple, de sauver le monde, de te sauver toi-même, mais tu as préféré pousser de longs hurlements, lancer des coups de pied à tes plus fidèles serviteurs et les souiller avec la boue froide de l'humiliation. Et maintenant, tu vas nous faire périr, à petit feu sans doute et en te délectant des cris de souffrance et des implorations que nous ne pourrons pas retenir, tant le bourreau fera preuve d'ingéniosité. Mais c'est de peu, c'est de très peu, souverain obtus, que nous te précéderons dans une ignoble mort. Et la tienne sera pire, bien pire, Motecuhzoma Xocoyotzin, car ce n'est pas un homme plus ou moins habile, c'est toute la fureur de l'Etre qui présidera aux tortures !

Je ricanais. Cecoatl, lui, était sur le point de pleurer. Nous eûmes tous un sursaut, même le Serpent d'obsidienne, lorsqu'un huissier vint nous avertir que l'Empereur allait nous recevoir. Nous suivîmes cet homme dans les dispositions qu'on devine. Quelle ne fut pas notre stupéfaction de trouver le Tlatoani sur son trône encore plus abattu (si une telle chose était possible !) que nous l'étions nous-mêmes. L'huissier se retira promptement et nous restâmes seuls avec le souverain qui, les traits tirés, l'œil atone, la mâchoire tombante, fixait un point du sol sans paraître s'apercevoir de notre présence.

Cependant, il se mit bientôt à nous parler, tout en conservant la même attitude et le même visage défait. Et notre stupeur fut plus vive encore, parce que c'étaient là, en somme, des excuses qu'il nous adressait. Il s'était laissé, nous dit-il. aveugler par la colère et le regrettait. On ne peut pas, quand on est le guide des hommes, exiger des autres l'explication qu'on est impuissant à fournir soi-même. Depuis qu'il avait si mal récompensé notre zèle (j'utilise sa propre expression), les signes désastreux n'avaient pas cessé de s'enchaîner. Il y avait à peine dix jours de cela, mais en ce laps de temps on avait conduit à la demeure du Noir, pour les lui présenter, toute sorte de phénomènes extravagants, tels des êtres dont le corps unique était surmonté de deux têtes, et d'autres personnes monstrueuses d'une espèce inouïe. Ceux-là, disait le roi, n'avaient pas besoin d'un miroir sur le front : par leur seule apparence, ils portaient un message de ruine et de consommation. « Je comprends ! Je comprends !

se lamentait l'Honorable Cadet. Notre heure a sonné! Une autre variété d'hommes sera créée. D'autres habitants du monde vont arriver et prendre notre place... »

Il nous fit relever :

« Mes bons amis, mes cousins! Je les ai vus! A peine avais-je porté sur eux un regard que leurs formes hideuses se dissolvaient dans l'atmosphère, comme l'autre fois cette espèce de héron. Tout à l'heure, un laboureur est venu. Il s'est avancé jusqu'à la porte du palais — un simple et grossier laboureur, oui — et il insistait pour que je lui donne audience comme s'il avait été l'envoyé d'un des plus puissants maîtres de la terre. Il arrive jusqu'à moi et, ayant tiré sa révérence, débite d'un seul trait, avec une éloquence un peu rauque, mais bien éloignée du langage ordinaire des rustiques : « Seigneur, j'étais hier au soir « occupé à cultiver mon héritage, lorsque je vis « fondre sur moi, avec impétuosité, un aigle « d'une grosseur extraordinaire. Il me prit entre « ses serres et, me transportant à une assez lon- « gue distance, il me déposa enfin à l'entrée « d'une grotte, où un homme était en habit royal, « dormant entre des fleurs et d'autres parfums, « et tenant en sa main une pastille allumée. Je « pris la hardiesse de m'approcher, et je vis votre « figure ou votre propre personne; à cet égard, je « n'oserais rien assurer, sinon qu'il me paraît « encore que j'étais alors dans un sens rassis et « fort libre. La crainte et le respect me pous- « saient à me retirer promptement, lorsque je fus « arrêté par le commandement d'une voix, qui, « me parlant avec beaucoup d'autorité, ne me « causa pas moins de frayeur, en m'ordonnant de

« prendre la pastille de votre main et de l'appli-
« quer en un endroit de votre cuisse qui était à
« découvert. Je me défendis autant que je le pus,
« de commettre une action qui me paraissait si
« insolente; mais la même voix d'un ton effroya-
« ble me força d'obéir. Moi-même, seigneur, sans
« pouvoir résister à cet ordre, la frayeur me ren-
« dant hardi, j'appliquai la pastille brûlante à
« votre cuisse et vous souffrîtes la brûlure sans
« vous éveiller, ni faire aucun mouvement. Je
« vous aurais cru mort si, au milieu de la tran-
« quillité de votre sommeil qui vous ôtait le senti-
« ment, le mouvement de la respiration ne m'eût
« assuré de votre vie. Alors la voix, qui paraissait
« se former dans le vent, me dit : *C'est ainsi que*
« *le roi s'endort, en s'abandonnant aux délices et*
« *aux vanités, lorsque le courroux des dieux*
« *gronde sur sa tête et que tant d'ennemis vien-*
« *nent d'un autre monde pour détruire son*
« *empire et sa religion. Dis-lui qu'il s'éveille pour*
« *parer, s'il le peut, aux malheurs qui le mena-*
« *cent.* A peine la voix eut-elle fini ce discours,
« qui a fait une si forte impression dans mon
« esprit, que l'aigle me reprit dans ses serres et
« me rapporta dans mon champ, sans me faire
« aucun mal. C'est l'avertissement que je vous
« donne, suivant l'ordre des dieux : Réveillez-
« vous, seigneur, votre orgueil et votre cruauté
« les irritent. Réveillez-vous, encore une fois, et
« regardez combien votre assoupissement est
« dangereux, puisque ce feu, que votre conscience
« y applique en manière de cautère, n'a pas la
« force de vous en faire revenir. Cependant, vous
« ne pouvez plus ignorer que les cris de vos peu-
« ples ne soient parvenus jusqu'au ciel, avant que

« d'arriver à vos oreilles[1]. » Là-dessus, et sans plus de cérémonie, il tourna le dos et se dirigea vers la porte, laissant toute la cour abasourdie par tant d'impertinence, et moi-même en proie à une fureur si violente qu'elle faisait s'entrechoquer mes genoux. Et je m'apprêtais à ordonner qu'on saisisse le cul-terreux et qu'on le mette en pièces, là sous mes yeux, quand je fus arrêté par une soudaine et inconcevable douleur à la cuisse. S'étant approchés, deux ou trois dignitaires remarquèrent en cet endroit les traces d'une brûlure récente, profonde et fort laide à voir, dont les cruels élancements ne s'atténuèrent qu'après l'arrestation de l'homme, auquel on vient tout juste d'appliquer le supplice des Matlatzinca, qui est encore trop doux pour lui – et d'ailleurs regardez... (Il écarta un pan de son manteau et nous vîmes que sa cuisse ne portait plus aucune marque.) Par ce sacrifice, nous avons apaisé la colère des dieux, mais pour combien de temps? Quels présages vont paraître, à présent? Quelles figures de cauchemar? (Comme nous baissions les yeux, il se hâta de nous rassurer.) Oh! je ne vais pas vous le demander, ne craignez rien! Pas plus que moi, vous n'êtes censés connaître dans le détail ce que nous réserve l'avenir. Et si quelque signe abscons nous en est donné, vous n'êtes pas censés pouvoir l'interpréter. D'autres de mes sujets, en revanche, prétendent à ces facultés, aussi les ai-je rassemblés aujourd'hui et

1. Le discours du paysan est extrait du résumé de la première lettre de Cortez à Charles Quint tel qu'il a été établi il y a un peu plus d'un siècle, l'original ayant été perdu, par le traducteur français, M. Vallée, à partir d'une missive rédigée par la municipalité de la Vera Cruz, le 10 juillet 1519. (Cf. H. Cortez : *La Conquête du Mexique*, chez Maspero.)

c'est pour que vous m'assistiez que je vous ai fait venir, car il faudra bien cette fois qu'ils accomplissent ce dont ils se vantent et tirent leur subsistance, ou alors qu'ils avouent la supercherie et en reçoivent le juste paiement. En des heures aussi graves, nous n'avons que faire des faux prophètes ! Et si nous devons périr, ils périront les premiers pour nous en avoir si mal prévenus. Auprès de moi, vous serez juges en cette affaire. Que par nous ces maniganceurs soient récompensés selon leurs mérites ! »

Ils étaient dans une grande salle, tous les mages, tous les nécromans de l'empire. Même ceux qui habitaient de petits villages, des hameaux de rien, Motecuhzoma les avait fait quérir, ayant transmis son commandement au maire du palais. Des gardes se tenaient aux portes et les devins étaient agenouillés.

Aussitôt rendu devant eux, le souverain les interrogea : n'avaient-ils pas eu des visions stupéfiantes ? Ou alors, n'avaient-ils pas eu vent de signes et de visions apparus à d'autres personnages ? Avec une effronterie qui me suffoqua, ils répondirent que non.

L'Empereur se retourna vers nous, ses conseillers, pour nous adresser un sourire plein d'amertume, puis il ordonna que les nécromants fussent menés à la prison de Cuauhcalco, dont la charpente indestructible[1] n'a jamais permis aucune évasion.

« Vous me cachez quelque chose, coquins ! aboya-t-il. Mais je fais le serment que vous ne garderez pas longtemps votre secret ! »

Le maire fut chargé de le leur arracher par tous

1. Il s'agit de cages en bois.

les moyens qu'il jugerait bons, sans en excepter aucun. Itzcoalt, Cecoatl, Matapilli et moi-même fûmes remerciés, quoique notre contribution eût été bien mince, et convoqués pour le lendemain matin. Sur la foi d'un regard appuyé que j'avais reçu de lui, à deux reprises, j'avais espéré que Motecuhzoma me retiendrait en audience privée, mais il n'en fut rien. J'avais regagné sa confiance, mais l'occasion me serait-elle offerte de lui expliquer en quoi le laboureur, parmi beaucoup de fariboles et de fables grossières, avait dit la vérité, et comment nous pourrions échapper à la menace qui pesait sur nous ? Quetzalcoatl avait choisi un simple – peut-être même un fou – pour livrer son message d'amour et de paix. Cet homme avait été exécuté. Il fallait absolument que ce sacrifice fût le dernier, si nous voulions survivre.

Le jour d'après, les nécromants consentirent à répondre :

« Voici ce qu'il faut annoncer à l'Empereur, dirent-ils au maire du palais. Déjà ce qui doit advenir a été prononcé dans les cieux car déjà son nom a retenti dans les cieux comme le sort qui doit échoir à Motecuhzoma : sur lui et devant lui doit fondre et se consommer un très profond mystère. Et si Motecuhzoma, notre Sire, prétend en avoir connaissance, l'attente sera si brève que sous peu on entendra ce mystère, car celui auquel il est commis ne tardera pas à apparaître. Voici quelle est notre réponse et puisse-t-il en être satisfait; et, puisque tel est le destin, qu'il attende le terme[1]. »

Mes jambes manquèrent se dérober sous moi,

1. Réplique citée, à quelques mots près, par Jean Marcilly dans son ouvrage *La Civilisation des Aztèques* (aux Editions Famot).

lorsque j'entendis cette déclaration. Ainsi, ce que je n'avais encore pu faire savoir au souverain (les circonstances contraires et mon peu d'audace ne l'ayant pas permis), ces maudits sorciers venaient de le lui déballer tout à trac pour sauver leur carcasse, confirmant du même coup la justesse de mes vues. Le renfort n'était pas venu d'où je l'attendais. Mais, à la dernière extrémité, il était venu ! et j'avais du mal à contenir ma joie. Ma gorge me piquait, mon cœur battait à tout rompre, des larmes de bonheur me perlaient aux paupières.

L'Empereur, cependant, ne faisait que sourire d'une manière bizarre, que je ne puis qualifier que de cauteleuse : on eût dit quelque fauve observant les mouvements d'une proie qui ne peut plus lui échapper. Un éclair jaillit de ses yeux :

« Va leur demander, dit-il au maire, d'où doit sortir ce qui doit arriver : du ciel ou de la terre ? De quel côté, et de quel lieu, et en quel temps[1] ? »

Le maire s'en fut. Mais bientôt, il était de nouveau là, livide, hagard, tremblant de tous ses membres. Une triple garde était encore aux portes de la prison, choisie parmi les vétérans de l'armée, et parfaitement vigilante. La charpente était intacte ainsi que les serrures, bloquées comme il convenait, et l'on entendait du bruit dans les cages comme lorsqu'elles sont occupées. Mais tous les oiseaux s'étaient envolés ! Il ne restait plus l'ombre d'un nécromant à Cuauhcalco...

« Pour moi, bredouillait le maire, ils se sont rendus invisibles ! Ne sont-ils pas coutumiers du fait, étant experts en sorcellerie ? »

Affalé le nez par terre, il se mit à sangloter,

1. Cf. note page précédente.

désespéré de n'avoir pu remplir sa mission et croyant sa dernière heure venue.

Mais Motecuhzoma ne s'occupait plus de lui. Il s'était penché vers nous, ses conseillers secrets.

« Eh bien, mes cousins, fit-il d'une voix aigre, que dites-vous de ces fourbes ?

– Donnons-leur la chasse et massacrons-les jusqu'au dernier ! s'écria le Serpent d'obsidienne.

– Ce sont eux ! s'égosilla Matapilli. Ce sont eux qui disposent les mauvais signes devant nous, afin de nous égarer ! »

Itzcoatl :

« Ils font le jeu de nos ennemis ! »

Matapilli :

« Ils brouillent le langage des dieux, pour nous en faire accroire ! »

Je les haïssais : ils donnaient avec zèle une mauvaise comédie de la fulmination. Seul Cecoatl le caravanier, celui par qui Atototl m'avait été enlevée, semblait éprouver quelque réticence à faire chorus. (Je ne parle pas de moi : voyant à nouveau se profiler le spectre d'un carnage, j'étais sur le point de défaillir).

« Ton avis, Cecoatl ? »

Le négociant hésitait.

« Ces gens sont incontestablement des canailles, finit-il par articuler. Cependant... »

L'Honorable Cadet l'observait non sans amusement.

« Cependant ? »

Cecoatl releva bravement la tête et, pour ce geste, je lui accordai à part moi toute mon admiration.

« Dans leurs quartiers, dans leurs campagnes, ils doivent exercer une certaine influence, dit-il.

Ne vaudrait-il pas mieux, provisoirement tout au moins, ravaler une juste colère, et en s'assurant par là leur gratitude, faire d'eux les soutiens du gouvernement auprès des populations ? Débiteurs de ta mansuétude, vénéré prince, ne deviendraient-ils pas les plus sûrs de tes agents ? »

A ces mots, Matapilli sembla près d'étouffer.

« Influence ? explosa-t-il. Naturellement qu'ils exercent une influence – et la pire de toutes ! Plus tôt nous nous serons débarrassés d'eux, plus tôt le peuple apprendra qu'il n'est qu'une seule autorité dans l'empire : celle de Motecuhzoma Xocoyotzin, notre roi sanctifié ! Faut-il que celui-ci demande à des crapules la permission de gouverner ses sujets ? »

J'avais une réelle envie de vomir en l'écoutant, alors que l'Empereur, lui, trouvait apparemment ses interventions fort divertissantes. N'avait-il pas conscience que le prêtre se livrait à d'immondes flatteries et lui aurait conseillé de trucider la nation tout entière, pourvu que cela le mît personnellement à l'abri ?

« Seigneur, haletait le Serpent d'obsidienne, il n'y a pas un instant à perdre ! Réunissons un corps de troupe, courons sus à cette engeance et délivrons-en la terre une fois pour toutes !

– Je n'ai pas encore entendu Chimalpopoca... fit le Tlatoani d'un air espiègle.

– Il me semble..., bafouillai-je. Il me semble...

– L'heure n'est pas aux impressions ! hurla Itzcoatl. Sectionnons sans attendre le membre gangrené ! »

Je me dressai face à mon ancien maître.

« Le glaive est-il le seul remède que tu connaisses, Itzcoatl ? Si la migraine te frappe à présent, vas-tu tirer l'épée et te couper la tête devant nous ?

– Je crois en tout cas que ma propre tête ne serait pas restée longtemps accrochée à mes épaules si nous n'avions pas eu l'Empereur pour témoin. »

Le Serpent d'obsidienne rugissait de fureur, pendant que Matapilli, sans oser me regarder en face, m'invectivait d'une voix faussement scandalisée, me reprochant avec venimosité ce qu'il appelait ma « tiédeur au service de l'Etat ». Cecoatl, lui, essayait seulement de se faire oublier.

« Le sang ne peut ni tout laver ni tout noyer, disais-je, jouant mon va-tout. Cecoatl a parlé sagement : il est plus judicieux de se faire de nouveaux amis que d'augmenter à l'infini le nombre de ses victimes, car celles-ci ont des parents et des alliés qui ensuite ne songent qu'à la vengeance, si bien que plus on s'imagine abattre d'ennemis, plus en réalité l'on s'en crée, et cette folie destructrice, devenant réciproque, ne peut plus avoir de fin ! Assez, assez de tueries ! Serions-nous demeurés les barbares des anciens jours ? Cessons de nous lancer les uns contre les autres, et unissons-nous face aux dangers qui nous menacent tous ! Est-ce la division, ou l'union, qui renforce l'Etat ? »

Motecuhzoma eut l'air ébranlé, mais Matapilli avait gardé une flèche en réserve.

« Fort bien, dit-il avec le plus grand calme. Je retire toutes mes accusations : le Bouclier Fumant s'exprime avec bon sens, et dans l'intérêt de l'empire. Je reconnais que son point de vue élève et enrichit notre réflexion. En fait, je suis tout disposé à me ranger à son avis, car il est certain que c'est par les alliances extérieures et par la cohésion interne qu'une nation affermit sa puissance et impose sa volonté. (Il s'inclina devant moi et me gratifia d'un sourire appréciatif.) Néanmoins... (Tel un diseur adroit, il marqua un temps d'arrêt pour que nous nous suspendions à ses lèvres.) Néanmoins... nous devons nous garder de confondre l'accord né d'un idéal commun et d'une discipline consentie par tous, avec la simple absence de dissension qui, elle, provient plutôt d'une faiblesse ou d'une démission du pouvoir central. Il ne s'agit pas d'ignorer les contradictions, mais de les résoudre. On ne peut hélas! résoudre la subversion qu'en l'extirpant. L'histoire l'a maintes fois prouvé : témoigner de la clémence envers ses auteurs ne fait que persuader ceux-ci qu'on n'a pas la force de les mater. Bref, s'il y avait une seule chance pour que l'unité nationale fût consolidée en épargnant les mages, en dépit de leur révolte, je serais le premier à dire : qu'on écarte le glaive de leurs têtes! – car notre ami a tenu tout à l'heure un discours plein de finesse politique. Mais c'est à toi que je m'adresse maintenant, Chimalpopoca. Peux-tu jurer que des hommes qui d'abord refusent d'informer notre souverain, quand l'information qu'ils détiennent est de la plus haute importance, puis finissent par répondre d'une façon dédaigneuse, imprécise et quasi menaçante, avant de narguer la volonté royale et de prendre la fuite ainsi que des criminels – peux-tu jurer que de tels individus sont des facteurs de rassemblement, et non des ferments de division ? »

Bombant le torse en me défiant du menton, Itzcoatl lança un bref ricanement. La mort dans l'âme, je m'apprêtais – puisqu'il ne me restait plus d'autre argument – à dévoiler publiquement ce que j'avais voulu réserver aux oreilles du seul Motecuhzoma, quand ce dernier, me coupant la parole, déclara :

« Bien sûr que non, il ne peut pas le jurer ! Des traîtres sont des traîtres, et je connais bien Chimalpopoca : sa fidélité ne saurait être mise en cause – pas plus que la tienne, bouillant Itzcoatl ! – et il ne se rangera pas à leur côté. Matapilli a exposé la situation avec une remarquable clairvoyance : si nous laissons aller ces nécromants, cela sera considéré comme une preuve de faiblesse et nous aurons élevé un scorpion dans notre propre sein. Ainsi donc, j'ordonne que soient pourchassés ces misérables, en quelque lieu qu'ils puissent être; qu'on les trouve et qu'on les exécute de manière à frapper les imaginations. Que mes soldats envahissent et saccagent leurs demeures, toutes leurs propriétés : qu'ils n'y laissent que dépouilles et décombres; que les fondations de la moindre baraque soient démantelées; que les racines du moindre champ soient arrachées du sol; qu'on tue même les enfants qui sont encore dans le ventre de leurs mères : ceux-là du moins seront dissuadés de se venger ! Et ce que le sang n'aura pas suffisamment lavé, Bouclier Fumant, que les flammes le purifient ! Je ne veux pas qu'un seul de mes sujets disant : ici vivait un nécromant, puisse montrer autre chose qu'une jonchée de cendres ! C'est toi le premier qui as donné ce conseil, Serpent d'obsidienne. Je te rends justice : sois le chef des exterminateurs. Et quand tout sera fini, viens me rendre compte du succès de ton expédition. »

En une seule ivre cabriole, Itzcoatl bondit de joie, se prosterna devant le souverain et s'élança au-dehors. Bientôt, on l'entendait vociférer du côté du casernement. Vaincu, anéanti, je restais effondré, là où le verdict du roi m'avait cloué sur place. Quetzalcoatl, mon dieu, je n'ai pas pu, je n'ai pas su ! J'étais indigne de ton choix et j'ai tout gâché. Il a suffi, pour mettre hors de combat ton champion, de la langue déliée d'un clerc cynique et astucieux. Il ne fallait pas, Seigneur, il ne fallait pas te reposer sur moi !

Je serrais les dents, j'enfonçais mes ongles dans mes paumes, afin de réprimer les sanglots qui faisaient dans ma poitrine comme un douloureux battement d'ailes. J'eus la sensation très vague que Motecuhzoma ajoutait quelques mots à sa tirade maudite mais, s'il le fit vraiment, je ne les compris pas. Mes oreilles étaient ouvertes et je n'entendais pas. Mes yeux étaient ouverts et je ne voyais pas. J'avais commencé à mourir de chagrin, de dépit, de honte, d'absolue désespérance et d'indicible panique. Car tout était consommé et l'univers allait s'abattre sur nous.

J'en étais là de mes sombres pensées quand une main me toucha l'épaule. Ou plutôt, j'eus brusquement conscience qu'une main était posée sur moi et je me mis à frissonner.

« Eh bien, dit une voix qui, pour basse qu'elle fût, me parut occuper tout l'espace, aurais-tu été pétrifié par quelque méchant sort, Chimalpopoca ? »

Je relevai la tête : c'était l'Empereur, qui me considérait avec un sourire bienveillant, bizarrement teinté de mélancolie. Je vis alors que tous étaient partis et que je demeurais seul en sa compagnie dans la pièce que je connaissais si bien, et que je ne reconnaissais plus.

« Il ne faut pas prendre ta défaite tellement à cœur, mon cousin. Dis-toi que tu n'as pas une très grande expérience des joutes oratoires – d'autres ont la lèvre plus fertile et l'on ne peut posséder tous les talents ensemble ! – puis console-toi car, c'est ton prince qui te l'affirme, ce qui vient d'être décidé est une bonne chose pour l'empire, et si cela ne te semble pas tout à fait équitable, sois certain que c'est, en revanche, extrêmement salutaire. Et d'ailleurs, ces fripouilles ont vingt fois mérité leur sort, pour tous les mensonges dont elles abreuvent le peuple depuis des siècles, donnant partout l'exemple de la désobéissance. Je crois savoir ce que tu ressens, mon bon ami. Ta générosité te fait honneur et il est agréable à ton roi de voir, en ces temps d'égoïsme et de dureté, que le cœur d'un de ses meilleurs sujets ruisselle de bonté et s'encombre de scrupules infinis. Je ne t'ai pas écouté aujourd'hui, Bouclier Fumant – mais c'est l'Empereur qui ne pouvait pas t'entendre; l'homme, lui, a été touché par tes discours plus que tu ne le penses. D'ailleurs, nous allons reparler de tout cela. A l'instant, je vais partir pour Tula : sois de mon escorte. Nous examinerons là-bas ce que tu essaies de me dire depuis des mois. »

Son sourire s'élargit et, en même temps, devint encore plus triste. Il accentua un peu la pression de sa main puis, laissant flotter son manteau, se retira.

J'étais comme le fétu à la surface de l'eau, quand une bourrasque vient soulever la lagune. Je plongeais dans des creux insondables, persuadé de m'abîmer à jamais, et, l'instant d'après, j'étais hissé à la crête d'une vague, assez haut pour embrasser le ciel, puis à nouveau je sombrais, avant de rebondir dans les nues. Et je n'étais pas englouti, et je n'étais pas soustrait à la tempête. J'étais une balle dans un jeu de pelote engagé entre l'Espoir et le Désespoir, le Salut et la Conflagration. Tantôt l'un gagnait, tantôt c'était l'autre. Aucun ne prenait le dessus et la partie n'en finissait pas. Une fois de plus, je venais d'être tiré du gouffre, grâce à quelques mots que l'Empereur avait peut-être prononcés sans intention particulière, sinon celle de me consoler. Il avait bien dit, pourtant, « je crois savoir ce que tu ressens », et surtout : « Nous examinerons là-bas *ce que tu essaies de me dire depuis des mois.* » Je n'avais pas rêvé, cette phrase avait été proférée. Par conséquent j'étais contraint d'en tenir compte : il me fallait repartir à toute allure dans le camp de l'Espoir et du Salut, même si tout ce à quoi je pouvais raisonnablement m'attendre était d'être une fois de plus renvoyé dans la direction opposée.

Ce fut effectivement ce qui arriva. Après m'avoir témoigné tant de sympathie, l'Honorable Cadet se désintéressa complètement de moi pendant toute la durée du voyage. Je ne fut même pas invité à me joindre aux courtisans qui entouraient sa litière, mais dus marcher parmi les soudards qui formaient l'arrière-garde. Tout me laissait penser que le prince avait oublié mon existence.

Au crépuscule, nous nous arrêtions pour établir notre campement, non pas en des lieux habités mais en des endroits sauvages, de plus en plus âpres à mesure que nous nous éloignions de Tenochtitlan. La troisième nuit, qui marquait notre dernière étape, un petit groupe de guerriers se fit reconnaître des sentinelles. Il s'agissait du Serpent d'obsidienne, accompagné de quelques soldats d'élite. On discuta s'il fallait réveiller le Tlatoani mais celui-ci, s'étant levé de sa natte entre-temps, vint lui-même arrêter la controverse.

Tombant sur les genoux et les coudes, Itzcoatl se lança dans une description détaillée de ce qui avait déjà été accompli contre les nécromants, leurs familles et leurs gens, partout où les détachements de sa troupe s'étaient rendus à marche forcée. Pour le renom de l'empire, on avait pillé, brûlé, rasé, occis. Les femmes avaient été étranglées au moyen de cordes, étripées quand elles étaient grosses. Les nourrissons étaient saisis par une cheville et lancés contre des murs ou des troncs. Tout ce qui tenait sur ses jambes, ayant une verge, avait été dûment assommé, percé, débité, émietté, transformé en une pâte sanguinolente où le feu avait été mis. Présentement ces glorieux procédés se poursuivaient dans les provinces les plus reculées et l'on pouvait être assuré que, dans quelques jours, une treizaine au plus tard, tout le travail serait achevé. Du reste, celui qui en avait été chargé demandait humblement la permission de retourner aussitôt parmi ses garçons, afin de contrôler et d'accélérer le déroulement des opérations.

Il obtint ce qu'il voulait et reçut en outre de chaleureux compliments. Motecuhzoma, satisfait, repartit s'allonger près du feu et moi, à l'abri d'un volumineux maguey, je vomis pour tout de bon, secoué par des spasmes longtemps après que mes entrailles aient rendu tout ce qu'elles pouvaient contenir.

Le lendemain, vers midi, nous arrivâmes en vue des ruines de l'ancienne cité.

C'était la première fois (la dernière aussi) que je contemplais ce lieu sublime et désolé, où Topiltzin Ce-Acatl Quetzalcoatl avait arrêté sa tribu, où il avait fondé le plus heureux séjour qu'il y eut jamais, où Tezcatlipoca était venu, entouré de sorciers, pour que fussent le meurtre et la désolation.

Colonnes et piliers ne portent plus que le ciel bas, où voguent des nuages grands comme des montagnes et qui nimbent de blêmes effilochures le casque de plumes vertes dont sont coiffés les atlantes sculptés à ta ressemblance, ô Notre Prince, dressés sur la demeure de Tlahuizcalpantecuhtli, par-dessus les oiseaux de pierre qui dévorent les cœurs, les coyotes et les jaguars dont certains ont le cou serré dans un collier.

Sur la vaste et muette esplanade, entre le temple principal (à l'Est), et le jeu de pelote qui limite le côté opposé, parallèlement à la plateforme des crânes, une herbe rêche, rase et calcinée paraît s'incliner vers l'oratoire dont il ne reste qu'un soubassement de pierre. Au-delà de ce périmètre et jusqu'au pied des collines le désert mange les quartiers du bas peuple; certaines maisons sont remplies de poussière ocre et enterrées dans cette poussière au point qu'il faut gagner un lieu élevé pour s'apercevoir de leur existence grâce au dessin formé sur le sol par la crête et l'entablement des murs d'adobe.

La lumière de Tula est à la fois grise et violente; on dirait que le soleil répugne à frapper directement les vestiges. Les ombres sont comme mates, sèches et écrasées, sauf celles des nuages qui donnent l'impression, en courant par terre, que le temps roule et roule sur la ville abandonnée. Et dix mille hommes pourraient déambuler ici, riant aux éclats et faisant cuire des quartiers de venaison, l'abandon ne serait pas moins grand, au contraire.

L'escorte bivouaquait aux alentours d'un deuxième jeu de pelote situé au Nord, derrière le sanctuaire de Tlahuizcalpantecuhtli et la colonnade serrée de ce qui probablement avait été un marché couvert[1]. Presque tout de suite après notre arrivée, l'Empereur ôtant son diadème, s'était rendu seul au sommet de la grande pyramide, déjà partiellement effrité, et avait longuement inspecté le site et les alentours – comportement dont je m'aperçus, au peu de réactions des gardes, qu'il lui était familier. Ensuite, et sans plus attirer l'attention des soldats, il descendit sans hâte l'escalier, échappant à notre vue jusqu'au moment où il reparut entre les atlantes, juste au-dessus de nous.

Là, soulevant son manteau de voyage, il s'assit commodément et croisa les jambes, posant les mains sur ses genoux, de chaque côté de son corps. Il s'immobilisa dans cette position, la nuque raidie, le regard perdu vers l'horizon méridional. Nous étions deux heures après le milieu du jour et Motecuhzoma Xocoyotzin venait d'entreprendre sa méditation. Dans le camp, on ne se déplaçait plus que sur la pointe des pieds et les hommes s'entretenaient par signes.

1. Ou un bâtiment administratif. En tout cas pas un palais, s'il faut en croire Eduardo Matos Moctezuma – bien que les archéologues lui aient donné le nom de « Palacio Quemado ».

Il est cruel, le soleil blanc de Tula. Elle est extrême, la torpeur à Tula, entre les chambres mortes. Immobile, absorbé dans la contemplation de cet homme qui, au pied des atlantes, semblait une statue parmi d'autres, je fus gagné par l'engourdissement. Les ombres pivotèrent et grandirent, les collines se mirent à grésiller, certaines pierres se transformaient en miroirs aveuglants, et je restais toujours là, subjugué par cette fascinante image du Tlatoani en train de confondre son corps périssable avec les ruines immortelles de la cité divine. Ivre de chaleur, harcelé par cette ardente lumière qui filtre au travers de la nappe nébuleuse et n'en est que plus implacable, je me sentis bientôt dans l'incapacité d'abandonner mon poste d'observation et même de simplement tourner la tête car l'articulation de ma nuque, sur laquelle pointait un doigt de feu, était comme verrouillée. Je vis, sur le sol et sur les murs, les ombres s'épaissir et se creuser, tandis que les rayons du soleil, enfin, se matérialisaient en un lent poussiéreux roulement d'écharpes dorées et diaphanes. Les nuages s'écartèrent de nos têtes, allant mourir derrière la noire silhouette des montagnes. A l'Ouest, une tache d'un vert presque bleu se mit à manger le ciel au-dessus de l'horizon, avant d'être conquise à son tour par un bataillon de formes orangées, ourlées de noir brillant. Notre Père le Soleil se présentait à la porte de sa maison nocturne. Alors une voix mince, mais curieusement nette (ciselée, dirais-je, et sertie telle une miniature de jade dans l'espace harassé) troua le silence :

« Viens, Chimalpopoca, monte jusqu'à moi. »

Il n'avait pas bougé. Son manteau à présent

était de la même couleur que la pierre des atlantes.

« Nous avons rendez-vous, mon enfant, approche. »

Je lui obéis, contournant le temple et traversant l'ancien vestibule entre les piliers à section carrée. Eclairé de reflets cuivrés lancés par le couchant, son visage m'apparut comme posé sur la plus haute marche, alors que je m'apprêtais à gravir l'escalier. Il semblait une idole, et non quelque personne humaine.

L'idole sourit et me fit un signe de tête.

« Viens, murmura-t-elle. Viens t'asseoir près de moi. »

Je m'élevais sur les degrés de pierre sans qu'aucune sensation ne me parvînt de la partie inférieure de mon corps. J'aurais aussi bien pu me déplacer en rêve. Ma nuque était toujours paralysée et mon esprit, incapable de fonctionner normalement, n'ordonnait pas à mes yeux de se baisser en présence du souverain, si bien que je le dévisageais injurieusement, hypnotisé par cette figure changée en masque de métal.

Il dut comprendre mon trouble, car il conserva néanmoins ce fin et gentil sourire qu'il avait.

Je m'installai à l'endroit qu'il m'indiqua, de moins en moins persuadé de la réalité de cette scène.

« Je t'écoute, dit Motecuhzoma. Exprime-toi sans crainte. Il n'y a pas de témoin. Il n'y a même plus d'Empereur car, tu le vois, j'ai dépouillé les insignes du pouvoir. (Il désigna l'ornement du nez en turquoise, qui reposait sur un pan de son manteau.) L'homme peut tout entendre. Et si tu ne parviens pas, malgré cela, à voir en moi une personne ordinaire, petit Chimalli, eh bien ferme les paupières et parle-toi à toi-même, parle au vent du soir qui enlève les paroles et les porte aux oiseaux oublieux. »

J'entendis ma voix qui disait, avançant prudemment chaque syllabe l'une après l'autre :

« Nous entrons, Seigneur, dans une année Un-Roseau...

– ... et c'est une année Un-Roseau que le Serpent à Plumes doit revenir pour disposer de son royaume », compléta tranquillement le prince.

Je ne respirais plus. J'avais l'impression de m'être détaché de mon corps. Cependant ma voix poursuivait, obstinée, monotone :

« Le premier Il dressa la Croix, l'Arbre de Vie. Il l'adora mais, n'étant pas imité à cause de la funeste influence de son ennemi, Il repartit vers l'Est, le côté d'où Il était venu. Et Il s'estompa. Mais auparavant, Il prit congé de ceux qui lui restaient fidèles, disant : « Je reviendrai, par une « année Ce-Acatl. Je reviendrai et l'on recevra ma « doctrine : alors mes enfants deviendront pro- « priétaires et seigneurs de cette terre. »

Et ma voix continuait, elle s'échappait de mes lèvres sans même les faire vibrer. Elle disait toute l'antique prédiction du retour. Elle disait ce que voulaient dire les images, sur le diadème de l'oiseau, et ce que les nécromants avaient espéré faire entendre par leur réponse. Quetzalcoatl allait revenir. Selon nos agissements, il reviendrait pour étendre la main sur nous ou pour précipiter notre perte, lâchant alors sur nous les effroyables escadrons de tous ceux que nous avons envoyés à la mort dans les batailles et sur la pierre, ces guerriers que le Seigneur des hommes avait vus s'avancer dans le miroir parce que nous avions beaucoup déplu au dieu en adorant Tezcatlipoca. Mais il n'était pas trop tard et le Serpent à Plumes pouvait les retenir encore, si nous l'accueillions comme notre maître et embrassions sa doctrine.

« Et c'est là, disait ma voix, ce que signifiait leur réponse.

– Elle signifiait seulement, mon ami, qu'ils pensaient s'en tirer en me resservant cette superstition moisie par l'âge ! Ils croyaient éteindre leur peur en embrasant la mienne, mais ils se trompaient : je n'ai pas été dupe. Ah ! petit Chimalpopoca, doux enfant, je t'avais bien deviné ! Il faut dire que ça n'était guère difficile : tes subtils louvoiements étaient pour moi comme le piétinement d'une armée et tes allusions avaient la transparence de l'eau claire. Tes vers à double entente, mon garçon, ressemblaient à des hurlements. Tu ne me dissimulais pas plus ton obsession de Quetzalcoatl que tu ne pourrais maintenant cacher derrière ton dos ces atlantes qui le représentent. Ne tremble pas, petit ! Tu as fait ce que tu croyais être ton devoir, et bien davantage, bravant les convictions de tous, bravant ma colère et ses conséquences. Tu as offert ta vie. L'autre jour encore, au palais, si je n'étais pas intervenu pour te clore la bouche, tu aurais prononcé des paroles irréparables. Le chef des Mexica lui-même n'aurait pu te sauver si ces mots étaient sortis de toi devant Itzcoatl et Matapilli. Ignores-tu qu'on se fait de terribles ennemis parmi les privilégiés, lorsqu'on préfère la sincérité à ses propres privilèges ? A trois reprises, le Serpent d'obsidienne est venu me prévenir contre toi. Il a insinué que tu t'enivrais en compagnie d'un mauvais sujet, ancien félon, futur traître, expert en forfaiture – un certain Tochtlatoa, si j'ai bonne mémoire. Il a fait comparaître devant moi un témoin, un vilain serpent du nom de Macuilcipactli, à qui je ne confierais même pas le soin de me dire l'heure, tant il sue la fausseté par tous les pores. Cet abject vieillard m'a récité en chevrotant l'entière litanie de tes méfaits réels et imaginés, d'une manière si visqueuse qu'Itzcoatl lui-même, au comble du dégoût, l'a ôté de ma vue sans aucun ménagement. Méfie-toi, Chimalpopoca : ton ingénuité, qui te rend si aimable à mes yeux, peut te coûter ton honneur, ta situation et pire encore ! J'admire ta foi et je me souviens d'une époque où, ayant commencé d'étudier et de réfléchir, je partageais tes illusions. Mais ce qu'un peu de science m'avait semé dans la tête, un examen plus approfondi allait bientôt l'extirper. Si ton imprudence ne t'avait pas mis dans une situation dangereuse, je me contenterais d'observer avec sympathie les progrès de ta méditation. Mais tu es trop fougueux, mon fils – ma parole, on dirait que tu as toujours l'exaltation de tes vingt ans ! – et tu as risqué ta tête trop avant entre les mâchoires du tigre. Pour ta sauvegarde, il faut donc que je te fasse brûler les étapes et te révèle sans plus tarder ce qu'autrement tu aurais été, après moi, le deuxième Aztèque à découvrir par lui-même. Ecoute bien, Bouclier Fumant, écoute et ne te récrie pas. Je sais que mes paroles vont te causer une énorme souffrance et que tu vas vouloir les rejeter de toute ton âme : il faut les accueillir, cependant, car ce que je t'annonce aujourd'hui, en paraissant te brutaliser, ton esprit et ton cœur laissés libres l'auraient eux-mêmes formulé dans quelques mois, sinon dans quelques treizaines. Ouvre les oreilles, Chimalpopoca, et apprête-toi à grincer des dents.

« Quetzalcoatl ne reviendra pas. Il ne reviendra pas, pour la raison qu'il est mort. Et Tezcatlipoca n'y est pour rien : il ne vaut pas mieux. (Il m'entoura les épaules de son bras.) Tous les dieux sont morts, petit. Tous les dieux. Voilà ce qui m'a été révélé peu après le début de mon règne et qui t'aurait été révélé demain, si je ne t'en informais maintenant. Mesure le poids du silence sur ces pierres, Chimalpopoca ! Regarde ces temples inanimés et songe aux nuages qui défilent par-dessus, avec quelle indifférence ! Le monde est livré à lui-même. Les précieuses demeures sont désertes. Voici le tombeau des dieux, voici les ruines de toute signification O Tula, berceau de l'éternelle absence ! Les signes me font trembler – oui, comment pourrais-je le nier ? – mais c'est parce qu'ils traduisent seulement la folie de ce monde abandonné par ses créateurs. De tels présages sont illisibles, malheureux Chimalli, mais ils annoncent pourtant quelque chose et cela, cela c'est une destruction plus terrible que celle qu'ont promis les augures, *car elle n'aura aucun sens.* Elle voudra seulement dire que le monde est mort de sa propre folie. La fin des dieux indique le commencement des rois, cher, cher cousin ! Mais hélas, elle consacre aussi l'absurdité du monde. Les présages ne nous rappellent rien d'autre et c'est pourquoi j'abhorre ceux qui prétendent leur donner un contenu rationnel. Jamais je ne les ai consultés que pour apprécier l'étendue de leur imposture. Parfois, j'entre en fureur : je veux, j'exige une explication. Mais je sais mieux que personne qu'il n'en existe pas – c'est justement ce qui me plonge dans des rages si extrêmes, car je suis – j'étais jusqu'à maintenant – le seul à savoir et ne pouvais partager mon angoisse. Non, il n'en existe pas : la raison s'est égarée pour toujours. Aucun dieu, aucun protecteur, ne doit venir ni revenir. C'est seulement le hasard qui advient et le hasard, dans un univers de démence, ne peut pas être heureux.

« Les prêtres ont raison sur un point, petit : c'est que nous sommes perdus. Mais nous ne devons cette condamnation ni à la méchanceté du destin, ni au ressentiment des divinités ni à nos propres fautes. Nous la devons à l'incohérence de cette création délaissée : un esquif privé de gouvernail qui tournoie au cœur de l'ouragan. Nous avons oublié d'où nous venions, et nous n'allons nulle part. Nous périrons par défaut de sens. Comprends-tu ma tristesse, à présent, la comprends-tu, ma fleur ?

« Et la signification de la prophétie, la vois-tu ? Le cinquième Soleil doit être fracassé : c'est que la matière est folle et va mobiliser contre elle-même sa propre énergie. Telle sera la conflagration dont il a été parlé. Les dieux sont morts : l'univers ne connaît plus de lois. »

Blotti contre sa poitrine, dans l'horreur infinie qui me submergeait, je ne pus que gémir :

« Mais alors, le sacrifice... le sacrifice, pourquoi ? »

Motecuhzoma me serra plus fort. Balançant douloureusement son long buste, il se mit à me bercer.

« Ah ! petit, petit ! fit-il d'une voix éperdue. On me dit brutal et cruel, mais tu dois me croire, toi au moins tu le dois : pas un jour ne se passe sans que cette pensée ne me torture, tel un tranchant d'obsidienne qu'on tourne et retourne dans la blessure, et celle-ci fut ouverte il y a beaucoup d'années ! Plus que toi, cela m'écartèle. Mais que puis-je ? Que peut Xocoyotzin, seul à connaître le décès des dieux ! Arrêter cette débauche sanguinaire, mettre un terme à la Guerre Fleurie, je ne saurais le proposer à mon peuple, car il faudrait lui dire pourquoi et ce serait lui retirer toute espérance quant à l'au-delà. Un homme seul, si c'est une âme forte, peut à la rigueur supporter cette nouvelle – comme tu la supportes en ce moment même, mon garçon : avec quels tourments ! – mais la foule, il n'y faut pas compter. La foule est lâche, Chimalli, et ne tolère que les vérités séduisantes. Mon aveu ne serait même pas entendu : on me tiendrait seulement pour égaré d'esprit, d'autant que les prêtres et les guerriers, pour les raisons que tu devines, se retourneraient contre moi. C'est une chose affreuse à constater, mais le peuple est plus heureux avec la guerre et la pierre qu'il ne le serait sans elles et sans les illusions qui en découlent. Privé de ces dernières, je ne sais comment il réagirait. Peut-être est-ce lui qui, d'un seul bloc, deviendrait fou, fou comme le monde, mon petit ! – et c'en serait fait de notre civilisation encore plus vite que si nous nous contentions d'attendre le suicide de la matière... Rappelle-toi la fin du deuxième Soleil : les hommes ont été changés en singes. J'ai longtemps songé à cette parabole. Ne signifie-t-elle pas qu'un monde peut mourir parce que ses habitants se transforment en insensés, futiles cabrioleurs et faiseurs de grimaces ?

« Enfin toi, Chimalli, toi qui, face à l'ennemi,

n'as jamais rompu d'un pas, aurais-tu l'aplomb d'annoncer à des vingtaines de milliers d'hommes que le terrible don qu'ils ont consenti depuis des siècles, pour eux-mêmes, pour leurs plus chers amis, pour leurs fils ! – que ce don était vain et n'a servi qu'à renforcer l'autorité de l'Etat et des prêtres ?

« Mais aussi, il serait criminel de leur faire douter du pouvoir. Dans notre univers à la dérive, où toute raison périclite, où toute signification supposée n'est en réalité qu'un rictus simiesque, le pouvoir instauré pour les hommes est la seule chose qui introduise un ordre intelligible, une cohérence rationnelle, et par conséquent *un sens*. Tout ce qui possède une forme structurée et une organisation interne, ou bien émane du pouvoir, ou bien lui sert de moule. C'est pourquoi la science est pouvoir, et *vice versa*. C'est pourquoi les arts sont pouvoir, et *vice versa*.

« Regarde autour de nous, mon petit ! Regarde cette esplanade si belle avec ses édifices et ses monuments, de quelle façon elle a été agencée. Ici, rien n'a été laissé au hasard, les caprices de la matière ont été jugulés, mis au carcan. La place de la moindre pierre est déterminée par ses relations avec toutes les autres. Et de même la disposition de chaque bâtiment. Tout remplit une fonction précise au sein du système, et le système lui-même ne vise qu'à un but qui est de rendre sensibles au visiteur la grandeur des dieux qu'on honore ici et, à travers cela, la puissance de ceux qui les honorent d'une manière si éclatante. C'est donc bien le pouvoir qui à la fois est figuré et garanti par cette architecture. Prends le temple où nous sommes, par exemple. Vois où il est situé. Non pas au centre du côté Nord, mais nettement sur la gauche. Et sais-tu pourquoi ? Parce qu'ainsi, il se trouve exactement dans la perspective de la voie d'accès à cette place, laquelle voie débouchait au Sud, juste en face de nous. Et comme l'esplanade est en pente, imagine un peu l'impression de celui qui arrivait par cette route et, du plus loin que sa vue portait, se trouvait dominé par la masse élégante du sanctuaire, avec ces atlantes monumentaux ! Cet homme sentait sur lui le regard du dieu. Il en était réconforté et, en même temps, abandonnait toute velléité de lui désobéir, non plus qu'à ses prêtres et à ceux qui, de lui, détenaient les symboles du commandement.

« Voici, Bouclier, voici notre dernier rempart contre l'absurde ! »

Depuis quelque temps déjà, il avait cessé de me bercer. Je cachais dans son manteau la désolation de ma figure, abandonné contre lui comme autrefois je l'avais été sur l'épaule du Serpent d'obsidienne, au pied de la Montagne Fumante. La pourpre du ciel, là-bas, se fendillait et pliait sous la noirceur, mais je ne voulais plus la voir. Un sable corrompu coulait de mon cœur, emplissant mon enveloppe de chair. Un cercle d'oiseaux silencieux tournait tristement au-dessus de Tula, loin, loin de ces ruines, et j'attendais sans larmes, agrippé à mon prince, que la ville du dieu s'enfonçât dans un abîme de cendre et que nous fussions rendus à l'oubli.

TROISIÈME PARTIE

LE RETOUR

N'ÉTAIT-CE pas moi, cependant, qui eusse dû prendre l'Empereur dans mes bras, au soir d'un exécrable jour, et l'appeler « mon petit »? Par sa culture immense et par toutes ses spéculations, Motecuhzomatzin avait été mené trop loin. Il s'était égaré. Toute sa philosophie n'était qu'une maison de vent.

Quelques jours après notre retour à Mexico, un homme vint au palais, un simple homme du peuple. Celui-ci n'avait pas été entraîné par un aigle. Il habitait la Forêt de la région des morts, sur la côte atlantique[1], et il accourait depuis ce lointain rivage, ayant aperçu au milieu de la mer une chose qui flottait, peut-être une montagne, ou bien un temple, ou bien un objet pour lequel aucun nom encore n'avait été conçu. Le manant était essorillé, et ses doigts de pied, aussi, avaient été tranchés. L'Honorable Cadet le fit mettre dans un puits asséché, en attendant qu'un conseil statuât sur son sort. Comme les magiciens à Cuauhcalco, il s'évapora, mais l'on vit aussitôt que, pour suspect qu'il eût été, il avait parlé droit. D'autres témoignages parvinrent à Tenochtitlan.

1. Mictlancuauhtla, une bourgade proche de l'actuelle Veracruz.

On avait regardé près des plages du pays totonaque des sortes de barques géantes, équipées de grandes ailes blanches. Il en était descendu d'horrifiques personnages, habillés de pierre, des monstres livides, le mufle rongé de barbe noire et qui tuaient les gens en pointant sur eux des bâtons. Et sur la tête ils avaient des caquelons, telle une bande de cuisiniers faisant la ribouldingue. Couronné de cheveux d'or, leur faciès épouvantait. Devant eux bondissaient des chiens abominables, qui trissaient le feu avec leurs prunelles. Leurs bustes d'hommes entés sur le dos de cerfs acariâtres et sans bois, ces centaures maniaient la foudre et faisaient gicler des tonnerres en tout sens.

Un homme dit, les yeux lui sortant de la tête :

« Ils vont en foule, ils vont tel un torrent soulevant la poudre en tourbillons. Leurs bâtons de fer, leurs lances qui brillent et leurs sabres de fer, courbés comme les vagues de l'océan, comme de simples grelots, leurs chemises de fer ! Leurs casques de fer ! Et quelques-uns entièrement habillés de fer; ce sont des hommes de fer; ils brillent ! Leurs vêtements de guerre sont entièrement de fer, ils s'habillent de fer; ils se couvrent la tête de fer; de fer est leur épée, de fer leur arc, de fer leur bouclier, de fer leur lance ! Et leurs chiens passent devant. Ils passent devant eux, ils sont debout devant eux, ils gisent devant eux. Ils viennent en haletant. L'écume tombe de leur gueule. Leurs chiens très grands, aux oreilles pendantes, aux grandes langues pendantes, aux yeux de feu, de flamme; aux yeux clairs, jaunes; au ventre rentré, décharné. Sauvages comme des démons, toujours haletants, toujours la langue pendante, tachetés; tachetés ainsi que des jaguars. Juchés sur leurs cerfs, ils marchent au niveau des toits. Leurs corps sont emmaillotés complètement. Seuls leurs visages sont visibles : entièrement blancs. Leurs visages sont de craie, encadrés de cheveux jaunes, quelques-uns de cheveux noirs. Leur barbe est longue et également jaune. Oh ! ils ont des barbes jaunes[1] ! »

Et le Seigneur des hommes écoutait. Il entendait cela. Il avait chaque jour une nouvelle confirmation de cela. Et il demeurait hébété, pas un son ne franchissait ses lèvres. Sur l'icpalli, il se ratatinait. Il devenait sous nos yeux un tout petit et très frileux vieillard, recroquevillé, les yeux chassieux, la mâchoire tremblotante. En rien il ne ressemblait à celui qui, un peu plus tôt, me faisait la confidence de la mort des dieux.

Car, cette fois, qui n'aurait pas compris ? Quetzalcoatl venait réclamer son trône.

D'une voix implorante, le roi demanda en se tordant les mains qu'on fît l'impossible pour trouver quelque part un devin. L'un d'eux, au moins, devait avoir échappé au massacre. Itzcoatl se remit en route et le plus étrange, c'est qu'il rencontra le jour même un magicien, près de Tepozotlan. L'homme vint à lui et déclara : « C'est moi que tu cherches. »

Reçu au palais mieux qu'un prince de l'Alliance, il jeta sur le souverain accablé un regard sévère, puis, sans le quitter des yeux, prévint la question que celui-ci n'avait pas le courage de poser :

« Ils sont les fils du Soleil, dit-il, fort posé-

1. Extrait du récit des compagnons de Cuauhtemoc, in Sahagun *(Op. cit.)*.

ment. Ils sont barbus. Ils viennent de l'Orient. Quand ils arrivent sur cette terre, ils en sont les seigneurs. Ce sont des hommes blancs, le commencement du temps nouveau... Préparez-vous! Déjà s'avance le blanc jumeau du ciel; déjà arrive l'enfant entièrement blanc; le saint Arbre blanc va descendre du ciel. Par un cri, à une lieue de leur chemin vous les verrez annoncés : hélas! ce sera pour nous le crépuscule quand ils viendront! Grands ramasseurs de bois, grands ramasseurs de pierres, ce sont les éperviers blancs de la terre. Ils allument le feu au bout de leurs mains et, cependant, ils cachent leurs poisons, et leurs cordes pour pendre leurs pères. Recevez vos hôtes barbus qui apportent le signe du dieu. Ils viennent exiger leur offrande! La terre brûlera. Des cercles blancs apparaîtront dans le ciel au jour qui doit venir. Qui vient! Alors, les mots seront esclaves, esclaves les arbres, esclaves les pierres, esclaves les hommes. Ce jour viendra et vous le verrez. Le monde s'emplira de tristesse, au jour où ils arriveront[1]. »

Il souda fermement ses paupières, élevant ses bras tendus devant sa poitrine :

« Une étoile très triste décore l'abîme de la nuit muette d'effroi dans la maison de la tristesse. Une trompette effroyable résonne sourdement dans le vestibule de la maison des nobles. Les morts n'entendent pas. Les vivants entendront[1].

– Tout est comme mort! Tout est comme mort! » s'écria l'Empereur d'une voix lamentable.

Tous les assistants furent frappés de terreur.

1. Extrait du *Chilam Balam*.

Mais pas moi, car je savais que le Serpent à Plumes pouvait encore rappeler les fils de sa juste colère : cela ne dépendait en fait que de nous. Les arrivants étaient blancs : ils n'avaient jamais eu de sang sur eux. Comment pourrait-ils vouloir faire couler le nôtre, si nous nous rendions à merci ?

« Vite ! Vite ! disais-je. Il faut aller accueillir Notre Prince dignement. Nous comporterons-nous comme des vassaux sans honneur ? »

Mais Motecuhzoma hésitait. Malgré l'apparence qu'il donnait d'être retombé en enfance et de ne plus tenir à rien, excepté à la vie, il s'accrochait à son trône avec une énergie farouche. Oh ! il avait peur du dieu et de son ambassade – si peur est un mot suffisant pour qualifier une telle déroute de l'esprit et du cœur. Mais cette frayeur luttait avec un sentiment non moins extrême qui était sa répugnance à quitter le pouvoir.

Je compris très vite que, dans tout le discours qu'il m'avait fait en l'ancienne métropole de Quetzalcoatl, en haut du temple de Thahuizcalpantecuhtli, c'était la fin, surtout, qui reflétait sa conviction intime. Le reste, à savoir ce qu'il m'avait affirmé à propos de la mort des dieux, représentait davantage, quoiqu'il n'en fût peut-être pas conscient, une espérance qu'une véritable certitude – et c'est pourquoi tout ce qui venait contredire cet espoir suscitait chez lui une telle fureur et des idées de vengeance. Motecuhzoma aurait bien voulu pouvoir adhérer sans aucune réticence à sa propre philosophie, mais il se présentait toujours quelque événement qui lui interdisait cette position confortable. Néanmoins, il se refusait à renier sa métaphysique, simplement parce qu'il ne pouvait renoncer à tout ce qu'elle eût impliqué si elle avait été véridique.

Aussi cherchait-il frénétiquement des indices qui eussent pu faire douter de l'essence divine des survenants, tout en geignant à l'idée que cette recherche pourrait lui coûter cher si c'étaient bien les fils du Soleil qui avaient débarqué là-bas.

Une fois encore, Matapilli, qui ne songeait qu'à le flatter et protégeait son propre morceau de pouvoir, fit preuve d'un réel talent dans l'art de retourner les arguments et de faire douter des choses les plus sûres. Mais comme il s'agissait maintenant de son propre sort, l'Honorable Cadet se montrait plus circonspect. Il mendiait les mensonges du prêtre et s'en repaissait avec délectation, allant parfois jusqu'à pousser de petits gloussements, mais on voyait bien qu'il n'arrivait pourtant pas à s'en satisfaire, et Matapilli était contraint de jouer sans cesse plus serré pour garder l'oreille du prince.

L'opinion du Serpent d'obsidienne était beaucoup plus franche. Pour lui ces meneurs de chiens, grimpeurs de cerfs, navigateurs de maisons flottantes pourvues d'ailes et autres faiseurs de tonnerre n'étaient qu'un ramassis de sauvages aux coutumes décadentes et aux magies grotesques, qu'il convenait de repousser à l'eau dans les plus brefs délais, afin qu'ils s'en retournent conter à leurs femelles repoussantes ce qu'il en coûte de venir danser sur le rivage aztèque sans y avoir été convié. L'idée ne l'effleurait même pas qu'il pût s'agir d'êtres surnaturels et, de tous, au palais, c'était sans doute celui que les visiteurs troublaient le moins, étant donné qu'il connaissait le moyen de s'en débarrasser.

Ainsi que dans l'affaire des nécromants, la position de Cecoatl était la plus nuancée. Etant d'un naturel sceptique, il répugnait manifestement à considérer les arrivants comme des dieux, ou comme des émissaires des dieux. Mais sa longue fréquentation des peuplades étrangères ne l'inclinait pas davantage à voir en eux des ennemis qu'il fallait saluer de la pointe des javelines et des flèches. Il avait entendu dire que les créatures bardées de fer, à peine posées sur notre sol, avaient entrepris de faire du troc avec les villageois du littoral, et son idée était d'engager avec eux un commerce qui pourrait s'avérer fructueux dans la mesure où ils avaient peut-être chargé leurs gigantesques embarcations de produits et de matières que nous ne connaissions pas encore, et dont il y avait possiblement un grand parti à tirer pour notre artisanat.

Je n'ai pas besoin de préciser quel était mon avis et avec quel acharnement je le défendais. Sous le regard fuyant du pusillanime Motecuhzoma, j'avais engagé une lutte ouverte à la fois contre Itzcoatl et contre Matapilli qui, de leur côté, ne cherchaient plus à m'épargner. Je n'étais évidemment pas plus d'accord avec Cecoatl, mais je le ménageais délibérément car son point de vue, pour autant qu'il impliquait un accueil pacifique des soldats de Quetzalcoatl, servait mes intérêts.

Dans aucune bataille, je ne m'étais jamais lancé avec une telle ardeur et une telle volonté de vaincre. Du reste, j'avais des alliés, ne seraient-ce que l'indécision du souverain et la conscience que Matapilli avait de sa mauvaise foi. Parfois l'Empereur m'embrassait fougueusement, larmoyant que j'étais son meilleur ami; d'autres fois il me coulait à travers ses sourcils des regards pleins de rancune.

Finalement, il décréta qu'on enverrait aux étrangers une légation qui porterait à leur chef un message de bienvenue et des cadeaux, parmi lesquels on glisserait subrepticement les ornements et le costume de Quetzalcoatl, que les prêtres gardaient à Mexico : on verrait bien de cette manière s'il les reconnaîtrait pour siens. On y joindrait cependant quelques-uns des atours de Tezcatlipoca, pour le cas où ce dieu, et non pas le Serpent à Plumes, eût été le seigneur en question (dans l'espoir aussi que, s'il s'agissait de Topiltzin Ce-Acatl, il s'effraierait grandement de se trouver face à face avec le masque noir de son mortel ennemi). En outre, la légation comporterait des augures et des sorciers (il en était réapparu un grand nombre, après que Itzcoatl eut été censé les exterminer), dont la mission confidentielle était de tenter l'impossible pour faire mourir ou tomber malades ceux à qui l'on souhaitait la bienvenue, ou encore les envelopper d'un enchantement par lequel l'idée leur viendrait de s'en retourner. J'appris plus tard que le prince, au cours d'une audience privée accordée au Serpent d'obsidienne, avait également prévu qu'on dresserait des embuscades entre le camp des dieux et les faubourgs de Mexico.

Après quoi l'Empereur se rencogna sur son trône et, le regard vide, commença de ronger ses ongles.

Il fit un bond qui manqua le jeter par terre quand le retour des ambassadeurs fut annoncé.

Les magiciens avaient échoué dans toutes leurs entreprises :

« Très puissant Seigneur, dirent-ils, leurs charmes sont plus forts que les nôtres et nous n'avons rien pu contre eux ! »

Le prince des arrivants avait accepté tous les présents sans que son visage traduisît la moindre émotion, hormis le contentement de recevoir des objets aussi magnifiques. En guise de remerciement, il fit gronder l'un de ses tonnerres, singulièrement tumultueux, effroyable et méchant, qui pulvérisa un arbre et fit voler en éclat une petite colline, tandis que les cerfs roulaient des yeux farouches, frappaient le sol du pied et mugissaient d'une façon très hideuse.

Les scribes qui suivaient l'ambassade avec leurs encres avaient peint sur le vif des images de ces animaux, ainsi que des machines à foudre qu'on leur avait complaisamment exhibées, et puis des étrangers eux-mêmes, en particulier de celui qui les commandait.

Morose et maupiteux, Xocoyotzin fit circuler parmi nous ce portrait qui, un bref instant, avait trépidé dans ses mains. Je comprenais sa détresse : avec sa pâle figure, son poil noir et fourni, son bonnet huaxtèque aisément identifiable, le personnage ne pouvait être que le Serpent à Plumes, tel qu'il avait toujours été décrit. Aucune hésitation n'était possible – je le vis à l'expression de Matapilli, lorsqu'il eut le morceau de toile devant lui. Je triomphais. Seul Itzcoatl avait passé le dessin avec un haussement d'épaule, après y avoir jeté un bref coup d'œil.

Mais ce n'était pas tout. Tendidle, qui conduisait la légation, rapportait un couvre-chef qu'il avait remarqué sur le crâne d'un des arrivants et que leur chef, voyant son coup d'œil ébahi, l'avait prié d'emporter. Cette coiffure, à demi dorée, était celle qu'affectionnent les dieux. « Le casque de Huitzilopochtli ! » s'écriaient les uns. « La parure de Quetzalcoatl ! » soufflaient les autres.

« Bien sûr, celle de Quetzalcoatl ! » C'est moi qui vociférais, ivre de bonheur.

La légation remit aussi à l'Empereur plusieurs choses qu'on lui avait confiées pour le prince, afin de répondre à sa générosité. Il y avait une coupe de verre ciselé, trois chemises de toile, une torsade de perles enfilées, un grand chapeau rouge, un insigne d'or où l'on apercevait un personnage vêtu de fer caracolant, la lance à la main, sur un cerf sans bois, des pierreries empaquetées dans du coton parfumé au musc et un icpalli de bois peint et sculpté. Et comme le dieu ne daignait pas s'exprimer dans notre langue, il avait à son côté une jeune fille noble de notre race, nommée Malinalli, qui traduisait ses paroles. Ainsi Tendidle avait-il entendu que le seigneur de fer et tout son équipage informaient le roi de Mexico qu'ils lui rendraient bientôt visite en sa capitale et que, dans l'attente de cet événement, ils lui transmettaient le bonjour.

Ce dernier coup assomma le souverain. Ne doutant plus que Quetzalcoatl voulait récupérer son bien, il se crispa, enfonçant ses ongles dans les montants du trône, et balbutia : « Non... plus rien à faire !... Plus de remède ? Ne reste-t-il rien ?... Non ! Tout est consommé... Nous avons reçu notre juste salaire... Le temps est là, d'ouvrir les yeux avec stupeur et de courber la tête... Est-ce possible ? »

Dans les jours qui suivirent, sa terreur ne fit que croître. Il apprenait que le dieu, comme il l'avait craint, nourrissait l'intention de le dépouiller du pouvoir. Déjà, dans la province totonaque, il avait fait arrêter les collecteurs du tribut. Ces cinq fonctionnaires avaient été relâchés, mais Quetzalcoatl avait dit : « A partir de maintenant, ici où j'ai pris pied, nul ne paiera plus l'impôt au seigneur des Aztèques ! »

Averti de cela, Motecuhzoma éclata en sanglots et piétina la terre avec rage. Puis il se lamenta sur lui-même, en dépit de toutes mes objurgations et de celles des gens de mon parti, de plus en plus nombreux, qui lui représentaient que, peut-être, le bataillon des dieux était venu dans l'intention de nous arracher à la tyrannie de Tezcatlipoca, pour peu que nous le saluions en libérateur.

L'Empereur ne faisait que geindre lorsqu'il nous entendait, comme si chacun de nos mots engendrait un abcès sur son corps. Il ne songeait plus qu'à fuir. Il ne croyait pas que les « envahisseurs » eussent des intentions aimables. Il n'avait qu'une idée en tête : se cacher d'eux, échapper aux cruautés que, selon lui, ils avaient complotées contre les anciens maîtres du pays.

Il pensa trouver refuge en quelque grotte. Puis il se dit qu'une telle cachette n'était pas sûre, puisqu'il avait affaire à des créatures divines, qu'on n'égare pas si facilement.

Au comble de sa frayeur, il médita de se rendre dans des demeures souterraines ou célestes, telles que le Tlalocan, ou la maison du Soleil, ou le séjour du maïs, car il ne savait plus ce qu'il disait et s'imaginait être un dieu, du moment que c'était sa seule chance de survivre à l'hostilité d'autres dieux.

Matapilli, je ne savais pas encore pourquoi, l'encourageait dans ce délire. Il le mit en rapport avec des mages plus effrontés que tous les autres, qui promirent sans regarder personne en face qu'ils se rendraient sous la terre et contacteraient le fantôme du roi Huémac, celui qui s'était donné la mort autrefois, et qu'ils obtiendraient de lui que Xocoyotzin et sa suite vinssent s'établir dans le monde inférieur, afin d'y vivre éternellement.

Ces escrocs patentés eurent le front de reparaître quelques jours plus tard et de déclarer qu'ils avaient eu avec le vieux suicidé un palabre encourageant : si Motecuhzoma renonçait aux femmes et aux festins, s'il s'abreuvait d'eau chaude durant un nombre de jours précisément compté, s'il ôtait ses bijoux, une place lui serait faite dans l'empire du dessous.

L'Empereur les couvrit de caresses. Je m'escrimai comme un diable pour lui faire retrouver son bon sens. Il pleura sur mon épaule, mais rejeta tous mes conseils. Il alla s'enfermer dans une chambre minuscule, jeûnant, multipliant les dévotions et noyant ses intestins dans l'eau brûlante. Ensuite de quoi, riant et sanglotant tout ensemble, il s'embarqua par une nuit sans lune avec Matapilli et quelques autres, dans le but de rejoindre le havre qui lui avait été promis. Ce soir là, peu s'en fallut que Itzcoatl, dans l'excès de son offuscation, ne lui fendit la gorge.

« Lâche ! Lâche ! hurlait-il sur le bord du lac. Le moment n'est pas de fuir, mais de frapper un coup décisif ! »

Un ricanement piteux lui répondit.

A l'aube, le royal esquif était de retour et tous ses occupants portaient la tête basse. L'ombre de Huémac n'était pas apparue, mais celle de Huitzilopochtli, et cette figure avait dit d'une voix tonnante, dardant sur le prince un index furibond : « Retourne sur ta chaise, vilain! Reprends la tête de ton empire! »

Je serais incapable d'en fournir la preuve mais, pour moi, cette fantasmagorie sortait tout droit des ateliers de Matapilli. Le soupçon me vint que ce rusé personnage, en menant son roi par le bout du nez, méditait de lui faire perdre le peu de raison qui lui restait afin d'avoir un bon motif de le renverser et, qui sait? de lui prendre sa place.

Si j'avais vu clair dans ses manigances, toute cette intrigue ne lui servit de rien. Xocoyotzin était trop bouleversé pour réagir d'une façon prévisible, quelle que fût la prévision. Après s'être fait vertement rabrouer par le spectre de Huitzilopochtli, il se jeta brusquement dans les bras du Serpent d'obsidienne qui ne l'avait pas traité avec plus d'égards.

Motecuhzoma avait décidé que les arrivants étaient des aventuriers qui convoitaient le royaume et ses richesses, et il ne voulait plus en démordre, encore qu'avec les miens je le suppliasse d'abandonner une aussi désastreuse illusion. Rien n'y fit. Il voulait désormais lancer l'armée contre les dieux.

Itzcoatl, ô la tête épaisse! jubilait en l'écoutant. « Oui! Oui! piaillait-il. Chassons-les avant qu'ils ne nous chassent! Il n'y a plus un jour à perdre! Plus une heure! Ne dit-on pas qu'ils font alliance avec les Tlaxcaltèques? »

Et ceci était vrai, car partout où passait Quetzalcoatl, il apportait la paix et la réconciliation.

Je le dis hautement, acclamé par ceux de mon parti.

Le Serpent d'obsidienne, alors, se retourna vers moi. Mais cette fois-ci, il ne s'emporta point. Il me tendait les bras et me parlait d'une voix implorante :

« Chimalpopoca, pourquoi nous combattons-nous ? N'avons-nous pas été l'un près de l'autre comme un père et son enfant puis comme deux frères qui s'adorent ? Combien de fois m'as-tu sauvé la vie ? Combien de fois ai-je protégé la tienne ? J'ai été fâché contre toi, je t'ai voulu du mal. Je le confesse devant tous et proclame que j'ai honte d'avoir voulu te nuire avec ma langue, car cela n'est digne ni du soldat que je suis ni de celui que tu fus naguère et qu'il te faut redevenir maintenant, Bouclier, car notre sol est menacé : on vise notre nation, on veut faire périr nos princes, s'emparer de nos biens et nous réduire en esclavage ! Je m'adresse à toi : il n'est pas possible que tu aies changé à ce point, toi le plus téméraire des chevaliers, et que tu ne puisses pas m'entendre. Je t'en adjure, petit frère, reviens à toi ! Je ne puis croire qu'un mauvais garçon, un malheureux débauché, ait eu sur toi une telle influence que tu renies tout ce pour quoi tu as vécu, tout ce pour quoi tu étais disposé à mourir. Ta main, Chimalpopoca, regarde ta main ! Cela ne signifie-t-il plus rien pour toi ? As-tu vraiment laissé une femme t'amollir à ce point et faire de toi un rêveur ahuri qui bée aux chimères ? Oh ! prends ma main à moi, fumant jeune homme, prends-la maintenant, allons, tout est oublié !

Conduisons chacun un régiment et sauvons ce royaume, faisons détaler ces mannequins cliquetants – nous deux, comme autrefois, nous deux ! »

J'aurais tout donné pour saisir cette main dans ce qu'il restait de la mienne. Tout ce qui m'appartenait ! Mais la volonté du dieu ne m'appartenait pas...

« Je t'en supplie ! dit encore Itzcoatl. Vois ma figure : est-ce que je ne suis pas sincère ? Je le jure, tu es resté le plus cher de mes amis !

– Itzcoatl ! Itzcoatl ! » bafouillai-je, la gorge serrée.

C'était tout ce que je pouvais dire, et il comprit tout à coup qu'il n'obtiendrait rien d'autre. Il rougit violemment, toussota, ramena les bras contre son corps et remit de l'ordre dans sa tenue. Le regard qu'il me lança ensuite aurait dû me tuer, si je n'avais pas eu la charge de sceller le pacte d'éternité entre Quetzalcoatl et les Mexica.

Le Serpent d'obsidienne, me tournant ostensiblement le dos, s'excusa auprès du souverain d'avoir fait preuve de faiblesse à l'égard d'un ingrat et d'un homme que ses vices, alliés à des cogitations sacrilèges, avaient à jamais perdu. Puis, il expoxa un plan de bataille qui, selon lui, devait permettre une prompte débâcle des « envahisseurs ».

Les arrivants étaient à Tlaxcallan. Motecuhzoma leur enverrait une nouvelle ambassade, afin de les persuader de se rendre à la ville sainte de Chollolan, qui appartenait à la Triple Alliance. Là, vingt mille de nos soldats les attendraient, dissimulés dans les hameaux et les ravins du voisinage, ainsi qu'à l'intérieur même de la cité, dans les cours et sur les terrasses des maisons. Le Serpent d'obsidienne proposait que des tranchées (que l'on camouflerait soigneusement) fussent creusées et plantées de pieux; que des barricades fussent prêtes à surgir au beau milieu des rues, afin que les montures des êtres blancs ne pussent y circuler. On capturerait autant d'étrangers qu'on en aurait l'occasion, que l'on mènerait entravés devant le souverain; les autres seraient massacrés sur place ou confiés aux sacrificateurs de Chalollan, avec quelques-uns de leurs cerfs sans bois. Et pour déconcerter ces gens, après qu'ils auraient été invités à s'avancer vers Mexico (bon prétexte pour les faire venir à Chalollan), on leur dépêcherait d'autres messagers pour leur signifier avec arrogance que le Seigneur des Hommes ne voulait plus les recevoir et qu'il leur fallait modifier leurs projets. On profiterait de leur stupeur pour les attaquer.

D'une voix calme, mais avec une fermeté de ton que je ne lui avais jamais connue auparavant, Cecoatl s'éleva contre la machination imaginée par Itzcoatl. Il dit que les intentions hostiles des étrangers n'avaient nullement été prouvées, tout au contraire; que les témoignages oculaires concordaient pour affirmer qu'ils ne tiraient l'épée et n'usaient de leurs foudres que lorsqu'il leur fallait se défendre, comme c'était arrivé à Tabasco, en pays maya, où ils avaient abordé avant de se porter chez nous; que d'ailleurs une troupe de tout juste trente fois vingt hommes[1] ne

1. Embarqués sur onze navires de différentes tailles servis par une centaine de marins, la troupe de Cortez comprenait en tout et pour tout 508 soldats, qui disposaient de seize chevaux et juments.

serait pas assez stupide pour déclarer la guerre au plus grand empire du monde, à moins qu'elle ne fût constituée de géants – ce qui n'était pas le cas; et que, pour finir, il ne fallait pas se priver d'éventuels partenaires commerciaux avec lesquels on pouvait imaginer des échanges tels, qu'ils nous garantiraient peut-être contre les périodes de sécheresse (sans parler des comptoirs que nous pourrions ouvrir dans leurs territoires).

Mes partisans firent chorus : nous n'avions rien à gagner en levant le bras de la guerre sur les arrivants. En revanche, ajoutèrent-ils, nous avions tout à perdre car ils n'étaient pas des géants, certes, mais ils étaient des dieux. Qui veut combattre les dieux, que peut-il espérer, sinon d'être anéanti et de perdre toute chance d'accéder aux bienheureux jardins de l'au-delà puis de revenir, immortalisé, sur la terre ? Aiguillonné par ma terreur de voir le plan d'Itzcoatl adopté, je déversai sur le souverain un torrent d'éloquence, faisant plus d'une heure de temps assaut de dialectique avec Matapilli, lequel soutenait que, loin d'honorer Quetzalcoatl si l'on accueillait les hommes de fer, nous allions provoquer sa défaite en introduisant au cœur de son royaume des barbares venus spécialement pour abattre nos dieux. Un moment, je crus bien l'avoir emporté. Je luttais de toute ma foi, tandis que le prêtre avançait des raisons auxquelles il ne croyait pas lui-même; je m'acharnais au salut du monde et de l'humanité, alors qu'il menait pour son propre compte une mesquine intrigue presque à coup sûr promise à l'échec. Inspiré par le dieu, je lui lançai une réplique qui l'obligeait, pour me contrer, à dévoiler son jeu. Il se troubla si fort qu'il perdit pied, et je lui aurais définitivement cloué le bec, si l'Empereur n'était intervenu d'une voix stridente, piaulant qu'il en avait assez de nos disputes et que mes lubies lui étaient devenues un objet d'aversion.

« Ajoute un seul mot, siffla-t-il en me foudroyant du regard; et je te ferai goûter du traitement que je réserve à tes... dieux! »

J'étais vaincu et, cette fois, sans recours. Le néant infini allait triompher de la vie éternelle. Topiltzin Ce-Acatl avait déjà supporté beaucoup de notre orgueil, de notre inconscience et de notre mauvaiseté. Il ne tolérerait pas que nous prenions les armes contre lui, après qu'Il eut donné toutes les preuves de son identité (en particulier, et chacun à la cour le savait, Il avait interdit les sacrifices humains dans tous les lieux qu'Il avait traversés, comme autrefois en haut du temple de Tula, et Il avait planté partout la croix sacrée, l'Arbre de Vie).

Mais dans le jeu de pelote de l'histoire du monde, la balle que j'étais avait pour toujours été renvoyée dans le camp de la consommation et de la consumation. Et j'en savais le pourquoi. Oui, maintenant, je comprenais la raison de mon échec. Elle m'apparaissait avec la clarté de l'évidence, tandis que je regagnais ma demeure, traversant en aveugle la vieillesse du jour.

C'était mon impureté. Par mon adultère, cette imperfection de mon amour, je m'étais rendu imparfait. Et cette impureté, je la transmettais à ma cause. J'étais en vérité le principal obstacle au salut du monde. Je ne pouvais faire triompher le juste et le bien parce que je créais moi-même le mal et l'injustice.

Cependant, alors que tout semblait perdu, cet affreux constat laissait entrevoir une échappatoire, une ultime occasion de soustraire le monde à un irréparable destin. Puisque j'avais introduit le scandale, c'était à moi de l'ôter – et la seule façon, la façon radicale, était de me retrancher moi-même du séjour que je souillais et dont j'empêchais le rachat.

Seul mon sacrifice mettrait un terme aux sacrifices. Jusqu'ici, je n'avais rien compris, ou rien voulu comprendre. Ce que Quetzalcoatl exigeait de moi, ce n'étaient pas des prises de bec avec Itzcoatl ou Matapilli, des plaidoiries adressées à l'Empereur : c'étaient ma propre vie, mon propre vœu de l'au-delà. Entre l'univers et l'immortalité, entre le déclin et la renaissance, ne s'interposaient plus que mes fautes. Si j'étais immolé, elles succomberaient avec moi.

Ce qu'il me restait à faire m'était dicté, et j'étais prêt à obéir. Pour mon propre bonheur, j'avais rêvé le bonheur de tous. Mais si, à présent, il me fallait renoncer à celui-là pour assurer celui-ci, j'étais disposé à y consentir. Par une mort infâme, j'épuiserais à la fois l'infamie et la mort.

Je fis venir Tochtlatoa et, en peu de mots, le mis au fait de ma résolution. Je passe sur tout ce qu'il dit pour me dissuader, se sachant battu d'avance, et sur nos adieux que, d'un accord tacite, nous voulûmes abréger.

Il devait se rendre chez Cecoatl et le prier de venir ici pour une affaire urgente; après quoi, employant tous les moyens qui lui paraîtraient adéquats, il retournerait chez le pochtecatl et, de gré ou de force, enlèverait l'Oiseau d'eau de sa maison et la conduirait dans un abri sûr hors de la ville, car, elle, je voulais qu'elle fût sauve et pût profiter, grâce à mon sacrifice, du nouvel âge d'or que la terre connaîtrait.

Moins d'une heure plus tard, son mari se présentait à ma porte, où je le reçus moi-même. Il me salua avec une certaine réticence. Pleine de morgue, son attitude était très différente de celle qu'il adoptait au palais.

« Tu dois, commençai-je, te préparer à des révélations désagréables, Cecoatl... »

Il eut un sourire aigre et sarcastique qui m'arrêta net.

« Ne te donne pas cette peine, Bouclier Fumant. Je sais ce que tu vas me dire et ne vois point la nécessité que cela soit articulé à voix haute : la chose n'est pas à mon honneur, et encore moins au tien. »

Je le regardai avec hébétude. Ses yeux à lui reflétaient une hostilité et un mépris sans borne.

« Tu es un évaporé, un crétin et un malhonnête, Chimalpopoca, fit-il. Je ne voudrais pas de ton visage pour essuyer le dessous de mes sandales. Il est à Tenochtitlan quelques hommes que je déteste, singulièrement dans ma corporation. Mais toi, je te tiens pour la personne la plus sordide que je connaisse. A côté de la tienne, l'hypocrisie de Matapilli passerait pour un modèle de franchise. J'observe chaque jour ton manège devant le roi et je dois dire qu'il me rend positivement malade. Il n'y a pas chez les sauvages les plus frustes un seul homme, même parmi le rebut, qui ne l'emporte sur toi en honneur et en dignité. Même ton acolyte, l'ignoble personnage que tu m'as dépêché et qu'il m'a fallu prendre sur moi pour ne pas étrangler tout à l'heure, même ce triste sire t'en remontrerait sur ces points. Ah ! je te prends au dépourvu, hein ? Tu te croyais bien à l'abri et t'apprêtais à me faire une confession larmoyante, probablement pour que j'épouse ta cause idiote au palais, en considération de ton repentir ? Eh bien, c'est raté ! Il y a belle lurette que tu es découvert, pauvre niais ! Tu as été dénoncé par le seul Mexica qui te surpasse en dissimulation et en veulerie, je veux dire cette répugnante larve de Macuilcipactli — que Mictlantecuhtli lui donne un baiser sur les lèvres ! Il a préféré trahir sa putain de fille, plutôt que de manquer l'occasion de se venger de toi ! Ah ! vous faites un beau trio : la vieille carne, la traînée et l'infirme recasé dans la philosophie de banquet, les vers de mirliton et le cocufiage des absents ! J'ai passé des nuits à en rire et je sais, oh ! je sais, toute l'atroce satisfaction qu'on tire du dégoût qu'inspirent des fourbes tels que vous ! Tu te demandes pourquoi je n'ai pas porté plainte contre toi, n'est-ce pas ? Evidemment ! Tu es bien comme lui ! Vous vous valez en sottise comme en abjection. Pensiez-vous donc que pour cette faiseuse d'embarras qui se juge trop précieuse et délicate pour être traitée comme une femme par son mari mais va se jeter à la tête du premier bouffon venu, j'allais compromettre ma situation et celle de ma caste en attirant l'attention sur moi ? Vous êtes vraiment stupides ! Les corps à peu près bien tournés pullulent de par le monde, et tous ne sont pas habités par des cœurs aussi secs et des âmes aussi vaines. Puisque vous veilliez vous-mêmes si jalousement, elle et toi, à ce que mon « infortune » (c'est bien ce qu'on dit ?)

restât secrète, j'étais protégé des ragots et de la curiosité publique : c'était tout ce que je désirais. Pour le reste, je n'étais pas fâché d'avoir à ma merci un de ces dédaigneux dignitaires dont il me suffirait, le moment venu, de révéler la turpitude pour mettre en difficulté tous ceux de son rang et, par contrecoup, affermir l'autorité des pochteca. Surseoir à ta lapidation, Bouclier Fumeux, c'était assurer un certain contrôle des négociants sur les guerriers et les fonctionnaires. A ton insu tu étais notre otage. Quant à cette coquette dont tu as fait ta complice, peu me chaut qu'elle soit morte ou vivante : elle possède à mes yeux autant d'humanité que les jupes dont elle est harnachée. Je ne me soucie pas plus d'elle que des fleurs qui poussent !

« Depuis aujourd'hui, si je suis bon juge, ton crédit est épuisé à la cour. D'un mot, je pourrais te faire saisir et exécuter, sans que cela provoque le moindre remous. Mais justement : à quoi bon, puisque cela n'arrangerait en rien mes affaires ? Je te méprise beaucoup plus que je ne te hais. Ta mort n'ajouterait rien à ta disgrâce. Du reste, je connais des gens qui se chargeront du travail. Si ce n'est pas Itzcoatl, ce sera Matapilli. En ce qui me concerne, je préfère rester en dehors de tout cela : la discrétion a toujours été notre meilleur atout, à nous autres. Et d'ailleurs je trouve plus plaisant de te regarder avec cette menace suspendue au-dessus de ta tête, tout le temps qu'il te reste à vivre, et qui n'est pas grand-chose, lamentable pitre ! Après ta disparition, je pourrai jouir de son désespoir à elle et des pénibles grimaces qu'il lui faudra faire pour me le cacher. Le

Macuilcipactli, je ne m'en préoccupe pas. Il s'empoisonnera avec son propre venin ! »

Me toisant une dernière fois, il éclata d'un rire grinçant et me laissa dans un état que je ne saurais définir. Je méritais toutes ses injures, et même davantage. Je déplorais seulement qu'il eût une si fausse opinion du caractère d'Atototl — mais comment le lui reprocher ? Mon Oiseau, à présent, devait être en lieu sûr : je faisais, là-dessus, entière confiance à Tochtli. Quant à moi, abasourdi par ce que je venais d'apprendre (alors que c'est moi qui pensais dévoiler un secret), je me retrouvais en somme avec mon sacrifice sur les bras. Cecoatl n'en avait pas voulu. Et maintenant, comment sauver le cinquième Soleil ? J'avais offert ma vie, mais ce don, à juste titre, avait été jugé dérisoire. On ne rachète pas l'humanité avec la dépouille d'un paria.

Opaque est le ciel, dessus moi; noir est le vent. Un horrible malheur s'apprête et nous n'y pouvons rien. Je devais, moi, l'empêcher, mais c'est impossible car je suis moi-même une part du malheur de la terre et des hommes. Je suis la honte et le regret. Je suis la souillure. Je suis le remugle. Encore une fois, pourtant, la balle a été relancée. Voici, je repars. J'aurai tout manqué, mais j'aurai tout tenté. Déjà je suis hors de la ville, je marche vers Chollollan.

J'irai trouver les dieux. J'irai leur dire ce qui se trame, afin qu'un tel sacrilège ne soit pas accompli. On ne pointera pas les glaives, on ne bandera pas les arcs contre le Serpent à Plumes, Topiltzin Ce-Acatl qui porte à son cou le joyau de vent. Je t'éloignerai de ce piège, cher dieu ! Les bras de la nuit tâtonnent sur les collines. Mais quel brouillard dans ma tête, décidément ! Les dieux n'ont nul besoin d'être avertis. Ils lisent dans les cœurs. Ils connaissent avant nous nos pensées. Alors j'irai pour fléchir le dieu, implorer sa grâce pour le roi et pour notre nation, car il sait que je ne vaux rien, mais aussi que je l'aime ! Je m'écrierai : « Prends ton serviteur si tu t'en contentes et extirpe de lui le cœur des faiblesses mexicaines ! Mais pardonne au prince égaré, aux conseillers aveugles, aux soldats impatients, aux prêtres érudits ! Chacun veut le bien pour quelqu'un ; il n'est pas de méchant absolu ! Au moins pour lui-même, le pire d'entre nous veut le bien ! Ces hommes sont dans l'erreur, vénéré seigneur : s'ils étaient plus perspicaces, ils iraient t'accueillir à genoux, tendant les bras, faisant retentir les chants d'allégresse et leurs yeux seraient des yeux d'enfants. Ils ignorent ce qu'ils font. Leur amour pour toi est leur plus précieux trésor, alors ils craignent de le dilapider en vain. Ils deviennent incrédules et méfiants. Mais s'ils ne t'adoraient pas, ils ne redouteraient pas les faux dieux ! »

Ah ! je deviens aussi retors que Matapilli. Ce n'est pas cela qu'il faut dire. Quetzalcoatl n'est pas Xocoyotzin : la dialectique ne saurait toucher son cœur ! Il faut simplement lui dire qu'Il doit avoir pitié de son peuple et de ceux qui, voulant l'orienter, le fourvoient, faute d'être infaillibles — mais peut-on reprocher à des hommes de n'être pas des dieux ? Peut-être m'écoutera-t-Il... Il a toute raison d'être en courroux, mais ce n'est pas un dieu de haine. S'Il voit que je suis sincère et ne demande rien pour moi-même, que je suis prêt à prendre sur moi toutes les fautes de la nation, à en être la victime expiatoire, peut-être, oubliant le peu de prix de cette offrande, l'acceptera-t-Il en rémission de tous les errements que Tezcatlipoca nous a inspirés ? Nous sommes tes fils rebelles, Notre Prince, qui ont offensé leur père très gravement, mais nous sommes tes fils tout de même : reprends-nous, reprends-les dans ta maison de lumière, après avoir assouvi sur moi ta fureur sacrée !

Vibrant d'espoir, à nouveau, je traverse la nuit murmureuse. Je vois une pâle aurore; je vais encore tout le jour. Mon corps est las, mes pieds sont en sang, mais ce n'est pas la chair qui me porte en avant, et mon esprit s'est hissé au-delà de la fatigue, pour haler la rétive carcasse à travers plateaux et montagnes. Je croise le crépuscule, non loin du Popocatepetl. Si je m'arrête, c'est pour inciser un maguey et m'alimenter un peu. L'épaule en avant, je pénètre dans une deuxième nuit. A l'aube seulement je parviens dans la campagne de Chalollan, évitant les creux où sont nos soldats, passant au large des champs de maïs : des éclaireurs doivent s'y être glissés.

Mais quelle est cette clameur ? Quelles sont ces fumées, ces flammes au centre de la ville ? Abomination ! J'arrive trop tard. Itzcoatl a lâché ses hommes sur les dieux et ceux-ci ont entrepris la destruction du monde ! L'épuisement, d'un coup, s'empare de moi. Je devrais m'effondrer et cependant je cours, je cours vers les maisons de Chalollan. Mon esprit court et mon corps démantelé est entraîné malgré lui.

Sur les murs du sang a giclé, de la cervelle. Le sang et la cervelle éclaboussent les murs. Le sol est jonché de boucliers brisés, de glaives brisés, de javelines rompues; des corps baignent dans un ruisseau de sang; des toits sont effondrés; l'incendie s'élève. Un homme sans tête titube devant la porte d'une maison. Des gens courent en tous sens, hurlant, les yeux fous; les uns courent avec des flèches dans le dos. Les dieux ont entrepris la destruction du monde. Nul ne sera sauvé, ceci n'est qu'un prélude à des événements quatre cents fois plus horribles !

Les démons sont là ! Les secousses viendront ! Quetzalcoatl ne veut plus de ce monde-ci, qui ne l'a pas aimé. Tant d'hommes déjà sont fendus, tant de femmes et d'enfants, mais ce n'est encore que l'éveil de l'horreur. Le dieu va frapper la terre de son talon furieux.

Devant moi, un groupe bondit en hurlant, surgissant d'une rue latérale. Aux coups d'œil épouvantés qu'ils jettent par-dessus leurs épaules, je devine que ces gens sont poursuivis par les serviteurs de l'Extermination. Ce sont des Cholultèques, des civils. Il y a pourtant un homme en armure parmi eux, un capitaine qui, en pure perte, tente d'arrêter leur fuite et de leur faire ramasser des pierres pour les jeter à ceux qui leur ont donné la chasse. Il me semble bien que son visage ne m'est pas inconnu, mais, bousculé, repoussé contre les maisons, je le perds de vue. Il est submergé par la multitude comme je le suis moi-même, je ne distingue plus que le haut de son cimier, de l'autre côté de la rue. Et c'est alors que, m'apprêtant à périr avec eux et tournant la tête, mû par je ne sais quel instinct catastrophique, je découvre les poursuivants.

O mon père et ma mère ! O régisseur des ombres ! Ce ne sont pas des dieux ! Ce ne sont pas les monstres des carrefours et des ténèbres ! Ce sont les Tlaxcaltèques aux joues peintes, aux regards brasillants ! Ils s'époumonent dans leurs conques, ils font voler leurs javelines et préparent les rouleaux de corde. Seigneur dieu ! Ce ne sont pas les messagers de la conflagration, mais nos ennemis de toujours, qui tuent les nôtres et font le plus de captifs qu'ils peuvent ! Un remous de la foule m'arrache du mur sur quoi j'avais été plaqué. Je roule dans une vague de bras, de torses, de faces défoncées par la peur et de râles intolérables. Je suis jeté en avant, sous la pluie de flèches qui, un siècle durant, demeurent suspendues entre le ciel et moi puis, comme sous l'effet d'une aspiration fantastique, je suis rejeté en arrière, happé, précipité dans une cour où je bute contre le cadavre du capitaine. Mais non ! Il n'est pas mort. Il se relève en même temps que moi et brandit son glaive. Sacrifice ! c'est Deux-Maison. Lui aussi vient tout juste de me reconnaître. Voici quatre ans que je ne l'avais pas vu.

« Les dieux ? braillé-je. Où sont les dieux ? »

Il me dévisage avec effarement.

« Quels dieux ? Quels dieux ? Allons, viens ! Il faut sortir de là ! »

Nous piétinons un parterre. Nous escaladons un mur. De l'autre côté, un petit groupe d'ennemis entoure l'un des nôtres qui se tortille dans la poussière, une jambe arrachée. Et voici un homme de fer ! Il vient vers eux en criant, excitant trois chiens énormes qui tourbillonnent à ses côtés. Il lance sur le blessé ces bêtes féroces qui plantent leurs crocs dans son cou et secouent furieusement le museau pour arracher un morceau de chair.

Nous repassons le mur en catastrophe,

essayant de ne pas entendre les cris de l'homme déchiqueté. Les Tlaxcaltèques et le dieu étaient trop occupés par cet abominable spectacle : ils ne nous ont pas vus. Nous nous précipitons vers la porte par laquelle nous avons été bousculés dans cette demeure. Là encore, il nous faut battre en retraite. La rue est pleine d'ennemis. Deux hommes de fer, montés sur leurs cerfs sans bois traînent à grand train une sorte d'armature métallique chauffée au rouge sur laquelle un officier Mexica est écartelé, un homme que nous connaissons tous deux, qui fut instructeur au telpochcalli, quand Itzcoatl avait la charge de cet établissement. Ses flancs noircis craquellent, crevés de sillons incarnats; on a enfoncé une pièce de bois entre ses dents.

Nous avons juste le temps de retirer nos têtes et de nous jeter contre le sol quand cet ignoble équipage passe devant nous, entouré d'une meute exultante.

Cette fois, je ne puis trouver la force de me relever. Vivre la fin du monde est déjà terrible — mais comment supporter que ceux de Tlaxcala aient été choisis pour auxiliaires par les exterminateurs ?

Je pleure amèrement :

« Deux-Maison, que s'est-il passé ?

— Nous avons été trahis ! laisse-t-il tomber d'une voix stupéfaite. Nous devions surprendre et nous avons été surpris... »

Ah ! l'imbécile. J'émets un ricanement au milieu d'un sanglot.

« Pensiez-vous donc que vous pouviez tromper des dieux ! »

Il m'agrippe aux épaules et m'oblige à lui faire face.

« Chimalpopoca, Chimalpopoca ! As-tu perdu la raison, seigneur ? Tu ne cesses de parler de dieux, mais il n'y a pas de dieux en cette affaire !

– Oui, murmuré-je, c'est ce que Itzcoatl prétendait !

– Peu m'importe l'opinion d'Itzcoatl ! Je n'ai nul besoin de l'opinion d'autrui, serait-ce celle de Motecuhzoma Xocoyotzin ! J'ai des yeux pour voir et j'ai suffisamment l'habitude des batailles ! Ce que les Tlaxcaltèques n'ont jamais réussi à faire, ils le réussissent aujourd'hui avec l'aide de ces maudits étrangers ! Réveille-toi, Chimalpopoca, je t'en supplie, réveille-toi ! Regarde autour de nous ! Il n'est rien de mystérieux dans ce qui se passe ici. Tout est très limpide, au contraire. Nous étions les maîtres, et nous allons devenir les esclaves. Ces barbares, aujourd'hui, prêtent main-forte à nos ennemis héréditaires, après quoi, lorsque ces derniers se seront épuisés dans les combats, il ne leur restera plus qu'à les soumettre à leur tour !

– Tu divagues, Deux-Maison ! Mon pauvre camarade : c'est la fin du monde !

– La fin de la domination mexicaine, oui ! N'est-ce pas assez d'infortune comme cela ? Ah ! il était bon, il était bon le plan du Serpent d'obsidienne, mais nous avons été vendus ! C'est l'une des nôtres qui nous a vendus, seigneur, cette Malinalli qui leur sert d'interprète ! Elle est née un jour Un-Herbe Morte : c'est une ennemie jurée de Tezcatlipoca ! Nous les attendions sur le chemin de Mexico. Ici même, à Cholollan, tout était en place pour une embuscade, au cas où ils auraient changé de destination au dernier moment. Mais cette femme, la traîtresse, s'est aperçue de quelque chose. Habilement, elle a questionné des personnes qui n'étaient pas de taille à lui résister. Elle les a circonvenues. Bribe par bribe, elle leur a arraché ce qu'il fallait de confidences pour que le chef des Blancs sache à quoi s'en tenir. Sur le moment, il s'est bien gardé de réagir – c'est un général avisé! Son armée étant bien inférieure en nombre, il a fait comme s'il se laissait abuser par nos ruses et n'avait pas le moindre soupçon. En cachette, cependant, il fit venir des prêtres, les amadoua par des cadeaux et des paroles doucereuses, si bien qu'il connut bientôt le moindre détail de notre dispositif, toutes informations qui lui furent confirmées par la vieille épouse d'un dignitaire cholultèque, que cette Malinalli avait persuadée de se rendre auprès des étrangers. Et tout à l'heure, alors que le jour se levait et que les nôtres riaient déjà du bon tour qu'on allait jouer aux envahisseurs, tous les seigneurs et les prêtres de la ville, la fine fleur des nobles et des guerriers, vinrent à leur campement pour les saluer avant leur départ, ainsi qu'il avait été convenu avec eux. Entrait qui voulait dans l'enceinte de leur camp. On mit plus de temps à s'apercevoir qu'en revanche nul n'en pouvait sortir. Et lorsqu'on s'en aperçut enfin, l'instant était passé, le commandant des barbares donnait l'ordre du carnage. On ne peut vaincre ces hommes, Chimalpopoca! Nos armes, à côté des leurs, sont des jouets d'enfant. Ils ont d'étranges sarbacanes qui lancent des billes mortelles non par le souffle d'un homme mais par l'action du feu. Certaines sont si lourdes et si grosses qu'ils ne peuvent les porter; elles envoient des boules de pierre qui sont capables de renverser un mur, ou de tuer cinq hommes d'un coup. Des capitaines cholultèques, un seul a échappé à cette tuerie : c'est lui qui m'a tout raconté (car avant d'exécuter ses victimes, le seigneur étranger avait tenu à leur faire savoir, par le truchement de la femme, comment il avait découvert la conspiration). Les guerriers étaient passés par les armes; les prêtres, une fois saisis, étaient brûlés vifs, et l'on entreprit aussi de mettre le feu aux sanctuaires. Pendant ce temps, l'armée tlaxcaltèque fondait sur la ville depuis un endroit où, secrètement avertie au milieu de la nuit par les Blancs, elle s'était rendue pour accourir à leur appel. La suite, tu la connais... Et les nôtres, dans les ravins, ne peuvent même pas intervenir, car on les attend maintenant de pied ferme. Pas un n'avancera en deçà de la portée d'une flèche. Ah! Itzcoatl, Itzcoatl, peut-être, aurait pu nous tirer de là, mais l'Empereur a exigé qu'il reste à Tenochtitlan, pour le protéger au cas où un miracle sauverait les étrangers de notre embuscade. Sur le moment, j'ai ricané, mais je crois que le miracle a réellement eu lieu...

– Et comment pouvait-il en être autrement? Croyais-tu sincèrement que Quetzalcoatl allait tomber dans le piège d'un Serpent d'obsidienne?

– Quetzalcoatl? (Il me saisit brutalement par mon manteau) Mais vas-tu retrouver ton bon sens, à la fin? (Il se met à me secouer, puis me relâche avec une moue d'écœurement.)

– Vois-tu cette fumée là-bas? fait-il sur un ton désabusé, comme s'il n'espérait plus me convaincre. La vois-tu qui s'élève, toute noire, au-dessus des lauriers ?... Eh bien, c'est son temple qui brûle, à Quetzacoatl, un des plus vastes et des plus beaux qu'il eût en notre pays, et ce sont les barbares qui l'ont incendié... »

Je me dresse, les yeux exhorbités, portant la main à mon cœur qui vient de se figer. D'une voix minuscule, que j'ai du mal à reconnaître moi-même, j'implore mon compagnon :

« Deux-Maison !... Deux-Maison !... Je t'en prie ! »

Il se détourne et cache son visage dans ses mains.

La fumée, d'un noir gras, fuligineux, monte en une mince colonne qui s'effile à mesure qu'elle s'éloigne de la terre. Cette image se grave dans mon âme. Je ne puis en détacher les yeux. Je sais qu'à partir de maintenant, elle va me hanter, tel un cauchemar trop puissant pour attendre la nuit. Quelque chose s'est rompu en moi et j'ai compris que Deux-Maison disait la vérité. Son affirmation est impossible, littéralement impensable pour moi, dans l'état où je suis. Néanmoins je ne peux pas douter qu'elle reflète la vérité avec exactitude et, pour mon tourment, ne va plus cesser de la refléter, même après ma propre fin.

Cependant, mon ami, se méprenant sur la signification de mon silence, écarte ses mains et dit :

« Tu ne me crois pas ? Alors viens. »

Nous sommes accroupis derrière un grand temazcal construit non loin de la porte et qui nous dissimule à tous ceux qui viendraient jeter un coup d'œil dans l'entrée de cette demeure. Deux-Maison se relève prudemment et, courbé en deux, retourne à l'endroit d'où nous avons vu notre ancien instructeur rôtir sur un gril ambulant. Je l'ai suivi. Il ne m'a pas dit un mot de ce qu'il projetait, mais ce n'est pas nécessaire. De même, nous n'aurons pas besoin de nous concerter pour agir. Je sens que, dans mon corps, tous les réflexes d'autrefois se mettent en place. Je suis redevenu un combattant, l'un des plus redoutables guerriers de Motecuhzoma Xocoyotzin. Les yeux de Deux-Maison sont réduits à deux fentes étincelantes, sa mâchoire est contractée, il a bandé tous ses muscles : je sais que j'offre de mon côté exactement la même apparence. Combien de temps demeurons-nous ainsi ? La moitié d'une heure, peut-être. Beaucoup d'ennemis passent devant nous sans nous voir, entraînant des Mexica solidement ficelés. Enfin, l'occasion que nous espérions se présente.

D'une même détente, nous jaillissons dans la rue et sautons sur un homme de fer qui va seul, à pied, s'étant laissé distancer par un groupe de Tlaxcaltèques, dont l'arrière-garde vient juste de disparaître dans une rue adjacente. Nous n'avons que le temps de tirer notre prise à l'intérieur de la maison : d'autres Blancs surgissent déjà sur leurs montures. Mais nous avons été lestes : ils n'ont rien remarqué et notre captif, à demi étranglé par mon compagnon, ne peut les alerter par ses cris.

L'homme de fer se débat, mais nous sommes fermement agrippés à sa carapace. Je bloque ma tête sous son menton, de façon à ne pas voir sa figure. Je n'en aurais pas le courage. Ils ont brûlé le sanctuaire du dieu, ce ne sont pas ses fils, et pourtant je tremble. Je fonds. Je me laisse envahir par une espérance à laquelle je ne peux plus croire : si c'était quand même une divinité ?

Deux-Maison avise une haute jarre remplie d'eau, près du temazcal.

« Là! souffle-t-il, désignant le récipient des yeux. Nous emportons la créature jusque-là. Cette fois encore, nulle explication n'est requise entre nous. Je maintiens les bras de l'être pendant que mon ami lui plonge la tête dans l'eau, pesant de tout son poids sur la nuque. »

Prodigieux sont les soubresauts et les ruades de notre captif; l'eau bouillonne furieusement de chaque côté de sa chevelure (il avait un casque, mais nous l'avons fait tomber). Puis le corps se crispe, prend appui, tout tendu sur la pointe des orteils. Il reste là comme suspendu, aussi raide que son vêtement de fer. Et alors, il s'alanguit, il devient comme un paquet de coton. L'eau ne frémit même plus. Il a fini de bouger.

Saisissant les cheveux à pleine main, Deux-Maison lui relève la tête.

« Ressuscite! dis-je. Ressuscite, à présent! »

La peau blanche est marquée de plaques bleues. Les ailes du nez sont translucides. Les yeux pâles, grands ouverts, vides et étonnés, ne regardent rien. Sur son visage l'eau ruisselle comme sur une pierre. La bouche, obstinément, demeure distendue par un grand cri muet, sculptée dans cette matière morte. Et lorsque nous ôtons nos bras, la créature se disloque et s'effondre en tas à nos pieds, contemplant à jamais l'impérissable nuit et l'infini silence du néant.

J'ai pu échapper aux chasseurs de Tlaxcallan et aux chiens de ces êtres mortels qui, n'étant pas des monstres et des démons, sont quatre cents fois pires que ceux-ci. A un certain moment, Deux-Maison et moi, nous avons dû nous séparer pour augmenter nos chances : j'espère que lui non plus, il n'a pas été pris.

J'erre dans la région de Quauhnahuac, à l'orée des forêts. J'arrête tous ceux que je rencontre, je leur dis : « Ce ne sont pas des dieux. Malheureux, n'allez pas croire cela ! Ce sont les envahisseurs de nos terres, qui viennent pour nous rôtir et nous donner aux chiens, quoique nous ne leur eussions jamais fait aucun mal ! »

J'appelle à la résistance, à la guerre sainte, mais on m'écoute la tête basse et nul ne me suit.

« Armez-vous ! dis-je. Le temps est venu où chaque homme est un soldat. Il n'y a plus d'esclaves, il n'y a plus de poètes, de scribes ni de philosophes. Un terrible danger nous menace. L'empire aztèque va mourir demain, la civilisation va périr, si vous ne faites pas de chaque pierre de ce pays un projectile, de chaque branche un gourdin ! »

J'arpente les collines, prenant à peine le temps de mâchonner, ici ou là, un peu de feuille d'agave.

« Nos dieux, dis-je, sont assoupis. Nous les avons lassés par nos excès. Ne comptez pas sur eux ! Ils viendront quand tout sera fini et compteront les morts avec indifférence, ne distinguant pas même les nôtres de ceux des étrangers. Comptez sur vos propres forces. Ceux qui domestiquent le feu, combattez-les avec l'eau ! Ceux qui grimpent sur des bêtes, cernez-les en rampant ! Ceux qui tiennent la foudre, lancez-leur le soleil ! »

Ils m'écoutent et ils restent là. Quand je suis parti, ils regagnent leurs cabanes en traînant les pieds.

« Ne voyez-vous pas ce qui se passe ? dis-je. Ne voyez-vous pas que bientôt nous connaîtrons l'extrême honte de ne plus exister alors que nous serons encore vivants ?

– Prophète, disent-ils, nous ne te voulons pas de mal, mais va-t-'en plus loin. Veux-tu une aile de dinde, un bol d'eau fraîche, une femme parfumée ? »

Je descends vers Tlachco. Je cours dans le désert. Ceux de Tlachco m'accueillent avec rancune, avant que j'aie dit un seul mot. De loin ils me présentent leurs poings serrés sur des cailloux.

« Frères ! Frères ! dis-je. Ce n'est pas moi, ce sont vos fils que vous voulez lapider. Ce sont les fils de vos fils, à qui vous méditez d'écraser la figure ! »

Je les quitte en pleurant. Mes paupières sont comme un bandeau de sel sur mes yeux.

Je marche dans le pays sans ombre. Longue est cette marche, je vise l'aride Septentrion. Vers Tolocan, un esclave, une main de terre[1], me conte près du feu comment les barbares, quatre mois plus tôt[2], sont parvenus jusqu'à la chaussée d'Iztapalapan (par où l'on va, tous les cinquante-deux ans, allumer le Feu Nouveau au sommet du mont Huixachtecatl et dans quels termes notre roi a salué leur chef.

Motecuhzoma fils d'Axayacatl, l'Honorable Cadet, s'avança vers ce capitaine, ayant fait apporter des colliers de fleurs, pour qu'il en fût paré, pour qu'il en fût embaumé. Le Seigneur des

1. Ouvrier agricole.
2. Le 8 novembre 1519.

hommes s'arrêta devant ce capitaine, s'inclina le plus bas qu'il put, au milieu de la jetée méridionale, et voilà ce qu'il a dit :

« Notre Seigneur : tu as souffert, la fatigue t'accable; maintenant, tu as touché la terre. Tu es arrivé à ta ville, Mexico. Tu es venu occuper ton trône. Oh ! ils te l'ont gardé bien peu de temps, ils te l'ont conservé, ceux qui déjà s'en furent, ceux qui te remplaçaient.

« Nos seigneurs les rois Itzcoatzin, Motecuhzomatzin l'Ancien, Axayacatl, Ahuitzotl. Oh ! qu'ils l'ont gardé peu de temps, ils ont dominé la ville de Mexico. Le petit peuple se réfugiait sous leur manteau, dans leur dos.

« Le verront-ils ? Connaîtront-ils ceux qu'ils ont laissés, leurs descendants ?

« Si seulement l'un d'eux voyait cela, s'il voyait avec admiration ce que je vois aujourd'hui arriver vers moi !

« Ce que je vois, moi, moi qui reste, qui survis à nos seigneurs.

« Non, non, je ne rêve pas, je ne sors pas tout endormi d'un songe, je ne rêve pas...

« Oui, je t'ai vu, oui, j'ai porté mes yeux sur ton visage !

« Il y a cinq jours, il y a dix jours, j'étais dans l'angoisse; mon regard ne quittait pas la région du Mystère.

« Et tu es arrivé parmi les nuages, parmi les brumes.

« Et tout était comme nous l'avaient dit les rois, eux qui gouvernèrent, eux qui régirent ta ville...

« Tu allais occuper ton siège, ta place, tu allais venir ici...

« Et maintenant, tout s'est accompli; tu es arrivé, ta fatigue est grande, tu es venu si volontiers.

« Viens jusqu'à la terre; viens et prends quelque repos; prends possession de tes royales demeures; rafraîchis ton corps.

« Allez jusqu'à votre terre, nos seigneurs[1] ! »

Ces paroles, ô combien je les connais ! Dans ma tête je les récite, en même temps que l'esclave les rapporte. A peu de chose près, ce sont celles que Topiltzin Ce-Acatl adressa au Jeune Homme, dans l'antique cité de Tula, quand il reçut les sorciers.

O mon roi, Motecuhzoma Xocoyotzin, vieux bouffon ! Es-tu à ce point égaré ? Tu ne voulais pas croire que les étrangers étaient des dieux, quand tout portait à croire qu'ils l'étaient. Et maintenant que la preuve est faite qu'ils n'en sont pas, voici que tu as la conviction du contraire ! C'est Matapilli, je suppose, le responsable de ces frappantes élucubrations ? Es-tu donc devenu incapable de penser par toi-même et de regarder les faits en face, toi qui fus le plus savant et le plus philosophe des Aztèques ? Ou alors, est-ce que ce ministre malintentionné a suffisamment d'impudence pour te cacher la situation réelle ? Personne n'a-t-il osé te parler de Chalollan ? Prince, prince ! qu'as-tu dans la tête ? Quelle ombre obnubile ton esprit ? Quelle main pèse sur ton cœur ? Qu'attends-tu, toi, pour ordonner le soulèvement de la nation ? Aurais-tu renoncé à ce pouvoir qui, hier encore, t'apparaissait comme « notre dernier rempart contre l'absurde ? » Ah ! j'irai, moi, te

1. La harangue de Motecuhzoma est empruntée aux informateurs de Sahagun, dans une traduction de Jean-Paul Cortada.

rendre témoignage ! J'irai te dire ce que j'ai vu dans la cité des Cholultèques et de quelle façon ils avalent une jarre d'eau, ceux que tu accueilles comme les maîtres du visible et de l'invisible. Il faudra bien que tu m'écoutes et que tes yeux soient dessillés ! Et si tu ne veux pas m'entendre, s'il n'y a plus personne pour écouter ma voix, dans cet empire, alors j'irai chercher Atototl, là où le Lapin-qui-parle l'a conduite, et nous partirons, nous fuirons le plus loin possible, nous irons vivre parmi les doux sauvages qui ignorent la guerre et jouent à chercher des jeunes filles, jusqu'à ce que les hommes de fer viennent porter en cet endroit leur frénésie, leurs grils et leurs chiens dévorants – car si nous ne les arrêtons pas, aucune nation ne pourra plus les contenir. Et les dieux s'en fichent ! Les dieux sont assis en l'air et bâillent dans la voguerie des songes, quand ils regardent vers le monde...

Oiseau d'eau, nous danserons une danse lascive qui sera le mouvement de notre vie, tant que nous vivrons. Je te prends contre moi. Je t'aime immodérément. Nous roulons ! Nous roulons, Oiseau, et Tochtli disait vrai : un homme ne peut espérer mieux que le plaisir de l'instant, il n'y a pas plus d'absolu qu'il n'y a d'éternel. Le seul impossible, c'est notre condition, car elle n'est pas tolérable et pourtant rien ne la dépasse. Dansons. Roulons ce qu'il nous reste à vivre. Le néant n'est pas le fruit de l'apocalypse, il est le terme ordinaire de toute existence. Nous n'avons pas de conflagration à attendre, seulement des supplices, des holocaustes, des destructions inouïes ! Les dieux sont au-dessus de tout cela. Nous n'avons rien à craindre d'eux : les hommes suffisent à l'horreur des hommes. Nous n'avons rien à espérer : les dieux ne se mêlent point de nos affaires : toutes les vicissitudes d'un siècle de l'humanité sont à leurs yeux moins qu'une goutte d'eau dans la mer. A eux-mêmes ils se sont conféré l'éternité; depuis, nous leur importons peu.

C'est pourquoi, amour, je t'enlace et nous dansons. O ma fille! il y a si longtemps que nous n'avions pas été ensemble. Que de nuits perdues! Que de courses vaines! Mais nous allons rattraper tout cela...

Mes yeux s'ouvrent sur un carré de nuit. Je suis allongé sur le seuil d'une hutte solitaire et l'esclave est agenouillé près de ma tête. Il soutient ma nuque et tâche de me faire boire une mixture épaisse à même un bol d'argile qu'il appuie contre mes dents.

Il me sourit en hochant doucement la tête.

« Tu as été très malade, seigneur. Je ne savais pas si tu sortirais jamais de ton malheureux état. Tu as beaucoup déliré, de jour comme de nuit. C'était le mal du manque de nourriture et de repos – une espèce d'ivresse intérieure et morose, une fièvre lugubre – et puis le mal du manque de femme, si j'ai bien compris. Avec cette chienne, j'ai pu te soulager. Pardonne-moi, mais ta liqueur échauffée allait corrompre les profondeurs de ton ventre... »

Je vois l'animal qui gambade près de nous, les jambes écartées, en grognant d'indignation.

« Enfer! » dis-je. Mais seule une informe plainte franchit mes lèvres.

Il me fallut plusieurs jours pour tenir sur mes jambes, et deux mois de plus pour être en mesure d'entreprendre mon voyage. La main de terre s'occupait très bien de moi; il gardait le silence chaque fois que je parlais et baignait mes pieds avec une sorte d'huile très onctueuse. Je voulus l'embrasser en le quittant, mais il se prosterna devant moi, baisant le cuir de mes sandales.

Je me dirigeai vers l'Est, évitant Tolocan. J'aperçus le lac dans les environs de Tlalpan et, au lieu de remonter sur Coyoacan, suivis la rive pour emprunter la jetée de Cuitlahuac, car je voulais entrer dans Mexico par le même chemin que les barbares.

Près de Xochilmico, je vis une de ces croix qu'ils dressaient, probablement dans le but de faire croire qu'ils étaient bien les fils du Soleil, ayant été informés de notre foi par cette Malinalli née un même jour que moi. Ce simulacre d'Arbre de Vie était tout aspergé de sang. Une victime avait été liée contre le montant vertical et, dans cette position inhabituelle, le sacrificateur avait fendu la poitrine et arraché la pierre verte, mais, pour une raison que j'ignore, le corps n'avait pas été dépecé, il pourrissait là...

Jusqu'alors j'avais fui les hommes, dormant dans la brousse la main sur un couteau. A Cuitlahuac, il me fallut bien retrouver leur compagnie. J'arrivai moins d'une heure après le lever du jour. Il y avait beaucoup de monde dans les rues car toute la vallée de Mexico se préparait à la fête de Huitzilopochtli, qui devait avoir lieu un peu plus tard, étant le couronnement des cérémonies qui marquent le mois de Toxcatl[1].

Certains allaient célébrer le dieu sur place.

1. Nous sommes aux environs de Pâques 1520.

D'autres se rendaient en cortège au grand Teocalli de Tenochtitlan. Je me joignis à eux. C'est ainsi que j'appris, sans avoir d'autre effort à faire qu'à tendre l'oreille aux bavardages, tout ce que j'ignorais encore. Prétendant que nos dieux n'étaient pas assez bons, les hommes blancs, leur chef en tête, avaient renversé les idoles, jeté de la chaux sur le sang qui couvrait les socles des statues et les parois des sanctuaires puis fiché une de leurs croix sur l'autel principal. Cependant, ils fouillaient partout et posaient des questions haletantes pour savoir où se trouvait l'or. L'or multipliait quatre cents fois par elle-même la folie qui leur était naturelle. Et quand ils en trouvaient, dit un de mes voisins, formidable était leur joie; leur ravissement ressemblait aux spasmes de l'amour : « Pareils à des singes, ils levaient l'or à pleines mains, puis on les voyait s'asseoir frémissants de plaisir. Sans doute ils aspirent à ce métal d'une furieuse soif. Leurs corps se dilatent dans cette quête, ils en ont une faim frénétique. Tels des pourceaux affamés, ils s'attachent à l'or avec rage[1] » Ils avaient été jusqu'à briser des murs, pour voir s'ils ne recelaient pas un petit morceau d'or. La Malinalli elle-même, disait-on, avait été écœurée par ce spectacle et avait pressé ceux de Tenochtitlan de se révolter. Mais pas un n'avait seulement bougé le petit doigt – à commencer par Motecuhzoma lui-même. Dans la foule qui m'entourait, les uns disaient qu'il était l'allié des Blancs contre son peuple; les autres qu'il n'était libre ni de ses actes ni de ses paroles : en son

1. Témoignage cité par Mireille Simoni-Abbat dans son livre *Les Aztèques* (aux Éditions du Seuil).

propre palais, les étrangers le tenaient dans des liens de fer (ne l'avait-on pas vu paraître ainsi au supplice de Quauhpopoca, seigneur provincial condamné à être brûlé vif pour avoir exposé sur son râtelier à crânes les têtes de quatre hommes de fer et de leurs montures ?).

Cette dernière nouvelle, plus que toutes les autres, me fit grande impression. Grâce à cet infortuné prince – je parle de Quauhpopoca – mon témoignage n'était plus nécessaire. La lucidité avait été rendue aux Mexica : plus un seul d'entre eux n'imaginait les barbares immortels. Ma tâche en était simplifiée d'autant. Il ne me restait plus, si j'ose dire, qu'à leur rendre le goût de combattre et de reconquérir leur royaume, avec leur honneur et leur liberté. Ecrasante mission, mais j'y parviendrais. N'étaient-ils pas le peuple le plus fier, parmi tous ceux qui vivent ici-bas ? Nous chasserions les envahisseurs, puis j'irais retrouver mon amour.

C'est ce que je croyais : ce fut la dernière et la pire de mes illusions. A peine notre colonne était-elle parvenue dans le milieu de la capitale, un grand déchaînement se produisit. Des hurlements. Des bruits de lutte et de poursuite. Le fracas des bâtons à foudre qu'ont les hommes blancs. Aux abords du centre cérémonial, j'aurais pu me croire revenu à Chollollan, n'eût été le fait que les barbares, cette fois, nous mettaient en charpie sans le secours des Tlaxcaltèques. Entre les palais et les temples, ils s'étaient soudain jetés sur ceux qui dansaient et chantaient pour le dieu, au rythme des conques et des tambours. Par de larges coups de leurs épées de fer, ils tranchaient les mains, les bras, les jambes, les têtes de nos seigneurs et de même, ils lacéraient les prêtres et les officiants, ils les débitaient sur place, des morceaux de leurs corps volaient jusqu'au Mur des Serpents.

Ils frappaient en plein visage. Ils frappaient en plein ventre. Les entrailles coulaient sur le sol. Certains portaient leurs intestins dans leurs bras. D'autres, voulant fuir, s'y prenaient les pieds. Pour échapper au carnage, des fils de la meilleure noblesse se glissaient parmi les morts. Et l'on dirait plus tard :

Le sang des guerriers courait comme de l'eau.
Ailleurs il était déjà ainsi qu'une eau stagnante.
Une puanteur s'en élevait :
C'était celle des viscères qui semblaient se traîner.

Ceux de Cuitlahuac refluèrent en criant d'épouvante. Qui n'en était pas empêché par une terrible blessure, il ne songeait plus qu'à détaler. Car les Blancs, méthodiquement, s'acharnaient sur tout ce qui respirait encore, pénétrant maintenant dans les maisons communes pour déchirer ceux qui auraient pu se trouver là. Comme tous, je courus à travers la ville, affolé, hululant sans pouvoir maîtriser ma gorge. Tout à coup, sans savoir comment, je fus devant ma propre demeure. Je me jetai dans le jardin et, là, trébuchai contre un corps étendu sur le sol.

C'était Tochtlatoa. Tout d'abord, je ne voulus pas le reconnaître : il avait une affreuse plaie à l'emplacement de l'œil gauche et ce dernier lui pendait sur la joue. Le sang inondait toute cette moitié de son visage, son cou et sa poitrine. Je ne sais où il trouva la force de parler, mais avant d'expirer dans mes bras, il me raconta toute l'horrible histoire.

Le soir où, pour mon compte, il avait procédé à l'enlèvement d'Atototl, mon Oiseau et lui n'eurent pas plutôt mis le nez hors de la maison de Cecoatl qu'ils furent entourés par un groupe d'hommes conduits par Itzcoatl. Celui-ci venait rendre visite au négociant (probablement pour le convaincre de la nécessité d'attaquer les étrangers à Chololian). Comprenant que Cecoatl n'était pas chez lui, il vit néanmoins qu'il n'avait pas perdu sa soirée, ayant mis la main sur la fugitive et son suborneur. Ce fut du moins ce qu'il feignit de croire car, en réalité, Macuilcipactli lui en avait assez dit pour qu'il devinât que c'était moi, et non point Tochtli, l'amant d'Atototl. Ne sachant pas qu'il était au courant, le Lapin-qui-parle avait joué le rôle du séducteur, pensant que cela me serait de quelque secours si jamais, pour une raison ou une autre, j'avais échappé à Cecoatl ou remis ma décision de tout lui avouer. De son côté, Itzcoatl avait fait mine d'avaler cette version des faits, qui servait sa vengeance mieux encore que ne l'eût fait la vérité.

En effet, accusant d'adultère l'Oiseau d'eau et Tochtli, il faisait condamner les deux êtres qui, selon lui, étaient responsables de ma déchéance. Pourquoi, cependant, ne pas me frapper moi-même directement, en contraignant l'un ou l'autre de ses prisonniers aux aveux? C'est qu'il y avait derrière cette vengeance autre chose, que mon ami n'avait compris que peu à peu, dans la geôle où, presque chaque soir, le Serpent d'obsidienne venait le tourmenter de ses reproches et de ses railleries amères.

« En obtenant ma condamnation, m'expliqua-t-il, il t'innocentait (ce qui était possible puisque Cecoatl n'avait rien déclaré contre toi) – et cela représentait beaucoup pour lui car, vois-tu, il t'aimait !

– Je sais, dis-je d'une voix accablée. Je sais ! »

Mais le moribond, à cet instant, empoigna mon manteau.

« Non, Chimalli, tu ne sais pas ! Il t'aimait comme on aime une femme. Dieux ! cet homme était capable d'un aussi tendre sentiment : jamais je ne l'aurais cru. Des années entières, j'ai médit de lui ! C'est idiot, Chimalli, mais tu sais, je vais emporter d'Itzcoatl une image émouvante. Après tout, j'avais une dette envers lui : je ne peux pas lui en vouloir. D'ailleurs, je le lui ai dit. Je le lui ai dit avant qu'il ne fît ramasser les pierres... »

En Atototl, surtout, c'était sa rivale que le Serpent d'obsidienne avait voulu frapper. L'exécution devait avoir lieu tout à l'heure, juste avant le début des cérémonies. Et voilà que Cecoatl – qui, au procès, n'avait même pas daigné paraître, et qu'on croyait fort occupé par ses marchandages avec les Blancs, où il réussissait magnifiquement – avait surgi, un énorme projectile à la main (la moitié d'une brique d'adobe) et, là, au premier rang, sans attendre le signal, il avait levé le bras, mais c'est sur le Serpent d'obsidienne qu'il avait lancé le bloc de boue séchée. Touché à la tempe, Itzcoatl était mort sur le coup.

« Eclairs et ténèbres ! murmurai-je. Il t'aimait donc malgré tout ! »

Les gardes avaient transpercé le pochtecatl de

leurs armes, mais l'exécution avait été retardée par ce drame inattendu. Le tambour avait commencé de battre en l'honneur de Huitzilopochtli, dans l'enceinte sacrée, quand Atototl fut étranglée. Tochtli reçut la première pierre dans l'œil, où elle avait provoqué la blessure que je voyais. Il avait à peine senti les quatre pierres suivantes. La sixième pierre... – il n'y avait pas eu de sixième pierre : les hommes de fer venaient d'entamer leur boucherie. A la faveur de la bousculade, le Lapin-qui-parle put se dégager et se traîner jusqu'ici.

« O Chimalli, dit-il, tout est si noir ! Le soleil est parti, tu vois. Il nous quitte en plein jour. On ne peut pas contrarier le destin... »

Ce furent ses dernières paroles.

Et moi je me disais, pressant contre moi son cadavre : « Voilà ce que j'ai fait. Voici le résultat de mon orgueil et de ma bêtise. J'ai voulu me sacrifier pour sauver le monde et ne suis parvenu qu'à provoquer la mort de mon meilleur ami et de celle que j'aimais plus que moi-même. Si tu existes, destin, terrible est l'ironie avec laquelle tu pousses les hommes à se détruire eux-mêmes, lorsqu'ils croient chercher le bonheur ! Pour moi tu n'as eu aucune indulgence. Par amour, j'ai formé le projet surhumain d'agir sur toi, d'agir contre toi, et tandis que je m'arc-boutais, rêvant que j'allais déplacer les montagnes, je ne voyais même pas que tous ces efforts démesurés ne visaient qu'à massacrer cet amour. Pour une hallucination d'éternité, j'ai gâché mon si bref passage sur la terre – et celui de combien d'autres ? Atototl, Tochtli, Itzcoatl, Cecoatl... Et je ne peux même pas alléguer que ce sacrifice a payé le salut du plus grand nombre. Pas plus que celles qui sont mortes sous le couteau, les victimes de mon égarement n'ont servi à quoi que ce fût. Elles n'ont rien empêché. Ni Cholollan. Ni le carnage du grand temple, qui se poursuit maintenant à travers les rues (j'en perçois, dans ma douleur, les échos répugnants). Elles n'empêcheront pas ce qui doit arriver désormais. Non, Tochtli, le ciel n'est pas noir. Il est d'un bleu admirable, au contraire. Le Soleil ne s'est pas retiré, ni même voilé la face : il déverse généreusement sa lumière sur les flaques de sang et les entrailles répandues. Le Soleil est indifférent à tout cela ! Il voyait juste, le pauvre roi : l'absurdité est la loi de ce monde. Le hasard préside aux plus graves affaires des hommes. Mais ce n'est pas un innocent aux yeux bandés, c'est un idiot cruel qui use de sa tyrannie pour nous torturer ! Le vide du temple de Tloque Nahuaque ne signifie strictement que ceci : le vide. Les dieux ne sont pas là. Ils ne viennent ni ne reviennent sur la terre. Ils en entendent parler, des fois, comme d'une contrée lointaine, où s'ébattent des animaux déments. Si je n'ai pu sauver Atototl, rien ne sera sauvé, et je suis condamné, moi, à observer jusqu'au bout le déclin des Aztèques. »

Ce n'était que trop vrai. Enfin la résistance s'organisait à Mexico. Mais Xocoyotzin parut à sa fenêtre et fit déposer les armes. « Que dit cet immonde Motecuhzoma ? Nous ne voulons plus lui obéir ! » s'écrièrent les capitaines, ceux qui n'avaient pas été taillés en pièces. Le chef des barbares — une peuplade qu'on nommait Espagnols — était absent lors des sanglantes fêtes de Toxcatl, étant allé combattre une autre bande des siens. Il revint avec précipitation. Nous fîmes retentir les sifflets de guerre à son approche. L'Empereur fut tué, nul ne sait exactement si c'est par les Blancs ou par quelques-uns des nôtres. On lui lança des pierres et une flèche au-dessus du pénis. Nous infligeâmes à l'ennemi des pertes si cruelles que son général, appelé Cortez, alla pleurer sous un arbre. Nous avions chassé de la ville les conquérants[1], mais ils reparurent une fois de plus, accompagnés par beaucoup d'alliés, non plus seulement les Tlaxcaltèques, mais aussi les Totonaques, les Otomis, les gens d'Huexotzinco et même les partisans d'Ixtlixochitl, qui prétendait alors au trône de Texcoco. Matapilli rejoignit leur camp. Puis la maladie se mit dans la ville[2]. Durant des mois, Aigle-qui tombe[3], le nouveau roi, fit tout ce qui était en son pouvoir pour soutenir le siège de sa capitale et repousser les continuels assauts de nos ennemis. Et alors, Mexico fut détruite.[4]

Depuis mon embarcation, fuyant les bateaux des vainqueurs au milieu de la lagune, je regarde les flammes, telle une chevelure au vent, par-dessus les ruines où nos morts achèvent de se décomposer.

Il guide ma barque, le muet au crâne rasé. Ce que je ne peux plus voir, mon cœur cependant continue de le contempler.

1. Tous ces événements eurent lieu en juin 1520.
2. Une épidémie de variole.
3. Cuauhtemoc, élu Tlaoani le 7 septembre 1520. Successeur de Cuitlahuac, qui avait succombé à la « mort rouge ».
4. La chute de Tenochtitlan (et la capture de Cuauhtemoc) se situent le 15 août 1521. La ville, qui n'était qu'un monceau de ruines, sera bientôt rasée.

La vermine grouille dans les rues et les places,
Et sur les murs les cervelles ont fait des éclaboussures.
Les eaux sont rouges, elles sont comme teintes,
Et quand nous les avons bues,
On croyait boire de l'eau de salpêtre.
Nous avons frappé, alors, les murs de brique,
Et notre héritage n'était plus qu'un tissu de trous.
Les boucliers n'ont pu le protéger...

C'était inéluctable : tout est perdu. Il n'y a plus de précieux empire. Notre nation, notre histoire, glissent dans le souvenir des barbares et se confondent avec les cendres de nos morts. A partir de ce jour, nous devenons une légende.

On chantera :

Les voici qui abandonnent la ville de Mexico :
La fumée s'élève, la brume s'étend partout.
Pleurez, mes amis,
Et comprenez qu'ainsi
Nous avons perdu notre nation mexicaine.

J'avais prévu ceci. Depuis longtemps je le savais. Qui s'est élevé par le pouvoir, par le pouvoir il sera renversé. Cependant, quand je vis se dissoudre dans ce sinistre brouillard la dépouille pantelante de la ville du figuier de Barbarie au fruit dur, ce joyau de la terre, la cité bâtie au milieu du lac de la lune, quand je songeai à tous les princes étendus, à mon Oiseau enfoui sous les décombres de tout ce qui avait fait la joie et le charme de nos vies, j'eus beau savoir qu'Il ne m'écoutait pas, je ne pus m'empêcher de gémir :

« O dieu, Notre Père Quetzalcoatl, maître des aurores, pourquoi nous as-Tu abandonnés ? »

Le muet qui faisait face au rivage de Tlatelolco tourne alors vers moi sa vieille tête et me présente une figure baignée de larmes. Il ouvre la bouche. Désespérément, il s'efforce d'articuler quelque chose lui aussi, poussant sur sa gorge, étirant les lèvres, tordant sa langue en tous sens, sans autre résultat que quelques grognements sourds, modulés et brisés par une souffrance sans mesure et sans nom. Mais je n'ai pas besoin de le comprendre pour savoir ce qu'il dit, ce que crie son âme dans ce deuil qui passe toute imagination. La fumée s'épaissit autour des ruines. Le vent maintenant la rabat vers nous, nous soufflant au visage une haleine de charnier. Nous respirons la puanteur de l'agonie mexicaine. De lui-même mon cœur tente de casser ses fils, pendant que les oiseaux du lac, tous ensemble, arrêtent de planer, s'immobilisent contre le ciel et observent un silence qui s'alourdit, s'alourdit, se transforme en une gigantesque pierre, un autel monstrueux renversé sur le monde...

Pourtant, un après-midi, dans la torpeur du tropique, un vieux car brimbalant, encroûté de poussière rouge, s'arrêtera en pleine campagne, non loin d'Alvarado, je crois, entre la mer et la lagune.

Bien des jours auront passé. A présent, les femmes s'appellent Douleurs et Solitude, Refuge ou Conception. Là ou filent les oiseaux, c'est là que roule le grand océan de lumière.

Le car s'arrête. Un homme attend sur le bord de la route. Très grand. Très digne. Maigre. Pâle de teint, avec une barbe sombre, bien qu'il s'agisse indubitablement d'un Indien. Un homme sans âge. Il a levé la main. Il grimpe maintenant dans le car. Sur la chaussée passent les camions-citernes de la société nationale des pétroles.

Nul ne connaît cet homme. Nul ne pourrait dire d'où il vient. En cet endroit, personne n'a jamais fait signe au chauffeur. Mais quand il pénètre dans le véhicule, les conversations s'arrêtent, les regards se figent. Même les poulets s'immobilisent dans leurs cages. Un étrange frisson secoue les reins des voyageurs. Et c'est ici qu'enfin, l'histoire commence.

Décembre 1979 – décembre 1980.

REMERCIEMENTS

TOUT d'abord, je tiens à rendre hommage à M. Jacques Soustelle, dont j'ai largement mis à profit l'œuvre irremplaçable.

Plusieurs autres spécialistes de la civilisation aztèque m'ont été fort précieux. Singulièrement Mmes Laurette Séjourné et Mireille Simoni-Abbat, ainsi que MM. Georges Baudot, Christian Duverger, Jacques Lafaye, Miguel Leon Portilla et Nathan Wachtel. J'ai lu avec bénéfice, également, le *Quetzalcoatl* de José Lopez-Portillo actuellement président des Etats-Unis du Mexique, mais aussi homme de science et poète.

Envers Georges Baudot, j'ai une dette toute spéciale. C'est à son excellente anthologie *Les Lettres précolombiennes*, éditée à Toulouse par Edouard Privat, que j'ai emprunté la plupart des extraits de poèmes traduits du nahuatl qui figurent dans mon texte.

Que tous ces auteurs trouvent ici le témoignage de ma gratitude et de mon admiration.

Enfin, mes remerciements vont à tous ceux dont les conseils et les encouragements m'ont aidé pendant la composition de ce livre : Michel-Claude Jalard, Robert Laffont, Marie José, Victor, Jacques Peuchmaurd, le grand écrivain péruvien Manuel Scorza, ainsi qu'Anne-Marie et Jacques Wohrer.

A.G.

TABLE

Première partie

Il N'Y A COLÈRE QUE DE QUI NOUS FAIT VIVRE

I. – Le Feu Nouveau 9
II. – Fanfaronnades et bouffonneries de la jeunesse 46
III. – Ivresse de Tochtlatoa 66
IV. – La gentille fête de l'exhibition des poitrines 92
V. – Pièges et embuscades 107
VI. – La mort au cœur double 207

Deuxième partie

LA QUÊTE

I. – Un maître et son esclave 245
II. – Le début de notre amour 281
III. – Le temple de Tloque Nahuaque . . 300
IV. – Questions et réponses 360
V. – Tula 418

Troisième partie

LE RETOUR

Pourtant, un après-midi d'avril... . . . . *539*

Remerciements 540

DU MÊME AUTEUR

chez le même éditeur :

LA COULEUR ORANGE (1975).
LE BUFFET DE LA GARE (1976).
LE PLAISIR DES SENS (1977).
LE FAUBOURG DES COUPS-DE-TRIQUE (1979).
UNE SORTE DE BLEU (1980).
LE LAPIN DE LUNE (1982).

IMPRIMÉ EN FRANCE PAR BRODARD ET TAUPIN
7, bd Romain-Rolland - Montrouge - Usine de La Flèche.
LIBRAIRIE GÉNÉRALE FRANÇAISE - 14, rue de l'Ancienne-Comédie - Paris.
ISBN : 2 - 253 - 03162 - 3 30/5744/5